W0288018

Pauline Peters

DIE RUBINROTE KAMMER

Roman

BASTEI LÜBBE
TASCHENBUCH

BASTEI LÜBBE TASCHENBUCH
Band 17 342

Dieser Titel ist auch als Hörbuch und E-Book erschienen.

MIX
Papier aus verantwortungsvollen Quellen
FSC® C083411
FSC
www.fsc.org

Originalausgabe

Dieses Werk wurde vermittelt durch
die Literarische Agentur Thomas Schlück GmbH,
30827 Garbsen.

Lektorat: Melanie Blank-Schröder
Innenillustration: Tina Dreher, Alfeld/Leine
Titelillustration: © Trevillion Images/Nic Skerten;
© huber-images-de/Borchi Massimo
Umschlaggestaltung: Manuela Städele-Monverde
Satz: Urban SatzKonzept, Düsseldorf
Gesetzt aus der Garamond
Druck und Verarbeitung: CPI books GmbH, Leck – Germany
Printed in Germany
ISBN 978-3-404-17342-6

5 4 3 2 1

ERSTES KAPITEL

London, 1907

Victoria Bredon eilte die Palmer Street entlang. Ein Mann im dunklen Anzug bedachte ihre geschminkten Lippen und die lila-weiß-grüne Stoffrosette auf ihrem Mantelrevers – das Symbol der Suffragetten – mit einem empörten Blick.

»Das Wahlrecht für Frauen!«, rief sie und winkte ihm übermütig zu.

Hinter der nächsten Straßenecke blieb Victoria stehen. Sie holte eine kleine Kodak-Kamera aus ihrer Handtasche und nahm das Bild, das sich ihr bot, konzentriert in sich auf. Für einen Moment war sie keine Kämpferin für das Frauenwahlrecht, sondern ganz einfach eine Fotografin.

Die blasse Februarsonne ließ die Ziegel- und Sandsteinfassade der Caxton Hall mattrosa schimmern. Einige Hundert Frauen hatten sich vor dem neobarocken Gebäude mit den vielen kleinen haubenförmigen Dachgauben versammelt. Sie hielten Plakate und Banner, die Aufschriften trugen wie »Das Wahlrecht für Frauen« oder »Keine Steuern ohne Beteiligung an der Regierung«.

Die meisten Frauen waren einfach gekleidet wie Arbeiterinnen, Dienstmädchen oder kleine Angestellte, doch einige trugen elegante Hüte und Mäntel. Sie entstammten offensichtlich der oberen Schicht. Viele der Mitstreiterinnen hatten sich wie Victoria die Lippen geschminkt als Zeichen dafür, dass sie nicht länger bereit waren, sich zurückhaltend, keusch und demütig zu benehmen, so wie es die im siebten Regierungsjahr Edwards VII. immer noch herrschende viktorianische Moral verlangte. Victoria lächelte, während sie den Auslöser betätigte. *Die roten Lippen werden die Gesichter auf den Fotos kontrastreicher erscheinen lassen*, dachte sie.

»Das Wahlrecht für Frauen!«, »Das Wahlrecht für Frauen!«, begannen einzelne Demonstrantinnen zu skandieren, andere fielen ein, bis schnell ein lauter Chor erscholl und die Menge sich in Bewegung setzte. Victoria schoss noch eine letzte Fotografie, ehe sie sich der Demonstration anschloss.

»Habt ihr euch entschlossen, zum Parlament zu ziehen?«, wandte sie sich an eine ältere Frau mit markanten Gesichtszügen.

»Du hast nicht an der Versammlung teilgenommen?«

Victoria schüttelte den Kopf. »Nein, ich musste arbeiten.«

Sie hatte in den Docks fotografiert und ihre große Kamera erst noch in ihre Wohnung am Green Park gebracht, da sie zu schwer, zu wertvoll und zu unhandlich war, um sie zu einer Demonstration mitzunehmen.

Die ältere Frau verzog ihren Mund zu einem spöttischen Lachen. »Nun, wir werden nicht nur zum Parlament marschieren. Da all unsere Petitionen nichts bewirkt haben, werden wir zu drastischeren Mitteln greifen. Wir stürmen das Parlament.« Ihre Stimme hatte einen starken Cockney-Einschlag.

»Wirklich? Eine gute Entscheidung.«

Victoria spürte Freude und Aufregung in sich aufsteigen. Gut ein Jahr zuvor hatten die Liberalen die Konservativen mit einem Erdrutschsieg von der Macht abgelöst. Vor der Wahl waren die freiheitlich denkenden Männer gern bereit gewesen, sich von den Frauen unterstützen zu lassen – sei es als Werberinnen für liberale Stimmen oder als Helferinnen bei ihren Wahlveranstaltungen. Vor allem Frauen, die Tee ausschenkten und Kuchen verteilten, waren sehr willkommen gewesen. Nach dem Wahlsieg hatten die Liberalen das Frauenwahlrecht dann nur noch als eines der untergeordneten Probleme betrachtet. Als schließlich bei der Rede des Königs zur Parlamentseröffnung die Forderung nach einem Wahlrecht für die Frauen noch nicht einmal erwähnt worden war, hatte dies für viele Suffragetten endgültig das Fass zum Überlaufen gebracht.

»Wahrscheinlich wird es vor dem Parlament recht rau zugehen, Kindchen.« Die Frau musterte Victorias zierliche Gestalt zweifelnd.

»Keine Sorge, ich kann auf mich aufpassen.« Victoria schüttelte den Kopf. »Das Wahlrecht für Frauen! Das Wahlrecht für Frauen!«, stimmte sie in den Chor mit ein, während die Demonstrantinnen an Westminster Abbey vorbeizogen.

Wieder durchpulste Victoria freudige Aufregung. In zwei Jahren würde sie endlich einundzwanzig und damit volljährig sein. Wahrscheinlich gab es bis dahin das Frauenwahlrecht noch immer nicht. Aber sie wollte die Hoffnung nicht aufgeben. Wählen zu dürfen bedeutete ja nicht nur, über die politischen Geschicke des Landes mitzuentscheiden. Es bedeutete auch Gerechtigkeit und dass jede Frau – ob arm oder reich – die Chance hatte, ihr Leben selbst in die Hand zu nehmen.

Wobei es nicht einer gewissen Ironie entbehrt, dass mir als Kind ausgerechnet eine Frau klargemacht hat, was es bedeutet, nicht über sich selbst bestimmen zu dürfen und völlig abhängig zu sein, ging es Victoria durch den Kopf.

Die vier Monate, die sie als Kind in Franken, in Deutschland, bei ihrer tyrannischen Großmutter mütterlicherseits, der

Fürstin Leontine von Marssendorff, verbracht hatte, waren, selbst aus der Distanz betrachtet, die Hölle gewesen.

»Das Wahlrecht für Frauen! Keine Steuern ohne Regierungsbeteiligung!«, rief Victoria unwillkürlich noch lauter.

Vor ihnen tauchten jetzt die hellen Mauern des im neugotischen Stil errichteten Parlaments auf. Trillerpfeifen schrillten durch die Luft.

»Zurück, Ladys, gehen Sie sofort zurück«, hörte man Männer brüllen.

»Lassen Sie uns durch!«

»Wir sind Steuern zahlende Bürgerinnen! Wir fordern das Recht, das Parlament betreten zu dürfen!«, schrien die aufgebrachten Frauen.

»Wenn der Premierminister sich weigert, uns zu empfangen, gehen wir eben ohne Einladung zu ihm.«

Die Demonstrantinnen kamen kurz zum Stehen. Doch gleich darauf stürmten sie voran.

»Den Frauen in den ersten Reihen ist es gelungen, die Polizeikette zu durchbrechen!«, rief jemand.

Wild entschlossen, ins Innere des Parlaments zu gelangen, drängte Victoria inmitten der Menge weiter. Aus den Augenwinkeln nahm sie eine Gruppe feixender Männer wahr. Eine Frau vor Victoria wurde von einem faulen Ei getroffen, sie selbst von einer schimmligen Orange. Sie rutschte auf etwas Glitschigem aus, hatte Mühe, nicht zu fallen.

Victoria hatte eben das Gleichgewicht wiedererlangt, als sich das Schrillen der Trillerpfeifen verstärkte. Hufgetrappel drang an ihr Ohr. Berittene Polizisten drängten auf den Platz und trieben ihre Pferde zwischen die Demonstrantinnen. Panische Schreie, Flüche und wütende Rufe erklangen.

Ha, das ist also die angeblich stets so ritterliche Polizei!, dachte Victoria zornig. Sie kämpfte gegen ihre eigene Panik an, duckte sich unter einem Pferdehals hindurch und drängte weiter. Am Rand des Platzes angelangt, zog sie ihre Kodak aus der Handtasche und richtete sie auf das Geschehen.

Ein Polizist, den Schlagstock hoch erhoben, erschien vor ihrer Linse. Sie fing zwei weitere Polizisten mit ihrer Kamera ein, die eine sich heftig wehrende Frau unter den Achseln packten und über das Pflaster zerrten. Aus der feixenden Gruppe stürzten sich Männer in das Getümmel, hielten Frauen fest und begrapschten sie.

»Da ist noch eins dieser Weiber!« Zu spät bemerkte Victoria, dass sich ein Mann vor ihr aufgebaut hatte. Er fasste sie grob am Arm, sodass ihre Kodak zu Boden fiel. »Komm schon, Kleine, gib mir einen Kuss.«

Er sprach das Englisch der unteren Mittelschicht und grinste sie gehässig an. In seiner oberen Zahnreihe klaffte eine breite Lücke.

»Finger weg!«

Mit einem Jiu-Jitsu-Griff brachte Victoria den Mann zum Taumeln, dann stürzte er zu Boden.

Die Kodak ... Wo war die Kodak?

Hastig blickte sie sich um. Sie schlängelte sich zwischen zwei Männern hindurch und hatte die Kamera eben aufgehoben, als sie wieder gepackt wurde, dieses Mal von hinten. Ein Unterarm presste sich gegen ihre Kehle.

»Du bist ja eine ganz Wilde. Na, soll ich's dir mal richtig besorgen, bevor ich dich der Polizei übergebe?«

Ein nach Zwiebeln und Bier stinkender Atem drang Victoria in die Nase. Es gelang ihr, den Kopf ein wenig zu drehen. Ein stoppliges, stark gerötetes Gesicht ragte über ihr auf. Lachend zerrte der Kerl sie weiter, während sie vergebens nach ihm trat und versuchte, sich aus seinem Griff zu winden.

»Das ist ja nun aber ein ganz schlechtes Benehmen. Lassen

Sie die junge Dame auf der Stelle los!«, hörte Victoria eine kultivierte Männerstimme. Ein junger Mann hatte sich, wie sie jetzt sah, vor ihrem Peiniger aufgebaut.

»Hau ab, du feiner Pinkel. Sonst gibt's was in die Fresse«, knurrte dieser.

»Nun, wenn Sie partout nicht mit sich reden lassen wollen …«

Eine Faust schoss an Victoria vorbei und landete im Gesicht des Stoppelbärtigen. Dieser stolperte rückwärts. Victoria ergriff die Gelegenheit, riss sich von ihm los und bog in die Parliament Street ein. Als sie sich kurz umdrehte, sah sie ihren Retter hinter sich, den Stoppelbärtigen und einige von dessen Kumpanen dicht auf den Fersen. In diesem Moment kam ein Hansom Cab aus einer Seitenstraße.

»Kommen Sie!« Der junge Mann ergriff Victorias Arm und rannte mit ihr auf das Gefährt zu. »Egal wohin, nur weg von hier!«, rief ihr Retter dem Kutscher zu, während er ihr auf den Sitz half und sich dann neben sie fallen ließ.

»Sehr wohl, Sir!« Während der Kutscher wendete, ließ er seine Peitsche über die Verfolger tanzen. Dann preschten die Pferde im Galopp in Richtung Covent Garden.

»Manchmal braucht man im Leben einfach nur ein wenig Glück. Ich hätte mich wirklich höchst ungern mit diesem Mob herumgeprügelt. Noch dazu, da ich nicht richtig in Form bin.« Der junge Mann bewegte die Finger seiner Rechten und verzog dann schmerzerfüllt das Gesicht.

Zum ersten Mal hatte Victoria Gelegenheit, ihn genauer zu betrachten. Er hatte hellbraunes, kurz geschnittenes Haar und dunkelbraune Augen. Er war nicht direkt gut aussehend, doch seine Gesichtszüge waren ebenmäßig. Eine Braue stand etwas höher über den Augen als die andere, was wirkte, als zöge er sie ironisch nach oben. Die kleinen Kerben neben seinem breiten Mund ließen Humor vermuten. Sie schätzte, dass er Mitte zwanzig war und aus einer gebildeten Familie stammte, denn er sprach mit einem Oxford- oder Cambridge-Akzent. Zu diesem Eindruck trug auch bei, dass sein brauner Mantel zwar etwas abgetragen, aber eindeutig maßgeschneidert war.

»Meine Güte«, murmelte er nun, »ich hätte wirklich nicht gedacht, dass ich mir einmal für eine Anhängerin von Mrs. Pankhurst die Hand verstauchen würde.«

»Sie sind also nicht für das Frauenwahlrecht?«, fragte Victoria hitzig.

»Ich habe nichts dagegen …«

»Wie überaus generös von Ihnen.«

»Aber gern …« Er winkte großzügig ab. »Allerdings habe ich etwas gegen Mrs. Pankhurst.«

»Da sie sich nicht still und duldsam verhält, wie es die herrschende Meinung von Frauen verlangt, sondern ihre Rechte einfordert?«

»Nein, weil ich die Vorkämpferin für das Frauenwahlrecht für fürchterlich dogmatisch und selbstgerecht halte.«

»Ach, sind Sie etwa der Meinung, dass das Wahlrecht für Frauen auf keinen Fall vor dem allgemeinen Wahlrecht für Männer eingeführt werden darf? Weil damit Ihre eigenen Geschlechtsgenossen benachteiligt wären? Wobei Sie …«, Victoria betrachtete ihn ärgerlich, »… bestimmt zu den Männern zählen, die ein Haus besitzen oder eine Wohnung gemietet haben und damit die Regierung wählen dürfen.«

»Ich gebe zu, ich bin Besitzer eines kleinen Reihenhauses.« Er grinste, während er ein Leinentaschentuch aus seiner Manteltasche zog und es Victoria reichte.

»Was soll ich damit?«, fragte sie irritiert. »Stören Sie sich etwa an meinen geschminkten Lippen?«

»Nicht im Geringsten. Ich finde sie im Gegenteil ganz

reizend. Aber ... Falls Sie Ihre Schulter säubern möchten ...«

»Oh ...«

Victoria spähte an sich hinunter. Reste der schimmligen Orange hafteten an ihrem Mantel. Hastig wischte sie sie ab.

Nun erst bemerkte Victoria die zusammengefaltete Zeitung, die in der Manteltasche des jungen Mannes steckte. Unter dem Zeitungsnamen, *The Spectator*, sprang ihr das Datum 13. Februar ins Auge.

»O mein Gott«, erschrocken fuhr sie sich mit der Hand an den Mund, »wie spät ist es eigentlich?«

Ihr Retter ließ seine Taschenuhr aufschnappen. »Kurz nach halb vier.«

»Ich muss sofort zum Ritz.«

»Zum Ritz?«

Victoria nickte niedergeschlagen. »Ich hatte völlig vergessen, dass ich dort seit drei Uhr verabredet bin.«

»Sie stecken voller überraschender Facetten.« Ihr Begleiter beugte sich aus dem Hansom Cab und rief dem Kutscher das Ziel zu. »Es war übrigens sehr beeindruckend, wie Sie einen dieser Kerle zu Fall brachten. Sah wie ein Jiu-Jitsu-Griff aus. Wenn Sie mir diese Bemerkung gestatten.«

»Es *war* Jiu-Jitsu.«

»Tatsächlich?« Nun war *er* irritiert.

»Mein Vater hat es mir beigebracht.«

»Er muss ein bemerkenswerter Mann sein.«

»Ja, das war er«, erwiderte Victoria leise. Noch immer hatte sie nicht verwunden, dass ihr Vater seit über einem Jahr tot war, und sie vermisste ihn immer noch jeden Tag. Ihre Mutter war, als Victoria dreieinhalb Jahre alt gewesen war, an einem Fieber gestorben. Sie sah das Mitgefühl in den Augen ihres Gegenübers und sagte deshalb rasch: »Was hat Sie eigentlich vorhin vor das Parlament verschlagen? Für das Frauenwahlrecht demonstriert haben Sie ja wohl kaum.«

»Nein, ich gestehe, ich war nicht deshalb dort, sondern von Berufs wegen. Ich arbeite für den *Spectator*. Mein Name ist Jeremy Ryder.« Er holte eine Visitenkarte aus der Innentasche seines Mantels und reichte sie ihr. »Ich möchte nicht zudringlich sein, aber würden Sie mir vielleicht auch Ihren Namen verraten?«, fragte er dann.

»Oh, natürlich.« Victoria nahm eine ihrer Karten aus ihrer Handtasche. »Victoria Bredon.«

»Bredon … Etwa wie der berühmte Gerichtsmediziner Bernard Bredon?« Er blickte sie überrascht an.

»Ja, genau. Er war mein Vater.«

Die Kutsche überquerte den Piccadilly Circus mit seinen georgianischen Häusern, gleich würden sie das erst im Jahr zuvor eröffnete Hotel erreichen.

»Verzeihen Sie, ich habe mich noch gar nicht dafür bedankt, dass Sie mich vor diesem widerlichen Kerl gerettet haben«, fiel Victoria plötzlich ein, und sie errötete unwillkürlich.

»Es ist mir stets eine Freude, mich Damen gegenüber als Gentleman zu erweisen.« Jeremy Ryder schüttelte den Kopf, als Victoria nach ihrem Portemonnaie griff. »Unter keinen Umständen würde ich es zulassen, dass Sie sich an den Kosten für diese Fahrt beteiligen.«

»Da Sie schon das Wahlrecht haben und ich noch nicht, akzeptiere ich Ihr Angebot ausnahmsweise.«

Victoria lächelte zum Abschied, als die Kutsche hielt, sprang hinunter und eilte auf den imposanten Eingang des Ritz zu.

Der livrierte Türsteher stellte sich Victoria mit grimmig entschlossener Miene in den Weg, als wäre er der heilige Michael, der das Himmelstor vor dem Ansturm der Hölle verteidigen musste. Sie war sich darüber im Klaren, dass sie alles andere als respektabel wirkte. Ihr Mantel hatte seine besseren Tage schon seit Längerem hinter sich, dort, wo die Orange sie getroffen hatte, prangte immer noch ein Fleck.

»Guter Mann, es ist nutzlos, mich wegzuschicken.« Sie blickte dem Portier fest in die Augen und sprach ihr hochnäsigstes Upperclass-Englisch. »Ich bin mit Lady Glenmorag zum Tee verabredet.«

Wortlos öffnete der Türsteher Victoria und ließ sie in die Halle ein, wo er ihr ebenso wortlos bedeutete zu warten. Victoria kannte das Gebäude mit der strengen und gleichzeitig eleganten Fassade gut, da sie ganz in der Nähe wohnte, doch sie hatte es noch nie betreten. Hier Tee zu trinken oder zu speisen überstieg ihre finanziellen Möglichkeiten bei Weitem. Neugierig blickte sie sich um. Die cremefarbene Holztäfelung war von überraschender Schlichtheit. Einen raffinierten Kontrast dazu bildeten der dicke rotgoldene Teppich und der elegante Kronleuchter, die den Gästen einen kleinen Vorgeschmack auf den Luxus dieses Hotels gaben.

»Miss Bredon ...« Jemand räusperte sich neben ihr. Der Türsteher war mit einem Kellner zurückgekehrt, der, seiner dunklen Haut- und Haarfarbe nach zu schließen, von südeuropäischer Herkunft war. »Miss Bredon, wir bedauern sehr, dass Sie warten mussten.« Der Kellner zwinkerte nervös mit den Augenlidern. »Lady Glenmorag erwartet Sie in der Tat bereits. Falls Sie sich noch frisch machen möchten, bevor ich Sie in den Palm Court begleite?« Er deutete auf einen Gang, der wohl zu den Toiletten führte. »Ich nehme Ihnen schon einmal Ihren Mantel ab, wenn Sie gestatten.«

Na ja, ich kann verstehen, dass man mich so, wie ich aussehe, nicht in den Palm Court lassen will, dachte Victoria wenig später, als sie sich in den riesigen Spiegeln über den Marmorwaschbecken der Damentoilette sah. Sie schnitt eine Grimasse. Der Hut saß schief auf ihrem Kopf. Einige Strähnen ihres roten lockigen Haares hatten sich aus dem Knoten am Hinterkopf gelöst und hingen ihr wirr ums Gesicht. Überdies war auch noch ihr Lippenstift verschmiert.

»Kann ich Ihnen helfen, Miss?« Ein junges Dienstmädchen trat auf sie zu und hielt ihr ein Silbertablett hin, auf dem Handtücher, Kämme und Bürsten lagen.

»Danke.«

Victoria nahm ein Tuch und drehte den vergoldeten Heißwasserhahn auf – das Ritz war das erste Hotel in London, in dem selbst jedes Zimmer mit fließendem kaltem und heißem Wasser ausgestattet war. Während sie den Lippenstift abrubbelte, spielte sie einen Moment lang mit dem Gedanken, sich die Lippen nachzuziehen, entschied sich dann jedoch dagegen. Ihre Großtante Hermione würde wahrscheinlich umgehend ihren Vormund aufsuchen und ihn fragen, wie er es zulassen könne, dass Victoria sich wie eine Prostituierte benehme. Eine Szene, die sie dem armen alten Montgomery wirklich ersparen wollte.

Nachdem Victoria ihr Haar einigermaßen gebändigt und ihre Nase gepudert hatte, betrachtete sie sich noch einen Augenblick lang prüfend. Jetzt, im Winter, war ihre Haut sehr hell und makellos. Aber schon im Frühjahr, mit den ersten intensiven Sonnenstrahlen, würden wieder Sommersprossen ihre Nase sprenkeln. Eine Mitschülerin im Internat hatte einmal gesagt, Victoria sehe wie eine kostbare Porzellanpuppe aus. Das Mädchen hatte dies als Kompliment gemeint und auf Victorias herzförmiges Gesicht, ihre großen grünen Augen und ihren hübschen Mund bezogen. Aber Victoria wünschte sich, weniger *niedlich* auszusehen.

Nun denn …

Sie schnitt noch einmal eine Grimasse, während sie den Hut wieder mithilfe von Nadeln auf ihrem Kopf befestigte. Es war an der Zeit, dass sie sich innerlich für das Gespräch mit ihrer Großtante wappnete.

ZWEITES KAPITEL

Der Palm Court des Ritz war ein Traum aus filigranen Marmorsäulen, Gold und Stuck. Das leise Plätschern eines muschelförmigen Brunnens wurde von einer vergoldeten Nymphe bewacht. Üppige Kristallleuchter hingen von der Decke. Der verschwenderische Blumenschmuck und das große Glasdach erinnerten an ein luxuriöses Gewächshaus und sorgten für eine helle, luftige Atmosphäre. Auch die Stücke, die das Orchester spielte, waren unbeschwert und heiter.

Victoria hatte erwartet, dass ihre Großtante, Lady Hermione Glenmorag, die Tochter des achten Duke of St. Aldwyn und die Witwe des fünften Earl of Glenmorag, in der Nähe der breiten Marmorstufen thronen würde, die in den Palm Court führten – dort, wo man den Überblick über den Saal hatte und von allen Anwesenden gut gesehen werden konnte. Doch der Kellner führte sie zu einer Nische, wo ihre Großtante, geschützt von Palmwedeln, an einem Tisch saß.

Mit ihrer rosigen Haut, den blauen Augen in dem ovalen, fein geschnittenen Gesicht und ihrem hellblonden Haar hatte Lady Glenmorag in ihrer Jugend als eine Schönheit gegolten. Gemälde zeigten sie sanft lächelnd mit einem hingebungsvollen Augenaufschlag – was, wie Victoria wusste, nur Tarnung war. Sie besaß ein stählernes Herz. Jetzt, mit Mitte sechzig, war sie immer noch eine eindrucksvolle Erscheinung, auch wenn ihr Haar nun grau geworden war. Lady Glenmorag trug ein fuchsiafarbenes Seidenkleid, das ihren makellosen Teint hervorragend zur Geltung brachte, und einen Hut derselben Farbe. Beides entsprach der neuesten Mode.

Ob sie nicht mit mir gesehen werden will und sich deshalb für diese Nische entschieden hat?, fragte sich Victoria.

»Mylady ...«

Der Kellner verbeugte sich vor ihrer Großtante, ehe er Victoria den Stuhl zurechtrückte und dann mit lautlosen Schritten entschwand.

»Du kommst eine knappe Stunde zu spät.« Lady Glenmorag gab sich nicht die geringste Mühe, ihren Ärger zu verbergen. »Wenn ich nicht darüber informiert worden wäre, dass eine reichlich derangiert wirkende junge Dame, die behauptete, meine Großnichte zu sein, im Ritz eingetroffen sei, wäre ich bereits gegangen.«

Victoria bedauerte es ein wenig, sich nicht noch ein bisschen mehr verspätet zu haben. Was auch immer Großtante Hermione mit ihr zu besprechen hatte – eine angenehme Plauderei unter Verwandten würde diese Unterhaltung sicher nicht werden.

»Es tut mir leid, ich wurde aufgehalten«, sagte sie bemüht höflich.

Dass sie aufgehalten worden war, entsprach in gewisser Weise der Wahrheit. Ihre Großtante musste ja nicht wissen, welche Begebenheit sie die Uhrzeit schlichtweg hatte vergessen lassen.

»Nun ja, jetzt bist du ja hier ...« Lady Glenmorags Tonfall wurde ein bisschen gnädiger, und so stand Victoria gehorsam auf, beugte sich zu ihr hinunter und reichte ihr die Wange zum Kuss. Doch plötzlich wich die alte Dame vor ihr zurück, als vermutete sie eine ansteckende Krankheit bei ihrer Großnichte. »Da ist *Farbe* an deinem Mundwinkel«, erklärte sie mit bebender Stimme. »Hast du etwa Lippenstift benutzt?«

Also konnte sie gleich die ganze Wahrheit sagen ...

Victoria setzte sich wieder. »Ich habe an einer Suffragettendemonstration teilgenommen und mich deshalb geschminkt. Nicht etwa, weil ich vorhätte, Geld als Prostituierte zu verdienen.«

»Wenn du dieses unsägliche Wort schon in den Mund nehmen musst, dann sprich es wenigstens leise aus«, zischte ihre Großtante, während sie sich nervös umblickte. »Und was soll das heißen: Du hast an einer Demonstration teilgenommen?«

»Genau das, ich sagte es schon.« Victoria spürte, dass sie bald die Geduld verlieren würde.

»Du beteiligst dich also an den Aktionen dieser hysterischen Frauen, die auf herausfordernde, um nicht zu sagen ungezogene und penetrante Weise das Licht der Öffentlichkeit suchen, um auf ihre sogenannten Rechte aufmerksam zu machen?«

»Das Recht zu wählen ist kein sogenanntes Recht. Und die Taktik, durch das Verfassen und Einreichen von Petitionen etwas zu bewirken, war leider bisher völlig erfolglos«, ereiferte sich Victoria mit erhobener Stimme. »Aus diesem Grund mussten wir zu drastischeren Mitteln greifen.«

Ihre Großtante zuckte zusammen. »Bitte mäßige dich! Es muss nicht der ganze Palm Court erfahren, dass die St. Aldwyns eine Radikale in der Familie haben. Ich habe jedenfalls kein Wahlrecht benötigt, um der Welt meinen Stempel aufzudrücken.«

»Als Tochter eines Duke und Gattin eines Earls haben Sie es aber auch viel leichter als zum Beispiel eine Webereiarbeiterin«, erwiderte Victoria sarkastisch.

Lady Glenmorag lehnte sich auf dem mit cremefarbener Seide bespannten Stuhl zurück. »Ich würde sagen, dies ist eher eine Frage des Charakters und der persönlichen Standhaftigkeit als der gesellschaftlichen Position.«

»Eine Webereiarbeiterin beherbergt aber nicht den Premierminister als Wochenendgast und kann ihm auch nicht bei einem Spaziergang im Mondenschein ihre Sicht der politischen Dinge darlegen.«

»Du bist vulgär. Du ...« Zwei Kellner, die sich der Nische näherten, ließen Lady Glenmorag jäh verstummen. Der eine trug ein Tablett mit silbernem Teegeschirr in den Händen, der andere eine Etagere, die mit schmalen Sandwichstreifen und einer Vielzahl kleiner, köstlich aussehender Kuchen und Törtchen bestückt war. Nachdem das Personal den Tisch gedeckt und den Damen Tee in die hauchdünnen Tassen eingeschenkt hatte, bediente sich Victoria von den Köstlichkeiten. Sie bemerkte erst jetzt, wie hungrig sie war, seit dem Frühstück hatte sie nichts mehr gegessen. Ihre Großtante nippte an ihrem Earl Grey und betrachtete sie schweigend. »Du und Hopkins ... ihr müsst jeden Penny umdrehen, nicht wahr?«, fragte sie schließlich sanft.

Alarmiert ließ Victoria das Lachssandwich sinken. »Wir kommen zurecht«, antwortete sie entschieden.

»Meine Liebe, wir wissen doch beide, dass dir dein Vater so gut wie kein Geld hinterlassen hat und dass die Wohnung mit einer Hypothek belastet ist. Dein Vater hat nun einmal einen, nun ja ... recht ausschweifenden und verschwenderischen Lebenswandel geführt.«

Wieder versetzte es Victoria einen schmerzlichen Stich, an ihren Vater erinnert zu werden. Einen Mann, der versucht hatte, dem Tod die Geheimnisse zu entreißen und der das Leben in vollen Zügen genossen hatte.

»Auch wenn das Ihrer Ansicht nach höchst unpassend ist – es ist auch für eine Frau möglich, Geld zu verdienen.«

»Ja, ich weiß.« Ihre Großtante winkte ab. »Du verkaufst hin und wieder Fotografien an Zeitungen und schreibst einen Reiseführer über Italien.«

»Ich …«

Victoria sparte sich die Frage, woher ihre Großtante davon schon wieder wusste. Wenigstens schien sie keine Kenntnis davon zu haben, dass Hopkins unter dem Namen Mrs. Ellingham erfolgreich Zeitungskolumnen über Haushaltstipps verfasste – was dem alten Butler ihres Vaters äußerst peinlich gewesen wäre. Sie erwartete, dass ihre Großtante nun bemerkte, anstelle von Mr. Montgomery würde sie es ihrem Mündel niemals erlauben, einer so unziemlichen Tätigkeit wie dem Gelderwerb nachzugehen. Doch stattdessen beugte Lady Glenmorag sich mit bekümmerter Miene vor.

»Victoria, dein Großvater bedauert es zutiefst, dass er sich nicht mehr mit deinem Vater versöhnen konnte«, sagte sie.

»Pah, er hat noch nicht einmal an der Beerdigung seines Sohnes teilgenommen …«

Tatsächlich war Großtante Hermione die einzige Verwandte ihres Vaters gewesen, die zur Bestattung auf dem Highgate Cemetery erschienen war.

»Du weißt doch, dass sich dein Großvater zum Todeszeitpunkt an der Riviera aufhielt. Er wäre nicht mehr rechtzeitig nach London gekommen. Außerdem konnte dein Vater sehr halsstarrig sein. Er hätte es wahrscheinlich gar nicht gutgeheißen, wenn sein Vater an seinem Grab gestanden hätte.« Ihre Großtante rührte ungehalten in ihrer Teetasse.

»Das wäre das erste Mal gewesen, dass der Duke of St. Aldwyn die Wünsche seines zweitgeborenen Sohnes berücksichtigt hätte.«

»Victoria, du bist verbittert.« Lady Glenmorag bedachte sie mit einem weiteren bekümmerten Blick. »Aber du solltest bedenken, dass es die Entscheidung deines Vaters war, ernsthaft als Gerichtsmediziner zu arbeiten.« Das Wort *arbeiten* sprach sie mit spitzer Zunge aus. »Die Zeiten haben sich geändert, aber vor zwanzig, dreißig Jahren war eine solche Tätigkeit nun einmal mit der gesellschaftlichen Stellung eines Adligen völlig unvereinbar. Wie auch immer ... Dein Großvater möchte das Zerwürfnis beenden. Er reicht dir die Hand zur Versöhnung und bietet dir an, zusammen mit ihm in Aldwyn House zu leben.«

Als hätte sie die Szene mit dem Orchester geprobt, wehten nun einige Akkorde unter den Palmwedeln hindurch, die mit einem dramatischen Tremolo endeten.

Victoria legte die Kuchengabel auf den Teller. »Hat die Fürstin bei Ihnen interveniert?«, fragte sie trocken.

Sowohl für die Familie ihres Vaters als auch für die ihrer Mutter hatte die Hochzeit ihrer Eltern einen Skandal ersten Ranges dargestellt. Ihre Verwandten väterlicherseits waren außer sich gewesen, dass Lord Bernard Bredon eine Ausländerin und Katholikin heiratete. Wäre er nicht schon enterbt gewesen, wäre es bestimmt zu diesem Zeitpunkt erfolgt. Für Fürstin Leontine von Marssendorff kam die Heirat ihrer einzigen Tochter Amelie mit einem Protestanten gar der Vermählung mit dem Teufel gleich. Dass Amelies Gatte der ausgestoßene Spross seiner Familie war, fiel angesichts dieser schwerwiegenden Sünde eher weniger ins Gewicht. Trotzdem, und obwohl sich Fürstin Leontine und Lady Glenmorag nicht ausstehen konnten, hatten sie sich gelegentlich verbündet, wenn es um die Erziehung ihrer Enkelin und Großnichte ging. In ihren Vorstellungen, was für ein Kind oder eine junge Frau schicklich war und was nicht, stimmten sie, sehr zu Victorias Leidwesen, überein.

»Ich habe schon seit Längerem nicht mehr mit der Fürstin korrespondiert.« Großtante Hermione rümpfte nicht sehr überzeugend die Nase. Sie lehnte sich auf ihrem Stuhl zurück und faltete die Hände im Schoß. »Victoria, sieh doch ein, dass es am besten für dich ist, wenn die Wohnung am Green Park verkauft wird und du bei deinen Verwandten lebst. Ich bin sehr wohl darüber informiert, dass ihr beide, du und Hopkins, an allem sparen müsst. Montgomery könnte in deinem Namen die Hypothek abbezahlen, und dein Großvater würde dich mit einem großzügigen monatlichen Scheck ausstatten ...«

»Auf gar keinen Fall werde ich die Wohnung verkaufen«, erwiderte Victoria heftig. Ihr Vater hatte ihr Zuhause geliebt, und Victoria liebte es ebenfalls. Dort war sie aufgewachsen, und dort war ihr Vater an Lungenkrebs gestorben. »Und auf das Geld meines Großvaters lege ich keinen Wert«, fügte sie hinzu.

»In der Stadt wird darüber geredet, dass du allein mit einem Mann zusammenlebst.« Großtante Hermione rührte wieder angelegentlich in ihrer Teetasse.

Victoria konnte sich ein Lächeln nicht verkneifen. »Hopkins ist Ende sechzig. Deshalb sollten sich derartige Gespräche eigentlich erübrigen.«

»Meine Liebe, glaub mir, auch Männer über siebzig oder achtzig können uns Frauen noch gefährlich werden.« Ihre Großtante winkte ab. »Aber nun gut, ich möchte dem wackeren Hopkins nichts unterstellen ... Bedenke jedoch – von dem Betrag, der beim Verkauf der Wohnung übrig bleibt, könntest du eine Pension für ihn aussetzen.«

»Hopkins möchte nichts weniger, als sich in den Ruhestand zurückziehen.«

»Nun ja, da du partout nicht mit dir reden lässt«, Großtante Hermione seufzte und hob mit einer eleganten Gebärde resigniert die Schultern, »möchte ich dich nicht weiter bedrängen.«

»Tatsächlich?« Victoria konnte sich nicht vorstellen, dass sich ihre Verwandte schon geschlagen gab.

»Anfang Januar bist du neunzehn Jahre alt geworden.« Großtante Hermione führte anmutig ein Aprikosentörtchen mit Baiserhaube zum Mund. »Du hättest letztes Jahr schon bei Hofe vorgestellt und in die Gesellschaft eingeführt werden sollen, was jedoch wegen des Todes deines Vaters nicht möglich war. Nun ist das Trauerjahr vorbei. Deshalb wirst du deine Cousine Isabel zum Debütantinnenball im Buckingham Palace begleiten. Er findet in diesem Jahr schon Ende Februar statt, da Ihre Majestäten, der König und die Königin, im Mai und Juni das Commonwealth bereisen werden.«

Victoria begriff, dass der Verkauf der Wohnung nur ein Vorgeplänkel gewesen und dies der eigentliche Zweck ihres Treffens war. Sie hatte doch gewusst, dass da noch etwas kommen würde …

»Ihr Wunsch hat nicht zufällig etwas damit zu tun, dass mein Vater einige Wochen vor seinem Tod mit dem Order of Merit ausgezeichnet wurde?«, fragte sie bissig.

Lady Glenmorag setzte ihre Teetasse mit einem leisen Klirren auf dem Unterteller ab. »Ich sagte dir schon einmal: Du bist vulgär. Deinem Großvater ist aufrichtig daran gelegen, sich mit dir zu versöhnen.«

»Sie meinen eigentlich … er möchte der Gesellschaft eine heile Fassade präsentieren. Ich finde diese Debütantinnenbälle mit all den jungen, weiß gekleideten Frauen, die Straußenfedern auf dem Kopf tragen und sich begaffen lassen, einfach nur albern.«

Ihre Großtante betrachtete sie mit schief gelegtem Kopf. »Ich könnte dafür sorgen, dass deine Fotografien in der

Gallery am Grosvenor Square ausgestellt werden«, sagte sie dann sanft.

In der renommierten Galerie ausstellen zu dürfen war Victorias größter Wunsch. Sie rang kurz mit sich, ehe sie schließlich mit fester Stimme sagte: »Nein, danke.«

»Ja, ja, ich weiß, du möchtest, dass deine Bilder wegen ihres künstlerischen Wertes gezeigt werden und nicht aufgrund meiner Protektion.« Großtante Hermione vollführte eine generöse Handbewegung, während sie Victoria immer noch musterte. »Nun gut, wenn du einwilligst, am Hofball teilzunehmen, würde sich dein Großvater bereit erklären, das unvollendete Buch deines Vaters über seine schreckliche Arbeit zu finanzieren.«

»Haben Sie Spitzel angeheuert?«, fragte Victoria perplex. »Oder woher wissen Sie, dass ich mit Verlegern über dieses Buch gesprochen habe?«

Hopkins, der nicht nur der Butler, sondern auch der Assistent ihres Vaters gewesen war, stand kurz davor, das Buch zu vollenden.

»Du solltest wissen, dass ich meine Beziehungen habe.« Lady Glenmorag hob amüsiert die Augenbrauen. »Ich weiß auch, dass bislang kein Verleger Geld ausgeben möchte für diese Aufsätze, die sich mit ekelerregenden Themen befassen, deren widerlichen Inhalt ich hier nicht weiter ausführen möchte.«

Gerade dieses Buch über einen Bereich der Gerichtsmedizin, in dem ihr so genialer und erfolgreicher Vater über Forschungsgrundlagen nicht hinausgekommen war, hatte ihm besonders am Herzen gelegen – etwa ob Schüsse von Nahem oder aus einer großen Entfernung abgegeben worden waren oder wie die Verteilung der Blutspritzer am Tatort zu deuten war.

»Du musst nichts sagen. Ich sehe dir doch an, dass du einverstanden bist.« Ihre Großtante hob ihre Teetasse an die Lippen und nippte zufrieden daran. »Für deine Ausstattung wird natürlich dein Großvater aufkommen. Andernfalls dürftest du kaum präsentabel sein.«

»Da nun der Zweck unseres Treffens geklärt ist, haben Sie wohl nichts dagegen, wenn ich mich verabschiede.« Victoria stand auf. »Ich muss nämlich tatsächlich noch arbeiten.«

»Natürlich, meine Liebe. Soll ich einen der Kellner anweisen, dass er dir in der Küche das restliche Gebäck einpacken lässt?« Ihre Großtante deutete auf die Etagere, auf der immer noch etliche der köstlichen kleinen Kuchen und Sandwiches lagen. »Ich möchte schließlich nicht, dass du Hunger leidest. Vom armen Hopkins ganz zu schweigen.«

»Danke.« Victoria schüttelte den Kopf. »In unserer Vorratskammer müssten sich noch ein paar Kartoffeln für das Abendessen befinden.«

Immer noch ärgerlich über sich selbst, durchquerte Victoria die Halle des Ritz und trat auf die Straße hinaus. Mittlerweile war es dunkel. In der nebligen Luft verströmten die Gaslaternen ihr milchig gelbes Licht. Die tiefen Schläge Big Bens übertönten den Straßenlärm – es war fünf Uhr.

Dass das Gespräch mit Großtante Hermione unangenehm werden würde, war ja wirklich zu erwarten, überlegte Victoria niedergeschlagen. *Aber dass ich mich dazu überreden lassen würde, an einer Veranstaltung teilzunehmen, bei der junge Frauen wie Vieh auf dem Markt vorgeführt und begutachtet werden, hätte ich nun doch nicht erwartet.*

Die Tatsache, dass ihre Cousine Isabel an dem Debütantinnenball teilnehmen würde, machte alles noch schlimmer.

Isabel – genau genommen Lady Isabel Bredon – war die Tochter des ältesten Bruders von Victorias Vater und Erben des Titels. Sie konnten einander nicht ausstehen. Die wenigen Male, die sie sich als Kinder begegnet waren, waren sie nach kurzer Zeit mit Fäusten aufeinander losgegangen und hatten nur mit Mühe von ihren Nannys getrennt werden können. Auch ihr letztes Zusammentreffen drei Jahre zuvor hatte in einem heftigen Streit geendet. Victoria bezweifelte sehr, dass sie nun miteinander auskommen würden.

Na ja, falls wir uns im Buckingham Palace prügeln sollten, gäbe das wenigstens einen richtig schönen Skandal, über den noch nach Jahren hinter vorgehaltener Hand getuschelt wird … Victoria musste unwillkürlich lächeln.

»Miss Victoria Bredon?« Ein breitschultriger Bobby trat auf dem Gehsteig auf sie zu und versperrte ihr den Weg.

»Ja, die bin ich.«

»Würden Sie bitte mit mir kommen?«

»Warum das denn? Bin ich etwa festgenommen?«, fragte Victoria erschrocken. Bei der Demonstration am Nachmittag waren bestimmt viele Frauen inhaftiert worden.

»Kommen Sie einfach mit«, lautete die gleichmütige Antwort des Bobbys.

Während er ihr seine Hand auf die Schulter legte und sie zu einer Kutsche dirigierte, die am Straßenrand wartete, überlegte Victoria kurz, ob sie weglaufen sollte. Doch sie verwarf den Gedanken gleich wieder. Zum einen wäre dieses Verhalten kindisch gewesen und außerdem kannte der Polizist ja ohnehin ihren Namen.

Jetzt öffnete der Bobby den Kutschenschlag. Nachdem er Victoria in den Wagen geholfen hatte, wechselte er einige Worte mit dem Kutscher, die sie nicht verstand, und setzte sich ihr dann gegenüber auf die harte Holzbank.

Die Kutsche rollte die Regent Street in Richtung Süden entlang. Nicht nach Norden und Islington, wo das Holloway-Gefängnis lag. Dorthin wurden meistens die festgenommenen Suffragetten gebracht. Durch die Wagenfenster sah Victoria luxuriöse Läden im nebligen Licht vorbeigleiten. Passanten strömten zum U-Bahn-Eingang Charing Cross.

»Wohin bringen Sie mich?«, fragte Victoria.

»Warten Sie einfach ab, Miss«, erwiderte der Bobby gleichmütig.

Zum Zeichen dafür, dass für ihn die Unterhaltung beendet war, lehnte er seinen behelmten Kopf an die Wagenwand und begann, auf seinem Schnurrbart zu kauen.

Ich werde es nicht mehr schaffen, die Fotografien rechtzeitig für den Druck der morgigen Mittagsausgabe des Morning Star *zu entwickeln,* ging es Victoria durch den Kopf. *Na ja, falls ich tatsächlich ins Gefängnis gesteckt werden sollte, komme ich wenigstens um den Debütantinnenball herum.*

Ihr blieb nichts anderes übrig, als abzuwarten, wessen man sie beschuldigte. Erst dann konnte sie handeln.

Die Kutsche hatte inzwischen die Cockspur Street hinter sich gelassen und war ins Regierungsviertel Whitehall abgebogen. Auch im Dunst wirkten die neugotischen Gebäude streng und abweisend. Vor einer Seitentür kam die Kutsche schließlich zum Stehen.

»So, da wären wir schon, Miss.« Der Bobby rückte seinen ledernen Kinnriemen zurecht und stand auf.

Der Polizist ließ Victoria eine schmale steinerne Hintertreppe nach oben vorausgehen. Im zweiten Stockwerk wies er sie an, einen mit einem Teppich ausgelegten Korridor entlangzugehen und dann vor einer Tür in der Gangmitte stehen zu bleiben. Nachdem er geklopft hatte, öffnete ein blasser Mann um die vierzig, der einen schwarzen Anzug und einen hohen, steifen Hemdkragen trug.

»Ich habe Miss Bredon bei mir«, erklärte der Bobby.

»Gut gemacht.« Der Mann nickte, ehe er Victoria bedeutete, ihm ins Zimmer zu folgen – eine Art Vorraum, wie sie nun feststellte. In einer der mit dunklem Holz getäfelten Wände gab es eine weitere Tür. »Sir Francis ist noch beschäftigt. Nehmen Sie bitte dort Platz, Miss.« Der Mann, offensichtlich ein Sekretär, wies auf eine Gruppe hochlehniger Stühle, die neben einem Kamin standen.

Victoria benötigte einen Augenblick, bis sie begriff. »Handelt es sich bei Sir Francis etwa um Sir Francis Sunderland?«, fragte sie.

»Genau.«

Der Sekretär setzte sich hinter seinen Schreibtisch und nahm die Schreibarbeit, die er eben unterbrochen hatte, wieder auf. Seine Feder kratzte monoton über das Papier.

Und ich habe geglaubt, das Treffen mit meiner Großtante sei die unangenehmste Begegnung dieses Tages. Weit gefehlt, begriff Victoria.

Sie hatte Sir Francis nie persönlich getroffen, aber sie wusste, dass er ein hochrangiger Mitarbeiter des Innenministeriums war und für ein hartes Vorgehen gegenüber den Suffragetten eintrat.

Hinter der Zwischentür konnte Victoria gedämpfte Stimmen hören. Big Ben schlug zur Viertelstunde, als die Zwischentür geöffnet wurde. Eine schwarz gekleidete Frau trat in das Vorzimmer. Sie hatte ein rundes Gesicht mit einem kleinen Mund und eine sehr bleiche, fleckige Haut. Den Falten nach zu urteilen, die sich in ihre Stirn und ihre Wangen eingegraben hatten, war sie um die sechzig Jahre alt. Auf ihrer rechten

Wange befand sich ein großes dunkles Muttermal. Während Victoria noch durch den Kopf ging, dass sie einen verängstigten Eindruck machte, fasste die Frau schon an ihren Hut und zog den Schleier über ihr Gesicht.

»Bringen Sie Miss Bredon herein, Walters«, ertönte eine schnarrende Stimme aus dem Nebenraum.

Das Erste, was Victoria an Sir Francis auffiel, als sie über die Schwelle trat, war, dass sein Schädel vollständig kahl war. Er trug eine randlose Brille mit runden Gläsern. Seine Nase war ein wenig aufgeworfen, was Victoria unwillkürlich an den Kopf einer Schlange denken ließ. Die Ärmel seines dunklen Jacketts waren etwas zurückgerutscht und entblößten Manschetten aus schimmerndem Leinenstoff, die von schweren goldenen Knöpfen zusammengehalten wurden. Während Victoria auf Sir Francis zuging, wandte er ihr sein Gesicht zu – was irritierend war, da sie seine Augen hinter den reflektierenden Brillengläsern nicht richtig erkennen konnte. Victoria fühlte sich plötzlich merkwürdig schutzlos und ärgerte sich gleichzeitig über ihre Unsicherheit. Sie hörte, wie die Tür hinter ihr geschlossen wurde.

Wortlos wies Sir Francis auf den Stuhl vor seinem Schreibtisch. Zögernd nahm Victoria Platz. In den beiden hohen Fenstern spiegelten sich die getäfelten Wände, die Bücherregale und der Kamin mit dem brennenden Feuer. Aus der Ferne klang gedämpft das Rollen von Kutschrädern. Victoria ertappte sich bei dem Wunsch, eines der Fenster zu öffnen und tief die frische Luft einzuatmen.

»Sie sind also die Tochter des berühmten Lord Bernard Bredon.« Victoria zuckte zusammen, als Sir Francis unvermittelt zu sprechen begann. »Jenes angeblich so genialen Gerichtsmediziners, der jeden Auftritt im Gerichtssaal nutzte, um sich selbst in Szene zu setzen, auch wenn er damit einen Verbrecher vor der Strafe bewahrte. Hauptsache, Lord Bernard konnte den hingerissenen Geschworenen wieder einen seiner Taschenspielertricks präsentieren.« Sir Francis' Stimme, die vor Sarkasmus troff, ließ Victoria ihr inneres Gleichgewicht wiederfinden.

»Mein Vater hat sich nie in den Vordergrund gedrängt«, entgegnete sie hitzig. »Ihm ging es immer nur um die Wissenschaft und die Gerechtigkeit.«

»Wie Ihr Vater scheinen Sie charakterschwach und zügellos zu sein. Zudem lassen Sie jeden Sinn für Sitte und Anstand vermissen.« Sir Francis verschränkte seine Hände und legte sie vor sich auf den Schreibtisch. Sie waren, wie Victoria jetzt sah, sorgfältig manikürt und sehr schmal, die Finger unnatürlich lang und gekrümmt. Der Anblick erregte ein Gefühl von Ekel in ihr.

»Warum haben Sie mich hierherbringen lassen?«, fragte sie schneidend. »Wenn Sie mich verhaften lassen wollen, da ich an der Demonstration vor dem Parlament teilgenommen habe, tun Sie es bitte. Ich werde meinen Vormund und Anwalt benachrichtigen, und der wird jedem Richter klarmachen, dass ich nichts Unrechtes getan habe.«

Sir Francis musterte sie einen Moment lang schweigend, während Victoria sich wieder wünschte, sie könnte seine Augen hinter den blitzenden Brillengläsern besser erkennen.

»Sie waren acht Jahre alt, als Sie Ihrer Großmutter mütterlicherseits davonliefen, nicht wahr?«

»Ja, aber ...«, brachte Victoria verblüfft hervor.

Er hob abwehrend die Hand. »Haben Sie sich nie gefragt, warum Ihr Vater, den Sie so sehr vergötterten, Sie fünf Jahre nach dem Tod Ihrer Mutter ausgerechnet zu einer Frau bringen ließ, mit der die eigene Tochter gebrochen hatte?«

»Mein Vater reiste für mehrere Monate nach Dehli, um dort die Gerichtsmedizin aufzubauen. Er hatte Angst, dass mir das Klima nicht bekommen und ich krank werden würde. Meine Großmutter wollte mich gern kennenlernen, und mein Vater wollte, dass ich die Sprache meiner Mutter erlernte. Er war überzeugt, dass meine Großmutter sich mir anders als ihrer Tochter gegenüber verhalten würde.«

Weshalb erklärte sie Sir Francis das eigentlich alles?

Victoria konnte den Blick nicht von den spiegelnden Brillengläsern ihres Gegenübers abwenden. Im Kamin zerbarst knackend ein Stück Kohle. Ein Geräusch, das sich ähnlich weit entfernt anhörte wie das Räderrollen auf der Straße.

»Haben Sie sich eigentlich nie darüber gewundert, dass Ihr Vater nicht wollte, dass Sie malen, obwohl Sie doch eine gewisse Begabung dafür zeigten?«

»Meine Mutter war Malerin. Wenn ich malte, hat ihn das wohl zu sehr an sie erinnert.« Wieder fragte Victoria sich, warum sie Sir Francis überhaupt antwortete. Sie musste sich von diesem merkwürdigen Bann, den er auf sie ausübte, befreien. »Was geht Sie meine Beziehung zu meinem Vater an?«, zwang sie sich zu entgegnen. »Und woher wissen Sie das alles über mich?«

»Woher ich das weiß, tut nichts zur Sache.« Der hochrangige Beamte schenkte ihr ein schmallippiges Lächeln.

»Ich habe diese Unterhaltung satt.« Victoria legte ihre Hände auf die Armlehnen des Stuhles und stand auf. »Ich gehe jetzt.«

Sir Francis ließ sie zur Tür gehen, dann sagte er leise: »Sie leiden gelegentlich immer noch unter Atemnot, obwohl der Brand, bei dem Sie beinahe ums Leben gekommen wären, nun schon über vierzehn Jahre zurückliegt. Und Sie haben Albträume davon ...«

»Wie bitte?« Victoria wirbelte herum.

Sir Francis' Miene war völlig ausdruckslos. Für einen Moment glaubte Victoria, wie in ihren Albträumen die Hitze der Flammen zu spüren, hörte sich schreien.

»Ihr Vater hat Sie aus der brennenden Wohnung gerettet ...«

»Ja ...«

»... glauben Sie zumindest.« Seine Finger fuhren über die lederbezogene Schreibtischunterlage, griffen dann nach einem silbernen Brieföffner und spielten damit. Das Metall fing das Licht der Schreibtischlampe auf und warf Lichtsprenkel in die dunklen Ecken des Zimmers. »Was würden Sie sagen, wenn Sie erführen, dass sich Ihr vergötterter, heldenhafter Vater zu dem Zeitpunkt, als das Feuer ausbrach, gar nicht in der Wohnung aufhielt?«

»Mein Vater hätte mich niemals angelogen!«

Sir Francis lächelte nur. Wieder zerbarst ein Kohlestück knackend im Feuer. Rauch drang Victoria in die Nase. Plötzlich bekam sie keine Luft mehr. *Ruhig, ganz ruhig*, mahnte sie sich in Gedanken. *In deiner Handtasche befindet sich eine Papiertüte. Du musst sie herausnehmen und hineinatmen.* Sie zerrte am Verschluss ihrer Tasche, doch sie bekam ihn nicht auf. Panik stieg in ihr hoch. Der Raum verschwamm vor ihren Augen. Sie wollte Sir Francis anflehen, ihre Tasche zu öffnen und die Tüte herauszunehmen, aber über ihre Lippen kam nur ein hilfloses Wimmern.

Plötzlich nahm sie einen schwachen Bergamottegeruch wahr. Sie registrierte, dass Sir Francis sich an der Handtasche zu schaffen machte, und er reichte ihr schließlich die Tüte.

»Hier, nehmen Sie.« In seinen Augen stand unverhohlener

Triumph. In einem Winkel ihres Bewusstseins begriff Victoria, dass er genau über ihre Atemnot Bescheid gewusst und sie mit Absicht hineingetrieben hatte. Die Angst zu ersticken war allerdings stärker als ihre Verachtung. Sie riss ihm die Tüte aus der Hand und atmete hinein, taumelte gegen den Schreibtisch. Tränen rannen über ihr Gesicht. »Sie sind also doch nicht so stark und eigenständig, wie Sie stets vorgeben«, hörte sie Sir Francis neben sich sagen. »Im Grunde Ihres Herzens sind Sie immer noch ein verwöhntes, ängstliches Kind.« Sir Francis ging um den Schreibtisch herum und betätigte eine Glocke. Gleich darauf wurde die Tür geöffnet. »Walters, führen Sie Miss Bredon hinaus und rufen Sie Ihr eine Kutsche«, befahl er.

DRITTES KAPITEL

In dem großen georgianischen Gebäude in Piccadilly, ihrem Zuhause, blieb Victoria auf dem Treppenabsatz des ersten Stockes stehen. Sie atmete keuchend ein und aus und klammerte sich an den Handlauf des schmiedeeisernen Geländers. Es war ihr schwergefallen, die hohen Stufen hinaufzusteigen. Die verspiegelten Wände zwischen den Marmorsäulen warfen ihr Bild zurück. Ihr Gesicht war totenbleich, die Augen weit aufgerissen. Wenn Sir Francis' Sekretär sie nicht gestützt hätte, wäre sie nicht aus dem Regierungsgebäude zur Straße hinuntergelangt. Sie hatte auch noch die Demütigung hinnehmen und sich von ihm wie ein kleines Kind in die Kutsche helfen lassen müssen.

Nach einer Weile beruhigte sich Victorias Atmen so weit, dass sie die restlichen Stufen bis zum dritten Stockwerk in Angriff nehmen konnte. Als sie die Wohnung betrat, wurde die Küchentür geöffnet, und Hopkins kam heraus. Er hatte die Hemdsärmel hochgerollt und trug eine Schürze, wie immer, wenn er eines seiner köstlichen Gerichte zauberte.

»Guten Abend, Miss Victoria.« Der Butler begrüßte sie wie stets mit einem würdevollen Neigen des Kopfes und half ihr aus dem Mantel. Seine Nähe war Victoria so vertraut, dass ihre Begegnung mit Sir Francis Sunderland etwas von ihrem Schrecken verlor. »Das Abendessen ist fast fertig, Miss. Sollen wir uns gleich zu Tisch setzen, oder möchten Sie sich vorher noch ein wenig ausruhen?« Dies war Hopkins' Art, taktvoll anzudeuten, dass sie grauenvoll aussah.

Victoria hatte keinen Hunger, aber sie sehnte sich nach so etwas Alltäglichem und Beruhigendem wie Hopkins' Gesellschaft. »Ich nehme nur schnell meinen Hut ab und mache mich ein wenig frisch«, sagte sie.

»Sehr wohl, Miss.« Hopkins verneigte sich.

Als Victoria wenig später die Küche betrat, hatte Hopkins die Schürze abgelegt, er trug stattdessen seinen schwarzen Cut. In dem gusseisernen Holz- und Gasherd, der gleichzeitig als Ofen genutzt wurde, brannte ein heimeliges Feuer. Der zwölf Meter lange Eichentisch – er war für eine ganze Brigade von Bediensteten gedacht – war am einen Ende mit einem gestärkten Leinentischtuch, Porzellantellern, Kristallgläsern und Silberbesteck gedeckt. Hopkins hatte eine Petroleumlampe entzündet, denn das elektrische Licht zu benutzen, mit dem die Wohnung eigentlich ausgestattet war, war zu kostspielig für das knapp bemessene Haushaltsbudget. Wie immer brannten zwei Kerzen, die in glänzend polierten Silberleuchtern standen. Eine einzelne Rose in einer Kristallvase neigte ihre Blüte über die kunstvoll gefalteten Servietten und eine Schüssel auf einem Rechaud.

Da sie es sich nicht leisten konnten, das Esszimmer zu beheizen, versuchte Hopkins eisern, in der Küche einen gewissen Stil aufrechtzuerhalten. »Miss ...« Er rückte ihr den Stuhl zurecht, ehe er den Deckel der Schüssel abnahm und sie ihr präsentierte, damit sie sich selbst bedienen konnte. »Ich habe Nudeln à la Reigne zubereitet.«

»Sie duften wundervoll, Hopkins.«

Dass die Speisen auf dem Tisch und nicht auf einer Anrichte

standen, war der Situation geschuldet. Es hatte Victoria auch viel Überredungskunst gekostet, Hopkins dazu zu bringen, mit ihr zusammen zu essen, seit ihr Vater nicht mehr lebte, statt ihr nur zu servieren. Er konnte sich schlecht daran gewöhnen. Ihren Vorschlag, ihn »Mr. Hopkins« statt »Hopkins« zu nennen, hatte er höflich, aber entschieden zurückgewiesen, denn dies war für ihn unvereinbar mit seiner Würde als Butler. Als er sich ihr gegenüber auf einem Hocker niederließ, ein Stuhl mit Lehne hätte die Schöße seines Cuts zerknittert, wirkte er wie stets ein ganz klein wenig verkrampft.

In jungen Jahren musste Hopkins ein gut aussehender Mann gewesen sein. Noch jetzt, im Alter von achtundsechzig Jahren, verströmte er mit seinen strahlend blauen Augen und seinem silbrig grauen, akkurat gescheitelten Haar die Aura eines hochrangigen Diplomaten – stets distinguiert und die Form wahrend. Hopkins hatte Victorias Vater seit dessen Jugend gekannt, denn er war einige Jahre lang der Butler des Duke of St. Aldwyn gewesen. Kurz nachdem Richard, sein einziger Sohn, als Soldat während des Mahdi-Aufstandes im Sudan ums Leben gekommen war, war Hopkins in den Dienst Lord Bredons getreten. Victoria vermutete, weil er ihren Vater immer gern gemocht und ihn dieser ein bisschen an seinen Sohn erinnert hatte. Neben seiner Tätigkeit als Butler hatte Hopkins ihm bei seinen wissenschaftlichen Arbeiten assistiert und ihn während seiner kurzen Leidenszeit gepflegt.

Victoria kannte Hopkins seit ihrem fünften Lebensjahr. Er hatte ihr vorgelesen, sie bei Kümmernissen getröstet und sie vor ihren Nannys und Gouvernanten in Schutz genommen. Auch wenn sie es niemals gewagt hätte, ihm dies direkt zu sagen, liebte sie ihn wie einen alten exzentrischen Onkel. Und jetzt, nach dem Tod ihres Vaters, war er ihre Familie.

»Sie hatten einen angenehmen Tag?« Hopkins schob mit dem Messer einige Käsenudeln auf seine Gabel.

»Ich habe mich – unter anderem – mit Lady Glenmorag im Ritz zum Tee getroffen.«

»Tatsächlich?«

Für jemanden, der Hopkins nicht gut kannte, klang seine Stimme neutral. Nur das leichte Heben seiner rechten Augenbraue ließ vermuten, dass er Lady Glenmorag nicht besonders mochte.

»Sie hat mir ein Versöhnungsanbot meines Großvaters übermittelt. Ich soll einwilligen, die Wohnung zu verkaufen und mit ihm zusammen auf dem Familiensitz zu leben.«

»Ich vermute, Sie haben das Angebot abgelehnt?«

»Natürlich.«

»Ich bin sehr erfreut, dies zu hören.«

Victoria stocherte nachdenklich in ihrem Essen. »Mein Großvater ist bereit, das Buch meines Vaters zu finanzieren.«

»Dafür gibt es, wie ich annehme, Bedingungen?«

»Ja, ich habe eingewilligt, zusammen mit meiner Cousine Isabel dem König und der Königin vorgestellt zu werden.«

»Mrs. Dodgson wird entzückt sein.«

Hopkins gestattete sich ein Lächeln. Mrs. Dodgson, die Zugehfrau, die zweimal in der Woche kam, um zu putzen und die Wäsche zu machen, war eine glühende Monarchistin und sammelte alle Zeitungsartikel über die königliche Familie, deren sie habhaft werden konnte. Wie Hopkins arbeitete auch sie unentgeltlich aus Gründen der Verbundenheit Victorias Vater gegenüber.

»Wenigstens eine, die sich über das Ereignis freut.« Victoria verdrehte die Augen.

»Sie werden bestimmt sehr hübsch in Ihrem weißen Kleid aussehen, Miss Victoria«, erklärte Hopkins würdevoll. »Ich habe übrigens heute, nachdem ich das Kapitel ›Die Schwierigkeiten, Arsen als Gift in Leichen nachzuweisen, die in arsenhaltigem Erdboden bestattet waren‹ beendet hatte, meine Kolumne geschrieben. Kommen Sie in den nächsten Tagen in die Redaktion des *Morning Star* oder soll ich die Kolumne dort hinschicken?«

Victoria schüttelte den Kopf. »Ich muss morgen dort ohnehin Fotografien abgeben, ich werde sie mitnehmen.«

»Das wäre sehr liebenswürdig von Ihnen.«

Während Hopkins, den Rücken durchgedrückt, weiteraß, schob sie die Käsenudeln auf ihrem Teller hin und her. Sie hatte noch nicht herausgefunden, was der Butler von ihrem Engagement bei den Suffragetten hielt. Wenn er nicht wollte, dass man seine Gedanken las, blieb seine Diplomatenmiene undurchdringlich. Nun, sie schätzte, dass er zumindest nicht gegen das Wahlrecht für Frauen war.

Victoria gab sich einen Ruck und berichtete, wie der Polizist sie vor dem Ritz abgefangen und zu Sir Francis Sunderland gebracht hatte. »Ich dachte, dass er mich verhaften lassen würde, da ich an der Demonstration vor dem Parlament teilgenommen habe, aber stattdessen erzählte er mir Dinge über mich, die er eigentlich überhaupt nicht wissen kann. Wirklich sehr persönliche Dinge ...« Victoria senkte den Kopf. »Sir Francis behauptete, dass mein Vater mich überhaupt nicht aus der brennenden Wohnung gerettet habe.« Nun war das, was sie am meisten quälte, heraus.

»Miss Victoria, ich bin überzeugt, dass Ihr Vater Sie niemals belogen hätte.« Hopkins' Stimme hatte ihr reserviertes Timbre verloren. Er klang sehr entschieden.

Als Victoria von ihrem Teller aufblickte, hatte er die Augen halb geschlossen und murmelte vor sich hin: »Francis Sunderland ... Francis Sunderland ...« Seine Lider hoben sich unvermittelt, als hätte er in einem Nachschlagewerk die gesuchte Stelle gefunden. »Wenn ich mich nicht sehr täusche, hat Sir Francis als junger Staatsanwalt einen Prozess verloren, in dem Ihr Vater als Gutachter und Zeuge für die Verteidigung auftrat. Einige Jahre später wechselte er auf einen Verwaltungsposten in Indien. Vor zwei Jahren kehrte er nach England zurück und wurde als Abteilungsleiter ins Innenministerium berufen. Er ist Junggeselle, um die fünfzig Jahre alt und lebt in einem Haus am St. James Square. Halten Sie es für möglich, dass Sir Francis Sie aus Gründen eines alten Grolls Ihrem Vater gegenüber zu sich bringen ließ?«

Victoria trank hastig einen großen Schluck Wasser. »Ehrlich gesagt glaube ich das nicht«, erwiderte sie zögernd. »Also, wenn ich Sir Francis wäre und mich für meinen Vater büßen lassen wollte, hätte ich dafür gesorgt, dass ich ins Holloway-Gefängnis gesteckt worden wäre. Ihm muss es um etwas anderes gehen. Er will mir zeigen, dass er Macht über mich ausüben kann.«

»Was er auch getan hätte, wenn er Sie hätte festnehmen lassen.«

»Es geht ihm anscheinend mehr darum, mich seelisch zu demütigen.«

Wieder sah Victoria den Triumph in Sunderlands Augen, als sie beinahe erstickt wäre, und konnte nur mit Mühe verhindern zu erschaudern.

»Ein höchst unangenehmes Verhalten.« Hopkins stand auf und füllte frisches Wasser in ihr Glas. »Dafür, dass Sir Francis aus einer recht unbedeutenden Familie von Landedelleuten stammt, hat er eine steile Karriere gemacht. Erst kürzlich hat er ein Landhaus bei Cirencester erworben, das nicht gerade bescheiden sein dürfte.«

»Ein Landhaus bei Cirencester? Sind Sie sicher?«

»Allerdings.« Hopkins glitt wieder auf seinen Hocker. »Ich las über den Kauf in der *Times*. Das Haus befand sich seit der Zeit Königin Elizabeth' im Besitz der Familie Cairfax. Das sind wirkliche Aristokraten ...«

Victoria unterdrückte ein Lächeln. Manchmal war Hopkins ein Snob. »Der Ehemann meiner Freundin Constance Hogarth besitzt in der Gegend von Cirencester ebenfalls ein Landgut, Ivy Manor«, sagte sie.

»Sie sprechen von der jungen Dame amerikanischer Abstammung und Gattin des zehnten Earl of Hogarth, die kürzlich ihre Karte hier abgegeben hat?«

»Genau.« Victoria nickte. Sie und die Hogarths hatten sich anderthalb Jahre zuvor bei einem Besuch Roms kennengelernt, wohin das Paar seine Hochzeitsreise unternommen hatte. Victoria hatte für ihren Reiseführer Aufnahmen vom Forum Romanum gemacht, als Constance auf einen Säulensockel geklettert war und mit einem in die Luft gereckten, zusammengerollten Sonnenschirm als römischer Feldherr posiert hatte. Sie und ihr Gatte Louis hatten Victoria um eine Fotografie gebeten – amüsiert war sie dem Wunsch nachgekommen, ehe ein entrüsteter Wächter Constance davongescheucht hatte. »Constance ist Sir Francis bestimmt schon bei irgendwelchen gesellschaftlichen Anlässen begegnet«, sagte sie nachdenklich. »Es würde mich interessieren, was sie von ihm hält.«

»Soll ich gleich zu Lady Hogarth fahren und ihr die Nachricht überbringen, dass Sie sich gerne mit ihr treffen möchten?«

»Das wäre sehr nett von Ihnen, Hopkins.« Victoria lächelte ihn an. »Nehmen Sie sich eine Kutsche. Das gibt unsere Haushaltskasse noch her.«

»Mit Vergnügen, Miss.« Hopkins war, wie Victoria wusste, kein Freund der öffentlichen Londoner Verkehrsmittel.

»Während Sie unterwegs sind, werde ich meine Fotos entwickeln.«

»Ich wünsche Ihnen viel Freude dabei.«

Hopkins eilte um den Tisch herum und zog im genau richtigen Moment ihren Stuhl zurück.

Wie immer erschien es Victoria später wie ein Wunder, als auf dem Fotopapier im Entwicklungsbad erste schwarze und weiße Konturen und Grauschattierungen auftauchten, die sich allmählich zu einem Bild formten. Die Arbeit in der Dunkelkammer war das Einzige, wofür sie regelmäßig elektrischen Strom benutzte. Glücklicherweise hatte die Kodak, als sie während der Demonstration auf den Boden gefallen war, keinen Schaden genommen. Victoria war auch froh, dass sie die Kamera mit einem der kostspieligeren Filme statt mit Glasplatten bestückt hatte, denn diese wären beim Aufprall bestimmt zerbrochen. Einige der Fotos, die schlagstockschwingende berittene Polizisten zeigten und Frauen, die geduckt von ihnen wegrannten, waren, wie sie fand, wirklich gut geworden. *Ich bin gespannt*, dachte sie, *ob der* Morning Star *sie drucken wird.*

Als Victoria die Dunkelkammer verließ, schimmerte unter der Tür der Bibliothek, wo Hopkins üblicherweise bis in den späten Abend am Buch ihres Vaters arbeitete, kein Licht. Auch in der Küche war der Butler nicht. Er war also noch nicht von seinem Botengang nach Hampstead zurückgekehrt. Victoria erhitzte Wasser auf dem Herd und füllte es in ihre kupferne Wärmflasche.

Ihr Zimmer lag am Ende eines langen Korridors und ging zum Green Park hinaus. Dort entzündete Victoria ihre Petroleumnachttischlampe und schob die Wärmflasche in ihr Bett.

Dann ging sie zu dem zierlichen Queen-Anne-Schreibtisch und nahm den Silberrahmen mit dem Foto ihrer Eltern in die Hand. Immer wieder wurde ihr gesagt, dass sie ihrer Mutter Amelie wie aus dem Gesicht geschnitten sei. Allerdings hatte diese, wie Victoria fand, viel weniger *niedlich* ausgesehen als sie selbst. Sie hatte keine konkreten Erinnerungen mehr an ihre Mutter, aber sie fühlte sich, wenn sie an sie dachte, geliebt und behütet, und das war ihr das Wichtigste. Ihr Vater war dunkelhaarig gewesen und hatte scharf geschnittene Züge und braune Augen gehabt, womit er Victoria immer an die Porträts freibeuterischer Adliger aus der elisabethanischen Zeit erinnert hatte. *Hopkins hat recht*, dachte sie voller Zuneigung, *er hätte mich niemals belogen.*

Nachdem Victoria sich für die Nacht zurechtgemacht hatte, schlüpfte sie ins Bett und löschte das Licht. Schon einen Moment später war sie eingeschlafen …

Sie befand sich wieder in ihrem Spielzimmer in der Wohnung am Holland Park. Ihre Nanny hatte ihrem Betteln nachgegeben und war auf die Straße hinuntergegangen, wo ein Maronenverkäufer frisch geröstete Esskastanien feilbot. Plötzlich roch Victoria Rauch. Rauch und noch etwas anderes, etwas Zitroniges. War etwa die Köchin schon von ihrem Ausgang zurückgekehrt und machte sich in der Küche zu schaffen? Es würde Spaß machen, mit ihr zu plaudern. Mit ihrer Puppe in der Hand machte sie sich auf den Weg zur Küche.

Doch der Rauch kam unter einer Tür im hinteren Teil der Wohnung hervor. Sie stand noch im Gang, den Daumen vor Aufregung im Mund, als jene Tür in einem Wirbel aus Feuer zerbarst. Victoria rannte zur Eingangstür, drückte die Klinke herunter, aber die Tür war abgeschlossen. Sie schrie und schrie, hämmerte gegen das Holz, doch niemand kam, um ihr zu Hilfe zu eilen.

Victoria erwachte mit wild klopfendem Herzen. Roch es nach Rauch? Panisch richtete sie sich in ihrem Bett auf. Doch dann hörte sie Hopkins' gemessene Schritte vor ihrer Zimmertür. Alles war in Ordnung. Sie war in Sicherheit. Erleichtert ließ sie sich wieder in die Kissen zurücksinken, nur um gleich darauf über ihren Albtraum zu grübeln. Immer wachte sie auf, während sie verzweifelt schrie und an die Tür hämmerte. Sie hatte keinerlei Erinnerung daran, wie sie aus der brennenden Wohnung gelangt war, wusste nur das, was ihr Vater ihr über ihre Rettung erzählt hatte. Und sie hatte es immer für die Wahrheit gehalten – bis heute.

Während ihrer Kindheit und Jugend war ihr Vater für sie wie ein Fels in der Brandung gewesen, der Mensch, dem sie absolut vertraute. Ja, er hatte es nicht gern gesehen, dass sie malte, doch dafür hatte er ihr das Fotografieren beigebracht. Sobald sie gut genug lesen konnte, hatte sie, wann immer sie einer Zeitung habhaft werden konnte, die Seiten nach Nachrichten über ihn durchforstet. Er war ihren Fragen nach den Toten, die er untersuchte, nicht ausgewichen, sondern hatte sie alle geduldig beantwortet. Auf diese Weise hatten die Morde ihren Schrecken für sie verloren.

Nein, ihr Vater hatte sie nicht belogen …

Im Halbschlaf vermeinte sie erneut, den zitronigen Geruch wahrzunehmen. Bergamotte … Victoria fragte sich plötzlich, weshalb ihr Vater eigentlich nach dem Brand alle Dienstboten entlassen hatte …

VIERTES KAPITEL

Punkt acht Uhr am Morgen pochte Hopkins dezent, aber nachdrücklich an Victorias Zimmertür, um sie zu wecken. Während sie noch verschlafen blinzelte und gähnte, hörte sie schon, wie er im angrenzenden Badezimmer einen Krug mit heißem Wasser abstellte. Das Bad konnte auch vom Korridor aus betreten werden. Hopkins hätte niemals den Fuß in das Schlafzimmer einer Dame gesetzt, wenn diese sich noch im Bett befand – außer in dringenden Notfällen wie zum Beispiel einer Krankheit.

Im Bad war es kalt wie immer um diese Jahreszeit. Während Victoria bibbernd das heiße Wasser aus dem rosenverzierten Krug in die Waschschüssel goss, bedachte sie die Porzellanbadewanne mit den gusseisernen Löwenfüßen und die Duschkabine mit einem sehnsüchtigen Blick.

Ach, wenn wir doch endlich wieder einmal genug Geld hätten, um die Heizung und den Heißwasserboiler anzustellen. Victoria seufzte. Ihr Vater war technikbegeistert gewesen und hatte die Wohnung mit den neuesten modernen Errungenschaften versehen lassen. Allerdings war es wirklich zu ärgerlich, ein Zuhause zu haben, das so luxuriös ausgestattet war, wenn man all die Annehmlichkeiten nicht nutzen konnte.

Doch in der Küche war es warm. Am Ende des langen Tisches standen schon das Frühstücksgeschirr mit dem Veilchenmuster, das sie so liebte, ein Marmeladenschüsselchen sowie eine kleine Platte mit einer silbernen Warmhaltehaube darüber. Der Toast, den Hopkins am offenen Feuer mithilfe einer dreizinkigen Gabel zu rösten pflegte, dampfte in einem kleinen Ständer vor sich hin.

»Guten Morgen, Miss Victoria.« Hopkins neigte den Kopf. »Darf ich Ihnen Tee einschenken?«

»Gern, trinken Sie doch eine Tasse mit mir.«

»Wenn Sie es wünschen.« Dies war ihr übliches morgendliches Ritual. Hopkins frühstückte sehr früh, trank jedoch immer noch einen Tee mit Victoria. Jetzt griff er nach der Teekanne. »Gestern Abend konnte ich übrigens Lady Hogarth persönlich Ihre Nachricht überbringen. Sie lässt fragen, ob Sie gegen ein Uhr zum Lunch bei ihr vorbeikommen möchten.«

»Schön, dann kann ich nach meinem Besuch im *Morning Star* gleich nach Hampstead weiterfahren.« Victoria hob die Warmhaltehaube, unter der sich ein einzelnes Spiegelei befand, das Hopkins mithilfe eines Ausstechers in eine kreisrunde Form gebracht hatte. Während sie das Spiegelei auf ihren Teller bugsierte und sich einen Toast butterte, fiel ihr Blick auf die frisch gebügelte Ausgabe der *Times*. Das Titelbild zeigte eine Frau, die von zwei Polizisten vom Eingang des Parlaments weggetragen wurde und sich heftig gegen die Männer wehrte. Der Text darunter lautete: »Suffragettengewalt gegen Polizei. Innenministerium fordert härteres Vorgehen gegen aufrührerische Frauen.« Achtundfünfzig Demonstrantinnen waren verhaftet worden, darunter auch Christabel und Sylvia, die beiden ältesten Töchter Emmeline Pankhursts. »Pah, von wegen gewalttätige Frauen. Die Polizei ist mit Schlagstöcken gegen uns vorgegangen«, sagte Victoria empört.

Hopkins räusperte sich. »Vielleicht wäre ein, nun ja … weniger provokantes Vorgehen seitens der Damen Ihrer Sache dienlicher?«

»Hopkins, Sie leben noch im 19. Jahrhundert.«

»Das vergangene Jahrhundert hatte durchaus seine Vorzüge. Zum Beispiel waren damals noch nicht diese grässlichen industriell gefertigten Chutneys, Soßen und Gelees, deren Werbung ich leider wieder auf der Rückseite der *Times* sehen musste, so stark verbreitet wie heutzutage.« Hopkins trank einen Schluck Tee. »Nachdem ich gestern aus Hampstead zurückgekehrt war, stattete ich noch einem Pub im Regierungsviertel einen Besuch ab, um mit den Angestellten, die dort arbeiten, ins Gespräch zu kommen. Sir Francis Sunderland ist – das glaube ich festhalten zu können – allgemein unbeliebt. Sein schneller Aufstieg hat allenthalben für Verwunderung gesorgt.«

»Er scheint über gute Beziehungen zu verfügen.« Victoria hatte ihr Spiegelei und den Toast vertilgt. Nun nahm sie sich eine weitere Scheibe und bestrich sie mit Butter und Gelee. »Ach, wie lecker«, sagte sie, als sie den ersten Bissen davon gegessen hatte, »Apfelgelee, mit einer Spur Ingwer und Nelke, nicht wahr?«

»... und etwas Zimt und Koriander sowie einem kleinen Schuss Brandy.« Hopkins strahlte. »Gestern gab es in Covent Garden preisgünstig Äpfel zu kaufen. Deshalb nutzte ich die Gelegenheit, Gelee zu kochen. Ich habe mir erlaubt, das Rezept für meine jüngste Haushaltskolumne zu verwenden.«

Die neblige Nacht war einem sonnigen Morgen gewichen. Normalerweise wäre Victoria mit dem Fahrrad zur Redaktion gefahren, doch da sie noch nach Hampstead hinauswollte, nahm sie die Bakerloo Line ab Piccadilly Circus und stieg in der Station Embankment in die District Line um. Als sie die Temple Station verließ, sah sie die Kuppel von St. Paul's

Cathedral vor dem klaren Himmel sowie die beiden Türmchen über dem Portal. Kutschen und Pferdewagen rumpelten die Fleet Street mit ihren hohen, neugotischen Gebäuden entlang. Überall war das gedämpfte Geräusch der Druckmaschinen zu hören. Victoria liebte die Betriebsamkeit in der Straße, in der die großen englischen Zeitungen ihre Redaktionen hatten.

»*Spectator*, lesen Sie den *Spectator*«, rief ein Zeitungsjunge ganz in ihrer Nähe. »Premierminister Campbell-Bannerman weigert sich, eine Delegation von Suffragetten zu empfangen.«

Spectator, das ist doch die Zeitung, für die Jeremy Ryder arbeitet, fiel Victoria wieder ein. *Bestimmt hat er ähnlich negativ über uns Demonstrantinnen geschrieben wie sein Kollege von der* Times. Sie kaufte das Magazin und zog sich damit in einen nahen Hauseingang zurück. Neugierig überflog sie die Titelgeschichte, die tatsächlich von Ryder stammte. Nun ja, er schilderte die Suffragetten als durchaus kämpferische und ruppige Frauen, aber er schrieb auch, dass die Polizei sich so verhalten habe, wie man dies eher von Polizisten anderer Länder gewohnt sei – nämlich äußerst rücksichtslos, um nicht gar zu sagen brutal.

Vielleicht sollte ich mich doch einmal mit ihm treffen, überlegte Victoria, während sie auf das Portal des *Morning Star* zulief. *Ein Gespräch mit ihm könnte ganz unterhaltsam werden.*

Im Inneren des Gebäudes empfing sie der Geruch von Druckerschwärze. Mr. Parker, der Chef vom Dienst, hatte sein Büro im zweiten Stock – eigentlich eher ein von Glasscheiben abgetrennter Bereich am Ende eines großen, von Zigarettenrauch erfüllten Raumes, in dem Männer an Schreibtischen saßen und per Hand oder mit der Schreibmaschine ihre Artikel verfassten.

»Oh, Miss Bredon ...« Der kleine Mann mit dem schütteren mausbraunen Haar erhob sich eilig von seinem Drehstuhl, als sie den mit Aktenschränken vollgestellten Raum betrat. »Sie bringen mir hoffentlich wieder eine von Mrs. Ellinghams Kolumnen? Meine Frau war ganz begeistert von ihrem Rat, wie sich ein Loch in einem Wolljackett oder -mantel quasi unsichtbar stopfen lässt. Und jede Woche erhalten wir mindestens fünfzig Leserbriefe von Frauen, die sich enthusiastisch über die Tipps und Rezepte äußern.«

Victoria und Hopkins hatten sich darauf verständigt, dass Mrs. Ellingham das Pseudonym einer Dame war, die lange Jahre als Hauswirtschafterin in einem vornehmen Haushalt tätig gewesen war – der natürlich ebenfalls anonym bleiben musste.

»Ja, ich habe die Kolumne dabei. Und auch Fotos von der gestrigen Suffragettendemonstration.« Victoria breitete Letztere auf dem Schreibtisch aus und gab Mr. Parker Hopkins' Rezept. Er las es begierig und seufzte. »Apfelgelee mit einem Schuss Brandy, wie raffiniert. Sie haben es sicher schon nachgekocht?«

»Äh ... nein ...« Victoria hatte, was Kochen, Putzen und Waschen betraf, zwei linke Hände, und immer, wenn sie Hopkins oder Mrs. Dodgson versuchte zu helfen, wurde sie nach kurzer Zeit höflich, aber bestimmt vom Herd oder vom Putzeimer verbannt. »Mr. Parker, wenn Sie sich bitte einmal meine Fotografien ansehen würden? Was halten Sie davon?«, lenkte sie den Redakteur rasch ab.

»Ihre Fotografien ... Ja, natürlich ...« Mr. Parker widmete sich den Bildern und nahm schließlich das in die Hand, das den berittenen Polizisten zeigte, der seinen Schlagstock über den

Demonstrantinnen schwang. »Sehr beeindruckend, wirklich … Aber auch recht verstörend … Wir werden zudem, fürchte ich, in der Abendausgabe nicht mehr über die Demonstration berichten.«

»Mr. Parker«, Victoria fasste den kleinen Mann scharf ins Auge, »alle Zeitungen werden heute Abend noch über die Demonstration und die Reaktion des Premierministers schreiben. Mrs. Ellingham ist eine Freundin und Unterstützerin der Suffragetten. Falls der *Morning Star* sich tatsächlich weigern sollte, angemessen über die Ereignisse vor dem Parlament zu berichten, könnte dies Mrs. Ellingham veranlassen, ihre Kolumne künftig für eine andere Zeitung zu schreiben.«

Mr. Parker sah sie entsetzt an und sank dann in sich zusammen. »Ich werde mit dem Chefredakteur sprechen und sehen, was sich machen lässt«, murmelte er.

Victoria beschloss, einmal mit der großen Kamera in Hampstead zu fotografieren, während sie langsam die Hauptstraße hinaufging, vorbei an eleganten georgianischen Häusern. Die Sonne verlieh dem hellen Stein einen goldgelben Ton und spiegelte sich in den Fenstern. Es war so warm, dass sie ihren Mantel aufgeknöpft hatte, ein Vorgeschmack des Frühlings. Hampstead war einmal ein Dorf vor den Toren Londons gewesen. Mittlerweile waren die Grenzen zwischen der eigentlichen Stadt und den Vororten längst fließend. Aber ein wenig hatte sich Hampstead noch seinen dörflichen Charakter bewahrt, wie weiter oben an der Straße, wo Cottages in großen Gärten standen, deren Beete darauf warteten, bepflanzt zu werden.

Mrs. Ellingham war für den *Morning Star* tatsächlich so wichtig, dass der Chefredakteur eingewilligt hatte, Victorias

Fotografie abzudrucken. Zwar nicht auf der Titelseite, sondern im hinteren Teil, aber immerhin ... Victoria lächelte vor sich hin. Natürlich würde sie Hopkins ihre Lüge beichten.

Das Heim der Familie Hogarth lag am Rand des Ortes auf einem Hügel. Von den oberen Stockwerken aus konnte man, wie Victoria von einem früheren Besuch wusste, die Stadt sehen. Ein kunstvoll gearbeitetes schmiedeeisernes Tor, das von Steinsäulen mit vergoldeten Tannenzapfen flankiert wurde, führte auf eine kleine Allee, die an dem roten Backsteinhaus der Familie endete. Die weiß gestrichenen Fenster- und Türrahmen und der dorische Giebel über dem Portal lockerten die strenge Fassade auf und verliehen dem Gebäude Stil und Anmut.

Der Butler teilte Victoria mit, dass Lady Hogarth sie im Salon erwarte, und führte sie in den ersten Stock zu einem Raum, der mit seinen cremefarbenen Wänden und dem klassischen Mobiliar aus der Regency-Ära zeitlos schön wirkte.

»Victoria, wie schön, dich endlich wiederzusehen.« Constance umarmte sie herzlich. Sie war nur wenige Jahre älter als Victoria, besaß jedoch die Selbstsicherheit einer reifen Frau und gab sich nicht die geringste Mühe, ihren starken amerikanischen Akzent zu verbergen. Ihr weinrotes Samtkleid war einfach, aber elegant, das schwarze Haar nur scheinbar schlicht frisiert – was sehr gut zu ihrem ausdrucksvollen Gesicht mit den Grübchen und zu ihrer lässigen Art passte. Nachdem sie sich begrüßt hatten, schob Constance Victoria auf Armeslänge von sich weg und betrachtete sie prüfend. »Eine Engländerin würde so etwas natürlich nicht direkt ansprechen«, bemerkte sie dann, »aber als Amerikanerin muss ich dir sagen, dass du ziemlich mitgenommen aussiehst.« Sanft fügte sie hinzu: »Macht dir der Tod deines Vaters immer noch so zu schaffen?«

»Schon. Aber im Moment setzt mir etwas anderes zu. Und darüber würde ich gern mit dir sprechen«, erwiderte Victoria.

»In der Küche hat sich irgendeine Katastrophe ereignet, weshalb sich der Lunch verspätet.« Constance verzog amüsiert verzweifelt das Gesicht. »Lass uns doch einen Spaziergang machen. Dabei können wir ungestört reden.«

Ein Dienstmädchen brachte der Freundin den Mantel, dann gingen sie nach draußen. Während Constance über die letzten Bälle und andere gesellschaftliche Ereignisse plauderte, schlenderten sie Arm in Arm über die Wege des Gartens, wo zwei Gärtner damit beschäftigt waren, die Konturen der Buchsbüsche nachzuschneiden. Hinter einer hohen Hecke lag ein kleiner Rosengarten. Constance führte Victoria zu einer Steinbank inmitten der Beete, die noch im Winterschlaf lagen.

»So, und nun erzählst du mir, was du auf dem Herzen hast«, befahl sie.

Victoria berichtete der Freundin, was ihr am Vorabend zugestoßen war. »Da der Sitz der Familie Hogarth in der Nähe von Sir Francis' Landgut liegt, dachte ich, dass du ihm schon einmal begegnet sein könntest. Mich würde einfach interessieren, was du von Sunderland hältst«, schloss sie bedrückt.

Constance runzelte die Stirn. »Um es ganz unenglisch direkt und undamenhaft auszudrücken – mein Großvater war ja, wie du weißt, ein Minenarbeiter und schätzte eine deutliche Sprache. Ich halte ihn für eine miese Ratte.«

»Wirklich?« Victoria seufzte. »Das deckt sich mit meinem Eindruck ...«

»Ein Nachteil, wenn man zur Aristokratie in diesem Lande zählt, ist, dass man sich nur noch bedingt aussuchen kann, mit wem man gesellschaftlich verkehrt. Mir war Sunderland schon bei unserem ersten Zusammentreffen unsympathisch. Mit seinem kahlen Kopf und der bleichen Haut ähnelt er, finde ich, einer Made.« Constance schüttelte sich und verzog angewidert den Mund.

»Wie auch immer … Nach einer Jagdgesellschaft, die Louis und ich veranstalteten, teilte mir einer der Diener mit, dass Sunderland versucht habe, ihn über die anderen Gäste auszuhorchen. Er war sogar so weit gegangen, dem jungen Mann Geld für seine Informationen anzubieten. Für mich war daraufhin ganz klar, dass wir Sunderland nicht mehr einladen. Aber Louis, der den Kerl selbst nicht leiden kann, fürchtete das Aufsehen, wenn wir Sunderland bei Einladungen übergingen. Ich beharrte auf meiner Meinung, und wir hatten einen heftigen Streit. Ich bezichtigte Louis, ein verbohrter Aristokrat zu sein, der unter allen Umständen die verlogene Etikette seiner Gesellschaftsschicht bewahren wolle. Er warf mir an den Kopf, ich habe keine Manieren und noch immer nicht begriffen, dass England nicht der Wilde Westen sei. Wir sagten uns viele ziemlich hässliche Dinge. Erst am Tag darauf versöhnten wir uns wieder.« Constance' Blick wurde einen Moment lang ganz träumerisch, und Victoria spürte, dass sie Louis wirklich sehr liebte. »Wenigstens nahm ich Louis das Versprechen ab, unsere Dienstboten über Sunderland aufklären zu dürfen.« Constance griff nach Victorias Hand. »Glaub mir, Sunderland ist ein Mensch, der es genießt, Macht über andere auszuüben. Deshalb versucht er auch, sich mit allen Mitteln Informationen zu verschaffen. Außerdem glaube ich, dass er auf eine verquere, kranke Art sehr schnell fühlt, wo ein Mensch angreifbar ist. Bei dir sind dies deine Liebe zu deinem Vater und deine Erinnerungen an diesen schrecklichen Wohnungsbrand.«

Gedankenverloren betrachtete Constance einen der kahlen

Rosenstöcke. Schließlich hob sie die Schultern. »Sunderland ist, ja, ich kann es nicht anders sagen – durch und durch falsch. Seinetwegen hatte ich diesen scheußlichen Streit mit Louis. Und du zweifelst auf einmal an deinem Vater. Am besten ist es, wenn du die Begegnung mit ihm einfach vergisst.«

»Du hast recht.« Victoria lächelte ihre Freundin an, während ihr ein Stein vom Herzen fiel. »Ich hätte mir niemals so viele Gedanken über ihn machen sollen. Danke für deine Offenheit.«

»Gern geschehen. Ich weiß ja, dass ich mit dir über alles reden kann.« Constance erwiderte ihr Lächeln.

»Ich würde dich gern noch wegen einer anderen Sache um Rat fragen.« Victoria erzählte ihr rasch von dem Debütantinnenball. »Mein Großvater wird für meine Garderobe aufkommen. Kannst du mir einen Schneider empfehlen? Und ehrlich gesagt, auch wenn ich das gegenüber meinen Verwandten niemals zugeben würde, freue ich mich darauf, mir endlich wieder einmal ein richtig elegantes Kleid nähen lassen zu können. Auch wenn ich mir wünschte, dass es nicht ausgerechnet für diesen reaktionären Ball wäre ...«

»Lass das Ballkleid in Poirets Atelier anfertigen.«

Victoria schüttelte den Kopf. »Poiret ist zurzeit der angesagteste Couturier in London. Sein Atelierleiter wird mich sicher nicht als Kundin akzeptieren.«

»Von mir wird er sich schnell überreden lassen.« Constance lachte. »Schließlich habe ich im letzten Jahr, wie Louis findet, ein halbes Vermögen dort ausgegeben. Auch dieses Kleid ist von Poiret.« Sie schlug ihr Mantelrevers auseinander, sodass der Samt zu sehen war.

»Wirklich?« Victoria seufzte wieder, dieses Mal voller Bewunderung.

Vom Haus her tönte jetzt ein Gong durch den Garten.

»Anscheinend hat die Köchin etwas Essbares zustande gebracht.« Constance stand auf. »Lass uns gleich nach dem Lunch zu Poiret fahren.«

»Sehr gern ...« *Ach, es wird wunderbar sein, Modelle betrachten und Stoffe auswählen zu können*, dachte Victoria sehnsüchtig, während sie in Richtung Haus schlenderten.

»Ich habe übrigens kürzlich Randolph getroffen«, hörte sie Constance neben sich sagen. »Er hat nach dir gefragt ...«

»Oh, wirklich?«

Victorias Vorfreude wich schlagartig einem Gefühlsdurcheinander. Sie und Randolph waren sich in Rom bei einer Ausstellungseröffnung vorgestellt worden. Randolph, Lord Warwick, der siebte Duke of Montague, sah aus wie ein griechischer Gott, und sie neigte im Allgemeinen nicht zu Übertreibungen. Er war sich seines blendenden Aussehens und seiner herausragenden gesellschaftlichen Stellung nur zu sehr bewusst und benahm sich entsprechend arrogant, wenn er auch eine ritterliche Seite besaß.

Obwohl sich Victoria nicht erklären konnte, wie es dazu gekommen war, hatten sie und Randolph sich schon bei ihrer ersten Begegnung in einen heftigen Flirt verstrickt. Einige Wochen später waren sie sich in der umbrischen Stadt Perugia wiederbegegnet, wo sie sich nähergekommen waren. Sie hatte keine Ahnung, was sich daraus entwickelt hätte, wenn sie nicht wegen der Krankheit ihres Vaters nach London hätte zurückkehren müssen.

Das vergangene Jahr hatte Randolph – wie Victoria aus den Gesellschaftsseiten der Zeitungen wusste – auf seinen Besitzungen in Australien und mit Reisen durch die Kolonien in Afrika und Asien verbracht. Er hatte seinerseits durch die Zeitungen vom Tod ihres Vaters erfahren und ihr einen teilnahmsvollen Kondolenzbrief geschrieben.

»Victoria, kaum erwähne ich Randolph, träumst du schon vor dich hin.« Constance betrachtete sie amüsiert.

»Das stimmt nicht«, log Victoria. »Erzähl mir von deinem Wohltätigkeitsprojekt im East End.«

Constance, deren Großvater ein Minenarbeiter gewesen war, bevor er mit Öl ein Vermögen gemacht hatte, war sich ihrer einfachen familiären Wurzeln durchaus bewusst und engagierte sich deshalb besonders sozial.

Victoria versuchte, ihrer Freundin aufmerksam zuzuhören, dennoch wanderten ihre Gedanken wieder zu Randolph. Er mochte mit ihr geflirtet haben, ernsthafte Absichten hatte er sicher nicht. Dazu war sie viel zu unvermögend und ihre gesellschaftliche Stellung als Tochter eines zweitgeborenen Lords mit zweifelhaftem Ruf zu unbedeutend.

Ernsthafte Absichten ...

Victoria, hör auf, dich wie eine von Janes Austens Heldinnen zu benehmen, ermahnte sie sich streng, als sie sich ihrer Überlegungen bewusst wurde. Doch sie lächelte vor sich hin. Es war einfach schön zu träumen ...

FÜNFTES KAPITEL

Verborgen in einer Toreinfahrt zog Victoria an der Auslöseschnur ihrer Kamera, die auf einem schweren Holzstativ stand. Die fünf ärmlich gekleideten schmutzigen Jungen und Mädchen, die mit einem Kohlkopf auf der Straße Ball spielten, waren auf die Glasplatte gebannt. Sie hoffte, dass es ihr gelungen war, alles festzuhalten, was diesen Moment ausmachte: die schwierigen Lebensverhältnisse der Kinder und die Hingabe an den Augenblick, die sie trotzdem ausstrahlten.

Einige Stunden war sie jetzt schon im Stadtteil Battersea unterwegs, denn die großformatigen Bilder auf den Glasplatten ermöglichten kontrastreichere Abzüge als die der Kodak. Sie hatte sich versteckte Plätze gesucht, wo sie ihre Kamera aufbauen konnte, und auf Gelegenheiten wie diese gelauert. Victoria beschloss, dass es genug für heute war. Sie baute Kamera und Stativ ab, verstaute beides vorsichtig in ihrem Fahrradanhänger, der mit Stroh und einer Decke ausgepolstert war, und befestigte eine Gummiplane darüber.

Während sie gemächlich durch die Straßen des Stadtteils radelte, in dem die Industrie in den vergangenen Jahren einen enormen Aufschwung genommen hatte – vorbei an Pubs, die jetzt am Vormittag noch geschlossen waren, kleinen Lebensmittelläden und Gebrauchtwarengeschäften –, musste sie an ihren Besuch bei Poiret am Vortag denken. Das Atelier barg eine Welt voller Luxus und Schönheit.

Victoria empfand einen Anflug von schlechtem Gewissen, als sie daran dachte, wie sehr sie es genossen hatte, sich prächtige Abendroben vorführen zu lassen und mit Constance und dem Atelierleiter, einem Monsieur Lachasse, über Stoffe, die passenden Schuhe und andere Accessoires zu diskutieren. Tatsächlich hatte Monsieur Lachasse sie freudig als neue Kundin begrüßt. Und das Schönste war, dass sie das Ballkleid, für das sie sich entschieden hatte, ohne Korsett tragen konnte, da Poirets Roben so raffiniert geschnitten waren, dass man sich dafür nicht schnüren musste. Sie hasste es, ein Korsett zu tragen. Victoria lächelte vor sich hin. Ganz leicht und luftig hatte sich das Ballkleid angefühlt. Sie freute sich auf die Anproben, die vor ihr lagen. Zehn Tage sollte es voraussichtlich dauern, bis das Kleid fertig war.

Sie ließ die ärmlichen Straßen Batterseas hinter sich und fuhr auf der Albert Bridge über die Themse. Bald hatte sie Kensington mit seinen prächtigen viktorianischen Backsteinhäusern erreicht. Hier hatte die Wohnung gelegen, in der damals der Brand ausgebrochen war.

Als Victoria die nächste Kreuzung passierte, fiel ihr Blick auf die Polizeiwache des Viertels. Sie verlangsamte ihr Tempo, bis sie am Bordsteinrand zu stehen kam. Beamte dieser Wache mussten damals zu der brennenden Wohnung gerufen worden sein und das Unglück aufgenommen haben.

Unschlüssig betrachtete Victoria die Holztür mit dem abgewetzten Messinggriff.

Constance hat recht, Sir Francis hat die Unwahrheit gesagt, ging sie mit sich zurate. Aber wenn sie schon hier war – sollte sie sich nicht ein für alle Mal Gewissheit verschaffen, ehe sich doch wieder bohrende Fragen in ihrem Kopf einnisteten? Auch in der vergangenen Nacht hatte sie von dem Feuer geträumt.

Ich kann den Fahrradanhänger mit der Kamera nicht einfach unbeaufsichtigt am Straßenrand stehen lassen, überlegte sie dann. *Außerdem ist es wirklich nicht nötig, dass ich mit den Polizisten spreche. Sicher sind die, die damals Dienst getan haben, längst pensioniert, oder sie erinnern sich nicht mehr.* Victoria wollte schon in die Pedale treten und weiterfahren, als ein junger Bobby aus der Tür trat und auf sie zukam.

»Kann ich Ihnen helfen, Miss?«, fragte er freundlich.

»Nein, das heißt ... das heißt ... vielleicht doch«, stammelte Victoria. »Ich würde Ihren Kollegen gern ein paar Fragen stellen. Aber ich weiß nicht, wohin mit meinem Fahrrad.«

»Stellen Sie es einfach im Hof ab.« Der Bobby wies auf ein Holztor neben der Wache. »Kommen Sie, ich helfe Ihnen zu schieben.« Mit festem Griff packte er die Lenkstange.

Wie in der Redaktion des *Morning Star* war auch die Luft in der Wache geschwängert von Zigaretten- und Zigarrenrauch. Über den drei Männern, die an Schreibtischen saßen, hing eine vergilbte Fotografie des Königs. Behäbig blickte Edward VII. aus seinem breiten, bärtigen Gesicht von der Wand herab.

Einer der Polizisten, ein Mann um die vierzig, der sorgsam gescheiteltes Haar und abstehende Ohren hatte, erhob sich nun, zog seinen Gürtel zurecht und trat an die hölzerne Absperrung.

»Was kann ich für Sie tun, Miss?«, fragte er jovial.

»Mein Name ist Victoria Bredon«, erwiderte Victoria zögernd. »Vor etwa fünfzehn Jahren lebte ich mit meinem Vater am Holland Park. In unserer Wohnung brach ein Feuer aus. Ich würde gern einige Informationen über diesen Brand erhalten. Mein Vater ist vor einem Jahr gestorben, und auch sonst gibt es niemanden mehr, den ich fragen könnte.«

»War Ihr Vater etwa der Gerichtsmediziner Bernard Bredon?«, fragte der Polizist, und als Victoria bejahte, sagte er: »Hat mir sehr leidgetan, von seinem Tod in der Zeitung zu lesen. Er war ein Mann, der das Herz auf dem rechten Fleck hatte. Als ich noch in Paddington Dienst tat, in der Nähe des St. Mary Hospital, wo er arbeitete, habe ich manchmal nach Dienstschluss in der Crown ein Bier mit ihm getrunken. Konnte einiges vertragen, Ihr Vater. He, Nathan«, er wandte sich zu den Schreibtischen um, »du warst doch schon vor fünfzehn Jahren hier auf der Wache ...«

Ein grauhaariger, rundlicher Polizist, der einen Seehundschnauzbart hatte und die Abzeichen eines Sergeants trug, streute Sand auf ein Blatt Papier, um die Tinte zu trocknen, und gesellte sich dann zu ihnen.

»Ich habe gehört, was die junge Lady sagte«, erklärte er und musterte Victoria neugierig. »Sinclair ist mein Name. Ja, ich war bei den Kollegen, die damals zu der brennenden Wohnung gerufen wurden.« Die Tür der Wache flog auf, und ein Mann stürzte herein, der sich aufgeregt darüber beschwerte, von einem Droschkenkutscher übers Ohr gehauen worden zu sein. »Kommen Sie mit, Miss«, Sergeant Sinclair öffnete einen Durchgang in der Absperrung, »der Verhörraum ist nicht gerade schön, aber dort können wir uns in Ruhe unterhalten.«

Das Zimmer, in das er Victoria führte, hatte braun gestrichene Wände, einen zerkratzten Holzboden und Gitter vor dem Fenster und war wirklich alles andere als einladend. In einer Ecke stand ein Spucknapf. Victoria raffte ihre Röcke und ließ sich an einem abgewetzten Tisch Sinclair gegenüber nieder.

»Ich habe immer geglaubt, mein Vater hätte mich aus der brennenden Wohnung gerettet«, sagte sie, »aber vor Kurzem behauptete jemand, das sei nicht so gewesen.«

Glücklicherweise stellte der Sergeant keine Fragen, vor allem nicht die, warum dies so wichtig für sie sei. Er strich über seinen grauen Bart und sah Victoria nachdenklich an.

»Das Feuer brach während meiner ersten Woche hier auf der Wache aus. Ihr Vater war damals schon ein sehr bekannter Mann, deshalb habe ich die Umstände des Unglücks noch gut in Erinnerung. Nein, nicht Ihr Vater, eine Frau hat Sie in letzter Minute aus der Wohnung gebracht.«

Victoria schluckte. »Sind Sie sich ganz sicher?«

»Ja, Ihr Vater traf erst zusammen mit der Feuerwehr am Brandort ein.«

»War diese Frau meine Nanny?«

»Nein, eine andere Bedienstete.«

Aber ich war doch allein in der Wohnung, als das Feuer ausbrach ... Victoria war völlig verwirrt.

»Wie sah diese Frau denn aus?«, fragte sie.

Sergeant Sinclair zuckte mit den Schultern. »Ihr Gesicht, ihr Haar und ihre Kleidung waren rußgeschwärzt. Ich weiß noch, dass sie von dem schrecklichen Unglück sehr mitgenommen war und unzusammenhängend redete. Bei Schockzuständen kommt so etwas ja recht häufig vor. Ein Zeuge hatte jedenfalls gesehen, wie sie mit Ihnen in den Armen aus dem Haus rannte.«

Hat sich doch eine Bedienstete in der Wohnung aufgehalten, an die ich mich nicht mehr erinnere? Oder war diese Frau etwa eine Geliebte meines Vaters? Aber er hätte doch niemals eine Geliebte mitgebracht, wenn ich zu Hause war ...

Fragen wirbelten durch Victorias Kopf. Sie musste diese Frau finden und mit ihr sprechen. Nur sie würde ihr erklären können, warum ihr Vater sie belogen hatte.

»Könnten Sie mir den Namen der Frau nennen?«, wandte sie sich an den Sergeant.

»Wenn Sie sich kurz gedulden, Miss.« Er erhob sich und verschwand aus dem Verhörraum. *Es muss eine plausible Erklärung für die Lüge meines Vaters geben,* versuchte Victoria, sich zu beruhigen. Ihr war übel vor Anspannung. Nach einigen Minuten kehrte Sergeant Sinclair mit einer Akte in den Händen zurück. Er schlug sie auf und blätterte darin herum. »Annie Shanwick war der Name der Frau«, sagte er schließlich. »Als Adresse ihrer Eltern ist die Hoxton Street Nr. 10 angegeben.«

»Mein Vater sagte mir, das Feuer sei wahrscheinlich durch Funkenflug aus dem Kamin im Wohnzimmer entstanden«, meinte Victoria. Beklommen fragte sie sich, ob ihr Vater auch darüber die Unwahrheit gesprochen hatte.

»Das gab Miss Shanwick auch bei der gerichtlichen Untersuchung des Brandes an.« Sergeant Sinclair nickte. Doch gleich darauf runzelte er die Stirn und berichtigte sich. »Das heißt, sie erschien nicht selbst vor Gericht, da sie erkrankt war. In ihrem Namen wurde eine notariell beglaubigte Aussage verlesen. Der Tag, an dem das Feuer ausbrach, war sehr stürmisch. Es gab mehrere Brände in der Stadt, die durch Funkenflug entstanden waren. Deshalb gab es keinen Grund, an ihrer Aussage zu zweifeln.«

Victoria zwang sich zu einem Lächeln und bedankte sich bei Sergeant Sinclair. Ja, sie musste unbedingt mit Miss Shanwick reden …

Die Hoxton Street lag in Shoreditch. Die Mietshäuser dort hatten strenge Backsteinfassaden und glichen eher einem Gefängnis oder einem Armenhaus. Victoria hob ihr Fahrrad die zwei Stufen zur Eingangstür des Hauses Nummer zehn hinauf und schob es an einem lehmverkrusteten Schuhabkratzer vorbei in einen engen dunklen Korridor. In dieser ärmlichen Gegend wollte sie es lieber nicht draußen stehen lassen. Die Fotoausrüstung hatte sie nach Hause gebracht, froh, dass Hopkins wegen irgendwelcher Besorgungen unterwegs war und sie ihm nicht begegnen musste. Eine Holztreppe führte in die oberen Etagen. Die roten und grünen Bodenkacheln waren abgetreten. Es roch durchdringend nach Kohl und gekochtem Hammelfleisch. Kurz entschlossen klopfte sie an die nächstbeste Tür.

Eine Frau um die vierzig, die ein braunes Wollkleid und eine schmutzige Schürze trug, öffnete ihr. Haarsträhnen hingen ihr unordentlich ums Gesicht. Aus der Wohnung war Kindergeschrei zu hören.

»Ja, Miss?«, fragte die Frau mürrisch.

»Entschuldigen Sie, dass ich Sie störe«, sagte Victoria, bemüht, nicht Upperclass-Englisch zu sprechen. »Ich suche nach einer Frau namens Annie Shanwick. Sie soll vor ungefähr fünfzehn Jahren hier gelebt haben.«

»Hab den Namen nie gehört.«

Die Frau wollte die Tür schon wieder zuschlagen, doch Victoria stellte schnell ihren Fuß in den Spalt und holte einen Shilling aus ihrer Geldbörse. Sie und Hopkins würden während der nächsten Tage eben noch etwas sparsamer wirtschaften.

»Sind Sie sich ganz sicher, dass Sie den Namen wirklich nie gehört haben?«, hakte sie nach.

Die Frau starrte die Münze an. Zu Victorias Überraschung brüllte sie plötzlich: »He, Mr. Phipps, kommen Sie mal runter.«

Ein Junge, der löchrige Strümpfe trug, erschien im Wohnungskorridor. Er klammerte sich an seine Mutter und beäugte neugierig Victorias Fahrrad. Victoria lächelte ihn an.

»Guten Tag, kleiner Mann!«, sagte sie so unbeschwert sie konnte.

Von einem der oberen Stockwerke ertönten Schritte. Kurz darauf polterte ein rotgesichtiger Mann, der einen groben Mantel, einen Bowler auf dem Kopf und derbe Stiefel trug, die Stufen herunter.

»Die Lady will wissen, ob vor fünfzehn Jahren eine Miss Shanwick hier im Haus gelebt hat.« Die Frau deutete mit dem Daumen auf Victoria. »Ich sagte, den Namen kenn ich nicht. Aber sie will mir nicht glauben.« Mit einem Blick auf Victoria fügte sie hinzu: »Mr. Phipps ist der Mieteintreiber in diesem Viertel.«

»Der Mietenkassierer, Mrs. Smith, der Mietenkassierer, wenn ich bitten darf.« Der Mann musterte Victoria neugierig. »Nein, eine Miss Shanwick hat hier nie gelebt. Nicht vor fünfzehn Jahren und auch später nicht. Ich mache diese Arbeit seit zwanzig Jahren, und ich kann Ihnen noch im Schlaf heruntersagen, wer wann wie lange in diesem Viertel gewohnt hat. Und nun, Mrs. Smith, da wir schon beim Thema sind ... Wenn Sie bitte die Miete für diese Woche zahlen würden.«

»Ja, ja, Sie bekommen schon, was Ihnen zusteht«, erwiderte Mrs. Smith gereizt.

Victoria schob ihr die Münze rasch in die Hand und noch einige Pennys. »Für einen Apfel für den Jungen«, raunte sie ihr zu.

SECHSTES KAPITEL

Victoria mochte Mr. Montgomery, ihren Vormund, wirklich, und sie war davon überzeugt, dass ihm ihr Wohl sehr am Herzen lag, trotzdem besuchte sie ihn nicht gern. Er erinnerte sie an den Tod ihres Vaters und machte ihr außerdem bewusst, dass sie noch nicht volljährig war und nicht frei über ihr Leben bestimmen konnte. Doch da er die einzige Person war, die ihr vielleicht etwas über Annie Shanwick sagen konnte, suchte sie die Kanzlei, die er in der Nähe des Strafgerichtshofs Old Bailey in einem vierstöckigen Haus aus dem 18. Jahrhundert angemietet hatte, noch am selben Tag auf.

Mr. Montgomery war anwesend und hatte auch sofort Zeit für sein Mündel. Er war ein großer Mann in den Sechzigern, der für seine Körperfülle überraschend kleine Hände und Füße hatte. Seine braunen Augen erinnerten Victoria immer an einen melancholischen Spaniel.

»Miss Victoria«, rief er erfreut und komplimentierte sie zu einer Chesterfield-Ledersitzgruppe in seinem vornehm-gediegen eingerichteten Büro. »Wie schön, dass Sie mich besuchen. Einen Tee? Nein? Ich hoffe, es geht Ihnen gut, und Sie und Hopkins kommen finanziell zurecht. Sie wissen ja, dass ich Ihnen in einer Notlage jederzeit gern helfe. Ihre Großtante, Lady Glenmorag, war übrigens kürzlich bei mir und versuchte mich zu überreden, die Wohnung Ihres Vaters zu verkaufen. Ich habe natürlich abgelehnt.«

Es war zu erwarten, dass Großtante Hermione sich nicht so schnell geschlagen gibt ... Victoria verkniff sich eine sarkastische Bemerkung.

»Übrigens werde ich Ende Februar für zehn Tage verreisen. Eine Segeltour zur Isle of Man. Falls Sie in dieser Zeit Unterstützung benötigen sollten, können Sie sich natürlich an meinen Sozius Mr. McAllister wenden.«

Victoria hätte es Mr. Montgomery gar nicht zugetraut, dass er gern segelte. Nun, an seinen Partner würde sie sich bestimmt nicht wenden, sie mochte den hageren, puritanischen Schotten nicht.

»Hat mein Vater jemals mit Ihnen über den Wohnungsbrand gesprochen?«, platzte sie gleich mit ihrem Anliegen heraus.

»Er erwähnte mir gegenüber den Brand, aber wir sprachen nicht detailliert darüber, ich wurde ja erst einige Jahre später sein Anwalt. Weshalb fragen Sie?«

Victoria wiederholte ihre Geschichte, wobei sie ihr Erlebnis mit Sir Francis ausließ. Es wäre ihr dem Vormund gegenüber zu intim erschienen.

»Sagt Ihnen der Name Annie Shanwick etwas?«

»Leider nein.« Mr. Montgomery schüttelte den Kopf.

Victoria überlegte einen Moment lang, dann entschied sie, direkt nach dem zu fragen, was sie am meisten beschäftigte. »Könnte sie eine Geliebte meines Vaters gewesen sein?«

»Miss Victoria«, Mr. Montgomery fuhr entsetzt auf. »Über solche Dinge sollte eine junge Dame nicht nachdenken, geschweige denn reden.«

»Ach, kommen Sie. Wir wissen doch beide, dass mein Vater Geliebte hatte. Er hat nie einen Hehl daraus gemacht, und ich habe es ihm nicht übel genommen. Für ihn war Sexualität kein Tabuthema. Dazu hatte er bei seiner Arbeit viel zu viel damit zu tun.«

Dass sie im Alter von zehn Jahren mit fasziniertem Grusel die erste nackte weibliche Leiche ihres Lebens gesehen hatte, als sie sich heimlich in den Leichenkeller des St. Mary Hospital geschlichen hatte, erzählte sie Mr. Montgomery wohl besser nicht.

Mr. Montgomery errötete auch ohne diesen Hinweis und räusperte sich verlegen. »Nein, ich weiß nichts von einer Geliebten mit diesem Namen …«, murmelte er.

Victoria glaubte ein Zögern in seiner Stimme wahrzunehmen, das sie aufhorchen ließ. »Aber …?«, hakte sie nach.

»Ich dürfte Ihnen das eigentlich noch gar nicht sagen. Es gibt einen Brief Ihres Vaters, der Ihnen erst an Ihrem einundzwanzigsten Geburtstag ausgehändigt werden darf.«

»Einen Brief?« Victoria richtete sich aufgeregt auf.

»Oh, nein, nein, nein, Miss Victoria.« Mr. Montgomery wedelte energisch mit seinen kleinen Händen in der Luft, und sein Blick wurde stählern. »Sie werden diesen Brief an Ihrem einundzwanzigsten Geburtstag erhalten. Und keinen Tag früher.«

Während Victoria den Schlüssel im Schloss der Wohnungstür drehte, dachte sie niedergeschlagen daran, wie ärgerlich es war, dass Mr. Montgomery sich einfach nicht hatte umstimmen lassen. Sie hatte ihre ganze Überredungskunst aufgeboten, gebettelt und gefleht. Er war bei seinem Nein geblieben. *Bestimmt gäbe er mir den Brief noch nicht einmal, wenn ich ihn mit einer Pistole bedrohen würde. Er würde bestimmt lieber sterben, als gegen seine Anwaltsehre zu verstoßen,* überlegte sie bitter.

Leise zog sie die Tür hinter sich zu, sie war nicht in der Stimmung für Gesellschaft. Doch sie hatte erst wenige Schritte getan, als die Küchentür aufflog und Mrs. Dodgson in den Korridor eilte.

»Miss Victoria, es wurde ein Brief für Sie überbracht«, keuchte die füllige ältere Frau. »Kommen Sie und sehen Sie.« Resolut packte sie Victoria an der Hand und zog sie hinter sich her.

Hopkins, der am Tisch gesessen hatte, erhob sich und verbeugte sich. »Miss Victoria …«

Offenbar hatten er und Mrs. Dodgson gerade ihren Tee eingenommen, denn der Tisch war für zwei Personen gedeckt, auf einer Platte lagen Sandwich- und Kuchenkrümel. Victoria erkannte das geblümte Keramikgeschirr. Für ein Zusammensein unter Bediensteten war – nach Hopkins' Stilempfinden – Porzellan unangemessen.

»Hier, Miss …« Die Zugehfrau nahm ein kleines Silbertablett und streckte es ihr entgegen. Darauf lag ein Briefumschlag von exquisiter Qualität, in den eine goldene Krone geprägt war. Victoria benötigte einen Moment, ehe sie die Krone des Königshauses erkannte. »Ein Brief aus dem Palast!«, sagte Mrs. Dodgson ehrfürchtig. »Das ist bestimmt die Einladung zu Ihrem Ball. Nun öffnen Sie schon das Kuvert, Miss Victoria.«

Von irgendwoher hatte Hopkins einen Brieföffner gezaubert und reichte ihn ihr. Auch er wirkte erwartungsvoll. Victoria schlitzte den Umschlag auf und nahm den Briefbogen aus schwerem Bütten heraus.

»Ja, es ist die Einladung zum Ball. Ich bin für den 27. Februar geladen«, sagte sie und fügte mit einem Seufzer hinzu: »Ich liebe mein neues Kleid. Aber irgendwie habe ich trotzdem gehofft, dass ich vom Hofmarschall nicht als Debütantin anerkannt werden würde.«

»In diesem Fall hätte Ihre Großtante wahrscheinlich persönlich beim König interveniert«, warf Hopkins ein.

»Ach, hoffentlich wird Ihr Ballkleid rechtzeitig fertig.« Mrs. Dodgson klatschte in die Hände und strahlte wie ein Kind unterm Weihnachtsbaum. »Sie müssen natürlich den Hofknicks üben und lernen, mit einer Schleppe zu gehen. Am besten, ich hefte dafür eine lange Decke an einen Ihrer Röcke.«

Der Hofknicks ... Als ob ich keine anderen Probleme hätte, dachte Victoria.

Mit düsterem Gesichtsausdruck wandte sie sich an Hopkins. »Ich nehme heute Abend an einer Versammlung der Suffragetten teil. Deshalb werde ich nicht zum Essen hier sein.«

»Miss Victoria ...« Mrs. Dodgson stemmte die Hände in die Hüften. »Da Ihr Vater für das Frauenwahlrecht war, akzeptiere ich es, dass Sie sich bei diesen Frauen engagieren. Auch wenn ich es nicht gutheiße. Meiner Ansicht nach ist dieses Land bislang nämlich sehr gut ohne das Wahlrecht für Frauen ausgekommen. Wenn Sie verhaftet werden sollten und deshalb nicht bei Hofe vorgestellt werden können, werde ich Ihnen das nie verzeihen.«

»Da stimmen Sie wahrscheinlich ganz mit meiner Großtante überein«, erwiderte Victoria.

Nach dem Tee verließ Hopkins gemeinsam mit Mrs. Dodgson die Wohnung, sie hatten wohl einige Einkäufe zu machen. Victoria ging in ihr Zimmer, um an dem Reiseführer über Italien zu arbeiten, doch während sie versuchte, die Altstadt von Florenz zu beschreiben, musste sie immer wieder an ihr Gespräch mit Sergeant Sinclair und ihre vergebliche Suche in Shoreditch denken. Schließlich stand sie auf, lief zum Fenster und sah in den Green Park hinunter, wo die ersten Krokusse ihre Köpfchen gen Himmel reckten. Dann legte sie den Füllfederhalter entschieden weg. Vielleicht fand sie ja im Arbeitszimmer ihres Vaters eine Antwort auf ihre Fragen.

Victoria hatte das Arbeitszimmer schon lange nicht mehr betreten. In diesem Raum hatten ihr Vater und sie viel Zeit zusammen verbracht, dort fehlte er ihr immer besonders. Als sie die Tür öffnete, schlug ihr der vertraute Geruch von kaltem Zigarrenrauch entgegen. Die schweren dunkelroten Samtvorhänge waren zugezogen, um die Tapeten und Bücher vor der Sonne zu schützen. Nachdem Victoria sie geöffnet hatte, flutete das Nachmittagslicht den Raum.

Hohe Bücherregale bedeckten die Wände. Über einer alten Ledersitzgruppe hingen in impressionistischer Manier gemalte Pferdestudien und über dem Kamin drei Jagdgewehre. Ihr Vater war ein begeisterter Reiter gewesen, im Herbst war er stets auf Fasanen- und Entenjagd gegangen. Eines der wenigen Dinge, die er mit seiner gesellschaftlichen Klasse gemeinsam hatte. Als sie sechzehn Jahre alt gewesen war, hatte er ihr das Schießen beigebracht.

Victoria schluckte und ließ ihren Blick weiterschweifen. Auf dem Ledersofa mit den abgewetzten Samtkissen hatte sie als Kind häufig gesessen und gespielt oder in Bilderbüchern geblättert, während ihr Vater gearbeitet hatte. Später dann, in den Schulferien, hatte sie dort gelesen oder Briefe geschrieben. Auf dem Schreibtisch lag der Briefbeschwerer, den sie dem Vater einmal als Kind geschenkt hatte, eine Glaskugel mit einem Holzschiff darin, daneben standen Fotografien von ihr und ihrer Mutter. Diese war auf dem sepiafarbenen Bild ganz jung – es musste kurz nachdem sie im Alter von achtzehn Jahren mit Victorias Vater durchgebrannt war, aufgenommen worden sein –, und sie wirkte strahlend vor Glück. Andere Fotos zeigten Victoria als Kind und als junge Erwachsene.

Victoria gab sich einen Ruck. Sie war nicht gekommen, um sich in Erinnerungen zu verlieren. Wahrscheinlich würde sie die Antwort auf ihre Fragen am schnellsten in den Tagebüchern ihres Vaters finden. Bisher hatte sie es noch nicht gewagt, einen Blick hineinzuwerfen. Er hatte sie in dem alten Rollschrank aufbewahrt. Sie drehte den Schlüssel und schob die Holzlamellen nach unten. Dicht gedrängt standen die schmalen braunen Lederbände in den Fächern. Ihr Vater hatte während seiner Studienzeit mit dem Tagebuchschreiben begonnen und erst kurz vor seinem Tod, als er vom Morphium ganz benommen gewesen war, damit aufgehört.

Mit dem Finger fuhr Victoria die Zahlen auf den Buchrücken entlang. Im Jahr 1880 hatte ihr Vater sein Studium beendet. 1887 war das Jahr, in dem er und ihre Mutter geheiratet hatten. 1888 war sie geboren worden. Die Bände 1889 und 1890 folgten. Victoria stutzte. Für das Jahr 1891, in dem ihre Mutter gestorben war, gab es kein Tagebuch und auch das Jahr 1892, in dem der Wohnungsbrand stattgefunden hatte, fehlte. Ja, das nächste Tagebuch war sogar erst aus dem Jahr 1895. Victoria hoffte, dass die Bände nur woanders hingeräumt worden waren.

Noch einmal sah sie sich Tagebuch um Tagebuch genau an. Aber nein, nirgends konnte sie Bände von 1891 bis 1894 entdecken. Auch in den beiden Schubladen unter den Schrankfächern fand sie sie nicht. Ratlos biss sie sich auf die Lippen. Ihr Vater hatte wirklich etwas verbergen wollen.

Als sie Schritte im Treppenhaus hörte, stand sie rasch auf, schloss den Rollschrank und schlüpfte aus dem Zimmer. Sie konnte jetzt nicht mit Hopkins über ihre Entdeckung sprechen.

Die Versammlung fand im Saal eines Hinterhauses in der Straße The Strand statt. Etwa zweihundert Suffragetten nahmen daran teil. Emmeline Pankhurst sprach selbst. Die Gründerin und Leiterin der Women's Social and Political Union, kurz WSPU genannt, war eine schlanke, elegante Frau um die fünfzig. Ihre zarten Gesichtszüge und die durchgeistigten Augen verliehen ihr das Aussehen einer Heiligen. Trotz ihres zerbrechlichen Äußeren besaß sie einen eisernen Willen und regierte die WSPU autokratisch und mit harter Hand. Neben ihren Töchtern Christabel, Sylvia und Adela duldete sie niemanden neben sich. Victoria wusste das alles. Dennoch zog Emmeline Pankhurst sie, sobald sie mit ihrer Rede begann, wieder in ihren Bann. Sie vergaß ihre Sorgen und lief, ganz erfüllt von dem Vortrag, nach Hause.

Dort fand sie Hopkins am Küchentisch, einen Berg Papiere und Bücher vor sich. Während der kalten Jahreszeit arbeitete der Butler häufig in der Küche am Buch ihres Vaters, so sparten sie sich die Heizkosten für die Bibliothek.

»Sie hatten einen interessanten Abend, Miss Victoria?«, erkundigte er sich höflich.

»Ja.« Victoria setzte sich zu ihm. »Emmeline Pankhurst sprach darüber, dass wir Suffragetten das Wahlrecht nicht nur aus politischen Gründen beanspruchen, sondern viel mehr wegen seines symbolischen Wertes – es steht für die Gleichberechtigung von Mann und Frau. Darin müsste ihr Mrs. Dodgson eigentlich zustimmen. Ich habe noch nie erlebt, dass sie einem Mann – Sie und meinen Vater ausgenommen – viel Respekt entgegengebracht hat.« Sie lächelte ein wenig.

»Ich fürchte, ihrem verstorbenen Gatten auch nicht.« Hopkins erwiderte ihr Lächeln. »Aber Mrs. Dodgson ist nun einmal Royalistin, und da der König gegen das Frauenwahlrecht ist, kann sie es nicht gutheißen.«

»Sind Sie etwa kein Royalist?«, neckte Victoria ihn.

»Ich erlaube mir zu sagen, dass ich Königin Victoria mehr geschätzt habe, als ich ihren Sohn schätze.« Hopkins räusperte sich. »Der König ist in manchem, nun ja ... doch sehr gewöhnlich ...«

Victoria wusste, dass Hopkins damit auf die vielen Affären des Königs mit verheirateten Frauen, die ein offenes Geheimnis waren, und sein auch sonst ausschweifendes Leben anspielte. Dass ihr Vater nicht nach der offiziell herrschenden Moral gelebt hatte, hatte Hopkins dagegen toleriert. Kurz entschlossen sprach sie ihn doch auf die fehlenden Tagebücher an.

»Hopkins ... Ich war heute Nachmittag im Arbeitszimmer meines Vaters. Dabei habe ich festgestellt, dass seine Tagebücher nicht vollständig sind. Die Jahre 1891 bis 1894 sind nicht vorhanden. Wissen Sie etwas darüber?«

Falls der alte Butler über ihre Frage überrascht war, ließ er sich nichts anmerken. »Ich vermute, dass Ihr Vater sie Mr. Montgomery übergeben hat«, antwortete er. »Das wäre die plausibelste Erklärung.«

Wenn ihr Vater die Bände nicht vernichtet, sondern sie ihrem Vormund übergeben hatte, würde sie diese auch erst an ihrem einundzwanzigsten Geburtstag zu Gesicht bekommen. Und keinen Tag früher. Victoria unterdrückte einen Seufzer.

»Kennen Sie irgendwelche Dienstboten, die für meinen Vater zur Zeit des Brandes arbeiteten?«, tastete sie sich weiter vor.

»Leider nein.« Hopkins schüttelte den Kopf. »Nach dem Brand entließ Ihr Vater alle Bediensteten.«

»Hat er Ihnen dafür jemals einen Grund genannt?«

»Nun, Ihre Nanny hatte sich als höchst unzuverlässig

erwiesen, da sie Sie allein in der Wohnung ließ. Verständlicherweise engagierte Ihr Vater ein anderes Kindermädchen. Da er mit Ihnen einige Monate auf Reisen ging, bis die Wohnung am Green Park gekauft und eingerichtet war, wäre es unnötig gewesen, weiterhin einen Butler, eine Köchin und ein Hausmädchen zu beschäftigen. Um die finanziellen Mittel Ihres Vaters war es ja damals schon, wenn ich es so offen sagen darf, nicht so gut bestellt. Aber vielleicht kann Ihnen Lady Glenmorag in dieser Frage weiterhelfen.«

»Ich bezweifle, dass sich meine Großtante auch nur den Namen Ihrer eigenen Köchin merken kann.« Victoria schüttelte den Kopf.

Hopkins ließ seinen Blick nachdenklich über den frisch geschwärzten Küchenherd schweifen und über das Frühstücksgeschirr, das auf der Anrichte bereitstand. »Der Name des damaligen Butlers Ihres Vaters lautete, wenn ich mich richtig erinnere, Lyons. Ich glaube, er trat in den Dienst eines hochrangigen Diplomaten, mit dem er kurz darauf nach Indien ging.«

»Indien …« *Sir Francis lebte mehrere Jahre in Indien*, überlegte Victoria. *Ob er dort Lyons begegnet ist und mit ihm über den Brand gesprochen hat? Oder steigere ich mich in etwas hinein?*

»Miss Victoria, dürfte ich erfahren, warum Sie mir all diese Fragen stellen?«

»Ach, nur weil ich in den letzten Nächten von dem Brand geträumt habe«, wich Victoria dem Butler aus.

Hopkins glaubte an ihren Vater. Sie wollte nicht, dass seine Erinnerung an ihn ebenfalls getrübt wurde.

»Tatsächlich?«

Hopkins hob wie so oft, wenn er etwas anzweifelte, eine Augenbraue. Victoria war überzeugt, dass er ihr nicht glaubte.

Aber zu ihrer Erleichterung bewahrte ihn seine Diskretion davor, weiter nachzuhaken.

SIEBTES KAPITEL

»Sie sind wunderschön, Miss Victoria.« Mrs. Dodgson seufzte.

»Ja, Sie sehen sehr hübsch aus«, bestätigte die junge Coiffeuse, die ihr Constance vermittelt hatte. »Kommen Sie und betrachten Sie sich im großen Spiegel.«

»Schon gut ... schon gut ...«

Victoria stand von der Frisierkommode auf und schritt vorsichtig auf ihren hochhackigen Schuhen durch ihr Zimmer. Während der vergangenen zwölf Tage hatte sie sich, wenn sie nicht gerade bei einer Anprobe im Atelier Poiret gewesen war, in die Arbeit an ihrem Reiseführer vergraben. Die Unklarheit darüber, weshalb ihr Vater sie belogen hatte, hatte das bisschen Vorfreude, das sie tatsächlich kurz über den Ball empfunden hatte, gänzlich ausgelöscht. Doch nun, als sie sich im Standspiegel sah, klopfte ihr Herz rascher. Das cremefarbene Seidenkleid umfloss ihren Körper geschmeidig. Die scheinbare Einfachheit des Schnitts hob die goldenen Orchideenblüten, mit denen es bestickt war, besonders hervor. Über dem Kleid trug sie ein kurzärmeliges Jäckchen – eine Art Bolero –, das aus Goldlamé genäht war. Die Coiffeuse hatte ihre roten Locken seitlich gescheitelt, geglättet und am Hinterkopf zu einem kunstvollen Knoten zusammengefasst. Victoria hatte auf ein Diadem verzichtet, das eigentlich für eine Debütantin Brauch war. Als einzigen Schmuck trug sie einen Armreif und eine dazu passende eng anliegende Halskette aus massivem

Rotgold, die sie von ihrer Mutter geerbt hatte – der Anhänger mit dem grob geschliffenen grünen Edelstein brachte ihre Augen zum Leuchten.

»Nun, Miss Victoria?« Mrs. Dodgson blickte sie erwartungsvoll an.

»Ich gefalle mir schon«, gab Victoria zu. »Bis auf die beiden albernen Straußenfedern auf meinem Kopf.« Es war üblich, dass unverheiratete Debütantinnen zwei, vermählte dagegen drei Federn trugen.

»Ach, Miss.« Die rundliche Zugehfrau drohte ihr mit dem Finger. »Keine Debütantin ohne Straußenfedern. So, und nun lassen Sie uns in den Korridor gehen, damit Mr. Hopkins Sie auch endlich sehen kann. Wahrscheinlich vergeht er schon vor Neugier.« Mrs. Dodgson musterte sie eingehend. »Sie bewegen sich sehr anmutig mit der Schleppe«, konstatierte sie schließlich bewundernd.

»Sie haben mich ja auch gnadenlos gedrillt. Ich musste stundenlang mit dieser schrecklichen an meinen Rock genähten Decke in der Wohnung umherlaufen.«

»Nur zu Ihrem Besten, Miss.« Mrs. Dodgson strahlte. »Nur zu Ihrem Besten. Glauben Sie mir, Sie werden großen Eindruck bei Hofe machen. Ach, Mr. Hopkins, dass ich das noch erleben darf!«

Ausnahmsweise versuchte Hopkins nicht, seine Gefühle zu verbergen. »Miss Victoria«, seine Stimme klang belegt vor Rührung, »Ihr Vater wäre sehr stolz auf Sie.«

Victoria empfand einen Stich. Sie hatte es immer noch nicht über sich gebracht, mit Hopkins darüber zu sprechen, dass ihr Vater sie belogen hatte. Sie war dankbar, als Mrs. Dodgson sie aus den Gedanken riss.

»Und nun präsentieren Sie uns bitte Ihren Hofknicks, Miss«, kommandierte sie.

Gehorsam raffte Victoria ihre Röcke und versank in eine tiefe Verbeugung.

»Bitte, bleiben Sie kurz in dieser Stellung.«

Hopkins verschwand hinter der Kamera, die er im Korridor aufgebaut hatte. Er entzündete das Blitzlichtpulver, und einen Moment später war alles in gleißendes Licht getaucht.

»Und nun noch eine Fotografie in stehender Pose«, befahl Mrs. Dodgson.

»Nur, wenn Sie mit aufs Bild kommen.« Victoria kümmerte sich nicht um den Protest der Zugehfrau, sondern fasste sie lachend um die Hüfte und zog sie neben sich.

»Sehr schön so.«

Hopkins blickte prüfend durch das Objektiv. Gleich darauf flammte wieder der Blitz auf. Auf den Knall folgte ein Klopfen. Der Butler besann sich auf seine eigentlichen Aufgaben und begab sich gemessenen Schrittes zur Wohnungstür. Draußen stand ein junger Lakai in blau-goldener Uniform. Auf seiner Brust prangte das Wappen des Duke of St. Aldwyn.

»Die Equipage des Duke ist eingetroffen«, verkündete er.

Hopkins eilte herbei und half Victoria in den pelzbesetzten Samtmantel. Mrs. Dodgson hob ihre Schleppe und legte sie ihr über den rechten Arm.

»Sie müssen uns morgen alles ganz genau erzählen, Miss«, flüsterte sie.

»Das werde ich«, versprach Victoria, während sie erst Mrs. Dodgson und dann den etwas aus der Fassung gebrachten Hopkins umarmte. Die Coiffeuse winkte sie zum Abschied zu.

Bildete sie sich das nur ein, oder hatte Hopkins tatsächlich feuchte Augen?

Die Kutsche, die vor dem Haus wartete, war sechsspännig. Das schwarze, auf Hochglanz polierte Holz und das goldene Wappen auf den Türen schimmerten im Licht der Gaslaternen. In den Fußgurten auf der Rückseite der Kutsche stand noch ein zweiter Diener in Galalivree. *Großvater und Großtante Hermione haben aber auch wirklich alle Register gezogen …* Victoria unterdrückte ein Seufzen.

Der Lakai, der sie die Treppe hinunterbegleitet hatte, klappte die Trittstufen am Wagen herunter. Dann riss er den Verschlag auf und verbeugte sich.

»Miss Bredon …«

Nun gut, ab in die Höhle des Löwen … Victoria raffte Mantel und Kleid und bückte sich tief durch die Tür, um die lästigen Federn nicht zu derangieren. Ihre Großtante und ihre Cousine Isabel saßen auf der einen Wagenseite auf den roten Samtpolstern, ihr Großvater auf der anderen.

»Sir, Großtante, Isabel …«

Victoria besann sich auf ihre Manieren und begrüßte ihre Verwandten mit einem höflichen Nicken, ehe sie sich neben ihrem Großvater niederließ. Während sich die Kutsche in Bewegung setzte, musterte sie ihn unauffällig. Bislang kannte sie den Vater ihres Vaters, den Duke Hugo of St. Aldwyn, nur von privaten Fotografien und Zeitungsbildern. Er war um die siebzig Jahre alt, hatte dichtes graues Haar und einen grauen Backenbart. Sein Gesicht war breiter als das ihres Vaters und seine Züge schwammig – anscheinend trank er mehr Alkohol, als für ihn gut war –, dennoch sah er ihrem Vater sehr ähnlich.

»Victoria …« Den silbernen Knauf seines Stockes fest umklammernd, wandte er ihr seine Aufmerksamkeit zu. Seine Stimme war tief und ein wenig heiser. Er betrachtete sie einen Moment distanziert, schließlich sagte er: »Ich schätze, dein Vater hat dich nicht nach unserer verstorbenen Königin benannt, sondern nach deiner Großtante Victoria.«

»Ja, mein Vater und meine Mutter haben mich nach der Großtante benannt.«

»Nur gut, dass sie vor zehn Jahren gestorben ist, sonst würde sie wahrscheinlich auch bei diesen verdammten Frauenrechtlerinnen mitmischen.«

»Wahrscheinlich würde sie anstelle von Mrs. Pankhurst die Suffragetten anführen«, hörte Victoria ihre Großtante Hermione murmeln. »Ich verstehe nicht, warum unsere Familie in jeder Generation mit einem schwarzen Schaf geschlagen sein muss. In anderen Familien verteilt sich das auf Jahrhunderte.«

Victoria senkte den Kopf, um ihr Lächeln zu verbergen. Ihre Großtante Victoria hatte ihrem Vater das Geld vermacht, mit dem er die Wohnung am Green Park auf den technisch neuesten Stand hatte bringen lassen. Sie hatte nur einige verschwommene, aber gute Erinnerungen an die exzentrische alte Dame.

Das Lächeln verging ihr, als sie ihre Cousine Isabel plötzlich sagen hörte: »Großtante, Victoria trägt ja gar kein Diadem.«

Victoria war so auf ihren Großvater konzentriert gewesen, dass sie Isabel erst jetzt richtig wahrnahm. Ihr Mantel und ihr Kleid waren von strahlendem Weiß und mit Strasssteinchen besetzt, die Lichtfunken durch die Kutsche warfen. Mit ihrem honigblonden, zu einer Krone frisierten Haar, ihren großen blauen Augen und ihren rosigen, anmutig geschwungenen Lippen hätte sie geradewegs einem Gemälde Gainsboroughs entstiegen sein können.

»Du musstest hoffentlich nicht den Schmuck deiner Mutter zu Geld machen?« Großtante Hermione klimperte nervös mit den Lidern.

»Ich würde ihren Schmuck niemals verkaufen«, erwiderte Victoria kühl.

»Gut, dass dir doch etwas an Familientraditionen zu liegen scheint.« Lady Glenmorag seufzte erleichtert.

Victoria wollte gerade erwidern, dass sie den Schmuck liebte, einfach weil er ihrer Mutter gehört hatte, und dass sie sich, wenn sie ihn trug, mit ihr verbunden fühlte, doch Isabel ließ sie nicht zu Wort kommen.

»Dein Kleid und dein Mantel sind ja recht hübsch, Victoria. Ich hatte schon befürchtet, dass du in einem von diesen sackartigen Reformkleidern zum Ball erscheinen würdest. Bei welcher Schneiderin warst du denn?«

»Sie war im Atelier dieses verdammten Franzosen Poiret«, knurrte ihr Großvater. »Die Ausstattung von euch beiden hat mich ein Vermögen gekostet.«

»Poiret ...« Isabel riss verblüfft die Augen auf. »Aber man kann dort nur noch auf Empfehlung nähen lassen ...« Im nächsten Moment brach sie ab und biss sich auf die Lippen.

»Nun, ich hatte keine Schwierigkeiten, als Kundin akzeptiert zu werden«, behauptete Victoria. Das war nicht die ganze Wahrheit, aber ach, dieser kleine Triumph tat ihr gut ... Sie konnte sich nicht verkneifen hinzuzufügen: »Poirets Kleider lassen sich übrigens ganz wunderbar ohne Korsett tragen.«

»Victoria!« Ihre Großtante fuhr entsetzt auf. »Eine Dame spricht in Gegenwart eines Mannes nicht über derart intime Dinge, auch wenn dieser Mann ein Verwandter ist.«

Ihr Großvater brummte etwas Unverständliches vor sich hin. Hastig verwickelte seine Schwester Isabel in ein Gespräch über eine Wochenendgesellschaft bei einem Lord Rogers in Suffolk. Der Bedarf ihres Großvaters an Konversation schien gedeckt zu sein, wofür Victoria sehr dankbar war.

Die Kutsche kam jetzt nur noch im Schritttempo voran. Sie

hatten die Mall erreicht, in der die Kutschen der vornehmen, reichen und adligen Familien eine lange Schlange zum Buckingham Palace bildeten. Immer wieder tauchten die Gesichter Schaulustiger auf, die durch die Wagenfenster ins Innere spähten. Victoria vertrieb sich die Zeit damit, sich vorzustellen, wie sie diese Gesichter, die mal ganz deutlich, mal verzerrt durch die Spiegelung zu sehen waren, fotografieren würde. *Schaulustige an der Mall vor dem Debütantinnenball – das wäre vielleicht auch ein Thema für eine Fotoreportage,* überlegte sie selbstironisch.

Es dauerte schier endlos, bis die hohen, schmiedeeisernen Gitter des Palastes in Sicht kamen, und noch einmal eine ganze Weile, bis die Kutsche in das Tor einschwenkte. Plötzlich übertönten Frauenstimmen das Hufgeklapper und Räderrollen.

»Das Wahlrecht für Frauen! Das Wahlrecht für Frauen!«, skandierten sie.

Neugierig beugte Victoria sich vor. Tatsächlich, eine Gruppe von Demonstrantinnen hatte sich neben dem Tor versammelt. Sie streckten den Kutschen und Schaulustigen ihre Plakate entgegen.

»Ach, dass diese furchtbaren Frauen nicht einmal davor zurückschrecken, vor dem Königspalast für Aufruhr zu sorgen«, seufzte Großtante Hermione. »Was bedeutet etwas so Unwichtiges wie das Durchsetzen des Wahlrechts schon im Vergleich zu einem Ball?«

Victoria wollte protestieren, doch ihr Großvater polterte: »Ich hoffe, dass Sunderland unter diesen hysterischen Weibern aufräumt.«

Für einen Moment fühlte sich Victoria wieder in Sunderlands Amtszimmer zurückversetzt, glaubte, sein Duftwasser zu riechen, und es verschlug ihr den Atem. Zum Glück hielt die Equipage gleich darauf vor dem hell erleuchteten Portal. Die Wagentür wurde aufgerissen. Die Bediensteten halfen erst Großtante Hermione, dann Isabel und Victoria beim Aussteigen. Rot gewandete königliche Diener flankierten den Eingang.

Einen Teil des Abends habe ich überstanden, ging Victoria durch den Kopf, während sie neben Isabel zum Portal schritt. Der eigentlich schwierige Teil lag noch vor ihr.

Victoria unterdrückte ein Seufzen. Schwierig – oder, besser gesagt, anstrengend – war erst einmal das Warten. Nachdem Dienstboten ihnen in der Eingangshalle des Palastes die Mäntel abgenommen hatten, war sie zusammen mit ihren Verwandten in den ersten Stock hinaufgeschritten. Die beiden geschwungenen Treppenflügel waren voller Menschen gewesen. Die Vergoldung des Geländers, das Purpur der Teppiche, das Licht der Kristallleuchter und die in allen Farbschattierungen schimmernden Gewänder und Uniformen hatten für ein flirrendes, beinahe impressionistisches Farbenspiel gesorgt – das Weiß der Debütantinnenkleider hatte darin wie helle Tupfer gewirkt.

Oben angelangt, waren sie und Isabel dann von weiteren Domestiken in Paradeuniformen in einen langen Gang geleitet worden. Dieser Gang, dessen Wände mit hohen Spiegeln und Marmor verkleidet waren, führte zum Thronsaal. Und hier stand Victoria nun, inmitten von etwa hundert Debütantinnen, die darauf warteten, dem Königspaar und der Gesellschaft präsentiert zu werden. Es dauerte eine ganze Stunde, bis die weiß-goldene Doppeltür aufgerissen wurde und die erste Debütantin in den Thronsaal schreiten durfte.

Quälend langsam für Victorias Empfinden bewegte sich die

Schlange weiter. Die Debütantinnen traten jeweils einzeln vor. Sie dankte dem Himmel dafür, dass sie kein Korsett trug, denn die Luft war unerträglich stickig. Eine junge Frau wäre beinahe ohnmächtig geworden. Gerade noch rechtzeitig hatte ein Diener dies bemerkt und sie zu einem Sofa geführt.

Victoria seufzte. Noch immer befanden sich vier Frauen vor ihr und Isabel. Sie fing ihr Bild in einem der Wandspiegel auf.

Mit den weißen Federn auf unseren Köpfen sehen wir aus wie eine Schar nervöser Hühner, die gleich zur Schlachtbank geführt werden. Mrs. Dodgson wird mir niemals glauben, wie langweilig das alles ist, ging ihr durch den Sinn.

»Miss Bredon, ich hätte niemals damit gerechnet, Sie bei einem so konventionellen Ereignis zu treffen«, hörte sie plötzlich eine Männerstimme neben sich. Hastig drehte sie sich um. Jeremy Ryder, der einen schwarzen Cut trug, verbeugte sich lächelnd. »Ich bin übrigens aus rein beruflichen Gründen hier, da ich einen Kollegen vom Gesellschaftsfach vertrete, und nicht aufgrund irgendwelcher gesellschaftlicher Ambitionen.«

»Äh ... sehr erfreulich, das zu hören. Also, dass wenigstens einer der Anwesenden nicht auf Brautschau ist oder gesehen werden will.«

»Und was ist mit Ihnen?«

»Ich bin definitiv weder auf Brautschau noch möchte ich gesehen werden.« Victoria schüttelte energisch den Kopf, wobei, wie sie aus den Augenwinkeln im Spiegel sah, die lästigen Federn heftig hin und her wippten. »Sie können mir glauben, ich bin nur hier, da manchmal der Zweck eben die Mittel heiligt.«

»Der Zweck muss sehr wichtig für Sie sein, wenn Sie sich dieser Prozedur unterziehen.«

»Allerdings.«

Isabel, die vor Victoria in der Schlange stand und sich mit

der Tochter eines Herzogs unterhielt, wurde auf das Gespräch aufmerksam und drehte sich nun um. Neugierig musterte sie Jeremy Ryder. Er schien ihr zumindest nicht zu missfallen, denn sie flötete: »Oh, Victoria, ein Verehrer ... Du musst mich unbedingt vorstellen.«

»Mr. Ryder vom *Spectator*«, erwiderte Victoria kurz angebunden. »Wir kennen uns von einer Suffragettendemonstration.«

Isabel zuckte zusammen. »Oh, tatsächlich, wie ungewöhnlich ...« Eilig wandte sie sich wieder ihrer Gesprächspartnerin zu.

Der junge Reporter grinste. »Ich fand Ihre Fotografie des berittenen Polizisten, der seinen Schlagstock über den fliehenden Frauen schwenkt, übrigens sehr bemerkenswert.«

»Wirklich?«, fragte Victoria gegen ihren Willen aufgeregt.

»Ja, eine eindrucksvolle Demonstration brutaler männlicher Gewalt. Wobei Sie es bedauerlicherweise versäumt haben zu zeigen, wie Frauen mit ihren Regenschirmen auf die Bobbys losgingen ...«

»Dergleichen hat schon die von Männern dominierte Presse getan ...«

»Jedenfalls hat Ihre Fotografie eine lebhafte Leserbriefdiskussion angeregt, ob nicht der Polizeieinsatz doch etwas unverhältnismäßig gewesen sei.«

»Das freut mich zu hören.«

Victoria hatte sich so sehr in die Arbeit an ihrem Reiseführer vergraben, dass sie das nur am Rande mitbekommen hatte.

Jeremy Ryder berührte leicht ihren Arm. »Wenn ich Sie darauf aufmerksam machen darf ... Sie sind gleich an der Reihe.«

»Was ...?«

Victoria blickte sich verstört um. Tatsächlich, die Tochter

des Herzogs schritt eben in den Saal, und Isabel stand nun der Tür am nächsten.

»Viel Glück! Und, wenn Sie mir diese Bemerkung gestatten – Sie sehen sehr hübsch aus.«

»Danke«, antwortete Victoria ein wenig von oben herab, da sie nicht zeigen wollte, dass sie sich über das Kompliment freute.

Glücklicherweise hatte er nicht »niedlich« gesagt ...

Jetzt nahm Isabel den Platz an der Tür ein. Ein Diener trat neben sie, griff nach ihrer Schleppe, die sie über dem Arm trug, und ordnete die Stofflagen am Boden. Victoria beobachtete, wie ihre Cousine anmutig durch den Thronsaal schritt, artig dem Diener, der neben dem Thronpodest wartete, ihre Karte reichte und, nachdem dieser ihren Titel und ihren Namen ausgerufen hatte, formvollendet erst vor dem König, dann vor der Königin knickste.

»Miss ...« Der Diener nickte ihr zu.

Victoria schritt in den Saal. Verschwommen nahm sie die Menschen wahr, die vor den mit purpurner Seide bespannten Wänden standen.

Nicht auf dem Parkett ausrutschen ... Mrs. Dodgson wird es dir niemals verzeihen, wenn du im Angesicht des Königspaares hinfällst ... Nur nicht ausrutschen ...

Nun stand sie vor dem Thronpodest mit dem purpurnen Baldachin. Das bärtige, breite Gesicht des Königs und das schmale der Königin erschienen wie durch einen Nebel vor ihren Augen. Plötzlich nahm Victoria wahr, dass ihr der Diener gebieterisch seine behandschuhte Hand entgegenhielt. Himmel, sie hätte fast vergessen, ihm ihre Karte zu geben ...

»Miss Victoria Bredon«, schallte es durch den Saal.

Victoria raffte ihre Röcke und sank vor dem Königspaar in die Knie.

»Ich glaube, du hast tatsächlich einen guten Eindruck hinterlassen.«

Unüberhörbare Erleichterung schwang in Großtante Hermiones Stimme mit. Der Aufmarsch der Debütantinnen vor dem Königspaar war endlich vorbei, und die Gäste bewegten sich zum Ballsaal. Von irgendwoher war Geschirrgeklapper zu hören. Victoria registrierte, dass sie hungrig war.

»Die Herzogin von Dorset flüsterte mir zu, meine Großnichte Victoria sei *ganz reizend.*« Großtante Hermione schenkte ihr ein sparsames Lächeln. »Nun ja, Isabel fand sie wunderschön.«

»Ich schätze, Mrs. Dodgson wäre richtig stolz auf mich«, antwortete Victoria. »Schließlich habe ich es geschafft, mich rückwärts vom Thron wegzubewegen, ohne über meine Schleppe zu stolpern.«

»Wer ist Mrs. Dodgson?«

»Unsere Zugehfrau.«

»Oh …«

Großtante Hermione hielt es ganz offensichtlich für ratsam, diesen Punkt nicht weiter zu vertiefen. Sicher aus Angst davor, dass jemand ihrer Unterhaltung lauschte. Sie eilte davon und gesellte sich zu einer Dame im violetten Seidenkleid, deren füllige Gestalt von diamantenbesetztem Schmuck glitzerte. Wahrscheinlich ist sie mindestens eine Herzogin, vermutete Victoria amüsiert, wenn nicht gar ein Mitglied der königlichen Familie. Neugierig blickte sie sich um. Ihr Vater hatte keinen Wert auf gesellschaftlichen Umgang gelegt. Die Glenfield School bei Salisbury, die sie besucht hatte, hatte zwar einen ausgezeichneten Ruf, galt aber nicht als »fein«, weshalb nur wenige Familien des Adels und der Oberschicht ihre Töchter dorthin schickten. Nein, abgesehen von ihren Verwandten kannte sie keinen der Anwesenden.

Oder doch?

Victorias Herz klopfte rascher. Ein großer blonder Mann bahnte sich seinen Weg durch die Menge und kam auf sie zu. Ein Mann von geradezu klassischer Schönheit, selbstsicher und strahlend. Er zog die Aufmerksamkeit aller Umstehenden auf sich. Randolph, der siebte Duke of Montague.

»Victoria ...« Nun stand er vor ihr und verbeugte sich lächelnd. »Lady Hogarth teilte mir mit, dass Sie heute als Débutante vor den König treten, weshalb ich dafür sorgte, dass ich ebenfalls eine Einladung zum Ball bekam.«

»Wie liebenswürdig von Ihnen«, brachte Victoria mit klopfendem Herzen hervor.

Ach, fällt mir denn nichts anderes ein als eine dumme Floskel?, verwünschte sie sich, während sie gleichzeitig glücklich darüber war, dass Randolph die vertrauliche Anrede aus ihrer Zeit in Italien beibehalten hatte.

»Ich habe die anregenden Unterhaltungen mit Ihnen wirklich vermisst. Leider mussten Sie ja so überstürzt aus Perugia abreisen. Ich kenne kaum jemanden, mit dem ich so kontroverse Diskussionen führen kann. Wie nannten Sie noch einmal die Gemälde Dante Gabriel Rossettis? Kitschig?«

»Schwülstig«, berichtigte Victoria.

»Genau, wie konnte ich das nur vergessen. Und William Blake Richmond fand ebenfalls keine Gnade vor Ihren Augen. Ihre Fotografie im *Spectator* fand ich übrigens sehr gelungen. Ein sehr klarer Bildaufbau. Auch wenn ich Ihre politische Meinung natürlich nicht teile.«

Er hat meine Fotografie ebenfalls wahrgenommen ...

Victoria fasste sich wieder. »Natürlich nicht. Ich schätze, Sie sind ohnehin dafür, jegliches Wahlrecht abzuschaffen und stattdessen die Monarchie in Reinform wieder einzuführen.«

»Dafür, das Oberhaus beizubehalten, bin ich nun doch.« Randolph lachte.

»Herzog…«, Isabel war zu Ihnen getreten und bedachte Randolph nun mit einem tiefen Blick aus ihren blauen Augen, »Sie müssen sich unbedingt auf meiner Tanzkarte eintragen.«

»Mit Freuden…« Randolph nahm die Karte entgegen und schrieb einige Male seinen Namen darauf. Victoria wurde klar, dass sie an so etwas wie eine Tanzkarte überhaupt nicht gedacht hatte. Die Töne des Orchesters verklangen. Gleich würde der Ball eröffnet. »Lady Isabel, Sie werden mir sicher verzeihen, dass ich den ersten Tanz Ihrer Cousine versprochen habe?«

Randolph wollte den ersten Tanz mit ihr ausführen … In Victorias Magen flatterte ein ganzer Schwarm Schmetterlinge auf.

»Aber natürlich…« Isabel vollführte eine generöse Bewegung mit ihrem Fächer. »Schließlich ist dies der erste Ball der lieben Victoria.«

Die spitze Bemerkung glitt an Victoria ab, denn Randolph reichte ihr jetzt seinen Arm. Nebeneinander schritten sie zur Saalmitte. Die Musik setzte ein. Ein Walzer.

Leicht und doch fordernd spürte Victoria Randolphs Hand auf ihrem Rücken. Sie gab sich ganz seiner Führung hin, wirbelte mit ihm über das Parkett. Der Ballsaal verwandelte sich in ein flimmerndes Spiel aus Farben und Licht. Nur die Musik war wichtig, der Einklang ihrer Bewegungen und Randolphs Gesicht mit den leuchtend blauen Augen, die sie amüsiert und aufmerksam anblickten. Nur zu schnell war der Tanz zu Ende.

Randolph führte sie von der Tanzfläche. »Einer der nächsten Tänze gehört wieder mir, Victoria«, flüsterte er. »Das müssen Sie mir versprechen.«

»Gern ...«, hauchte sie.

Randolph ließ ihren Arm los und verbeugte sich vor Isabel, die ihn anstrahlte. Ein pickliger Jüngling steuerte erwartungsvoll auf Victoria zu. Victoria kam zu dem Schluss, dass sie weder Lust hatte, mit ihm zu tanzen, noch zuzusehen, wie Isabel zusammen mit Randolph über das Parkett glitt. Rasch entfloh sie dem Saal und machte sich auf die Suche nach dem Büfett.

Hm ... wirklich köstlich ... Es würde sicher Spaß machen, das Büfett zu fotografieren, überlegte Victoria.

Silberne Etageren, auf denen Äpfel, Birnen und Melonen um prachtvolle Ananas gruppiert waren, thronten zwischen einer Vielzahl von Platten, die von Speisen schier überquollen. Es gab kaltes und warmes Fleisch, Hühnchen in Aspik, Schinken, diverse Braten und gegrillte Ente – die Fasanen hatte man mit ihren Schwanzfedern dekoriert. Dazwischen prangten gekochte leuchtend rote Hummer, Muscheln, Lachs und Forellen und eine riesige Platte, auf der eine gedünstete Flunder lag. Salate waren zu kleinen Hügeln angerichtet und mit Zitronen- oder Eierscheiben sowie Früchten garniert. Es gab Rinderzungen auf einem Bett aus Gemüse, Pasteten, bunte Gelees, die die Form von Burgen hatten, und mit buntem Zuckerguss aufwendig verzierte Kuchen.

Ein Bediensteter reichte Victoria einen Teller. Langsam ging sie an dem Büfett entlang, war sich unschlüssig, ob sie etwas Geflügel oder doch lieber Fisch nehmen sollte, als sich plötzlich in den Duft der Speisen der Geruch von Bergamotte mischte. Sie dachte, ihre Fantasie gaukelte ihr etwas vor, doch im nächsten Moment hörte sie die ihr nur zu vertraute, spröde Stimme.

»Miss Bredon, wie passend, dass wir uns treffen. Wie ich erfuhr, haben Sie sich auf der Polizeiwache in Kensington nach den Ermittlungen den Wohnungsbrand betreffend erkundigt.« Victoria fuhr herum. Tatsächlich, Sir Francis Sunderland stand vor ihr. Das Violett seines samtenen Hofanzugs und die gestärkte weiße Hemdbrust hoben seine Blässe noch mehr hervor. »Was ich Ihnen über Ihren Vater erzählte, hat Sie beunruhigt, nicht wahr?« Er lächelte sie spöttisch an. »Wollen Sie sich nicht lieber noch einmal mit mir unterhalten, um zu erfahren, was sich wirklich bei dem Brand zugetragen hat? Wollen Sie die Wahrheit über Ihren Vater wissen und endlich glauben, dass Ihr gemeinsames Leben auf einer Lüge aufgebaut war? Sind Sie bereit zu akzeptieren, dass er Sie, den Menschen, der ihm am nächsten stand, fortwährend betrogen hat?«

»Wie können Sie es wagen ... Sie gemeiner ...« Victoria nahm wahr, dass sich einige der Ballbesucher zu ihnen umdrehten.

»Ich kenne die Wahrheit.« Sein Blick wurde lauernd, während er leise zischte: »Machen Sie sich nichts vor. Ich weiß, früher oder später werden Sie zu mir kommen.«

Victoria wollte schreien, doch sie spürte, dass sie keine Luft mehr bekam. *Weg, weg, nur weg von hier ... Nur nicht vor seinen Augen ohnmächtig werden ...* Der Teller entglitt ihren Händen und zersprang klirrend auf dem Boden. Keuchend rang sie nach Atem. *Luft, ich brauche Luft, ich ersticke ...*

Sie drehte sich um, stieß einen Diener beiseite, der ihr zu Hilfe eilen wollte, und stolperte davon.

Victoria zitterte vor Kälte. Die von brennenden Fackeln angestrahlten Hecken warfen lange, gespenstische Schatten. Ein Stück von ihr entfernt hoben sich die Umrisse einer Statue vor dem dunklen Himmel ab. Sie hatte keine Ahnung, wie lange sie schon auf der Bank saß. Sie war die breite Steintreppe auf der Rückseite des Palastes hinuntergerannt und hatte es gerade noch geschafft, ihre Papiertüte aus der Seidentasche zu kramen, ohne zusammenzubrechen. Eine ganze Weile hatte sie an eine Mauer gelehnt dagestanden und einfach nur hineingeatmet. Dann war sie blindlings in den Park gelaufen.

Jenseits einer Rasenfläche und der beschnittenen Hecken konnte sie die hell erleuchteten Fenster des Palastes sehen. Musik drang in ihre Ohren. Es war noch nicht einmal das Schlimmste, dass es Sir Francis Sunderland wieder gelungen war, sie völlig aus der Fassung zu bringen, und dass sie sich wieder von ihm hatte demütigen lassen.

Das Schlimmste ist, dass er recht hat, dachte Victoria bedrückt. *Wahrscheinlich werde ich das Gefühl der Unsicherheit bald nicht mehr ertragen und mich erniedrigen, zu ihm zu gehen. Mich so in der Hand zu haben, war bestimmt von Anfang an sein perfides Ziel. Ich glaube ja mittlerweile selbst, dass hinter all dem ein Geheimnis steckt. Mein Vater war nicht der, für den ich ihn immer gehalten habe.* Nein, sie konnte ihren Verwandten und Randolph jetzt nicht mehr begegnen. Victoria beschloss, nach Hause zu gehen.

Unglücklich stand sie auf. Sie hatte etwa die Hälfte des Weges zum Palast zurückgelegt, als sie erneut Sunderlands Stimme zu hören glaubte. Aber nein, das konnte nicht sein. Doch dann sah sie ein Stück entfernt, beschienen vom Fackelschein, der durch die Zweige der Hecke schimmerte, Sunderland und einen anderen Mann stehen. Dieser trug ebenfalls einen festlichen Anzug. Seine Haltung war selbstbewusst. Der Mann drehte sich etwas, sodass Victoria sein Profil sehen konnte. Er hatte eine Adlernase und lockiges Haar und kam Victoria vage bekannt vor, allerdings sprach er zu leise, als dass sie hätte verstehen können, was er sagte. Aber sie konnte heraushören, dass er wütend war.

»Ach, kommen Sie, Blackenwell«, sagte nun Sunderland und lachte spöttisch auf.

Dann dämpfte er jedoch seine Stimme, sodass sie nur noch Gemurmel wahrnahm. Handelte es sich bei Sunderlands Gegenüber etwa um den Marquess of Blackenwell?

Seltsam …

Plötzlich begriff Victoria, dass Sunderland sie schon wieder in seinen Bann gezogen hatte. Ärgerlich über sich selbst lief sie weiter, wobei sie sich bemühte, sich auf dem Kies möglichst geräuschlos fortzubewegen. Sunderland durfte nicht wissen, dass sie ihn beobachtet hatte. Erleichtert erreichte sie kurz darauf die Stufen zur Terrasse.

»Kann ich Ihnen helfen, Miss?« In der Halle kam ein Bediensteter auf sie zu und blickte sie unsicher an.

»Bringen Sie mir bitte meinen Mantel«, sagte Victoria rasch und nannte ihren Namen. »Und richten Sie meiner Großtante, Lady Glenmorag, bitte aus, dass ich nach Hause gehe.«

»Wie Sie wünschen, Miss.«

Während der Bedienstete davoneilte, spürte Victoria plötzlich, dass sie etwas im Nacken kitzelte. Sie griff danach – eine der Straußenfedern war ihr aus dem Haar gerutscht. Kein Wunder, dass der Bedienstete sie irritiert angesehen hatte. Sie griff nach den Federn und zog sie aus ihrem Haar.

Das hätte ich schon längst tun sollen, dachte sie grimmig. *Ach, wenn ich doch schon zu Hause wäre und in meinem Bett läge!*

ACHTES KAPITEL

Victoria roch wieder den Rauch, rannte durch den Korridor zur Wohnungstür und rüttelte an der Klinke, doch die Tür war verschlossen.

»Victoria!«

Jemand rief ihren Namen. Schluchzend drehte sie sich um. Durch den Qualm hindurch glaubte sie die Umrisse einer Frauengestalt zu erkennen. Plötzlich hörte sie noch andere Stimmen.

Victoria schreckte aus dem Schlaf hoch und blinzelte. Sonnenlicht fiel durch einen Spalt zwischen den lindgrünen Samtvorhängen. Die Zeiger der kleinen goldenen Uhr auf ihrem Nachttisch zeigten ihr, dass es neun Uhr war.

Gegen drei Uhr morgens war sie nach Hause gekommen. Hopkins und Mrs. Dodgson waren noch auf den Beinen gewesen und hatten auf sie gewartet. Sie hatte behauptet, sehr müde zu sein, und sie mit ihrem Bericht über den Ball auf den nächsten Tag vertröstet.

Im Korridor, das registrierte Victoria jetzt, ertönten tatsächlich Stimmen. Eine davon gehörte Hopkins, die andere Großtante Hermione. *O Gott!* Victoria stöhnte auf. Höchstwahrscheinlich war Lady Glenmorag gekommen, um sie wegen ihres Streits mit Sir Francis zur Rede zu stellen. Sie wünschte, sich die Decke über den Kopf ziehen und sich unsichtbar machen zu können.

Hopkins klingt aus der Fassung gebracht, dachte sie, aber Hopkins geriet nie aus der Fassung. Das war unmöglich. Besorgt richtete Victoria sich auf. Im selben Moment klopfte jemand an ihre Zimmertür. Auf ihr »Ja, bitte« hin schwang diese auf, und Hopkins erschien wahrhaftig im Rahmen. Sein Blick war auf einen imaginären Punkt über ihrem Kopf gerichtet, seine sonst so reglose Miene drückte Beunruhigung aus.

»Hopkins, was ist geschehen?«, fragte Victoria erschrocken.

»Verzeihen Sie die Störung, Miss Victoria«, er verneigte sich, »aber Ihre Großtante, Lady Glenmorag, teilte mir soeben mit, dass Sir Francis Sunderland heute Nacht ermordet wurde. Scotland Yard möchte Sie dazu befragen.«

Victoria riss die Augen auf. *Ich träume noch*, dachte sie, *der Albtraum hält mich gefangen.* Doch nun tauchte tatsächlich Großtante Hermione neben Hopkins auf. Sie wirkte ausgesprochen erzürnt.

»Victoria«, sagte sie scharf, »dein Betragen ist wieder einmal inakzeptabel. Nicht genug, dass du dich mit Sir Francis öffentlich streiten musstest – nein, du musstest dies auch noch ausgerechnet tun, kurz bevor er umgebracht wurde. Zieh dich sofort an, ich werde dich zu dem Gespräch mit dem Commissioner begleiten.«

Das war alles nicht wahr. Es konnte nicht sein …

»Soll ich Mr. Montgomery verständigen, Miss Victoria?«, hörte sie Hopkins fragen.

»Ja, bitte tun Sie das. Ach nein, er ist ja auf der Isle of Man«, fiel ihr gleich darauf ein.

Zum ersten Mal seit dem Tod ihres Vaters hätte Victoria Mr.

Montgomery gern an ihrer Seite gehabt – nicht als Vormund, sondern als ihren Anwalt.

Ich würde ja lieber von einem Polizisten als von Großtante Hermione zu Scotland Yard eskortiert, überlegte Victoria wenig später mit düsteren Gedanken, während sie neben Lady Glenmorag in deren Kutsche Platz nahm. Noch immer konnte sie nicht fassen, dass Sir Francis ermordet worden war. Mit einem Ruck setzte sich das Gefährt in Bewegung. Der Himmel war wolkenverhangen, Regen prasselte gegen die Fenster und auf das Dach.

Ihre Großtante wirkte frisch und ausgeruht, obwohl sie nur wenige Stunden geschlafen haben konnte, und war perfekt gekleidet. Sie trug einen hellgrauen Mantel, der mit einem raffinierten Muster aus Wellenlinien und Kreisen bestickt war. Der Kragen und die kelchförmig geschnittenen überlangen Ärmel sowie der ebenfalls hellgraue Hut waren pelzverbrämt. Immer noch aufgebracht blickte sie ihre Großnichte an. »Deine Großtante Victoria hat ständig für Ärger gesorgt. Dein Vater hat nicht nur einen ekelerregenden Beruf ergriffen«, sie sprach das Wort *Beruf* angewidert aus, »mit seinem unmoralischen Lebenswandel, den er öffentlich zelebrierte, hat er auch seine Familie kompromittiert. Aber noch nicht einmal die beiden haben es vermocht, als Zeugen in einer Mordermittlung befragt zu werden.«

»Ich habe Sir Francis nicht umgebracht«, erwiderte Victoria heftig.

»Nun, das will ich doch sehr hoffen. Ein Mordprozess mit dir als Angeklagter würde unserer Familie gerade noch fehlen.« Lady Glenmorag hob die Augenbrauen. »Jedenfalls hast du den guten Eindruck, den du bei den Gästen des Balls für kurze Zeit hinterlassen hast, gründlich ruiniert und deiner Cousine den Abend völlig verdorben.«

Victoria sparte sich den Hinweis, dass es nicht ihr Wunsch gewesen war, an dem Ball teilzunehmen.

Ihre Großtante verfiel in vorwurfsvolles Schweigen, wofür Victoria sehr dankbar war. Denn wie so häufig, wenn sie sich in einem geschlossenen Raum befand und aufgeregt war, litt sie unter Atemnot. Sie zwang sich, ruhig und gleichmäßig Luft zu holen.

Durch die Bäume des Green Park erhaschte Victoria einen Blick auf den Buckingham Palace. Auch er wirkte grau im Regen. Nichts erinnerte mehr an den hell erleuchteten Ballsaal der vergangenen Nacht. Es schien ihr kaum vorstellbar, dass noch nicht einmal ein Tag vergangen war, seit sie in ihrem Ballkleid vor den König und die Königin getreten war und mit Randolph geflirtet und getanzt hatte.

Allmählich ließ der Schock nach, und ihre Gedanken wanderten zu dem Mord an Sir Francis. Sie hatte ihn verabscheut, und sein gewaltsamer Tod ging ihr nicht nahe. Dennoch bedauerte sie, ihn nicht mehr aufsuchen zu können, um zu erfahren, wer die geheimnisvolle Frau gewesen war, die sie aus der brennenden Wohnung gerettet hatte.

Nun werde ich niemals erfahren, warum mein Vater mich belogen hat. Nie wieder werde ich mich ganz unbeschwert an ihn erinnern können ...

Einen Augenblick später verachtete Victoria sich für diese Überlegung. Dann bemerkte sie, dass die Kutsche nicht in Richtung Piccadilly Circus fuhr, sondern in die St. James Street abbog.

»Fahren wir denn nicht zu Scotland Yard?«, fragte sie verwundert. »Sie sagten doch, dass mich der Commissioner sprechen möchte.«

»Wir werden ihn im Haus deines Großvaters treffen. Vor Scotland Yard lungern bestimmt jede Menge Journalisten herum.« Großtante Hermione rümpfte die Nase, als nähme sie einen schlechten Geruch wahr. »Der Sekretär deines Großvaters hat den Morgen damit verbracht, die Chefredakteure aller Londoner Zeitungen anzurufen und sie davon abzuhalten, deinen Namen im Zusammenhang mit dem Mord zu erwähnen. Trotzdem ist es besser, wenn wir nicht in der Nähe von Scotland Yard gesehen werden.« *Wahrscheinlich wird nicht nur Großtante Hermione bei dem Gespräch mit dem Commissioner anwesend sein, sondern auch Großvater,* begriff Victoria. *Und ich habe geglaubt, schlimmer könnte es nicht mehr kommen …* Wieder bedachte Großtante Hermione Victoria mit einem erzürnten Blick. »Es wird natürlich bekannt werden, dass du zu dem Mord befragt wurdest. Aber es ist nun einmal ein Unterschied, ob die Leute hinter vorgehaltener Hand über einen skandalösen Vorfall klatschen, oder ob so etwas öffentlich wird.«

Während die Kutsche weiter die St. James Street mit ihren klassizistischen Häusern entlangrollte und dann in die Pall Mall einbog, wo Aldwyn House, der Londoner Stammsitz der Familie lag, rief Victoria sich ins Gedächtnis, was sie aus der Presse über Sir Arthur Stanhope, den Leiter von Scotland Yard, wusste. Er war der älteste Sohn eines Baronets in zweiter Generation, einer Familie, die den Titel noch nicht lange besaß. Sein Amt hatte er erst wenige Monate zuvor angetreten. Nachdem er eine militärische Laufbahn absolviert hatte, hatte er mehrere Jahre lang eine leitende Position bei der rhodesischen Polizei innegehabt. Von seiner Einstellung her war er – wie auch Sir Francis – streng konservativ.

Nein, angenehm würde das Gespräch sicher nicht werden. Vor allem nicht mit ihrer Großtante und ihrem Großvater an ihrer Seite.

Ein hohes, schmiedeeisernes Gitter schirmte Aldwyn House zur Pall Mall hin ab. Der Sitz der Familie war im späten 18. Jahrhundert erbaut worden, doch er besaß nichts von der lichten Anmut der georgianischen Architektur. Die Backsteinfassade und die beiden kurzen Seitenflügel, die wie Türme wirkten, verliehen ihm einen festungsartigen Charakter.

Victoria hatte sagen hören, dass das Innere des Hauses früher ganz anders als die abweisende Front gewirkt hatte. Dass die Eingangshalle im Stil des Rokoko in hellen, freundlichen Farben gestrichen gewesen war und sich eine luftige Freitreppe in die oberen Stockwerke geschwungen hatte. Doch ihr Großvater war der viktorianischen Mode gefolgt und hatte die Halle und die übrigen Räume umgestalten lassen. Anstelle der Freitreppe befand sich nun eine zweiflügelige Holztreppe, die Wände des Erdgeschosses waren mit dunklen Paneelen und einer violetten Tapete verkleidet. Schwarzer Marmor umrandete den Kamin an der Stirnseite. Darüber hing der Kopf eines Bären, den irgendein männliches Familienmitglied einst erlegt hatte.

Victoria wusste, dass ihr Vater das Haus gehasst hatte. Sie war als Kind einige Male hier gewesen, um ihre Großtante zu besuchen – bei diesen Gelegenheiten war ihr Großvater nie anwesend gewesen –, und sie hatte sich nie wohlgefühlt.

Während sie ihrer Großtante durch die Halle folgte, glaubte sie hinter der Holzbalustrade im oberen Stockwerk ihre Cousine Isabel zu sehen.

Isabel freut sich bestimmt darüber, dass ich in Schwierigkeiten geraten bin, vermutete Victoria.

Nun öffnete der Butler eine Tür, und Victoria atmete tief durch, ehe sie und ihre Großtante das geräumige Wohnzimmer betraten. Ihr Großvater und der Commissioner saßen vor dem Kamin, in dem ein Feuer brannte. Die beiden Männer standen auf, als die Frauen den Raum betraten.

Sir Arthur Stanhope war ein massiger Mann in den Fünfzigern. Er hatte ein kantiges, längliches Gesicht mit buschigen Brauen über den dunklen Augen. Sein sorgfältig gescheiteltes Haar und sein Backenbart waren schwarz. Neben seinen Mund hatten sich tiefe Falten eingegraben, die seine streng wirkende äußere Erscheinung noch verstärkten.

»Lady Glenmorag, Miss Bredon.« Er verneigte sich ehrerbietig vor Victorias Großtante und begrüßte Victoria selbst nur mit einem knappen Nicken.

»Commissioner, es war wirklich außerordentlich freundlich von Ihnen, hierherzukommen.«

Großtante Hermione strahlte ihn an. Was, wie Victoria sarkastisch feststellte, seine Wirkung auf Sir Arthur nicht verfehlte, denn seine Miene drückte nun offene Bewunderung aus. Ihre schöne Großtante umgab eine Aura von Aristokratie und Eleganz, dessen sie sich, davon war Victoria überzeugt, sehr bewusst war.

»Setzen wir uns, damit wir diese unerfreuliche Angelegenheit so schnell wie möglich hinter uns bringen«, bemerkte ihr Großvater schroff. Victoria nahm neben ihrer Großtante auf einem Samtsofa Platz. »Commissioner, fragen Sie meine Enkelin, was auch immer Sie wollen. Und du«, ihr Großvater wandte sich Victoria zu, »wirst gefälligst mit Sir Arthur kooperieren, sonst wirst du mich kennenlernen.«

»Nun, Miss Bredon«, der Commissioner beugte sich vor und sah Victoria an, »wir wissen, dass Sie während der vergangenen Wochen mindestens zweimal Kontakt zu Sir Francis hatten. Einmal, als er sie in sein Büro bringen ließ, und gestern Nacht während des Balls.«

»Ja, das stimmt.« Victoria nickte.

»Sind Sie noch öfter mit ihm zusammengetroffen?«

»Nein.«

»Warum ließ Sir Francis Sie zu sich bringen, und worüber haben Sie sich mit ihm gestritten?«

»Beide Male wegen meines Engagements bei den Suffragetten«, log Victoria. Niemals würde sie dem Commissioner und ihren Verwandten gegenüber zugeben, dass Sir Francis ein Geheimnis ihres Vaters gekannt und sie deshalb bedrängt und eingeschüchtert hatte. »Sir Francis drohte mir, mich ins Gefängnis werfen zu lassen, wenn ich mich weiterhin an Demonstrationen der Suffragetten beteiligen würde. Er ... er behauptete, die Frauen, die für das Wahlrecht kämpften, seien unmoralisch und würden die Werte des Empire untergraben ...«

»Womit Sir Francis verdammt recht hatte«, schnaubte ihr Großvater. »Ich muss wohl nicht betonen, Sir Arthur, dass Victorias Familie ihr Engagement zutiefst missbilligt.«

»Mein Vater hieß es gut«, erwiderte Victoria heftig.

»Dein Vater hatte jede Menge Flausen im Kopf.« Ihr Großvater winkte ab.

»Ihr Vater, Miss Bredon, mag sich Verdienste im Bereich der Wissenschaft und der Justiz erworben haben, aber seine politische Einstellung war leider sehr liberal.« Der Commissioner verzog geringschätzig den Mund. »Nun, was Sie mir über Ihre Unterhaltung mit Sir Francis gesagt haben, deckt sich mit dem, was mir Sir Francis' Sekretär berichtete. Deshalb bin ich geneigt, Ihnen auch in Bezug auf den Streit im Palast Glauben zu schenken.«

Sir Francis hat seinen Sekretär also nicht über den wahren Grund informiert, aus dem er mich zu sich bringen ließ ... Victoria war erleichtert.

»Miss Bredon, warum verließen Sie den Ball überstürzt?«

»Mir ging es nicht gut. Ich litt unter Atemnot«, antwortete Victoria wahrheitsgemäß. »Deshalb wollte ich nach Hause.«

»Warum baten Sie nicht Ihre Familie um Hilfe?«

»Ich ...«

»Törichterweise wollte Victoria uns nicht lästig fallen«, schaltete sich Großtante Hermione schnell ein. »Sie hatte Angst, uns den Ball zu verderben. Nicht wahr, meine Liebe?«

»Das kann ich verstehen.« Der Commissioner nickte, ehe Victoria antworten konnte. »Sie gingen also nach Hause. In die Wohnung am Green Park, nehme ich an? Wann kamen Sie dort an?«

»Ich war gegen drei Uhr dort.«

»Kann dies jemand bezeugen?«

»Hopkins und Mrs. Dodgson.«

»Und die beiden sind?« Sir Arthur hob die Augenbrauen.

»Hopkins ist der Butler meines verstorbenen Neffen, und Mrs. Dodgson ist eine Art Haushälterin«, warf Großtante Hermione rasch ein.

»Wir werden die beiden natürlich ebenfalls befragen. Miss Bredon, Sie nahmen sich eine Kutsche nach Hause?« Es war eine Feststellung und keine Frage.

Victoria schüttelte den Kopf. »Nein, ich bin gelaufen.«

»Was willst du damit sagen?« Ihre Großtante blickte sie entsetzt an.

»Dass ich zu Fuß nach Hause gegangen bin.« Victoria wurde ungeduldig. »Ich hatte Angst, in einer Kutsche wieder einen Anfall zu bekommen. Außerdem ist die Gegend um den Buckingham Palace nicht das East End. Die Chancen, überfallen zu werden, sind nicht besonders groß.«

»Ihr Verhalten, Miss Bredon, ist sehr ungewöhnlich für eine junge Dame aus gutem Hause. Aber wenn jemand Sie gesehen hat, haben Sie ein Alibi für die Mordzeit.« Der Commissioner blickte Victorias Großvater und ihre Großtante an und fügte erklärend hinzu: »Sir Francis wurde kurz vor drei Uhr ermordet.«

»Eine junge Frau, die in Ballgarderobe spät nachts allein auf den Straßen umherwandert, dürfte allerdings jemandem aufgefallen sein«, schimpfte Victorias Großvater.

Sir Arthur schwieg einen Moment nachdenklich, ehe er fragte: »Miss Bredon, ist Ihnen bei den Versammlungen der Suffragetten, oder bei einer anderen Gelegenheit, jemals zu Ohren gekommen, dass ein Attentat auf Sir Francis geplant war?«

»Nein, natürlich nicht«, erwiderte Victoria überrascht.

»Ich verspreche Ihnen, dass Sie keine Strafe zu befürchten haben, wenn Sie kooperieren. Sie wissen so gut wie ich, dass Ihre Mitstreiterinnen in jüngster Zeit wiederholt mit gewaltsamen Aktivitäten auf sich aufmerksam gemacht haben.«

»Suffragetten haben sich nur Zutritt zu Versammlungen der liberalen und konservativen Partei verschafft, um auf ihre Ziele aufmerksam zu machen.« Victoria wurde zornig. »Sie haben keine direkte Gewalt angewendet. Überdies haben die Liberalen ihr Versprechen gebrochen, Frauen das Wahlrecht zu erteilen.«

»Victoria, wir legen keinen Wert auf deine wirren politischen Tiraden.« Ihr Großvater hieb mit der Hand auf die Sessellehne. »Immerhin hat eins dieser Weiber Winston Churchill vor zwei Jahren in Manchester tätlich angegriffen. Das weißt du so gut wie ich.«

»Annie Kennie hat ihn nur ein-, zweimal mit einer Hundepeitsche geschlagen, das hat er sicher kaum gespürt«, gab Victoria erregt zurück.

»Nun, vielleicht hätte sie ihn ja mit einer Pistole bedroht, wenn die Polizei nicht rechtzeitig eingegriffen und sie verhaftet hätte.« Großtante Hermione seufzte und schüttelte den Kopf. »Mich würde es nicht überraschen, wenn Emmeline Pankhurst eine Bombe im Tower platzierte wie die irischen Terroristen 1885. Oder wenn sie gleich versuchen würde, das Parlament in die Luft zu sprengen.«

»Aber das ist doch absurd!«, protestierte Victoria.

»Miss Bredon, Scotland Yard vermutet zurzeit in der Tat, dass Sir Francis von seinen politischen Gegnern ermordet wurde«, schnitt ihr der Commissioner das Wort ab. »Und da gibt es nicht wenige. Schließlich zeichnete er sich durch ein hartes, konsequentes Vorgehen gegenüber jeglichen Feinden unserer Nation aus. Also, denken Sie noch einmal nach, ob Sie nicht doch von Anschlagsplänen gegen ihn gehört haben.«

»Sir Francis hatte bestimmt auch private Feinde.«

»Was wollen Sie damit sagen, Miss Bredon?«

»Ich wurde Zeugin, wie sich Sir Francis und der Marquess of Blackenwell im Park des Palastes stritten.«

»Willst du etwa andeuten, dass der Marquess Sir Francis umgebracht hat?«, fuhr Großtante Hermione auf.

»Ich behaupte nicht, dass er der Mörder ist. Ich sage nur, dass er und Sir Francis Streit hatten und der Marquess sehr aufgebracht war. Wenn ich an Ihrer Stelle wäre«, Victoria sah den Commissioner an, »würde ich den Marquess wegen dieses Streits verhören lassen.«

»Victoria, ich bin überzeugt, Sir Arthur weiß, was er zu tun hat. Er bedarf nicht deines Rates.«

»Von Lady Constance Hogarth habe ich erfahren, dass Sir Francis versuchte, ihre Dienstboten zu bestechen«, ließ Victoria sich nicht beirren. »Er wollte an Informationen über sie und ihren Gatten gelangen. Ich bin überzeugt davon, dass Sir Francis andere Bedienstete von Mitgliedern des Adels und der Oberschicht ebenso ausgehorcht hat.«

Schließlich hat er auch Informationen über meinen Vater gesammelt, fügte sie in Gedanken hinzu.

Ja, sie konnte nachvollziehen, dass jemand Sir Francis so sehr hasste, dass er beschloss, ihn zu töten.

»Sir Francis soll Dienstboten bestochen haben?« Ihre Großtante schnappte entsetzt nach Luft. »Commissioner, Sie müssen wissen, dass Lady Hogarth Amerikanerin ist und, wie viele ihrer Landsleute, über eine blühende Fantasie verfügt. Victoria, du solltest dich schämen, solche Lügen zu verbreiten.«

»Ich kann Ihrer Großtante nur zustimmen«, sagte der Commissioner kalt. »Da der Marquess of Blackenwell ein erklärter Gegner des Frauenwahlrechts ist, Miss Bredon, ist Ihre Beschuldigung überdies mehr als durchschaubar.«

»Aber was, wenn Sir Francis versucht hat, jemanden zu erpressen und deshalb ermordet wurde ... Sir Arthur, Sie können diese Möglichkeit doch nicht einfach außer Acht lassen.« Victoria war fassungslos.

»Genug von diesen abenteuerlichen Anschuldigungen, Victoria!«, herrschte ihr Großvater sie an. In diesem Moment betrat der Butler das Wohnzimmer, und der Duke of Aldwyn fragte schroff: »Was ist, Watkins?«

Watkins verbeugte sich. »Mylord, Inspector Armitage ist soeben eingetroffen. Soll ich ihn hierher oder in ein anderes Zimmer führen?«

»Haben Sie noch Fragen an meine Enkelin, Sir Arthur?«

Der Commissioner schüttelte den Kopf. »Fürs Erste nicht, Herzog. Die weitere Befragung kann der Inspector übernehmen. Er leitet die Ermittlungen und ist ein sehr verdienstvoller Mann.«

»Da war mein Vater aber anderer Meinung«, platzte Victoria heraus. Für einen Augenblick senkte sich Schweigen über das Wohnzimmer. Dann sagte Victorias Großvater zu Watkins: »Führen Sie den Inspector in mein Arbeitszimmer. Meine Enkelin wird gleich zu ihm kommen.«

Als sich die Tür hinter dem Butler geschlossen hatte, fixierte er Victoria finster. Sein Gesicht war rot vor Zorn. »Ich bin nicht länger bereit, dein unverschämtes Benehmen zu dulden. Montgomery hat dich anscheinend nicht im Griff«, fuhr er sie an. »Wenn du nicht endlich Vernunft annimmst, dich verhältst, wie es für eine junge Dame deiner Herkunft angemessen ist, und diesen aufrührerischen Weibern fernbleibst, werde ich dafür sorgen, dass Montgomery die Vormundschaft weggenommen und mir übertragen wird.«

»Aber ... das ... das können Sie nicht tun«, stammelte Victoria außer sich.

»Glaub mir, ich kann und ich werde.« Ihr Großvater wandte sich seiner Schwester zu. »Tu mir den Gefallen und schaff sie mir aus den Augen.«

»Natürlich.« Großtante Hermione stand auf und lächelte den Commissioner gequält an. »Bitte, verzeihen Sie, dass Sie Zeuge dieser unerfreulichen Szene wurden.«

Victoria war zu wütend und zu durcheinander, um etwas zu erwidern. Stumm folgte sie ihrer Großtante in die Halle. Sie zweifelte nicht daran, dass ihr Großvater seine Drohung wahr machen würde. Als Peer, der über viele einflussreiche Verbindungen verfügte, waren seine Erfolgsaussichten nicht gering.

Vor dem Arbeitszimmer blieb Lady Glenmorag stehen und sah Victoria mit schief gelegtem Kopf an. »Der Duke of Montague dürfte über deinen Streit mit Sir Francis und deine Befragung durch Scotland Yard übrigens alles andere als begeistert sein«, sagte sie süffisant.

O Gott, Randolph!, durchfuhr es Victoria. Nur um sich

gleich darauf zu sagen, dass sie im Moment wirklich größere Sorgen hatte, als sich um einen gut aussehenden, arroganten Herzog Gedanken zu machen, der sich wahrscheinlich niemals ernsthaft für sie interessiert hatte.

NEUNTES KAPITEL

Das Gespräch mit Inspector Armitage ist so unerfreulich verlaufen, wie ich befürchtet habe. Aber wenigstens hat Großtante Hermione darauf verzichtet, mich nach Hause zu begleiten, dachte Victoria, während ein Diener den Wagenschlag schloss und die Kutsche sich in Bewegung setzte.

Ihr Vater, der Armitage gelegentlich an Tatorten oder vor Gericht begegnet war, hatte ihn als einen engstirnigen, selbstgerechten Idioten mit der geringen Hirnkapazität und dem Charakter einer Bulldogge bezeichnet. Victoria lächelte vor sich hin. Das war ein Eindruck, den sie nur bestätigen konnte. Armitage war ein beleibter, stiernackiger Mann in den Vierzigern. Auf seinem gedrungenen Körper saß ein runder Schädel mit vorspringendem Kinn und kleinen Augen unter dichten rotbraunen Brauen. Rotbraun waren auch der Haarkranz um seinen ansonsten kahlen Schädel und sein Backenbart.

Immer wieder hatte er versucht, Victoria zu der Aussage zu bewegen, dass sie doch von einem Anschlag auf Sir Francis gewusst habe. Nach einer Stunde hatte Armitage sie mit den Worten, dass sie sich auf weitere Befragungen einstellen solle, entlassen.

Victoria war davon überzeugt, dass Armitage den Mord an Sir Francis ganz bestimmt nicht aufklären würde. Von dem Streit im Park des Palastes und von Sir Francis' Erpressungsversuch an Constance' Bediensteten hatte auch er nichts wissen wollen und dies als Denunziation abgetan.

Durch das Fenster der Kutsche sah Victoria nun einige Bobbys aus einer Mews kommen, einer der schmalen Straßen, die zwischen den hochherrschaftlichen Gebäuden zu den Hintereingängen und zu den Stallungen führten.

Natürlich!, durchfuhr es sie, *der St. James Square, wo Sir Francis umgebracht wurde, ist ja ganz in der Nähe. Bestimmt befragen die Polizisten die Bediensteten der umliegenden Häuser.*

Aus einem plötzlichen Impuls heraus öffnete Victoria das Fenster über dem Kutschbock. »Halten Sie bitte an«, befahl sie dem Kutscher. »Und nein, Sie müssen nicht auf mich warten.«

Die Kutsche verlangsamte ihre Fahrt, und Victoria stieß den Wagenschlag auf. Bevor der Fahrer irgendwelche Einwände erheben konnte, sprang sie aus dem Wagen und eilte davon.

Victoria wusste nur, dass Sir Francis am St. James Square gewohnt hatte, doch nicht, wo genau. Eine größere Menschengruppe, die sich vor dem umzäunten Garten in der Mitte des Platzes versammelt hatte, miteinander tuschelte und neugierig zu einem der cremefarbenen georgianischen Gebäude hinüberschaute, verriet ihr nun allerdings den Mordschauplatz. Tatsächlich stand ein junger Constable auf den breiten Stufen, die zum Eingangsportal hinaufführten. Er blickte ein wenig unschlüssig auf die Menschenansammlung und schien nicht recht zu wissen, ob er die Leute zum Weitergehen auffordern sollte oder nicht.

Über dem Portal hing ein schwarzer Flor, die Läden vor den

hohen Fenstern waren geschlossen, wie es bei einem Trauerhaus üblich war. Als Victoria näher kam, sah sie, dass sich auf dem Pflaster am Fuße der Stufen weiße Kreidestriche befanden. Bestimmt war damit die Lage von Sir Francis' Leichnam markiert worden.

Hier ist er also getötet worden …

Victoria schauderte. Der St. James Square war eine teure Wohngegend, und sie fragte sich unwillkürlich, ob Sir Francis das Anwesen gekauft oder geerbt hatte. Das Gebäude gehörte zu den größten an dem Platz. Der Portikus vor der breiten Eingangstür erstreckte sich über zwei Stockwerke und wurde von einem antikisierenden Giebel gekrönt, was die Fassade elegant und doch abweisend wirken ließ.

»Miss …«, hörte Victoria eine Männerstimme.

Als sie den Kopf wandte und einen Bobby neben sich sah, dachte sie zuerst, dass die Polizei die Menschenmenge nun endgültig auflösen wollte. Doch dann erkannte sie den schnauzbärtigen Sergeant, mit dem sie in der Wache von Kensington über den Brand gesprochen hatte. Er blickte sie unsicher an.

»Sergeant Sinclair«, rief sie überrascht, »was tun Sie denn in diesem Revier?«

»Wegen des Mordes an Sir Francis wurden Polizisten von anderen Wachen abgezogen. Sie sollen bei den Ermittlungen helfen. Und als ich Sie hier sah, dachte ich, ich sollte vielleicht doch mit Ihnen sprechen.« Er kratzte sich am Kinn. »Ich habe eine merkwürdige Sache im Zusammenhang mit dem Brand erfahren, aber ich wusste nicht so recht, ob ich sie Ihnen mitteilen sollte. Sie sind schließlich eine junge Dame, und, nun ja, das, was ich erfahren habe, wirft ein etwas seltsames Licht auf Ihren Vater. Auch wenn natürlich allgemein bekannt war, dass er einen sehr freizügigen Lebenswandel hatte.«

»Worum geht es?« Victorias Herz klopfte bis zum Hals.

Sergeant Sinclair entfernte sich ein Stück von der Menschenmenge und blieb in der Nähe des Eingangstores zu dem kleinen Park stehen. Während Victoria ihm beklommen folgte und dann darauf wartete, dass er wieder das Wort ergriff, nahm sie wahr, dass die Sonne zwischen den Wolken hervorkam und sich in den Pfützen am Straßenrand spiegelte.

»Ein paar Tage nachdem Sie mich aufsuchten, habe ich zufällig einen alten Kollegen wiedergetroffen, der damals mit mir zusammen zu der brennenden Wohnung gerufen worden war«, begann Sinclair nun. »Reynolds, so heißt er, wurde bald darauf versetzt und arbeitete in der Wache von Newington auf der anderen Themseseite. Wir hatten uns jahrelang nicht gesehen.« Sergeant Sinclair ließ seinen Blick über den kleinen Park schweifen, wo nun ein Windstoß in die Zweige der Büsche fuhr und Kaskaden von glitzernden Tropfen herunterregnen ließ. »Wie das so ist, kamen wir auf die alten Zeiten zu sprechen, und ich erzählte ihm von Ihrem Besuch in der Wache und unserem Gespräch. Reynolds erinnerte sich ebenfalls daran, dass eine junge Frau Sie rettete. Und während er Zeugen vernahm, beobachtete er, dass Ihr Vater diese junge Frau umarmte und küsste, als wären sie ein Liebespaar. Reynolds ist sich da ganz sicher. Verzeihen Sie bitte, Miss Bredon. Er sagte, er sei schockiert und unangenehm berührt gewesen, dass Ihr Vater in aller Öffentlichkeit gezeigt habe, dass er eine Geliebte hatte. Reynolds war schon in seinen jungen Jahren sehr puritanisch eingestellt.« Der Sergeant grinste.

Also war das angebliche Dienstmädchen, das mich gerettet hat, die Geliebte meines Vaters, begriff Victoria. *Anscheinend hat er erst nach dem Brand keine Frauen mehr mit nach Hause gebracht.*

Sergeant Sinclair fasste verlegen an den Kinnriemen seines Helmes und rückte ihn zurecht. »Gleich darauf kam eine andere Frau, sagte Reynolds, und führte Ihre Retterin weg. Er ist sich ziemlich sicher, dass außer ihm niemand diese Szene beobachtet hat. Ich habe sie ja auch nicht mitbekommen.«

Victoria schwirrte der Kopf. »Hat Ihr Kollege sich daran erinnert, wie diese andere Frau aussah?«

»Das habe ich ihn auch gefragt. Er sagte, sie sei vielleicht dreißig gewesen oder auch schon vierzig. Ihr Aussehen habe er sich nicht eingeprägt. Er erinnerte sich noch daran, dass er Ihren Vater auf diese Frau ansprach und der ihm sagte, sie sei ein Dienstmädchen aus der Nachbarschaft und mit Annie Shanwick befreundet. Sie habe Annie weggeführt, da sie völlig verstört gewesen sei. Ihr Vater war ein bekannter Mann, und es gab keinen Grund, an seinen Worten zu zweifeln. Deshalb erkundigte sich Reynolds nicht nach den Personalien dieser Frau. Außerdem stellte sich ja ohnehin heraus, dass der Brand durch Funkenflug verursacht worden war.«

Sergeant Sinclair bemerkte, wie mitgenommen Victoria war, und schüttelte bedauernd den Kopf. »Es tut mir sehr leid, Miss. Wie ich bereits sagte ... Wenn ich Sie hier nicht zufällig getroffen hätte, hätte ich Ihnen das alles wahrscheinlich gar nicht mitgeteilt. Glauben Sie mir, Ihr Vater mag seine Fehler gehabt haben, aber letztlich war er ein guter Mann.« Sein Blick wanderte zu Sir Francis' Heim. Der junge Constable hatte sich anscheinend doch entschlossen, die Menge zum Weitergehen zu bewegen, er ging zögernd die Stufen hinunter.

»Ich glaube, ich sollte dem jungen Kerl beistehen«, sagte er und tippte an den Rand seines Helmes. »Nichts für ungut, Miss.«

Aber auch wenn meine Retterin die Geliebte meines Vaters war, kann das nicht der Grund dafür gewesen sein, dass er die Tagebücher, die er in den Jahren nach dem Tod meiner Mutter schrieb, verschwinden ließ. Victoria ging niedergeschlagen weiter. Inzwischen glaubte sie nicht mehr, dass Annie Shanwick der richtige Name ihrer Retterin war, und sie bezweifelte auch, dass die Frau, die sich nach dem Brand um sie gekümmert hatte, tatsächlich eine Bedienstete aus der Nachbarschaft gewesen war. Was hatte ihr Vater nur vor ihr verbergen wollen, und was hatte Sir Francis über ihn gewusst?

Plötzlich glaubte sie, Sir Francis' höhnisch lächelndes Gesicht vor sich zu sehen und seine Worte zu hören: *Wollen Sie die Wahrheit über Ihren Vater wissen und endlich glauben, dass Ihr gemeinsames Leben auf einer Lüge aufgebaut war?*

Victoria nahm noch die weißen Säulen vor Carlton House am Ende der Straße wahr und dass ihr einige Passanten entgegenkamen, die sie anstarrten, als ihr schwindlig wurde. Sie taumelte, versuchte, an einer Hauswand Halt zu finden.

»Mein Gott, Miss Bredon.« Jemand legte einen Arm um sie und hielt sie fest. Victoria blinzelte und stellte erstaunt fest, dass sie an Jeremy Ryders Brust ruhte. Er wirkte aufrichtig erschrocken. »Geht es Ihnen nicht gut?«, fragte er besorgt. »Soll ich Sie zu einem Arzt bringen?«

»Danke, das ist nicht nötig.« Victoria schüttelte, immer noch etwas benommen, den Kopf. »Ich habe heute noch nicht gefrühstückt, deshalb wurde mir schwarz vor Augen.«

»Dem können wir Abhilfe schaffen. Ich kenne eine sehr nette Teestube ganz in der Nähe.«

Victoria zögerte, in der Haushaltskasse herrschte tiefste Ebbe. Wegen der Vorbereitungen zu dem Ball war sie während der letzten Woche nicht zum Fotografieren gekommen.

»Sie würden mir einen großen Gefallen tun, wenn Sie mich begleiten. Ich hatte noch keinen Lunch, und ich esse nun einmal nicht gern allein«, erklärte der Journalist freundlich.

Victoria hatte den Eindruck, dass er dies nicht nur aus Höflichkeit sagte. »Gut«, willigte sie ein. »Dann komme ich mit.«

Die Teestube, zu der Jeremy Ryder sie führte, war wirklich nicht weit entfernt und wirkte sehr anheimelnd. Es duftete nach Tee, Kaffee und frisch gebackenem Kuchen. Beim Anblick der appetitlichen Törtchen, die auf Etageren im Fenster standen, bemerkte Victoria plötzlich, wie hungrig sie war. Der Gastraum war in demselben hellen Grün gestrichen wie die Fenstersprossen. Einige Damen, die ihren Kleidern und Hüten nach zu urteilen, der Mittelschicht angehörten, saßen auf kleinen orangefarbenen Samtsesseln. Vasen voller Schneeglöckchen schmückten die runden Tische.

Eine junge Frau in schwarzem Kleid und weißer Schürze führte Victoria und ihren Begleiter zu einem freien Tisch am Fenster. Victoria entschied sich für einen getoasteten Teekuchen mit Butter, Jeremy Ryder bestellte ein Sandwich mit Ei und Brunnenkresse für sich und eine Kanne Tee für sie beide. Sein braunes Haar war, wie sie erst jetzt bemerkte, zerzaust wie bei ihrer ersten Begegnung vor dem Parlament. Er trug einen brauen Tweed-Anzug.

»Ich war übrigens gerade auf dem Weg zu Sir Francis' Haus am St. James Square, als ich Ihnen begegnete«, erklärte er.

»Berichten Sie etwa über den Mord an Sir Francis?«

»Ja. Wie ich Ihnen gestern schon sagte, war mein Ausflug ins Gesellschaftsfach den Umständen geschuldet. Auch wenn ich es nicht hätte missen wollen, Sie in Ballgarderobe zu sehen.«

Victoria verschränkte die Arme vor der Brust. »Oh, Sie im Frack waren ebenfalls ein erfreulicher Anblick.«

»Danke für das Kompliment.« Die Bedienung kam zu ihnen und brachte das Bestellte. Der Teekuchen war mit geschmolzener Butter bestrichen und mit Zimt bestreut. Victoria musste sich bremsen, um nicht gleich das ganze Stück zu greifen und es hinunterzuschlingen. Sie beobachtete, wie ihr

Begleiter Milch in seinen Tee gab und langsam umrührte. »Würden Sie meine Neugier befriedigen und mir sagen, ob Scotland Yard Sie mittlerweile zu dem Mord an Sir Francis befragt hat, Miss Bredon?«, meinte er dann.

»Warum sollte Scotland Yard mich denn befragen?«, fragte Victoria schnippisch zurück.

Jeremy Ryder hob die Augenbrauen. »Nun ja, abgesehen davon, dass der Kampf für das Frauenwahlrecht ganz und gar nicht Sir Francis' Zustimmung fand und Sie sich gestern Abend am Büfett des königlichen Palastes mit ihm stritten ...«

Anscheinend weiß inzwischen wirklich jeder, der sich im Buckingham Palace befand, von dem Streit, begriff Victoria resigniert.

»... rief der Sekretär Ihres Großvaters heute Morgen beim Chefredakteur unserer Zeitung an und bestand darauf, dass Ihr Name nicht öffentlich im Zusammenhang mit der Mordermittlung genannt wird. Welche Schlüsse würden Sie daraus ziehen?«

»Ja, der Commissioner hat mich befragt«, gab Victoria zu.

»Da Sie sich auf freiem Fuß befinden, gehe ich davon aus, dass Sir Arthur Sie nicht der Tat verdächtigt?« Der junge Mann grinste.

»Glücklicherweise habe ich ein Alibi«, erwiderte Victoria trocken. »Aber der Commissioner wollte tatsächlich wissen, ob ich von Anschlagsplänen der Suffragetten auf Sir Francis gehört habe.«

»Und? Hatten Sie?«

»Natürlich nicht«, entgegnete Victoria aufgebracht und nahm einen Schluck von ihrem Tee. »Es ist mir wirklich ein Rätsel, warum Frauen, die für ihre politischen Rechte eintreten, für potenzielle Mörderinnen gehalten werden.«

»Na ja, Sie und Ihre Mitstreiterinnen waren bei der Demonstration vor dem Parlament schon recht rabiat.«

»Weil man uns dazu zwang!«

Jeremy Ryder tupfte sich mit der gestärkten Serviette den Mund ab. »Rein aus journalistischem Interesse und als bloße Hintergrundinformation … Worüber haben Sie sich eigentlich mit Sir Francis gestritten?«

»Über das Frauenwahlrecht«, schwindelte Victoria wieder. »Aber nun bin ich an der Reihe zu fragen.« Sie lehnte sich im Sessel zurück. »Was haben Sie denn bisher bei Ihren journalistischen Recherchen herausgefunden?«

Der junge Reporter legte das halb gegessene Sandwich auf seinen Teller. »Im Wesentlichen, dass Sir Francis auch jenseits der politischen Gruppen, die er bekämpfte, nicht sehr beliebt war. Meine Gesprächspartner haben sich in Andeutungen ergangen. Genaueres wollte mir niemand sagen. Außerdem weiß ich, dass Scotland Yard Hausdurchsuchungen bei Personen durchgeführt hat, die als politisch verdächtig gelten. Viele von ihnen wurden verhört. Wobei für den Commissioner die Mitglieder der Labour Party anscheinend schon Radikale sind.« Er lächelte belustigt.

»Was halten Sie von dieser Ermittlungsrichtung?«

»Na ja, ehrlich gesagt, erscheint sie mir ziemlich einseitig. Abgesehen von den Anschlägen der Irisch Republikanischen Bruderschaft sind politische Morde in England, anders als in Russland oder Italien, nicht gerade an der Tagesordnung.« Er zuckte mit den Schultern.

Victoria überlegte rasch. »Mr. Ryder, wenn ich Ihnen eine Information geben würde, die auf ein privates Mordmotiv hindeutet, würden Sie sie vertraulich behandeln?«, fragte sie dann.

»Ich versichere Ihnen, Miss Bredon, dass ich meine Quellen

niemals preisgebe.« Jeremy Ryder legte die Hand auf die Brust.

»Gut, denn andernfalls droht mir möglicherweise eine Anklage wegen Rufmords.«

Victoria verschwieg die angedrohte Intervention ihrer Großtante und ihres Großvaters bei ihrem Vormund, es war wirklich zu beschämend.

Der junge Journalist holte ein Notizbuch aus seiner Aktentasche. »Das hört sich nach etwas Bedeutsamem an.«

Victoria berichtete ihm von dem Streit zwischen Sir Francis und dem Marquess of Blackenwell und auch von Sir Francis' Bestechungsversuch an den Dienern von Lord und Lady Hogarth.

»Der Commissioner hat mir überhaupt nicht geglaubt«, schloss sie bitter. »Er war der Meinung, ich wollte Sir Francis und den Marquess denunzieren.«

»Sie sind also der Auffassung, dass Sir Francis von jemandem umgebracht wurde, den er erpresste?«

»Ja.« Victoria nickte.

Ihr Gegenüber schwieg nachdenklich. Draußen auf der Straße fuhr ein Auto vorbei. Für einen Moment übertönte das Motorengeräusch die Unterhaltungen und das Geschirrgeklapper in der Teestube.

»Das ist eine ziemlich gewagte These«, sagte er dann.

»Sie glauben mir also auch nicht?«, fuhr Victoria ihn an.

Wie hatte sie sich nur so in ihrem Begleiter täuschen können?

»Miss Bredon«, Jeremy Ryder hob abwehrend die Hände, »bitte sehen Sie mich nicht so wütend an, als hätte ich gerade Mrs. Pankhurst zu einer Gefängnisstrafe verurteilt. Die Vorstellung, dass ein Mitglied der englischen Oberschicht seine Standesgenossen bespitzeln lässt und erpresst und deshalb ermordet wird, ist nun einmal – wie soll ich mich ausdrücken … – außergewöhnlich. Aber das heißt nicht, dass ich Ihnen nicht glaube.«

»Wirklich?«

»Ja.« Er nickte. »Ich werde darüber im Moment natürlich noch nichts schreiben können, aber ich werde mich umhören und versuchen zu erfahren, ob es andere Erpressungsversuche seitens Sir Francis gab.«

»Danke.« Victoria lächelte erleichtert. »Wissen Sie etwas Genaueres über die Umstände der Tat?«

»Ich kenne keine andere junge Dame, die so eine Frage stellen würde.« Jeremy Ryder schüttelte amüsiert den Kopf.

»Mein Vater hat mit Hopkins und mir oft über seine Fälle gesprochen.«

»Natürlich, ich vergaß. Sir Francis wurde von einigen Schüssen aus nächster Nähe getötet, als er vor seinem Haus aus der Kutsche stieg. Der Abschlussbericht des Untersuchungsrichters soll morgen veröffentlicht werden.«

»Gibt es Tatzeugen?«

»Ja, aber sie konnten nichts Nennenswertes berichten.« Jeremy Ryder schob seinen Teller weg und stützte die Ellbogen auf den Tisch. »Der Bedienstete, der Sir Francis den Kutschenschlag öffnete, warf sich, als die ersten Schüsse fielen, panisch zu Boden. Die Pferde gingen wegen des Lärmes durch. Sowohl der Diener als auch der Kutscher sahen nur eine vermummte Gestalt. Und auch diese eher undeutlich. Andere Zeugen gibt es nicht. Der Mörder muss vor dem Haus auf Sir Francis gewartet haben.«

»Das hört sich nach einer ziemlich kaltblütigen Tat an«, sagte Victoria nachdenklich.

»Das finde ich auch.«

»Wer hat Sir Francis denn obduziert?«

»Dr. Ash.«

»Oh ...«

»Sie kennen ihn?«

»Er war ein Freund meines Vaters.«

»Ich habe Gerüchte gehört, denen zufolge der Commissioner nicht sehr erfreut darüber gewesen sein soll, dass ausgerechnet Dr. Ash die Autopsie durchführte. Er fürchtete wohl, der Gerichtsmediziner könnte als Mitglied der Labour Party Ergebnisse fälschen.«

»Das würde er niemals tun.«

»Ich weiß, dass er einen untadeligen Ruf hat.«

Die Glockenschläge von Big Ben hallten in der Teestube wider.

»Drei Uhr«, Jeremy Ryder steckte das Notizbuch in die Aktentasche, »ich muss leider los. Es war sehr aufschlussreich, sich mit Ihnen zu unterhalten, Miss Bredon. Sie wissen ja, dass Sie mich in der Redaktion des *Spectator* jederzeit finden können. Kommen Sie doch einmal vorbei. Ach, jetzt hätte ich fast vergessen, Ihnen das hier zu geben.« Er zog eine Zeitung aus der Aktentasche, schlug sie auf und reichte sie Victoria. »Der Probedruck unserer Abendausgabe.«

»Aber das bin ja ich!«, rief Victoria überrascht.

Ein großes Bild zeigte sie, wie sie vor dem Königspaar knickste. Auf weiteren kleineren Bildern waren ihre Cousine Isabel und andere Debütantinnen zu sehen.

»Ich habe meinen Fotografen natürlich angewiesen, diesen denkwürdigen Moment festzuhalten.« Jeremy Ryder grinste. »Ihre Cousine Isabel hätte übrigens gute Chancen gehabt, zur Debütantin des Jahres gewählt zu werden, wenn der Ball nicht, nachdem die Nachricht von Sir Francis' Ermordung den Palast erreichte, vorzeitig abgebrochen worden wäre. Sie konnten aber zunächst auch recht viele Stimmen auf sich vereinen. Meine hätten Sie auf jeden Fall bekommen. Leider haben Sie dann jedoch Ihre Chancen durch Ihr undamenhaftes Benehmen am Büfett ruiniert.«

»Ich kann gut darauf verzichten, wie Preisvieh prämiert zu werden.« Victoria rümpfte die Nase. »Darf ich die Zeitung vielleicht behalten? Mrs. Dodgson, unsere Zugehfrau, wird sich sehr freuen, die Fotografie zu sehen.«

Und vielleicht hebe ich sie mir ja selbst auf...

Sie sah, fand sie, auf dem Bild wirklich sehr hübsch aus, trotz der albernen Straußenfedern in ihrem Haar.

»Natürlich, ich brauche den Probedruck nicht mehr.« Jeremy Ryder nickte und stand auf. »Ist Ihre Freundin Lady Hogarth, die Sie vorhin erwähnten, eigentlich die Gattin von Lord Louis Hogarth?«

»Ja, das ist sie«, erwiderte Victoria überrascht, zog ihren Geldbeutel aus der Tasche und winkte der Bedienung. »Kennen Sie Lord Hogarth?«

»Wir waren zusammen in Eton. Und natürlich geht der Tee auf meine Rechnung. Das gebietet mir nicht nur die Ritterlichkeit. Sie haben mich schließlich mit wichtigen Informationen versorgt.«

Ehe Victoria einen Einwand erheben konnte, war Jeremy Ryder schon zur Theke gegangen und hatte die Rechnung beglichen. Als er zurückkam, gab er ihr die Hand und verabschiedete sich herzlich. An der Tür der Teestube winkte er ihr noch einmal zu.

Ja, es war richtig, Jeremy Ryder von ihrem Verdacht zu erzählen. Er würde bestimmt der Frage nachgehen, ob Sir Francis von einem Erpressungsopfer umgebracht wurde.

Victoria stellte fest, dass sie immer noch hungrig war. Nur mit Mühe widerstand sie der Versuchung, sich einen weiteren Teekuchen zu bestellen. Rasch stand sie auf und ordnete ihre

Röcke. Es half alles nichts. Wenn sie in Zukunft nicht nur von trockenem Brot und Wasser leben wollte, musste sie Geld verdienen. Sie beschloss, den *Morning Star* aufzusuchen und Mr. Parker zu fragen, ob er einen Auftrag für sie hatte.

ZEHNTES KAPITEL

In der Redaktion des *Morning Star* herrschte die übliche Betriebsamkeit. Victoria traf Mr. Parker in seinem Büro an.

»Oh, Miss Bredon …« Er bedachte sie mit einem nervösen Blick. »Ich hätte gar nicht damit gerechnet, dass Sie heute kommen würden. Mr. Vendergart, der Chefredakteur, hat mich darüber informiert, dass Sie in eine … wie soll ich sagen … unangenehme Sache involviert sind. Aber Sie müssen sich natürlich keine Sorgen machen. Der *Morning Star* wird nicht darüber berichten.«

»Äh … danke …« Sie murmelte eine ausweichende Erwiderung.

»Jedenfalls sahen Sie bei dem Ball im Palast wirklich ganz reizend aus.« Mr. Parker, sichtlich erleichtert darüber, dass das peinliche Sujet nun abgehakt war, straffte sich. »Wir werden natürlich auch eine Fotografie von Ihnen bringen. Ich nehme an, Sie sind wegen eines neuen Auftrags gekommen?«

»Ja, allerdings.« Victoria nickte.

»Wie wäre es mit dem Thema Frühling?« Mr. Parker kaute nachdenklich auf seiner Unterlippe. »Entweder, dass der Frühling noch auf sich warten lässt – wonach es im Moment ja leider aussieht –, oder, falls es tatsächlich in den nächsten Tagen wärmer werden sollte, etwas zum Thema Frühlingsausbruch? Die ersten Blüten und so weiter und so weiter … Da gibt es sicher viele nette Motive. Unsere Leser lieben das.

Ihnen wird ganz bestimmt etwas Schönes einfallen.« Er strahlte Victoria an. »Mrs. Ellinghams Kolumne hat übrigens wieder viele begeisterte Zuschriften erhalten. Vielleicht könnten wir den Abstand zwischen den Erscheinungsterminen verkürzen? Zweimal statt einmal die Woche wie bisher?«

»Mrs. Ellingham ist sehr beschäftigt, aber ich werde mit ihr darüber sprechen«, versicherte Victoria.

»Schön, wir werden ihr Honorar natürlich erhöhen.«

Was die erste gute Nachricht an diesem Tag war …

Sie hatte sich eben von Mr. Parker verabschiedet und ging zur Glastür, als ein schlaksiger junger Mann, dem Alter nach ein Lehrling, klopfte und auf Mr. Parkers »Herein« hin das Büro betrat. Er sah Victoria neugierig an.

»Die Fotos von der Wasserleiche aus der Themse, Sir«, sagte er, um im nächsten Moment über eine Teppichfalte zu stolpern und die Aufnahmen, die er in den Händen hielt, fallen zu lassen.

Mr. Parker stieß einen seine Missbilligung ausdrückenden Laut aus, und Victoria bückte sich schnell, um dem Jungen, der knallrot geworden war, beim Aufsammeln der Bilder zu helfen. Es handelte sich um grobkörnige Schwarz-Weiß-Aufnahmen eines Frauengesichts. Es wirkte ein wenig aufgedunsen, was wahrscheinlich daran lag, dass die Tote schon einige Zeit im Wasser gelegen hatte. Die Augen waren geschlossen, das graue Haar zurückgekämmt. Victoria registrierte ein zurückweichendes Kinn unter einem kleinen Mund und einer knolligen Nase.

Eine unscheinbare Frau, dachte Victoria, doch dann stutzte sie. Etwas an ihrem Gesicht kam ihr bekannt vor – das Muttermal auf der rechten Wange. Plötzlich wusste sie, dass sie dieser Frau schon einmal begegnet war. Damals, als Sir Francis sie hatte zu sich rufen lassen, war die Frau aus seinem Büro gekommen. Und sie hatte nicht besonders glücklich ausgesehen.

»Mr. Parker, wer ist die Tote?« Victoria riss ihren Blick von der Fotografie los.

»Ihre Identität ist unbekannt.« Mr. Parker kam hinter seinem Schreibtisch hervor und betrachtete nun auch die Aufnahmen. »Der Leichnam wurde heute Nacht aus der Themse geborgen. Da keine Vermisstenmeldung vorliegt, die auf die Tote zutrifft, und sie auch nichts bei sich hatte, was einen Hinweis auf ihren Namen oder ihren Wohnort geben könnte, hat die Polizei um die Veröffentlichung eines Fotos gebeten. Kennen Sie denn die Tote, Miss Bredon? Sie sind ja ganz blass geworden!« Er betrachtete sie besorgt.

»Vielleicht, ich bin mir aber nicht ganz sicher«, schwindelte Victoria. »Wissen Sie, wer die Obduktion durchgeführt hat?«

Mr. Parker trat an seinen Schreitisch und kramte in den Unterlagen, die dort lagen. Schließlich zog er ein Blatt Papier hervor. Nachdem er es überflogen hatte, sagte er: »Dr. Timothy Morton vom St. Mary Hospital.«

Dr. Morton war ein Schüler ihres Vaters gewesen. Nicht direkt ein Freund, aber Victoria erinnerte sich, dass er zu seiner Beerdigung gekommen war.

Victoria verabschiedete sich von Mr. Parker, und während sie durch das von Schreibmaschinengeklapper erfüllte angrenzende große Büro zum Treppenhaus ging, beschloss sie, Dr. Morton aufzusuchen und ihn zu fragen, wie diese Frau ums Leben gekommen war. Es konnte einfach kein Zufall sein, dass sie und Sir Francis innerhalb von kurzer Zeit eines unnatürlichen Todes gestorben waren.

Das St. Mary Hospital, wo Dr. Timothy Morton schon lange als Gerichtsmediziner praktizierte, lag ganz in der Nähe des Bahnhofs Paddington, etwa drei Meilen von der Redaktion entfernt. Zu Fuß hätte Victoria eine knappe Stunde benötigt, deshalb entschied sie sich, die U-Bahn zu nehmen. Als sie die Station verließ, flutete Sonnenlicht durch das Bahnhofsdach. Isambard Kingdom Brunel, einer der genialsten britischen Ingenieure des vergangenen Jahrhunderts, hatte die Konstruktion aus Glas und Stahl entworfen. Die zu Bögen gegossenen Metallstreben wirkten leicht, fast schwerelos, und warfen ein Muster auf den Boden, das an ineinander verwobene Äste erinnerte.

Vom Bahnhofsvorplatz aus konnte Victoria das Krankenhaus schon sehen. Im Kontrast zu der lichten Bahnhofshalle wirkte der Backsteinbau im Stil der Neorenaissance recht düster, trotz der Arkaden im ersten Stock, die von südländischer Architektur inspiriert waren.

Der Pförtner erkannte Victoria gleich wieder und ließ sie passieren. Sie fand Dr. Morton im gefliesten Vorraum der Gerichtsmedizin, wo er sich die Hände und die Unterarme an einem Porzellanwaschbecken schrubbte. Der Geruch von Karbol war eigentlich unangenehm, doch Victoria war er so vertraut, dass ihr einen Moment lang die Erinnerung die Kehle zuschnürte.

Timothy Morton war Ende dreißig, groß und schlank und gut aussehend und stammte aus einer Familie wohlhabender Ärzte. »Miss Bredon, was kann ich für Sie tun?«, fragte er höflich, während er sich die Hände mit einem Leinentuch trocknete. »Leider habe ich nicht viel Zeit. Ich muss noch eine Vorlesung halten.« Seine Sprache war gepflegt, sie vernahm einen leichten Oxford-Akzent.

Victoria beschloss, gleich mit ihrem Anliegen herauszukommen. »In der Redaktion des *Morning Star* habe ich vorhin die Fotografien einer Toten gesehen, die man in der Themse fand«, entgegnete Victoria. »Könnten Sie mir sagen, wie diese Frau ums Leben kam? Ist sie ertrunken?«

»Darf ich fragen, aus welchem Grund Sie sich für die Tote interessieren?« Dr. Morton hängte das Handtuch über den Rand des Waschbeckens und musterte Victoria abwartend.

»Ich bin ihr vor einiger Zeit im Vorzimmer von Sir Francis begegnet.«

»Ich habe Gerüchte gehört, dass Scotland Yard Sie zum Mord an Sir Francis befragt hat, da Sie bei den Suffragetten aktiv sind. Stimmen diese Gerüchte?«

»Ja, Scotland Yard hat mich befragt«, gab Victoria zu.

»Ich würde meinen Töchtern nicht erlauben, Kontakt zu diesen Frauen zu haben«, bemerkte der Gerichtsmediziner von oben herab. »Ganz davon abgesehen, dass ich gegen das Wahlrecht für Frauen bin.«

Victoria schluckte eine scharfe Antwort hinunter. »Könnte ich die Tote bitte einmal sehen?«, fragte sie stattdessen.

»Sie erwähnten, dass Sie der Frau in den Amtsräumen von Sir Francis begegneten.«

»Genau.«

»Und wie lange hatten Sie Gelegenheit, sie anzusehen?«

»Ein paar Sekunden.«

»Soso. Ein paar Sekunden ... Unter diesen Umständen wollen Sie die Tote erkannt haben?« Dr. Morton schüttelte ungläubig den Kopf.

»Im Allgemeinen kann ich mir Gesichter sehr gut merken. Außerdem haben jene Frau und die Tote ein Muttermal auf der rechten Wange.« Victoria sparte sich den Hinweis, dass sie an jenem Abend äußerst angespannt gewesen war und deshalb alles um sich herum besonders aufmerksam beobachtet hatte.

Dr. Morton wirkte zu ihrem Bedauern nicht überzeugt. »Bitte, ich möchte nur schnell einen Blick auf den Leichnam werfen. Das dauert doch nicht lange«, beharrte sie.

»Verkraften Sie denn den Anblick einer Leiche?«

»Ich habe meinen Vater gelegentlich in der Pathologie besucht und dabei des Öfteren Leichen gesehen.« Victoria zwang sich, höflich zu bleiben, obwohl sie Dr. Morton am liebsten geschüttelt hätte. »Ich werde beim Anblick der Toten bestimmt nicht in Ohnmacht fallen, das verspreche ich Ihnen.«

»Ich gestatte meinen Töchtern niemals, mich hier zu besuchen.«

»Mein Vater hat mich nun einmal anders erzogen.« Victoria sah den Mediziner herausfordernd an. »Zudem war er der Ansicht, dass man sich vor Leichen nicht fürchten muss und dass es sich bei der Leichenfäulnis und anderen, auf den ersten Blick ekelerregenden Vorgängen um höchst komplexe chemische Prozesse handelt, die eigentlich ihre ganz eigene Schönheit besitzen.«

Dr. Morton schien sich daran zu erinnern, dass er seinem Lehrer Dr. Bernard Bredon einiges verdankte. Vielleicht wollte er die Auseinandersetzung mit Victoria auch einfach nur beenden. Auf jeden Fall seufzte er und wandte sich der Tür zu, die zum Leichenaufbewahrungsraum führte.

»Gut«, sagte er. »Dann kommen Sie mit.«

Der Raum, in dem die Toten lagen, bis die gerichtsmedizinischen Untersuchungen abgeschlossen waren, besaß eine Spitzbogendecke, die an die Krypta einer Kirche erinnerte. An einer Wand befand sich eine Reihe vergitterter Fenster. Da der Raum im Souterrain lag und die Fenster nach Norden hinausgingen, wurde er zusätzlich von Gaslicht erhellt. Der süßliche Geruch von Leichenfäule lag in der Luft und überdeckte den des Karbols. Auf vier grob gezimmerten Holztischen lagen menschliche Körper unter Leinentüchern.

Dr. Morton trat an den Tisch, der der Tür am nächsten stand, und zog das Tuch so weit herunter, dass Victoria das Gesicht der Toten sehen konnte. Obwohl sie es sich Dr. Morton gegenüber nicht hatte anmerken lassen, hatten Victoria doch kurz Zweifel befallen, ob die Frau auf der grobkörnigen Fotografie tatsächlich diejenige gewesen war, der sie vor Sir Francis' Büro begegnet war. Nervös beugte sie sich vor und betrachtete die Leiche. Das Gaslicht flackerte ein wenig und ließ die Züge fast lebendig wirken.

»Nun?«, fragte Dr. Morton.

Victoria atmete tief durch. »Sie ist es«, sagte sie leise. »Ich täusche mich nicht.«

»Bei allem Respekt, Miss Bredon. Wenn ich Sie daran erinnern darf: Scotland Yard hat Sie wegen Sir Francis befragt. Wahrscheinlich haben Sie sich während der letzten Stunden immer noch gedanklich mit diesem Gespräch beschäftigt und sich noch nicht beruhigt. Unsere Wahrnehmung spielt uns manchmal Streiche. Vor allem der weibliche Verstand, der schnell zu irritieren ist, wird besonders leicht Opfer solcher Täuschungen.«

Victoria schluckte eine sarkastische Erwiderung hinunter. »Wie genau kam die Frau zu Tode?«, erkundigte sie sich.

»Sie sind wirklich genauso hartnäckig wie Ihr Vater.« Dr. Morton schüttelte erneut den Kopf. Früher hätte sich Victoria über diese Bemerkung gefreut, jetzt jedoch versetzte sie ihr einen Stich. Dr. Morton zog das Tuch wieder über das Gesicht der Toten. »Sie wurde mit einem schweren, stumpfen Gegenstand erschlagen und war schon tot, als man sie in die Themse warf, denn es befand sich kein Wasser in ihrer Lunge«, entgegnete er und machte sich keine Mühe, seine Ungeduld zu verbergen.

Victoria ließ sich davon nicht einschüchtern. »Weshalb ging der Leichnam nicht unter?«, hakte sie nach. »Und wie lange lag er schon im Wasser, als man ihn fand?«

»Dem Zustand des Leichnams nach zu urteilen nur wenige Stunden. Wahrscheinlich wurde die Frau am späten Nachmittag oder Abend getötet, zwischen vier und acht Uhr. Die Krinoline blähte sich auf und hielt die Leiche an der Wasseroberfläche, bis sie sich am Ufer von Southwark, in der Nähe der London Bridge, in der Kette eines Bootes verfing, das dort ankerte. Und um einer weiteren Frage zuvorzukommen: Offensichtlich liegt ein Raubmord vor, denn bei der Toten wurden weder Geld noch Schmuck gefunden.«

»Vergewaltigt wurde die Frau nicht?«

Dr. Morton erstarrte, sichtlich entsetzt darüber, dass dieses Thema von einer jungen Dame angeschnitten wurde, dann holte er tief Luft. »Nein, das wurde sie nicht«, sagte er lediglich. Victoria hatte das auch nicht ernsthaft angenommen, aber sie wollte einfach Gewissheit haben. »Miss Bredon, ich muss nun wirklich gehen.« Der Gerichtsmediziner strebte zur Tür. »Wie gesagt, ich bin überzeugt, dass Sie einer Sinnestäuschung erlegen sind. Denken Sie nicht mehr an die Tote. Und grüßen Sie Hopkins von mir. Ich bin sehr gespannt auf das Buch mit den Aufsätzen Ihres Vaters, an dem er arbeitet.«

Geistesabwesend murmelte Victoria, dass sie seine Grüße ausrichten werde. In Gedanken war sie längst mit etwas ganz anderem beschäftigt.

»Miss Victoria, gut, dass Sie endlich zu Hause sind«, begrüßte Hopkins sie entgegen seiner üblichen Zurückhaltung ganz offen erleichtert. Er trug eine Schürze und Ärmelschoner. »Wo waren Sie nur? Es ist längst dunkel. Gerade wollte ich mich auf den Weg zu Scotland Yard machen, um mich zu erkundigen, ob man Sie vielleicht dort festhält.«

Das, was Victoria bei Dr. Morton herausgefunden hatte, hatte sie so aufgewühlt, dass sie beschlossen hatte, zu Fuß nach Hause zu gehen. Sie hatte das starke Bedürfnis gehabt, ihre Gedanken zu ordnen. Tatsächlich hatte sie auf dem Weg eine Entscheidung getroffen.

»Hopkins, ich habe Ihnen so viel zu erzählen«, sagte Victoria impulsiv. »Hätten Sie Zeit für ein Gespräch?«

»Aber gewiss, Miss Victoria. Würden Sie dafür die Bibliothek oder die Küche bevorzugen?«

»Auf jeden Fall die Küche. Ich habe schon genug gefroren heute.«

Victoria legte ihren Hut ab, wusch sich die Hände und bürstete sich das Haar. Als sie die Küche betrat, hatte Hopkins die Ärmelschoner und die Schürze schon gegen eine graue Anzugjacke getauscht. Wie immer rückte er ihr den Stuhl zurecht, ehe er sich selbst setzte.

Auf der Anrichte stand das Silber, das er geputzt hatte. Ein recht kümmerlicher Rest, der noch nicht ihrem Geldmangel zum Opfer gefallen war. Es roch nach Politur und nach frischem Gebäck. Erst jetzt, in der Wärme, die von dem Küchenherd ausging, bemerkte Victoria, wie durchgefroren sie tatsächlich war.

Es ist gut, wieder zu Hause zu sein ...

Sie lächelte Hopkins an. Für einen Moment leuchtete ein Ausdruck der Zuneigung in seinen Augen auf, ehe seine Miene wieder höflich-zurückhaltend wurde.

»Ach, Hopkins, ich weiß gar nicht, wo ich anfangen soll.« Victoria seufzte. »Mir schwirrt so viel im Kopf herum.«

»Nun, der kurzen Unterhaltung, die Sie und Ihre Großtante heute Morgen führten, habe ich entnommen, dass es während des Balls eine gewisse Auseinandersetzung zwischen Ihnen und Sir Francis gab. Vielleicht wäre dies ein guter Punkt zu beginnen?«

»Sie haben recht.« Victoria erzählte ihm von dem Streit, von ihrer Atemnot und wie sie dann im Park Sir Francis und den Marquess belauscht hatte. Danach schilderte sie Hopkins das Gespräch mit dem Commissioner im Haus ihres Großvaters und wie sie kurz darauf erfahren hatte, dass die Frau, der sie im Vorzimmer von Sir Francis begegnet war, ebenfalls ermordet worden war. Hopkins lauschte ihr konzentriert mit halb geschlossenen Augen. »Dr. Morton hat mir nicht geglaubt, aber ich bin mir ganz sicher, dass es sich bei jener Frau und der Toten um ein und dieselbe Person handelt«, schloss Victoria.

»Ihr Vater hielt nicht viel von Dr. Morton. Er war der Meinung, dass er eingefahrenen Denkgleisen folgte.« Hopkins vollführte eine wegwerfende Handbewegung. »Ich habe im Übrigen keinen Zweifel daran, dass Sie die Frau wiedererkannt haben.«

»Wirklich?«

»Sie hatten bereits als Kind ein sehr gutes visuelles Gedächtnis. Ich erinnere mich noch daran, wie Sie mir zum Beispiel einmal die Figuren eines Puppenspiels beschrieben, das Sie mit Ihrer Kinderfrau besucht hatten. Ein paar Tage später sah ich das Plakat der Aufführung an einer Hauswand hängen. Alle Einzelheiten waren so, wie Sie sie mir geschildert hatten. Häufig erzählen Sie mir ja auch von den Menschen und Orten, die Sie fotografiert haben. Wenn ich dann später die Abzüge sehe, erkenne ich alle Details wieder. Ich nehme an, Sie haben die

Schlussfolgerung gezogen, dass Sir Francis und die unbekannte Frau ein und demselben Mörder zum Opfer fielen?«

»Ja, es kann kein Zufall sein, dass sie beide getötet wurden – noch dazu im Abstand weniger Stunden.« Victoria nickte. Sie war froh, dass Hopkins ihr glaubte und einer Meinung mit ihr war. Das machte es ihr leichter, von dem zu sprechen, was ihr besonders am Herzen lag.

»Ach, Hopkins, ich habe Ihnen nie erzählt, dass ich Nachforschungen über den Wohnungsbrand am Holland Park angestellt habe«, gestand Victoria. Sie berichtete dem Butler kurz entschlossen alles, was sie von Sergeant Sinclair erfahren hatte. »Ich weiß, Hopkins, Sie sind davon überzeugt, dass mir mein Vater niemals schaden wollte. Ich möchte das auch wirklich glauben. Aber ich kann es nicht. Ich frage mich ständig, ob mein Vater der Mensch war, für den ich ihn gehalten habe, oder ob ich mich völlig in ihm getäuscht habe. Ich muss einfach die Wahrheit über ihn und den Brand herausfinden. Vielleicht war ja die unbekannte Ermordete jene Frau, die meine Retterin wegführte, oder sie wusste sonst etwas über den Brand und hat es Sir Francis berichtet. Ich muss herausfinden, wer diese Frau war und wer sie und Sir Francis getötet hat. Möglicherweise stehen diese Morde ja im Zusammenhang mit dem Geheimnis meines Vaters.« Victoria hielt kurz inne, ehe sie weitersprach. »Hopkins, ich weiß, dass sich das verrückt anhört, aber ich habe mich dazu entschlossen, den Mörder zu suchen, und ich werde ihn finden.«

Victoria brach ab. Ihre Worte schienen in der stillen Küche widerzuhallen. Das imaginäre Echo ließ ihren Plan vollends absurd wirken. Was der Butler dachte, konnte man nicht erkennen. Seine Miene war wieder einmal völlig ausdruckslos.

Wahrscheinlich ist Hopkins einfach zu höflich, um mir zu verstehen zu geben, dass er mich für verrückt hält, befürchtete sie.

Die Standuhr in der Bibliothek schlug acht Mal. Im gleichen Takt fielen Tropfen vom Wasserhahn in das Porzellanbecken.

»Nun, ich halte dies für eine ausgezeichnete Idee«, sagte Hopkins nun in die Stille hinein. »Ich habe auch selbst schon Nachforschungen über den Mord an Sir Francis betrieben.«

»Wie meinen Sie das?«, fragte Victoria perplex.

Hopkins legte seine Hände auf den Küchentisch. »Nachdem Sie mit Ihrer Großtante Lady Glenmorag die Wohnung verlassen hatten, hörte ich mich ein wenig um und erfuhr, dass Inspector Armitage die Ermittlungen leitet. Wir wissen beide, dass Ihr Vater nicht viel von ihm hielt, und ich bin ebenfalls der Ansicht, dass er dem Fall nicht gewachsen ist. Deshalb hielt ich es für ratsam, Dr. Ash aufzusuchen, der Sir Francis' Leichnam obduzierte. Von ihm erfuhr ich, dass Sir Francis durch fünf Schüsse getötet wurde.«

»So etwas habe ich auch schon gehört.« Victoria nickte.

Die Andeutung eines Lächelns erschien um Hopkins' Mund. »Das eigentlich Interessante ist aber, dass drei dieser fünf Schüsse Sir Francis in die Brust trafen und bereits tödlich waren. Der Mörder gab noch zwei weitere Schüsse auf Sir Francis' Gesicht ab, wodurch dieses völlig zerschmettert wurde. Dr. Ash zeigte mir Fotos. Es war kein schöner Anblick.« Hopkins hüstelte.

»Der Täter zerstörte Sir Francis' Gesicht, um seine Persönlichkeit auszulöschen?«, bemerkte Victoria nachdenklich.

»Genau. Sie erinnern sich also auch an den Aufsatz, den Ihr Vater zu den psychologischen Beweggründen von Mördern verfasste.«

»Was ebenfalls für einen Mord aus privaten und nicht aus politischen Motiven sprechen würde ...«

»Zudem ist mir kein Mord bekannt, bei dem Anarchisten oder die Anhänger der Irisch Republikanischen Bruderschaft eines ihrer Opfer so zugerichtet hätten.«

Victoria benötigte einen Moment, um wirklich zu begreifen, worüber sie eben gesprochen hatten. »Hopkins, verstehe ich Sie richtig? Sie bieten mir Ihre Unterstützung an?«, fragte sie dann.

»Es wäre mir eine Ehre, Miss Victoria.« Hopkins verneigte sich.

»Sie können sich gar nicht vorstellen, wie dankbar ich Ihnen bin.« Victoria strahlte den alten Butler an. Erst jetzt wurde ihr klar, wie einschüchternd sie ihren Plan empfunden hatte.

»Sie wissen, dass es mir sehr viel bedeutet, das Buch Ihres Vaters zu redigieren und herauszugeben. Aber manchmal während des vergangenen Jahres habe ich bedauert, mich dem Verbrechen nicht mehr in der Praxis widmen zu können.« Hopkins' Miene nahm einen beinahe verträumten Ausdruck an, während seine Augen leuchteten. »Ach, offen gesagt, fühle ich mich wie ein alter Jagdhund, der endlich wieder einmal eine Fährte wittert.« Er hielt inne. Dann räusperte er sich, als wäre ihm plötzlich bewusst geworden, dass er sich hatte gehen lassen. »Wie auch immer ... Ich denke, dass wir bei der Aufklärung des Mordes bei jener unbekannten Frau ansetzen müssen. Was halten Sie davon, wenn wir auf unseren Entschluss, eigene Ermittlungen aufzunehmen, anstoßen?« Hopkins sah sie versonnen an. »Es sind noch einige Flaschen eines vorzüglichen Rotweins in der Vorratskammer, die Ihrem Vater gehörten. Ich bin überzeugt, dass er diesen Anlass mehr als gutheißen würde, eine davon zu öffnen.«

»Das glaube ich auch.« Victoria lächelte. In diesem Moment fühlte sie sich ihrem Vater, trotz aller Zweifel, sehr nahe.

»Der Rotwein dürfte auch sehr gut zu der Lammpastete

schmecken, die ich heute Nachmittag zubereitet habe.« Hopkins nahm eine gestärkte Leinendecke aus dem Küchenschrank. »Ich hatte Glück und konnte das Fleisch günstig erwerben. Ohne mir schmeicheln zu wollen, möchte ich sagen, dass mir die Pastete sehr gut gelungen ist. Das Rezept könnte in meiner Kolumne erscheinen.«

»Mr. Parker wird sich darüber bestimmt freuen. Apropos Zeitung ...«

Victoria sprang auf und eilte in ihr Zimmer, wo sie den Probedruck des *Spectator* abgelegt hatte. Wieder zurück in der Küche präsentierte sie Hopkins die Fotografie, auf der sie, in den Hofknicks versunken, vor dem Königspaar zu sehen war. Hopkins nahm ihr die Zeitung aus der Hand und studierte das Bild eingehend.

»Sie sehen wunderschön aus, Miss Victoria«, sagte er dann. Täuschte sie sich, oder klang seine Stimme tatsächlich ein bisschen belegt? »Mrs. Dodgson wird über das Bild gewiss ganz außer sich vor Freude sein.«

»Ja, wahrscheinlich«, erwiderte Victoria lächelnd. »So weiß sie auch wenigstens, dass sich ihre Mühe, mir diesen verflixten Knicks beizubringen, gelohnt hat.«

Hopkins deckte jetzt liebevoll wie immer den Tisch. Als Blumenschmuck diente an diesem Abend ein kleiner Strauß Hyazinthen. Der Schein der Petroleumlampe spiegelte sich im Silberbesteck und in den geschliffenen Kristallgläsern. Hopkins schlang eine Leinenserviette um den Hals der Rotweinflasche, die er aus der Kammer hervorgezaubert hatte, stellte sie dann jedoch wieder auf der Anrichte ab.

»Verzeihen Sie, Miss Victoria, ich vergaß völlig, Ihnen mitzuteilen, dass Lady Hogarth heute Nachmittag nach Ihnen fragte und außerdem ein Brief für Sie abgegeben wurde«, sagte er und reichte ihr ein Silbertablett.

Neben dem Brieföffner lag ein Umschlag aus schwerem Papier. *Miss Victoria Bredon* stand in großen raumgreifenden Buchstaben darauf. Victorias Herz klopfte rascher. Die Schrift kam ihr bekannt vor, sie erkannte Randolphs Namen und sein Wappen. Hatte er ihr etwa geschrieben, um ihr mitzuteilen, dass er nach ihrem öffentlichen Streit mit Sir Francis und ihrer Befragung durch Scotland Yard nichts mehr mit ihr zu tun haben wollte? Hastig schlitzte sie das Kuvert auf und nahm den Briefbogen, der darin lag, heraus. *Liebe Victoria*, las sie, *es war ganz reizend, Sie gestern auf dem Ball wiederzusehen. Würden Sie mir die Freude bereiten, demnächst einmal im Hyde Park mit mir auszureiten? Bitte, sagen Sie Ja und lassen Sie mich nicht allzu lange warten. Herzlichst, Ihr Randolph.*

Randolph will sich mit mir treffen, dachte Victoria.

Wenn ein unverheirateter Mann mit einer unverheirateten Frau im Hyde Park ausritt, bedeutete dies nicht direkt, dass er offiziell um sie warb, er bekundete jedoch vor den Augen der Gesellschaft ein deutliches Interesse an ihr. Über solche Ausritte wurde tagelang in den Salons des Adels und der Oberschicht geklatscht.

»Miss Victoria ...« Hopkins offerierte ihr ein gefülltes Weinglas. Dass sie tief errötet war, schien er nicht zu bemerken. »Auf unsere gemeinsame Ermittlung.«

Victoria neigte ihren Kopf über das Glas. Der Wein wirkte im Lampenschein dunkelrot, ja fast violett, und sein Aroma war betörend intensiv.

»Ja, auf unsere Ermittlung«, erwiderte sie.

Und auf Randolphs Brief und unseren Ausritt und auf das, was sich vielleicht daraus entwickeln wird, erlaubte sie sich zu träumen.

Was für ein Tag! Nachdenklich saß Victoria später am Abend vor ihrer Frisierkommode und bürstete ihr Haar. Im Schein der Petroleumlampe leuchtete es tiefrot.

Nach dem Essen hatten sie und Hopkins überlegt, wie sie am besten weiter vorgehen könnten. Hopkins hatte einen Stadtplan von London und einen Gezeitenführer der Themse erkundet und war aufgrund von komplizierten Berechnungen, die Victoria nicht ganz verstanden hatte, zu dem Schluss gekommen, dass der Mörder die Leiche irgendwo zwischen Battersea und Southbank in die Themse geworfen hatte. Deshalb hatten sie den Plan gefasst, in den Polizeiwachen der betreffenden Stadtteile nachzuforschen, ob die Unbekannte inzwischen vermisst gemeldet worden war.

Victorias Blick wanderte zu Randolphs Brief, der auf der Kommode lag. Behutsam berührte sie ihn. Ja, sie wusste, sie neigte dazu, zu viel in diese Einladung zum Reiten hineinzuinterpretieren, aber sie wollte trotzdem ein bisschen weiterträumen.

Mein Reitkleid!, durchfuhr es sie plötzlich. Victoria sprang auf und rannte zum Schrank. Sie ritt gern, aber meist in Hosen, da sie den Damensattel unbequem und unpraktisch fand. Es war mindestens zwei Jahre her, dass sie zum letzten Mal ihr Reitkleid getragen hatte. Hastig nahm sie es vom Bügel, zog Nachthemd und Morgenmantel aus und schlüpfte hinein. Es war sehr eng und an den Ärmeln und am Rocksaum zu kurz. Sie hoffte, dass Mrs. Dodgson die Säume herauslassen konnte.

Doch als Victoria nun versuchte, die Knöpfe am Rücken zu schließen, rissen die Naht und der Stoff unter einem Ärmel. Leise vor sich hin schimpfend zog sie ihr Nachthemd wieder an und ging zu Bett. Sie hörte Hopkins noch in der Küche rumoren, dann fielen ihr auch schon die Augen zu und sie schlief ein. In dieser Nacht hatte sie keine Albträume.

ELFTES KAPITEL

Als Victoria am nächsten Morgen die Küche betrat, war Mrs. Dodgson gerade dabei, eine Tasse Tee zu trinken. Es war ihre Frühstückspause. Frisch geröstetes Brot stand bereits auf dem Tisch. Hopkins schenkte Victoria ebenfalls einen Tee ein, bevor er zum Herd ging und ein Ei in eine Pfanne schlug.

»Ich finde es sehr aufregend, dass Sie und Mr. Hopkins sich entschlossen haben, den Mörder von Sir Francis und dieser Lady aus der Themse zu finden.« Mrs. Dodgson stellte ihre Teetasse geräuschvoll ab. »Mr. Hopkins hat mir gesagt, dass Scotland Yard Terroristen und Suffragetten des Mordes an Sir Francis verdächtigt. Nicht, dass ich Mrs. Pankhurst keine solche Tat zutrauen würde. Aber selbst sie hätte eine kompetente Ermittlung verdient.«

Immer noch etwas verschlafen und hungrig, wie sie war, sah sich Victoria nicht imstande, an diesem Morgen mit Mrs. Dodgson über Emmeline Pankhurst und die Frauenrechte zu diskutieren.

»Mrs. Dodgson, ich habe gestern Abend zum ersten Mal seit Langem mein Reitkleid wieder anprobiert und es dabei zerrissen. Außerdem ist es mir zu kurz«, sagte sie. »Könnten Sie es eventuell flicken und ändern?«

»Oh, Sie planen auszureiten?« Mrs. Dodgsons Interesse war geweckt.

»Ja, mit Lady Hogarth«, schwindelte Victoria, die vermeiden wollte, von der Zugehfrau mit Fragen über Randolph bestürmt zu werden.

»Das Kleid liegt in Ihrem Zimmer?«

Victoria nickte. »Ja, auf dem Stuhl.«

»Ich sehe es mir einmal an.« Mrs. Dodgson erhob sich und marschierte aus der Küche.

»Ich bin davon ausgegangen, dass Sie nichts dagegen haben, dass ich Mrs. Dodgson über unsere Ermittlungen informiere.« Hopkins stellte einen vorgewärmten Teller mit dem Spiegelei vor Victoria. »Mrs. Dodgson gehört ja gewissermaßen …«

»… zur Familie. Außerdem hätte sie es früher oder später sowieso herausgefunden.« Victoria lächelte. »Stand irgendetwas Neues über den Mord an Sir Francis in den Zeitungen?«

Auf der Anrichte lagen einige frisch gebügelte Exemplare verschiedener Morgenausgaben. Alle Titelseiten waren dem Mord gewidmet.

»Nein.« Hopkins setzte sich nun ebenfalls und schenkte sich Tee ein. »Scotland Yard geht nach wie vor von einer politisch motivierten Tat aus. Sir Francis' zerschossenes Gesicht wird in dem Polizeibericht erwähnt. Aber nur als weiterer Beleg dafür, dass Sir Francis regelrecht hingerichtet wurde. Einen Hinweis auf eine Tat aus persönlichen Motiven sieht Inspector Armitage darin nicht.« Hopkins hob missbilligend eine Augenbraue.

»Das war auch nicht anders zu erwarten.«

Mrs. Dodgson kehrte in die Küche zurück und unterbrach ihre Unterhaltung. »Es tut mir leid, Miss Victoria, aber Ihr Reitkleid ist nicht mehr zu retten«, verkündete sie. »Die Säume sind nicht breit genug, als dass ich es verlängern könnte. Und über den Riss unter dem Arm müsste ich ein Stück Stoff nähen, was sehr hässlich aussehen würde.«

So viel zu meinem Traum, mit Randolph auszureiten,

dachte Victoria niedergeschlagen. *Ein neues Reitkleid kann ich mir nicht leisten …*

»Die Fotografie im *Spectator* war übrigens wirklich ganz entzückend.« Mrs. Dodgson strahlte. »Wie ich Ihnen schon am Abend des Balles sagte, wäre Ihr Vater sehr stolz auf Sie. Und was den Brand in der Wohnung am Holland Park betrifft … Ich kenne mich mit Männern aus, Miss Victoria. Ihr Vater war ein Gentleman durch und durch. Wie Mr. Hopkins bin auch ich fest davon überzeugt, dass er niemals etwas Unehrenhaftes getan hätte.«

Ach, das hoffte sie auch so sehr …

Victoria hatte auf einmal keinen Appetit mehr. Sie legte Messer und Gabel auf ihren Teller und sah Hopkins an. »Ich bin fertig mit dem Frühstück. Von mir aus könnten wir aufbrechen.«

»Sehr wohl, Miss Victoria.« Seine Augen leuchteten erwartungsvoll.

Die Pferdebahn hielt in der Acre Lane von Brixton an. Hopkins erhob sich von dem Holzsitz und wischte über seinen Mantel, als wollte er Schmutz entfernen – eine instinktive Geste. Obwohl ihre Nachforschungen in den Stadtteilen Battersea, Nine Elms und Vauxhall ergebnislos verlaufen waren, musste Victoria ein Lächeln unterdrücken. Hopkins verabscheute die öffentlichen Verkehrsmittel wirklich. Doch die Entfernungen zwischen den Stadtteilen waren zu groß, als dass sie sie zu Fuß hätten zurücklegen können, und die Haushaltskasse gab kein Geld für eine Kutsche her.

»Die Polizeiwache liegt gleich um die Ecke«, sagte Hopkins, nachdem er kurz den Stadtplan eingesehen hatte.

Victoria ließ ihren Blick über die Straße schweifen. Auf

einem Eisenbahnviadukt stand in großen Lettern eine Werbung für den *Brixtonian*, die örtliche Tageszeitung. Bis zur Mitte des 19. Jahrhunderts war Brixton ein Dorf gewesen. Doch von dem ehemals ländlichen Charakter war nun kaum noch etwas zu erahnen. Viele der georgianischen Häuser hatten ihre Vorgärten verloren, damit die Straße hatte erweitert werden können. Im Erdgeschoss der Gebäude befanden sich fast überall Läden und Pubs.

Gleich nachdem sie um die nächste Ecke gebogen waren und die belebte Straße hinter sich gelassen hatten, sahen sie über der Tür eines zweistöckigen Backsteinbaus die blaue Lampe mit dem weißen Schriftzug – die Polizeiwache.

Die Wache besaß dieselbe Holzbarriere, die die Schreibtische der Bobbys von den Besuchern trennte, wie die in Kensington. Ein korpulenter Polizist blickte von seiner Schreibmaschine auf, als Victoria und Hopkins näher kamen. Sein Mund verzog sich zu einem überraschten Grinsen. »Mr. Hopkins, was bringt Sie denn vom nördlichen Themseufer in den Süden?«, fragte er.

»Sergeant Mannings, ich dachte, Sie würden noch im East End Dienst tun.« Hopkins schüttelte ihm die Hand. »Miss Bredon und ich suchen nach einer Frau, die vor einiger Zeit verschwunden ist, nach neuesten Informationen aber nun in Brixton leben soll. Ihre Familie hat uns mit Nachforschungen betraut. Es ist gewissermaßen eine delikate Angelegenheit …«, brachte er ihre erfundene Geschichte vor.

Wieder konstatierte Victoria amüsiert, dass in Hopkins' gedämpftem Tonfall die furchtbarsten familiären Katastrophen mitschwangen – von Wahnsinn über Ehebruch bis Bigamie. An ihm war wirklich ein Schauspieler verloren gegangen. Auch in den Polizeiwachen, die sie bisher besucht hatten, hatte er diese Geschichte erzählt – in der Hoffnung, dass der Commissioner und Inspector Armitage nicht erfuhren, dass sie ihre eigenen Nachforschungen betrieben.

»… etwa sechzig Jahre alt, eher unscheinbares Äußeres, kleiner Körperbau, ein Muttermal auf der rechten Wange«, beendete Hopkins seine Personenbeschreibung.

»Tja, wahrscheinlich müssen Sie den Verwandten eine schlechte Nachricht überbringen.« Sergeant Mannings kratzte sich am Kinn. »Denn eine Frau, auf die Ihre Beschreibung zutrifft, wurde gestern tot aus der Themse gefischt.«

Das wussten sie ja schon. »Wurde diese Frau denn von jemandem als vermisst gemeldet?« Victoria konnte ihre Ungeduld nicht zügeln.

Hopkins berührte sie warnend am Arm. »Es wäre natürlich höchst tragisch, wenn es sich bei dieser Toten um die Frau handeln würde, nach der wir suchen.« Er seufzte. »Aber wenn wir erfahren könnten, wo sie die letzten Wochen verbrachte, wäre dies vielleicht ein Trost für ihre Familie.«

Victoria fürchtete schon, dass sie und Hopkins auch die Polizeiwache von Brixton vergebens aufgesucht hätten, doch zu ihrer Erleichterung nickte der Sergeant und sagte: »Die Frau, bei der es sich um die Tote aus der Themse handelt, wurde heute Morgen von ihrer Zimmerwirtin, einer Mrs. Grant, als vermisst gemeldet. Ich habe Mrs. Grant eine Fotografie der Leiche gezeigt, und sie hat sie daraufhin erkannt. Die Zimmerwirtin kannte die Tote unter dem Namen Mrs. Oliver. Ich suche Ihnen die Adresse heraus.«

»Warum kam Mrs. Grant denn nicht schon gestern zur Polizei?«, fragte Victoria neugierig. »Ihre Mieterin war doch eine Nacht lang nicht zu Hause.« Zumindest eine respektable Dame tat so etwas nicht unentschuldigt.

»Mrs. Grant war für ein paar Tage zu Besuch bei ihrer Tochter in Brighton und kehrte erst gestern Abend zurück. Sie dachte, ihre Mieterin wäre ausgegangen. Erst heute Morgen, als sie ihr das Frühstück bringen wollte, bemerkte sie ihre Abwesenheit.« Sergeant Mannings ging zum Schreibtisch und blätterte in einem Aktenordner. »Schlimme Sache, das mit Sir Francis«, sagte er an Hopkins gewandt. »Würde mich nicht wundern, wenn ihn eine dieser Suffragetten auf dem Gewissen hätte. Furchtbare Weiber. Bisher kam dieses Land sehr gut ohne das Wahlrecht für Frauen aus. Man stelle sich vor, die würden eines Tages auch noch im Parlament sitzen oder der Premierminister wäre gar eine Frau ...«

»Aber Großbritannien wurde über sechzig Jahre lang von einer Frau regiert«, platzte Victoria heraus. »Haben Sie etwa Königin Victoria vergessen?«

Der Sergeant sah sie verständnislos an. »Na ja«, er zuckte mit den Schultern, »eine Königin ist doch etwas ganz anderes ...«

»Sie wollten uns die Adresse geben«, kam Hopkins einer ärgerlichen Erwiderung Victorias zuvor.

»O ja, natürlich, Mrs. Grant wohnt in der Millbrook Road Nr. 22.«

»Großtante Hermione würde genauso argumentieren wie dieser Sergeant«, sagte Victoria aufgebracht, als sie die Polizeiwache wieder verlassen hatten. »Können Sie mir einen vernünftigen Grund nennen, Hopkins, warum so viele Menschen in diesem Land Königin Victoria für eine gute Regentin halten, aber gegen das Wahlrecht für Frauen sind?«

»Davon abgesehen, dass es Ihrer Großtante wahrscheinlich nicht gefallen würde, in einem Atemzug mit einem Sergeant genannt zu werden, denken die Menschen nun einmal oft nicht logisch.« Hopkins zog erneut die Straßenkarte aus seiner

Manteltasche und faltete sie auseinander. »Hier ist die Millbrook Road.« Er deutete auf eine Straße im Süden von Brixton. »Eine Strecke, die wir zu Fuß bewältigen können.« Er wirkte erleichtert.

Die Millbrook Road war so weit vom geschäftigen Zentrum Brixtons entfernt, dass die Vorgärten noch nicht dem Verkehr zum Opfer gefallen waren.

Ich könnte einmal eine Fotoserie machen, die die Veränderungen in den Stadtteilen dokumentiert, überlegte Victoria, während sie mit Hopkins die stille, gepflasterte Straße entlangging. Hortensien, Clematis und Rosen, an denen sich erste Blattknospen zeigten, wuchsen in den kleinen Gärten. Die schmalen, zweistöckigen Reihenhäuser aus dem späten 18. Jahrhundert waren aus honiggelbem Stein erbaut und hatten fast alle ein großes abgerundetes Sprossenfenster – eine Art Erker.

Das Haus, das sie suchten, lag am Ende der Straße. Gelbe Narzissen streckten sich neben einem kahlen Fliederbusch dem Licht entgegen. Hopkins öffnete das Gartentor. Er und Victoria stiegen die wenigen Stufen zur Haustür hinauf, wo der Butler den Türklopfer aus Messing betätigte. Nichts regte sich im Innern des Hauses. Auch als Hopkins noch einmal kräftig klopfte, erfolgte keine Reaktion.

Victoria fürchtete schon, Mrs. Grant sei nicht zu Hause, als sie zaghafte Schritte hinter der Tür vernahm und diese dann einen Spalt weit geöffnet wurde. Oberhalb der Kette erschien das bleiche Gesicht einer älteren Frau.

»Ja, bitte?«, fragte sie ängstlich.

»Mein Name ist Bredon. Ich bin die Tochter des Gerichtsmediziners Dr. Bernard Bredon«, stellte Victoria sich vor. »Vielleicht haben Sie schon einmal von meinem Vater gehört.

Das ist Hopkins, mein Butler.« Sie deutete auf Hopkins, der seinen Hut zog und sich vor Mrs. Grant verbeugte.

»Madam …«

»Wir fürchten, dass der Mord an Ihrer Mieterin Mrs. Oliver mit einem anderen Mord in Verbindung steht, den wir aufklären möchten. Deshalb wären wir Ihnen dankbar, wenn wir Ihnen ein paar Fragen zu Mrs. Oliver stellen könnten.«

»Ich habe der Polizei schon alles gesagt, was ich über Mrs. Oliver weiß.« Mrs. Grant schüttelte abwehrend den Kopf. »Außerdem kenne ich Sie nicht. Vielleicht stecken Sie ja mit dem Mörder unter einer Decke!« Ihre Stimme kippte ins Hysterische. »Auf gar keinen Fall spreche ich mit Ihnen.« Sie machte Anstalten, die Tür zuzuschlagen.

»Madam, Sie haben den *Spectator* abonniert, nicht wahr?«, fragte Hopkins zu Victorias Überraschung.

»Ja, das stimmt.« Mrs. Grant sah ihn irritiert an.

»Falls Sie die gestrige Ausgabe noch zur Hand haben sollten, finden Sie darin eine Fotografie von Miss Bredon als Debütantin im königlichen Palast. Vielleicht wird dies Ihre Zweifel an unserer Reputation beseitigen?«

Die Haustür schlug zu.

»Wie sind Sie auf die Idee mit dem *Spectator* verfallen?«, fragte Victoria verblüfft. Hopkins wies auf die Zeitungsrolle neben der Haustür, in der ein Exemplar steckte.

»Oh, das habe ich gar nicht gesehen.«

Die Haustür wurde wieder geöffnet, die Kette gelöst. Mrs. Grant hielt den *Spectator* in der Hand. Ihr Blick wanderte von den Fotos der Debütantinnen zu Victoria.

»Das … das sind ja tatsächlich Sie, vor … vor dem Königspaar«, stammelte sie. »Jetzt erkenne ich Sie. Kommen Sie doch bitte herein!«

In Hopkins' Augen blitzte die Andeutung eines zufriedenen Lächelns auf. *Also war dieser verwünschte Ball doch zu etwas nütze*, dachte Victoria bissig. Abgesehen davon, dass sie Randolph wiedergesehen hatte …

Mrs. Grant führte Victoria und Hopkins durch einen Korridor, der mit braun-blau gemusterten Kacheln gefliest war, in ein kleinbürgerlich eingerichtetes Wohnzimmer. Dort bat sie die beiden, auf dem Sofa Platz zu nehmen, während sie sich selbst in einen Sessel sinken ließ.

»Mrs. Grant«, Hopkins war stehen geblieben, »ich bin überzeugt, dass Ihnen auf den Schock hin ein starker Tee guttun würde. Wenn Sie gestatten, würde ich mir gerne die Freiheit herausnehmen, Ihre Küche zu benutzen.«

»Das ist sehr freundlich von Ihnen«, antwortete Mrs. Grant apathisch. »Sie finden die Küche hinter der zweiten Tür links im Korridor.«

Hopkins verschwand mit einer Verbeugung.

Das Wohnzimmer befand sich, wie Victoria jetzt bemerkte, hinter dem großen Sprossenfenster. Es roch schwach nach Bohnerwachs, der Boden war blitzblank. Auf dem Sofa lag eine Baumwolldecke, auf die Rosen aus Chintz appliziert waren. Ein Glassturz schützte einen Trockenblumenstrauß auf einer Kommode. Daneben stand ein Teller mit dem Bild Königin Victorias und dem Datum ihres sechzigjährigen Thronjubiläums. Im Kamin brannte ein kleines Feuer.

»Haben Sie ein Dienstmädchen, das Ihnen beisteht?«, fragte Victoria sanft.

Die Frauen aus der unteren Mittelklasse besaßen normalerweise ein Dienstmädchen, das ihnen die groben Arbeiten abnahm, beim Kochen half und Besuchern die Haustür öffnete.

»Emily ist bei ihrer kranken Mutter.« Mrs. Grant sank in sich zusammen. »Deshalb war Mrs. Oliver während der letzten Tage auch allein im Haus. Ich war bei meiner Tochter in Brighton.« Ihre Stimme brach. Sie war eine füllige Frau Ende vierzig, mit einem großen Busen und einem nicht unbeträchtlichen Doppelkinn. Unter normalen Umständen war sie bestimmt zupackend und energisch. In der Küche hörte Victoria Hopkins leise rumoren. »Eine Frau wie Mrs. Oliver ermorden … Wer tut denn so etwas?« Mrs. Grant schüttelte fassungslos den Kopf. »Als ich ihr heute Morgen das Frühstück aufs Zimmer bringen wollte – normalerweise ist das natürlich Emilys Aufgabe – und Mrs. Oliver nicht da war und ich auch keine Nachricht fand, dachte ich mir gleich, dass ihr etwas zugestoßen ist. Aber mit einem Mord hätte ich wirklich nicht gerechnet …«

Ehe Victoria noch tröstende Worte finden konnte, betrat Hopkins mit einem Tablett in den Händen das Wohnzimmer. Er schenkte Tee in eine braune Steinguttasse, gab Milch und Zucker hinein, rührte fürsorglich um und reichte diese dann Mrs. Grant.

»Vielen Dank.« Mrs. Grant nippte an dem Tee. Victoria und Hopkins ließen ihr Zeit, bis ihr bleiches Gesicht allmählich wieder etwas Farbe bekam. »Entschuldigen Sie, ich stehe noch völlig neben mir. Habe ich Sie eben richtig verstanden, als Sie sagten, Mrs. Olivers Tod stünde mit einem anderen Mord in Zusammenhang?« Sie blickte verstört von Hopkins zu Victoria.

»Ja, das vermuten wir. Ich hoffe, Sie verstehen, dass wir Ihnen über diese andere schreckliche Tat keine Einzelheiten nennen können.« Hopkins schenkte Mrs. Grant noch einmal Tee nach.

»Oh, ich möchte auch keine wissen.« Sie winkte erschrocken mit ihrer rundlichen Hand ab.

»Seit wann wohnte Mrs. Oliver denn bei Ihnen zur Untermiete?«, fragte Hopkins.

»Seit ungefähr drei Monaten. Ihr Mann ist vor Kurzem gestorben. Ich selbst bin seit fünf Jahren Witwe, und als meine Tochter Bridget letztes Jahr heiratete, dachte ich, ich könnte ihr Zimmer vorübergehend vermieten. So lange zumindest, bis sie Kinder hat und mich mit ihnen besucht. Gerade ist sie schwanger, und es geht ihr nicht gut. Deshalb habe ich sie auch besucht.« Mrs. Grant lehnte sich in dem Sessel zurück und redete sich in Fahrt. »Mein Gatte war Kanzleigehilfe. Deshalb ist mein Auskommen, wie Sie sich wahrscheinlich vorstellen können, nicht besonders hoch. Das Geld für die Miete konnte ich gut brauchen. Und ich habe mir auch ein bisschen Gesellschaft gewünscht. Nachdem Bridget mich verlassen hat, war ich doch manchmal etwas einsam. Das eigene Dienstmädchen ist nun einmal keine richtige Gesprächspartnerin, wenn Sie verstehen, was ich meine …«

»Gewiss.« Hopkins nickte. »War Mrs. Oliver denn die Gesellschaft, die Sie sich erhofft hatten?«

»Oh, Sie war untadelig«, sagte Mrs. Grant hastig. »Ich hatte nie einen Grund, mich über sie zu beschweren. Sie lebte nur sehr zurückgezogen. In der Regel nahm sie alle Mahlzeiten in ihrem Zimmer ein. Vermutlich trauerte sie noch sehr um ihren Gatten.«

Victoria bezweifelte, dass die Zurückgezogenheit aus der Trauer um ihren Mann resultierte. Sie vermutete eher, dass Mrs. Oliver Gesprächen aus dem Weg hatte gehen wollen, um möglichst wenig von sich preiszugeben. Mrs. Grants Antwort auf Hopkins Frage hin, ob sie denn noch mehr über das Leben ihrer Mieterin wisse, außer, dass sie Witwe gewesen sei, bestätigte diese Vermutung.

»Eigentlich hat sie sehr wenig von sich erzählt.« Mrs. Grant runzelte nachdenklich die Stirn. »Ich weiß nur, dass sie mit ihrem Gatten im Norden von England lebte, als er starb, und dass Sie viele Jahre in adligen Haushalten in gehobener Stellung tätig war. Wenn Emily ihr Zimmer putzte, war Mrs. Oliver sehr eigen und nur sehr schwer zufriedenzustellen.«

»Tatsächlich?« Hopkins' Stimme klang beifällig. »Hat Mrs. Oliver denn einmal verlauten lassen, bei welchen Familien und in welchem Rang sie beschäftigt war?«

»Wohl als Zofe der Hausherrin oder als Haushälterin. Mrs. Oliver konnte sehr gut nähen. Als ich mir vor ein paar Wochen einen Winkel in einen Seidenschal riss, war sie so freundlich, ihn zu flicken, danach hat man den Riss kaum noch gesehen. Sie war immer sehr adrett und gepflegt, und sie drückte sich wirklich sehr gewählt aus.«

»Hat Sie Ihnen denn erzählt, warum Sie nach London kam und hier zur Untermiete wohnte?«, mischte sich Victoria nun ein.

»Ja, sie sagte mir, dass sie in naher Zukunft nach Yorkshire ziehen wolle, zu ihrer Nichte. Das Haus, in dem ihre Nichte mit ihrer Familie lebt, musste renoviert werden. Deshalb kam Mrs. Oliver vorerst nach London. Hier hatte sie wohl Bekannte, über die sie aber auch nichts Näheres erzählte«, kam Mrs. Grant einer weiteren Frage zuvor. »Wie ich schon bemerkte, war sie sehr zurückhaltend. Ein paarmal fuhr abends eine Kutsche vor und holte sie ab.«

»Können Sie sich erinnern, wann das war?«, erkundigte sich Hopkins.

»Ich weiß nicht ...« Mrs. Grant seufzte und stärkte sich wieder mit einem Schluck Tee. »Warten Sie ... Das letzte Mal wurde sie abgeholt, als diese furchtbaren Frauen vor dem Parlament demonstrierten. Ich erinnere mich nämlich, dass ich sie am nächsten Tag fragte, ob sie in der Stadt gewesen sei und ob dort noch Aufruhr herrsche. Und sie antwortete, sie sei am Parlament vorbeigefahren, und dort sei alles ruhig gewesen.«

Am Abend nach der Demonstration hat Sir Francis mich zu sich bringen lassen, schoss es Victoria durch den Kopf. *Jetzt verstehe ich ...* Sie und Hopkins wechselten einen Blick.

»Hatte Mrs. Oliver denn außer Ihnen und ihren ...«, Hopkins zögerte kurz, »... Bekannten noch Kontakt zu anderen Personen?«

»Sie ging oft zur St. John Church. Sie war sehr fromm. Ich engagiere mich selbst bei Wohltätigkeitsveranstaltungen in der Gemeinde. Soviel ich weiß, hat sie aber außer ›Guten Tag‹ und ›Auf Wiedersehen‹ dort mit keinem Menschen ein Wort gewechselt.«

»Mrs. Grant«, Hopkins beugte sich vor, »versuchen Sie sich bitte genau zu erinnern. Hatten Sie den Eindruck, dass Mrs. Oliver sich vor jemandem fürchtete?«

Seine Stimme war so ruhig und eindringlich wie die eines Arztes, der einen Kranken nach seinen Symptomen befragt. *Es fehlt nur noch, dass er Mrs. Grants Hand hält*, dachte Victoria amüsiert.

Draußen auf der Straße erklangen Hufschläge, ein Gemüsehändler, der wohl seine Waren auf einem Karren feilbot, pries Kohl, Kartoffeln und Rüben an.

»Jetzt, da Sie mich das fragen ...« Mrs. Grant blickte Hopkins hilflos an. »Ja, vielleicht ... Mrs. Oliver verließ das Haus immer nur verschleiert, was ich für einen Ausdruck ihrer Trauer hielt ...«

»Dürften wir uns vielleicht ihr Zimmer ansehen – selbstverständlich in Ihrer Gegenwart?«

»Oh, ich vertraue Ihnen, Mr. Hopkins, und Ihrer Begleiterin auch.« Mrs. Grant bedachte Hopkins mit einem warmen Lächeln. »Anders als diesem jungen, unhöflichen Polizisten, der mich, nachdem ich die Anzeige aufgegeben hatte, nach Hause begleitete.«

»Der Polizist hat Mrs. Olivers Zimmer sicher durchsucht?«, fragte Hopkins.

Mrs. Grant schüttelte den Kopf. »Nein, er hat sich nur flüchtig darin umgesehen.«

Natürlich, die Polizei geht ja davon aus, dass Mrs. Oliver einem Raubmord auf der Straße zum Opfer gefallen ist. Victoria wechselte erneut einen Blick mit dem Butler. *Vielleicht erweist sich diese Fehleinschätzung ja als Glücksfall für uns,* hoffte sie.

Das Zimmer, das Mrs. Oliver bewohnt hatte, lag auf der Rückseite des Hauses, das Fenster zeigte zum Garten hinaus. Victorias Herz klopfte rascher. Hatte die Frau, die hier gelebt hatte, tatsächlich das Geheimnis ihres Vaters gekannt? Würde sie hier einen Hinweis darauf finden, warum er sie belogen hatte?

»Während ich den Tee zubereitete, habe ich mir mit einem Vergrößerungsglas das Schloss der Hintertür angesehen«, sagte Hopkins, während er auf den Schrank zusteuerte. »Daran befanden sich kleine Kratzer. Sie könnten von einem Dietrich verursacht worden sein.«

»Oh, dann ist wohl zu befürchten, dass Mrs. Olivers Zimmer durchsucht wurde …«

Die Möbel waren weiß und solide und stammten sicher noch von Mrs. Grants Tochter Bridget. Nur der dunkelgrüne Samtlehnstuhl mit dem gehäkelten Schondeckchen, der vor dem Fenster stand, wirkte neu. Daneben befand sich ein Korb, in dem eine Handarbeit lag – eine aus kleinen Stoffteilchen zusammengesetzte Patchworkdecke.

»Miss Victoria, würden Sie bitte einmal einen Blick hierauf werfen? Fällt Ihnen etwas auf?« Hopkins hatte den Kleiderschrank geöffnet und wies auf zwei Fächer, in denen zusammengefaltete Blusen und Baumwollunterwäsche lagen.

»Mir kommt es vor, als ob die Blusen und die Unterwäsche nicht exakt aufeinanderlägen«, antwortete Victoria nach kurzem Zögern.

»Genau.« Hopkins nickte.

Victoria lächelte. »Ich wusste gar nicht, dass Sie sich mit Damenwäsche so gut auskennen.«

»Nun, ich war einmal verheiratet.« Hopkins räusperte sich. »Laut Mrs. Grant hat Mrs. Oliver in gehobener Position in einem adligen Haushalt gearbeitet. Ich gehe davon aus, dass eine Frau, die einmal als Zofe der Hausherrin tätig war, auch in ihrem privaten Leben äußerst sorgfältig mit ihrer Kleidung verfahren würde. Mrs. Grant sagte doch auch, Mrs. Oliver sei sehr penibel gewesen. Wenn ich es einmal so sagen darf – die persönlichen und die professionellen Standards bedingen einander.«

»Sie wollen also darauf hinaus, dass jemand Mrs. Olivers Schrank durchsucht hat?«

»Genau. Ich schlage vor, Miss Victoria, dass Sie das Regal und die Schubladen des Schreibtisches durchsehen, während ich mich den anderen Möbeln widme.«

Victoria trat an das Regal. Es enthielt nur wenige Bücher, darunter eine Bibel und erbauliche religiöse Traktate. Sie blätterte die Bücher sorgfältig durch, doch zwischen den Seiten war nichts verborgen.

In der einen Schreibtischschublade befanden sich Briefpapier, ein Füllfederhalter und ein Tintenglas. In der anderen lag eine mit hübschem Papier beklebte Pappschachtel. Victoria erwartete, dass sie Briefe oder Fotografien enthielt, zu ihrer Enttäuschung fand sie jedoch nur Nähzeug darin.

Die Kommodenschubladen beinhalteten diverse Waschutensilien wie Handtücher und Seife sowie Mrs. Olivers Nachthemden. In der obersten Lade stieß Victoria auf ein mit Intarsien verziertes Holzschächtelchen. Neugierig öffnete sie es. Darin lag Schmuck. Die meisten Broschen oder Kettenanhänger waren wertlos und mit schwarzem oder lilafarbenem Strass besetzt, aber es gab auch zwei versilberte. Diese hatte Mrs. Oliver sicher zu besonderen Anlässen getragen.

Ganz unten in der Schachtel befand sich ein kleines Päckchen aus Seidenpapier. Als Victoria das Papier auseinandergefaltet hatte, blickte sie auf eine kunstvoll aus Haaren geflochtene Brosche. Solche Broschen wurden häufig nach dem Tod eines nahestehenden Menschen aus dessen Haar angefertigt. Vorsichtig strich Victoria darüber. Die Strähnen hatten einen auffallenden Rotblondton. Höchstwahrscheinlich stammten sie von einer Frau. Victoria stellte sich vor, dass das Haar, wenn die Sonne darauf fiel, wie Gold geleuchtet hatte.

Ob dies das Haar der Frau ist, die mich aus dem Feuer gerettet hat? Und, wenn ja, in welcher Beziehung hat Mrs. Oliver zu ihr gestanden?

Victoria drehte sich zu Hopkins um. »Und? Haben Sie etwas Interessantes entdeckt? Briefe oder Fotografien oder ein Tagebuch?« Der Butler kniete neben dem Bett, auf dem eine Überdecke aus pastellfarbenem Baumwollstoff lag, und betrachtete die grauen Dielen durch ein Vergrößerungsglas. Sie bemühte sich, ein Lächeln zu verbergen. »Meine Güte, Hopkins, Sie benehmen sich ja wie Sherlock Holmes.«

»Das Bett wurde eindeutig verrückt, wie Sie an den Abdrücken sehen, die die Beine auf der Farbe hinterlassen haben.« Hopkins deutete auf den Anstrich, wo sich ein paar Millimeter neben den runden Beinen tatsächlich Abdrücke befanden. »Was unsere Annahme bestätigt, dass jemand – höchstwahrscheinlich der Mörder – dieses Zimmer durchsucht hat. Und was Ihre Frage nach Briefen, Fotografien oder einem Tagebuch betrifft … Nein, ich habe ebenfalls nichts dergleichen gefunden.«

Mehr aus Frustration als in der Hoffnung, etwas zu finden, nahm Victoria die Patchworkdecke aus dem Korb. Niemals hätte sie sich freiwillig mit so einer Arbeit beschäftigt. Sie hatte Handarbeiten in der Schule immer verabscheut. Aber es rührte sie, mit welcher Sorgfalt Mrs. Oliver die kleinen Stoffstücke auf den lilafarbenen Untergrund genäht und mit Borten und Spitzen und Schmuckstichen verziert hatte. Sie stellte sich unwillkürlich vor, dass die ältere Dame beim Nähen immer wieder aufgeblickt und in den Garten gesehen hatte, wo entlang eines länglichen Rasenstücks Hortensienbüsche standen und wo jetzt ein Vogel in einer Tränke sein Gefieder schüttelte.

»Glauben Sie denn, dass Mrs. Oliver wirklich Witwe war?«, fragte sie Hopkins, der nun aufstand und seine Hosenbeine glatt klopfte. »Ich eigentlich nicht.«

»Ich schätze auch, dass sie sich diese Geschichte ausgedacht hat, um einen Grund für ihr zurückgezogenes Leben zu haben. Auch ihre ›Bekannten‹ halte ich für erfunden.«

Victoria faltete die Decke wieder zusammen und wollte sie gerade in den Korb zurücklegen, als eine Fotografie, die zwischen den Stofflagen gelegen haben musste, zu Boden flatterte. Ein Herrenhaus war darauf abgebildet, wie sie feststellte, als sie sich danach bückte. Das Haus war aus Backstein, in klassizistischem Stil erbaut und hatte drei Stockwerke. Einige Stufen führten zu einem antikisierenden Vorbau hinauf. Abgesehen von diesem recht pompösen Vorbau wirkte das Gebäude durchaus anheimelnd. Im Erdgeschoss befanden sich Fenstertüren. Sie waren, wie auch die Fenster in den anderen

Stockwerken, weiß eingefasst. Niedrige Seitenflügel, die ebenfalls aus Backstein erbaut waren, grenzten an das Haupthaus und umschlossen einen weitläufigen Vorhof. Hinter einem Nebengebäude war eine große Blutbuche zu sehen. Auf der Rückseite des Bildes befand sich kein Stempel mit den Angaben eines Fotografen. Also musste es sich um eine private Aufnahme handeln.

»Kennen Sie vielleicht dieses Anwesen?« Victoria zeigte Hopkins die Aufnahme.

Er nahm die Fotografie in die Hand und betrachtete sie eingehend. »Irgendwoher kommt mir das Haus bekannt vor«, meinte er dann. »Aber im Moment kann ich mich leider nicht erinnern, woher. Jedenfalls muss das Bild wichtig für Mrs. Oliver gewesen sein, wenn sie es hier unter ihrer Handarbeit versteckt hat.«

»Also haben wir doch einen Hinweis auf ihre Identität?«, vergewisserte sich Victoria.

»Ja.« Hopkins nickte. »Der Mörder hat etwas übersehen.«

ZWÖLFTES KAPITEL

Victoria war eigentlich nur in die Wohnung am Green Park zurückgekehrt, um ihre Fotoausrüstung zu holen, doch im Korridor eilte ihr eine aufgeregte Mrs. Dodgson entgegen.

»Miss Victoria, Lady Hogarth erwartet Sie in der Bibliothek«, verkündete sie.

In der Bibliothek brannte – ausnahmsweise – ein Feuer im Kamin. Mrs. Dodgson hatte es für die Besucherin angezündet. Auch hier roch es, wie im Arbeitszimmer, noch schwach nach Zigarrenrauch. Zumindest bildete Victoria sich das ein, wann immer sie diesen Raum betrat. Constance, die vor dem Kamin saß und in einem Buch blätterte, sprang auf, als Victoria die Tür öffnete, und umarmte die Freundin.

»Da du auf meinen Besuch nicht reagiert hast, habe ich beschlossen, noch einmal vorbeizukommen und zu fragen, wie es dir geht«, sagte sie. »Ich habe mir Sorgen um dich gemacht.«

»Das tut mir leid.« Victoria ließ sich neben Constance in einem der alten Ledersessel nieder. »Gestern Abend war ich sehr müde, und heute war ich den halben Tag mit Hopkins unterwegs.«

»Was mir Mrs. Dodgson erzählt hat, stimmt also. Du und Hopkins, ihr habt euch entschlossen, den Mord an Sir Francis und einer bislang nicht identifizierten Frau aufzuklären? Ich konnte es kaum glauben.«

»Ja, es stimmt.« Victoria berichtete Constance, was sie dazu bewogen hatte, mit Hopkins auf eigene Faust zu ermitteln, und fasste auch kurz zusammen, was sie bisher herausgefunden hatten.

Constance hörte ihr aufmerksam zu. »Wenn ihr recht habt, dann hat dieser Mörder zwei Menschen auf dem Gewissen«, sagte sie, als Victoria geendet hatte. Sie war sehr ernst geworden. »Ich finde, dass du dich auf etwas wirklich Gefährliches eingelassen hast.«

»Falls der Mörder etwas über das Geheimnis meines Vaters weiß, ist es mir dieses Risiko wert«, erwiderte Victoria heftig.

»Das verstehe ich ja. Trotzdem wäre es mir lieber, wenn Hopkins rüstiger wäre und du, na ja, keine zierliche junge Frau, sondern ein bulliger, zwei Meter großer Polizist ...«

Victoria lachte. »Danke, auf so eine Statur kann ich verzichten. Zu Hopkins' vielen Talenten gehört, dass er gut schießen kann, und ich kann auch ganz gut mit einer Waffe umgehen. Ich hoffe, das beruhigt dich ein bisschen.«

»Nicht so ganz.« Constance seufzte und schüttelte den Kopf. Sie griff nach Victorias Hand und drückte sie. »Und was ist, wenn du herausfindest, dass dein Vater nicht der Mensch war, für den du ihn gehalten hast?«, fragte sie sanft. »Vielleicht würdest du dir dann ja wünschen, das Geheimnis nie gelüftet zu haben.«

Victorias Blick fiel auf den Kaminsims. Dort stand eine Uhr mit einem Gehäuse aus Ebenholz, das Ziffernblatt war aus weißem Porzellan und mit einer stilisierten blauen Blüte verziert. Victoria erinnerte sich daran, wie sie die Uhr mit ihrem Vater zwei Jahre zuvor auf einem Markt in Paris gekauft hatte. Eine Woche hatte sie mit ihm dort verbracht. Sie waren zusammen durch die Museen gestreift, waren an der Seine und in den Parks spazieren gegangen. Ihr Vater hatte ihr so viel erklärt und ihr die Schönheit der Stadt erschlossen.

Einige Augenblicke lauschte sie auf das Ticken der Uhr, ehe sie antwortete: »Ich werde möglicherweise etwas über meinen Vater erfahren, das mich tief verletzen und enttäuschen wird. Aber die Wahrheit ist mir immer noch lieber, als bis zu meinem einundzwanzigsten Geburtstag in Ungewissheit zu leben. Mein Vormund bewahrt einen Brief für mich auf, der das Geheimnis wahrscheinlich lüften wird. Ich soll ihn mit meiner Volljährigkeit erhalten. So lange will ich allerdings nicht warten. Nein, je eher ich die Wahrheit erfahre, desto besser.«

»Du bist sehr mutig.«

»Ach, ich weiß nicht.« Victoria zuckte mit den Schultern. »Ein ehemaliger Schüler meines Vaters hat mich gestern hartnäckig genannt. Das trifft es wahrscheinlich besser.«

»Victoria, du bist noch so jung, und hinter dir liegt ein wirklich schweres Jahr …«

»Du hörst dich an wie eine gesetzte Matrone, Constance.« Victoria lächelte.

»Ich bin immerhin drei Jahre älter als du und eine verheiratete Frau. Deshalb habe ich mehr Lebenserfahrung.« Constance erwiderte das Lächeln, sie war nicht beleidigt. »Versprich mir, dass du dich nicht nur in die Suche nach dem Mörder stürzen, sondern auch das Leben genießen wirst.«

»Ich verspreche es dir.«

»Gut, dann schlage ich vor, dass du mich zu einer Modenschau bei Harrods begleitest.«

»Das würde ich sehr gern. Aber ich muss für den *Morning Star* fotografieren. Mr. Parker, der stellvertretende Chefredakteur, hat sich Frühlingsbilder gewünscht.«

»Vielleicht findest du ja auf der Modenschau lohnende Motive.«

»Das bezweifle ich.« Victoria lachte. »Aber, ach, ich würde schon gern wieder einmal schöne Kleider betrachten.«

Wenn ich sie mir schon nicht leisten kann, fügte sie in Gedanken etwas wehmütig hinzu. Constance trug einen rostroten Samtmantel, der aufwendig mit stilisierten Blättern bestickt war, und einen dazu passenden eleganten Hut. Im Vergleich dazu kam Victoria sich in ihrem grauen Rock und der weißen Bluse sehr langweilig vor.

»Dann entscheide ich, dass du jetzt mitkommst.« Constance fasste sie an den Händen und zog sie auf die Füße. »Unten wartet der Chauffeur mit dem Daimler.«

»Ihr besitzt ein Auto?«

Victoria war noch nicht oft in einem Auto gefahren, was, wie sie selbstkritisch zugab, zusätzlich dafürsprach, die Pflicht noch einige Stunden zu vernachlässigen.

»Ja, Louis ist völlig verrückt danach.« Wie immer, wenn sie von ihrem Mann sprach, wurde Constance' Stimme ganz warm. »Ich lasse mir von Barreth, das ist unser Chauffeur, heimlich Fahrstunden geben. Was Louis aber noch nicht wissen darf. Ich will ihn mit meinen Fahrkünsten überraschen.«

Der Daimler mit seiner silbernen Motorhaube und der blau lackierten Karosserie war wirklich beeindruckend. Victoria genoss die Fahrt. Durch die schwarzen Ledersitze spürte sie den Motor pulsieren. Der Green Park, wo jetzt am Spätnachmittag Nannys mit ihren Schützlingen spazieren gingen, zog schnell an ihnen vorbei. Der Chauffeur, der durch eine Scheibe von ihr und Constance getrennt war, überholte sogar eine Kutsche.

»Barreth liebt es, schnell zu fahren.« Constance runzelte die Stirn. »Es würde mich nicht wundern, wenn er früher oder später deswegen Ärger mit der Polizei bekäme. Aber Louis hat nichts gegen seine riskante Fahrweise.«

»Ich habe irgendwo gelesen, dass der König immer mit zwei Automobilen unterwegs ist, für den Fall, dass bei einem der Motor versagt.«

»Der Daimler ist sehr zuverlässig. Louis hofft ja, dass wir eines Tages den König als Wochenendgast auf Ivy Manor begrüßen können. Aber ich kann, ehrlich gesagt, darauf gern verzichten. Ein ganzes Wochenende lang den König amüsieren zu müssen und ständig aufzupassen, dass nichts Edwards Unwillen erregt, stelle ich mir sehr anstrengend vor. Der König steht ja in dem Ruf, sehr anspruchsvoll zu sein. Ach, da lobe ich mir doch eine Republik.« Constance verzog ihr hübsches Gesicht zu einer gespielten Grimasse.

»Mrs. Dodgson wäre entsetzt, das zu hören.« Victoria lächelte. »Für sie wäre es der Höhepunkt ihres Lebens, in einem Haus zu arbeiten, das den König für ein paar Tage beherbergt.«

Der Daimler stoppte an einer Kreuzung, um einen Pferdewagen, der hoch mit Fässern beladen war, vorbeizulassen. Auf der anderen Seite der Kreuzung waren die ersten Häuser Knightsbridges zu sehen. Hohe Gebäude im viktorianischen Stil, in dem sich gotisierende Elemente fanden.

»Du siehst übrigens sehr hübsch aus, wie du vor dem König knickst.«

»Anscheinend kennt inzwischen jeder diese Fotografie.« Gegen ihren Willen fühlte sich Victoria ein bisschen geschmeichelt. »Meine Cousine Isabel wird es mir wahrscheinlich nie verzeihen, dass die Aufnahme von mir – zumindest die im *Spectator* – größer ist als die von ihr.«

»Oh, in der *Times* warst du auch größer abgebildet.« Constance lachte. »Ich bin deiner Cousine ja noch nie persönlich begegnet, aber nach dem zu schließen, was du mir über sie erzählt hast, vermute ich das auch. Ich habe gehört, dass Randolph, der Duke of Montague, den ersten Tanz des Balles mit dir getanzt hat ...« Constance gab sich keine Mühe, ihre Neugier zu verbergen. Eine der vielen Eigenschaften, die Victoria an ihr mochte.

»Er hat mich eingeladen, mit ihm im Hyde Park auszureiten.«

»Oh ...«

»Aber ich habe kein Reitkleid.« Beschämt senkte Victoria den Blick auf ihre abgetretenen Schuhe. »Deshalb kann ich seine Einladung nicht annehmen.«

»Meine Liebe, es wäre mir eine Freude, dir ein Reitkleid zu schenken. Oder dir dafür Geld zu leihen, wenn dir das lieber ist. Ich sehe dir doch an, wie verliebt du bist.«

»Für ein Kleid leihe ich mir kein Geld.« Victoria schüttelte energisch den Kopf. »Während der letzten Jahre bin ich immer in einem Reitanzug und im Herrensattel geritten. Ich finde Damensattel so unpraktisch. Aber Randolph würde es bestimmt schockieren, mich so zu sehen.«

»Vielleicht solltest du es einfach riskieren, ihn zu schockieren.«

»Wie meinst du das?«, fragte Victoria überrascht.

Constance lächelte. »Wenn er dich in Hosen akzeptiert, wäre das ein guter Hinweis darauf, dass ihr zueinander passt.«

»Möglicherweise hast du recht«, sagte Victoria nachdenklich.

»Ganz bestimmt habe ich das.«

Ja, wahrscheinlich wird sich auf diese Weise sehr schnell klären, ob auch Randolph in mich verliebt ist oder ob ich ihn mir endgültig aus dem Kopf schlagen sollte ... Victoria gab sich einen Moment mit klopfendem Herzen ihren Gedanken hin und wandte sich dann wieder ihrer Freundin zu.

»Auf dem Ball habe ich übrigens Jeremy Ryder wiedergetroffen, den Journalisten, der mich während der Demonstration vor dem Parlament vor der Polizei gerettet hat. Er war mit Louis in Eton.«

»Tatsächlich? Dann muss ich Louis unbedingt nach ihm fragen.«

Der Daimler hielt nun vor Harrods, dem bekanntesten Warenhaus Londons, an. Das Sandsteingebäude war so groß, dass es ein ganzes Karree an der Brompton Road einnahm, und sechs Stockwerke hoch. Eine mächtige Kuppel krönte den Bau. Im Erdgeschoss reihte sich ein Schaufenster an das andere. Victoria unterdrückte ein aufgeregtes Seufzen, als sie die prächtigen Kleider und die vielen Luxusartikel sah.

Barreth öffnete die Tür des Fonds. Victoria hängte sich die Tasche mit ihrer Fotoausrüstung über die Schulter und ging zusammen mit Constance auf den Eingang zu, neben dem ein Mann in grüner Livree stand.

»Was ich fast vergessen hätte …« Constance schob ihren Arm unter Victorias. »Du weißt ja, dass ich einem Wohltätigkeitskomitee angehöre, das unter anderem eine Suppenküche im East End betreibt. Übermorgen bin ich zusammen mit drei anderen Damen an der Reihe, Essen auszuteilen. Eine davon musste sich entschuldigen. Leider ist es diejenige, die ich am meisten mag. Die anderen beiden Damen haben, fürchte ich, eine gewisse Ähnlichkeit mit deiner Cousine Isabel.«

»Wahrscheinlich willst du damit sagen, dass ihnen das soziale Engagement eigentlich völlig egal ist und sie nur deshalb in einer wohltätigen Organisation mitarbeiten, weil man das nun einmal in dieser Gesellschaftsschicht so tut«, bemerkte Victoria trocken.

»Manchmal bist du für eine Engländerin verblüffend direkt«,

lachte Constance. »Ja, das war genau das, was ich meinte. Hättest du vielleicht Zeit, mich zu unterstützen?«

»Natürlich, gern.«

Der Türsteher verbeugte sich vor ihnen und zog die Eingangstür weit auf. Victoria und Constance betraten das Erdgeschoss. Sie durchquerten die berühmte Lebensmittelabteilung mit ihren zu Palmen stilisierten Säulen und den Jugendstilkacheln, wo erlesene Köstlichkeiten aus aller Welt angeboten wurden. Ein Aufzug führte sie zu der Modenschau im zweiten Stock. Dort geleitete sie ein diensteifriger Angestellter zu zwei Plätzen in der ersten Reihe.

»Du bereust es hoffentlich nicht, mitgekommen zu sein?«, fragte Constance weniger später leise.

Eine junge Frau führte das erste Modell vor – einen glockenförmig geschnittenen Seidenmantel mit Pfauenmuster, der über einem schmalen Kleid aus demselben Stoff getragen wurde. Das rote Futter des Mantels, das an den Armausschnitten und am Revers aufblitzte, bildete einen exquisiten Kontrast zur Grundfarbe der Kleidungsstücke.

»Nein.« Victoria lehnte sich auf ihrem Stuhl zurück und schüttelte den Kopf. »Ganz bestimmt nicht.«

Für die Dauer der Modenschau wollte sie nicht an Sir Francis und Mrs. Oliver und die mehr als aufregenden Erkenntnisse, denen sie und Hopkins auf der Spur waren, denken.

DREIZEHNTES KAPITEL

Victoria tauchte das belichtete Fotopapier in das Entwicklerbad, dann ließ sie ihren Blick über die Abzüge schweifen, die an einer Leine in der Dunkelkammer hingen.

Nein, sie bereute es wirklich nicht, mit Constance die Modenschau besucht zu haben. Nicht nur wegen der Kleider, die alle wunderschön gewesen waren. Sie hatte tatsächlich einige Aufnahmen für den *Morning Star* schießen können. Nach der Modenschau waren sie und Constance durch die Floristikabteilung geschlendert. Dort hatte Victoria einen Mann entdeckt, der gerade eine Lieferung frischer Schnittblumen brachte. Ein stämmiger Kerl mit tätowierten Armen, der sich nicht um die feine Umgebung geschert, sondern, wie es die Arbeiter in Covent Garden taten, einen Stapel leerer Körbe auf dem Kopf balanciert hatte. In einem Knopfloch seiner Weste hatte ein Schneeglöckchen gesteckt.

Victoria war der Kontrast zwischen dem vierschrötigen Mann und der zarten Blume reizvoll erschienen, und sie hatte ihn aufgenommen. Dann hatte sie noch eine alte Dame entdeckt, die es sich ihrer einfachen Kleidung nach zu schließen sicher nur selten leisten konnte, etwas bei Harrods zu kaufen, und die ganz versunken ein Hyazinthentöpfchen betrachtet hatte. Auch Frühlingskleider hatte sie fotografiert.

Morgen früh werde ich Mr. Parker Abzüge der Fotografien bringen, nahm Victoria sich vor, *und danach durch die Innen-*

stadt und die Parks ziehen und noch weitere Aufnahmen machen. Sie widmete ihre Aufmerksamkeit wieder dem Abzug im Entwicklerbad und bewegte ihn vorsichtig. Darauf wurde nun das Gesicht Mrs. Olivers sichtbar. Victoria hatte früher schon einige Male mit Kollagen experimentiert, deshalb war ihr die Idee gekommen, das Zeitungsfoto abzufotografieren und in die geschlossenen Augen Mrs. Olivers die geöffneten Augen eines Frauenporträts einzusetzen. Auch den Kragen eines Dienstmädchengewandes hatte sie von einer anderen Fotografie hinzugefügt.

Victoria nahm den Abzug nun mit einer Zange aus dem Bad und hängte ihn ebenfalls zum Trocknen an die Leine. Das Ergebnis war gar nicht so schlecht. Zumindest würde bei dieser Fotografie niemand gleich an eine Tote denken. Sie beabsichtigte nämlich, die Abzüge in den Wohnhäusern am Holland Park zu verteilen – in der Hoffnung, dass, falls es sich bei Mrs. Oliver um die Frau handelte, die Annie Shanwick nach dem Brand weggeführt hatte, einer der Bewohner sie wiedererkennen würde. Die Fotografie der Toten wäre für diesen Zweck zu auffällig gewesen. Bestimmt hätte jemand die Polizei alarmiert – was Victoria unbedingt vermeiden wollte.

Während sie weitere Abzüge herstellte, wanderten ihre Gedanken wieder zu der Modenschau. Beim Anblick eines eleganten schwarzen Reitkleides mit Samtrock und Samtbesatz am Kragen und an den Ärmeln war es ihr doch schwergefallen, ihrem Entschluss, sich kein Geld von Constance zu leihen, treu zu bleiben. Und ein Abendkleid hatte ihr besonders gut gefallen, auch wenn es – seiner sehr schmalen Taille nach zu urteilen – nur mit einem Korsett getragen werden konnte. Die Vorderseite war aus einem silberfarbenen gesmokten Seidenstoff gearbeitet gewesen, das Rückenteil und die Ärmel, die bis zu den Ellbogen reichten, aus dunkelgrünem Samt, in den große Blüten eingewebt waren. Silberfarbene duftige Spitze hatte den Ausschnitt und die Ärmelenden umspielt. *Ach, es ist sinnlos, dass ich weiter von diesem Kleid träume. Für mich ist es einfach unbezahlbar,* dachte Victoria melancholisch.

Sie hatte eben den letzten von einem guten Dutzend Abzügen aus dem Entwicklerbad gefischt, als sie hörte, wie sich ein Schlüssel in der Wohnungstür drehte. Als sie nach Hause gekommen war, hatte sie eine kryptische Nachricht auf dem Küchentisch entdeckt. Hopkins teilte ihr darin mit, dass er beabsichtige, einen Pub namens The Golden Lion aufzusuchen, um dort Nachforschungen zu Sir Francis anzustellen. Sie war gespannt, was sich hinter dieser Nachricht verbarg.

»Ich habe an einem Treffen männlicher Bediensteter in gehobener Position teilgenommen, also Butler und persönliche Diener der Hausherren«, erklärte Hopkins kurz darauf würdevoll in der Küche.

Er trocknete Geschirr ab, das zum Abtropfen neben dem Spülbecken stand. Offenbar hatte er am späten Nachmittag gebacken, denn Victoria war beim Nachhausekommen der Duft von frischem Kuchen in die Nase gestiegen.

»Ich wusste gar nicht, dass es solche Treffen gibt.« Sie verkniff sich die Bemerkung, dass sie sich diese ziemlich steif vorstellte.

»Alle zwei Wochen finden die Zusammenkünfte statt.« Hopkins stellte eine weiße Rührschüssel an die dafür vorgesehene Stelle in den Küchenschrank. »Wobei The Golden Lion ein sehr respektabler Pub ist. Dort verkehren überwiegend leitende Angestellte und Rechtsanwälte. Er liegt am Rande des Gerichtsviertels. Die Treffen bieten eine gute Möglichkeit, sich über frei gewordene Stellen zu informieren, man hört dort auch den neuesten Klatsch. Nicht alle Bediensteten wahren strengste Diskretion, obwohl eine gehobene Position das eigentlich erfordert. Wie auch immer ... Ich dachte, vielleicht weiß einer der anderen Butler etwas Näheres über Sir Francis' Privatleben.«

Da Hopkins' Miene große Zufriedenheit ausdrückte, sagte Victoria: »Ich nehme an, Sie hatten Glück?«

»Allerdings.« Hopkins wischte ein Stäubchen von einer kupfernen Kuchenform und hängte sie an ihren Haken an der Wand, ehe er sich zu Victoria an den Tisch setzte. »Ich traf einen früheren Kollegen, Mr. Merryman, der jetzt Butler bei Lord Arundel ist. In meiner Jugend dienten wir zwei Jahre zusammen als Lakaien.«

»Sie waren wirklich einmal ein Lakai, Hopkins?«, neckte Victoria ihn.

»Oh, ich habe wie viele Butler als Dienergehilfe angefangen.« Hopkins vollführte eine großzügige Handbewegung. »Wie es der Zufall oder das Glück wollte, ist Mr. Merryman ein guter Bekannter von Mr. Gordon, Sir Francis' Butler. Laut Mr. Gordon war Sir Francis bei seinen Angestellten nicht sehr beliebt.«

»Das sollte uns kaum verwundern«, erwiderte Victoria, »bisher ist mir noch niemand begegnet, der Sir Francis wirklich mochte.«

»Das ist ja auch nicht das Entscheidende, was ich erfahren habe.« Hopkins schüttelte den Kopf. »Das Haus am St. James Square ist sehr luxuriös eingerichtet, wie auch Sir Francis' Landgut bei Cirencester. Außerdem verfügte der Ministerialbeamte über eine beträchtliche Menge an Bediensteten, viel mehr, als er als Junggeselle benötigt hätte. Mr. Gordon wunderte sich darüber, wie Sir Francis das alles finanzieren konnte.

Seine Familie gilt nicht als besonders wohlhabend und seine Tätigkeit im Innenministerium war zwar bedeutend, aber, wie das bei derlei Posten nun einmal ist, sie war nicht gut bezahlt. Von einer reichen Erbschaft war Mr. Gordon auch nichts bekannt.«

»Was wieder darauf hindeuten würde, dass Sir Francis ein Erpresser war«, sagte Victoria nachdenklich.

»Diesen Schluss habe ich ebenfalls gezogen.« Hopkins nickte. »Mr. Merryman hat aber noch mehr von Mr. Gordon erfahren. Offensichtlich war der Butler außerordentlich mitteilsam. Nun, vielleicht hat der Schock über Sir Francis' Tod dabei eine Rolle gespielt. Laut Mr. Gordon wurde jedenfalls vor ein paar Wochen in das Haus am St. James Square eingebrochen. Es wurde einiges an Silber gestohlen, was Sir Francis allerdings nicht sehr zu ärgern oder zu beunruhigen schien. Im Gegenteil bemerkte er Mr. Gordon gegenüber, dass der Dieb in diesem Haus höchstwahrscheinlich nicht das gefunden habe, wonach er eigentlich suchte.«

»Meinte er damit, dass der Diebstahl nur vorgetäuscht war?«

»Mr. Gordon hat dies so gedeutet, ja. Wobei er keine Ahnung hatte, auf was der Dieb nach Sir Francis' Vermutung wirklich aus war. Der Butler erzählte Inspector Armitage davon, Scotland Yard schien sich allerdings nicht sehr dafür zu interessieren.«

»Was nicht erstaunlich ist, denn dieser Einbruch könnte ja einem politisch motivierten Mord widersprechen«, sagte Victoria sarkastisch.

»Allerdings.« Hopkins nickte.

»Es war wirklich eine gute Idee von Ihnen, zu diesem Treffen zu gehen.« Victoria lächelte ihn an.

»Das ist aber noch immer nicht alles.« Hopkins senkte

bescheiden den Blick. »Durch die Begegnung mit Mr. Merryman und die Erinnerung an unsere gemeinsamen früheren Jahre fiel mir wieder ein, woher ich das Herrenhaus kenne, das auf der Fotografie in Mrs. Olivers Zimmer abgebildet ist. Es handelt sich um Blickling Hall, ein Anwesen im Osten von Cornwall. Zusammen mit Mr. Merryman habe ich einmal unsere damalige Herrschaft für einen Wochenendbesuch dorthin begleitet. Das dürfte mittlerweile über vierzig Jahre her sein.«

»Kein Wunder, dass Sie sich erst einmal nicht daran erinnern konnten.«

»Wenn es Ihnen recht ist, Miss Victoria, würde ich morgen gern dorthin fahren. Der erste Zug von Waterloo nach Cornwall fährt kurz nach sieben Uhr ab. Das Landgut ist ziemlich abgelegen. Deshalb könnte es sein, dass ich erst übermorgen wieder zurückfahren kann. Soll ich Mrs. Dodgson bitten, dass sie Ihnen während dieser Zeit den Haushalt führt? Sie hat ja morgen frei.«

»Hopkins, das ist wirklich nicht nötig. Ich komme allein zurecht«, erklärte Victoria energisch.

»Nun, wie Sie meinen ...« Hopkins wirkte nicht ganz überzeugt, war aber zu höflich, um seine Zweifel zu äußern. »Beabsichtigen Sie denn, demnächst Mr. Parker aufzusuchen? Außer dem Rezept für die Lammpastete hätte ich noch eines für einen Citrus-Sirup-Kuchen, den ich mit Bittermarmelade und Mohn verfeinert habe.«

»Das hört sich sehr lecker an.«

»Möchten Sie von dem Kuchen kosten?«

Hopkins' Stimme klang erwartungsvoll, und Victoria bejahte rasch. Der alte Butler holte aus dem Küchenschrank eine Blechdose, der er einen Kastenkuchen entnahm. Von diesem schnitt er ein Stück ab, das er Victoria auf einem Teller mit einer Silbergabel servierte.

Victoria probierte. »Wirklich sehr köstlich«, sagte sie nach dem ersten Bissen mit vollem Mund.

Hopkins strahlte. »Sie denken also auch, dieses Rezept könnte ebenso wie das der Lammpastete für meine Kolumne geeignet sein?«

»Unbedingt! Ach, Hopkins, es tut mir leid«, Victoria ließ die Gabel sinken. »In all der Aufregung habe ich völlig vergessen, Ihnen zu sagen, dass Mr. Parker Ihre Kolumne künftig gern zweimal in der Woche veröffentlichen würde. Die Leserinnen sind ganz verrückt danach.«

Hopkins überlegte kurz. »Nun, wenn die Kolumne so großen Erfolg für sich verbuchen kann, sollten wir auch mehr Honorar dafür fordern«, sagte er dann. »Ich würde vorschlagen, Sie teilen Mr. Parker mit, dass Mrs. Ellingham sich von seinem Angebot geehrt fühlt, aber das Anderthalbfache des bisherigen Honorars pro Kolumne haben möchte.«

Victoria schüttelte den Kopf und lachte. »Hopkins, das ist eine ausgezeichnete Idee.«

Als Victoria am nächsten Morgen gegen acht in die Küche kam, war der Tisch für sie gedeckt, Hopkins hatte schon Tee gekocht und in einer Warmhaltekanne bereitgestellt. Nach dem Frühstück verstaute Victoria die Abzüge der Fotografien in ihrer Handtasche, auch die veränderten Aufnahmen von Mrs. Oliver nahm sie mit – eine davon hatte sie Hopkins für seine Reise nach Cornwall mitgegeben. Dann machte sie sich auf den Weg zum *Morning Star.*

Mr. Parker reagierte enthusiastisch auf Hopkins' Rezepte für die Lammpastete und den Kuchen und wohlwollend auf Victorias Fotografien. Nach kurzem Widerstreben – was, so vermutete Victoria, mehr der Form geschuldet war – akzeptierte er Mrs. Ellinghams Honorarvorstellungen. Die Frühlingsmotive und die Aufnahmen der Kleidermodelle kaufte er ihr ab und gab, da das Wetter überraschend schön geworden war, weitere Naturaufnahmen in Auftrag, bevor er Victoria entließ.

Eigentlich hatte sie vorgehabt, sich nach dem Besuch der Redaktion auf den Weg zum Holland Park zu begeben, doch am Ausgang des Zeitungsgebäudes blieb sie stehen. *Vielleicht sollte ich Mr. Ryder von Mrs. Oliver und ihrer Verbindung zu Sir Francis erzählen,* überlegte sie und entschied sich dafür. Vielleicht fand er ja etwas heraus, das ihr und Hopkins weiterhelfen würde.

Das Gebäude, das den *Spectator* beherbergte, lag weiter östlich auf der Fleet Street. Eine Gruppe italienischer Straßenmusikanten und strahlender Sonnenschein sorgten für ein beinahe mediterranes Flair auf der geschäftigen Straße. Victoria fühlte sich an ihre Zeit in Italien erinnert. Die Haushaltskasse hatte dank Mr. Parker eine Aufbesserung erfahren. Deshalb legte sie guten Gewissens ein Zehn-Pence-Stück in den Geigenkasten der Musiker.

Victoria fand Jeremy Ryder in einem großen Büro mit einer verglasten Fensterfront im zweiten Stock der Zeitungsredaktion. Bücherstapel, Fotos und Zettel voller Notizen lagen wild durcheinander auf seinem Schreibtisch, eine Unordnung, die, wie Victoria fand, zu ihm passte. In seine Schreibmaschine war ein halb beschriebener Papierbogen gespannt. Seine Haare standen nach allen Seiten ab, als wäre er sich, während er den Artikel verfasste, häufig mit der Hand hindurchgefahren.

»Miss Bredon, Sie beehren mich also wirklich!« Der junge Reporter lehnte sich in seinem Drehstuhl zurück und lächelte sie an.

»Ich muss mich noch einmal für die Zeitungsfotografie von

mir bedanken. Sie hat unsere Zugehfrau sehr glücklich gemacht und mir und Hopkins, meinem Butler, einen guten Dienst erwiesen.« Victoria erwiderte sein Lächeln.

»Es war mir ein Vergnügen. Hätten Sie vielleicht Lust, einen Spaziergang mit mir zu machen? Ich bin gerade mit meinem Artikel fertig geworden und muss meinen Kopf wieder freibekommen.«

»Gern.« Sie nickte, froh über das Angebot, sich ungestört zu unterhalten.

Der Journalist nahm den Papierbogen aus der Schreibmaschine und noch ein paar andere beschriebene Seiten von seinem Arbeitstisch. »Ich gebe das hier nur schnell beim Chef vom Dienst ab.«

Als sie das Gebäude verließen, kaufte Victoria bei einem Straßenhändler zwei Flaschen Gingerlimonade. Danach schlenderten sie auf der sonnigen Seite der Fleet Street in Richtung Themse. Die Musikanten waren weitergezogen. Aber hin und wieder waren Bruchstücke ihrer Lieder noch über das Hufgetrappel und Räderrollen und die Stimmen der Passanten hinweg zu hören.

»Ich habe gestern den Marquess of Blackenwell unter dem Vorwand aufgesucht, von ihm eine Stellungnahme zum Tod von Sir Francis zu erhalten«, sagte Jeremy Ryder. »›Ein Parteifreund, dessen streng konservative Werte Sie teilten, wurde heimtückisch ermordet‹, begann ich. ›Was möchten Sie unseren Lesern über ihn und unser Land mitteilen?‹ Wie nicht anders zu erwarten, lobte Blackenwell Sir Francis in den höchsten Tönen, bedauerte zutiefst dessen Tod und sah die Nation in Gefahr. Als ich einfließen ließ, dass ihn jemand, den ich gut kenne, bei einem Streit mit Sunderland im Park des Palastes sah, verlor er völlig die Fassung und warf mich hinaus. Bei meinem Chefredakteur hat er sich danach über mich beschwert. Ich bin davon überzeugt, er hat wirklich etwas zu verbergen.«

»Haben Sie deshalb Ärger bekommen?«, fragte Victoria besorgt.

»Ich schwor ihm, von dem Streit aus einer wirklich sicheren Quelle zu wissen, und er glaubte mir.« Jeremy Ryder grinste. »Mein Chef hat sogar akzeptiert, dass in dem Artikel, den ich eben verfasst habe, die Theorie von Scotland Yard, dass Radikale Sir Francis umgebracht hätten, infrage gestellt wird. Anscheinend war Sunderland ihm nicht sehr sympathisch. Gut möglich, dass er versucht hat, unsere Zeitung wegen liberaler Artikel unter Druck zu setzen.«

»Als mich Sir Francis in sein Büro bringen ließ, begegnete ich einer Frau. Sie hieß – oder nannte sich zumindest – Mrs. Oliver. Sie wurde wenige Stunden vor Sir Francis ermordet.« Victoria berichtete Jeremy Ryder, was sie und Hopkins über die mysteriöse Unbekannte herausgefunden hatten. Sie verschwieg nur, dass sie hoffte, durch Mrs. Oliver das Geheimnis ihres Vaters lüften zu können.

»Sie haben Scotland Yard doch sicher darüber informiert, dass diese Frau und Sir Francis sich kannten?«

»Nein, das habe ich nicht.« Victoria schüttelte den Kopf, während sie einem Mann auswich, der sein Fahrrad über den Gehsteig schob. Sie waren in die Bouverie Street abgebogen, die in die Temple Avenue überging, und gingen am Inner Temple, dem imposanten gotischen Gerichtsgebäude entlang, einem der wenigen Teile der Stadt, die den großen Brand 1666 überstanden hatten. Am Ende der Straße war das Themseufer zwischen den Häusern zu sehen.

Victoria drehte sich zu Jeremy Ryder, der einen Schritt zurückgeblieben war, um. »Zum einen hätten mir der Commissioner und Inspector Armitage ohnehin nicht geglaubt. Und zum anderen haben Hopkins und ich beschlossen, die beiden Morde aufzuklären. Was Sir Arthur und sein leitender Ermittler niemals gutheißen würden. Ganz bestimmt würden sie sich bei meinem Großvater über mich beschweren. Mein Großvater ist nicht mein Vormund, aber er ist ein sehr einflussreicher Mann, und ich möchte keinen Ärger mit ihm riskieren.«

Victoria errötete unwillkürlich, als ihr klar wurde, dass sie offenbart hatte, dass sie noch nicht volljährig war. Zu ihrer Erleichterung schien Jeremy Ryder dies gar nicht wahrgenommen zu haben.

»Ich habe Sie wirklich richtig verstanden?« Er starrte sie verblüfft an. »Sie und Ihr Butler wollen zwei Morde aufklären?«

»So erstaunlich ist das gar nicht. Zumindest, was Hopkins betrifft«, erwiderte Victoria etwas gereizt. »Er hat meinem Vater oft assistiert. Also natürlich nicht dabei, Tote zu obduzieren, aber sie haben gemeinsam Tatorte besucht und miteinander über die Fälle diskutiert. Hopkins war der Sekretär meines Vaters, wenn er wissenschaftliche Artikel verfasst hat.«

»Miss Bredon«, der junge Reporter schüttelte den Kopf, »Sie erstaunen mich immer wieder.«

Sie hatten die Uferpromenade erreicht und auf einer Bank Platz genommen. Die Themse führte Hochwasser, die Flut ging bis weit über die Fundamente der gemauerten Uferbefestigung. Es war so warm, dass Victoria ihren Mantel auszog und über ihre Schultern legte. Möwen kreisten kreischend über dem Fluss. Auch sie schienen das ungewöhnlich schöne Wetter zu genießen.

Victoria nahm eine der Fotografien von Mrs. Oliver aus ihrer Handtasche und reichte sie Jeremy Ryder. »So muss die Frau ausgesehen haben, der ich im Vorzimmer von Sir Francis begegnet bin und die ebenfalls ermordet wurde. Ich dachte, vielleicht hätten Sie Interesse daran, sich nach ihr umzuhören«, sagte sie. »Übrigens wurde vor ein paar Wochen in Sir Francis' Haus am St. James Square eingebrochen, was Inspector Armitage aber den Mordfall betreffend für irrelevant hält.«

Der Journalist betrachtete das Bild neugierig und steckte es dann ein. »Ich werde mich sowohl nach Mrs. Oliver als auch wegen des Einbruchs umhören. Aber ich habe noch ein paar Fragen an Sie. Wie kommen Sie dazu, die Morde aufklären zu wollen? Andere junge Damen – nehmen Sie mir das bitte nicht übel – aquarellieren, sticken oder musizieren zum Zeitvertreib.«

»Ich weiß einfach, dass Inspector Armitage unfähig ist.« Victoria zuckte mit den Schultern und entschied, bei der halben Wahrheit als Antwort zu bleiben. »Außerdem bin ich der Ansicht, dass Scotland Yard versucht, etwas zu vertuschen.«

»Und wie kommt ein Butler dazu, einem Gerichtsmediziner zu assistieren? Sie werden doch zugeben, Miss Bredon, dass dies eine ziemlich ungewöhnliche Kombination zweier Professionen ist?«

»Hopkins ist mit ganzem Herzen Butler, und er ist leidenschaftlich an Verbrechen interessiert.« Victoria gab ihrem Begleiter eine Flasche Limonade. »Wenn er nicht der Butler meines Vaters gewesen wäre, hätte er sich wahrscheinlich darauf beschränkt, minutiös Mordfälle in Zeitungen zu verfolgen und Gerichtsprozesse zu besuchen. So konnte er diese Leidenschaft jedoch hautnah ausleben. Ich habe den Eindruck, dass er, seit wir mit unseren Ermittlungen begonnen haben, um fünf Jahre verjüngt ist.« Sie ließ den Verschluss ihrer Flasche aufschnappen und trank einen Schluck Limonade. »Ich glaube, manche Menschen haben eine berufliche

Leidenschaft, die ihnen zutiefst entspricht. Wie ist das mit Ihnen?«

»Ich bin sehr gern Journalist. Ich recherchiere gern und schreibe gern. Die Fakten für einen Artikel zusammenzutragen ist häufig ein bisschen so, wie ein Puzzle zusammenzufügen. Zuerst sehe ich lauter Teile vor mir, von denen ich noch nicht weiß, wie sie zusammengehören, dann plötzlich zeigt sich ein Muster, und alles steht ganz klar vor mir.«

»Ich stelle mir das wie den Moment vor, in dem ich ein Bild in ein Entwicklungsbad lege und sich die Konturen abzuzeichnen beginnen. Erst sind sie noch ganz unscharf, nur wenige Grautöne sind erkennbar, dann werden sie immer schärfer, bis schließlich alle Einzelheiten zu sehen sind.«

»Das ist ein guter Vergleich.« Jeremy Ryder nickte. Sein Blick folgte einem Schiff, das die Themse in Richtung Meer hinaufdampfte. Die Möwen flatterten durch den wirbelnden Rauch, ein silbriges Gespinst im Sonnenlicht. Für Momente waren nur ihre Schreie zu hören. »Wie gesagt, ich liebe meinen Beruf. Aber manchmal wünsche ich mir, ich wäre ein oder zwei Jahrhunderte früher geboren und könnte auf einem Segelschiff in die Welt hinausziehen und ferne Kontinente entdecken, Dschungel und Wüsten durchqueren oder wie Jim Hawkins einen Piratenschatz auf einer exotischen Insel bergen. An mir ist, fürchte ich, ein unrettbarer Romantiker verloren gegangen.« Er grinste wieder. »Oder in mir lebt immer noch ein kleiner Junge, der sich nach Abenteuern sehnt.«

»Ich finde es schön, von etwas zu träumen.« Victoria lächelte ihn an. »Wie ist der kleine Junge eigentlich nach Eton geraten, wenn ich fragen darf? Sie erwähnten ja in der Teestube, dass Sie Lord Hogarth von dort kennen.«

»Sagen Sie es ruhig ganz offen – ich wirke nicht wie ein Angehöriger der Upperclass ...« Jeremy Ryder lachte.

»Na ja, Sie sprechen Oxford-Englisch und nicht die Diktion der Upperclass. Und Adlige arbeiten im Allgemeinen nicht als Journalisten.«

»Und was ist mit Lord Curzon oder Winston Churchill, der ja der Enkel eines Duke ist?«

»Lord Curzon schrieb Reiseberichte und Winston Churchill war Kriegsberichterstatter im Burenkrieg. Beide saßen nicht regelmäßig an einem Redaktionsschreibtisch«, erwiderte Victoria schlagfertig. »Ich wollte nicht unhöflich sein, als ich sagte, dass Sie nicht wie ein Mitglied der Upperclass wirken. Ich finde das im Gegenteil sehr positiv. Ich könnte auf meine adlige Verwandtschaft gut verzichten.«

»Um Sie nicht länger auf die Folter zu spannen«, Jeremy Ryder lehnte sich auf der Bank zurück, »mein Vater stammt aus einer alten Rechtsanwaltsfamilie aus Hereford. In seiner Jugend suchte er das Abenteuer und ging zur Armee. Ich habe meine Abenteuerlust anscheinend von ihm geerbt, auch wenn ich nie die Neigung hatte, Soldat zu werden. Im Zweiten Afghanischen Krieg kämpften mein Vater und Lord Elgin zusammen. Die beiden freundeten sich an, Lord Elgin wurde mein Pate. Da er keine Kinder hat, sah er mich als eine Art Ziehsohn und überredete meine Eltern, mich nach Eton zu schicken. Das Schulgeld zahlte er. Er hatte seine Zeit dort in guter Erinnerung und wollte mir einen privilegierten Start ins Leben ermöglichen. Meine Eltern wollten auch mein Bestes.« Jeremy Ryder seufzte und verzog sein Gesicht.

»Hatten Sie es dort sehr schwer als Bürgerlicher aus der Mittelschicht?«

»Auch wenn man es mir vielleicht nicht ansieht, kann ich mich ganz gut meiner Haut wehren.« Er feixte.

»Ich habe den Kerl, dem Sie während der Demonstration einen Kinnhaken verpasst haben, noch gut im Gedächtnis.«

»Stimmt, das hatte ich ganz vergessen. In Hereford gab es eine Gang von Straßenjungen, mit denen ich oft aneinandergeriet. Verglichen mit denen waren die Adelssprösslinge recht schwache Gegner. Ich konnte mir ziemlich schnell Respekt verschaffen. Außerdem war ich ein guter Rugby-Spieler, was mir zusätzliches Ansehen verschaffte. Ich habe Eton heil überstanden, aber geliebt habe ich das Internat nicht. Anders als meine Zeit in Oxford. Dort habe ich jeden Tag genossen.«

»Was haben Sie denn studiert?«

»Geschichte und englische Literatur. Vorher habe ich ein Jahr lang in Deutschland gelebt und in Berlin und Heidelberg Vorlesungen über Philosophie gehört. Eine interessante Zeit, aber nicht so inspirierend wie Oxford. Ich habe Ihnen von meinen Träumen erzählt. Wie steht es denn mit Ihren? Ich nehme an, Sie haben noch andere Träume, als einen passenden Ehemann zu finden?«

»Allerdings«, erwiderte Victoria empört und verbannte schnell Randolph aus ihren Gedanken. »Ich fotografiere sehr gern ...« Sie war nicht in der Stimmung, mit Jeremy über die Heimat ihrer Mutter zu sprechen.

»Höre ich da ein Aber in Ihrer Stimme?«

»Nein, das heißt, vielleicht, ja ...« Victoria sah ein paar Passanten nach, die die Uferpromenade entlangspazierten. »Ich liebe es, Augenblicke festzuhalten«, antwortete sie dann. »Wenn ich allein hier wäre, würde ich meine Kamera zur Hand nehmen und diese Menschen und das Flirren der Themse und den frühlingshaften Himmel fotografieren. Aber manchmal wünsche ich mir, dazu nicht auf einen Apparat angewiesen zu sein. Ich möchte Menschen und Orte und Dinge mit einem Stift oder einem Pinsel und Farbe festhalten können. Ich habe als Kind viel gemalt. Daran erinnere ich mich noch schwach.

Aber mein Vater sah es nicht gern, da es ihn an meine früh verstorbene Mutter erinnerte.« Victoria wünschte sich, sie hätte sich nicht ausgerechnet jetzt an Sir Francis' spöttisch lächelndes Gesicht und seine Worte erinnert: Haben Sie sich eigentlich nie darüber gewundert, dass Ihr Vater nicht wollte, dass Sie malen, obwohl Sie doch eine gewissen Begabung dafür zeigten?

Sie senkte den Kopf und biss sich auf die Lippen.

»Sie könnten wieder beginnen zu malen. Ich bin mir darüber im Klaren, dass Frauen an der Royal Academy of Arts nicht gern gesehen sind. Aber Sie könnten private Stunden bei einem Maler oder einer Malerin nehmen. Oder Sie könnten nach Paris gehen. Die dortige Kunstszene ist Frauen gegenüber viel offener als die Londoner.« Die Stimme des jungen Mannes klang herzlich und ehrlich interessiert.

Victoria spielte in der letzten Zeit tatsächlich manchmal mit dem Gedanken, wieder zu malen. Gelegentlich fertigte sie rasch eine Skizze an, wenn sie unterwegs war, um zu fotografieren, versuchte, einen Ort oder einen Menschen auch mit dem Bleistift wiederzugeben. Aber ohne recht zu wissen, warum, machte sie nicht mehr daraus.

»Ach, so wichtig ist es mir nicht zu malen. Wie ich schon sagte, ich fotografiere sehr gern«, wehrte sie ab.

»Nun, ich weiß nicht ...« Jeremy Ryder wirkte nicht überzeugt. »Sie erweckten eben durchaus den Eindruck, dass Ihnen das Malen viel bedeutet«, beharrte er.

»Ich habe noch etwas in Kensington zu erledigen. Wenn Sie möchten, können wir bis zur U-Bahn-Station Blackfriars zusammen gehen, und ich fahre von dort aus.« Victoria stand auf, um deutlich zu machen, dass sie nicht länger über das Thema sprechen wollte.

»Natürlich werde ich Sie begleiten.« Jeremy Ryder erhob sich ebenfalls.

Victoria suchte nach einem unverfänglichen Gesprächsthema. Aber irgendwie war auf ihre eben noch ganz unbeschwerte Stimmung ein Schatten gefallen. Sie und der junge Journalist hatten die Uferpromenade überquert und standen am Embankment, als eine Kutsche mit zurückgeklapptem Verdeck neben ihnen hielt.

»Victoria ... Mr. Ryder ...« Randolph beugte sich aus der Kutsche und nahm grüßend den Hut ab. »Victoria, was für eine schöne Überraschung, dass ich Sie hier treffe.« Er lächelte sie an. »Ich warte immer noch auf eine Antwort von Ihnen. Sie werden mich doch hoffentlich nicht enttäuschen und mich allein im Hyde Park ausreiten lassen?«

Im Sonnenlicht wirkte sein blondes Haar wie ein Goldhelm und er selbst wie ein Krieger aus einem lange vergangenen Zeitalter. Victoria versuchte, die Schmetterlinge in ihrem Bauch zu ignorieren.

»Es tut mir leid ... Ich ... ich bin zurzeit sehr beschäftigt, deshalb habe ich mich noch nicht gemeldet ...«, stammelte sie verlegen und verwünschte wieder einmal, dass ihr das Reitkleid nicht mehr passte.

Sie hatte sich doch nicht dazu durchringen können, Constance' Rat zu folgen und die Einladung anzunehmen. Es erschien ihr zu gewagt, Randolph in ihrem Reitanzug aufzusuchen.

»Dann werde ich mich weiter gedulden, bis Sie Zeit für mich finden.«

Randolph neigte den Kopf und nickte Jeremy höflich zu, der seinen Gruß ebenso höflich erwiderte. Victoria blickte der Kutsche hinterher, die in Richtung Westminster rollte.

Ein anderer Mann wäre niemals so direkt, und schon gar nicht in der Gegenwart eines vermeintlichen Konkurrenten. Aber Randolph weiß einfach, dass ihm keine Frau einen Korb geben wird, war Victoria überzeugt.

Einerseits bewunderte sie sein Selbstbewusstsein, andererseits ärgerte sie sich aber auch darüber. Sie stellte fest, dass Randolph sie, sobald sie ihn sah, in seinen Bann zog.

»Worauf warten Sie, Miss Bredon?«, hörte sie Jeremy Ryder sagen. »Wollen wir?«

Victoria schreckte auf. Um die Mundwinkel des Journalisten zuckte es, als hätte er ihre Gedanken gelesen.

»Oh, ja, natürlich …« Sie errötete. »Sie und der Duke of Montague kennen sich?«, fragte sie, um ihre Verlegenheit zu überspielen.

»Ja, von politischen Versammlungen. Wenn der Herzog kein Peer, sondern ein Bürgerlicher wäre, würde er höchstwahrscheinlich für die Konservativen im Unterhaus kandidieren und versuchen, als Politiker Karriere zu machen. Als Adliger ist ihm diese Möglichkeit ja verwehrt. Er muss mit seinem Sitz im Oberhaus vorliebnehmen. Deshalb unterstützt er den konservativen Kandidaten seines Wahlkreises.«

Victoria fragte sich, warum sie nur immer wieder Randolphs politische Ansichten verdrängte.

»Sind Sie mit dem Herzog befreundet?«

»Wir haben uns in Italien kennengelernt«, erwiderte Victoria ausweichend.

Sie war froh, dass sie nun Blackfriars erreichten. Sie wollte wirklich nicht mit Jeremy Ryder über Randolph sprechen.

»Miss Bredon …« Jeremys Miene war ernst geworden. »Ich bin mir darüber im Klaren, dass Sie eine energische junge Dame sind, die sich zu verteidigen weiß. Aber wenn Ihre Vermutung stimmt, hat Sir Francis' Mörder zwei Menschen auf dem Gewissen. Bitte versprechen Sie mir, dass Sie auf sich achtgeben werden.«

»Machen Sie sich etwa Sorgen um mich?«, fragte Victoria amüsiert.

Sie waren neben dem Eingang der U-Bahn-Station stehen geblieben. Passanten strömten an ihnen vorbei. Über den Dächern ragte die Kuppel der St. Paul's Cathedral auf.

»Ja, ich mache mir Sorgen«, antwortete Jeremy Ryder. »Und wenn Sie den Eindruck haben, dass ich Ihnen irgendwie helfen kann, scheuen Sie sich bitte nicht, sich an mich zu wenden. Ich sage das nicht, weil Sie eine Frau sind. Ich würde auch einen Freund, der einem Doppelmörder nachspürt, bitten, auf sich aufzupassen, und würde ihm meine Hilfe anbieten.«

Wieder schien der junge Reporter ihre Gedanken erraten zu haben. »Gut, ich verspreche Ihnen beides – auf mich aufzupassen und Sie um Hilfe zu bitten.« Victoria reichte ihm die Hand. Durch die verglasten Türen der Stationshalle sah sie, dass dort nun ein Aufzug stoppte und eine Gruppe von Passagieren entließ.

»Ich muss wirklich los!«

Sie winkte Jeremy noch einmal zu, ehe sie zu den Aufzügen eilte.

VIERZEHNTES KAPITEL

Victoria nahm die Circle Line und stieg an der Station High Street Kensington aus. Von dort hatte sie in fünfzehn Minuten Holland Park erreicht. Sie und ihr Vater hatten in einem vierstöckigen viktorianischen Haus mit einem kleinen Turm gewohnt. Viktoria erinnerte sich plötzlich daran, wie sie sich als Kind vorgestellt hatte, Rapunzel würde in diesem Turm leben. Sie hatte immer gehofft, eines Tages zu sehen, wie sie ihr langes Haar zum Fenster heraushängen ließ und es kämmte. Für Momente glaubte sie, die Stimme ihrer Mutter zu hören, die ihr das Märchen auf Deutsch vorgelesen hatte. Sie erinnerte sich auch an ein Gefühl von Geborgenheit und ein Kitzeln auf ihrer Wange, das von der Spitze am Kleid ihrer Mutter kam, und an einen herbsüßen Geruch. Ihre Mutter hatte den Duft von Pomeranzen und Verbene sehr gemocht. Hoffnungsvoll ging Victoria auf ihr früheres Zuhause zu.

Victorias Zuversicht sollte allerdings einen schweren Dämpfer erleiden. Der Portier dort war noch recht neu, und auch die anderen Mieter waren erst ein paar Jahre zuvor in die Wohnungen gezogen. Der Portier im Nachbarhaus hatte zwar auch keine speziellen Erinnerungen an den Brand, aber er konnte ihr immerhin einige Familien nennen, die schon vor fünfzehn Jahren am Holland Park gewohnt hatten. Hoffnungsvoll suchte

Victoria sie auf und zeigte ihnen Fotos von Mrs. Oliver. Jedoch vergebens, denn niemand erkannte sie darauf.

Entmutigt wollte sich Victoria auf den Weg zum Green Park machen, als sie auf dem Rasen vor den Häusern eine ältliche Frau auf einer Bank sitzen sah, die einen Säugling in einem Kinderwagen beaufsichtigte und dabei strickte. Sie trug die typische Tracht einer Kinderfrau – ein gestärktes weißes Häubchen und einen blauen Mantel über einem ebenfalls blauen Baumwollkleid. Nun blickte die Nanny wachsam zu einem jungen Mädchen, das mit zwei kleinen Kindern in Matrosenmänteln über die Wiese schlenderte. Offenbar war diese ihre Hilfe.

Victoria beschloss, noch einen Versuch zu wagen. Sie ging zu der Frau, die auffallend rote Wangen hatte, so als hätte sie Erfrierungen im Gesicht erlitten. Sie stellte sich vor und fragte dann: »Haben Sie vielleicht vor fünfzehn Jahren schon hier gelebt?«

»Oh, ich arbeite seit fast dreißig Jahren für die Familie Arnold. Das ist die zweite Generation in meiner Obhut.«

Sie wies stolz auf den rundlichen Säugling, der friedlich in dem Kinderwagen schlief, und auf die Kinder, einen Jungen und ein Mädchen, die jetzt vor einem Baum standen und ein Nest beobachteten.

Mit Mrs. Arnold hatte Victoria gerade eben gesprochen. Ohne großen Optimismus sagte sie deshalb: »In der Wohnung, in der ich damals mit meinem Vater lebte, brach ein Brand aus. Ich konnte nur knapp gerettet werden. Kürzlich habe ich neue Informationen über das Unglück erhalten. Ich möchte gern herausfinden, was damals wirklich geschah. Mein Vater ist vor einem Jahr gestorben, deshalb kann ich ihn nicht mehr fragen. Haben Sie denn noch Erinnerungen an den Brand?«

Die Nanny musterte Victoria einen Augenblick aufmerksam. »O ja, so etwas Schreckliches vergisst man doch nicht. Und an Sie erinnere ich mich auch. Nicht viele haben solch auffallend rote Locken«, fügte sie ein wenig kritisch, so kam es Victoria vor, hinzu. »Ich habe Sie öfter mit Ihrer Kinderfrau hier auf dem Rasen und auch im Park gesehen. Sie waren ein ziemlich wildes und vorlautes Ding.« Sie hob eine Masche ab und ließ sie auf die andere Nadel gleiten – sie strickte einen Strumpf aus beigefarbener Wolle –, dann blickte sie wieder wachsam zu den beiden Kindern. Victoria vermutete, dass die junge Nanny es nicht gerade leicht bei ihr hatte. »Ich weiß noch, dass ich Ihrer Nanny sagte, Sie müsse Ihnen Disziplin beibringen. Sie war jung und noch ziemlich unerfahren, und die Anstellung in Ihrer Familie war, glaube ich, ihre erste. Sie erwiderte, dass Ihre Mutter ein paar Monate zuvor gestorben sei, und dann seien Sie und Ihr Vater auch noch umgezogen, was ein Kind schon verstören könne.«

Victoria ging noch durch den Kopf, dass für die Frau Disziplin wohl unter allen Umständen Vorrang hatte und dass ihr die drei Kinder leidtaten, die sie betreute, als sie stutzte.

»Was Sie eben sagten, hört sich so an, als ob mein Vater und ich erst nach dem Tod meiner Mutter hierhergezogen seien«, bemerkte sie.

Die Nanny hatte die Reihe zu Ende gestrickt und wechselte die Nadel. »Ja, Sie haben die Wohnung erst ungefähr ein Jahr vor dem Brand bezogen.«

»Aber, das kann nicht sein … Ich habe mit meinem Vater und meiner Mutter seit meiner Geburt hier gelebt …«

»Da müssen Sie sich täuschen. Ich war mit der Nanny befreundet, die für die Familie arbeitete, die vor Ihnen in der Wohnung lebte.« Die ältere Frau schüttelte energisch den Kopf.

Großtante Hermione muss das wissen … Warum hat sie mir das nie erzählt?

Immer noch verwirrt, holte Victoria die Fotografie von Mrs. Oliver aus ihrer Handtasche und zeigte sie der Nanny. »Kennen Sie diese Frau? Sie soll bei einer Familie am Holland Park beschäftigt gewesen sein. Ihr Name ist Mrs. Oliver.«

Die Nanny begutachtete die Aufnahme. »Das ist lange her. Ich glaube nicht, dass ich sie jemals gesehen habe. Aber vielleicht täusche ich mich auch. Wenn Sie eine Fotografie dieser Frau haben, weshalb wissen Sie dann nicht, für wen sie arbeitete?«, fragte sie neugierig.

»Ach, das ist eine komplizierte Geschichte«, wich Victoria aus.

Glücklicherweise begann sich jetzt der Säugling im Wagen zu regen. Er wachte nicht richtig auf, jammerte jedoch im Halbschlaf. Aus den Augenwinkeln verfolgte Victoria, dass der kleine Junge eine Taube auf dem Rasen entdeckt hatte und auf sie zurannte, während die junge Nanny noch mit dem Mädchen das Nest betrachtete, auf dem nun eine Amsel landete.

»Sch, sch, mein Junge, alles ist gut.« Die Kinderfrau schob den Wagen sachte vor und zurück, und der Säugling beruhigte sich wieder. »In Ihrer Wohnung lebte eine Kranke. Vielleicht war diese Mrs. Oliver ihre Betreuerin. Aber ich bin mir nicht sicher«, sagte sie dann.

»Wie meinen Sie das?«, fragte Victoria verblüfft.

Ungeduldig verfolgte sie, wie eine Masche, die von der Nadel gerutscht war, die ungeteilte Konzentration der Nanny erforderte, bis sie schließlich antwortete: »Ich sah die Kranke manchmal tief verschleiert mit ihrer Pflegerin im Park spazieren gehen. Ihre Kinderfrau erzählte mir, das Gesicht der Frau sei durch einen Unfall entstellt, deshalb lebe sie in einem abgetrennten Teil der Wohnung und niemand vom sonstigen Personal bekomme sie zu Gesicht.«

Mein Vater hat niemals erwähnt, dass er eine Kranke in der Wohnung aufgenommen hat, ging es Victoria durch den Kopf. Sie war sich sicher, diese Frau niemals gesehen zu haben. Was auch immer sie über den Brand erfuhr, es wurde immer rätselhafter.

In diesem Moment ertönte ein lautes Weinen. Der kleine Junge war hingefallen. Die Taube flatterte in die Lüfte. Nun wachte der Säugling endgültig auf und begann zu schreien. Die Nanny erhob sich hastig und erfasste die Situation mit einem Blick.

»Sophie, kann man Sie denn noch nicht einmal einen Augenblick unbeaufsichtigt lassen?«, schimpfte sie.

Sie hob den Säugling aus dem Wagen und eilte über den Rasen, wo die junge Frau nun neben dem Kleinen kniete und ihn zu beruhigen versuchte. Völlig durcheinander von dem, was sie eben erfahren hatte, wandte sich Victoria um und lief davon, ohne sich zu verabschieden.

Erst am Spätnachmittag erreichte Hopkins Blickling Hall. Die Fahrt nach Cornwall war sehr umständlich gewesen. Er hatte dreimal den Zug gewechselt, und die letzten sechs Meilen vom Bahnhof in Salcombe hätte er zu Fuß zurücklegen müssen, wenn ihn nicht ein Farmer angesprochen und ihm angeboten hätte, ihn auf seinem Milchwagen mitzunehmen.

Am Parktor des Herrenhauses verabschiedete Hopkins sich von dem hilfsbereiten Mann und stieg durchgeschüttelt und steif von den schlecht ausgebauten Straßen vom Kutschbock. Zwischen hohen Bäumen konnte er das Dach des Anwesens sehen und einen in der Sonne glitzernden Fluss. Er folgte einer gepflasterten Auffahrt durch Wiesen, die ganz blau von Vergissmeinnicht waren. Als Hopkins den Rand einer kleinen Senke erreichte, lag Blickling Hall vor ihm. Er erkannte die große Blutbuche von der Fotografie wieder. Das Anwesen wirkte freundlich im Licht der Spätnachmittagssonne. Doch die grünen Läden vor den Fenstern waren geschlossen, als ob die Besitzer verreist wären.

Hopkins beschloss, sich nicht entmutigen zu lassen. Er überquerte den kiesbestreuten Vorhof und schlug den Weg zu den Nebengebäuden ein, wo er an eine Tür klopfte. Ein schüchternes, etwa zwölf Jahre altes Mädchen – offenbar eine Küchenhilfe – öffnete ihm und starrte ihn mit großen Augen an. Als Hopkins erklärte, dass er den Butler oder die Haushälterin zu sprechen wünsche, murmelte es ein »Ja, Sir, ich hole Mrs. Collins« und verschwand. Kurz darauf kehrte es mit einer Frau zurück, die eine resolute Ausstrahlung hatte. Ihr haselnussbraunes Haar war zu einem Zopf geflochten, den sie wie einen Ring um den Kopf gewunden hatte. Hopkins konstatierte, dass sie nicht unattraktiv war.

»Ja, bitte?«, sagte die Frau und sah ihn aus ihren ebenfalls braunen Augen neugierig an. »Ich bin Mrs. Collins, die Haushälterin. Was kann ich für Sie tun?« Auf ihren Wink hin verschwand die Kleine.

»Mein Name ist Hopkins.« Er verneigte sich leicht. »Ich stelle Nachforschungen zu einer Frau an, die sich Mrs. Oliver nannte und die vor einiger Zeit verschwand. Es handelt sich um eine delikate Angelegenheit, deshalb kann ich Ihnen die genaueren Hintergründe meiner Suche leider nicht nennen.« Wie schon bei seinen und Victorias Nachforschungen auf den Polizeistationen hatte sich Hopkins entschieden, nicht die ganze Wahrheit zu sagen. Er wollte Mrs. Collins nicht durch Mrs. Olivers gewaltsamen Tod erschrecken – womöglich, so fürchtete er, würde sie sich dann veranlasst sehen, die Polizei zu verständigen. »Unter Mrs. Olivers Besitztümern wurde eine Fotografie dieses Anwesens gefunden«, fuhr er auf seine übliche distinguierte Art fort. »Deshalb lag für mich die Schlussfolgerung nahe, dass sie hier lebte oder einen sonstigen engen Bezug zu diesem Ort hatte.«

Mrs. Collins musterte ihn. »Nehmen Sie es mir nicht übel, aber wie ein Privatdetektiv wirken Sie nicht gerade«, bemerkte sie nach einer kurzen Stille trocken.

»Ich fasse dies durchaus als Kompliment auf.« Hopkins verneigte sich wieder. »Ich war Butler des Gerichtsmediziners Dr. Bernard Bredon und diene jetzt seiner Tochter.«

»Dass Sie ein Butler sind, bestätigt schon eher meinen ersten Eindruck.« Mrs. Collins lächelte, was sie in Hopkins' Augen eher noch hübscher machte. »Wie sah die Frau, nach der Sie suchen, denn aus?«

»Wenn Sie freundlicherweise diese Aufnahme betrachten würden?« Hopkins reichte ihr die Fotografie, die Victoria verändert hatte.

Mrs. Collins studierte sie einige Momente lang, dann sagte sie: »Am besten, wir sprechen im Haus weiter.«

»Die Frau auf dieser Fotografie sieht aus wie Miss Wilcox, die vor etwa zwölf Jahren die Zofe der damaligen Lady Carmichael war«, führte Mrs. Collins das Gespräch wenig später fort. Sie und Hopkins saßen im Speisesaal der Bediensteten. Der lange Tisch war blank gescheuert und glänzte, ebenso wie das Kupfergeschirr, das an den weiß gekalkten Wänden hing. Dies fand ebenso Hopkins' Beifall wie die Schale voller Krokusse, die auf dem Tisch stand. Das Küchenmädchen hatte Tee und Gebäck gebracht, wofür Hopkins nach der langen, anstrengenden Fahrt dankbar war. *Mit Mrs. Collins zusammenzuarbeiten*, dachte er, *ist bestimmt ein Vergnügen.* »Vor drei Monaten hat sich schon einmal ein Mann nach Miss Wilcox erkundigt und sie mir beschrieben.« Mrs. Collins reichte Hopkins einen Teller mit Haferkeksen. »Ich kannte sie nicht persönlich – ich arbeite erst seit sechs Jahren hier, und Miss Wilcox kündigte zwei oder drei Jahre vorher –, aber ich kannte ihren Namen.«

»Was war das für ein Mann, der nach ihr fragte?«

Hopkins trank einen Schluck Tee, ehe er sich den Keks munden ließ. Seine Suche hatte, wie er fand, eine höchst überraschende Wendung genommen.

»Ein Privatdetektiv, ihm habe ich das sofort geglaubt.« Mrs. Collins verzog unangenehm berührt den Mund. »Ein widerwärtiger Kerl. Er war vielleicht Ende vierzig, hatte dunkles Haar und einen dunklen Schnurrbart. Er sprach mit nordenglischem Akzent und behauptete, Kendall zu heißen, aber ich bezweifle, dass das sein richtiger Name ist.«

»Wahrscheinlich hat er Sie belogen.« Hopkins nickte.

»Wie Sie sicher schon bemerkt haben, ist das Haus eigentlich geschlossen, denn Lord Carmichael und seine Gattin bereisen den Süden. Mr. Baker, der Butler, könnte Ihnen sicher in Bezug auf Miss Wilcox weiterhelfen, aber er begleitet sie. Sie werden erst in einem Monat wieder zurückerwartet.«

»Ich möchte Ihnen nicht lästig fallen. Meine Suche nach Informationen über Miss Wilcox ist jedoch wirklich dringend. Wäre es möglich, Mr. Baker telegrafisch oder per Fernsprechapparat zu erreichen?« Anerkennend stellte Hopkins fest, dass die Haferkekse sehr gut schmeckten.

»Leider muss ich Sie enttäuschen. Lord und Lady Carmichael haben keine feste Adresse. Beide lieben es, Altertümer zu besichtigen, und ändern oft ganz spontan ihre Reisepläne. Ich weiß nicht einmal, ob sie sich zurzeit noch in Italien aufhalten oder schon nach Griechenland übergesetzt sind. Ich darf mich gar nicht fragen, was ich im Falle eines Unglücks tun sollte, um sie zu benachrichtigen.« Mrs. Collins seufzte.

»Nun, es ist ja schön, dass Ihre Lordschaften gemeinsame Interessen teilen«, meinte Hopkins begütigend.

»Ja, sie verstehen sich auch sonst gut und sind keine schlechten Dienstherren, das muss ich der Gerechtigkeit halber schon sagen.«

»Ich nehme an, im Moment sind keine weiteren Dienstboten anwesend, die Miss Wilcox gekannt haben und die ich befragen könnte?«

»Sie wissen ja, wie das ist, wenn die Herrschaft für längere Zeit verreist.« Mrs. Collins schüttelte den Kopf. »Die meisten Dienstboten sind freigestellt.«

»Sie haben bestimmt alle Hände voll zu tun, nehme ich an?«

Hopkins schenkte Mrs. Collins Tee nach, was sie mit einem dankbaren Lächeln quittierte.

»Sie sagen es. Zwei Hausmädchen und zwei Diener sind anwesend und glücklicherweise auch die Köchin. Mit dem wenigen Personal müssen das Haus in Schuss gehalten und alle Arbeiten erledigt werden.«

»Bett- und Tischwäsche durchsehen und, wenn nötig, ausbessern, die wenig benutzte waschen und bügeln, Teppiche, Polster und Kissen ausklopfen, Messing und Silber putzen, Vorhänge abnehmen und waschen oder lüften …«

»… das ganze Geschirr spülen, vom kleinsten Dessertteller bis hin zum geschliffenen Portweinglas, insgesamt über tausend Teile … Ich sehe, Sie sind mit großen Haushalten vertraut.« Mrs. Collins lächelte.

»Nun, ich habe einige Jahre lang diverse geleitet«, erwiderte

Hopkins bescheiden und verschwieg, dass er dies fast ein Vierteljahrhundert getan hatte.

»Was ich diesem Privatdetektiv nicht gesagt habe, ist«, Mrs. Collins beugte sich vor, »dass eine frühere Küchenmagd von Blickling Hall mit ihrem Ehemann einen Gasthof im Dorf betreibt. Ein oder zwei Wochen nach der Begegnung mit Mr. Kendall bin ich der jungen Frau – sie heißt jetzt Betsy Pargenter – im Ort über den Weg gelaufen und habe sie gefragt, ob sie Miss Wilcox kannte. Sie sagte, nicht sehr gut, aber sie hätten ein paar Jahre lang zur selben Zeit hier gearbeitet.«

»Der Name dieses Gasthofes ist?«

»The Crown. Er liegt direkt neben der Kirche. Sie können ihn nicht verfehlen. Falls Sie zu Abend essen möchten oder nach einer Übernachtungsmöglichkeit suchen – er hat einen guten Ruf.«

Nachdem Hopkins noch eine Weile mit Mrs. Collins geplaudert hatte, machte er sich auf den Weg ins Dorf. Er hatte den Wirtschaftshof etwa zur Hälfte überquert, als sein Blick auf ein grün gestrichenes Gartentor in einer hohen Backsteinmauer fiel. Dahinter, erinnerte er sich plötzlich, lag der Küchengarten mit seinen Beeten und Gewächshäusern.

Und, du lieber Himmel ... Ihm fiel wieder ein, dass er sich während des Aufenthalts seiner Herrschaft auf Blickling Hall in eine Küchenmagd verliebt hatte. Sie hatte sich auch zu ihm hingezogen gefühlt, und am zweiten Abend waren sie davongeschlichen. Sie hatten sich im Melonengewächshaus versteckt und sich dort leidenschaftlich geküsst. Ellen, so war ihr Name gewesen, hatte ihm sogar erlaubt, ihre Brüste zu berühren. Sie hatten sich rund und fest wie kleine Melonen angefühlt.

Für einen Moment blitzte die Vorstellung in Hopkins auf, Mrs. Collins in dem Gewächshaus zu küssen. Er verdrängte das Bild energisch und machte sich auf den Weg ins Dorf.

Victoria ertappte sich dabei, dass sie schon wieder, statt die Altstadt von Perugia zu beschreiben, daran dachte, wie sie mit Randolph durch die engen Gassen geschlendert war. Sie riss ihren Blick von einer Fotografie los, die vor ihr auf dem Schreibtisch lag. Die Fontana Maggiore – ein runder Brunnen, der, wie Victoria fand, ein bisschen an einen überdimensionalen Hochzeitskuchen erinnerte –, war darauf abgelichtet. Auf den Treppenstufen vor der Kathedrale mit Blick auf den Brunnen hatten sie und Randolph in der Sonne gesessen und sich über den Ehrbegriff der römischen Antike unterhalten. Wie meistens waren sie unterschiedlicher Meinung gewesen. Randolph hatte es verteidigt, dass adligen Männern die moralische Verpflichtung auferlegt worden war, sich umzubringen, statt in Schande zu leben. Victoria hatte diese Vorstellung von Ehre dumm gefunden.

Sie sah die Tauben vor sich, die auf dem Platz nach Körnern suchten, um im nächsten Moment hochzuflattern, und Randolphs Gesicht, seine blauen Augen unter dem blonden Haar und seinen schön geschwungenen sinnlichen Mund. Ja, sie wünschte sich, dass er sie küsste.

Stimmen unten im Park brachten Victoria wieder zu sich. Es war wirklich an der Zeit, dass sie eine Entscheidung traf und dieser romantischen Träumerei ein Ende machte! Ehe sie es sich wieder anders überlegen konnte, nahm sie Briefpapier aus einer Schreibtischschublade und schrieb, dass sie sich freuen würde, mit Randolph – falls das Wetter gut bleiben sollte – am nächsten Morgen im Hyde Park auszureiten. Danach schob sie den Brief in einen Umschlag, adressierte ihn und lief in die Halle hinunter, wo sie den Portier fragte, ob er Joe, den Laufburschen, für eine Weile entbehren könne. Mr. Jarvis, ein jovialer Mann in den Dreißigern, hatte nichts dagegen. Victoria drückte dem schmalen Jungen das Kuvert und ein paar

Pennys in die Hand und sah ihm nach, wie er das Haus verließ.

Hopkins, überlegte Victoria, während sie wieder in die Wohnung hinaufging, *hätte ich mit dieser Aufgabe nicht betraut.* Sie war sich darüber im Klaren, dass er bemerkt hatte, dass sie beim Lesen der Einladung errötet war – ihm entging ja kaum etwas –, aber ihn ihre Antwort überbringen zu lassen, wäre ihr nun doch zu intim erschienen.

In der Küche erwärmte Victoria eine Dose Bohnen und briet sich zwei Spiegeleier, was mehr oder weniger das Einzige war, das sie zubereiten konnte. Hopkins wäre entsetzt gewesen. Der Abendhimmel vor den Fenstern hatte ein dunkles, samtiges Blau angenommen. Der kommende Tag versprach, wieder schön zu werden.

Nachdem Victoria ihre karge Mahlzeit beendet hatte, verbannte sie die Gedanken an die mysteriöse, tief verschleierte Frau aus ihrem Kopf, denn sie würde dieses Rätsel jetzt nicht lösen können, und widmete sich wieder dem Reiseführer über Italien. Sie schrieb an den letzten Zeilen über Perugia, als es an der Tür klingelte. Ein Diener stand davor und überreichte ihr Randolphs Antwort. In seiner vertrauten Handschrift stand auf dem Papier, dass er sich freue, Victoria am kommenden Morgen gegen elf Uhr in seinem Haus am Cloucester Square empfangen zu dürfen.

Hopkins hatte sich für einen Tisch in einer abgelegenen Ecke der Crown entschieden. Die Wände der Gaststube waren braun getäfelt, schwarze Holzbalken stützten die niedrige Decke. Der Boden war mit sauberem Sand bestreut. Zwei Männer in einfachen Anzügen – Handlungsreisende, vermutete Hopkins – saßen einige Tische von ihm entfernt. Die anderen Gäste waren

Dorfbewohner und Farmer. Der Rauch des Kaminfeuers mischte sich mit dem von Pfeifen und Zigaretten. Der Hammeleintopf, den Hopkins bestellt hatte, schmeckte angenehm deftig, und das frisch gezapfte Bier war von guter Qualität. Das Zimmer, das er zuvor in Augenschein genommen hatte, war klein und behaglich. Kurzum, Hopkins war sehr zufrieden mit Mrs. Collins' Empfehlung.

Er hatte eben den letzten Löffel des Eintopfs gegessen und wollte zur Theke gehen, um nach der Wirtin zu fragen, als eine junge Frau mit einem frisch gefüllten Bierglas in der Hand zu ihm trat.

»Ich bin Betsy Pargenter«, erklärte sie. »Mrs. Collins hat mir eine Nachricht geschickt und mich wissen lassen, dass Sie mir ein paar Fragen zu Miss Wilcox stellen möchten. Sie hat mich gebeten, Ihnen behilflich zu sein.«

»Das war sehr freundlich von ihr«, erwiderte Hopkins. »Nehmen Sie doch bitte Platz.«

Die Haushälterin eines großen Anwesens hatte, ebenso wie der Butler, eine bedeutende Position in einem Dorf inne, und man tat gut daran, ihnen einen Gefallen zu erweisen – Hopkins hatte sich dies früher selbst gelegentlich zunutze gemacht. Mrs. Pargenter war eine dralle Person, deren Unterkiefer leicht vorstand. Hopkins schätzte sie als robust und fröhlich ein, womit sie als Wirtin eines Dorfgasthofs genau am richtigen Platz war.

»Ich kann Ihnen leider nicht viel zu Miss Wilcox sagen. Sie war die Zofe der Hausherrin und ich ein junges Küchenmädchen. Wir hatten nicht viel Umgang miteinander. Ich habe auch nur mit ihr geredet, wenn sie mich ansprach. Was selten vorkam.«

»Wissen Sie vielleicht, wo sie vor Blickling Hall beschäftigt war?«

»Ich kann mich nicht daran erinnern.« Mrs. Pargenter strich ihre gestärkte Leinenschürze glatt. »Es muss aber ein ziemlich großes Haus gewesen sein. Einmal habe ich mitbekommen, wie Miss Wilcox und die Köchin sich unterhielten. Es ging darum, dass für ein festliches Dinner auf Blickling Hall zwanzig Gedecke ausgeliehen werden mussten. Sechzig, das wusste ich, waren vorhanden. Und Miss Wilcox sagte zur Köchin, die Herrschaft, bei der sie vorher angestellt gewesen sei, habe hundert Gedecke vorrätig gehabt. Ich habe mir das gemerkt, weil ich so beeindruckt war.«

Hopkins besann sich. Eine ganze Anzahl adliger und reicher Familien waren, wie er wusste, so gut ausgestattet. Ein Mann an der Theke erzählte einen Witz, woraufhin die anderen in lautes Gelächter ausbrachen.

»Warum kündigte Miss Wilcox denn?«, fragte er, als das Lachen verebbt war.

Die beiden Handelsreisenden verließen die Gaststube, und als das Stimmengewirr kurz erstarb, hörte man für einen Moment ihre Schritte auf der Treppe.

»Die alte Lady Carmichael starb an einer Grippe, die in der Gegend grassierte. Und die junge Lady – die Gattin des jetzigen Lords – hatte ihre eigene Zofe, der sie vertraute. Deshalb musste Miss Wilcox gehen.« Mrs. Pargenter zuckte mit den Schultern. »Ich bin überzeugt, dass sie ein gutes Zeugnis bekam, denn nach allem, was ich hörte, schätzte die alte Lady sie. Ich habe allerdings keine Ahnung, wo sie ihre nächste Stelle antrat.«

»Könnte Miss Wilcox geheiratet haben und so zu Mrs. Oliver geworden sein?«

Mrs. Pargenter lachte. »Das würde mich eher wundern. Sie war an Männern nicht interessiert.«

»Wie meinen Sie das?« Hopkins hob die Augenbrauen.

»Na ja, ich habe die Zimmermädchen darüber tuscheln hören, dass sie in die Schneiderin verliebt war, eine Miss Coats aus Fowey, die die Kleider für Lady Carmichael nähte. Ich kannte Miss Coats, da sie, wenn sie auf Blickling Hall arbeitete, mit dem Personal aß. Einmal habe ich Miss Wilcox und sie Hand in Hand in den Feldern spazieren gehen sehen.«

Was immerhin erklärt, warum Blickling Hall so wichtig für Mrs. Oliver war, dass sie eine Fotografie des Anwesens aufbewahrte.

Für Hopkins war die Ermordete immer noch Mrs. Oliver. Er erinnerte sich an die aus rotblondem Haar geflochtene Brosche, die Victoria in deren Schmuckkästchen gefunden hatte.

»Ist Miss Coats denn noch am Leben und ... ist sie vielleicht blond?«, wandte er sich wieder an Mrs. Pargenter.

»Sie fiel derselben Grippeepidemie zum Opfer wie die alte Lady. Und was Ihre Frage nach ihrer Haarfarbe betrifft – sie war schwarzhaarig wie eine Zigeunerin.«

Womit ich, dachte Hopkins, nachdem sich Mrs. Pargenter wieder in die Küche zurückgezogen hatte, *einige interessante Dinge über Mrs. Oliver herausgefunden habe. Ein Privatdetektiv spürt ihr nach, und sie hatte tatsächlich einen falschen Namen angenommen.*

Er trank einen großen Schluck Bier. Die neuen Informationen wirkten wie Puzzleteile auf ihn, die, wenn sie erst einmal am richtigen Platz lagen, einen wichtigen Beitrag zur Lösung des Rätsels leisten würden.

FÜNFZEHNTES KAPITEL

»Ryder, setzen Sie sich.«

Der Commissioner wies auf den Ledersessel vor seinem Schreibtisch. Er trug Abendgarderobe, eine gestärkte weiße Hemdbrust und einen weißen Schlips. Die dunkelroten Samtvorhänge des Arbeitszimmers waren zugezogen. Im Halbschatten über dem Kamin hing ein Gemälde, auf dem Pulverdampf zwischen Segelschiffen aufstieg. Jeremy Ryder hatte nie gefragt, welche Seeschlacht der Maler dargestellt hatte. Doch er vermutete, dass es die von Trafalgar war.

»Sie erwarten Besuch, Sir?«, fragte er höflich.

»Ja, wir müssen uns kurz fassen. Meine Gattin und ich geben eine Dinnerparty. Was gibt es Neues, Ryder?«

»Weder ein deutscher noch ein französischer oder russischer Spion hat in den letzten Tagen versucht, das Land zu verlassen. Das Gleiche gilt für Mittelsmänner.«

»Sunderlands Aufzeichnungen scheinen also noch nicht in die falschen Hände gelangt zu sein, wo auch immer er sie aufbewahrte. Gnade uns Gott, wenn das jemals eintreten sollte.« Der Commissioner stand auf und ging mit großen Schritten auf dem schweren Perserteppich auf und ab.

Jeremy Ryder hörte eine Türglocke und entfernte Stimmen. Anscheinend trafen die ersten Gäste ein. Er verkniff sich die Bemerkung, dass es seitens der Regierung ein Spiel mit dem Feuer gewesen war, Sir Francis gewähren zu lassen und darauf zu hoffen, seine Aufzeichnungen eines Tages für eigene Zwecke benutzen zu können.

»Mit Verlaub, Sir«, sagte er, »ich bin nach wie vor davon überzeugt, dass Sir Francis nicht von einem ausländischen Spion umgebracht wurde, sondern von einem seiner Erpressungsopfer.«

»Das mag sein, aber auch in diesem Fall sollten wir schleunigst den Ort finden, wo Sunderland seine inkriminierenden Notizen versteckte. Sein Landhaus wurde mittlerweile – ebenso wie das Haus am St. James Square – gründlich durchsucht, doch an beiden Orten wurden sie nicht gefunden.« Der Commissioner blieb ungeduldig vor Jeremy Ryder stehen. Seine Miene wirkte angespannt. »Ich habe immer noch meine Zweifel, ob es wirklich klug war, dass Sie einen Artikel für den *Spectator* schrieben, in dem Sie die These eines politisch motivierten Mordes infrage stellten.«

»Diese These ist sehr plakativ, Sir. Meine Kollegen recherchieren sorgfältig. Sehr bald hätte jemand von ihnen diese Theorie ohnehin hinterfragt. Indem ich sie als Erster öffentlich anzweifelte, können wir die Recherchen bis zu einem gewissen Grad kanalisieren. Außerdem bin ich nicht nur Mitarbeiter Ihrer Geheimtruppe, sondern auch Journalist und Angestellter einer Zeitung. Ich gönne dem *Spectator* die Story.« Jeremy Ryder lächelte.

»In erster Linie hat Ihre Loyalität Ihrem Land und Ihrer Aufgabe zu gelten.« In der Stimme des Commissioners lag eine gewisse Schärfe.

»Sir, ich befinde mich in keinem Loyalitätskonflikt«, antwortete Jeremy Ryder bestimmt.

»Gut.« Der Commissioner nickte, dann fragte er: »Gibt es etwas Neues von der kleinen Bredon?«

»Allerdings.« Jeremy veränderte seine Sitzhaltung und

schlug ein Bein über das andere. »Miss Bredon weiß, dass Mrs. Oliver Sir Francis kannte. Außerdem hat sie erfahren, dass in sein Haus am St. James Square eingebrochen wurde und Scotland Yard diesem Einbruch keine große Bedeutung beimisst. Sie und ihr Butler haben sich nämlich entschlossen, den Mord an Sir Francis aufzuklären.«

»Sie wollen mich wohl auf den Arm nehmen?« Der Commissioner starrte ihn ungläubig an.

»Nein, es ist mein vollster Ernst.« Jeremy Ryder schüttelte den Kopf. »Auch wenn mir noch nicht klar ist, welche Motivation Miss Bredon eigentlich antreibt. Dass sie Armitage für unfähig hält, scheint mir kein ausreichendes Motiv zu sein.«

»Ich werde mich an ihren Großvater wenden und dafür sorgen, dass sie von ihrem Vorhaben ablässt.«

»Ich mag Miss Bredon, Sir. Deshalb möchte ich nicht, dass sie in Schwierigkeiten gerät.«

»Die Kleine hat Ihnen hoffentlich nicht den Kopf verdreht, Ryder?« Der Commissioner hob die Augenbrauen.

»Nein, Sir, das hat sie nicht. Ich finde sie einfach ungewöhnlich erfrischend.« Jeremy Ryder zuckte mit den Schultern. »Bitte, lassen Sie mich ein Auge auf sie halten. Ich werde dafür sorgen, dass sie keinen Schaden anrichtet. Außerdem ... So wie ich Miss Bredon einschätze, wird es sie eher noch in ihrem Vorhaben bestärken, die Morde aufzuklären, wenn ihr Großvater ihr zusetzt. Sie ist sehr eigenwillig.«

Der Commissioner überlegte kurz. Dann nickte er und sagte: »Gut, ich lasse Miss Bredon noch gewähren. Aber Sie passen auf sie auf und erstatten mir Bericht.«

Victoria saß auf dem Teppich im Arbeitszimmer ihres Vaters. Wenn sie den Kopf ein wenig drehte, sah sie ihn hinter seinem

Schreibtisch, wo er ein Buch studierte und sich Notizen machte. Sie blätterte noch eine Seite ihres Bilderbuchs um. Doch die Geschichte vom Bären, der einen Ausflug an den Fluss machte, langweilte sie. Sie stand auf und schlüpfte in ihr eigenes Zimmer, wo sie sich Papier und Farben holte. Im Bad füllte sie ein Glas mit Wasser. Sie klemmte sich die Papierbögen und den Farbkasten unter den Arm und kehrte mit dem Glas in der Hand ins Arbeitszimmer zurück.

Ihr Vater blickte kurz auf und lächelte ihr zu, ehe er sich wieder seiner Arbeit widmete. Victoria kauerte sich auf den Boden, breitete das Papier vor sich aus und öffnete den Farbkasten. Sie liebte die unterschiedlichen Farben in den kleinen Töpfchen, besonders das tiefe Rot hatte es ihr angetan. Konzentriert tauchte sie einen Pinsel in das Wasser. Zuerst malte sie ihre Puppe. Dann bemerkte sie, dass die Sonne Lichtkringel auf das Parkett warf. Das gefiel ihr noch mehr. Sie begann die Kringel zu malen. Kreise in Weiß- und Gelbtönen auf einem hellbraunen Untergrund. Und dann hatte sie einfach Lust, Kringel und Striche in allen möglichen Farben auf das Papier zu bannen. Sie war so vertieft in ihr Tun, dass sie erst bemerkte, dass ihr Vater aufgestanden war, als sein Schatten auf sie fiel.

Victoria blickte hoch. Sie war stolz auf ihr Bild, und sie erwartete, dass es auch ihrem Vater gefiel. Doch sein Gesicht war ganz verzerrt und weiß vor Zorn. Er bückte sich und hob die Hand, als ob er sie schlagen wollte. Instinktiv wich sie zurück. Das Glas fiel um, und das Wasser ergoss sich über das Bild. Er packte ihren Arm und zog sie auf die Füße.

»Du weißt doch, ich will nicht, dass du malst«, herrschte er sie an.

Seine Stimme und sein Gesicht waren ihr ganz fremd geworden. Das war nicht mehr ihr geliebter Vater. Das war ein bedrohlicher, unheimlicher Riese.

Entsetzen erfüllte Victoria. Sie konnte ihn nur anstarren, während eine tiefe, lähmende Traurigkeit in ihr aufstieg.

Victoria war noch von Traurigkeit erfüllt, als sie aufwachte. In ihrem Zimmer war es dunkel. Die Zeiger des kleinen Weckers auf ihrem Nachttisch standen auf fünf. In ihrer Erinnerung hatte sich ihr Vater ihr gegenüber immer liebevoll verhalten. Hatte es diese Szene aus ihrem Albtraum wirklich gegeben? Oder hatte ihr Unterbewusstes sie als Folge von Sir Francis' Anschuldigungen heraufbeschworen?

Plötzlich glaubte sie, Schritte in der Wohnung zu hören. *Hopkins ist verreist, ich bin allein*, durchfuhr es sie. In Mrs. Grants Haus war eingebrochen worden. Vielleicht hatte der Mörder Mrs. Oliver sogar dort getötet. Warum hatte sie nicht daran gedacht, die Pistole ihres Vaters, die in seinem Schreibtisch lag, mit in ihr Zimmer zu nehmen?

Victoria tastete nach den Streichhölzern, die auf dem Nachttisch lagen, und zündete die kleine Petroleumlampe an, die dort bereitstand. Dann schlüpfte sie aus dem Bett und hastete auf nackten Füßen durch das Zimmer. In einem Regal bewahrte sie ihre Fotoausrüstung auf. Daran lehnte das Metallstativ. Sie nahm es in die Hand und lauschte. In der Wohnung war es nun still. Nur von der Straße her waren entfernt Hufgeklapper und das Räderrollen einer Kutsche zu hören. Victoria betätigte den Lichtschalter, und im nächsten Moment flammte das elektrische Licht auf. Die Helligkeit war ganz ungewohnt für sie.

Das Stativ fest umklammernd, öffnete sie vorsichtig die Zimmertür und spähte in den Korridor. Dort war niemand zu sehen. Mit angehaltenem Atem rannte sie zur Wohnungstür, schob den Riegel zurück und sperrte sie auf. Im Treppenhaus war es dunkel, doch unten in der Halle konnte sie einen schwachen Lichtschein sehen. Victoria zündete auch das elektrische Licht im Korridor an und begutachtete das Türschloss. Sie konnte keine Einbruchsspuren entdecken. Nichts war zu hören. Sie musste sich getäuscht haben. Trotzdem hastete sie ins Arbeitszimmer ihres Vaters, um die Pistole zu holen. Damit fühlte sie sich einfach sicherer.

Sie hatte die dunkelrote Lederschatulle, in der die Pistole aufbewahrt wurde, eben auf die Schreibtischplatte gelegt, als ihr Blick auf die Fotografie ihrer Mutter Amelie fiel, die dort zusammen mit den Bildern von ihr selbst stand.

Plötzlich stieg eine Erinnerung in Victoria auf. Zuerst war es nur die an den Geruch von Farben und Terpentin. Doch dann sah sie ihre Mutter, die vor einer Staffelei stand. Sie hielt einen Pinsel in der Hand und trug einen Kittel voller Farbkleckse.

Victoria vergaß ihre Angst vor einem Einbrecher. Sie musste daran denken, dass sie so gut wie keines der Gemälde kannte, die ihre Mutter gemalt hatte, denn in der Wohnung hing kein einziges. Erst bei einem Ausstellungsbesuch vor zwei Jahren hatte sie zufällig zwei kleine Skizzen gesehen. Landschaftsimpressionen mit Aquarellfarben und Pastellkreide gemalt. Sehr zart und doch sehr ausdrucksvoll. Eines zeigte eine verschneite Dorfstraße unter einem klaren Winterhimmel, das andere einen herbstlichen Feldweg. Während Victoria die Gemälde betrachtet hatte, hatte sie geglaubt, die Kälte zu spüren und den Getreidestaub und das welke Laub zu riechen. Zwei Wochen war sie fast jeden Tag zur Galerie gegangen, um die Bilder zu sehen. Sie hätte die Ausstellung noch öfter besucht, doch dann hatte ein Sammler die beiden Gemälde gekauft. Ihrem Vater hatte Victoria nie davon erzählt.

Während Victoria die Fotografie ihrer Mutter betrachtete, wanderten ihre Gedanken weiter. Wenn ihr Vater es nicht ertrug, die Gemälde ihrer Mutter um sich zu haben, warum stand dann ihre Fotografie auf seinem Schreibtisch? Warum hatte es ihn nicht erst recht geschmerzt, ihr Antlitz zu sehen? *Das ergibt alles keinen Sinn. Eigentlich hätte mir dieser Widerspruch schon viel früher auffallen müssen. Was hast du mir verschwiegen?*, dachte sie, während sie sich in dem Arbeitszimmer umsah.

In einem Schreibtischfach lagen die in Leder gebundenen Kalender ihres Vaters. Hastig holte sie sie heraus und sah sie durch. Wie sie befürchtet oder beinahe schon erwartet hatte, fehlten die Kalender aus den Jahren 1891 bis 1894 – genauso wie die Tagebücher.

Victoria begann, das Arbeitszimmer systematisch zu durchsuchen. Als sie damit fertig war, ging sie in das Schlafzimmer ihres Vaters. Auf dem Bett lag noch seine grüne gesteppte Tagesdecke und auf dem Nachttisch das Buch, in dem er bis kurz vor seinem Tod gelesen hatte, *Engel und Narren* von Edward Morgan Forster. Seine Kleidung hatten Hopkins und Victoria vor ein paar Monaten weggegeben. Die Schränke waren deshalb weitgehend leer, und Victoria hatte sie schnell durchgesehen. Wie bereits im Arbeitszimmer fand sie auch hier nichts, was ihr ihre Fragen beantwortet hätte.

Frustriert ließ sie sich auf die gepolsterte Bank am Bettende sinken. Ihr Vater war ein penibler Mensch gewesen. Victoria begriff, dass er alles, was ihr einen Hinweis auf sein Geheimnis hätte geben können, aus der Wohnung entfernt hatte.

Glaub ja nicht, dass ich mich damit zufriedengebe, dachte sie grimmig. *Ich werde herausfinden, was du vor mir verbirgst, das schwöre ich dir!*

Plötzlich bemerkte Victoria den schmalen Lichtstreifen, der durch einen Spalt zwischen den geschlossenen Vorhängen auf den Teppich fiel. Gleich darauf schlug die Uhr in der Bibliothek sieben Mal. *In vier Stunden bin ich mit Randolph zum Reiten verabredet,* fiel ihr siedend heiß ein.

Als Victoria zum Fenster ging und die Vorhänge ein Stück aufzog, musste sie blinzeln, denn die aufgehende Sonne fiel ihr ins Gesicht. Sie schluckte. Ach, warum konnte es nicht regnen? Dann müsste sie nicht mit Randolph ausreiten. Sie hatte sich aber nun einmal vorgenommen, ihr Verhältnis zu Randolph zu klären. Deshalb blieb ihr nichts anderes übrig, als zu der selbst auferlegten Verpflichtung zu stehen.

Während Victoria mit dem Fahrrad durch die Straßen fuhr, empfand sie es beinahe als Hohn, dass das Wetter an diesem Vormittag ganz besonders schön war. Der Sonne verlieh den cremefarbenen klassizistischen Fassaden einen rosafarbenen Schimmer, was sie unwillkürlich an Italien und die Gebäude dort erinnerte.

Bevor Victoria die Wohnung verlassen hatte, hatte sie sich noch einmal im Spiegel betrachtet. Ihr Haar war zu einem Knoten im Nacken hochgesteckt. In dem Reitanzug mit dem schwarzen Jackett und der beigefarbenen Hose sowie dem Zylinder sah sie wie ein zierlicher junger Mann aus.

In der Mitte des Gloucester Square lag ein umzäunter, verwunschener Garten, in dem hohe alte Bäume wuchsen. Das Anwesen der Familie Warwick war ein stattliches Gebäude, das fast die gesamte Längsseite des Platzes einnahm. Das Erdgeschoss war hell verputzt, die beiden Stockwerke darüber mit rotem Backstein verkleidet. Während Victoria auf den breiten Gehweg fuhr, um ihr Rad abzustellen, sah sie, dass zwei Reitburschen eine zierliche kastanienbraune Stute und einen Fuchs mit weißer Blesse, offenbar ein Hengst, vor Randolphs Heim auf und ab führten.

Unsere Reitpferde ...

Nervös stieg Victoria die Stufen zur Eingangstür hinauf und betätigte dann den Türklopfer. Ein junger Bediensteter öffnete ihr.

»Was kann ich für Sie tun, Sir?« Fragend blickte er sie an.

»Der Herzog erwartet mich«, erwiderte Victoria ein wenig von oben herab, um ihre Aufregung zu überspielen. »Mein Name ist Bredon.«

»Oh ...« Der Diener erkannte jetzt, dass sie eine junge Frau war, und starrte sie verblüfft an. Was, wie Victoria dachte, Hopkins' Missbilligung erregt hätte, denn nach seiner Meinung hatte ein Dienstbote unter allen Umständen Fassung zu bewahren. Sie versuchte, ihre Belustigung zu verbergen. »Wenn Sie mir bitte folgen würden ... Miss ...«

Der junge Mann geleitete Victoria durch eine Halle, deren Wände in Pastelltönen und vergoldetem Stuck gehalten waren. Eine Glaskuppel verlieh dem Raum zusätzliche Weite. Zwei Treppenflügel schwangen sich in leichtem Bogen ins obere Stockwerk.

Der Raum, in dem der Diener Victoria zu warten bat, war klein, aber hübsch eingerichtet. Die gelbe Seidentapete gab ihm etwas Lichtes, Fröhliches. Das Sofa und die beiden Stühle waren, dem Stil des Hauses entsprechend, klassizistisch. In einem verglasten Schrank stand chinesisches Porzellan. Durch das fast deckenhohe Sprossenfenster konnte Victoria den Garten sehen.

Nun hörte sie rasche Schritte in der Halle. Sie drehte sich in dem Moment um, als die Tür aufging und Randolph – in Reitkleidung, den Zylinder in der Hand – hereinkam. Er musterte sie einen Moment.

»Nun verstehe ich, warum mein junger Diener so durcheinander war«, sagte er trocken.

»Sie müssen nicht mit mir ausreiten, wenn Sie es nicht möchten.« Victoria sah Randolph herausfordernd an, doch ihr Herz klopfte bis zum Hals.

»Warum sollte ich auf einen Ausritt mit Ihnen verzichten?«

»Das heißt, Sie ... Sie stören sich nicht an ...«, stammelte Victoria, die nun doch kein Selbstbewusstsein mehr vortäuschen konnte.

»Sie meinen, an Ihrem Anzug?« Randolph lächelte sie an. »Er steht Ihnen sehr gut. Und jetzt lassen Sie uns gehen.«

Um den Verkehr nicht zu behindern, ritten Victoria und Randolph die kurze Strecke zum Hyde Park hintereinander.

Randolph lässt sich tatsächlich in der Öffentlichkeit mit mir sehen, obwohl ich Hosen trage!

Victoria konnte es immer noch nicht ganz fassen. Mit strahlenden Augen blickte sie sich um. Viele Büsche und Bäume im Hyde Park zeigten ihr erstes Grün. Da und dort öffneten sich bereits Blüten an den Zweigen. Auf dem Serpentine, dem kleinen See, fuhren Ruderboote. Außer ihr und Randolph waren an diesem Vormittag noch viele andere Reiter unterwegs.

Randolph zügelte seinen Hengst, um auf gleicher Höhe mit ihr zu sein. »Wie haben Sie Ihre Zeit verbracht, seit wir uns auf dem Ball gesehen haben?«, fragte er.

»Ich habe viel fotografiert.«

Dass sie versuchte, Sir Francis' Mörder zu finden, wollte Victoria lieber nicht erzählen. Auch wenn Randolph ihren Anzug tolerierte, konnte sie sich nicht vorstellen, dass er sehr begeistert von einer Frau sein würde, die auf Mörderjagd ging. Außerdem wollte sie in diesem Moment nicht an Sir Francis und das Geheimnis ihres Vaters denken, sondern einfach den Ausritt genießen.

»Es ist schon ungewöhnlich für eine Frau, auf diese Weise Geld zu verdienen.«

»Was fänden Sie denn typisch für eine Frau? Hüte zu machen oder Kleider zu nähen?«, fragte Victoria spitz.

»Mit ›ungewöhnlich‹ meinte ich nicht, dass mir Ihre Fotos nicht gefallen oder dass ich Ihre Arbeit missbillige.« Randolph lachte. »Sie scheinen mich für sehr engstirnig zu halten.«

»Nicht für engstirnig, aber konservativ.«

»Nun gut. Solange Sie mich nur für konservativ und nicht für reaktionär halten, bin ich zufrieden.«

»Wir hatten in Italien ja öfter Gelegenheiten, uns zu unterhalten. Sie werden zugeben, dass wir meist sehr unterschiedlicher Meinung waren.« Die Stute scheute vor einer Papiertüte, die der Wind über den Weg wehte, aber Victoria konnte sie schnell wieder beruhigen und dazu bewegen weiterzugehen. »Gestern habe ich übrigens am Kapitel über Perugia für den Reiseführer geschrieben«, wandte sie sich nun wieder Randolph zu.

»Ich erinnere mich noch gut daran, wie wir vor der Kathedrale auf den Stufen saßen und auf diesen merkwürdigen Brunnen blickten. Und wie wir später unter einem mittelalterlichen Aquädukt hindurchgingen. Es waren sehr schöne Tage. So unbeschwert wie damals habe ich mich lange nicht mehr gefühlt.« Randolph schwieg kurz, dann fügte er hinzu: »Und das hatte auch mit Ihnen zu tun.«

»Wirklich?« Victoria lächelte ihn an.

»Ja ...«

Doch ehe Randolph erklären konnte, warum, näherte sich ihnen eine blonde elegante Reiterin – Isabel. Victoria war so auf Randolph konzentriert gewesen, dass sie ihre Cousine erst jetzt bemerkte.

Auch das noch!

Victoria unterdrückte ein Stöhnen. Da sie völlig davon überzeugt gewesen war, dass Randolph es ablehnen würde, mit ihr in Hosen auszureiten, hatte sie keinen Gedanken daran verschwendet, dass ihr Großvater und Großtante Hermione dies bestimmt nicht gutheißen würden.

Nun ja, wahrscheinlich wäre es ihnen auch ohne Isabel zu Ohren gekommen …

Ein attraktiver junger Mann begleitete ihre Cousine. Bestimmt ein reicher, adliger Heiratskandidat, vermutete sie.

»Herzog, was für eine schöne Überraschung, Ihnen zu begegnen.« Isabel begrüßte Randolph mit einem liebenswürdigen Lächeln, ehe sie sich ihrem Begleiter zuwandte. »Lord Leicester, darf ich Ihnen meine Cousine vorstellen? Sie hat leider ein Faible für ausgefallene Kleidung. Wobei ich hoffe, dass ich sie nicht eines Tages in Gefängniskluft sehen muss.«

»Sie scherzen.« Lord Leicester blickte ein wenig unsicher von Isabel zu Victoria.

»O nein.« Isabel schüttelte den Kopf. »Victoria brennt darauf, als Märtyrerin für die Sache der Suffragetten ins Gefängnis zu gehen.« Sie schürzte spöttisch die Lippen. »Großtante Hermione hat mir versichert, dass du Sir Francis nicht umgebracht hast. Hoffentlich täuscht sie sich nicht.«

»Wegen Sir Francis ins Gefängnis zu gehen, wäre mir nun doch zu viel des Märtyrertums.« Victoria schüttelte den Kopf.

»Ich werde dich jedenfalls nicht im Gefängnis besuchen.«

»Der Kontakt zur Realität würde dir ganz guttun.«

Isabel winkte ab. »Wohltätigkeitsveranstaltungen bieten mir genug Wirklichkeit.«

»Genau das meinte ich mit der Bemerkung, dass dir der Kontakt zur Realität fehlt«, erwiderte Victoria sarkastisch.

Isabel tätschelte den Hals ihrer Stute, die unruhig zu tänzeln begann. »Wissen Sie, Lord Leicester, meine Cousine arbeitet und ist auch noch stolz darauf.« Sie stutzte kurz und blickte über die Schulter ihres Begleiters, ehe sich ein Lächeln auf ihrem Gesicht ausbreitete und sie auf die Wiese deutete, auf der ein Mann mit einem Fotoapparat stand. »Victoria, ich glaube, du bist gerade fotografiert worden. Du bist wirklich ein beliebtes Motiv für die Gesellschaftsseiten geworden.«

Dass ich nun auch noch in Hosen in der Zeitung abgebildet werde, begeistert Großvater und Großtante Hermione sicher noch weniger, dachte Victoria. Doch sie ließ sich ihre Sorge nicht anmerken. Nachdem Isabel noch ein paar Worte mit Randolph gewechselt hatte, ritten sie und der Lord weiter.

»Der gute Leicester war, glaube ich, mit dem Schlagabtausch zwischen Ihnen und Ihrer Cousine etwas überfordert.« Um Randolphs Mund zuckte es.

Victoria seufzte. »Ich fürchte, meine Cousine bringt meine schlechtesten Seiten zum Vorschein.«

»Sie beide sind sich gar nicht so unähnlich.«

»Das fasse ich nicht als Kompliment auf.«

»Sie und Ihre Cousine sind zwei starke Persönlichkeiten.« Sie ritten an den Italien Gardens mit ihren Wasserbecken, Fontänen und antikisierenden Statuen vorbei. Victoria fand es wieder einmal verblüffend, dass es so etwas mitten in London gab. »Ich habe gehört, Ihr Großvater hat interveniert, damit nichts von Ihrer Befragung durch Scotland Yard in die Zeitungen kommt?« Randolph warf ihr einen Blick von der Seite zu.

»Das stimmt. Er wollte einen Skandal vermeiden. Hätten Sie Angst vor einem Skandal?«

»Niemand legt wohl Wert darauf, in einen Skandal verwickelt zu werden.«

»Sie weichen mir aus.«

»Ich würde einen Skandal nur freiwillig in Kauf nehmen, wenn es einen wichtigen Grund dafür gäbe.«

»Und der wäre?« Victorias Ton klang scherzhaft, aber mit der Frage war es ihr sehr ernst.

»Nun, die Liebe …«

Will mir Randolph damit zu verstehen geben, dass er in mich verliebt ist und es akzeptieren würde, wenn ich in einen Skandal geriete, oder interpretiere ich etwas Falsches in seine Worte? Victoria fürchtete, zu viel zu erhoffen.

»Ich sagte vorhin, dass ich mich in Italien auch Ihretwegen so unbeschwert gefühlt habe.« Randolph sah sie an.

»Ja, ich erinnere mich.« Victoria bemühte sich, ihre Stimme gleichmütig klingen zu lassen.

»Ich genieße Ihre Gegenwart, ich mag Ihre unkonventionelle Art.«

Victoria senkte den Blick, um vor Randolph zu verbergen, dass ihr Gesicht aufleuchtete. Vielleicht irrte sie sich in dem, was er ihr sagen wollte, ja doch nicht …

SECHZEHNTES KAPITEL

»Die beiden Ladys sind meiner Cousine Isabel wirklich ziemlich ähnlich«, raunte Victoria Constance zu. »Garantiert sind sie nur hier, weil sie sich einen Anschein von Wohltätigkeit und Nächstenliebe geben wollen.« Verstohlen blickte sie in Richtung der zwei Frauen, die an einem anderen Tisch hinter einem großen Suppenkessel aus Emaille standen, und versuchte, ihr Lächeln zu verbergen. Lady Florence und Lady Charlotte waren beide Mitte dreißig und recht hübsch. Ihre Haare trugen sie kunstvoll hochgesteckt und an der Stirn zu Löckchen drapiert. Im Kontrast dazu stand ihre betont schlichte schwarze Kleidung. Ihre ganze Körperhaltung drückte aus, dass sie sich unwohl fühlten. »Isabel würde sich bestimmt genauso verkrampft benehmen und die Nase rümpfen. Ich wette, die Röcke und Blusen haben sie sich von ihren Zofen ausgeliehen.«

»Ich fürchte, du irrst dich nicht.« Constance seufzte. Sie selbst trug einen praktischen grauen Rock und eine Bluse, die nur einen kleinen Spitzenbesatz hatte. Aber nicht, wie Victoria wusste, weil sie Angst hatte, sich schmutzig zu machen, sondern weil sie die Frauen, die zur Armenspeisung kamen, nicht beschämen wollte. »Leider sind wir auf Lady Florence' und Lady Charlottes Spenden angewiesen«, fuhr Constance mit gedämpfter Stimme fort. »Sonst würde ich ihnen sagen, dass ich gut auf ihre Hilfe verzichten kann. Leute wie sie lassen mich immer dankbar für die Französische Revolution sein.«

»Ja, sie lassen einen sogar auf eine kommunistisch-anarchistische Weltrevolution hoffen.« Victoria unterbrach sich, als Alfred, ein stämmiger Ire, einen weiteren Kessel voller Suppe heranschleppte und ihn vor Victoria und Constance abstellte. Er war früher einmal Boxer gewesen, wovon seine eingedrückte schiefe Nase zeugte.

»Nudeln und Hammelfleisch«, hörte Victoria nun eine der beiden Ladys sagen. »Kartoffeln und Kohl hätten es doch auch getan. Davon wären die Frauen und Kinder ebenfalls satt geworden.«

Der Saal, in dem die Armenspeisung für Frauen und Kinder stattfand, war weiträumig und karg. Die langen Holztische und Bänke waren abgenutzt, aber sauber. Das Gleiche galt für das Steingutgeschirr und das Blechbesteck. Durch eine offen stehende Tür konnte Victoria den angrenzenden Raum sehen. Dort hing eine große Schiefertafel an der Wand, eine junge Lehrerin schrieb mit Kreide einzelne Buchstaben und Worte darauf. Zweimal in der Woche hatten Frauen und ältere Kinder die Gelegenheit, nicht nur eine kostenlose Mahlzeit zu bekommen, sondern auch Lesen und Schreiben zu lernen. Dieses Projekt lag Constance besonders am Herzen. Hungrige Mägen zu füllen war eine Sache. Aber langfristig würde sich das Los der armen und häufig unterernährten Frauen und Kinder nur durch Bildung verbessern.

Es kam Victoria vor, als wären schon viel mehr als drei Stunden vergangen, seit sie sich von Randolph am Gloucester Square verabschiedet hatte. Das East End war zwar nur wenige Meilen entfernt, aber eine völlig andere Welt. Auf ihrem Weg zu der Halle in der Whitechapel High Street, die Constance' Organisation gemietet hatte, hatte sie einen Mann gesehen, der Essensreste von der Straße aufgehoben und sie sich in den Mund gestopft hatte. Rachitische Kinder mit stumpfen

Augen hatten am Straßenrand herumgelungert. Obwohl es noch helllichter Tag war, war Victoria vielen Betrunkenen begegnet, und an einer Straßenecke hatte eine Prostituierte, neben der ein spärlich bekleideter Säugling auf dem kalten Boden lag, auf Freier gewartet. Dabei war dies noch nicht einmal der schlimmste Teil des East Ends, sonst hätte sich Victoria gar nicht auf ihrem Fahrrad hergewagt.

Nun öffnete Alfred die Türen und eine lange Schlange von Frauen und Kindern schob sich in die Halle. Victoria und Constance füllten Suppe für die Erwachsenen und älteren Kinder und Haferbrei für die Kleinen und die Säuglinge auf die Teller.

»Leah, hast du Arbeit bei der Schneiderin gefunden, für die ich dir eine Empfehlung geschrieben habe?«, fragte Constance nun eine kleine blonde Frau, die ein stupsnasiges Gesicht hatte und einen an vielen Stellen geflickten Mantel trug.

»Ja, Madam, das habe ich. Danke, dass Sie sich für mich eingesetzt haben«, erwiderte Leah und schenkte Constance ein zahnlückiges Lächeln.

Während die Schlange weiter vorrückte, stellte Victoria fest, dass Constance viele der Frauen kannte. Sie erkundigte sich, ob sie noch oder wieder Arbeit hätten oder es ihren kranken Kindern besser ging. Eine dünne Frau, deren blasses Gesicht von einem Bluterguss verunstaltet wurde, fragte sie ganz offen, ob sie wieder von ihrem Mann geschlagen worden sei. Die Frauen schienen Constance zu vertrauen, denn sie erzählten von sich.

Victoria benötigte eine Weile, bis sie sich an den Geruch der ungewaschenen Körper gewöhnt hatte. Aber es berührte sie, dass viele Frauen ihren Stolz offenbar noch nicht ganz verloren hatten. Häufig entdeckte sie an den fadenscheinigen und ausgebesserten Kleidern eine kleine Borte oder ein Band, womit sie versuchten, sich eine gewisse Respektabilität zu geben.

Und da mache ich mir Gedanken wegen eines Reitkleides, dachte sie zerknirscht.

Nach einer guten halben Stunde ließ der Andrang etwas nach. Vor Victorias und Constance' Tisch wartete noch ein halbes Dutzend Frauen und Kinder. Vor Lady Florence' und Lady Charlottes Tisch stand niemand. Dort hatte sich der Ansturm ziemlich in Grenzen gehalten. Victoria schöpfte gerade Haferbrei für einen Säugling, der nach einer vollen Windel stank und aus vollem Halse schrie, auf einen Teller, als eine große rothaarige Frau ihre Aufmerksamkeit erregte. Sie war vielleicht um die dreißig Jahre alt, ihr lockiges Haar hatte einen noch intensiveren Rotton als Victorias. Wenn nicht eine Brandwunde ihre rechte Wange entstellt hätte, wäre sie mit ihrem ebenmäßigen Gesicht, den hohen Wangenknochen und den leuchtend blauen Augen eine Schönheit gewesen. Sie hatte die aufrechte Haltung einer Königin, doch es war nicht zu übersehen, dass sie eine Prostituierte war. Lippen und Wangen waren rot geschminkt, und unter ihrem Mantel trug sie ein tief ausgeschnittenes Kleid.

Die Prostituierte sah sich kurz um. Sie entschied, nicht anzustehen, sondern ging zu Lady Florence' und Lady Charlottes Tisch. Die beiden wichen vor ihr zurück.

»Wir sind eine respektable Organisation«, zischte Lady Florence entrüstet. »Wir verteilen keine Wohltätigkeiten an gefallene Frauen.«

»Stell dich nicht so an. Ich hab hier immer etwas zu essen bekommen.« Die Prostituierte stemmte angriffslustig die Hände in die Hüften und musterte die adligen Damen verächtlich. Ihre Stimme war tief und rauchig, sie sprach mit einem starken irischen Akzent. »Seid ihr etwa neidisch auf mich? Ich wette, ihr könnt es keinem Mann richtig besorgen.«

»Was fällt Ihnen ein?«, keuchte Lady Charlotte, während Lady Florence hysterisch rief: »Alfred, werfen Sie dieses unverschämte Weib sofort hinaus!« Alfred blickte fragend zu Constance.

Diese hatte die Szene auch beobachtet und schüttelte den Kopf. »Was soll das? Wir weisen niemanden ab«, sagte sie ärgerlich.

»Ich kümmere mich darum.« Victoria drückte der Mutter des schreienden Säuglings den Teller mit Haferbrei in die Hand. Dann eilte sie zu der Rothaarigen und nahm ihren Arm. »Kommen Sie doch bitte mit«, forderte sie sie freundlich auf, »ich bringe Ihnen sofort einen Teller mit Suppe.«

Die Frau ließ sich von ihr zu einem der Tische geleiten und nahm auf der Bank Platz. Als Victoria gleich darauf mit einem gefüllten Teller zu ihr zurückkehrte, musterte diese sie neugierig.

»Ich kenne dich«, sagte sie schließlich. »Ich hab dich bei der Demonstration vor dem Parlament gesehen und bei der Versammlung, bei der Emmeline Pankhurst geredet hat.«

»Sie sind ... du bist bei den Suffragetten aktiv?« Victoria war nun doch perplex. Als sie sah, dass Constance allein zurechtkam, setzte sie sich zu der Frau.

»Das hätt'ste mir nicht zugetraut, was?« Sie hob spöttisch die Augenbrauen, während sie einen Löffel voll Suppe zum Mund führte. »Aber warum soll ich nicht für das Frauenwahlrecht sein, nur weil ich 'ne Hure bin?«

»Natürlich, es tut mir leid«, entschuldigte Victoria sich.

»Dieser fette Kerl hatte dich vor dem Parlament ja ziemlich in der Mangel. Hat er dich der Polente übergeben? Ich bin selbst nur mit knapper Not 'ner Verhaftung entkommen.«

»Ein Journalist hat mich gerettet.«

»Um auf deine Frage zurückzukommen: Zu sagen, dass ich

bei den Suffragetten aktiv wäre, wär übertrieben. Ganz davon abgesehen, dass mich viele der Suffragetten so wenig um sich haben wollen wie die da.« Die Prostituierte warf einen abschätzigen Blick in Richtung der beiden Ladys. »Aber ich geh hin und wieder zu Demonstrationen oder Versammlungen. Ich bin dafür, dass Frauen wählen und Gesetze machen und selbst über ihr Leben bestimmen dürfen. Ich hab zu viele miese Kerle erlebt, um denen die Macht lassen zu wollen.« Sie aß wieder ein paar Löffel von der Suppe, ehe sie weitersprach. »Eigentlich komm ich gar nicht wegen dem Essen, sondern weil es hier Bücher gibt und ich hier lesen kann. Manchmal sind die Lehrerinnen auch so freundlich, mir welche zu leihen. Aber wenn ich was umsonst kriegen kann ...« Die Frau grinste. Sie leerte den Teller und schob ihn von sich weg. »Das da verdanke ich übrigens 'nem Kerl.« Sie deutete auf die Brandnarbe, die ihr Gesicht verunstaltete. »Na ja, später hab ich es ihm heimgezahlt. Der hat keine Frau mehr mies behandelt.« Ihre Augen verhärteten sich, und Victoria bezweifelte nicht, dass der Mann seine Tat bereut hatte. Die Rothaarige musterte sie wieder, dann lächelte sie. »Ich heiß übrigens Caitlyn.«

»Victoria.« Victoria erwiderte ihr Lächeln.

»Etwa Victoria Bredon?«

»Ja«, erwiderte Victoria verwundert. »Woher kennst du meinen Nachnamen?«

Einige Kinder tobten nun laut kreischend durch die Halle und wurden von ihren Müttern mit lautem Schimpfen, Klapsen und Ohrfeigen zur Ordnung gerufen.

»Einer der Polypen von Scotland Yard hat mich wegen dem Mord an diesem Sir Francis verhört«, sagte Caitlyn, als wieder Ruhe eingekehrt war. »So 'n dicker widerlicher Kerl mit 'ner Halbglatze und rotbraunen Haaren.«

»Inspector Armitage?«

»Ja, so hieß er.« Caitlyn nickte. »Armitage hat mit einem anderen Polypen darüber geredt, dass eine gewisse Victoria Bredon, die Tochter von 'nem Gerichtsmediziner und Enkelin von 'nem Duke, auch wegen dem Mord befragt wurde. Ich hab mir den Namen Bredon wegen deinem Vater gemerkt. Er hat mal 'nen irischen Matrosen, den ich kannte, vor dem Galgen bewahrt. Die Polente hatte ihm einen Mord an 'nem Pfandleiher zur Last gelegt. Aber dein Vater hat bewiesen, dass ein Verwandter ihn umgebracht hat. Und da du auch bei den Suffragetten mitmischst, hab ich eben gedacht, Victoria Bredon, das könntest du sein.« Sie zuckte mit den Schultern.

»Scotland Yard hat dich also wegen deines Engagements bei den Suffragetten zu dem Mord befragt?«, vergewisserte sich Victoria interessiert.

»Suffragette, Irin, Prostituierte ...« Caitlyn winkte ab. »Das ist für die Polente doch alles verdächtig. Dieser Sir Francis war jedenfalls 'ne miese Ratte. Um den tut's mir nicht leid.«

»Du bist ihm persönlich begegnet?«

»Nee, aber ich hab genug von ihm gehört. Nicht nur, dass er Jagd auf Suffragetten gemacht hat. Er war auch im East End unterwegs. Angeblich, um Bordelle zu schließen und der Unmoral Einhalt zu gebieten. Aber in Wahrheit hat er herumspioniert.«

»Woher weißt du das?«, fragte Victoria überrascht.

»Ich bin mit 'nem jungen Ding, das ihm zu Diensten sein musste, befreundet. Orla schafft in 'nem Edelpuff an. Sie hat mir erzählt, dass sich Sir Francis regelmäßig mit der Besitzerin getroffen hat. Die mag ja mal eine Schönheit gewesen sein, aber jetzt ist sie über sechzig und fett.« Caitlyn grinste. »Die Fleischeslust hat Sir Francis bestimmt nicht zu ihr getrieben. Der wollt garantiert Informationen über die Freier von ihr.«

»Hast du Scotland Yard davon erzählt?«

»Dass Sir Francis es mit ’ner jungen Hure getrieben hat und von der Puffmutter Informationen haben wollte?« Caitlyn lachte auf. »Klar, die hätten mir jedes Wort geglaubt.«

»Ich würde gern mit der jungen Frau sprechen. Könntest du mich mit ihr bekannt machen?«

»Und für was soll das gut sein?«, fragte Caitlyn.

»Im Gegensatz zu Scotland Yard glaube ich, dass Sir Francis ein Erpresser war und von einem seiner Opfer umgebracht wurde. Ich möchte den Mord an ihm aufklären.«

»Ein feines Fräulein wie du will einen Mörder überführen?« Caitlyn lachte wieder auf. »Da macht sich Scotland Yard aber bestimmt vor Respekt in die Hosen.«

Victoria spürte, dass sie errötete. Sie konnte gut verstehen, dass Caitlyn ihr Vorhaben absurd fand. »Mein Vater war, wie du ja weißt, Gerichtsmediziner ...«, begann sie.

»Trotzdem halt ich dich für übergeschnappt.« Caitlyn erhob sich. Victoria stellte sich ihr in den Weg, suchte nach Worten, um sie zu überzeugen. Caitlyn schüttelte langsam den Kopf. »Du hast doch von nichts ’ne Ahnung«, zischte sie. »Was tust du denn, wenn im East End plötzlich ’n Kerl auf dich losgeht?« Ein Messer blitzte in ihrer Hand auf und bewegte sich auf Victoria zu.

Instinktiv wich Victoria aus, trat einen Schritt zur Seite und packte Caitlyn am Arm. Sie brachte sie aus dem Gleichgewicht, sodass sie zu Boden fiel und ihr das Messer aus der Hand glitt. Frauen und Kinder schrien erschrocken auf. Aus den Augenwinkeln sah Victoria, dass Constance und Alfred herbeirannten. Victoria trat das Messer weg. Caitlyn starrte sie an und rieb sich den Arm.

»Victoria, du bist doch nicht verletzt?« Constance umarmte sie entsetzt.

»Raus hier, aber sofort.« Alfred zerrte Caitlyn grob auf die Füße.

Victoria ignorierte die beiden Helfer. Sie atmete tief durch und begriff erst jetzt richtig, was geschehen war. »Glaubst du jetzt, dass ich auf mich aufpassen kann?«, fragte sie Caitlyn.

Plötzlich erschien ein Lächeln auf deren Gesicht. »Gut, ich hab's kapiert«, sagte sie, »du kannst auf dich aufpassen. Wenn du willst, können wir sofort zu Orla gehen. Jetzt ist in dem Laden noch nicht viel los.«

Das Edelbordell, in dem Orla anschaffte, lag etwa zwanzig Gehminuten von der Halle entfernt, in der die Armenspeisung für die Frauen und Kinder stattfand. Die Straßen waren von rußigen, zwei- oder dreistöckigen Häusern gesäumt. Manche Fenster hatten keine Scheiben. Da und dort waren Leinen zwischen den Gebäuden gespannt, an denen geflickte Windeln und schäbige verschlissene Wäschestücke hingen. Obwohl der Spätnachmittag sonnig war, erschien Victoria das Licht gedämpft. Was wohl von dem Rauch herrührte, den der Wind von den Fabriken auf der anderen Themseseite heranwehte. Er reizte ihre Lungen. Sie fragte sich, wie beißend die Luft wohl erst bei Nebel sein mochte.

Caitlyn bewegte sich, als ob die Straßen ihr gehörten. Zwei Prostituierte, die ihnen eben begegneten, musterten Victoria hämisch, doch als sie Caitlyn erkannten, sagten sie kein Wort, sondern schlugen einen weiten Bogen um sie. Victoria vermutete, dass ihre Begleiterin im East End gut bekannt war und einigen Respekt genoss.

»Wie lange lebst du schon in London?«, fragte sie Caitlyn neugierig.

Victoria hatte schon in Fabriken und ärmlichen Stadtvierteln fotografiert. Aber das East End und vor allem das Prostituiertenmilieu waren ihr völlig fremd. Sie empfand eine gewisse Faszination dafür, in die sich Mitleid und Abscheu mischten.

»Ich war zehn, als ich mit meiner Mutter und meiner jüngeren Schwester Becky nach London kam.« Caitlyn wich einem undefinierbaren Unrat auf der Straße aus. »Als mein Vater starb, konnte meine Mutter die Pacht für unsere Farm bei Galway nicht mehr zahlen. Die einzige Arbeit, die sie in London fand, war in einer Streichholzfabrik. Nach drei Jahren wurde sie von dem Phosphor krank. Zwei Jahre hielt sie noch durch, dann starb sie.«

»Das tut mir leid«, sagte Victoria leise, während sie wieder dachte, wie beschützt ihr Leben doch bisher verlaufen war.

Sie wusste, wie gesundheitsschädigend Phosphor war. Einige Jahre zuvor hatten die Arbeiterinnen einer großen Fabrik deswegen gestreikt. Aber es hatte noch lange gedauert, bis sich die Arbeitsbedingungen wirklich verbessert hatten.

»Um meine Mutter und Becky zu unterstützen, hab ich in 'ner Weberei geschuftet«, erzählte Caitlyn weiter. »Kurz nach dem Tod meiner Mutter wurde meine Schwester von einer Kutsche überfahren und starb ebenfalls. Da hab ich beschlossen, mein Geld als Prostituierte zu verdienen. Das bringt mir viel mehr ein.« Ihre Stimme klang gleichmütig.

Für einen Moment konnte Victoria über den Dächern die Türme des Towers of London sehen. Auch er gehörte einer ganz anderen Welt an.

»Orla ist auch Irin, nicht?«, vermutete sie. »Der Name hört sich für mich irisch an …«

»Ja, sie is' vor zwei Jahren hier gestrandet. Sie hat beide Eltern verloren. Ein Mädchenhändler hat ihr die Überfahrt mit 'nem Auswandererschiff bezahlt und ihr 'ne Stelle als

Hausmädchen in ’nem Haushalt bei Reichen versprochen. Armes, gutgläubiges Lamm ... Sie war zwölf Jahre alt und schön wie ein Engel. Am Hafen fiel sie Molly auf, die sie dem Mädchenhändler abgekauft hat.«

»Molly ist die Besitzerin des Bordells?«

»Ja«, Caitlyn nickte, »wobei Orla es – auch wenn ich das ungern sage – noch viel schlimmer hätte treffen können. Molly behandelt ihre Mädchen, solange sie spuren, nicht schlecht. Und sie sorgt dafür, dass sie gut zu essen kriegen. Ihre Kunden wollen nämlich was Rundes und Weiches in den Händen halten und keine Hungerhaken. Auch die Kleider von Mollys Mädchen sind vom Feinsten. Sie weiß, was sie den Freiern schuldig is’.«

Sie kamen an einem Karren vorbei, einem Verkaufsstand für Innereien – anderes Fleisch konnten sich die Menschen in diesen Vierteln meist nicht leisten. Wegen des Gestanks, der von ihm ausging, atmete Victoria unwillkürlich durch den Mund.

»Aber Orla ist sehr zart besaitet.« Caitlyn schüttelte den Kopf und seufzte. »Ich fand sie eines Tages in Tränen aufgelöst auf den Stufen von St. Anne’s in der Underwood Road. Sie hat sich als Sünderin gefühlt und nicht in die Kirche gewagt. Ich hab sie ein bisschen unter meine Fittiche genommen.« Ihre Stimme war einen Moment lang ganz weich geworden, und Victoria fragte sich, ob Orla Caitlyn vielleicht an ihre verstorbene kleine Schwester erinnerte.

»Wir sind gleich da«, sagte Caitlyn, nun wieder in ihrem normalen, schnoddrigen Tonfall. »Von außen is’ das Haus ganz schäbig. Du würd’st nie vermuten, wie fein es innen is’. Falls wir Molly über den Weg laufen, müssen wir uns ’ne Ausrede einfallen lassen. Aber nachmittags schläft sie meistens.«

Sie waren ein Stück der Straße gefolgt, als Caitlyn plötzlich stehen blieb und einen Fluch ausstieß.

»Was ist denn?«, fragte Victoria verwundert. Doch nun sah auch sie den Polizisten vor dem Eingang eines dreistöckigen, verrußten Backsteingebäudes. Gleich darauf trat Inspector Armitage aus der Tür.

»Nichts wie weg hier.« Caitlyn packte Victoria fest am Arm, zog sie in eine Seitenstraße und dort in einen Pub. Victoria fand sich in einem niedrigen, schummrigen Raum wieder, in dem es nach Schweiß und abgestandenem Bier stank. Einige Männer saßen an schmierigen Tischen oder lungerten an der Theke herum. Die meisten machten einen verwahrlosten Eindruck.

»Hast ja 'n feines Fräulein mitgebracht, Caitlyn.« Ein hagerer Kerl hinter der Theke grinste Caitlyn an und entblößte dabei eine lückenhafte gelbe Zahnreihe. Er nickte in Richtung Victoria. »Soll die etwa mit dir anschaffen gehen? Ich würd sie gern nehmen.«

»Halt die Klappe, Bert!«, fuhr Caitlyn ihn an. »Warum hängen die Polypen in Mollys Puff rum? Hat sie etwa 'ne Razzia aufm Hals?«

»Molly wär bestimmt froh, wenn sie noch mal 'ne Razzia erleben dürfte.« Der Wirt lachte meckernd. »Die ist nämlich mausetot.«

Victoria und Caitlyn wechselten einen Blick.

»Du machst wohl Witze«, sagte Caitlyn dann.

»Nee, Bert sagt ausnahmsweise die Wahrheit«, mischte sich einer der Männer an der Theke ein. »Molly ist wirklich tot. Jemand hat ihr den Garaus gemacht. Ich hab's vom Hausdiener gehört. Eines ihrer Mädchen hat sie mit durchgeschnittener Kehle in ihrem Zimmer gefunden.«

Wieder wurde jemand umgebracht, der Kontakt zu Sir Francis hatte, schoss es Victoria durch den Kopf. »Kannst du mich von hier wegbringen, ohne dass ich der Polizei begegne?«, raunte sie Caitlyn zu. Nicht auszudenken, was ihr Großvater und ihre Großtante unternehmen würden, wenn Inspector Armitage sie in einer zwielichtigen Spelunke im East End entdeckte.

»Ja, komm mit.« Caitlyn nickte. »Du hast bestimmt nichts dagegen, dass wir deinen Hinterausgang benutzen«, wandte sie sich an Bert. Es war eine Feststellung, keine Frage.

»He, ich würde gern mal deinen Hinterausgang benutzen, Caitlyn«, grölte einer der Männer. Caitlyn ignorierte ihn. Sie zog Victoria durch eine Tür neben der Theke in einen schmalen Hinterhof voller Fässer, Kisten und Gerümpel. »Lass uns dort über die Mauer steigen«, sagte sie und deutete auf einen Stapel Kisten.

Nur gut, dass ich kein Korsett trage, dachte Victoria, raffte die Röcke und schwang ihr Bein über die Mauerkrone.

Als Victoria die Wohnung am Green Park betrat – Caitlyn hatte sie auf abenteuerlichen Wegen bis zur Mint Street gebracht, wo Victoria sich ein Hansom Cab genommen hatte –, duftete es vertraut nach Kaffee. Hopkins stand in der Küche am Herd und röstete Kaffeebohnen in einer Pfanne. Victoria fand es sehr tröstlich, ihn zu sehen. Der Mord an Molly, auch wenn sie die Frau nicht gekannt hatte, hatte sie mitgenommen.

»Miss Victoria, Sie sind ganz blass. Ist etwas vorgefallen?« Hopkins half ihr aus dem Mantel und rückte ihr einen Stuhl zurecht.

»Ja, es ist etwas geschehen …« Während der Butler Tee kochte, erzählte Victoria ihm von dem Mord an der Bordellbesitzerin und dass diese Sir Francis mit Informationen über Freier versorgt hatte. »Ich bin davon überzeugt, dass der Mörder, der Sir Francis und Mrs. Oliver auf dem Gewissen hat, auch Molly getötet hat«, schloss sie. »Die drei müssen etwas gewusst haben, das ihm gefährlich werden konnte. Ich frage mich nur, warum er sie nicht schon früher umgebracht hat. Er musste doch fürchten, dass Molly nach den beiden anderen Morden zur Polizei gehen würde.«

»Nun nicht unbedingt.« Hopkins wiegte den Kopf. »Scotland Yard hat ja die These verbreitet, dass Sir Francis einem Attentat zum Opfer fiel. Und vielleicht hat diese Molly die Fotografie von Miss Wilcox gar nicht in der Zeitung gesehen.«

»Miss Wilcox? Meinen Sie nicht Mrs. Oliver?«, fragte Victoria verblüfft. Sie legte ihre Hände um ihre Teetasse.

»Das ist eine andere Geschichte, die ich Ihnen gleich berichten werde.« Hopkins trat an den Herd, schüttelte die Pfanne und gab ein paar Butterflöckchen hinein, ehe er wieder zu Victoria an den Tisch zurückkehrte. »In der Waterloo Station habe ich ein Extrablatt gekauft, das den gewaltsamen Tod einer stadtbekannten Bordellbesitzerin verkündet. Womit ganz sicher Molly gemeint ist. Scotland Yard geht davon aus, dass sie von einem Freier oder einem Einbrecher umgebracht wurde. Inspector Armitage wurde in dem Artikel mit keinem Wort erwähnt.«

»Also will Scotland Yard nach wie vor die wahren Hintergründe des Mordes an Sir Francis verschleiern«, sagte Victoria nachdenklich.

»Das ist zu befürchten.« Dass Hopkins stundenlang mit dem Zug unterwegs gewesen war, war ihm, wie Victoria fand, nicht anzusehen. Im Gegenteil, er hatte wieder diesen Jagdhundblick, der ihm seit ihren gemeinsamen Ermittlungen zu eigen war. »Ich werde mich umhören, wer Mollys Leichnam obduziert hat. Vielleicht erhalten wir ja auf diese Weise weitere wichtige Informationen.«

»Was haben Sie denn während Ihrer Reise herausgefunden, Hopkins?«, fragte sie. »Ich sehe Ihnen doch an, dass Sie auch etwas zu erzählen haben.«

»In der Tat, das habe ich …« Hopkins berichtete, was er von Mrs. Collins und Mrs. Pargenter erfahren hatte. »Wir wissen nun also, dass ein windiger Privatdetektiv Miss Wilcox nachspürte. Ferner wissen wir definitiv, dass sie sich genötigt sah, einen falschen Namen anzunehmen und sich zu verstecken. Ich vermute, dass sie Molly kannte. Auch wenn mir im Moment noch völlig unklar ist, was eine Zofe aus einem adligen Haushalt mit einer Bordellbetreiberin aus dem East End zu tun hatte.«

»Vielleicht kennen Caitlyn oder Orla ja Miss Wilcox«, erwiderte Victoria hoffnungsvoll. »Ich habe Caitlyn gebeten, sobald wie möglich mit der jungen Frau hierherzukommen.«

»Ich werde vorsorglich ein Feuer in der Bibliothek anzünden.«

»Tun Sie das. Und Hopkins … Auch wenn es um unsere Haushaltskasse gerade nicht gut bestellt ist, werde ich die Heizung und den Boiler im Bad anstellen.« Victoria erhob sich. »Ich muss später dringend ein Bad nehmen und meine Haare waschen, um den schrecklichen East-End-Geruch loszuwerden.«

»In diesem Fall, Miss Victoria, werde ich mich zuerst um das Badezimmer und dann um das Feuer in der Bibliothek kümmern«, erklärte Hopkins gemessen und strebte zur Tür.

Gegen neun Uhr, Victoria und Hopkins hatten gerade zu Abend gegessen, läutete es. Der Butler ging, um zu öffnen, und kehrte gleich darauf mit der Nachricht zurück, dass die beiden Damen, die Victoria erwartet habe, eingetroffen seien und er sie in die Bibliothek geführt habe. Er sprach das Wort »Damen« ohne jegliche Ironie aus.

»Mr. Jarvis hat sie heraufbegleitet«, fügte Hopkins hinzu. »Er wusste wohl nicht so recht, was von ihnen zu halten war. Bei dieser Gelegenheit hat er mir einen Brief überreicht, der am frühen Nachmittag für Sie abgegeben wurde. Joe hatte ihn entgegengenommen und leider vergessen, ihn weiterzuleiten.«

»Oh, danke.«

Victoria erkannte Randolphs Schrift sofort und schob den Brief schnell in ihre Rocktasche. Sie würde ihn später lesen. In der Bibliothek hatten Caitlyn und eine junge blonde Frau auf dem Ledersofa Platz genommen. Auf einem Beistelltisch brannte eine Petroleumlampe, das Feuer im Kamin sorgte für zusätzliches Licht.

Victoria konnte verstehen, warum Mr. Jarvis misstrauisch gewesen war. Caitlyn war zwar so vorausschauend gewesen, sich die Schminke von Wangen und Lippen abzuwischen, man sah ihr dennoch an, dass sie in dem feinen Viertel am Green Park nicht heimisch war. Sie musterte die Bücherreihen in den deckenhohen Regalen, den großen Globus auf dem Schreibtisch in der Zimmerecke und die Ölgemälde an den Wänden interessiert, aber nicht sonderlich beeindruckt. Ihre Begleiterin sah sich dagegen staunend um. Victoria schätzte sie auf fünfzehn Jahre. Sie war klein und zierlich und hatte ein sanftes, sehr hübsches Gesicht mit sehr großen braunen Augen, die einen reizvollen Kontrast zu ihrem hellen Haar bildeten. Victoria fand, dass sie wirklich wie ein Engel aussah.

»Victoria, das ist Orla«, sagte Caitlyn nun. »Wir wären schon früher gekommen. Aber Scotland Yard hat sie und die anderen Mädchen verhört und sie erst vor einer guten Stunde wieder gehen lassen.«

»Darf ich den Damen etwas zu trinken anbieten?«, erkundigte sich Hopkins höflich.

»Was ham Se denn so im Angebot?« Caitlyn grinste ihn an.

»Tee, Kaffee, Wein, Limonade, Whiskey, Brandy ...«

Caitlyn entschied sich für einen Brandy, während Victoria und Orla einen Kaffee wählten.

»Hopkins und ich ermitteln zusammen in den Mordfällen«, wandte sich Victoria erklärend an Caitlyn. »Ich schlage deshalb vor, dass wir mit dem Gespräch über den Mord an Molly warten, bis er wieder hier ist.«

»Ein Butler, der versucht, einen Mord aufzuklär'n ... Ich glaub's nicht ...« Caitlyn schüttelte den Kopf, als könnte sie nicht recht fassen, warum sie sich darauf eingelassen hatte, Orla herzubringen.

»Du hast heute Nachmittag diesen irischen Matrosen erwähnt, der des Mordes an einem Pfandleiher angeklagt wurde. Hopkins hat meinem Vater dabei geholfen, seine Unschuld zu beweisen.«

»Tatsache?« Caitlyn wirkte nun doch beeindruckt.

Orla deutete schüchtern auf die Glühbirne in der Deckenlampe. »Ist das elektrisches Licht?«, fragte sie. Sie hatte eine leise, angenehme Stimme, die zu ihrer sanften Erscheinung passte. Ihr irischer Akzent war weit weniger stark als Caitlyns.

»Äh ... ja, es gibt Elektrizität in der Wohnung. Aber wir – also Hopkins und ich – nutzen sie kaum«, erwiderte Victoria verlegen.

Wenig später kehrte Hopkins zurück. Er reichte Caitlyn Brandy in einem angewärmten Glas und schenkte Orla und Victoria Kaffee ein. Dann setzte er sich in einen Sessel, wobei ihm sichtlich unbehaglich zumute war. Normalerweise blieb ein Butler stehen und bewirtete die Gäste.

»Wann wurde Mollys Leichnam denn gefunden?«, eröffnete Victoria das Gespräch.

»So gegen Mittag …« Caitlyn trank von dem Brandy und kräuselte nach dem ersten Schluck anerkennend die Lippen.

»Das heißt, sie wurde im Laufe des Vormittags umgebracht?«

»Das ist nicht gesagt. Es kann auch während der vergangenen Nacht geschehen sein. Erklär du es ihr.« Caitlyn nickte Orla auffordernd zu.

»Molly geht … ich meine, sie ging immer erst gegen Morgen ins Bett. Sie machte die Kasse, wenn die Freier weg waren. Meistens schlief sie bis um die Mittagszeit. Vorher wollte sie nicht gestört werden. Iris, eins von uns Mädchen, wollte Molly das Frühstück bringen, weil sie nicht runterkam. Da fand sie sie tot auf ihrem Bett.« Orla biss sich auf die Lippen.

»Ich verstehe aber immer noch nicht so ganz, warum du glaubst, dass Molly schon in der Nacht getötet worden sein könnte.« Victoria sah Caitlyn fragend an.

»So gegen vier machte sie wie gewöhnlich ihre Runde«, erklärte Orla.

»Dann muss sie danach umgebracht worden sein.« Victoria nickte. »Stimmt es, was der Kneipenwirt sagte, dass ihr die Kehle durchgeschnitten wurde?«

»Ja, als Iris schreiend durch das Haus rannte, konnten wir erst einmal nicht von ihr erfahren, was geschehen war. Uns war nur klar, dass etwas Schreckliches vorgefallen war. Als wir in Mollys Schlafzimmer kamen, war dort alles voller Blut und in Mollys Hals klaffte eine tiefe Wunde.« Orla schauderte, und Caitlyn legte ihr beruhigend den Arm um die Schultern. »Dann kam der Hausdiener angerannt«, sprach Orla stockend weiter. »Er hat die Polizei verständigt.«

»Miss Victoria berichtete mir, dass Molly Informationen an

Sir Francis übermittelte«, warf Hopkins ein. »Wissen Sie Näheres darüber?«

»Meistens kam Sir Francis einmal im Monat, und bevor er mich dann haben wollte, verschwand er für eine ganze Weile in Mollys Zimmer.« Orla starrte auf den Tisch. »Einmal habe ich zufällig mitbekommen, dass sie sich unterhielten. Auch wenn ich nicht verstehen konnte, über was sie sprachen. Molly hatte Angst vor ihm, das konnte ich spüren.«

»Molly war niemand, die sich leicht einschüchtern ließ.« Caitlyn verzog den Mund zu einem sowohl spöttischen als auch anerkennenden Grinsen. »Sie hatte Haare auf den Zähnen und ging in ihrer Jugend auch mal mit dem Messer auf 'ne Konkurrentin los.«

»Orla, hast du eine Ahnung, welche Informationen Molly an Sir Francis weitergab?« Victoria beugte sich zu ihr.

»Sie hielt uns immer an, mit den Freiern zu reden und sie beiläufig auszufragen. Ob sie eine Geliebte neben der Ehefrau oder ob sie Schulden hatten. Solche Sachen. Wenn jemand kam, der im Parlament oder in einem Ministerium arbeitete, wollte sie wissen, ob es dort irgendwelche Ränke oder Schwierigkeiten gab. Von den anderen Mädchen weiß ich, dass Molly solche Dinge schon erfragte, ehe Sir Francis auftauchte. Und sie wollte auch immer wissen, wenn Männer spezielle Wünsche hatten ...«

»Spezielle Wünsche?«

»Auspeitschen, Fesselspiele und solchen Kram«, antwortete Caitlyn auf Victorias Frage hin ganz offen.

»Ach j... ja«, stammelte Victoria, während sie dachte, dass sie manchmal doch sehr naiv war.

»Auch wenn es eine Sünde ist, so etwas zu sagen – ich bin froh, dass Sir Francis tot ist.« Orla begann plötzlich zu schluchzen. Wieder legte Caitlyn tröstend den Arm um sie.

»Hat Sir Francis dir wehgetan?«, fragte Victoria leise, nachdem Orla sich wieder etwas gefangen hatte.

»Er hat mich nie geschlagen«, flüsterte Orla und senkte den Kopf.

»Ich glaube, ich habe vergessen, das Gas abzustellen.« Hopkins erhob sich und schritt aus der Bibliothek.

»Soll ich es ihr sagen?«, meinte Caitlyn sanft, als er die Tür hinter sich geschlossen hatte.

Orla nickte stumm.

»Orla hat mir erzählt, dass Sir Francis sie am Bett festband. Und während er es mit ihr trieb, hat er sie gewürgt. Nie so lange, dass sie ernsthaft in Lebensgefahr geriet. Aber er hat ihre Angst und ihre Panik genossen. Gefesselt, wie sie war, hatte sie ja überhaupt keine Chance, sich gegen ihn zu wehren.«

Caitlyns Miene war voller Abscheu, und Victoria fühlte wieder Hass und Ekel in sich aufsteigen. Ja, sie konnte sich gut vorstellen, wie sehr sich Sir Francis daran ergötzt hatte, dass Orla ihm ausgeliefert gewesen war und er völlige Macht über sie besessen hatte. *Und es passt auch zu ihm*, dachte sie zornig, *dass er sich ausgerechnet dieses zarte Mädchen ausgesucht hat, das fast noch ein Kind ist.*

»Verkehrte ein Adliger namens Blackenwell in Mollys Bordell?«, erkundigte sie sich.

»Ich habe diesen Namen nie gehört.« Orla schüttelte den Kopf. »Aber ich kann die anderen Mädchen danach fragen.«

Hopkins kehrte zurück und nahm wieder Platz. In der Hand hielt er eine dünne Mappe. Orla schenkte ihm ein zaghaftes Lächeln.

»Es gab immer wieder mal Gerüchte, dass Molly auch Strichjungen besorgen konnte, wenn ein Mann Bedarf danach hatte«, ergriff Caitlyn erneut das Wort. »Allerdings verkehrten, soviel ich weiß, nie welche bei ihr im Bordell. Was ja auch ziemlich gefährlich gewesen wär.«

»Mit dem Wissen über die Homosexualität eines Mannes hätte Sir Francis diesen völlig in der Hand gehabt«, bemerkte Hopkins nachdenklich. »Umgekehrt hätte ein homosexueller Mann, der von Sir Francis erpresst wurde, ein starkes Motiv gehabt, ihn zu ermorden. Wie wurden denn die Freier in das ...«, er zögerte kurz, »... Etablissement eingelassen? Könnte eine von Ihren ... äh ... Kolleginnen den Mörder gesehen haben, der Molly umbrachte?«

»Mollys Räumlichkeiten waren über eine Hintertreppe zu erreichen«, erwiderte Orla, die allmählich etwas auftaute. »Wahrscheinlich hat sie dem Mörder selbst geöffnet. Aber ich kann gern einmal die anderen Mädchen danach fragen.«

»Das wäre sehr freundlich von Ihnen.« Hopkins nickte zustimmend und zog dann die Fotografie von Miss Wilcox aus der Mappe. Er legte sie vor Caitlyn und Orla auf den Tisch. »Kennen Sie vielleicht diese Frau?«

»Nee, nie gesehen.« Caitlyn schüttelte entschieden den Kopf.

»Ich auch nicht«, sagte Orla.

»Könntet ihr die Fotografie im East End herumzeigen?«, fragte Victoria. »Diese Frau wurde nämlich ebenfalls ermordet. Und zwar, wie Hopkins und ich glauben, von demselben Täter, der auch Sir Francis und Molly getötet hat.«

»Klar, können wir machen.« Caitlyn nahm die Fotografie an sich.

»Ich nehme an, Scotland Yard hat das Gebäude versiegelt?«, ergriff Hopkins wieder das Wort.

»Ja, ich und die anderen Mädchen und der Hausdiener dürfen es erst einmal nicht betreten«, bestätigte Orla mit leiser Stimme und schauderte erneut.

»Wir müssen den Mordschauplatz natürlich in Augenschein nehmen.« Hopkins wandte sich Victoria zu, ehe er Caitlyn und Orla ansah. »Es wird doch sicher eine Möglichkeit geben, wie wir unbemerkt in das Haus gelangen können?« Er wirkte tatsächlich ein bisschen aufgeregt.

Wehmütig betrachtete Victoria das abfließende Badewasser. Ach, wie hatte sie es genossen, endlich wieder einmal ein heißes Bad zu nehmen! Während sie sich abtrocknete, dachte sie wieder an Randolphs Brief. Er hatte sich für den gemeinsamen Ausritt bedankt und geschrieben, dass er sich auf den geplanten gemeinsamen Ausstellungsbesuch in der National Gallery freue. Beim Abschied hatte Randolph ihr persönlich von der Stute geholfen. Victoria glaubte wieder, seine Hände um ihre Taille zu spüren. Für einen Moment hatte sein Mund – zufällig oder absichtlich – ihre Wange gestreift. Bei der bloßen Erinnerung daran ging ihr Atem rascher.

Ach, wie sehr wünschte sie sich, ihn zu küssen ... Und ... Victoria errötete. Sie fragte sich plötzlich, wie es sein würde, wenn er sie berührte, an ganz bestimmten Stellen berührte ... Sie hoffte so sehr, dass er sie schön und begehrenswert fand. Ein Prickeln durchfuhr ihren Körper, ihre Brustwarzen wurden hart. Wie würde es sein, mit Randolph zu *schlafen?* Sie legte ihre Hand auf ihre Brust. Ihr Körper schien plötzlich ein Eigenleben, losgelöst von ihrem Verstand, zu entwickeln.

Durch die medizinischen Lehrbücher ihres Vaters wusste sie, welche Körperteile beteiligt waren, wenn Mann und Frau miteinander intim wurden. Der Anblick kopulierender Tiere während ihrer Ausflüge aufs Land hatte das seine dazu beigetragen, ihr Wissen zu vertiefen. Im Alter von zehn Jahren wäre sie beinahe der Schule verwiesen worden, als sie ihren

Mitschülerinnen die praktischen Details des Beischlafs erklärt hatte. Aber wie es sich anfühlte, mit einem Mann zu schlafen, war ihr ein Rätsel. Genau genommen machte ihr die Vorstellung auch ein bisschen Angst.

Doch dann durchzuckte Victoria ein anderer Gedanke. Er ließ ihre Sehnsucht nach Randolph in den Hintergrund treten. Der Mord an der Bordellbesitzerin hatte sie so sehr beschäftigt, dass sie ganz vergessen hatte, Hopkins von ihrem Gespräch mit der Nanny am Holland Park und von der geheimnisvollen, tief verschleierten Frau zu erzählen. Wobei er höchstwahrscheinlich über sie so wenig Erhellendes wusste wie über die näheren Umstände des Brandes.

Mein Vater hatte viele Geliebte, ging es Victoria durch den Sinn, während sie geistesabwesend nach ihrem Nachthemd griff, das auf einem Schemel neben der Wanne lag. *Was, wenn darunter auch Prostituierte aus dem East End waren? Vielleicht hat er ja Molly gekannt, und Sir Francis hat durch sie Informationen über ihn erhalten?*

Victoria biss sich auf die Lippen. Nein, Hopkins konnte sie nicht nach Kontakten ihres Vaters zu Huren fragen. Sie musste eine andere Möglichkeit finden, dies herauszubekommen.

SIEBZEHNTES KAPITEL

»Miss Victoria …« Hopkins rückte ihr den Stuhl am Küchentisch zurecht. »Ich hatte das Glück, mit Dr. Ash sprechen zu können. Dabei fand ich heraus, dass er auch Molly obduzierte.«

»Wie haben Sie das denn fertiggebracht?«

Victoria setzte sich und bestrich einen Toast mit Butter. Gleich darauf servierte Hopkins ihr das wie immer zum Frühstück kreisrund ausgestochene Spiegelei.

»Nun, nachdem uns die beiden Damen gestern Abend verlassen hatten, fuhr ich in den Club, den Dr. Ash regelmäßig zu besuchen pflegt. Ich traf ihn dort an, und er erzählte mir freimütig, was ich wissen wollte. Ich erfuhr sogar Einzelheiten über die Umstände des Mordes.« Hopkins schenkte erst Victoria, dann sich eine Tasse Tee ein und nahm dann ebenfalls am Küchentisch Platz. Darauf standen an diesem Morgen, wie Victoria erst jetzt registrierte, Schneeglöckchen in einer Vase, hübsch dekoriert mit Blattgrün.

»Molly wurde, wie wir ja bereits von den beiden Damen wissen«, fuhr Hopkins fort, »die Kehle durchgeschnitten. In ihrem Mund befand sich ein Knebel.«

»War sie gefesselt?«

»Nein, Scotland Yard behauptet ja, dass Molly einem Raubmord zum Opfer fiel, ich vermute allerdings, dass der Mörder nicht auf Geld oder Schmuck aus war, sondern auf Aufzeichnungen, die Molly bei sich versteckt hatte. Er zwang sie, ihm diese zu geben, und brachte sie danach um.« Hopkins trank einen Schluck Tee.

»Ich bin auch davon überzeugt, dass der Mörder nach Informationen über Mollys Freier suchte.« Victoria nickte.

»Laut Dr. Ash wurde sie zwischen drei und fünf Uhr am Morgen getötet. Was Mollys Tagesablauf entspricht, so wie Miss Caitlyn und Miss Orla ihn uns geschildert haben.«

»Hoffentlich gelingt es Caitlyn, uns ungesehen in das Gebäude zu bringen.«

»Da bin ich recht zuversichtlich. Miss Caitlyn verfügt meines Erachtens über recht viele Talente.« Hopkins schenkte noch einmal Tee nach, ehe er auf die Morgenausgabe der *Times* deutete, die neben Victorias Teller lag. »In der Zeitung befindet sich übrigens eine recht interessante Fotografie von Ihnen.«

»Von mir?«, fragte Victoria verdutzt.

Doch im nächsten Moment begriff sie und schlug das Journal hastig auf. Im Gesellschaftsteil war eine große Fotografie von ihr abgedruckt, auf der sie im Reitanzug zu Pferde mit Randolph zu sehen war. Sie stöhnte entsetzt auf, denn darunter stand:

Miss Victoria Bredon, unseren Lesern als hübsche Debütantin bekannt, ist, wie wir aus einer sicheren Quelle wissen, auch als Suffragette aktiv. Deshalb wundert es uns nicht, dass sie sich beim Ausritt mit dem Duke of Montague für eine Garderobe entschied, die einer Amazone würdig ist. Wir wollen nur hoffen, dass Mrs. Pankhurst nicht demnächst auf die Idee verfällt, eine Demonstration hoch zu Ross durch den Hyde Park anzuführen.

»Ganz bestimmt hat Isabel dem Fotografen verraten, dass ich bei den Suffragetten aktiv bin«, sagte Victoria bitter. »Wahrscheinlich bestürmt Großtante Hermione gerade meinen Großvater, die Vormundschaft über mich zu beantragen.«

»Nun, ich könnte mir vorstellen, dass es Ihre Großtante doch etwas besänftigt, dass der Herzog Ihre unkonventionelle Kleidung tolerierte.« Hopkins lächelte.

»Das hoffe ich sehr.«

Victoria seufzte, während sie die Fotografie noch einmal genauer betrachtete.

Es war so schön, mit Randolph auszureiten ...

Auch wenn ihr das Bild Ärger einbringen sollte, würde sie es auf jeden Fall ausschneiden und aufheben.

»Ich sehe Caitlyn und Orla.«

Victoria deutete auf das Kutschenfenster. Wie sie es verabredet hatten, warteten die beiden an der Ecke East Smithfield und Dock Street – Straßen voller alter Lagerhäuser mit verrußten, bröckelnden Backsteinfassaden, wo Waren von Männern aller Nationalitäten verladen wurden. Cockney-Slang, Russisch, Deutsch und Italienisch drangen an Victorias Ohr, während sie aufstand und an das kleine Schiebefenster über dem Kutschbock klopfte. Gleich darauf kam die Kutsche zum Stehen, und Caitlyn und Orla kletterten herein. Caitlyn war wieder grell geschminkt, auch Orla hatte Lippen und Wangen rot gefärbt.

»Ich hab den Schlüssel zum Hoftor.« Caitlyn grinste Victoria und Hopkins triumphierend an. »Vom Hof aus führt 'ne Hintertreppe direkt zu Mollys Räumen. Ich hab dem Hausdiener schöne Augen gemacht und ihm dabei seinen Schlüsselbund geklaut. Männer sind ja so was von leicht durchschaubar.«

Hopkins hüstelte leicht. »Der Hausdiener hält sich nicht in dem ... ähm ... Etablissement auf?«

»Nee, er und die Mädels dürfen nach wie vor nicht ins Haus.« Caitlyn zog einen Bund Schlüssel aus ihrer abgewetzten schwarzen Samttasche, klimperte damit und deutete dann auf einen Schlüssel mit einem dreizackigen Bart. »Das is' der Schlüssel zur Hoftür, sagt Orla, und das«, sie wies auf einen langen Schlüssel mit einer einzelnen Zacke, »der zum Hintereingang.«

»Genau.« Orla nickte bestätigend auf ihre schüchterne Weise.

Die Kutsche fuhr nun langsamer, da sie sich ihren Weg durch einen Straßenmarkt bahnen musste. Gebrauchte Kleidung und Geschirr wurden an den windschiefen Ständen angeboten. Selbst durch das geschlossene Fenster konnte Victoria den Gestank von billigem Fleisch riechen. Der Himmel war wieder wolkenlos blau, und das klare Licht zeigte schonungslos, wie arm und heruntergekommen das Viertel war.

»Die schlechte Nachricht allerdings is', dass die Polypen das Bordell bewachen.« Caitlyn übertönte das Stimmengewirr auf der Straße und das Geschrei der Budenbesitzer. »Am Vordereingang und auch an der Tür zum Hof steht jeweils einer von denen. Aber ich hab mir was einfallen lassen, um die Typen abzulenken.«

»Was hast du vor?«, fragte Victoria neugierig. Sie war aufgeregt und auch ein bisschen nervös. Noch nie war sie in ein Gebäude eingebrochen, und noch nie hatte sie einen Tatort besichtigt. Bislang kannte sie Tatorte nur von Fotografien, die ihr Vater ihr und Hopkins gezeigt hatte.

»Wart's ab.«

Caitlyn schlug lässig die Beine übereinander. Ihre blauen Augen blitzten. Wieder musste Victoria daran denken, dass sie und Orla, wenn sie in eine andere Schicht hineingeboren worden wären, wahrscheinlich umschwärmte Schönheiten wären.

»Ich und die anderen Mädchen werden Caitlyn helfen«, erklärte Orla leise.

»Die Mädels haben Molly nicht gerade geliebt. Aber die Angst, dass es wieder 'ne Mordserie geben könnte wie die vom Ripper, sitzt jeder Hure im East End in den Knochen.« Caitlyn war ernst geworden, ihre Augen hatten sich verdunkelt.

Hopkins wandte sich Orla zu. »Kannte denn eine Ihrer Kolleginnen den Marquess of Blackenwell?«, erkundigte er sich freundlich.

»Nee, leider nicht«, antwortete Caitlyn wieder einmal an ihrer Stelle. »Und an diese Miss Wilcox konnte sich auch keins der Mädels erinnern, obwohl ihnen Orla das Bild gezeigt hat.« Caitlyn beugte sich zum Fenster und wies auf eine schmale, von Backsteinmauern gesäumte Straße, die von der Hooper Road abging. »Da liegt der Eingang zum Hof. Der Kutscher soll ein Stück weiterfahren, damit die Polypen uns nicht zusammen sehen. Wie lange, denkt ihr, braucht ihr?«

»Zwei Stunden müssten für die Besichtigung des Tatorts und einen Rundgang durch die übrigen Räume reichen«, erklärte Hopkins.

»Gut, dann kümmere ich mich drum, dass der Kerl an der Hinterhoftür dann wieder abgelenkt is'. Aber erst mal kommt ihr beiden mir und Orla mit ein bisschen Abstand nach und tut so, als ob ihr ganz normal auf der Straße unterwegs wärt. Gut, dass ihr euch in eurer Kleidung einigermaßen dem East End angepasst habt.«

Caitlyn musterte Victoria und Hopkins kritisch, ehe sie an das Fenster über dem Kutschbock klopfte. Sie waren jetzt, vermutete Victoria, ungefähr hundert Meter von der schmalen Seitenstraße entfernt.

Hopkins hatte, bevor sie ins East End aufgebrochen waren, noch schnell einen Gebrauchtwarenhändler aufgesucht, der auch Kleidung verkaufte. Er hatte ihnen alte, geflickte Mäntel besorgt und Victoria einen zerbeulten Hut mit einem Schleier. Victoria hatte erwartet, dass Hopkins sich in dem schäbigen Mantel unwohl fühlen würde, doch er trug ihn mit der gleichen Selbstverständlichkeit wie ein Schauspieler sein Kostüm.

Sie stiegen aus, Hopkins bezahlte den Kutscher, und Victoria nahm den Korb, in dem sie ihre Kamera versteckt hatte. Caitlyn und Orla liefen voraus.

»Wie ich bereits sagte, besitzt Miss Caitlyn bemerkenswerte Talente«, sagte Hopkins, während sie die Hooper Road entlanggingen. »Allerdings hat sie eine etwas schlechte Auffassung von uns Männern. Aber, nun ja, wahrscheinlich ist dies bei dem Gewerbe, das sie betreibt, entschuldbar.« Er hüstelte wieder.

»Das finde ich auch.« Victoria lächelte.

Vor dem Vordereingang des Bordells schritt ein breitschultriger Bobby auf und ab. Caitlyn hatte sich ein Stück von ihm lässig mit vorgeschobener Hüfte an der Hauswand postiert und ihren Mantel geöffnet, sodass ihr tiefer Ausschnitt und ihre beachtlichen Brüste zu sehen waren.

Victoria und Hopkins blieben an der Straßenecke vor dem staubigen Schaufenster eines Alteisenwarenhändlers stehen. Aus den Augenwinkeln beobachtete Victoria Caitlyn.

»He, Lady, gehen Sie weiter«, herrschte der Bobby sie nun an.

»Warum? Du tust deine Arbeit und ich meine.« Caitlyn schenkte ihm ein provozierendes Lächeln.

»Wenn Sie nicht sofort verschwinden, wandern Sie in den Bau.«

»Soll ich's dir umsonst besorgen? Lässt du mich dann in Ruhe?«

Ehe der Polizist etwas erwidern konnte, tauchten Orla und drei andere Prostituierte auf. Sie umringten Caitlyn und den Bobby. »He, Caitlyn, verzieh dich«, zischte eine der Frauen. »Du weißt genau, das ist unser Revier«, keifte eine andere.

»Na und? Da eurer fetten Puffmutter der Hals durchgeschnitten wurde, ist die Absteige doch eh geschlossen.« Caitlyn schubste eine der Frauen weg.

»Ladys, gehen Sie sofort weiter«, versuchte der Bobby sich Gehör zu verschaffen.

Doch die anderen Frauen drangen nun wütend auf Caitlyn ein. Ihr Gekreische wurde von der Trillerpfeife des Bobbys übertönt. Gleich darauf kam sein Kollege aus der Seitenstraße herbeigestürmt.

»Los!«, raunte Victoria Hopkins zu. Sie rannten die schmale Straße entlang bis zu der schmalen Tür in der Mauer. Hopkins steckte den Schlüssel ins Schloss und drehte ihn um. Die Tür sprang auf, und er und Victoria huschten in den Hinterhof.

Der Hinterhof war eng, und die Steinplatten auf dem Boden waren ausgetreten, aber sie waren gekehrt und in den Ritzen wucherte kein Unkraut. Von der Hooper Road her war noch das aufgebrachte Kreischen der Prostituierten zu hören.

»Eine beeindruckende Vorstellung«, sagte Victoria zu Hopkins, der das polizeiliche Siegel an der Hintertür in Augenschein nahm. Hopkins löste das Siegel nun vorsichtig mit einem Messer, ohne es zu beschädigen.

»In der Tat«, er nickte, während er die Tür mit dem langen Schlüssel öffnete. Eine mit einem Teppich ausgelegte Treppe führte gleich hinter der Tür nach oben. Die Wände hier waren mit dunkelbraunem geprägtem Leder bespannt.

Hopkins zog eine Taschenlampe aus seiner Manteltasche – eine noch recht neue technische Errungenschaft – und knipste sie an.

»Ein ziemlich nobles Entree für einen Hintereingang, finde ich«, bemerkte Victoria, während sie zusammen die Treppe hinaufgingen.

»Ich vermute, Molly wollte ihren Besuchern klarmachen, dass die Dienste ihrer Mädchen, und was sie sonst noch anzubieten hatte, nicht gerade billig waren«, erwiderte Hopkins trocken.

Die Treppe endete an einem Absatz. Hier gab es auf der einen Seite eine Tür, auf der anderen Seite einen bogenförmigen Durchgang, der mit einem schweren roten Samtvorhang verschlossen war.

»Laut Orlas Beschreibung befinden sich hier Mollys Räume.«

Hopkins drückte die Türklinke herunter. Ein Vorzimmer tat sich vor ihnen auf mit einem großen Spiegel und Haken an den Wänden. An einem hing ein ockerfarbener Samtmantel, der einen üppigen schwarzen Pelzkragen hatte und nach Moschus roch.

Sowohl die Wände des Vorraums als auch die des angrenzenden Wohnzimmers waren mit violetten Seidentapeten ausgekleidet. Der Samt des tiefen Sofas und der Sessel hatten die gleiche Farbe. Da die Fenster geschlossen waren und nur der Strahl der Taschenlampe für Helligkeit sorgte, wirkte es sehr düster. Auf einem glänzend polierten Sekretär mit Einlegearbeiten stand – wie bei Mrs. Grant – ein Teller mit dem Bild der greisen Königin Victoria, der anlässlich ihres sechzigjährigen Thronjubiläums verkauft worden war. Die Königin hatte ihre

Lider halb geschlossen, als ob sie ihren Blick von dem abwenden wollte, was in diesen Räumen vor sich ging. Ein großer Farn stand in einer Zimmerecke, und über dem Kamin hing ein Gemälde, auf dem sich eine junge Frau in einem dünnen Musselinhemd auf einem Diwan räkelte. Das Hemd betonte ihre Nacktheit mehr, als dass es sie verhüllte. Der Sekretär und auch der Tisch vor dem Sofa waren mit Grafitpuder bestäubt, mit dem die Polizei Fingerabdrücke sichtbar gemacht hatte.

Die abgestandene Luft und die düster-schwülstige Atmosphäre verursachten Victoria Beklemmung. Hopkins ging auf die nächste Tür zu. Als er sie öffnete, schlug Victoria wieder der Moschusduft entgegen. In ihn mischte sich ein anderer Geruch – der von getrocknetem Blut, wie sie gleich darauf begriff. Sie atmete durch den Mund, während sie Hopkins in das Schlafzimmer folgte.

Der Schein der Taschenlampe huschte über rubinrote, seidig schimmernde Tapeten, den rubinroten Samt eines Hockers vor der Frisierkommode sowie eines Sessels vor dem Kamin. Sogar der dicke Teppich hatte den gleichen intensiven Rotton. Nun richtete Hopkins den Schein der Taschenlampe auf das breite Bett. Auf dem ebenfalls rubinroten Bettüberwurf aus Seide sah man große dunkle Flecken – das musste das getrocknete Blut sein. Die Polizei hatte mit Kreide den Umriss von Mollys Leichnam nachgezeichnet, was Victoria irgendwie obszön vorkam.

»Laut Dr. Ash war der Schnitt durch Mollys Kehle nicht ganz gerade«, brach Hopkins das Schweigen. Er sprach mit gedämpfter Stimme, als ob die bedrückende, gewalttätige Atmosphäre auch ihm naheging. »Molly muss im letzten Moment erkannt haben, was der Täter wirklich vorhatte – dass er sie umbringen und nicht nur ausrauben wollte. Sie versuchte, sich zu wehren. Sie hatte Stofffasern unter ihren Fingernägeln, die wahrscheinlich vom schwarzen Mantel des Mörders stammen.«

»Einem Menschen die Kehle durchzuschneiden, während er einen ansieht ...« Victoria schluckte. Ihr versagte die Stimme.

»Wir haben es wirklich mit einem äußerst kaltblütigen und skrupellosen Mörder zu tun.« Hopkins nickte. Er bewegte die Taschenlampe – wofür Victoria ihm dankbar war –, und der Schein glitt vom Bett weg und über den Nachttisch und verharrte auf einer Pfeife, die Hopkins gleich darauf vorsichtig mithilfe eines Taschentuchs in die Hand nahm. Ein schwerer, süßlicher Geruch ging von ihr aus. »In der Pfeife befindet sich der Rest einer Opiumkugel«, erklärte Hopkins nun. »Molly hat wohl geraucht, als ihr Mörder kam. Vielleicht hat es ihren Schrecken und ihr Entsetzen ein bisschen gedämpft.«

»Das wünsche ich ihr«, erwiderte Victoria leise. »Dort ist ein Safe«, fügte sie hinzu und wies auf die Höhlung in der rubinroten Wand.

Ihre Atembeschwerden machten sich wieder bemerkbar. Lange, das fühlte sie, würde sie es in diesem Zimmer nicht mehr aushalten.

»Höchstwahrscheinlich hat Molly ihre Aufzeichnungen dort aufbewahrt.« Hopkins untersuchte das Innere des Safes. Er war leer, und es waren auch keine Fingerabdrücke zu finden. Danach klappte Hopkins die Tür des Safes so weit zu, dass er die mit Grafitpuder bestäubte Außenseite durch ein Vergrößerungsglas betrachten konnte.

»Die Fingerabdrücke scheinen – der Größe nach zu urteilen – von einer Frauenhand, vermutlich Mollys, zu stammen«, bemerkte er dann.

Victoria nahm ihren Fotoapparat aus dem Korb, setzte eine

Vergrößerungslinse ein und bestreute die Metallschiene mit dem Pulver für das Blitzlicht.

»Sollen wir die Abdrücke fotografieren, obwohl sie höchstwahrscheinlich Mollys sind?«, erkundigte sie sich.

»Ja, man kann nie wissen«, entgegnete Hopkins.

Während Victoria die Fingerabdrücke ablichtete, hielt er die Metallschiene und zündete das Blitzlichtpulver an.

»Ich glaube, das war es«, sagte Victoria schließlich. Ein großer Spiegel lehnte an der Wand, der einen breiten Goldrahmen hatte. Auch er war mit Grafitpuder bestäubt, ohne dass darauf Fingerabdrücke zu sehen waren. Das Gleiche galt für die Platte des kleinen Mahagonitisches daneben und die Brandyflasche sowie zwei geschliffenen Kristallgläser, die darauf standen. Victoria holte die gepolsterte Ledertasche aus dem Korb und wollte den Fotoapparat gerade wegpacken, als etwas sie innehalten ließ.

»Hopkins, würden Sie das Gestell unter der Tischplatte bitte einmal anleuchten?«, sagte sie.

Hopkins tat, worum Victoria ihn gebeten hatte. »Ich sehe hier fünf Fingerabdrücke«, erklärte er kurz darauf überrascht. »Sie sind nicht mit Grafitpuder bestäubt. Warten Sie ...« Er begutachtete die Abdrücke durch sein Vergrößerungsglas und fügte hinzu: »Der Größe nach zu urteilen stammen sie von einer Männerhand. Wahrscheinlich der des Mörders. Drei Abdrücke sind ganz deutlich zu erkennen, zwei sind verschmiert, wohl blutverschmiert.« Eine unterdrückte Erregung schwang in seiner Stimme mit.

»Aber der Täter hat doch gewiss Handschuhe getragen ...« Victoria konnte Hopkins' Schlussfolgerung nicht ganz folgen.

»Ich schätze, dass die Handschuhe von Mollys Blut verunreinigt waren«, erläuterte Hopkins. »Wahrscheinlich hat der

Mörder sie deshalb ausgezogen. Dabei muss etwas von dem Blut an seinen Fingern haften geblieben sein. Ich vermute, dass er gestolpert ist und sich an dem Tischgestell abgestützt hat.«

Damit könnten wir beweisen, wer der Mörder ist. Auch wenn er noch so kaltblütig ist, hat er wieder einen Fehler gemacht.

Victoria kniete sich auf den Teppich und fotografierte nun auch diese Fingerabdrücke mit der Kamera. Als sie mit den Aufnahmen fertig war, konsultierte Hopkins seine Taschenuhr. »Uns bleibt nicht mehr viel Zeit«, sagte er dann besorgt. »Ich schlage vor, wir schenken uns die Fingerabdrücke in Mollys Wohnzimmer – vermutlich hat der Mörder dort ohnehin keine hinterlassen – und unternehmen stattdessen einen Rundgang durch die Geschäftsräume des Etablissements.«

Es war Victoria nur lieb, endlich Mollys Zimmer verlassen zu können. Der bogenförmige Durchgang, vor dem der rote Samtvorhang hing, führte in einen langen Korridor. Zwölf mit Nummern versehene Türen gingen davon ab. Ein dicker weinroter Teppich dämpfte Victorias und Hopkins Schritte. Alle Zimmer waren in Rottönen gehalten, manche spielten mehr ins Rosafarbene, andere ins Weinrote oder Violette. Die meisten waren aufgeräumt, auf den Betten lagen Überwürfe.

In einigen jedoch waren die Laken zerwühlt und benutzte Gläser standen herum, als wäre hier das Saubermachen durch die Nachricht vom Tod der Bordellbesitzerin unterbrochen worden. In einem dieser Zimmer fand sich auch eine Opiumpfeife. In einem anderen Raum entdeckten Victoria und Hopkins einen Fotoapparat, der auf einem Stativ dicht vor einer Wand stand. Merkwürdigerweise wies die Linse zur Wand. Als Victoria durch den Sucher spähte, sah sie in das Nachbarzimmer, das die gleichen rubinroten Wände wie Mollys Schlafgemach hatte. Ein großer Spiegel hing über dem breiten Bett an der Decke.

Victoria drehte sich zu Hopkins um und verzog den Mund. »Dieser Raum war wohl Mollys besonderen Kunden vorbehalten. In der Wand befindet sich ein kleines Fenster, durch das sie fotografiert werden konnten.« Sie gab Hopkins den Blick durch die Kamera frei.

»Allerdings«, bemerkte er trocken, nachdem auch er durch den Fotoapparat gesehen hatte. »Es würde mich nicht wundern, wenn wir dort Peitschen und Fesseln fänden.«

Was, wie sich herausstellte, als sie das angrenzende Zimmer betraten, der Fall war. Die Utensilien in unterschiedlichen Ausführungen wurden in einem Schrank aufbewahrt. Das kleine Fenster war in einem Gemälde versteckt und nur zu erkennen, wenn man die Leinwand abtastete.

Ob mein Vater in einem dieser Zimmer mit einer Prostituierten war? Victoria schüttelte sich. Das Bordell ekelte sie nur noch an. Hopkins räusperte sich.

»Was ist denn?« Victoria beugte sich vor und schaute an ihm vorbei. Die Wand entlang der Treppe, die von der Eingangshalle zu den Zimmern der Prostituierten führte, war mit einem Reigen nackter Männer und Frauen bemalt. »So etwas Ähnliches habe ich in einem antiken Bordell in Pompeij gesehen«, murmelte Victoria.

Sie musste sich beherrschen, um nicht vor Anspannung hysterisch vor sich hin zu kichern.

Nach einem kurzen Rundgang durch die Eingangshalle, wo tiefe – natürlich wieder rote – Samtsessel und Sofas standen und erotische Gemälde die Wände zierten, kehrten Victoria und Hopkins zur Hintertreppe zurück und liefen von dort in den Hinterhof hinunter. Nachdem Hopkins das polizeiliche Siegel wieder festgeklebt hatte, konsultierte er erneut seine Taschenuhr.

»Genau zwei Stunden sind um«, stellte er fest.

»Es kommt mir vor, als hätten wir einen halben Tag in dem Bordell verbracht«, stöhnte Victoria.

Dankbar atmete sie die frische Luft ein, auch wenn diese wieder nach Rauch roch. Sie fragte sich noch, was Caitlyn wohl unternehmen würde, um den Bobby ein zweites Mal von der Hoftür wegzulocken, als von der Straßenkreuzung her wütende Männerstimmen und Peitschenknallen zu ihnen herüberschallten.

»Verzieh dich sofort mit deiner verdammten Karre!«, brüllte ein Mann, »sonst gibt's was in die Fresse.«

»He, Mister, beherrschen Sie sich«, rief ein Mann in der Nähe der Hoftür – offensichtlich der Bobby.

Nun waren schnelle Schritte auf dem Pflaster zu hören, die sich zur Hooper Road hin entfernten.

Hopkins sperrte die Tür auf. Er öffnete sie vorsichtig einen Spalt und lugte nach draußen. »Die Luft ist rein«, raunte er dann Victoria verschwörerisch zu.

Als sie auf der schmalen Straße standen, sahen sie, dass die Kreuzung von einem hoch mit Fässern beladenen Wagen versperrt wurde. Der Bobby und sein Kollege, der den Vordereingang bewacht hatte, versuchten zwei Männer auseinanderzuhalten und zu beschwichtigen. Einen rothaarigen Iren, dessen Unterarme von Tätowierungen bedeckt waren, und einen kahlköpfigen East-End-Bewohner – ihren jeweiligen Akzenten nach zu schließen.

Victoria zog den Hutschleier vors Gesicht und ging mit Hopkins zur Hooper Road. Als sie dort angelangt waren, rief der Ire, der seinen Kontrahenten die ganze Zeit wüst beschimpft hatte, plötzlich: »Ja, is' ja gut, ich fahr ja schon«, und schwang sich auf den Kutschbock des Leiterwagens. Victoria glaubte, ein kurzes Grinsen und ein Nicken in ihre Richtung wahrgenommen zu haben. Der kahlköpfige East-End-Bewohner ging ebenfalls zu seinem Fahrzeug, einem Karren, der mit Möbeln beladen war.

An der Kreuzung hatten notgedrungen etliche andere Wagen und Kutschen anhalten müssen, die sich nun langsam in Bewegung setzten. Victoria sah eine Mietkutsche an sich vorbeirollen. Dabei erhaschte sie einen Blick auf das Fenster und auf ein klares Frauenprofil dahinter. Sie wich zurück. Im ersten Moment glaubte sie noch, sie hätte sich getäuscht. Aber nun verlangsamten die Pferde noch einmal ihren Schritt. Nein, sie hatte sich nicht geirrt. In der Mietkutsche saß ihre Großtante Hermione.

»Hopkins ...«, flüsterte sie und nickte in Richtung des Fensters.

»Du meine Güte, Lady Glenmorag«, murmelte er. »Nun, vermutlich befindet sich Ihre Großtante auf dem Weg zu einer Wohltätigkeitsveranstaltung.«

»In einer Mietdroschke?«, entgegnete Victoria skeptisch. »Außerdem beschränkt sich ihr soziales Engagement darauf, Dorffeste zu organisieren und Wohltätigkeitsbälle zu besuchen.«

Sie dankte dem Himmel, dass sie verschleiert war.

»Miss Bredon!«

Nach einem kurzen Abstecher in ihre Wohnung hatte Victoria sich zum *Morning Star* aufgemacht, denn sie wollte Mr. Parker weitere Frühlingsfotografien und eine neue Kolumne von Mrs. Ellingham bringen. Als sie sich zu dem Rufenden umdrehte, kam Jeremy Ryder auf sie zu.

»Wie gut, dass ich Sie treffe.« Sie lächelte ihn an. »Ich hatte ohnehin vor, bei Ihnen im *Spectator* vorbeizukommen.«

»Ich brauche dringend eine Pause.« Jeremy fuhr sich mit der für ihn so typischen Geste durch die Haare. »Hätten Sie Lust, mit mir in einen Pub zu gehen, oder ist das unschicklich für eine junge Dame aus einer guten Familie?« Er blickte sie unsicher an.

Victoria verkniff sich die Bemerkung, dass sie den Vormittag in einem Edelbordell verbracht hatte, was noch viel weniger schicklich für eine junge Dame war.

»Von mir aus können wir in einen Pub gehen. Die Gefahr, dass mich dort jemand erkennt und dies meinem Großvater und meiner Großtante meldet, dürfte gering sein. Außerdem hat mich mein Vater dazu erzogen, mich nicht von Konventionen einschüchtern zu lassen.«

»Spielen Sie etwa auf die Fotografie an, auf der Sie sehr unkonventionell gekleidet mit dem Herzog im Hyde Park zu sehen sind?« Der Journalist grinste. »Ich habe es sehr bedauert, dass nicht wir vom *Spectator* dieses Bild bringen konnten. Falls Sie wieder einmal etwas Aufsehenerregendes planen – könnten Sie mir dann bitte vorher Bescheid geben?«

»Ganz bestimmt nicht!«

»Der Reitanzug stand Ihnen übrigens sehr gut.«

»Ich hätte es Ihnen auch übel genommen, wenn Sie etwas anderes gesagt hätten.« Noch immer wurde Victoria von der Atmosphäre des Mordschauplatzes und des Bordells verfolgt. Sie war froh, sich mit Jeremy einen unbeschwerten Wortwechsel liefern zu können. Bei einer Pferdetränke überquerten sie die Fleet Street. Der junge Mann steuerte auf einen Pub namens Fox and Hunt zu. Ein etwas absurder Name für einen städtischen Pub, wie Victoria amüsiert feststellte.

»Der Name stammt noch aus der Zeit, als sich hier Wald und freies Feld befanden«, erklärte Jeremy, als hätte er wieder einmal ihre Gedanken erraten. »Im Fox, wie er unter Journalisten genannt wird, bekommt man das beste Bier weit und breit.«

Über dem Eingang des Pubs baumelte ein Schild, auf das – dem Namen gemäß – ein Fuchs und ein Jagdhorn gemalt waren. Die Fassade des Hauses war mit Holz verkleidet, das Erdgeschoss war grün gestrichen, darüber war es geweißt. Im Innern schlug Victoria und Jeremy Stimmengewirr entgegen. Die Luft war geschwängert von Zigaretten- und Pfeifenrauch. Es war kaum noch ein Platz frei.

»Wenn Sie möchten, setzen Sie sich doch schon, während ich uns an der Theke etwas zu trinken hole.« Jeremy wies auf einen Tisch vor einem Sprossenfenster, von dem gerade zwei Männer aufstanden.

»Was kann ich Ihnen bringen? Ein Bier wahrscheinlich eher nicht, oder?«

Victoria entschied sich für einen Cider. Während sie auf Jeremy wartete, sah sie sich neugierig um. Sie war noch nicht oft in einem Pub gewesen. Die Wände waren voll mit gerahmten Zeitungskarikaturen. An den wenigen Stellen, an denen keine hingen, war die preußischblaue, glänzende Wandfarbe zu sehen. Die Theke dagegen war ochsenblutrot gestrichen. Die meisten Männer trugen lässige Tweed-Anzüge und hatten den obersten Hemdkragenknopf geöffnet sowie die Krawatten und Schlipse gelockert. Außer ihr waren nur zwei weitere Frauen anwesend. Sie trugen extravagante Kleider mit einem bunten, orientalisch anmutenden Vogel- und Blattmuster und rauchten Zigaretten, die in langen Mundstücken steckten. Victoria vermutete, dass sie zu einer Gruppe von Bohemiens gehörten.

Hopkins würde diesen Pub wahrscheinlich nicht für respektabel halten …

Victoria lächelte. Nun kam Jeremy an den Tisch und reichte ihr das Cider-Glas.

»Cheers!« Er prostete ihr zu.

Auch Victoria hob ihr Glas. »Mrs. Oliver hieß in Wahrheit Miss Wilcox und arbeitete als Zofe für die Familie Carmichael in Cornwall, auf Blickling Hall«, begann sie, nachdem sie den ersten Schluck Cider getrunken hatte. »Hopkins, mein Butler, ist nach Cornwall gereist und hat mit der Haushälterin von Lord und Lady Carmichael gesprochen, die leider zurzeit gerade den Süden bereisen und nicht erreichbar sind. Deshalb wissen wir nichts über das Leben, das Miss Wilcox vor und nach ihrer Zeit auf Blickling Hall geführt hat.«

»Interessant, haben Sie noch weitere Neuigkeiten zu bieten?«

»Sie haben bestimmt von dem Mord an einer Prostituierten namens Molly gehört«, sagte Victoria, »der Betreiberin eines Edelbordells.«

»Allerdings, und ich weiß auch, dass Sir Francis Kontakt zu ihr hatte und Inspector Armitage in dem Fall ermittelt – Informationen, die Scotland Yard der Öffentlichkeit vorenthält.« Jeremy sah Victoria mit hochgezogenen Augenbrauen an. »Wissen Sie das etwa auch schon? In Ihrer Frage schwang so etwas mit.«

»Ja, außerdem habe ich Kenntnis davon, dass eine Person – und zwar höchstwahrscheinlich der Mörder – am Tatort blutige Fingerabdrücke hinterließ.«

»Jetzt machen Sie sich aber über mich lustig.«

»Ganz und gar nicht.« Victoria schüttelte den Kopf. »Sie versprechen mir, diese Informationen wieder vertraulich zu behandeln? Ich bin nämlich nicht auf ganz legalem Wege darangelangt.«

»Nun bin ich wirklich gespannt.« Jeremy beugte sich erwartungsvoll vor.

Victoria berichtete, wie sie Caitlyn kennengelernt und diese den Kontakt zu Orla hergestellt hatte. Und wie die beiden ihr und Hopkins dann geholfen hatten, in das Bordell einzudringen.

»Ich traue es Inspector Armitage zu, dass er die Fingerabdrücke übersehen hat«, endete Victoria bissig.

»Ich werde versuchen, das zu eruieren. Klar ist jedenfalls, dass Scotland Yard, und damit wahrscheinlich auch die Regierung, in Bezug auf Sir Francis und diese Molly eine ganz massive Vertuschung betreibt.« Jeremy schob das Bierglas auf dem Tisch hin und her. Es hinterließ feuchte Schlieren auf der dunklen Holzplatte. »Aber Sie und Ihr Butler sind wirklich ziemlich unverfroren. Einfach so in ein polizeilich versiegeltes Gebäude einzubrechen ...« Er schüttelte lächelnd den Kopf.

»Da, wie Sie ja eben bemerkten, Scotland Yard vertuscht, dass die Bordellbesitzerin Sir Francis mit belastendem Material für seine Erpressungen versorgte und deshalb ebenfalls umgebracht wurde, blieb mir und Hopkins nichts anderes übrig.« Victoria zuckte mit den Schultern. »Es war gewissermaßen Notwehr.«

»Sie haben nicht vielleicht vor, Journalistin zu werden? Sie wären richtig gut darin, Skandale und Verschwörungen aufzudecken.«

»Ganz davon abgesehen, dass ich als Fotografin durchaus zufrieden bin, kann ich mir nicht vorstellen, dass der *Spectator* eine Frau als Reporterin anstellen würde«, erwiderte Victoria leichthin.

Trotzdem fühlte sie sich geschmeichelt. Sie trank wieder von dem Cider und bemerkte, dass sie einen kleinen Schwips hatte. Die wie Bohemiens gekleideten Frauen standen nun auf und bahnten sich mit ihren Begleitern den Weg zur Garderobe. Für einen Moment wirkte es, als zöge ein bunter Vogelschwarm durch den Pub.

»Wir sprachen, als wir an der Themse saßen, über unsere Träume, und ich sagte, dass ich mir manchmal wünschen würde zu malen, statt zu fotografieren«, hörte sich Victoria plötzlich sagen.

»Ich habe unser Gespräch nicht vergessen.«

»Vor ein paar Tagen hatte ich einen Albtraum, in dem mein Vater mir verbot zu malen. Und zwar so, dass ich mich vor ihm fürchtete. Er schrie mich an. Glauben Sie, dass ich mich im Traum an eine reale Szene erinnert oder dass ich mir das zusammenfantasiert habe?«

Warum erzähle ich Jeremy Ryder das eigentlich?, fragte sich Victoria gleich darauf erschrocken.

»Der Name Freud sagt Ihnen etwas?« Jeremy blickte sie aufmerksam an.

»Ja, natürlich.« Victoria nickte.

»Für Freud wäre es wahrscheinlich gleichgültig, ob diese Szene tatsächlich so stattgefunden hat oder nicht. Irgendetwas in Ihrem Unterbewusstsein scheint Ihnen mitteilen zu wollen, dass Ihr Vater Sie am Malen hinderte.«

»Aber ...«, wandte Victoria unglücklich ein.

»Sie sollten wieder mit dem Malen beginnen. Am Samstag habe ich einen freien Tag. Warum unternehmen Sie nicht mit mir – sofern das Wetter schön bleibt, wonach es aber im Moment aussieht – einen Ausflug nach Hampstead und nehmen Mal- oder Zeichenutensilien mit?«

»Ihr Angebot ist sehr nett, nur weiß ich nicht ...«, begann Victoria unschlüssig. Sie hatte sich bereits mit Randolph zu einem Ausstellungsbesuch verabredet. Sie hatte so viel Wichtigeres zu tun, als einen Ausflug zu unternehmen. Doch dann musste sie daran denken, wie ihr Constance ins Gewissen geredet hatte, sie sei jung und solle sich ihres Lebens freuen. »Ich komme mit«, erklärte sie entschlossen.

»Wie schön. Wo kann ich Sie abholen?«

»Am Samstag ist Mrs. Dodgson, unsere Zugehfrau, in der Wohnung. Sie käme bestimmt vor Neugier um, wenn mich ein junger Mann abholen würde. Und würde mich nach dem Ausflug inquisitorisch befragen.« Victoria lachte. »Wo wohnen Sie denn? Ich könnte bei Ihnen vorbeikommen. Und nein, es ist mir egal, dass junge Damen normalerweise keine Männer abholen, sondern abgeholt werden.«

»Wenn Sie meinen …« Jeremy lächelte sie an. »Ich wohne in Camden, was von Ihnen aus ja auf dem Weg nach Hampstead liegt.«

»Abgemacht!«

ACHTZEHNTES KAPITEL

»Lady Glenmorag erwartet Sie in der Bibliothek«, vermeldete Hopkins, als Victoria nach Hause kam.

»O Gott, ganz bestimmt ist sie wegen der Fotografie in der *Times* gekommen und will mich zur Rede stellen«, murmelte Victoria.

»Das fürchte ich auch. Sie wirkte etwas verärgert«, erklärte Hopkins mit verschwörerisch gesenkter Stimme.

»Etwas verärgert« war in seiner Sprache, wie Victoria wusste, die Umschreibung für »äußerst aufgebracht«. Und tatsächlich erschien ihr Großtante Hermione, als Victoria gleich darauf die Bibliothek betrat, wie von einer Gewitterwolke umgeben.

»Wie konntest du dich nur in einem derartigen Aufzug in der Öffentlichkeit zeigen!« Zornig wies sie auf die Seite der *Times*, die aufgeschlagen neben ihr auf dem Sofa lag. »Und wie immer musstest du dir natürlich das größtmögliche Publikum für dein schlechtes Benehmen suchen.«

»Ich habe wirklich keinen Fotografen in den Hyde Park bestellt«, beteuerte Victoria.

Sie beugte sich pflichtschuldig vor, um ihre Großtante auf die Wange zu küssen. Diese trug, wie Victoria mit einem insgeheimen Seufzer der Wehmut feststellte, einen wunderschönen rauchblauen Samtmantel, auf den große Rosen in einem etwas dunkleren Blauton gestickt waren.

Zu Victorias Überraschung hielt Großtante Hermione sie

an den Schultern fest und schnupperte. »Du riechst nach Zigaretten!«, rief sie entsetzt.

Es sieht ihr wirklich ähnlich, dass sie mich ausgerechnet, nachdem ich in einem Pub war, besucht …

»Ich bin mit der U-Bahn nach Hause gefahren«, improvisierte sie. »Sie wissen doch, dass in den Abteilen geraucht wird.«

»Ein Grund mehr für mich, niemals ein derartiges Transportmittel zu benutzen«, entgegnete ihre Großtante grimmig. Unter anderen Umständen hätte es Victoria amüsiert, dass Lady Glenmorag und Hopkins die gleiche Abneigung gegen öffentliche Verkehrsmittel hatten. Doch nun wappnete sie sich innerlich gegen die Strafpredigt, die gleich auf sie niedergehen würde. »Der arme Herzog muss schockiert gewesen sein, als er dich in dem Reitanzug sah.« Großtante Hermione schüttelte empört den Kopf, sodass die rauchblaue Seidenschleife auf ihrem Hut heftig erzitterte.

»Den Eindruck hatte ich nicht. Außerdem hätte er nicht mit mir ausreiten müssen«, verteidigte sich Victoria. »Er hätte sich ja weigern können, als er mich in dem Reitanzug sah.«

»Ach, dazu ist der Herzog viel zu sehr Gentleman.« Ihre Großtante winkte ab.

»Randolph und ich haben uns während des Ausritts gut unterhalten …«

Victoria brach ab und biss sich auf die Lippen. Wie hatte sie ihrer Großtante gegenüber nur vertraulich den Vornamen des Herzogs erwähnen können …

Der Ausdruck von Ärger verschwand von Großtante Hermiones Gesicht. Sie musterte Victoria nachdenklich – was Victoria fast noch unangenehmer war als ihr zorniger Blick. Sie kannte ihre Großtante gut genug, um zu wissen, dass diese etwas im Schilde führte.

»Ich nehme an, dein Vater hat dir in seiner Anstand und Sitte missachtenden Art erlaubt, im Herrensattel zu reiten«, sagte sie schließlich. »Besitzt du denn überhaupt ein Reitkleid?«

»Ja, aber es ist mir zu klein«, gab Victoria zu.

»Du wirst jetzt auf der Stelle mit mir zu Harrods fahren. Dort werde ich dir ein Reitkleid kaufen, damit es nicht zu weiteren derartig peinlichen Auftritten in der Öffentlichkeit kommt«, bemerkte Lady Glenmorag und stand auf. Victoria erhob sich ebenfalls. Sie überlegte noch, dass es wirklich schlimmer für sie hätte kommen können, als ihre Großtante ihr die Hand auf den Arm legte und sie ansah. »Meine Liebe, du solltest dir keine falschen Hoffnungen machen.« Ihre Stimme klang sehr sanft. »Der Herzog wird dich nicht heiraten.«

»Mir geht es nicht darum, ihn zu heiraten.« Victoria zuckte betont gleichmütig mit den Schultern und versuchte zu verbergen, dass ihr die Worte ihrer Großtante zusetzten. »Ich mag den Herzog und genieße seine Gesellschaft. Das ist alles.«

»Victoria …« Ihre Großtante schüttelte wieder den Kopf. »Mir kannst du nichts vormachen. Im Grunde genommen bist du eine hoffnungslose Romantikerin und glaubst an die Macht der Gefühle – genau wie dein Vater.«

»Meine Eltern haben sich geliebt!«

»Ja, ich fürchte auch, dass sie diese Middleclass-Sentiments füreinander hegten.« Ihre Großtante seufzte. »Nicht nur, dass dein Vater eine blutjunge Frau überreden musste, mit ihm durchzubrennen und ihn in Gretna Green zu heiraten. Nein, es musste noch dazu eine deutsche Katholikin sein.«

Victoria fiel plötzlich etwas ein, das sie ihre Großtante schon lange hatte fragen wollen, dann aber über ihre Mordermittlungen ganz vergessen hatte.

»Haben mein Vater und ich eigentlich, ehe wir am Holland Park wohnten, noch woanders gelebt?«, erkundigte sie sich.

»Wie kommst du denn jetzt darauf?« Ihre Großtante sah sie verblüfft an.

»Ach, das ging mir während der letzten Tage einfach durch den Kopf«, behauptete Victoria. »Hopkins weiß über diese Zeit ja nichts.«

»Du und dein Vater, ihr habt in Belgravia am Sloane Square gelebt, wo du auch geboren wurdest.«

»Und wann und warum sind wir umgezogen?«

»Wenn ich mich richtig erinnere, kurz nach dem Tod deiner Mutter.« Ihre Großtante runzelte nachdenklich die Stirn. »Möglicherweise war ihr Tod der Grund für den Umzug. Aber über derlei Dinge pflegten dein Vater und ich nicht zu sprechen. Zutrauen würde ich es ihm jedoch. Er gab seinen Emotionen immer sehr schnell nach.«

Victoria verkniff sich eine ärgerliche Antwort. »Wissen Sie etwas über eine Frau, die mit uns in der Wohnung am Holland Park wohnte und deren Gesicht durch eine Krankheit entstellt war, sodass sie in der Öffentlichkeit einen Schleier tragen musste?«

»Mein Liebe«, ihre Großtante musterte sie indigniert, »ich fürchte, du liest zu viele Schauerromane. Wenn eine solche Frau es für ratsam hielt, ihr Gesicht in der Öffentlichkeit zu verschleiern, dann höchstwahrscheinlich, weil sie eine Geliebte deines Vaters war. Und nun lass uns endlich aufbrechen.«

Victoria bedauerte es sehr, dass sie ihre Großtante nicht fragen konnte, weshalb sie in einer Mietkutsche im East End unterwegs gewesen war, ohne zu verraten, dass sie sich selbst ebenfalls dort aufgehalten hatte.

Großtante Hermione durchquerte die Lady's Fashion Abteilung von Harrods wie ein General, und die Verkäuferinnen, ja selbst der Abteilungsleiter folgten ihr wie unterwürfige Rekruten. Victoria war wieder hingerissen von dem weitläufigen Raum mit der goldverzierten Stuckdecke. Die dicken cremefarbenen Teppiche und die Sofas aus heller Seide bildeten den farblich neutralen Hintergrund zu den exquisiten Roben. Neben einer Säule entdeckte Victoria das Abendkleid mit dem Vorderteil aus gesmokter Seide und dem Rückenteil aus grünem Samt, in den große Blüten eingewebt waren. Sie betrachtete es sehnsüchtig.

Schließlich blieb Großtante Hermione vor einem Kleiderständer stehen, über den das elegante Reitkleid drapiert war, das Victoria während der Modenschau so hübsch gefunden hatte. Ihr Blick wanderte von dem Kleid zu Victoria.

»Darin könntest du ganz passabel aussehen«, stellte sie schließlich fest.

»Ja, es ist nicht schlecht«, erwiderte Victoria vorgeblich mäßig interessiert.

Sie wollte es sich lieber nicht anmerken lassen, wie gut ihr dieses Kleid mit dem schwarzen Samtrock und dem Samtbesatz an Kragen und Ärmeln gefiel, denn sie traute es ihrer Großtante durchaus zu, es ihr genau aus diesem Grund nicht zu kaufen.

»Möchte das gnädige Fräulein das Reitkleid anprobieren?«, fragte eine blonde Verkäuferin diensteifrig.

»Ja, es möchte«, erwiderte Großtante Hermione an Victorias Stelle.

Die junge Frau begleitete Victoria zu einer Kabine. Sie half ihr beim Umkleiden und holte ihr dann noch einen passenden Bowlerhut mit Schleier sowie Schuhe und Handschuhe. So ausstaffiert, verließ Victoria die Kabine und betrachtete sich in einem großen Spiegel. Sie gefiel sich sehr gut und fragte sich unwillkürlich, ob Randolph sie in diesem Kleid wohl auch hübsch finden würde.

»Das Kleid steht dem gnädigen Fräulein ganz wunderbar«, wisperte die Verkäuferin.

Großtante Hermione musterte Victoria kritisch. »In diesem Kleid bist du allerdings repräsentabel«, bemerkte sie schließlich. »Aber ich frage mich, ob es nicht vielleicht doch ein bisschen zu extravagant ist. Vielleicht wäre ein konventionelleres Modell besser.« Ihr Blick wanderte suchend umher und blieb schließlich an einem biederen Reitkleid hängen.

Victoria trat einen Schritt vom Spiegel zurück. »Im Grunde genommen reite ich ja lieber im Herren- als im Damensattel«, sagte sie. »Deshalb benötige ich eigentlich gar kein Reitkleid.«

»Wir nehmen dieses Kleid«, wandte sich Großtante Hermione hastig an die Verkäuferin. »Packen Sie es ein.«

Eine Viertelstunde später verließ Victoria mit ihrer Großtante Harrods, ein Laufbursche in Uniform, der die Schachtel mit dem Reitkleid trug, folgte ihnen.

Victoria lächelte vor sich hin. *Ein Einkaufsbummel mit Constance hätte zwar sehr viel mehr Spaß gemacht*, dachte sie, *aber er wäre sicher nicht so erfolgreich gewesen.*

Nach seiner Unterhaltung mit Victoria fuhr Jeremy Ryder nach Camden in sein schmales Reihenhaus. Er ging eine Weile in seinem Wohn- und Arbeitszimmer auf und ab, wo sich – ähnlich wie an seinem Arbeitsplatz beim *Spectator* – die Bücher auf den Regalbrettern und dem Boden türmten. Schließlich setzte er sich an seinen Schreibtisch und griff nach dem Telefonapparat. Ein Vorteil seiner Tätigkeit für die Spezialabteilung von Scotland Yard war, dass er über einen Fernsprecher verfügte. Von seinem Journalistengehalt hätte er sich einen solchen sicher nicht leisten können.

Mit einem etwas schlechten Gewissen, denn er hätte den Commissioner sofort nach seiner Heimkehr verständigen müssen, nahm er den Hörer ab. Er betätigte die Kurbel und bat das Fräulein von der Vermittlung, ihn zu Sir Arthur Stanhope bei Scotland Yard durchzustellen. Sie hatten vereinbart, dass er den Commissioner so selten wie möglich dort aufsuchte, denn auch die unteren und mittleren Dienstränge des Yards wussten nichts von der Spezialabteilung.

Gleich darauf hörte er den Commissioner, ungeduldig wie meistens, sagen: »Stanhope ...«

»Ryder hier, Sir«, meldete Jeremy sich. »Es gibt Neuigkeiten von Miss Bredon.« Er informierte Sir Arthur über das, was ihm Victoria im Pub erzählt hatte.

»Miss Bredon und ihr Butler sind in das Bordell eingebrochen?« In der Stimme des Commissioners schwang, wie Jeremy nicht anders erwartet hatte, Fassungslosigkeit mit. »Es wird wirklich höchste Zeit, dass die junge Dame aus dem Verkehr gezogen wird.«

»Hat Armitage denn die Fingerabdrücke an dem Tisch entdeckt?«, erkundigte sich Jeremy.

Das Schweigen am anderen Ende der Leitung verriet ihm schon, dass dies nicht der Fall gewesen war. »Nein, das hat er nicht ...«, knurrte der Commissioner kurz darauf.

»Dann verdanken wir Miss Bredon und Mr. Hopkins einen wichtigen Hinweis, Sir. Außerdem hätten wir ohne die unabsichtliche Hilfe der beiden wohl nicht so schnell herausgefunden, dass Mrs. Oliver eigentlich Miss Wilcox hieß. Wir sollten die britischen Botschaften in Italien und Griechenland bitten, mit den Carmichaels Kontakt aufzunehmen, damit wir den Lord und die Lady telefonisch zum Vorleben von Miss Wilcox befragen können.«

»Auf diese Idee, Ryder, bin ich auch schon gekommen«, schnauzte der Commissioner.

»Das habe ich nicht bezweifelt, Sir«, erwiderte Jeremy gelassen, während er mit den Tasten seiner Schreibmaschine spielte. »In Anbetracht dessen, dass wir Miss Bredon wertvolle Erkenntnisse verdanken, wäre ich sehr dafür, sie weiter gewähren zu lassen. Da sie mir vertraut und sich von mir Hilfe bei der Suche nach dem Mörder erhofft, bin ich über ihre Schritte stets informiert.«

»Diese junge Frau ist eine verdammte Plage. Ebenso wie ihr Vater, mit dem ich glücklicherweise nie persönlich zu tun hatte.« Der Tonfall des Commissioners war barsch. »Meinetwegen, Ryder, behalten Sie Miss Bredon weiter im Auge und halten Sie mich auf dem Laufenden.«

»Selbstverständlich, Sir.« Jeremy betätigte eine weitere Taste. Mit einem leisen Pling schlug die Schrifttype gegen das Papier auf der Walze. »Und, da Armitage ganz offensichtlich seiner Aufgabe nicht gewachsen ist, würde ich mir den Tatort gern selbst ansehen.«

»Sie sind kein Polizist, Ryder.«

»Darüber bin ich mir im Klaren, Sir. Aber ich bin überzeugt, dass ich mir die nötigen Kenntnisse aneignen kann.«

Nach einer Weile des Schweigens erwiderte der Commissioner: »Ich werde mich darum kümmern, dass Ihnen jemand die Grundlagen der Polizeiarbeit beibringt.«

»Das freut mich, Sir, vielen Dank«, antwortete Jeremy höflich. Ein Klicken verriet ihm, dass Sir Arthur das Gespräch beendet hatte.

Geistesabwesend blickte Jeremy auf den Papierbogen in der Schreibmaschine, auf dem die Buchstaben, die er angetippt hatte, schwache Abdrücke hinterlassen hatten. Ein früherer Kommilitone aus Oxford hatte ihn ein Jahr zuvor gefragt, ob er nicht Interesse daran habe, sich für eine neu gegründete Spezialabteilung von Scotland Yard zu bewerben. Aus Abenteuerlust und dem Wunsch, seinem Land zu dienen, hatte er sich auf einige Gespräche mit Beamten des Innenministeriums eingelassen und war schließlich tatsächlich ausgewählt worden. Wahrscheinlich hatten auch seine guten Deutschkenntnisse eine Rolle gespielt. England und Deutschland rivalisierten auf vielen Gebieten miteinander und versuchten, den jeweiligen Gegner auszuspionieren. Die Arbeit sagte ihm zu. Sie brachte genau das Maß an Gefahr mit sich, das ihm manchmal am Journalismus fehlte. Allerdings hätte er sich nicht vorstellen können, so bald schon das Vertrauen einer Frau, die er bedauerlicherweise wirklich mochte, missbrauchen zu müssen.

Erst jetzt nahm Jeremy wahr, dass die Abdrücke der Typografen das Wort »Victoria« bildeten. Einen Moment lang starrte er verblüfft darauf. Dann murmelte er einen Fluch.

»Ich würde gern Miss Adair sprechen.«

Victoria war noch spät am Abend zum Vauxhall Theatre gefahren. Nun stand sie vor einem der Ordner und versuchte, seine Gunst zu gewinnen.

»Normalerweise empfängt Miss Adair nach der Vorstellung keine Besucher«, erwiderte der schon ältere Mann mit wichtiger Miene. »Sie benötigt Ruhe, um sich nach der anstrengenden Aufführung zu erholen.«

»Sagen Sie ihr, dass Miss Bredon sie zu sehen wünscht.« Victoria schenkte dem Ordner ihr bezauberndstes Lächeln. »Ich bin überzeugt, dass sie in diesem Fall eine Ausnahme machen wird. Bitte fragen Sie einfach bei ihr nach, denn dieses Gespräch ist sehr wichtig für mich«, fügte sie hinzu, während sie den Mann mit einem tiefen Augenaufschlag bedachte.

»Gut, Miss, ich sehe, was ich tun kann.«

Victorias Lächeln hatte das Herz des Ordners tatsächlich erweicht, und er strebte in Richtung Garderoben. Sie ließ sich auf einer der mit altrosafarbenem Samt bezogenen Bänke am Rande des Foyers nieder. Die Türen des Theaters standen offen, denn es war ungewöhnlich warm. Milde Luft, die nach Pferden und feuchter Erde und Gras aus dem nahen Kennington Park roch, wehte herein. Die große Halle mit der Stuckdecke und den Kristalllüstern war noch voller Menschen in Abendgarderobe, die Champagner tranken. Victoria schob den Gedanken beiseite, wie gern sie einen der mit Perlen und Pailletten bestickten Samt- oder Seidenmäntel besessen hätte, und ließ ihren Blick zu einem der Theaterplakate wandern. *Emilia* war die angesagteste Komödie des Jahres und die Hauptdarstellerin Geraldine Adair seit Langem die unbestrittene Königin der Londoner Theaterwelt.

Sie war eine üppige Frau Ende dreißig, nicht wirklich schön, aber sehr sinnlich. Geraldine war witzig, derb, extravagant, und sie brachte das scheinbar Unmögliche fertig, sowohl sehr erotisch als auch mütterlich zu wirken. In ihrer Jugend war ihr eine Affäre mit dem damaligen Kronprinzen und jetzigen König nachgesagt worden. Wobei Victoria nicht klar war, ob dies wirklich der Wahrheit entsprach. Später hatte sie ein paar Jahre lang eine Affäre mit Victorias Vater gehabt. Dies war auch der Grund, weshalb sie beschlossen hatte, die Schauspielerin aufzusuchen. Sie hoffte, dass Geraldine Adair ihr einige der quälenden Fragen über ihren Vater beantworten konnte. Victoria wusste nicht, aus welchem Grund die Liaison schließlich geendet hatte. Aber die beiden hatten sich freundschaftlich getrennt und weiter in losem Kontakt gestanden. Geraldine Adair war zur Beerdigung ihres Vaters gekommen. Sie hatte einen wagenradgroßen Hut getragen, der über und über mit schwarzen Seidenrosen besetzt gewesen war. Dazu einen schlichten ebenfalls schwarzen Mantel im Empirestil, an dessen Kragen eine knallrote Seidenrose gesteckt hatte, die sie, sehr zu Großtante Hermiones Missfallen, mit großer Geste in das offene Grab geworfen hatte. Victoria war überzeugt, dass dieser Auftritt ihrem Vater gefallen hätte.

»Miss Bredon ...« Erst jetzt bemerkte Victoria, dass der Ordner neben ihr stand, »Miss Adair ist tatsächlich bereit, Sie zu empfangen«, erklärte er sehr erstaunt.

»Meine Liebe.« Geraldine Adair küsste Victoria zur Begrüßung auf beide Wangen. Ihr kastanienbraunes Haar steckte noch unter einer dünnen Baumwollkappe, denn für ihre Rolle als Emilia musste sie eine blonde Perücke tragen, und ihre Haut glänzte von einer fetthaltigen Creme, mit der sie die Theaterschminke abgewischt hatte. Aber Victoria zweifelte nicht daran, dass sich die Schauspielerin auch einem Geliebten so präsentiert hätte. Sie trug einen schwarzgrundigen Kimono mit einem Muster aus großen rosafarbenen Pfingstrosen. Die Blumen des Gewandes spiegelten sich in der Garderobe. Überall standen Vasen voller exquisiter Gebinde – Orchideen, Rosen und Kamelien –, die ihr ihre zahlreichen Verehrer geschickt hatten, und verströmten ihren süßen Duft. »Was kann ich für Sie tun, Victoria? Ihre Bewunderung über meine schauspielerische Leistung wollen Sie mir ja sicher nicht mitteilen. Sie haben doch nichts dagegen, dass ich Sie mit Ihrem Vornamen anspreche? Wir sind uns ja nur selten begegnet. Aber Ihr Vater hat so oft von Ihnen erzählt, dass es mir vorkommt, als hätte ich Sie heranwachsen sehen.« Geraldine

Adair dirigierte Victoria zu einem Sessel. »Bitte nehmen Sie doch Platz.«

»Ich würde gern mit Ihnen über meinen Vater sprechen«, erklärte Victoria. »Sie haben ihn, glaube ich, sehr gut gekannt.«

»Ja, das habe ich.« Geraldine Adair nickte. »Möchten Sie auch einen Whiskey?« Sie schenkte von der bernsteinfarbenen Flüssigkeit in ein Glas. »Ich trinke nach der Vorstellung immer einen, um mich zu entspannen.«

»Nein, danke.« Victoria schüttelte den Kopf. »Ich frage mich in der letzten Zeit immer wieder, ob mein Vater der Mensch war, für den ich ihn gehalten habe«, begann sie zögernd. »Es gab einen Anlass ...« Sie erzählte Geraldine Adair von Sir Francis' Andeutungen und dass sie daraufhin Nachforschungen die Umstände des Wohnungsbrandes betreffend angestellt hatte. »Vorgestern wurde die Betreiberin eines Edelbordells namens Molly ermordet. Es gibt Gründe, die mich vermuten lassen, dass mein Vater Kunde bei ihr war ...« Victoria brach ab.

»Und jetzt wollen Sie von mir wissen, ob Ihr Vater es mit Huren trieb?«, fragte Geraldine Adair unverblümt.

»Ja ...«, erwiderte Victoria unglücklich. »Es geht mir dabei nicht um Moral. Es ist nur so, wenn mein Vater wirklich Kunde in diesem Bordell war, dann könnte er in Geschehnisse verwickelt gewesen sein, die zum Tod von drei Menschen führten.«

Geraldine Adair ließ den Whiskey in ihrem Glas kreisen. »Ich kann es natürlich nicht beschwören. Aber ich glaube eher nicht, dass Ihr Vater in diesem Bordell oder überhaupt in einem Bordell verkehrt hat. Zumindest nicht regelmäßig ...«, sagte sie schließlich.

»Und warum glauben Sie das nicht?«

»Zum einen war Ihr Vater Wissenschaftler und sich über die Gefahren von Syphilis im Klaren. Man kann sich diese Krankheit natürlich überall holen, aber die Wahrscheinlichkeit, sich in einem Bordell anzustecken, ist nun einmal ziemlich groß. Und zum anderen war er nicht der Typ Mann, der sich Liebe kaufte.«

»Auch keine geschlechtliche?« Victoria schluckte. Sie fühlte sich wirklich nicht wohl bei diesem Gespräch, aber sie musste einfach die Wahrheit herausfinden.

»Höchstwahrscheinlich nicht«, erwiderte die Schauspielerin sachlich. »Ich will nicht ausschließen, dass er sich manchmal mit einer Hure vergnügt hat. Etwa nach einer Party, wenn er getrunken hatte. Aber er hatte es einfach nicht nötig, Frauen dafür zu bezahlen, dass sie mit ihm schliefen.« Sie lächelte.

»Hat er Opium geraucht?«

»Ja, gelegentlich.«

»In dem Bordell wurde Opium gefunden«, beließ es Victoria im Vagen. Sie mochte Geraldine Adair nicht von ihrem und Hopkins' Einbruch erzählen.

»Kindchen, an vielen Orten in dieser Stadt wird Opium konsumiert.« Geraldine Adair leerte ihr Glas und zündete sich eine Zigarette an. »Ich habe es auch selbst schon ausprobiert. Dann aber die Finger davon gelassen. Es ist mir zu gefährlich. Ich möchte nicht abhängig werden.«

»War mein Vater abhängig?«

»In den letzten vier Jahren haben wir uns nur selten gesehen. Aber nein, ich glaube nicht. Er war ein Mann, der den Rausch brauchte, es jedoch schaffte, nicht in die Sucht abzugleiten.«

»Mein Vater hat es nicht gern gesehen, dass ich male. Auch wenn er es nie explizit gesagt hat, konnte ich es fühlen. Ich glaube, dass es ihn zu sehr an meine Mutter erinnert hat, die ja

Malerin war. Deshalb habe ich, wenn überhaupt, nur in der Schule gemalt und gezeichnet und nie zu Hause. Aber wenn ihn mein Malen zu sehr an meine Mutter erinnert hat – und ich bin davon überzeugt, dass mich mein Gefühl nicht trügt –, warum hat er es dann ertragen, ständig ihre Fotografie zu sehen? Auf seinem Schreibtisch steht eine. Früher habe ich mir darüber nie Gedanken gemacht. Aber jetzt finde ich, dass das nicht zusammenpasst.«

»Ich bin Ihrer Mutter nie persönlich begegnet. Aber Ihr Vater besaß ein Medaillon mit ihrem Bild, das er immer bei sich trug. Sie sehen ihr sehr ähnlich.« Geraldine Adairs Stimme klang sanft. »Eine Fotografie ist ja nicht lebendig. Vielleicht hatten Sie, auch wenn Sie nur ein Kind waren, einen Gesichtsausdruck oder eine Geste, die ihn zu sehr an Ihre Mutter erinnerte.«

»Möglicherweise haben Sie recht«, erwiderte Victoria. Sie wollte diese Erklärung zwar gern glauben. Trotzdem war sie nicht ganz überzeugt. »Hat mein Vater Ihnen gegenüber eigentlich jemals den Brand in unserer Wohnung am Holland Park erwähnt?«

Geraldine Adair zog an der Zigarette. »Nur ganz selten und wenn, dann erzählte er, dass Sie damals fast in den Flammen umgekommen wären und er sich das nie verziehen hätte.«

»Von einer Frau, die damals in der Wohnung lebte und deren Gesicht von einer Krankheit entstellt war, wissen Sie also auch nichts?«

»Nein, darüber hat Ihr Vater nie mit mir gesprochen.«

Geraldine Adair zog ein letztes Mal an der Zigarette. Sie inhalierte den Rauch tief und stieß ihn in einer großen Wolke aus, ehe sie den Stummel in einem schwarzen Glasaschenbecher ausdrückte, der mit Blattranken im Jugendstil verziert war.

»Ich weiß nicht, ob Ihnen das, was ich Ihnen nun sage, wirklich weiterhilft, Victoria«, meinte sie dann. »Trotzdem möchte ich Sie wissen lassen, was mir durch den Kopf geht.«

»Sie wollen mir wahrscheinlich sagen, dass mein Vater mich geliebt hat und dass er nie etwas Unrechtes getan hätte.« Victoria seufzte.

»Ich weiß nicht, ob Ihr Vater niemals etwas Unrechtes getan hätte.« Geraldine Adair lächelte schwach. »Aber er hat Sie geliebt. Das schwang immer in seiner Stimme mit, wenn er über Sie sprach. Ich will auf etwas anderes hinaus.«

Ein Klopfen ertönte an der Tür. Auf das »Herein« der Schauspielerin hin betrat eine rundliche Garderobiere in einem gestreiften Kleid und einer Schürze, die in Zellophan verpackte Orchideenrispen in den Händen hielt, den Raum.

»Madam, von Mr. Gerkins«, sagte sie.

Gerkins war der Name eines reichen Bankiers, wie Victoria wusste.

»Legen Sie die Blumen auf meinen Schminktisch, Weaver«, sagte Geraldine Adair ein wenig ungeduldig. »Sie können sie später in eine Vase stellen.«

»Sehr wohl, Madam.« Die Garderobiere zog sich zurück.

»Ihr Vater hat mir immer Anemonen geschenkt. Das sind meine Lieblingsblumen.« Geraldine Adair sann einen Moment vor sich hin, ehe sie sich wieder Victoria zuwandte. »Sie sind – oder waren – zu jung, um zu verstehen, dass Ihr Vater ein Mensch war, der auf einem unsichtbaren, schmalen Grat wandelte. Ich bin überzeugt, dass Ihre Mutter ihm den Halt gab, der ihm immer fehlte.«

»Was meinen Sie denn damit?«, fragte Victoria überrascht.

»Er hat sich so intensiv mit dem Tod und mit Gewalt beschäftigt … Ihn zogen Abgründe an. Er liebte und brauchte das Exzessive …«

»Er hat das Leben geliebt«, antwortete Victoria heftig.

»Ja, das stimmt.« Geraldine Adair lächelte. »Aber es gibt auch Menschen, die das Leben lieben, ohne ständig nach rauschhaften Zuständen zu streben. Er ist über den Tod Ihrer Mutter nie wirklich hinweggekommen und hat in seiner Arbeit, dem Alkohol und dem Opium Vergessen gesucht. Ich glaube, wenn er Sie nicht gehabt hätte, wäre er früher oder später einer seiner Süchte zum Opfer gefallen. Aber dank Ihnen konnte er, um wieder dieses Bild zu gebrauchen, am Abgrund balancieren.«

»Mein Vater war ein starker Mensch«, protestierte Victoria.

»Ja, das war er. Aber er hatte auch eine sehr schwache und verletzliche Seite. Er hat oft genug in meinen Armen gelegen. Ach, Kind«, Geraldine Adair seufzte. »Verstehen Sie doch – ich spreche nicht schlecht über Ihren Vater. Ich habe ihn geliebt. Aber anders als Sie, seine Tochter, habe ich auch seine Fehler gesehen.«

»Haben Sie sich von ihm oder hat er sich von Ihnen getrennt?« Victoria wünschte sich, sie hätte die Schauspielerin nicht aufgesucht, doch diese Frage musste sie stellen.

»Ich mich von ihm. Ich war es leid, dass er neben mir immer etliche andere Affären hatte.« Sie zuckte mit den Schultern. »Aber er fehlt mir. Ich wünschte, er würde nach der Vorstellung in meine Garderobe kommen und sagen: Geraldine, lass uns im Ritz oder im Savoy dinieren. Das haben wir oft getan, obwohl er sich das eigentlich nicht leisten konnte. Danach haben wir manchmal bis in den Morgen in irgendwelchen Clubs getanzt.« Geraldine Adair betrachtete einen Moment lang distanziert ihr Spiegelbild über dem Schminktisch, als wäre sie sich plötzlich fremd geworden. Dann zog sie die Baumwollkappe ab und schüttelte ihr kastanienbraunes Haar.

»Es tut mir leid, Victoria, aber ich fürchte, ich kann Mr. Gerkins nicht mehr lange vertrösten. Ich hoffe, ich konnte Ihnen weiterhelfen.«

Victoria bedankte sich, aber im Grunde genommen verließ sie das Theater mit mehr Fragen als Antworten.

NEUNZEHNTES KAPITEL

Victoria sah versonnen den Tauben zu, die den Trafalgar Square umschwärmten, als sie am nächsten Vormittag ihr Ziel, die National Gallery, erreichte. Lord Nelson blickte von seiner Säule aus gelassen, ja gleichgültig in den blauen Märzhimmel. Reisende kauften Postkarten bei fliegenden Händlern.

Sie hatte sich auf den Ausstellungsbesuch mit Randolph gefreut. Aber der Besuch bei Geraldine Adair am Vorabend bedrückte sie immer noch. Ihr Vater war ihr dadurch noch fremder geworden. Wobei sie der Schauspielerin glaubte. Und sie war auch davon überzeugt, dass sie von anderen Geliebten ihres Vaters nicht mehr erfahren würde. In der Nacht hatte sie wieder ein Albtraum heimgesucht. Nach Atem ringend war sie aufgewacht. Panisch hatte sie nach der Papiertüte auf ihrem Nachttisch getastet und einige Augenblicke lang befürchtet zu ersticken, bis sie die Tüte endlich gefunden und vor ihr Gesicht gehalten hatte.

Was ist das denn …? Victoria blieb überrascht stehen. Sie musste unwillkürlich lächeln. Vor einem der beiden Brunnen stand ein kleiner Junge, der eine Angelschnur in den Händen hielt und von einem Bobby ausgescholten wurde. Ganz offensichtlich hatte der Junge versucht, in dem Brunnen zu fischen. Schnell holte sie die Kodak aus ihrer Handtasche und schoss ein paar Bilder. *Das dürfte eine Szene aus dem Londoner All-*

tagsleben sein, die Mr. Parker bestimmt gefällt, überlegte sie belustigt.

»Victoria ...« Randolph stand plötzlich neben ihr. »Ich habe Sie von der Treppe der Gallery aus gesehen. Was haben Sie denn fotografiert?« Nun sah auch er den Kleinen, der den Kopf hängen ließ und sich Tränen aus den Augen wischte, sowie den Bobby, und er begriff.

»Wir sollten den Jungen erlösen. Was meinen Sie?«, fragte er.

»Ich bin ganz Ihrer Ansicht.«

Zusammen gingen sie zu dem Polizisten und dem Delinquenten. »Constable, ich bin davon überzeugt, dass unser Freund hier nur spielen wollte«, erklärte Randolph begütigend.

»Das mag ja sein, Sir. Aber in einem Brunnen zu fischen, stellt nun einmal ein öffentliches Ärgernis dar«, knurrte der Bobby.

»Ich wollte meine Angel ausprobieren«, schluchzte der Kleine.

»Es ist ja kein Schaden entstanden, Constable. Wir waren doch alle einmal Kinder.« Randolph nahm ein paar Münzen aus seinem Geldbeutel. »Kauf dir ein paar Bonbons«, meinte er zu dem Jungen und drückte ihm zwei Pennys in die Hand. »Und ich hoffe, dass Sie es nicht als Bestechung auffassen, wenn ich Ihnen ein Bier ausgebe.« Er reichte auch dem Bobby ein paar Geldstücke.

»Nein, Sir, und danke!«

Der Polizist salutierte. Der Junge schenkte Victoria und Randolph ein scheues Grinsen, dann sauste er los, froh, so glimpflich davongekommen zu sein.

»Das war sehr nett von Ihnen«, sagte Victoria zu Randolph, während sie die Stufen zur National Gallery hinaufstiegen.

»Wie ich dem Bobby gegenüber bemerkte, wir waren alle einmal Kinder.« Er zuckte mit den Schultern.

Ich hätte es Randolph eigentlich nicht zugetraut, dass er sich eines kleinen unglücklichen Jungen annehmen würde. Wie lieb von ihm.

Victoria hatte ihre gute Laune wiedergefunden und konnte es kaum erwarten, die Ausstellung zu sehen.

Victoria nahm die Turner-Ausstellung als eine Woge aus glühenden Farben, Licht und Dunkelheit wahr. Bislang kannte sie die meisten Bilder nur von Schwarz-Weiß-Fotografien. Nur die Gemälde, die zum Bestand der National Gallery gehörten und immer in den Ausstellungsräumen hingen, hatte sie schon früher farbig gesehen. Dass Randolph sie begleitete, intensivierte die Eindrücke.

Besonders liebte Victoria die Ansichten, die Turner von London gemalt hatte, die Themse bei Sonnenaufgang oder -untergang oder im Nebel, Bilder, auf denen die Konturen der Stadt und des Flusses verschwammen. Ganz besonders gefiel ihr ein Gemälde mit dem Titel »Aufziehender Sturm auf See«, bei dem die Grenzen von Wolken und Gischt verschwammen und nicht mehr zu erkennen war, wo das Meer aufhörte und der Himmel begann.

»Sie haben ganz entrückt gewirkt«, sagte Randolph schließlich lächelnd, als sie in die Eingangshalle zurückkehrten und in Richtung Ausgang schlenderten. »Ich habe es gar nicht gewagt, Sie anzusprechen, da ich Sie nicht aus Ihrer Versenkung reißen wollte. Ist Ihnen eigentlich bewusst, dass wir drei Stunden in der Ausstellung zugebracht haben?«

»Sie haben sich hoffentlich nicht mit mir gelangweilt?«, fragte Victoria erschrocken.

»Ganz und gar nicht ... Es war mir eine Freude, Sie so angeregt und glücklich zu erleben. Auch wenn mir Turner, ehrlich gesagt, etwas zu romantisch und impressionistisch ist.«

»Aber Dante Gabriel Rossetti mögen Sie«, neckte Victoria ihn. »Seine Bilder würde ich als sehr romantisch bezeichnen.«

»Sagen Sie ruhig ›schwülstig‹, wie Sie es schon einmal getan haben.« Randolphs Stimme klang amüsiert. »Rossetti malt gegenständlich. Nein, er, Gainsborough oder auch Constable liegen mir einfach mehr als Turner.« Sie hatten das Museum verlassen und standen am oberen Ende der breiten Treppe. Auf dem Trafalgar Square flatterte ein großer Schwarm Tauben in die Höhe. Ihre Flügel, die im Sonnenlicht wie Silber glänzten, ließen Victoria an Münzen denken, die von einer gigantischen Hand in die Luft geworfen wurden.

Dieses Flirren würde ich gern malen, dachte sie unwillkürlich, nur um sich gleich darauf wieder Randolph zuzuwenden.

»In seinem Spätwerk malt Constable aber auch impressionistisch«, bemerkte sie.

»Tatsächlich? Das war mir gar nicht bewusst. Nun, Malerei ist nicht gerade mein Spezialgebiet, das muss ich zugeben. Politik interessiert mich viel mehr.«

»Jeremy Ryder sagte, dass Sie, wenn Sie kein Peer wären, bestimmt für das Unterhaus kandidieren würden.« Victoria bedachte Randolph mit einem neugierigen Seitenblick.

»Ryder, ah ja ... Kein schlechter Journalist, allerdings mehr der liberalen als der konservativen Partei zugeneigt.«

»Was Emmeline Pankhurst und die Suffragetten betrifft, ist er, glaube ich, mehr konservativ als liberal.« Victoria lachte. Sie schlenderten jetzt die Stufen hinunter. Plötzlich wurde ihr bewusst, dass sie ganz selbstverständlich ihren Arm unter

Randolphs geschoben hatte. Beschämt wollte sie ihn wegziehen. Aber Randolph neigte sich ihr zu und flüsterte: »Tun Sie es nicht …«

»Oh …« Wieder einmal schoss Victoria die Röte ins Gesicht.

»Ich habe Ryder übrigens kürzlich im Haus des Commissioners gesehen«, meinte Randolph nun bleiläufig, wie um ihr über ihre Verlegenheit hinwegzuhelfen.

Das hat Jeremy Ryder mir gegenüber nie erwähnt …

Victoria war ein wenig irritiert, aber gleich darauf sagte sie sich, dass er Sir Arthur bestimmt wegen eines Artikels oder Interviews aufgesucht hatte.

»Stimmt Ryders Einschätzung denn, dass Sie gern für das Unterhaus kandidieren würden, wenn Ihnen dies möglich wäre?«, fragte sie.

»Um den Duke of Wellington zu zitieren: Niemand schert sich einen Deut um das Oberhaus. Das Parlament bedeutet alles in England und das Oberhaus nichts.« Er seufzte. »Ja, ich würde sehr gern im Parlament sitzen und die Geschicke dieses Landes mitbestimmen, anstatt andere Kandidaten der Konservativen zu unterstützen.«

»Als Peer könnten Sie Premierminister werden«, scherzte Victoria.

»Ich habe mir auch schon ernsthaft überlegt, diesen Weg einzuschlagen. Ich mische nun einmal gern beim großen Machtspiel mit.«

»Wirklich?«

Wenn Randolph tatsächlich plant, Premierminister zu werden, wird er mich niemals heiraten, durchfuhr es Victoria.

»Sehen Sie mich nicht so erschrocken an, Victoria.« Randolph lachte. »Wahrscheinlich werden die Liberalen erst einmal während der nächsten Jahre an der Macht bleiben. Noch ist Lloyd George nur Schatzkanzler. Aber er hat ganz sicher Ambitionen auf das höchste Amt im Staat. Eine Wahl gegen ihn zu gewinnen, dürfte schwierig werden. Und überhaupt ... Wer weiß, was die nächsten Jahre für England und den Kontinent bringen werden ...«

»Sie haben also nicht vor, Ihr ganzes Leben auf eine Karriere als Premierminister auszurichten?« Victoria bemühte sich, einen neckenden Tonfall beizubehalten.

»Ganz bestimmt nicht«, erklärte Randolph entschieden. Doch gleich darauf wurde sein Tonfall unsicher. »Ich würde den schönen Vormittag mit Ihnen gern noch etwas verlängern und Sie zum Lunch ins Ritz einladen«, sagte er. »Ich möchte Sie allerdings auf keinen Fall kompromittieren ...«

Victoria nahm wahr, dass die Glocken von St. Martin-in-the-Fields am Rand des Platzes zu läuten begannen und sich die Tauben, als hätten die tiefen Töne sie aufgeschreckt, wieder in einem großen Schwarm in die Lüfte erhoben. Das Regelwerk der Aristokratie und der Oberschicht war viel strenger als das der Mittel- oder gar der Unterschicht und nicht immer logisch. Ein adliger Mann und eine unverheiratete junge Frau durften allein miteinander ausreiten. Zusammen den Lunch einzunehmen war ihnen, ohne eine Aufsichtsperson, dagegen eigentlich nicht gestattet. Schon dass sie mit Randolph eine Ausstellung besucht hatte, wäre in Großtante Hermiones Augen bestimmt anrüchig gewesen. Dass Randolph mit diesen Konventionen brach, bedeutete, dass ihm wirklich viel an ihr lag. Victorias Herz schlug höher.

»Wenn Sie sich durch diese Einladung nicht kompromittiert fühlen, wüsste ich nicht, warum ich es tun sollte.« Victoria lächelte ihn an. »Ich würde sehr gern mit Ihnen essen gehen.«

»Sie bereiten mir eine große Freude.«

Randolphs Blick ruhte voller Zuneigung auf ihr.

Während Victoria – immer noch Arm in Arm mit ihm – den Trafalgar Square überquerte, hätte sie am liebsten vor Glück gesungen.

Am Abend löste Victoria das Handtuch, das sie um ihr frisch gewaschenes Haar geschlungen hatte, und blickte in den Badezimmerspiegel. Ihre Locken kringelten sich um ihr Gesicht, die grünen Augen wirkten riesengroß.

Während des Lunches hatte eine prickelnde Atmosphäre zwischen ihr und Randolph geherrscht. Und dies hatte nicht nur an dem Champagner gelegen, den sie getrunken hatten. Sie hatten miteinander geflirtet, Meinungsverschiedenheiten ausgetauscht und miteinander gelacht. Hin und wieder hatten sich wie zufällig ihre Hände berührt. Dies und die Blicke, die sie gewechselt hatten, waren wie intime Berührungen gewesen. Randolph war eine bekannte Persönlichkeit. Sie hatten in dem marmorverkleideten Speisesaal des Ritz viel Aufmerksamkeit erregt, und Victoria hatte es genossen, sich mit dem attraktiven jungen Mann sehen zu lassen. Sie war so stolz darauf gewesen, dass er sich in der Öffentlichkeit mit ihr zeigte.

Nach dem Lunch hatte Randolph sie in seiner Kutsche nach Hause gebracht. Als der Wagen am Green Park hielt, hatte er sich zu ihr gebeugt und sie geküsst. Einen Moment lang nur – dann hatte schon der Kutscher den Wagenschlag geöffnet. Aber bei der bloßen Erinnerung an den Kuss begann Victorias nackter Körper zu glühen. Langsam ließ sie ihre Hand zu dem roten Flaum zwischen ihren Beinen wandern.

Ja, sie begehrte Randolph. Sie hatte keine Angst mehr davor, mit ihm intim zu werden. Sie wünschte sich sehnlichst, mit ihm zu schlafen.

Auch am Samstagnachmittag, als Victoria auf ihrem Fahrrad nach Camden fuhr, musste sie immer wieder an Randolph denken. Sie freute sich auf das Picknick mit Jeremy Ryder. Obwohl sie sich noch nicht lange kannten, war er zu einem Freund für sie geworden. Aber es war anders als mit Randolph. In ihn war sie verliebt.

Nun bog sie in die stille Seitenstraße ein, in der Jeremy Ryders Heim lag, nicht weit entfernt vom Regent's Canal. Platanen standen vor den schmalen, zweistöckigen Backsteinhäusern. Zu jedem gehörte ein kleiner gepflasterter Vorgarten, den ein schmiedeeisernes Gitter zur Straße hin abgrenzte. In Jeremys standen Töpfe voller Primeln in allen Farben. Victoria lehnte ihr Fahrrad gegen einen der Bäume, bevor sie an die leuchtend blaue Tür klopfte. Gleich darauf öffnete Jeremy. Seine Weste und sein Hemdkragen waren aufgeknöpft, das braune Haar stand nach allen Seiten vom Kopf ab.

»Ich wusste gar nicht, dass Sie gärtnerische Ambitionen haben.« Lächelnd deutete Victoria auf die Primeln.

»Sie gehören meiner Haushälterin, Mrs. Brown. Sie züchtet Primeln und bringt sie bei sich im Garten nicht mehr unter. Ich selbst bin ein furchtbarer Gärtner. Es tut mir leid. Ich habe mir Notizen für einen Artikel gemacht und darüber ganz die Zeit vergessen. Die Sandwiches sind noch nicht fertig.« Jeremy blickte Victoria schuldbewusst an. »Ich würde Sie ja gern hereinbitten, aber Mrs. Brown ist nicht hier ...«

»Ich habe keine Probleme damit, mich kurz allein mit einem Mann in seinem Haus aufzuhalten.«

»Gut«, Jeremy wirkte erleichtert, »dann kommen Sie doch bitte. Da die Küche Mrs. Browns Wirkungsfeld ist, ist sie auch aufgeräumt.«

»Sandwiches benötigen wir übrigens nicht.« Victoria folgte ihm in eine kleine, aber tatsächlich blitzsaubere Küche, die von einem gusseisernen Kohleherd dominiert wurde. »Als ich Hopkins erzählte, dass ich beabsichtige, einen Ausflug mit Ihnen nach Hampstead zu unternehmen, hat er es sich nicht nehmen lassen, Eier- und Schinkensandwiches zuzubereiten. Außerdem hat er mir Gurkensuppe in einer Thermoskanne, zwei Flaschen Zitronenlimonade und einen kleinen Teekuchen eingepackt.«

»Meine Güte, verhungern werden wir also wirklich nicht.« Jeremy grinste. »Ihr Butler hat Sie hoffentlich nicht wegen des Ausflugs mit Fragen bestürmt?«

Victoria schüttelte den Kopf. »Anders als Mrs. Dodgson ist Hopkins sehr diskret.« Von der Küche führte eine offen stehende Tür in das Wohnzimmer. »Darf ich mich dort einmal umsehen?«, erkundigte sie sich. »Ich finde es immer spannend zu sehen, wie Menschen leben.«

»Von mir aus gern. Aber ich muss Sie vorwarnen. Das Wohnzimmer ist mein Reich, und deshalb ist es dort sehr unordentlich.«

Victoria mochte den Raum, der von Büchern schier überquoll. Vor dem kleinen Kamin stand ein Lehnstuhl mit einem abgewetzten braunen Stoffbezug. Die Wand darüber war mit Fliesen gekachelt, die ein blau-türkisfarbenes Muster hatten – Farben, die sie unwillkürlich an ein südliches Meer erinnerten. Dazu passten das Flaschenschiff auf dem Kaminsims und die Drucke von Segelschiffen, die an der Wand hingen.

Jeremy war ihrem Blick gefolgt. »Das Flaschenschiff habe ich einmal in den Schulferien gebaut, und was die Drucke anbelangt ... Ich habe Ihnen doch schon einmal erzählt, dass ich, wenn ich in einem anderen Jahrhundert geboren worden wäre, gern Entdecker und Seefahrer geworden wäre. So muss ich meine Abenteuerlust leider auf ein paar Segeltouren im Jahr beschränken.«

»Wahrscheinlich würde Ihnen die Turner-Ausstellung in der National Gallery gut gefallen«, sagte Victoria nachdenklich. »Turner hat sehr viele Seebilder gemalt.«

»Ich habe sie mir bereits angesehen, und sie hat mir wirklich sehr gut gefallen.« Jeremy schlüpfte in sein Tweed-Jackett, das auf einem Bücherstapel in der Nähe des Schreibtischs gelegen hatte. »Haben Sie denn Ihre Malutensilien mitgenommen?«

»Ja, das habe ich.«

»Dann sind wir ja bestens ausgerüstet und sollten aufbrechen.« Mit einer Verbeugung öffnete Jeremy Victoria die Haustür.

Ich bin so froh, dass ich mich auf den Ausflug eingelassen habe, dachte Victoria, während sie kurz darauf am Camden Dock entlang in Richtung Hampstead fuhren.

In Hampstead Heath machten Victoria und Jeremy kurz am Aussichtspunkt, dem Parliament Hill, halt. Die Luft war klar, und die Silhouette Londons mit der Kuppel der St. Paul's Cathedral als markantestem Punkt lag zum Greifen nah zu ihren Füßen. In der Nähe des Hügels und auch an den Teichen unterhalb waren viele Nannys mit ihren Schützlingen unterwegs. Das immer noch ungewöhnlich schöne Wetter an diesem Samstag hatte auch viele Spaziergänger ins Freie getrieben. Da und dort trabten Reiter über die ausgedehnten Heideflächen.

Je weiter sie sich von dem Ort Hampstead entfernten, desto stiller wurde es. In Sichtweite von Kenwood House, einem weißen Gebäude mit einer klassizistischen Säulenfassade, beschlossen sie, eine Rast einzulegen. Victoria löste den Lederriemen von der karierten Decke, die ihr Hopkins ebenfalls mitgegeben hatte, und breitete sie auf dem Gras aus. Dann holte sie ihre Malutensilien aus der Satteltasche. Während sie zeichnete, schrieb Jeremy in sein Notizbuch. In einvernehmlichem Schweigen arbeitete jeder vor sich hin.

Zuerst war Victoria mit ihren Bleistift- und Kohleskizzen der Heidelandschaft, den sanften Hügeln, auf denen Baumgruppen und Büsche wuchsen, sehr unzufrieden. Doch allmählich gelang es ihr, das, was sie sah, auf den Zeichenblock zu übertragen. Eine schnelle Skizze von Kenwood House fand sie schließlich recht gelungen. Eine Biene, die sich auf den Block setzte, ließ sie aufblicken. Jeremy hatte sein Notizbuch weggelegt. Er lag bäuchlings auf der Decke und lächelte sie an.

»Sie wirkten so selbstvergessen, dass ich Sie nicht stören wollte. Sehen darf ich Ihre Zeichnungen wahrscheinlich nicht?«

»Auf gar keinen Fall!«, antwortete Victoria entschieden. »Außerdem bekomme ich allmählich Hunger. Wie steht es mit Ihnen?«

»Ich könnte auch etwas zu essen vertragen.« Jeremy sprang auf und holte den Picknickkorb, der auf Victorias Gepäckträger befestigt war.

»Meine Güte«, staunte Jeremy, als sie den Picknickkorb öffnete. »Porzellan und Silberbesteck und gestärkte Servietten …«

Victoria lachte. »Darunter tut es Hopkins nicht. Für ihn muss auch ein Picknick Stil haben.« Sie breitete eine weiße Tischdecke auf der Wolldecke aus und platzierte Geschirr, Besteck und Servietten darauf. Anschließend verteilte sie die Sandwiches und den Kuchen auf Tellern und füllte die Gurkensuppe in Tassen. Jeremy öffnete eine der Limonadenflaschen und schenkte Victoria und sich ein.

»Dieses Schinkensandwich zergeht auf der Zunge«, erklärte er genießerisch, nachdem er die ersten Bissen gegessen hatte.

»Und die Gurkensuppe ist ebenfalls köstlich. Ihr Butler hat nicht vielleicht vor, seine Rezepte zu veröffentlichen?«

»Ich fürchte, nein.« Victoria schüttelte den Kopf. Mrs. Ellingham sollte ein Geheimnis bleiben. Ohne Hopkins' Einverständnis wollte sie es nicht lüften. »Ich glaube, das letzte Mal habe ich während meiner Schulzeit ein Picknick gehabt. An einem Ausflugstag.« Victoria setzte sich bequem auf der Decke hin.

»Sie waren in einem Internat?«

»Ja, in der Gorden's School für Mädchen bei Winchester. Ein sehr fortschrittliches Internat, das großen Wert auf Bildung legte. Ich war gern dort, auch wenn ich keine engen Freundschaften mit den anderen Mädchen geschlossen habe. Ich war lieber für mich.«

Auf einmal fiel Victoria wieder ein, dass Randolph Jeremy im Haus des Commissioners gesehen hatte.

»Haben Sie kürzlich Sir Arthur interviewt?«, erkundigte sie sich.

»Nein, wie kommen Sie darauf?« Jeremy nahm sich ein zweites Sandwich.

»Oh, ich dachte vielleicht wegen der Morde«, erwiderte Victoria. »Eine Stellungnahme des Commissioners dazu, dass Scotland Yard in drei Mordfällen noch keine Verdächtigen gefunden hat, könnte für Ihre Leser interessant sein.«

Sie wollte fragen, warum Jeremy dann im Haus des Commissioners gewesen war. Doch der forschende Blick, den er ihr jetzt zuwarf, hielt sie davon ab.

»Sir Arthur würde mir kein Interview geben. Dazu bin ich viel zu jung und unbedeutend. Nur wesentlich ältere, renommierte Kollegen kommen in diesen Genuss.« Jeremys Stimme klang gelassen.

Victoria strich die Tischdecke, deren eine Ecke der Wind

umgeschlagen hatte, glatt. Sie war froh für einen Vorwand, Jeremy ihr Gesicht nicht sehen zu lassen. *Entweder er lügt oder Randolph hat sich doch getäuscht. Aber warum hat mich Jeremy dann so seltsam angesehen? Außerdem ... Ich habe ihm viel mehr über die Mordfälle erzählt als er mir,* wurde ihr plötzlich klar. *Er hat eigentlich nur immer auf das reagiert, was ich ihm berichtet habe.*

Verstohlen blickte sie zu Jeremy hinüber. Er glaubte sich unbeobachtet und betrachtete sie wieder forschend. Ob er etwa ein Polizeispitzel war? Nein, sie wollte sich die Zweifel, die sie ihm gegenüber hatte, nicht anmerken lassen.

»Ich habe Lady Hogarth übrigens erzählt, dass Sie mit ihrem Gatten zusammen in Eton waren«, zwang Victoria sich, scheinbar unbeschwert weiterzuplaudern. »Sie wollte Lord Hogarth nach Ihnen fragen. Leider habe ich meine Freundin ein paar Tage lang nicht gesehen. Deshalb weiß ich noch nicht, ob Sie ihm in guter oder in schlechter Erinnerung geblieben sind.«

»Ich hoffe doch, in guter.«

Jeremy lachte, aber für Victoria schwang ein falscher Ton darin mit. Für sie war die heitere Stimmung zerstört.

Bedrückt kam Victoria nach Hause. Irgendwie hatte sie es geschafft, die Form zu wahren, bis sie sich von Jeremy vor seinem Haus in Camden verabschiedet hatte. Sie hoffte, dass er nicht bemerkt hatte, dass sie ihm gegenüber plötzlich misstrauisch geworden war.

Anders als meistens erschien Hopkins nicht, um sie zu begrüßen und ihr aus dem Mantel zu helfen. Victoria hörte ihn in der Küche rumoren. Sie entledigte sich des Mantels und ging dann in ihr Zimmer, um dort Hut und Handschuhe abzulegen. In dem großen Spiegel sah sie, dass ihre Haut von der Sonne zart gerötet war und sich die ersten Sommersprossen auf ihrer Nase zeigten. *Auch das noch ...* Victoria seufzte. Sie würde nie eins dieser neumodischen Bleichmittel benutzen, wie sie in diversen Frauenzeitschriften angepriesen wurden, um ihre Sommersprossen loszuwerden. Aber sie waren auch nichts, was sie wirklich an sich mochte. Das nächste Mal, wenn sie lange an einem sonnigen Tag draußen unterwegs war, musste sie einen breitkrempigeren Hut tragen, um ihre Haut besser zu schützen.

Victoria hatte den kleinen Strohhut eben in einer Hutschachtel verstaut, als sie auf dem Schreibtisch ein Päckchen liegen sah. Überrascht nahm sie es in die Hand. Es war in blassgrünes Seidenpapier eingeschlagen und mit einem dazu passenden Band umwickelt. Auf dem Briefkuvert, das dem Päckchen beigefügt war, stand ihr Name in Randolphs Handschrift. Aufgeregt öffnete sie es. *Liebe Victoria,* schrieb er, *auch wenn ich mich für Turner nicht so ganz erwärmen konnte, sind mir doch unsere Tage in Rom und in Perugia in bester Erinnerung geblieben. Als ich gestern in der Auslage einer Galerie zufällig dieses kleine Gemälde sah, konnte ich nicht widerstehen. Ich erlaube mir, es Ihnen zu schenken, in der Hoffnung, dass es in Ihnen ebenso schöne Erinnerungen erweckt wie in mir, und freue mich auf ein baldiges Wiedersehen. Herzlichst, Ihr Randolph.*

Hastig löste Victoria das Seidenband. Als sie das Papier auseinandergeschlagen hatte, blickte sie auf ein Aquarell des Aquädukts von Perugia. Im Hintergrund war eine frühlingshafte Landschaft zu sehen. Das Aquarell war mit sehr zarten Pinselstrichen gemalt und deutete mehr an, als realistisch und gegenständlich abzubilden. Aber gerade deshalb fand Victoria es sehr gelungen. Sie glaubte, wieder die Wärme auf ihrer Haut zu fühlen, als sie und Randolph die schmalen Straßen entlanggeschlendert waren, und dann die plötzlich etwas kühlere Luft im Schatten unter dem Aquädukt. Und sie war wieder so glücklich und beschwingt wie an jenem Nachmittag.

Sehr behutsam lehnte Victoria das Bild gegen die kleine Petroleumlampe auf ihrem Schreibtisch und studierte es noch einmal selbstvergessen. *Randolph wirbt wirklich um mich,* begriff sie. Ein strahlendes Lächeln brachte ihr Gesicht zum Leuchten.

»Mein Gott, Hopkins, was tun Sie denn da? Waschen Sie etwa Wäsche?«, fragte Victoria erstaunt, als sie wenig später die Küche betrat.

Hopkins stand am Tisch und betätigte die Kurbel eines zylindrischen Metallgefäßes, das in etwa die Ausmaße eines großen Kessels hatte. Er trug wieder seine Ärmelschoner und eine grau gestreifte Schürze.

»Nein, Miss Victoria, auch wenn ich zugeben muss, dass es durchaus so wirken könnte. Verzeihen Sie übrigens, dass ich Sie eben nicht an der Wohnungstür begrüßt habe. Ich wollte den Gefriervorgang nicht unterbrechen.«

»Hopkins, von was sprechen Sie?« Victoria verstand gar nichts mehr.

»Ich versuche gerade, Eis zuzubereiten. Genau genommen, ein Sorbet«, erklärte Hopkins feierlich. »Als wir vor diesem Alteisenwarenladen im East End standen, entdeckte ich im Schaufenster eine billige Waschtrommel, die ich heute Morgen erworben habe. Nachdem ich sie gründlich gesäubert hatte, habe ich sie mit grobem Salz gefüllt und da hinein ein kleineres Metallgefäß mit einer Johannisbeersaft-Cremè-de-Cassis-Mischung gestellt. Das Salz und die Bewegung der Trommel bewirken den Gefriervorgang.«

Einige leere Saftflaschen standen hinter Hopkins auf dem Küchenschrank. Hopkins hatte den Saft im vergangenen Sommer eingekocht. Den Cassis-Likör hatte ihr Vater während eines Frankreichurlaubs gekauft.

»Sie hatten einen schönen Nachmittag, Miss Victoria?« Hopkins betätigte weiterhin gleichmäßig die Kurbel. »Sie sehen, wenn ich mir dies erlauben darf zu sagen, sehr glücklich aus.«

Über Randolphs Geschenk hatte Victoria den Ausflug ganz vergessen. Doch nun holte er sie wieder ein. »Während des Picknicks ist etwas Seltsames geschehen«, erwiderte sie und setzte sich an den Tisch. Sie erzählte Hopkins von ihrem Verdacht. »Ich bin davon überzeugt, dass Mr. Ryder mich belogen und an jenem Abend tatsächlich den Commissioner besucht hat«, schloss sie.

»Hm ... Mr. Ryder ist ein Eton-Zögling und hat in Oxford studiert, sagten Sie ...«, bemerkte Hopkins nachdenklich, während er den Deckel der Trommel öffnete. Er nahm das kleine Metallgefäß heraus und wischte das Salz mit einem Küchenhandtuch ab. Nachdem er es in den Eisschrank in der Speisekammer gestellt hatte, setzte er sich zu Victoria an den Tisch. »Jemand mit einer so privilegierten Erziehung wie Mr. Ryder arbeitet nach meiner Erfahrung nicht als Polizeispitzel.«

»Ich finde ja auch, dass es eigentlich nicht zu ihm passt«, erwiderte Victoria niedergeschlagen. »Ich fand Mr. Ryder immer so offen, freundlich und humorvoll. Aber wie ich Ihnen ja bereits erzählt habe, war ich im Grunde genommen immer diejenige, die ihn mit Informationen versorgt hat. Von ihm habe ich nie etwas wirklich Neues über die Morde erfahren.«

»Nun, wir hatten natürlich, wenn man so will, Glück, dass wir gewissermaßen im Zentrum des Geschehens standen.«

Hopkins vollführte eine großzügige Handbewegung. »Wenn Sie möchten, Miss Victoria, kann ich gern versuchen, ein paar Erkundigungen über Mr. Ryder anzustellen.«

»Dafür wäre ich Ihnen sehr dankbar.« Victoria nickte.

Wider besseres Wissen hoffte sie, dass es vielleicht doch eine plausible Erklärung für Jeremy Ryders Verhalten gab, und er sie nicht für den Commissioner ausgehorcht hatte.

ZWANZIGSTES KAPITEL

Victoria verkroch sich tiefer in ihren Mantel und zog den Wollschal enger um den Hals. Über Nacht war das Wetter plötzlich umgeschlagen. Ein kalter Wind wehte durch die Minories Street in Richtung Themse. Über vielen der kleinen Läden standen hebräische Buchstaben oder jiddische Worte, denn dies war der Teil des East Ends, in dem eine große jüdische Gemeinde beheimatet war. Hier begegneten ihr weniger Bettler und ausgemergelte Kinder als einige Tage zuvor in der Whitechapel Highstreet. Viele der Männer trugen dunkle, runde Hüte und lange Schläfenlocken. Jiddische, hebräische und russische Sprachfetzen drangen im Vorübergehen an ihr Ohr.

Den Vormittag und den frühen Nachmittag hatte Victoria damit verbracht, in Mr. Parkers Auftrag eine aufstrebende Schauspielerin am St. James Theatre in der King Street zu fotografieren. Die junge Dame war sehr enttäuscht gewesen, von einer Vertreterin ihres eigenen Geschlechts und nicht von einem Mann abgelichtet zu werden – wahrscheinlich hatte sie sich auf einen Flirt eingestellt –, und entsprechend schwierig. Alle Posen, die ihr Victoria vorgeschlagen hatte, waren erst einmal auf Ablehnung gestoßen. Aber immerhin war es im Theater warm gewesen.

Als Victoria dann nach Hause gekommen war, hatte ihr Mr. Jarvis mitgeteilt, dass während ihrer Abwesenheit »eine der

Damen, die Sie und Mr. Hopkins kürzlich besucht haben« in der Eingangshalle erschienen sei und gefordert habe, zu Miss Bredon und Mr. Hopkins vorgelassen zu werden. Da er, Mr. Jarvis, jedoch gewusst habe, dass sie ausgegangen seien, habe er die Dame, das Wort sprach er mit erhobenen Augenbrauen aus, gebeten, eine Nachricht zu hinterlassen. Was sie nach einigem Widerstreben schließlich auch getan habe.

Das war bestimmt Caitlyn, dachte Victoria. Und tatsächlich, auf dem zusammengefalteten Blatt Papier, das ihr Mr. Jarvis nun reichte, stand in krakeliger Schrift und fehlerhafter Orthografie: *Zwei Mädels ham in der Mordnacht 'nen Mann bei Mollys Bordell gesehn, den sie komisch fandn. Sie wollen nich' ins West End kommen. Wenn ihr wollt, könnt ihr sie gegen vier in der Kneipe Blooming Rosebush in der Cross Wall treffn. Werd auch da sein, Caitlyn.*

Da Hopkins noch unterwegs gewesen war, um Einkäufe zu erledigen, hatte Victoria sich allein auf den Weg gemacht. Sie hatte die U-Bahn bis zur Station Tower Hill genommen, denn ihr Fahrrad wollte sie im East End lieber nicht irgendwo unbewacht stehen lassen.

Victoria passierte die Fenchurch Street Station mit ihrer grauen Backsteinfassade und dem großen gerundeten Giebel und bog gleich darauf in die Crosswall ein. Der Pub Blooming Rosebush befand sich in einem Eckhaus. Er war weder schön noch romantisch. Die Sprossenfenster waren schmutzig. Grüne Farbreste auf dem verrußten Backstein im Erdgeschoss und eine ungelenk gemalte Rose auf dem abgeblätterten Schild über der Eingangstür bildeten einen schwachen Abglanz auf den hübschen Namen.

Etwas beklommen betrat Victoria den Pub. Dies war kein vertrautes Terrain für sie. Sie hob ihren Schleier und ignorierte die neugierigen und lüsternen Blicke, die sie trafen – in dem heruntergekommenen Lokal mit seinen ärmlich gekleideten Gästen fiel sie natürlich gleich auf. Es stank nach Bier, Schweiß und schmutziger Kleidung. Zu ihrer Erleichterung entdeckte Victoria Caitlyn an einem Tisch im hinteren Teil des Schankraums. Bei ihr saßen zwei junge, stark geschminkte Frauen, die Biergläser vor sich stehen hatten. Nun sah auch Caitlyn Victoria und winkte ihr zu.

»Das is' Miss Bredon, die junge Lady, von der ich euch erzählt hab. Die will rausfinden, wer Molly auf dem Gewissen hat«, wandte sich Caitlyn an ihre Begleiterinnen, als Victoria an den Tisch trat.

Entweder hatte Caitlyn deren Bedenken dazu, dass eine junge Frau einen Mord aufklären wollte, zerstreut oder sie wunderten sich nicht darüber, denn sie gaben keine Kommentare dazu ab. Sie musterten Victoria nicht direkt unfreundlich, aber abwartend.

»Das is' Brenda.« Caitlyn deutete auf die Frau, die ihr gegenübersaß. Sie hatte ein herzförmiges Gesicht, das irgendwie kindlich wirkte, obwohl sich schon tiefe Falten um ihren Mund eingegraben hatten. Sicher hatte sie ein hartes Leben. »Und das is' Mary.« Sie zeigte auf die Frau neben sich. Eine Narbe, die sich bis zur Nase zog und durch die rote Schminke geradezu grotesk hervorgehoben wurde, spaltete deren Oberlippe.

»Ich würde Sie gern einladen«, sagte Victoria höflich, während sie sich ebenfalls setzte.

»He, George, haste gehört?« Caitlyn drehte sich zu dem Wirt hinter der Theke um.

»Was hätten Sie denn gern?« Victoria sah die drei Frauen an. Alle wollten ein weiteres Bier. »Drei Bier und einen Cider«, sagte sie zu George, der zu ihnen gekommen war. Dieser, ein dicker Mann mit kahlem Schädel und tätowierten Armen, schüttelte den Kopf. »Cider ist gerade aus, Miss.«

»Dann nehme ich auch ein Bier.«

George kehrte zur Theke zurück, wo ein junger Mann, der struppiges strohblondes Haar hatte, ein Bierfass auf den Tresen wuchtete und dann begann, Gläser mit einem schmuddligen Tuch abzutrocknen.

»Jetzt erzählt mal«, forderte Caitlyn die Frauen auf.

»In der Nacht, in der Molly umgebracht wurde, gingen Mary und ich durch die Straße, in der der Eingang zum Hof liegt«, begann Brenda. »Das war so gegen vier.«

»Woher wussten Sie denn die Uhrzeit?«, fragte Victoria.

Caitlyn stieß sie unter dem Tisch mit dem Fuß an, was ihr signalisierte, dass sie die beiden Frauen wohl besser erst einmal erzählen lassen sollte.

Mary erklärte mit einem Schulterzucken: »Die Uhr von den Märtyrern, der Kirche in der Prescott Street, hatte gerade viermal geschlagen. Wir kamen von 'ner Kneipe im Hafen und wollten 'ne Abkürzung nehmen.« Beim Sprechen entblößte sie eine große Zahnlücke im Oberkiefer, weswegen sie etwas lispelte.

Vier Uhr, dachte Victoria, *das passt zu dem Mordzeitraum, den Dr. Ash berechnet hat.* Ein Kribbeln lief über ihr Rückgrat.

»Ja, und als wir fast auf der Höhe vom Hofeingang waren, kam 'ne Kutsche die Straße entlang und hielt dann vor der Tür«, ergriff wieder Brenda das Wort. »Die Straße is' ja so schmal, dass wir stehen geblieben sind, um sie vorbeizulassen. Ein Mann stieg aus der Kutsche. Es war uns schon klar, dass er in Mollys Puff wollt. Aber Geschäft is' nun mal Geschäft und deshalb ham wir ihn angeredet und gefragt: ›Süßer, willst du nich' die Nacht mit uns verbringen?‹«

»Aber der Kerl hat überhaupt nich' auf uns reagiert.« Mary wischte sich den Bierschaum von ihrem Mund und verschmierte dabei den Lippenstift. »Er hat an die Tür geklopft. Und wir dachten, wir gehn mal besser, sonst kriegen wir Ärger mit Molly. In dem Moment hab ich gesehn, wie der Mann Handschuhe aus seinem Umhang geholt hat, und ich hab gedacht: Komisch, weshalb zieht der Handschuhe an, wenn er zu 'ner Hure geht?«

Victoria verkniff sich die Frage, wie Mary das in der dunklen Straße hatte beobachten können.

»Aber ihr habt noch was gesehen«, mischte sich Caitlyn ein.

Als hätten sie verabredet, dass sie abwechselnd sprechen wollten, beugte sich nun Brenda vor. »Ja, als er die Handschuhe anzog, rutschte sein Umhang zurück, und ich hab einen Blick auf seine Manschetten erhascht. Im Rücklicht von der Kutsche, die gerade anfuhr, ham die geglänzt wie Seide. Muss 'n reicher Kerl sein. Schade, dass es nich' mit ihm geklappt hat, hab ich überlegt.« *Womit sich die Frage nach dem Licht in der Straße erübrigt hat*, ging es Victoria durch den Kopf. Nun, dass der Mörder von Sir Francis, Miss Wilcox und Molly höchstwahrscheinlich ein reicher, einflussreicher Mann war, der viel zu verlieren hatte, hatten Hopkins und sie ohnehin angenommen. »Und dann hab ich so 'nen Knopf in der Manschette gesehn«, sprach Brenda weiter.

»Einen Manschettenknopf?«, fragte Victoria aufgeregt.

»Ja, genau.« Sie nickte. »Ich hab ihn mir gemerkt, weil ich ihn so seltsam fand. Er war sehr groß und oval und hatte 'nen goldenen Rand wie ein Korb ...«

Victoria benötigte einen Moment, ehe sie begriff, was Brenda sagen wollte. »Sie meinen, der Rand war geflochten?«

»Ja.« Brenda nickte wieder. »Und mittendrin war so 'n weißlich schimmernder Stein.«

»Könnte das Perlmutt gewesen sein?«

»Gut möglich.« Brenda begoss ihre Antwort mit einem Schluck Bier.

Victoria nahm den kleinen Block und den Bleistift aus ihrer Handtasche, die sie immer bei sich hatte, für den Fall, dass sie Notizen zu einer Fotografie machen wollte, und begann rasch nach Brendas Angaben zu zeichnen.

»Könnte der Manschettenknopf so ausgesehen haben?«, fragte sie schließlich und präsentierte Brenda die Zeichnung.

»Fast. Der Goldrand war, glaub ich, 'n bisschen breiter.«

Victoria veränderte die Zeichnung, bis Brenda zufrieden nickte. »Sie beide haben mir sehr geholfen«, bedankte sie sich bei den Frauen. »Haben Sie vielleicht auch noch einen Blick auf das Gesicht des Mannes erhaschen können?«

»Nee.« Beide schüttelten gleichzeitig den Kopf.

»Er hatte den Kragen von seinem Umhang hochgeklappt und trug 'nen Hut, den er tief ins Gesicht gezogen hatte«, ergänzte Mary.

Victoria hatte nur wenig von ihrem Bier getrunken. Doch sie fühlte sich trotzdem ein bisschen benommen. Außerdem wurde es draußen dämmrig, es war an der Zeit, dass sie sich auf den Heimweg machte. Sie wollte sich gerade verabschieden, als Caitlyn plötzlich einen Fluch ausstieß und aufsprang. Vier uniformierte Polizisten kamen in den Pub gestürmt. Sie hielten ihre Schlagstöcke einsatzbereit in den Händen.

»Das ist eine Razzia! Alle an die Wand!«, brüllte ein hünenhafter Sergeant.

O nein, dachte Victoria entsetzt. Sie durfte sich gar nicht vorstellen, was ihr Großvater und ihre Großtante mit ihr anstellen würden, wenn sie hier aufgegriffen wurde.

»Komm!«

Caitlyn griff nach ihrer Hand und zerrte sie zu einer Tür in der Nähe ihres Tisches, durch die der blonde junge Mann gerade hinausrannte. Er hielt noch das schmuddlige Tuch umklammert. Mary und Brenda stürzten ihm nach. Victoria ließ sich von Caitlyn weiterziehen, eine Treppe hinunter und dann durch einen dunklen, feuchten Raum, in dem es nach Schimmel und Kohlen roch. Sie stieß sich die Hüfte an einem Regal, man konnte so gut wie nichts erkennen.

Plötzlich fiel ein Lichtschein auf sie. Der junge Mann war auf einen Kohlenhaufen geklettert und hatte eine Luke geöffnet, durch die die Kohlen wohl in den Keller geschüttet wurden. Er verschwand durch die Öffnung.

Nun erklommen Brenda und Mary den Haufen. Mary kreischte auf, als die Kohlen unter ihr nachgaben, doch es gelang ihr, sich am Rand der Öffnung festzuklammern und auf die Straße zu ziehen. Durch die Luke sah Victoria sie und Brenda davonrennen. Durch ihre Benommenheit nahm sie alles wie durch einen Schleier wahr. Caitlyn kraxelte nun auf den Kohlenberg. Sie hatte sich eben durch die Öffnung gezwängt, als hinter Victoria eine Stimme ertönte.

»Halt, stehen bleiben!«

»Beeil dich!«, rief Caitlyn.

Victoria machte sich an den Aufstieg, doch als sie fast oben war, rutschte sie ab. Caitlyn streckte ihr ihre Rechte entgegen, und Victoria gelang es, sie zu ergreifen. Mit der anderen Hand hielt sie sich am Rand der Luke fest. Sie war schon halb draußen auf der Straße, als kräftige Arme ihre Taille umklammerten und sie zurückzogen. Ihre Hand glitt aus Caitlyns. Sie wurde herumgewirbelt, nahm den Helm eines Bobbys wahr.

»Lassen Sie mich los!«

Verzweifelt versuchte sie, sich aus seinem Griff zu winden. Doch der Polizist war viel stärker als sie.

»He, immer mit der Ruhe, Fräulein«, knurrte er. Er schleppte sie durch den Keller und in den Pub. Victorias Herz sank, als sie dort nun Inspector Armitages korpulente Gestalt sah. »Die hab ich erwischt, Sir«, beschied ihn der Bobby, während er Victoria unsanft auf dem Boden absetzte, sie aber immer noch nicht losließ. Es war der hünenhafte Sergeant, wie Victoria nun aus den Augenwinkeln erkannte. »Ist bestimmt ’ne Hure. Und ’ne ganz Wilde noch dazu.«

»Na, die wird schon noch Ruhe geben.« Armitage wollte sich gerade wieder dem Wirt und den Gästen zuwenden, die, von den drei anderen Bobbys bewacht, an der Wand standen, doch nun stutzte er. Er musterte Victoria ungläubig, während er ein Taschentuch aus seiner Weste zog und ihr damit den Kohlenstaub vom Gesicht wischte. Sie musste sich beherrschen, um ihn nicht anzuspucken. »Na, wenn das mal nicht Miss Bredon ist«, murmelte er. Sein rotes Gesicht verzog sich zu einem triumphierenden Grinsen. »Da werden Sie ja dem Commissioner und Ihren Verwandten einiges zu erklären haben, Fräuleinchen.«

Victoria zog ihre Füße auf die Holzbank, denn der Rücken tat ihr allmählich weh. In die gelbgrünen fleckigen Wände der Zelle waren Flüche, obszöne Worte und Zeichnungen gekratzt. Vor einer Weile hatte sie Big Ben achtmal schlagen hören. Gut drei Stunden saß sie hier nun schon fest. Armitage und der Commissioner hatten wohl beschlossen, sie schmoren zu lassen, um sie einzuschüchtern. Auf dem Gang ertönten die wütenden Flüche eines Festgenommenen, dann Schlüsselklappern. Eine Tür schlug zu, und die Flüche verstummten abrupt.

Ehe Armitage sie in eine Kutsche bugsiert und von einem Constable nach Scotland Yard hatte bringen lassen, hatte Victoria einem kurzen Wortwechsel zwischen zwei Polizisten entnommen, dass die Razzia im Zusammenhang mit dem Mord an Sir Francis stand. George, der Wirt, war der Hehlerei verdächtig. *Scotland Yard hat die Razzia bestimmt nur durchgeführt, um der Öffentlichkeit gegenüber die Theorie, dass Molly von einem Einbrecher umgebracht wurde, zu untermauern,* überlegte Victoria zornig. Ach, warum nur hatte sie den Blooming Rosebush nicht fünf Minuten früher verlassen?

Wieder einmal ging Victoria ihre Optionen durch. Sie nahm an, dass Jeremy Ryder den Commissioner über ihre und Hopkins' Ermittlungen informiert hatte, aber sie wusste es nicht mit Sicherheit. Die Wahrscheinlichkeit, dass Caitlyn, Brenda und Mary entkommen waren, war recht groß. Im Falle einer Festnahme hätte Caitlyn sie bestimmt nicht verraten. Aber Mary und Brenda hätten Armitage gewiss mitgeteilt, weshalb sie sich mit ihnen getroffen hatte.

Ja, ich werde bluffen und eine Ausrede erfinden, warum ich in dem Pub war, beschloss Victoria. *Falls der Commissioner weiß, dass Hopkins und ich den Mörder suchen, wird meine Lage durch eine Lüge auch nicht schlimmer. Alles ist besser, als ihm versehentlich die Wahrheit zu verraten.* Ganz zu schweigen davon, dass ihre Großtante und ihr Großvater völlig außer sich geraten würden, wenn sie erführen, dass sie mit Hopkins auf Mörderjagd ging.

Bedrückt wartete Victoria darauf, vor den Commissioner geführt zu werden. Es verging noch eine weitere Stunde, und sie fragte sich allmählich, ob Sir Arthur und Inspector Armitage sie vielleicht die Nacht in der Zelle verbringen lassen wollten, als der Türriegel klappernd zurückgeschoben wurde und sich ein Schlüssel im Schloss drehte. Ein junger Constable mit rundem Gesicht und roten Wangen betrat die Zelle.

»Der Commissioner möchte Sie sehen, Miss«, beschied er sie gewichtig.

Der Treppenabsatz vor dem Büro des Commissioners wurde von einer Gaslampe erhellt. Während der Constable an die dicke Holztür klopfte, nahm Victoria ihr Spiegelbild in einer Fensterscheibe wahr. Auf ihrer Stirn prangte ein schwarzer Fleck, und obwohl sie in der Zelle versucht hatte, sich vom Kohlenstaub zu säubern, war auch ihre Kleidung schmutzig.

Auf Sir Arthurs »Herein« hin riss der Constable die Tür auf, er ließ Victoria vorausgehen und vermeldete dann: »Miss Bredon, Sir.« Der Commissioner, der hinter einem wuchtigen Schreibtisch saß, bedeutete dem Constable, sich zu entfernen, und Victoria, näher zu kommen. Während sie durch den Raum schritt, registrierte sie das Gemälde eines Kavallerieangriffs – den Uniformen nach zu schließen eine Szene aus dem Krimkrieg – und das Bild des Königs an der Wand über dem Schreibtisch. Dem Commissioner gegenüber saß Großtante Hermione in einem Ledersessel.

Wenigstens ist mein Großvater nicht auch noch hier, dachte Victoria. Allerdings war dies nur ein schwacher Trost, denn die umwölkte Miene ihrer Großtante verhieß nichts Gutes. Sie trug einen grauen Pelzmantel und darunter ein mauvefarbenes Kleid, das ein Oberteil aus Samt und Spitze und einen Rock aus weich fließender Seide hatte. Der kleine Hut mit dem grauen Pelzbesatz war von raffinierter Schlichtheit. Beim Anblick ihrer wie immer perfekt gekleideten Großtante kam Victoria sich noch schäbiger vor.

»Wie siehst du nur aus!«, fuhr sie Victoria nun an. »Setz dich ja nicht hin. Du würdest alles schmutzig machen. Wie konntest du dich nur in einer verrufenen Lokalität im East End herumtreiben? Nicht auszudenken, wenn die Presse davon erfahren hätte. Noch einmal würde dein Großvater seinen Einfluss nicht geltend machen können, um entsprechende Artikel zu verhindern.«

Der Commissioner hatte sich den Ausbruch schweigend angehört. Nun fuhr er sie barsch an: »Ja, Miss Bredon, was hatten Sie im East End zu suchen? Dafür erwarte ich auch eine Erklärung.«

Spielt mir Sir Arthur Theater vor oder weiß er wirklich nicht, warum ich dort gewesen bin? Egal, ich werde bei meiner Lüge bleiben. Sie sah dem Commissioner in die Augen.

»Ich plane eine Serie von Fotografien über Prostituierte«, behauptete sie. »Deshalb habe ich mich mit drei, nun ja, einschlägig bekannten Damen zu einem Vorgespräch getroffen.«

Großtante Hermione zuckte zusammen. »Ich traue meinen Ohren nicht«, stöhnte sie. »Du hast mit ... nun, ich werde dieses Wort nicht in den Mund nehmen ... Damen gesprochen? Hattest du etwa auch noch vor, sie nackt zu fotografieren? In ihren Etablissements?«

»Nicht dass ich eine solche Unterhaltung für eine junge Dame aus gutem Hause für angemessen hielte ...«, die Miene des Commissioners war undurchdringlich, »... doch warum haben Sie dann vor meinen Beamten die Flucht ergriffen und sich gegen einen von ihnen vehement zur Wehr gesetzt?«

»Ich wusste, dass mein Großvater und meine Großtante nicht gerade begeistert von diesem Treffen sein würden«, antwortete Victoria. Was ja in gewisser Weise der Wahrheit entsprach ... »Deshalb geriet ich in Panik.« Sie zuckte scheinbar hilflos mit den Schultern.

Die Miene des Commissioners war immer noch unergründlich. Einen Moment lang spielte er mit einem Füllfederhalter, als müsste er sich seine Worte überlegen, dann sagte er: »Für heute werde ich Sie noch einmal ungeschoren davonkommen lassen, Miss Bredon. Aber dies ist das letzte Mal. Wagen Sie es nicht noch einmal, den Weg meiner Beamten zu kreuzen.« Die Drohung in seiner Stimme war unmissverständlich.

Er weiß, dass Hopkins und ich den Mörder suchen, begriff Victoria. *Jeremy Ryder hat mich verraten.* Ihre Enttäuschung und ihr Zorn darüber verblassten jedoch gleich darauf. Großtante Hermione hatte sich erhoben.

»Darüber müssen Sie sich keine Sorgen machen, Commissioner«, erklärte sie an Sir Arthur gerichtet. »Victorias Großvater ist mit seiner Geduld am Ende. Er hat beschlossen, Mr. Montgomery die Vormundschaft über seine Enkelin aberkennen zu lassen.« Nun wandte sie sich Victoria zu. Ihre blauen Augen blitzten. »Angesichts deiner jüngsten Eskapaden – von denen ein Ausritt im Hyde Park in Hosen noch die unbedeutendste war – werden die Erfolgsaussichten deines Großvaters recht gut stehen, meine Liebe.«

Victoria öffnete den Mund. Sie wollte protestieren, wollte ihre Großtante anschreien, wollte sie fragen, was sie denn ein paar Tage zuvor in einer Mietkutsche in der Nähe des Bordells getan hatte, doch sie schluckte ihren Zorn hinunter. Sie wollte sich nicht vor dem Commissioner und ihrer Großtante demütigen. Und auf ihre Frage hätte sie sowieso keine Antwort erhalten.

»Der Wille meines Vaters war, dass Mr. Montgomery mein Vormund wird. Das dürfte bei den Richtern Gewicht haben.«

Victoria hoffte inständig, dass Mr. Montgomery endlich von seinem Segelurlaub zurückgekehrt war.

Hopkins kam im Mantel in die Küche geeilt – ein deutliches Indiz für den Ernst der Lage.

»Haben Sie Mr. Montgomery angetroffen? Was sagt er dazu, dass mein Großvater versuchen will, ihm die Vormundschaft über mich abzuerkennen?«

Victoria umklammerte die Tasse mit heißer Milch, die ihr

Mrs. Dodgson gemacht hatte, während sie zum zweiten Mal innerhalb weniger Tage ein heißes Bad genommen hatte. Dieses Mal, um den Kohlenstaub loszuwerden.

»Glücklicherweise kehrte Mr. Montgomery kürzlich zurück, und ja, ich konnte ihn in seinem Heim aufsuchen.« Hopkins setzte sich zu ihnen an den Küchentisch. »Er wird natürlich aufs Schärfste gegen das Ersuchen Ihres Großvaters protestieren und alle erdenklichen rechtlichen Mittel dagegen einlegen. Solange das Gericht nicht entschieden hat, hat Ihr Großvater keinerlei Handhabe, Sie zu zwingen, bei ihm zu wohnen.«

»Dem Himmel sei Dank.« Victoria fiel ein Stein vom Herzen, während Mrs. Dodgson erleichtert in die Hände klatschte.

»Mr. Montgomery rechnet damit, dass das Gericht frühestens in vier bis sechs Monaten entscheiden wird. Vorher werden die Vorwürfe Ihres Großvaters sowie Ihre und Mr. Montgomerys Gegenargumente sorgfältig geprüft.«

»Und wie stehen laut Mr. Montgomery unsere Erfolgsaussichten?«

Hopkins wiegte den Kopf. »Nicht unerheblich wird sein, fürchtet Ihr Vormund, welcher Richter letztlich das Urteil fällt.«

»Mein Großvater wird bestimmt versuchen, seinen Einfluss geltend zu machen«, sagte Victoria bitter.

»In diesem Fall, meint Mr. Montgomery, bliebe immer noch die Möglichkeit, wegen Befangenheit zu klagen.«

Hopkins zog seinen Mantel aus und hängte ihn über eine Stuhllehne. Ebenfalls ein sehr ungewöhnliches Verhalten.

Die Petroleumlampe verbreitete ihr mildes Licht. Im Küchenherd bullerte ein Feuer. Auf der Anrichte stand das Silber, das Hopkins im Laufe des Nachmittags wieder einmal geputzt hatte. Mrs. Dodgson hatte sich wie Hopkins Sorgen gemacht, als Victoria, ohne eine Nachricht hinterlassen zu haben, nicht nach Hause gekommen war, und war deshalb geblieben. Sie griff nun nach ihrer Stickarbeit, einem, wie Victoria insgeheim fand, ziemlich hässlichen Kissenbezug in Lila- und Goldtönen. Aber sie war einfach froh und dankbar, dass die beiden bei ihr waren. Nein, sie wollte ihr Leben mit diesen beiden Menschen auf keinen Fall aufgeben.

Entschlossen schob Victoria die Schreckensvision, dass ihr das Gericht tatsächlich vorschreiben könnte, bei ihrem Großvater zu wohnen, beiseite und sah den Butler an.

»Hopkins, könnten Sie Lady Hogarth morgen Vormittag bitte einen Brief überbringen? Vielleicht kann sie eine Wochenendparty auf Ivy Manor veranstalten. So hätten Sie und ich die Möglichkeit, auf Sir Francis' Landsitz zu ermitteln.«

»Sie wollen damit sagen, dass wir auf diese Weise sozusagen erst einmal aus der Schusslinie von Scotland Yard und Ihrer Familie wären? Eine gute Idee.« Hopkins nickte beifällig.

»Wird Mr. Hopkins Sie denn als Ihr Butler begleiten?«, fragte Mrs. Dodgson aufgeregt, während sie einen neuen Faden in ihre Nadel fädelte.

»Das geht, fürchte ich, nicht. Es wäre nicht schicklich für einen Butler, eine nicht verheiratete junge Frau zu begleiten«, antwortete Hopkins.

»Darüber habe ich mir schon Gedanken gemacht. Sie könnten als mein Onkel mit mir reisen.« *Was Hopkins ja sozusagen ohnehin ist*, ging es Victoria durch den Sinn. »Sie waren lange als Diplomat in Indien oder sonst irgendwo weit entfernt in den Kolonien tätig und sind erst vor Kurzem nach England zurückgekehrt. Deshalb ist es nicht verwunderlich, dass keiner von Constance' Gästen Ihren Namen kennt.«

»Damit, als Diplomat aufzutreten, könnte ich mich anfreunden.« Hopkins lächelte. »Und meinen Frack könnte ich ohne Weiteres als Abendgarderobe tragen.«

»Ja ...« Victoria schluckte. »Ich habe kein passendes Abendkleid. Hopkins, wäre es vielleicht möglich, ein paar Stücke von dem Silber zu verkaufen, damit ich mir ein neues Kleid kaufen kann?«

Hopkins hob seine Hände, als ob er das Silbergeschirr auf der Anrichte beschützen wollte. »Nun ...«, sagte er zögernd.

»Nach all den Aufregungen hat Miss Victoria aber wirklich ein neues Kleid verdient, Mr. Hopkins«, stellte Mrs. Dodgson energisch fest.

Victoria warf ihr einen dankbaren Blick zu.

Hopkins räusperte sich. »Miss Victoria, in der Bibliothek hängt ein Bild, das Ihre Großtante Victoria von einem ihrer Spaniel malen ließ. Ihr Vater fand es immer sehr hässlich und behielt es nur aus Pietät seiner Tante gegenüber. Soviel ich weiß, sind die Werke jenes Malers in den letzten Jahren im Wert sehr gestiegen. Wäre es vielleicht eine Option, dieses Bild zu verkaufen?«

»Von mir aus sehr gern.« Victoria nickte. »Ich habe dieses Gemälde auch nie gemocht.«

Auch wenn dies natürlich weiterhin völlig außerhalb ihrer finanziellen Möglichkeiten lag, wanderten ihre Gedanken zu den Kleidern, die sie mit Constance auf der Modenschau bei Harrods gesehen hatte, und sie unterdrückte ein sehnsüchtiges Seufzen.

»Wie heißen Sie eigentlich mit Vornamen Mr. Hopkins?«, fragte Mrs. Dodgson nun.

»Stephen«, erwiderte er.

Onkel Stephen ... Victoria lächelte.

»Was ich über all der Aufregung beinahe vergessen hätte«, Hopkins schlug sich gegen die Stirn, »ich habe mich inzwischen über Mr. Ryder umgehört. Er soll sehr gut Deutsch sprechen. Sein Geschichts- und Literaturstudium in Oxford hat er mit hervorragenden Noten abgeschlossen. Der Chefredakteur des *Spectator* ist mit seiner Arbeit mehr als zufrieden. Laut seiner Haushälterin Mrs. Brown, die ich auf dem Markt in Camden in eine Unterhaltung verwickeln konnte, arbeitet er allerdings auffällig viel. Häufig kommt er erst spät in der Nacht oder gar nicht nach Hause.«

»Vielleicht hat er ja eine Affäre«, erwog Victoria.

»Danach habe ich mich dezent erkundigt.« Hopkins schüttelte den Kopf. »Mrs. Brown hält ihn für einen anständigen jungen Mann, nichts deutet darauf hin, dass er eine Affäre hat und deshalb woanders übernachtet. Merkwürdig ist außerdem, dass Mr. Ryder einen Telefonapparat besitzt.«

»Was tatsächlich bedeuten könnte, dass Mr. Ryder für Scotland Yard arbeitet.« Victoria seufzte. Ach, wie hatte sie Jeremy Ryder gegenüber nur so vertrauensselig sein können?

EINUNDZWANZIGSTES KAPITEL

Victoria betrachtete die sanft gewellte, liebliche Landschaft der Cotswolds, die an den Fenstern des Automobils vorbeizog. Constance hatte den Daimler zum Bahnhof von Cirencester geschickt, um Hopkins und sie abzuholen. Das Wetter war immer noch recht frisch, aber sonnig. Ein kräftiger Wind wehte, der die blühenden Zweige der Weißdornhecken zwischen den Feldern hin und her peitschte. Bäume und Büsche waren wie von einem zarten Grünschleier angehaucht, ein Fluss schlängelte sich durch Felder und Wiesen. Eben hatten sie eine steinerne Brücke überquert, nun fuhren sie durch ein Dorf, dessen kleine Häuser und Cottages aus goldgelbem Stein erbaut waren. Knospende Rosen, Clematis und wilder Wein rankten malerisch an den Mauern empor.

Obwohl sie hergekommen waren, um einen Mörder zu suchen, freute sich Victoria auf das Wochenende. Sie war einfach froh, über hundert Meilen von ihrer Familie entfernt zu sein.

Hopkins hatte den melancholisch dreinblickenden Cockerspaniel zu einem noch viel besseren Preis verkaufen können, als er erwartet hatte. So hatte sich Victoria nicht nur ein, wie sie fand, sehr hübsches Abendkleid aus dunkelgrünem Samt und dazu passende Schuhe leisten können, sondern auch noch einen neuen Rock, eine Seidenbluse und eine lange Jacke aus Battenburg-Spitze.

Hopkins seinerseits war glücklich gewesen, dass nach Victorias Einkäufen noch so viel Geld übrig geblieben war, dass sie in einem Abteil zweiter statt dritter Klasse fahren konnten, denn er verabscheute die Holzklasse ebenso sehr wie die Londoner öffentlichen Transportmittel.

»Dies ist Sir Francis' Landgut.« Hopkins, der eine Landkarte auf den Knien balancierte, deutete auf ein rotes Gebäude, das nun auf einem Hügel zwischen Bäumen sichtbar wurde. Dem Wochenende angemessen, trug er einen legeren Tweed-Anzug, in dem Victoria ihn nur äußerst selten sah. »Der älteste Teil des Hauses stammt aus der Zeit Königin Elizabeth'«, fuhr er fort. Victoria registrierte Zinnen und Erker. Als der Daimler um eine Kurve bog, war das Anwesen auch schon aus ihrem Blickfeld verschwunden.

Kurz darauf fuhren sie an einem Torhaus vorbei und dann eine lange Auffahrt entlang, die sich durch Wiesen voller wilder Narzissen und einen kleinen Wald schlängelte, dann wieder über Weiden, die blau und weiß von Vergissmeinnicht und Buschwindröschen gesprenkelt waren. Einmal tauchte der kleine Fluss hinter einem Hügel auf. Als sie die letzten Bäume hinter sich gelassen hatten, breitete sich Ivy Manor unter ihnen aus. Das Haupthaus aus rotem Backstein stammte aus der Tudorzeit, ein Seitenflügel mit großen Fenstertüren aus der Regency-Ära, und der andere, der mit Zinnen und Türmchen bewehrt war, war eindeutig viktorianischen Ursprungs. Der Efeu, der die Fassade überwucherte, hatte dem Anwesen seinen Namen gegeben.

»Meine Güte, jetzt kann ich verstehen, warum Constance einmal sagte, Ivy Manor sehe aus, als hätte hier ein neureicher Amerikaner alle möglichen englischen Stilrichtungen wild durcheinandergewürfelt.« Victoria lachte.

»Die Familie Hogarth war in den vergangenen Jahrhunderten recht bauwütig«, bemerkte Hopkins. »Den Grundstein legte der erste Lord Hogarth übrigens im Jahre 1538.« In seiner Stimme schwang Anerkennung mit. Die Hogarths waren eine alte Adelsfamilie.

Der Daimler beschrieb nun einen Bogen auf dem kiesbedeckten Vorplatz und hielt schließlich an. Zwei Diener, die vor dem Portal gewartet hatten, schritten auf den Wagen zu.

»Wir sind da, Onkel Stephen«, rief Victoria.

Hopkins räusperte sich. »Allerdings ... Victoria ...«

In der Bibliothek, die eine dunkle geschnitzte Holzdecke im Tudorstil hatte, aber aus der viktorianischen Zeit stammte, musterte Hopkins wenig später kritisch die Bücherregale und fuhr prüfend mit einem Finger über ein Brett.

»Hopkins«, zischte Victoria, »bitte denken Sie daran, wir sind hier als Gäste. Sie sollen nicht das Personal prüfen.«

»Nun, die Bibliothek ist in einem tadellosen Zustand, das muss ich zugeben.« Hopkins blickte sich in dem großen Raum um, dessen Fenster nach Südwesten gingen und in den jetzt, am frühen Nachmittag, die Sonne fiel. »Allerdings war Jenkins, der Butler, etwas sehr locker im Umgang, und Joseph, der Diener war nicht ganz korrekt gekleidet.«

Victoria war nichts Störendes an dem jungen Mann aufgefallen. *Sicher war sein Krawattenknoten nicht ganz perfekt gebunden,* überlegte sie, in sich hineinschmunzelnd. Ehe sie Hopkins jedoch noch einmal bitten konnte, sich wie ihr Onkel zu verhalten, betrat Constance die Bibliothek. Sie umarmte Victoria und begrüßte dann den Butler.

»Mein Onkel«, stellte Victoria Hopkins vor, um sich an ihre Rollen zu gewöhnen.

»Mr. Hopkins, wie schön, Sie endlich einmal kennenzulernen«, spielte Constance lächelnd mit. Natürlich hatte Victoria sie vorher in ihren Plan eingeweiht. Auch Jenkins, der

Butler, der Hopkins vom Heim der Familie Hogarth in Hampstead kannte, wusste Bescheid. Constance führte ihre Gäste zu einer Sitzgruppe in einem Erker. »Ich schlage vor, wir nehmen hier den Tee ein. Ich liebe die Bibliothek zwar genauso wenig wie den Rest dieses Hauses. Aber immerhin hat man von hier aus einen schönen Blick.« Durch die hohen Fenster konnte man, wie Victoria nun feststellte, den Park sehen, der jenseits einer Terrasse sanft zu dem kleinen Fluss hin abfiel. Üppige Rhododendronbüsche und kleine Baumgruppen wuchsen auf der weitläufigen Rasenfläche. »Im kommenden Jahr werden wir das Gebäude innen umgestalten. Am Äußeren lässt sich ja leider nicht viel ändern, dazu müssten wir es schon ganz abreißen.« Constance lachte. »Ich habe Louis schon einige Male gesagt, wenn ich gewusst hätte, was für einen furchtbaren Geschmack seine Ahnen hatten, hätte ich ihn nicht geheiratet. Louis lässt sich übrigens entschuldigen. Er hat geschäftlich in Cirencester zu tun und wird erst zum Dinner wieder hier sein.«

»Nun, Lady Hogarth, man könnte durchaus sagen, Ivy Manor ist pittoresk«, bemerkte Hopkins höflich.

»Ich würde eher sagen, bizarr.« Constance schüttelte den Kopf. »Ich hoffe sehr, dass ihr hier etwas herausfindet, was euch weiterhilft. Obwohl ich die Suche nach dem Mörder, vor allem jetzt, da er noch ein weiteres Opfer auf dem Gewissen hat, nach wie vor für sehr gefährlich halte.«

»Haben denn einige Nachbarn für das Dinner zugesagt?«, fragte Victoria.

»Ja, obwohl ich die Einladungen sehr kurzfristig verschickt habe. Einer der Gäste, Mrs. Ellis, ist allerdings, das muss ich zur Vorwarnung sagen, ein alter Drache. Sie hat mich tatsächlich einmal gefragt, ob ich indianisches Blut in den Adern hätte. Nicht dass mir das etwas ausmachen würde. Aber es war eindeutig als Beleidigung gemeint. Als ich sie dann fragte, ob sie Ahnen unter den Wikingern habe, hat sie das, fürchte ich, als Kompliment aufgefasst.« Constance lächelte. »Sir Francis' Dienstboten wurden übrigens alle, außer den Gärtnern, beurlaubt. Auf seinem Anwesen werdet ihr mit euren Nachforschungen wohl nicht viel Glück haben.«

Der Diener Joseph, der, einen Teewagen vor sich herschiebend, die Bibliothek betrat, ließ Constance abbrechen. Unter dem wachsamen Blick von Hopkins deckte er den Tisch, während Constance und Victoria über die Zugfahrt von London nach Cirencester plauderten.

»Amy, eines der Zimmermädchen, wird dir zur Verfügung stehen, Victoria«, erklärte Constance nun. »Ich hoffe, das ist dir recht. Und Joseph wird Ihnen, Mr. Hopkins, beim Ankleiden helfen.«

»Sir.« Joseph verneigte sich vor Hopkins. Der junge Mann tat Victoria ein bisschen leid.

Mit einem Fernglas um den Hals und bekleidet mit Knickerbockern sowie Wanderschuhen – getarnt als Vogelkundler – verließ Hopkins wenig später Ivy Manor. Tatkräftig durchschritt er den Park, der, abgesehen von einigen großen, geometrisch angeordneten Blumenbeeten, die mit Geranien, Veilchen und Bodendeckern bepflanzt waren, vom Viktorianismus weitgehend verschont geblieben war. Eine hübsche Steinbrücke führte über den kleinen Fluss. Nachdem er einen Hügel hinaufgeschritten war, auf dem wilde Hyazinthen ihre blauen traubigen Köpfe aus dem Gras reckten, hatte er die Pforte in der Parkmauer erreicht, die Lady Hogarth ihm beschrieben hatte. Dahinter breitete sich Farmland aus – Wiesen und Felder, die von Steinmauern und Hecken geschützt wurden.

Etwa eine Meile entfernt sah Hopkins rote Mauern und hohe Dächer zwischen den Bäumen aufragen – dort lag Sir Francis' Anwesen. Auf dem Weg dorthin blieb Hopkins immer wieder einmal stehen und hob das Fernglas an seine Augen. Er verfolgte den Flug einer Lerche vor dem klaren Himmel und betrachtete einen Zaunkönig, der vor einer Hecke in einer Feldfurche umherhüpfte und nach Nahrung suchte.

Als Hopkins noch in großen Landhäusern Butler gewesen war, hatte er tatsächlich gelegentlich seine wenigen Mußestunden damit verbracht, Vögel zu beobachten. Er nahm nicht für sich in Anspruch, ein richtiger Ornithologe zu sein. Nein, das nicht. Doch er verfügte über durchaus solide Grundkenntnisse. Zügigen Schrittes durchquerte er eine Mulde zwischen Wiesen, auf denen Kühe grasten, und lief einen weiteren sanften Hügel hinauf. Hinter Haselnuss- und Brombeersträuchern erstreckte sich ein Feld, das gerade gepflügt wurde. Der Bauer machte eine Rast. Er saß auf einem umgestürzten Baumstamm und aß eine Pastete, während sein Ochsengespann träge Gräser vom Feldrand rupfte.

»Was für ein schöner Tag!«, grüßte Hopkins. »Einfach ideal zum Vögelbeobachten. Wurde in dieser Gegend vielleicht schon ein Grünreiher gesehen?«

»Soviel ich weiß, bisher noch nicht, Sir. Aber in Bibury, das ist etwa zwei Meilen von hier entfernt, ist letzte Woche eine Schwirrnachtigall gesichtet worden.«

»Wirklich?«

Hopkins hatte genügend ornithologische Kenntnisse, um zu wissen, dass dieser Vogel in England extrem selten war. Der Bauer, ein braun gebrannter, vierschrötiger Mann, der sich offensichtlich auch für Vögel interessierte, lud Hopkins mit einer Handbewegung ein, sich zu ihm zu setzen. Einige Minuten lang fachsimpelten sie über die Vogelwelt. Währenddessen hüpfte ein Rotkehlchen im Gras umher und wandte ihnen immer wieder seinen kleinen Kopf zu, als würde es ihrem Gespräch lauschen.

»Sie sind hier zu Besuch, Sir?«, fragte der Bauer schließlich.

»Ja, über das Wochenende bei Lord und Lady Hogarth. Ist das dort drüben das Anwesen von Sir Francis Sunderland, der kürzlich ermordet wurde?«

Hopkins dämpfte betroffen seine Stimme, während er in Richtung des Tudorgebäudes wies. Endlich war er auf den eigentlichen Grund des Gespräches gekommen.

»Ja, Sir, war wirklich eine Schande, dass die Familie Cairfax das Anwesen an ihn verkaufen musste. Dreihundert Jahre haben sie hier gelebt.«

»In der Tat, sehr bedauerlich«, stimmte Hopkins dem Bauern aus tiefstem Herzen bei. »Ich hoffe, Sir Francis hat sich als ein würdiger Nachfolger erwiesen?«

»Man soll über Tote ja nichts Schlechtes sagen, aber ich hab ihn nicht gemocht.« Der Bauer verzog sein wettergegerbtes Gesicht. »Und das nicht nur, weil er behauptet hat, eines meiner Felder würde ihm gehören. Er war ein schmieriger Kerl. Hat überall herumgeschnüffelt.«

»Tatsächlich?«, heuchelte Hopkins Erstaunen.

Er überlegte noch, wie er den Bauern weiter über Sir Francis aushorchen könnte, ohne ihn zu direkt zu befragen, als dieser schon weitersprach. Anscheinend hatte der Groll schon lange in ihm gegoren, und er war dankbar für einen Zuhörer.

»Das Feld, das mir Sir Francis streitig machen wollte, liegt dort drüben.« Der Bauer deutete in Richtung eines kleinen Wäldchens, wo eine Blutbuche ihre ersten zartroten Blattknospen geöffnet hatte. »Seit zweihundert Jahren bewirtschaftet meine Familie es schon, und nie haben die Cairfax einen Anspruch darauf erhoben. Kaum dass Sir Francis den Besitz erworben hatte, behauptete er allerdings, es zähle zu seinem Besitz, und ich hätte es nur gepachtet. Gott sei Dank hatte ich 'ne Urkunde, die bescheinigte, dass meine Familie es rechtmäßig erworben hatte. Aber so Typen wie diesem Sunderland kann man nicht trauen. Die haben ihre Anwälte.«

»Bedauerlicherweise.« Hopkins nickte mitfühlend.

Der Bauer verlagerte sein Gewicht auf dem Baumstamm. »Vor ein paar Wochen, als ich einen Weidenzaun neben ebenjenem Feld repariert hab, sah ich einen Mann in dem Wäldchen, der mir irgendwie komisch vorkam. Er sah eindeutig städtisch aus, trug karierte Hosen zu seinem Mantel. Ein großer, dunkelhaariger Kerl. Er ging zwischen den Bäumen auf und ab, als ob er auf jemanden warten würde. Ich dachte, vielleicht ist er ein Landvermesser, den Sir Francis wegen des Feldes hat kommen lassen, und hab mich rangeschlichen.« Der Bauer warf einen kurzen Blick auf die beiden Ochsen und überzeugte sich, dass sie nach wie vor friedlich grasten. »Kurz darauf ist Sunderland tatsächlich erschienen«, fuhr er fort. »Er und der Mann haben sich 'ne Weile unterhalten, vielleicht eine Viertelstunde lang. Ich war zu weit entfernt, als dass ich hätte hören können, was sie sprachen. Ich wollte schon wieder gehen, als ich sah, dass Sunderland etwas aus seinem Mantel zog und es dem Mann reichte. Ich kann's nicht beschwören, aber ich bin mir ziemlich sicher, dass es ein Bündel Geldscheine war. Der Mann hatte keine große Tasche dabei, wie sie ein Landvermesser mit sich tragen würde, fiel mir da auf. Und ich hab mich gefragt, ob er nicht irgendein Detektiv gewesen sein könnte. Dieser Sir Francis hat, wie gesagt, überall herumgeschnüffelt. Er hat auch versucht, meine Nachbarn über mich auszuhorchen. Wahrscheinlich, um mir wegen des Feldes etwas am Zeug zu flicken. Jedenfalls, wenn mit diesem

Kerl alles koscher gewesen wäre, warum hat ihn Sir Francis dann nicht in seinem Haus empfangen?«

»Dies hört sich in der Tat merkwürdig, ja befremdlich an«, meinte Hopkins nachdenklich.

Er fragte sich, ob es sich bei dem dunkelhaarigen Mann vielleicht um den Detektiv handelte, der versucht hatte, sich auf Blickling Hall umzuhören.

Der Bauer bückte sich und verstaute die Blechdose, in der wohl die Pastete aufbewahrt worden war, und eine Thermoskanne in einem Korb. »Das Komische war, dass ich den Kerl ein paar Wochen später noch mal gesehen hab. Wieder in dem Wäldchen. Aber ich wusste von Sir Francis' Köchin Sarah, die ihn – nebenbei bemerkt – auch nicht leiden konnte, dass Sunderland gar nicht hier war, sondern sich in London aufhielt. Sarah und ich waren zusammen in der Schule. Deshalb hat sie mir gegenüber kein Blatt vor den Mund genommen«, fügte der Bauer erklärend hinzu.

»Hat sich die Köchin vielleicht getäuscht? Oder kann Sir Francis kurzfristig aus London angereist sein?«, erkundigte sich Hopkins.

»Das wäre sehr kurzfristig gewesen. Ich hatte Sarah noch am Morgen in Cirencester auf dem Markt getroffen. Sie sagte, dass sie heilfroh wär, dass Sir Francis erst am Wochenende erwartet würde. Na, und dann kam er niemals wieder her. Ein paar Tage später stand in der Zeitung, dass er vor seinem Londoner Haus erschossen worden war. Wie gesagt, ich wein ihm keine Träne nach.«

Ob sich der Fremde im Datum getäuscht hat oder ob ihn jemand unter einem Vorwand hierhergelockt hat?, fragte sich Hopkins. *Aber wenn ja, aus welchem Grund?*

Einer der Ochsen schüttelte nun seinen wuchtigen Kopf und stieß ein Brüllen aus.

»Ich muss wieder an die Arbeit.« Der Bauer stand auf. »War nett, mit Ihnen zu reden, Sir. Und, wie ich Ihnen schon sagte, wurde eine Schwirrnachtigall in Bibury gesichtet.« Er beschrieb Hopkins den Weg, ehe er an den Pflug zurückkehrte und die Ochsen sich gemächlich in Bewegung setzten, um eine weitere Furche über das Feld zu ziehen.

Dankbar vermerkte Hopkins, dass Bibury in Richtung des Wäldchens lag, wo Sir Francis und der Fremde sich getroffen hatten, und er so dorthin gehen konnte, ohne die Neugier seines Gesprächspartners zu erregen. In dem Wäldchen angelangt, konsultierte er seine topografische Karte. Ein gut ausgebauter Weg führte zu der Landstraße, die etwa eine halbe Meile weiter verlief. Von dort aus waren es zwei Meilen bis zum Bahnhof von Cirencester.

Kein schlechter Treffpunkt für jemanden, der aus London kommt, überlegte Hopkins. *Er könnte sich am Bahnhof eine Kutsche gemietet haben, oder vielleicht hat er auch ein Fahrrad im Zug mitgenommen und ist damit hergefahren.*

Die Karte zeigte ihm, dass er von dem Wäldchen aus einen Bogen schlagen und so auf einer Abkürzung nach Ivy Manor zurückkehren konnte. Was auch ratsam war, denn es war, wie Hopkins feststellte, als er auf seine Taschenuhr blickte, später, als er gedacht hatte, und vor dem Dinner musste er sich ja noch umkleiden.

Unterhalb des Wäldchens lag ein von Schilf umwucherter Teich, der von einem Bach gespeist wurde. Ein Fuchs lugte aus dem Ufergras. Als er Hopkins' Schritte hörte, verschwand er in einem nahen Gebüsch. In seinem Maul hing etwas, das Hopkins nicht genau erkennen konnte. Wahrscheinlich war dem Fuchs eine Ente zum Opfer gefallen.

Für einen Moment glaubte Hopkins einen seltsamen süßlichen Geruch wahrzunehmen, und er blieb stehen. Doch ein

Windstoß vertrieb ihn wieder. Hopkins sagte sich, dass er sich getäuscht haben musste, und setzte seinen Weg fort.

Während Hopkins unterwegs war, wanderte Victoria zu Sir Francis' Anwesen. Sie waren zu dem Schluss gekommen, dass es, auch wenn kaum noch Bedienstete anwesend waren, trotzdem nicht schaden würde, sich dort einmal umzusehen. Die Fensterläden des Tudorhauses waren geschlossen, doch ein Flügel des schmiedeeisernen Parktores stand offen. Victoria ging hindurch und dann zu einem niedrigen Anbau mit auffallend hohen Schornsteinen, wo sie die Küche vermutete. Diese befand sich, wie Victoria gleich darauf feststellte, auf der Rückseite, im Souterrain. Die Fenster waren hinter Kirschlorbeerbüschen verborgen. Als sie an die Tür klopfte, erfolgte, wie sie fast schon erwartet hatte, keine Reaktion.

Victoria ging weiter in Richtung Park. Von irgendwoher hörte sie ein Hämmern, in dem von hohen Mauern geschützten Küchengarten befand sich allerdings auch niemand. Die Spalierobstbäume an der sonnigen Seite der Backsteinmauer trugen schon Blüten, und in glasgeschützten Frühbeeten wuchsen Salat und Möhren. An den Küchengarten grenzte der Park. Er war, wie das Haus, im Tudorstil gestaltet. Eiben und Buchsbaumhecken waren zu geometrischen Formen und Figuren geschnitten. Immer wieder gab es in den Hecken kleine Durchgänge, die zu versteckten kleinen Gärten und Alleen, sogar einem Irrgarten aus Kirschlorbeerbüschen führten. Die Familie Cairfax musste den Park angelegt und über die Jahrhunderte gepflegt haben. Aber er hatte etwas Rätselhaftes, das, wie Victoria fand, zu Sir Francis passte.

Eine Allee aus Kirschbäumen auf der Rückseite des Hauptgebäudes führte zu einer riesigen, kegelförmig beschnittenen

Eibe. Victoria ging an dem Baum vorbei und noch ein Stück weiter einen kleinen Hügel hinauf bis zur Parkmauer. Sie hoffte, vielleicht von einem erhöhten Aussichtspunkt aus einen Gärtner zu entdecken, doch sie sah niemanden. Auf einmal bemerkte sie, dass in die Eibe eine Öffnung geschnitten war. Neugierig kehrte sie zu dem Baum zurück und bückte sich unter den bogenförmig gestutzten Zweigen hindurch. Sie befand sich in einer Art Laube, in deren Mitte der Stamm wuchs. Der Boden war mit Brettern ausgelegt. Darauf standen ein einfacher Gartenstuhl und ein Tisch aus Holz. Durch die Öffnung blickte man den Hügel hinauf auf eine Gartenmauer, die mit Efeu bewachsen war. *Wie seltsam*, dachte Victoria, *dass die Eibe nicht so beschnitten ist, dass man durch die Öffnung das Haus und den Park sieht.*

»Miss, kann ich Ihnen helfen?«

Victoria fuhr zusammen. Ein junger Mann in Gärtnerkleidung mit einem runden, gutmütigen Gesicht beugte sich in die Höhlung zwischen den Zweigen.

»Entschuldigen Sie«, schwindelte sie. »Ich bin bei Lord und Lady Hogarth zu Gast und habe mich auf einem Spaziergang verlaufen. Ich dachte, ich könnte hier jemanden nach dem Weg fragen, deshalb habe ich den Park betreten.«

»Sie finden ganz leicht wieder zurück. Ich beschreibe Ihnen den Weg.«

Victoria schlüpfte durch die Öffnung zurück auf den Rasen. »So etwas wie diese Eibe habe ich ja noch nie gesehen«, sagte sie und wies auf den Nadelbaum. »Aber warum liegt die Öffnung nicht so, dass man durch sie einen schönen Ausblick hat?«

»Das hab ich mich auch schon gefragt.« Der junge Mann grinste und zuckte mit den Schultern. »Angeblich hat irgendein Cairfax, der die Abgeschiedenheit liebte, den Baum so beschneiden lassen. Der letzte Besitzer, Sir Francis Sunderland, Sie haben wahrscheinlich gehört, dass er ermordet wurde ...?«

»Ja.« Victoria nickte.

»... hat sich auch ziemlich oft an diesen Platz zurückgezogen. Sogar im Winter.«

Vielleicht hat er hier ja seine niederträchtigen Pläne geschmiedet, überlegte Victoria bitter.

»Walter, wo bleibst du?«, brüllte nun jemand ungeduldig. »Wir wollen endlich anfangen, die Bäume zu beschneiden.«

»Mein Vorgesetzter«, sagte der junge Gärtner entschuldigend, ehe er rief: »Ich komme sofort.« Er beschrieb Victoria noch schnell den Weg, dann eilte er davon.

Sehr ergiebig war dieser Besuch auf Sir Francis' Anwesen ja nicht gerade, dachte Victoria frustriert, als sie sich auf den Rückweg machte. Sie hoffte, dass Hopkins mehr herausgefunden hatte.

ZWEIUNDZWANZIGSTES KAPITEL

»Ich hoffe, Sie sind mit mir zufrieden, Miss«, sagte das Zimmermädchen Amy am Abend ängstlich zu Victoria.

Amy war ein junges Mädchen ländlicher Herkunft, das sein dickes goldblondes Haar zu Zöpfen geflochten und um den Kopf gesteckt hatte. Obwohl sie kaum älter als sechzehn Jahre sein konnte, hatte Amy Victorias Lockenflut sehr geschickt gebändigt, in der Mitte gescheitelt und im Nacken zu einem raffinierten Knoten geschlungen.

»Ja, sehr, vielen Dank«, erwiderte Victoria lächelnd. »Du kannst jetzt gern gehen. Ich komme allein zurecht.«

»Sehr wohl, Miss.« Nachdem sich Amy mit einem Knicks verabschiedet hatte, betrachtete sich Victoria noch einmal im Spiegel der Frisierkommode. Das Oberteil ihres Kleides aus grünem Samt hatte einen viereckigen Ausschnitt und war mit einem Spiralmuster aus Goldfäden bestickt sowie mit grünen Steinen verziert. Von gleicher Machart war das breite Band, das Amy um ihr Haar gewunden hatte. Sonst trug sie nur eine feine Goldkette, die sie von ihrer Mutter geerbt hatte.

Während Victoria sich die langen schwarzen Handschuhe überstreifte, blickte sie sich noch einmal in dem Eckzimmer um. Es war sehr hübsch und in dem georgianischen Teil des Hauses gelegen. Die helle Seidentapete harmonierte gut mit den Vorhängen des Himmelbettes. Die vier hohen Fenster gingen auf den nun im Dunkel liegenden Park hinaus. Auf dem

Empireschreibtisch lag eine Seidenmappe, die exquisites Briefpapier enthielt, neben Schreibgerät aus Silber – Constance ließ es ihren Gästen gegenüber nicht an Luxus mangeln. Und das Beste war, dass zu dem Schlafzimmer ein Bad mit fließendem heißem und kaltem Wasser gehörte. Louis' Vorfahren mochten zwar keinen besonders guten Geschmack gehabt haben, aber erfreulicherweise hatten sie auf Bequemlichkeit Wert gelegt. Nachdem Victoria von ihrem Ausflug zu Sir Francis' Anwesen zurückgekehrt war, hatte sie sich ein heißes Bad mit einer duftenden Essenz gegönnt – schon wieder.

Nach dem Dinner werde ich bestimmt Gelegenheit haben, mit Hopkins zu sprechen, dachte Victoria, während sie das Zimmer verließ. Seit ihrer Ankunft war er ihr noch nicht wieder begegnet.

Eine breite Steintreppe führte ins Erdgeschoss hinunter. Von dort gelangte man durch eine Seitentür in den Park. Sie war weit geöffnet, frische Abendluft drang herein. Victoria folgte einem langen Gang, an dessen Wänden Gemälde im Stil niederländischer Landschaftsmaler hingen. Er endete vor einer hohen zweiflügeligen Tür, vor der ein Diener wartete. Er öffnete beide Flügel, als Victoria sich näherte.

Im Wohnzimmer von Ivy Manor ging Jenkins zwischen Constance, ihrem Gatten und den Gästen umher und schenkte Sherry aus. Lächelnd wandte sich Constance zu Victoria um und hob grüßend ihr Glas. Hopkins plauderte mit einer älteren Dame, die silbergraues Haar und ein fein geschnittenes Gesicht hatte.

»Sie müssen mir unbedingt von Indien erzählen, Mr. Hopkins«, sagte sie gerade. »Es war der Traum meines verstorbenen Gatten, einmal dorthin zu reisen, doch dazu sollte es leider nicht mehr kommen.«

Hopkins im Frack war Victoria eigentlich sehr vertraut.

Doch nun hatte er wirklich die Aura eines im Dienst in Ehren ergrauten Diplomaten. Ehe Victoria hören konnte, was er seiner Gesprächspartnerin, ganz offensichtlich eine Witwe, antwortete, kam Constance' Gatte Louis mit weit ausgebreiteten Armen auf Victoria zu und küsste sie auf die Wange.

»Victoria, wie schön, Sie endlich wiederzusehen«, sagte er herzlich.

Louis hatte ein schmales Gesicht, graublaue Augen und blondes Haar und wirkte, wie Victoria immer fand, sehr englisch. Er war durchaus standesbewusst, besaß aber Humor. Sie mochte ihn wirklich.

»Ich freue mich auch sehr über das Wiedersehen«, erwiderte Victoria ehrlich.

»Mrs. Collingworth-Black«, stellte Constance die ältere Dame neben Hopkins vor. Eine andere ältere Dame, die Victoria missbilligend musterte – anscheinend hatte sie daran Anstoß genommen, dass Louis sie auf die Wange geküsst hatte –, entpuppte sich, wie Victoria schon vermutet hatte, als Mrs. Ellis. Sie war klein und untersetzt und hatte ein gewaltiges Doppelkinn. Victoria konnte sie sich gut eine Streitaxt schwingend vorstellen, und sie musste sich das Lachen verkneifen. Ihr Gatte, ein schmaler Mann, der ein sorgenvolles Gesicht hatte, wirkte dagegen überhaupt nicht kriegerisch.

Die drei anderen Gäste waren Colonel Beecham, ein Mann mit soldatischer Haltung und schmalem Schnurrbart in den Siebzigern, und seine sicherlich zwanzig Jahre jüngere Gattin, eine mütterliche rothaarige Frau, sowie die Nichte der beiden, Lady Irene. Victoria schätzte sie auf Mitte zwanzig. Sie hatte ein hübsches, rehäugiges Gesicht und wirkte sehr schüchtern.

»Noch sind wir nicht ganz vollzählig«, raunte Constance Victoria zu.

»Du erwartest hoffentlich nicht noch mehr Wikinger-Frauen«, gab Victoria flüsternd zurück.

»Nein, ganz und gar nicht …« Constance schüttelte den Kopf.

In diesem Moment öffnete sich erneut die zweiflügelige Tür, und Jeremy Ryder trat in das Wohnzimmer. Victoria starrte ihn perplex an, während er Constance zur Begrüßung die Hand küsste. *O nein*, durchfuhr es sie. *Ich habe Constance nie gesagt, dass ich ihn verdächtige, ein Spitzel des Commissioners zu sein. Wahrscheinlich wird er auch hier versuchen, mich zu beobachten.* Ärger stieg in ihr auf. Nun, sie würde es ihm so schwer wie möglich machen.

»Miss Bredon.« Jeremy Ryder trat zu ihr und verneigte sich. »Ich habe Sie vermisst. Habe ich auf irgendeine Weise Ihren Unwillen erregt, da Sie mich nicht mehr in der Redaktion des *Spectator* besuchten?«

»Nein, überhaupt nicht«, behauptete Victoria. »Ich hatte einfach viel zu tun.«

Er betrachtete sie forschend, und sie war sich sicher, dass er ihr nicht glaubte. Zu ihrer Erleichterung berührte Louis nun Jeremy Ryders Arm und begann eine Unterhaltung mit ihm.

»Victoria, Sie sehen so grimmig aus«, hörte sie nun eine vertraute Stimme neben sich. Sie wirbelte herum. Randolph betrachtete sie lächelnd. »Ich hoffe, dass nicht ich der Grund Ihres Unwillens bin.«

»Ich … ich hatte ja keine Ahnung, dass Constance Sie auch eingeladen hat«, stammelte Victoria. »Ich freue mich sehr, dass Sie hier sind.« Sie sah, dass ihre Freundin ihr zublinzelte.

Randolph beugte sich vor, um Victorias Hand zu küssen. Selbst durch den Stoff glaubte sie seine Lippen zu spüren, und sie fühlte sich einen Moment ganz schwach, während ihr Herz vor Freude und Erregung wie wild klopfte. Der Gong ertönte.

Louis reichte Constance seinen Arm, und zusammen schritten sie ihren Gästen voraus ins Esszimmer. Die anderen Ehepaare und Victoria an Randolphs Arm sowie Jeremy Ryder, der Lady Irene als Tischdame gewählt hatte, folgten ihnen.

Das Esszimmer befand sich, wie auch das Wohnzimmer, im viktorianischen Teil des Hauses. Die Decke aus dunklem Holz war mit Schnitzereien verziert. Die Seidentapete über den ebenfalls dunklen Wandpaneelen war wie auch die Stuhlbespannung aus Samt, weinrot. An den Wänden hingen Gemälde von Mitgliedern der Familie Hogarth. Die Ähnlichkeit vieler mit Louis war unverkennbar. Die Tafel war opulent gedeckt und wurde von einem Arrangement aus Rosen, Anemonen, Efeu und Farnen in einer Silbervase dominiert. Die Blumen stammten aus den Gewächshäusern des Anwesens, die das Herrenhaus das ganze Jahr über mit frischen Buketts versorgten. Efeuranken hingen an Bändern von der Decke, was wie das Dach einer Laube anmutete. Silberbesteck und geschliffene Kristallgläser reflektierten das Kerzenlicht.

Victoria hatte ihren Platz zwischen Randolph und Hopkins. Während ihr ein Diener den Stuhl zurechtrückte und sie sich setzte, nahm sie wahr, dass der Butler sich vorbeugte und sein Silberbesteck, das wohl nicht ganz gerade lag, korrigierte. Victoria hoffte, dass dies niemandem außer ihr aufgefallen war. Gleich darauf wurde der erste Gang, eine Krabbensuppe mit Weißwein, serviert.

Es stellte sich heraus, dass Mrs. Beecham, die Victoria gegenübersaß, auch schon den Süden bereist hatte. Während Victoria, Randolph und sie über Italien plauderten, durchlebte Victoria noch einmal die Tage, die sie dort verbracht hatte. Mrs. Beecham nahm zwar an der Unterhaltung teil, aber für Victoria war es so, als ob sie und Randolph ihre gemeinsamen Erinnerungen erneuerten und sein Lachen nur für sie bestimmt war. Einige Male berührten sich flüchtig ihre Hände, und Victorias Körper begann zu glühen.

Hin und wieder nahm sie Bruchstücke von der Unterhaltung zwischen Hopkins und Mrs. Collingworth-Black wahr. Die Witwe hing förmlich an seinen Lippen, als er sehr plastisch und dramatisch beschrieb, wie er einmal an einer Tigerjagd im indischen Dschungel teilgenommen hatte. Louis und Colonel Beecham unterhielten sich über militärische Fragen, zu denen auch Jeremy Ryder gelegentlich etwas beisteuerte, wenn er nicht gerade Konversation mit Lady Irene betrieb. Was, wie Victoria sarkastisch feststellte, nicht so ganz einfach war, denn die junge Frau starrte die meiste Zeit schüchtern auf ihren Teller. Und Constance mühte sich sichtlich mit Mrs. Ellis ab, die ihr mit grimmiger Miene antwortete, während ihr Gatte noch schweigsamer war als Lady Irene.

Nach einem Gang Austern und dem Zwischengericht, einem Zitronensorbet, wurde nun das Hauptgericht serviert. Wild in Rotweinsoße mit Pastinaken- und Möhrengemüse sowie Butterkartoffeln, entnahm Victoria der Menükarte vor ihrem Platz. Das Essen war bisher köstlich gewesen, und sie war gespannt, ob es auch Hopkins' Beifall fand.

Während Randolph sich von den Kartoffeln nahm, die einer der Diener auf einer Silberplatte präsentierte, hörte Victoria, wie der Colonel zu Louis sagte: »Mit der Wilderei wird es immer schlimmer. Vor einigen Wochen habe ich am helllichten Tag mitten in der Schonzeit Schüsse gehört.«

»Wo denn genau?«, erkundigte sich Louis interessiert.

»In der Nähe dieses Feldes, das Sir Francis dem Bauern Combs streitig machen wollte.«

»Und Sie sind sich ganz sicher, dass es wirklich Schüsse waren, Sir?«, warf Jeremy Ryder ein.

Der Colonel bedachte ihn mit einem unwirschen Blick.

»Junger Mann, mein Gehör hat zwar nachgelassen, aber ich bin immer noch in der Lage, einen Gewehrschuss von anderen Geräuschen zu unterscheiden. Außerdem war ich am nächsten Tag mit meinen Hunden an der fraglichen Stelle unterwegs. Ich fand eine nagelneue Gewehrpatrone in der Nähe eines Teiches, die ich natürlich sofort Sanders, dem Constable, brachte. Der Gute ist leider nicht gerade der Hellste, deshalb unternahm er nichts, als ich ihn über die Wilderei informierte.«

Victoria glaubte bemerkt zu haben, dass Hopkins beim Bericht des Colonels leicht zusammengezuckt war. Aber ehe sie sich fragen konnte, was dies bedeuten mochte, ergriff Mrs. Ellis das Wort.

»Es herrscht keinerlei Respekt mehr vor Recht und Gesetz«, verkündete sie grimmig. »Einer, der dies bedauerlicherweise am eigenen Leib zu spüren bekam, war der arme Sir Francis.«

»Nun, als ›arm‹ würde ich Sunderland nun wirklich nicht bezeichnen«, bemerkte der Colonel, während er mit dem Messer Gemüse auf seine Gabel schob. »Weder im materiellen noch in sonstigem Sinne. Ich habe ihn, ehrlich gesagt, nicht besonders gemocht.«

»Sir Francis war ein wirklicher Gentleman«, ließ sich wieder Mrs. Ellis vernehmen. »Ein aufrechter Streiter für Sitte und Moral. Es würde mich nicht wundern, wenn eine von diesen ... nun, ich will das Wort nicht aussprechen, *Frauen* um Mrs. Pankhurst ihn auf dem Gewissen hätte. Ein allgemeines Wahlrecht zu verlangen ... Pah ... Es ist nicht die Aufgabe von uns Frauen, eine Regierung zu wählen oder in der Öffentlichkeit zu wirken. Unser Platz ist in unserem Heim bei unseren Gatten und unseren Kindern.« Während ihrer Worte sank Mr. Ellis, so schien es Victoria, noch mehr in sich zusammen.

»England ist aber unter zwei in der Öffentlichkeit wirkenden Frauen, den Königinnen Elizabeth und Victoria, prosperiert«, wandte Victoria ein. »Was unter etlichen der männlichen Throninhaber nicht gerade der Fall war.«

Mrs. Ellis spießte ein Stück Braten auf ihre Gabel. »Die beiden waren gesalbte Herrscherinnen und konnten auf den Beistand Gottes hoffen.«

»Frauen sind also ohne den Beistand Gottes nicht in der Lage, etwas zu vollbringen?«, hakte Victoria nach. Der Wein, den sie getrunken hatte, war ihr etwas in den Kopf gestiegen und ließ sie vergessen, dass dieses Thema nicht gerade für eine leichte Dinner-Konversation geeignet war. Sie ignorierte, dass Randolph warnend ihre Hand berührte. »Warum müssen dann diejenigen, die ein Einkommen haben, Steuern zahlen? Und wenn sie Steuern zahlen müssen wie die Männer, warum sollten sie dann nicht das Recht haben, eine Regierung zu wählen?«

»In diesem Punkt hat Miss Bredon, finde ich, recht«, beteiligte sich Jeremy Ryder zu Victorias Überraschung an der Diskussion. Sie bedachte ihn mit einem zornigen Blick. Wollte er sich etwa wieder bei ihr einschmeicheln?

»Colonel Beecham, Mrs. Beecham, blühen in Ihrem Garten auch schon die Narzissen?« Constance sah Victoria entschuldigend an, während sie ihrer Pflicht als Gastgeberin nachkam, die Unterhaltung auf unverfängliche Themen zu lenken. Doch dieser Versuch war an Mrs. Ellis verschwendet. »Das Wahlrecht für Frauen bedeutet Unzucht und Unmoral«, sagte sie scharf. »Frauen, die dafür eintreten, sind für mich nicht besser als – man verzeihe mir dieses Wort – Prostituierte.«

Victoria musste an Orla denken, die zierliche junge Frau, fast noch ein Kind, an der Sir Francis seine sadistischen Triebe befriedigt hatte. Mit einem lauten Klirren legte sie das Silberbesteck auf ihrem Teller ab.

»Ach, und was ist mit der Unzucht und der Doppelmoral

der Männer?«, fragte sie zornig und fixierte Mrs. Ellis, die unwillkürlich zusammenzuckte. »Warum werden die Seitensprünge von Männern, aber nicht die von Frauen toleriert? Wer sucht denn die Bordelle auf und geht zu Prostituierten? Ja, wer leistet dieser ganzen Unmoral, für die dann wieder Frauen verantwortlich gemacht werden, überhaupt erst Vorschub? Eine Prostituierte, die ich kenne, sagte einmal, dass Männer kein Recht haben sollten, über sie zu bestimmen. Deshalb kämpfe sie für das allgemeine Wahlrecht. Dem kann ich mich nur anschließen.«

Lady Irene und Mrs. Beecham starrten Victoria entsetzt an. Selbst Mrs. Ellis hatte es die Sprache verschlagen.

»Ich bin völlig einer Meinung mit Victoria«, sagte Constance ruhig. »Auch ich bin für das Wahlrecht der Frauen. Wenn ich jemals der Ansicht gewesen wäre, dass Männer moralisch höher stehend als Frauen wären, hätte mich meine Arbeit im East End das Gegenteil gelehrt.«

Louis legte seine Hand auf Constance' und lächelte sie an. »Und wenn ich jemals der Meinung gewesen wäre, Frauen wären weniger intelligent, durchsetzungskräftig und energisch als Männer, dann hätte mich meine Gattin eines Besseren belehrt.« Er hob sein Weinglas. »Auf meine Gattin.«

»Auf Lady Hogarth.«

»Auf Constance.«

Die Gäste – schließlich sogar Mrs. Ellis – prosteten Constance zu, was diese mit einem charmanten Lächeln entgegennahm.

»Lady Hogarth, Sie fragten eben nach unseren Narzissen«, erklärte Mrs. Beecham dann hastig. »Ja, die im sonnigen Teil des Gartens blühen in der Tat schon.«

»Beecham, Sie müssen sich unbedingt den Daimler einmal ansehen«, wandte sich Louis an den Colonel.

Hopkins unterhielt Mrs. Collingworth-Black mit einem farbenprächtigen Bericht über seinen Besuch bei einem indischen Radscha. Victoria glaubte wahrzunehmen, wie Jeremy Ryder auf der anderen Tischseite versuchte, ein Lächeln zu unterdrücken. Was fiel ihm ein?

Randolph beteiligte sich nun an der Unterhaltung zwischen Constance und Mrs. Beecham, die sich der Orchideenzucht in Gewächshäusern zugewandt hatten. Victorias Zorn verrauchte. *Was muss Randolph nach diesem Ausbruch nur von mir halten?*, dachte sie niedergeschlagen. Das Essen schmeckte ihr nicht mehr.

Irgendwie überstand Victoria das Dessert, bei dem verschiedene Jellys – gestürzte Gelees –, Crème Russe sowie Obst und Käse serviert wurden. Doch als sich die Frauen schließlich erhoben, um sich zum Kaffee in das Wohnzimmer zurückzuziehen, während die Männer den Gang in die Bibliothek antraten, um dort zu rauchen, beschloss sie zu flüchten. Noch länger konnte sie Mrs. Ellis wirklich nicht ertragen! Sie war sicher, dass Constance sie verstehen würde, und schlüpfte in den Korridor. Eigentlich wollte sie in ihr Zimmer gehen. Doch als sie an der Seitentür vorbeikam, die in den Park führte, änderte Victoria ihren Plan. Sie sehnte sich nach frischer Luft und danach, wieder einen klaren Kopf zu bekommen.

Schnell holte sie ihren Mantel aus ihrem Zimmer und wanderte dann in den Park hinaus. Die Nacht war klar und sehr frisch, was sie als wohltuend empfand. Durch die erleuchteten Fenster des Wohnzimmers konnte sie Constance mit den weiblichen Gästen sehen. Victoria ging rasch weiter, die zweiflügelige Steintreppe hinunter bis zu einem großen Springbrunnen unterhalb der Terrasse. Dort blieb sie stehen. Feine

Wassertröpfchen wehten ihr ins Gesicht. Der Abend hatte so schön begonnen. Ach, warum hatte sie sich von Mrs. Ellis' bornierten Äußerungen nur so hinreißen lassen?

Als Victoria Schritte auf den Steinplatten hörte, drehte sie sich um. Sie erwartete, dass Hopkins ihr nachgegangen war, stattdessen kam Randolph auf sie zu. Es war dunkel, doch seine große Gestalt mit dem hellen Haar war unverkennbar.

»Ach, Randolph, es tut mir so leid«, sagte sie unglücklich. »Ich habe mich wie eine Närrin benommen.«

»Sie haben sich nicht sehr konventionell verhalten, aber ich mag es, wenn Sie zornig sind.« Er stand jetzt ganz nah bei ihr. »Wissen Sie eigentlich, dass Sie dann ganz besonders hübsch aussehen?« Seine Hand berührte ihre Wange, mit dem Daumen fuhr er über ihre Lippen. Seine Augen wirkten wie dunkel schimmernde Seen. Randolph legte seine Arme um sie und zog sie an sich. Victoria spürte seinen Atem auf ihrem Gesicht und schloss die Lider. Obwohl sie seinen Kuss erwartet hatte, war er eine Überraschung. Fordernd und doch auch zärtlich. Sie öffnete die Lippen und erschauerte, als Randolphs Zunge tief in ihren Mund stieß. Als sie einander nach einer Weile losließen, murmelte Randolph: »Mein Gott, Victoria, seit ich dich das erste Mal sah, begehre ich dich.« Sofort küsste er sie wieder, bis sie das Gefühl hatte, dass ihr Körper in Flammen stand. »Ich sollte das nicht sagen«, flüsterte er. »Aber ich wünsche mir so sehr, mit dir zu schlafen.«

»Ich wünsche mir auch ... mit dir ...« Ihr brach die Stimme.

»Wirklich?«

Sie konnte nur nicken.

»Das geht nicht ... Außerdem könnten wir gesehen werden ...«

»Ganz in der Nähe meines Zimmers gibt es eine Seitentür ...«, hörte sie sich sagen.

Randolph fasste nach ihrer Hand, und sie liefen die Steintreppe hinauf. Oben auf der Terrasse hielten sie sich im Schatten, bis sie den Seiteneingang des georgianischen Flügels erreicht hatten. Drinnen küssten sie sich wieder. Dann hob Randolph sie hoch und trug sie die Stufen hinauf.

Was tue ich?, schoss es Victoria durch den Kopf. *Was ist, wenn ich schwanger werde? Wird es wehtun, wenn Randolph mich nimmt?*

»Du denkst nicht schlecht von mir, weil ich …?«, flüsterte sie ängstlich.

»Nein, ich halte dich für sehr mutig.«

Als Randolph sie in ihrem Zimmer erneut küsste, verflogen Victorias letzte Zweifel. Sie stöhnte auf und schmiegte sich an ihn. Seine Hände wanderten über ihren Nacken und lösten ihr Haar, streiften ihren Mantel ab. Dann öffnete er die Knöpfe am Rücken ihres Kleides, während seine Zunge das Innere ihres Mundes erforschte. Dieser Kuss und wie sich sein Unterleib gegen ihren drängte und nie gekannte Empfindungen in ihr weckten, waren Wonne und Qual zugleich. Ja, sie wünschte sich nichts sehnlicher, als endlich mit Randolph zu schlafen. Sich ihm ganz hinzugeben.

Victorias Kleid fiel zu Boden. Dann ihre Wäsche. Nun war sie ganz nackt. Sie fühlte sich halb ohnmächtig vor Lust und doch ganz bei sich. Ihr Herz klopfte wie rasend, als Randolph sie zum Bett trug.

Kühl schmiegten sich die Laken an ihren heißen Körper. Randolph glitt auf sie, öffnete seine Hose. Victoria schloss die Augen. Seine Hände streichelten ihre Brüste, glitten zwischen ihre Beine und liebkosten ihre Scham. Victoria bäumte sich auf. Gleich … endlich … endlich würde er sie nehmen …

Ein Klopfen ließ sie innehalten.

»Miss?«, hörte Victoria Amy rufen.

»Hör nicht hin«, flüsterte Randolph zart in ihr Ohr. »Es ist bestimmt nichts Wichtiges.«

»Miss?«, rief Amy wieder. Ihre Stimme klang aufgeregt.

»Was ... was ist denn?« Victorias Atem ging so schnell, dass sie Mühe hatte zu sprechen. Sie schob sich unter Randolph hervor.

»Ihr Onkel, Miss. Es geht ihm nicht gut. Sein Herz ...«

»O Gott, ich komme sofort«, stieß Victoria erschrocken hervor.

Es durfte nicht sein, dass Hopkins etwas Ernsthaftes zugestoßen war!

Als Victoria in Hopkins' Zimmer geeilt kam, saß er von Kissen gestützt in dem Bett des Gästezimmers, das man ihm zugewiesen hatte. Er trug noch Abendgarderobe, aber die weiße gestärkte Hemdbrust und der Hemdkragen waren geöffnet. Constance und Jenkins, der Butler, waren bei ihm.

»Sollen wir nicht doch einen Arzt rufen?«, fragte Constance besorgt.

»Nein, es wäre mir lieber, damit bis morgen zu warten. Es geht mir schon wieder etwas besser. Möglicherweise habe ich nur den Wein nicht so gut vertragen. Ich bin ja nicht mehr der Jüngste«, erklärte Hopkins mit matter Stimme. »Es wäre mir allerdings lieb, wenn meine Nichte eine Weile bei mir bleiben könnte.«

»Natürlich ...«, sagte Victoria und zog sich einen Stuhl neben das Bett.

Während sie nach Hopkins' Hand griff und sie streichelte – eine Freiheit, die sie sich außer in einem Notfall wie diesem niemals herausgenommen hätte –, musterte sie ihn ängstlich. Sie wollte schon darauf drängen, dass doch ein Arzt gerufen wurde, als ihr auffiel, dass Hopkins eigentlich gar nicht schlecht aussah. Im Gegenteil. Sein Gesicht war noch leicht gebräunt von seinem Ausflug am Nachmittag.

»Wie Sie meinen, Mr. Hopkins«, erwiderte Constance nun zögernd, »aber bitte scheuen Sie sich nicht, sofort nach Jenkins oder Joseph zu läuten, wenn es Ihnen wieder schlechter gehen sollte.«

Hopkins murmelte, dass er dies gewiss tun werde. Nachdem Constance und der Butler den Raum verlassen hatten, ließ Victoria Hopkins' Hand los. Ehe sie aus ihrem Schlafzimmer gestürzt war, war sie schnell in ihren Morgenmantel geschlüpft. Darunter war sie nackt. Nervös zog sie ihn enger um sich.

»Hopkins, was ist los?«, fragte sie. »Ihnen geht es doch gar nicht schlecht, oder? Haben Sie etwas Wichtiges bei Ihrem Ausflug herausgefunden, und wollten Sie mich deshalb dringend sprechen?«

Hopkins hüstelte. »Ich habe etwas herausgefunden, Miss Victoria. Aber nichts, das nicht hätte warten können. Ich hoffe, Sie verzeihen mir, dass ich Sie vor einer Dummheit bewahren wollte.«

»Wie meinen Sie das?« Victoria sah ihn überrascht an.

»Nun, als Sie nicht mit den Damen zum Kaffee ins Wohnzimmer gingen und der Duke of Montague nicht bei uns Herren in der Bibliothek auftauchte, habe ich gewisse Schlüsse gezogen.« Hopkins hüstelte wieder. »Schließlich hat er in den letzten Wochen ein deutliches Interesse an Ihnen bekundet.«

»Hopkins, was fällt Ihnen ein?« Victoria glaubte ihren Ohren nicht zu trauen. »Sie sind nicht mein Vater!«

»Nein, aber Ihr Vater hätte es auch nicht gutgeheißen, dass Sie sich dem Herzog ...« Hopkins brach ab und vollführte eine etwas hilflose Geste.

Victoria wurde zornig. »Oh, Sie wissen so gut wie ich, dass mein Vater es mit allen möglichen Frauen getrieben hat. Ihn benötige ich nun wirklich nicht als moralisches Vorbild.«

Hopkins schwang seine Beine über die Bettkante und setzte sich Victoria gegenüber. »Ihr Vater hat nicht nach den herrschenden Moralvorstellungen gelebt. Aber er war ein Gentleman und hätte niemals eine junge, ahnungslose Frau verführt«, erklärte er entschieden.

»Ich bin nicht ahnungslos. Und außerdem, woher wollen Sie denn wissen, dass nicht *ich* den Herzog verführt habe?« Victoria musste sich beherrschen, nicht laut zu werden.

»Miss Victoria, Sie sind gerade einmal neunzehn Jahre alt ...« Hopkins schüttelte den Kopf. Im Schein des Gaslichts wirkte sein silbriges Haar ganz weiß. »Und ich kenne Sie seit Ihrem fünften Lebensjahr ... Ihr Vater hat ein ungewöhnliches Leben geführt. Trotzdem sind Sie sehr behütet aufgewachsen. Außerdem habe ich mit Mrs. Dodgson über Sie und den Herzog gesprochen.«

»Sie haben was?«

»Wie ich Ihnen bereits sagte ... Der Herzog bekundete ein deutliches Interesse.«

»Und Sie und Mrs. Dodgson sind natürlich wie Großtante Hermione überzeugt, dass der Herzog mich niemals heiraten wird«, versetzte Victoria bitter.

»Das ist nicht der entscheidende Punkt. Mrs. Dodgson findet den Herzog sehr gut aussehend«, Hopkins räusperte sich kurz, »und ich glaube sagen zu dürfen, dass sie sehr gern Ihrer Hochzeit beiwohnen würde. Aber sie ist wie ich der Ansicht, dass Sie sich nach einigen Monaten mit dem Herzog zu Tode langweilen und zutiefst unglücklich werden würden.« Hopkins beugte sich vor und sah Victoria eindringlich an. »Miss Victoria, der Herzog ist von hohem Adel. Er unterstützt die konservative Partei. Wie alle Männer in seiner Position wird er erwarten, dass seine Gattin an seiner Seite steht und ihren gesellschaftlichen Verpflichtungen nachkommt.«

»Er hat mir gesagt, dass er sich nach einem anderen, freieren Leben sehnt. Dass er mich gerade deshalb schätzt, weil ich unkonventionell bin«, protestierte Victoria.

»Miss Victoria – und ich sage dies als ein Mann, der Sie hat aufwachsen sehen und für den Sie wie eine Nichte sind –, ich will ja gar nicht abstreiten, dass der Herzog in Sie verliebt ist.« Hopkins seufzte. Seine Miene war bekümmert. »Aber ein unkonventionelles Verhalten schätzen Männer seines gesellschaftlichen Standes normalerweise auf Dauer nur bei einer Geliebten.«

Victoria hatte das Gefühl, Hopkins hätte sie geschlagen. Sie wurde flammend rot und sprang auf. »Woher wollen Sie denn wissen, dass ich nicht gern seine Geliebte wäre?«, rief sie erzürnt und stürmte aus dem Raum.

Sie musste sich sehr beherrschen, nicht die Tür hinter sich zuzuwerfen. Im Gang wäre sie fast mit Jeremy Ryder zusammengestoßen, der die Tür zu dem Zimmer neben Hopkins' öffnete.

»Miss Bredon, ist mit Ihnen und Ihrem Onkel alles in Ordnung?«, fragte er besorgt.

»Nein«, versetzte Victoria barsch. »Aber das geht Sie nichts an.« Ob Jeremy Ryder wohl ihren Streit mit Hopkins mit angehört hatte?

Sie hoffte, dass Randolph auf sie gewartet hatte, fürchtete sich jedoch auch davor. Als sie in ihr Zimmer kam, war er nicht mehr dort. Er hatte ihr auch keine Nachricht hinterlassen. Nur noch ein Hauch seines nach Zedernholz duftenden Rasierwassers lag in der Luft. Victoria ließ sich auf den Stuhl vor der Frisierkommode sinken. Aus dem Spiegel blickte ihr ihr flammend rotes Gesicht entgegen. Müde gestand sie sich ein, dass sie ja selbst ihre Zweifel hatte, ob sie und Randolph wirklich zusammenpassten. Trotzdem – sie war in ihn verliebt und begehrte ihn, und wenn er jetzt zu ihr käme, würde sie sich ihm ohne zu zögern hingeben.

DREIUNDZWANZIGSTES KAPITEL

Unausgeschlafen und gereizt stand Victoria spät am nächsten Morgen auf. Die halbe Nacht hatte sie wach gelegen und über sich und Randolph gegrübelt. Als sie ihm auf dem Weg zum Frühstückszimmer in der Halle begegnete, wäre sie am liebsten geflüchtet. Zu peinlich war ihr die Erinnerung an die vergangene Nacht. Doch Randolph hatte sie schon bemerkt und kam auf sie zu.

»Victoria, ich hoffe, Ihrem Onkel geht es wieder besser«, sagte er teilnahmsvoll.

»Ja, es war wohl doch nicht das Herz, das ihm zu schaffen machte, sondern nur eine vorübergehende Unpässlichkeit.« In Gedanken verwünschte Victoria Hopkins. Sie errötete und senkte den Kopf. Sie konnte Randolph nicht in die Augen blicken.

»Victoria, ich wollte Sie so sehr, das müssen Sie mir glauben.« Randolph hob ihr Kinn und zwang sie, ihn anzusehen. Das Sonnenlicht ließ sein blondes Haar wieder leuchten. Seine Schönheit raubte Victoria für einen Moment den Atem. Sie wollte ihn küssen, sich ihm hingeben, in ihm versinken. »Aber ich fand es nicht mehr richtig. Sie sind noch so jung. Und zudem ging es Ihrem Onkel schlecht. Sie waren deswegen bestimmt ganz durcheinander. Deshalb habe ich nicht auf Sie gewartet.« *Ha, also ist Randolph doch ein Gentleman, und Hopkins hat sich geirrt,* dachte Victoria. Erleichterung durchflutete sie. »Victoria, es tut mir leid, aber ich muss abreisen«, fuhr er fort. Seine Hand ruhte auf ihrer Schulter. Eine Geste, die Victoria so intim wie eine Umarmung empfand. »Ich habe vorhin einen Anruf erhalten, dass mein Verwalter gestern Abend bei einem Reitunfall schwer verunglückt ist.«

»Wie furchtbar«, sagte Victoria aufrichtig erschrocken.

»Ich hoffe, wir sehen uns bald in London wieder.«

»Das hoffe ich auch«, flüsterte sie.

Schritte näherten sich der Halle, und sie traten hastig auseinander. Gleich darauf kam ein Diener auf sie zu und verbeugte sich vor Randolph. »Hoheit, Ihre Koffer sind gepackt«, sagte er, »und der Wagen steht für Sie bereit.«

»Dann hole ich nur noch schnell meinen Mantel.« Randolph lächelte Victoria an. »Ich freue mich auf unseren nächsten gemeinsamen Ausritt im Hyde Park.«

»Dann werde ich Sie im Reitkleid begleiten.« Sie erwiderte sein Lächeln.

»Schade, ich fand Sie in Hosen sehr hübsch.« Sein Lächeln vertiefte sich. »Aber vielleicht haben Sie darin doch etwas zu viel Aufsehen erregt.«

Dieser Ansicht war Großtante Hermione auf jeden Fall, dachte Victoria. Aus den Augenwinkeln nahm sie wahr, dass der Diener sich entfernte. Da beugte sich Randolph auch schon vor, umfasste zärtlich ihren Nacken und küsste sie. Der Kuss dauerte nur einen Moment, aber er weckte wieder Victorias brennendes Begehren.

Zu Victorias Erleichterung hielt sich nur noch Constance in dem nach Osten hin gelegenen, von Sonne durchfluteten Frühstückszimmer auf. Hopkins oder Jeremy Ryder hätte Victoria jetzt wirklich nicht begegnen wollen. Jenkins stand neben der Anrichte, auf der Würstchen, gebratene Nieren, Eier und Speck unter Silberhauben warm gehalten wurden. Constance ließ die Zeitung, die sie gerade las, sinken und lächelte Victoria an, während diese sich zu ihr an den Tisch setzte.

»Du wirkst so glücklich«, sagte sie.

»Oh, ich bin einfach froh, dass es meinem Onkel wieder besser geht«, schwindelte Victoria. Sie fühlte immer noch Randolphs Kuss auf ihren Lippen. »Du frühstückst nicht im Bett, obwohl du eine verheiratete Frau bist?«, schnitt sie ein unverfängliches Thema an, während ihr Jenkins Tee einschenkte. In Anwesenheit des Butlers konnte sie ja nicht offen mit der Freundin sprechen.

»Ich finde es immer sehr unbequem, ein Tablett auf meinen Knien zu balancieren.« Constance lachte und schüttelte den Kopf. »Mr. Hopkins ist sehr früh aufgestanden, nicht wahr, Jenkins?« Sie sah den Butler an.

»Ja, Miss Bredons Onkel frühstückte mit gutem Appetit und brach dann zu einer Wanderung auf.«

»Constance, ich möchte mich für die Szene, die ich gestern während des Dinners gemacht habe, entschuldigen«, erklärte Victoria zerknirscht, während sie sich eine getoastete Brotscheibe mit Butter und Marmelade bestrich. »Ich hoffe, ich habe dir und Louis nicht den Abend verdorben.«

»Im Gegenteil, Louis meinte, es sei das unterhaltsamste Dinner gewesen, das wir seit Langem gehabt hätten.« Constance lachte wieder. »Mrs. Ellis bringt mich auch immer zur Weißglut. Auf diese Weise konnte ich ihr endlich einmal in die Parade fahren. Was eine wirkliche Genugtuung für mich war.« Sie wandte sich zu dem Butler um. »Jenkins, danke, wir kommen nun allein zurecht.«

»Sehr wohl, Mylady.« Er verneigte sich. Nachdem er die

Tür hinter sich geschlossen hatte, fragte Constance: »Hat die Unterhaltung während des Dinners dir und Hopkins denn irgendwie weitergeholfen?«

»Nicht dass ich wüsste. Ich hatte gestern Abend aber auch keine Gelegenheit, mit ihm darüber zu sprechen.« Victoria zuckte mit den Schultern. Sie war immer noch wütend auf Hopkins.

»Jeremy Ryder ist übrigens wirklich nett«, setzte Constance die Unterhaltung fort, während sie zur Anrichte ging und sich ein Würstchen und etwas Rührei holte. »Louis hat sich sehr gefreut, ihn wiederzusehen. Die beiden haben sich auf Anhieb gut verstanden. Vorhin sind sie losgezogen, um eine Partie Tennis zu spielen.« Vom Park her hörte man das rhythmische Aufschlagen der Bälle. Victoria wollte Constance gerade mitteilen, dass sie Jeremy verdächtigte, ein Polizeispitzel zu sein, doch da wechselte Constance, die sich wieder an den Tisch gesetzt hatte, auch schon erneut das Thema. »Louis hat mir gesagt, dass Randolph gestern nicht in der Bibliothek war, und du warst nicht bei uns Damen im Wohnzimmer.« Constance schob ein wenig Rührei auf die Gabel. »Verzeih meine Neugier, aber habt ihr euch irgendwo getroffen? Strahlst du deshalb so sehr?«

»Ja, wir haben uns im Park am Brunnen getroffen und uns geküsst.« Dass sie und Randolph fast miteinander intim geworden wären, würde sie Constance vielleicht irgendwann einmal erzählen, aber nicht jetzt.

»Ihr habt euch geküsst? Wie schön.« Constance lächelte.

Leider musste Victoria sich ausgerechnet jetzt wieder an ihr Gespräch mit Hopkins erinnern und daran, dass er behauptet hatte, sie würde mit Randolph nicht glücklich werden. Gereizt knüllte sie die Leinenserviette zusammen und legte sie auf den Tisch.

»Ach, Constance, wie war das denn mit dir und Louis?«, fragte sie. »Hast du gleich gewusst, dass er der Richtige für dich ist? Ich bin so verliebt in Randolph. Aber ich bin mir einfach nicht sicher, ob wir wirklich zueinander passen.«

»Bei unseren ersten Begegnungen fand ich Louis steif, zugeknöpft und arrogant, also sehr englisch im schlechtesten Sinne.« Ein Grübchen erschien in Constance' Wange, während sich ihre Haut rosig färbte. »Wenn mir jemand prophezeit hätte, dass ich Louis einmal heiraten würde, hätte ich denjenigen ausgelacht. Warum lässt du dir mit Randolph nicht einfach Zeit und lernst ihn richtig kennen? Du musst ihn ja nicht gleich heiraten.«

Nein, dachte Victoria, während sie den Blick auf ihre Teetasse senkte, *aber ich würde so gern die körperliche Liebe erfahren.* Und das eine ohne das andere zu bekommen, war für eine junge Frau nun einmal viel schwieriger – oder, je nachdem, viel folgenreicher – als für einen jungen Mann. Wieder hörte sie die Tennisbälle im Park aufschlagen. Plötzlich kam ihr eine Idee, die ihre melancholischen Gedanken vertrieb.

»Mir ist gerade eingefallen, dass ich etwas erledigen muss«, sagte sie zu Constance. »Warte nicht auf mich.«

Unter dem erstaunten Blick der Freundin hastete sie aus dem Frühstückszimmer.

Auch wenn Victoria nicht durch die zufällige Begegnung mit Jeremy Ryder in der vergangenen Nacht gewusst hätte, wo sein Zimmer lag, hätte sie es anhand der Karte mit seinem Namen, die in einem kleinen Silberrahmen an der Tür steckte, schnell gefunden. Der Raum war, wie auch Hopkins', viktorianisch eingerichtet, mit schweren Möbeln und in düsteren Farben. Vom Fenster aus konnte Victoria Louis und Jeremy auf dem Tennisplatz sehen. Gerade hob Jeremy triumphierend seinen Schläger.

Rasch blickte Victoria sich um. Sie wusste selbst nicht genau, wonach sie eigentlich suchte. Aber sie hatte die Gelegenheit einfach nutzen müssen. Auf dem Nachttisch lagen zwei Bücher. Die Reden Disraelis, eines ehemaligen konservativen Premierministers, und die Reden Ciceros auf Englisch und Latein. Victoria blätterte die beiden Bände rasch durch. Zwischen den Seiten war nichts verborgen. Das Gleiche galt für das Briefpapier auf dem Schreibtisch.

Die Kamera, die sie gleich darauf in einer Ledertasche entdeckte, die an der gepolsterten Bank am Fußende des Bettes lehnte, war nichts Außergewöhnliches für einen Journalisten. Victoria spielte kurz mit dem Gedanken, den Film zu entwenden, entschied sich jedoch dagegen. Jeremy Ryder hätte bestimmt vermutet, dass sie ihn an sich genommen hatte. Und die Filme, die sie dabeihatte, passten nicht in dieses Modell. Abgesehen von der Kamera war die Ledertasche leer. Sein Notizbuch trug der Reporter wohl bei sich.

Mit klopfendem Herzen öffnete Victoria den Kleiderschrank. Sie hatte noch nie die Kleider eines Mannes durchsucht. Sie errötete, als sie Jeremys Unterwäsche aus hellgrauer Seide sah, und begann ihre Suche zwischen den gefalteten Oberhemden. Da – unter dem dritten Hemd ertastete sie einen Gegenstand. Behutsam zog sie ihn hervor. Es war ein Lederetui, in dem eine Pistole steckte.

Victoria biss sich auf die Lippen. Eine Waffe mit sich zu führen war nun wirklich nichts, was ein Journalist normalerweise tat. Plötzlich registrierte sie, dass das Klacken der Tennisbälle im Park verstummt war. Schnell schob sie das Etui mit der Waffe wieder an seinen Platz und eilte aus dem Zimmer.

Das Gras im Park war noch taufeucht, als Hopkins am Morgen mit Gummistiefeln an den Füßen Ivy Manor verließ. Er schlug denselben Weg ein wie am Vortag. Als Colonel Beecham während des Dinners die Schüsse erwähnt hatte, hatte Hopkins unwillkürlich an den Fuchs, der aus dem Schilf geschlüpft war, und den merkwürdigen Geruch in der Nähe des Teichs denken müssen.

Der Streit mit Victoria ging ihm immer noch nach. Auseinandersetzungen mit seinem einzigen verstorbenen Sohn kamen ihm in den Sinn. Er hatte es nie verstanden, dass Richard eine Karriere als Soldat eingeschlagen hatte, statt Medizin zu studieren, was seinen Neigungen entsprochen hätte. Über seinen Tod war Hopkins nie wirklich hinweggekommen. Victoria war für ihn wie eine Nichte, ja sogar eine Art Tochter. Er fühlte sich für sie verantwortlich, und ihr Wohlergehen lag ihm am Herzen. Die Montagues waren zwar von uraltem Adel, dennoch mochte er den Herzog nicht. Auch Mrs. Dodgson war der Meinung, dass er nicht der Richtige für Victoria war. Und Hopkins schätzte ihren Realitätssinn sehr.

Er seufzte, während er den Hügel erklomm, auf dem die wilden Hyazinthen wuchsen. Ein zarter Dunstschleier lag nun, von der Sonne golden beschienen, über den Wiesen. Er passierte das Feld, wo er den Bauern Combs mit seinen Ochsen getroffen hatte – die umgepflügten Erdschollen waren noch feucht und tiefbraun –, und ging dann weiter in Richtung Bibury. Im Graben neben dem Feld gluckerte der Bach. Wenig später erreichte er die Senke mit dem Teich. Wieder nahm er den unangenehmen Geruch wahr, nun viel deutlicher als am Vortag, was die Idylle sofort zerstörte. Vorsichtig bog er das Schilf beiseite und wagte einen Schritt in das Wasser. Er fühlte die Kälte durch seine Stiefel.

Die Oberfläche reflektierte das Sonnenlicht, sodass Hopkins einen Moment lang geblendet die Augen schloss. Der Gestank war nun so stark, dass er nach seinem Taschentuch tastete, um es sich vor Mund und Nase zu halten. Als er die Augen wieder öffnete, schreckte er entsetzt zurück. Vor ihm im Wasser trieb ein menschlicher Körper.

Als Victoria ins Frühstückszimmer zurückkehrte, war Constance nicht mehr dort. Zu Sir Francis' Landgut war sie schon am Nachmittag zuvor gegangen, ohne wirklichen Erfolg. Da sie nicht recht wusste, was sie tun sollte, um mehr über die Hintergründe des Mordes herauszufinden, beschloss Victoria, die Zeit zu nutzen und im Park nach möglichen Fotomotiven für eine Bildreportage Ausschau zu halten. Vielleicht würde sich Mr. Parker ja irgendwann einmal für derartige Aufnahmen begeistern lassen.

Victoria ging in ihr Zimmer und holte ihre kleine Kamera, für die Motivsuche war ihr der große Fotoapparat zu schwer und zu unhandlich. Sie war schon an der Tür, als sie noch einmal umkehrte und einen Skizzenblock und Bleistifte in ihre Umhängetasche steckte. Dann lief sie hinaus.

Die im viktorianischen Stil bepflanzten Blumenbeete hinter dem Haus fand Victoria uninteressant. Sie schlenderte weiter über eine weitläufige Wiese, auf der uralte Rhododendren wuchsen, von denen einige schon dicke Blütenknospen trugen. Die Form der Knospen erinnerte sie an romanische Steinmetzarbeiten, und sie fotografierte und skizzierte einige. An die Wiese schloss sich ein Areal an, das von hohen, beschnittenen Hainbuchenhecken in kleine, unterschiedlich gestaltete Gärten unterteilt wurde. Victoria fotografierte eine anmutige Statue auf einem Vogelbad inmitten eines Rosenbeetes und hatte gerade begonnen, sie zu zeichnen, als sie ein Geräusch hinter sich hörte und sich umdrehte. Jeremy Ryder stand, einen Tennisschläger in der Hand, im Durchgang in der Hecke. Sein Gesicht war noch erhitzt vom Spiel. Er trug weiße Sportkleidung, die ihm, wie Victoria unwillkürlich fand, sehr gut stand.

»Sie haben also das Zeichnen nicht aufgegeben«, sagte er.

»Ja, gelegentlich zeichne ich.«

Tatsächlich hatte Victoria seit dem gemeinsamen Picknick in Hampstead immer wieder einmal Skizzen angefertigt, und es hatte ihr Freude bereitet.

Eine Weile sagte niemand etwas, dann brach Jeremy das Schweigen. »Miss Bredon«, sagte er, »ich hoffe, dass Sie sich nicht von mir belästigt fühlen. Aber irgendwie habe ich den Eindruck, dass etwas zwischen uns steht.« Er sah sie forschend an. »Habe ich Sie irgendwie beleidigt oder sonst etwas getan, das Ihren Unwillen erregte?« Seine Sorge wirkte ehrlich.

Victoria musste an die Unterhaltung am Themseufer denken und daran, dass Jeremy sie eigentlich dazu veranlasst hatte, wieder regelmäßig zu zeichnen. Ja, sie hatte ihn wirklich gemocht und ihm vertraut. Zorn stieg in ihr auf. Wenn Jeremy Ryder ein Polizeispitzel war, würde er Sir Arthur ohnehin verraten, dass er sie auf Ivy Manor, in der Nähe von Sir Francis' Landsitz, angetroffen hatte. Und der Commissioner würde sich seinen Reim darauf machen können. Sie beschloss, ihn mit der Wahrheit zu konfrontieren.

»Ich weiß, dass Sie kürzlich bei Sir Arthur zu Hause waren«, sagte sie. »Warum haben Sie mich belogen und behauptet, der Commissioner empfange einen jungen Journalisten wie Sie gar nicht?«

Jeremy Ryder zögerte kurz, ehe er antwortete. »Es stimmt, ich war bei Sir Arthur. Aber unser Gespräch war vertraulich. Er war wegen seines Neffen bereit, mich zu empfangen. Dieser

Neffe und ich waren zusammen in Eton. Es ging um einen Freund von mir, der in ernsthafte Schwierigkeiten geraten war, und ich wollte Sir Arthur bitten, ihm zu helfen. Deshalb habe ich Ihnen nichts von diesem Gespräch erzählt.«

Jeremy Ryder blickte Victoria offen an. Wenn sie nicht die Waffe in seinem Schrank gefunden hätte, hätte sie ihm seine Geschichte vielleicht sogar abgenommen. Sie überlegte noch, ob sie ihm entgegenschleudern sollte, dass sie ihm nicht glaubte, doch in diesem Moment erklangen im Park aufgeregte Stimmen. Gleich darauf kamen Louis und Constance durch die bogenförmige Öffnung in der Hecke geeilt.

»Eben kam ein Bauer hier vorbei, der erzählte, dass im Wald eine Leiche gefunden wurde«, erklärte Louis. »Allem Anschein nach hat Ihr Onkel, Victoria, den Leichnam zufällig entdeckt.«

»Ein Leichenfund weckt natürlich mein Interesse als Journalist«, sagte Jeremy Ryder rasch. »Könntest du mich an den fraglichen Ort bringen, Louis? Vielleicht lässt sich ja eine interessante Story daraus machen.«

Pah, von wegen Interesse als Journalist, dachte Victoria zornig. Sie hakte sich bei der Freundin ein und sah sie vielsagend an. »Wir beide würden euch gern begleiten, nicht wahr, Constance?«

»Auf jeden Fall.« Constance nickte und bedachte die Männer mit einem strengen Blick. »Und wagt ja nicht zu behaupten, dass so etwas nichts für die schwachen Nerven von uns Frauen sei.«

VIERUNDZWANZIGSTES KAPITEL

Constable Sanders war, da musste Hopkins dem Colonel recht geben, wirklich nicht der Hellste. Nachdem er die Leiche entdeckt hatte, hatte er die Polizei umgehend informiert. Doch anstatt ein paar verschwiegene Männer zu organisieren, die den Leichnam in aller Stille bargen, hatte der Constable dafür gesorgt, dass die Nachricht sich in Windeseile in der Umgebung verbreitete. Die halbe Grafschaft war – so schien es Hopkins – in dem Wäldchen und um den Tümpel versammelt. Nun, dem aufgedunsenen Zustand der Leiche nach zu urteilen und dem Zeitpunkt, zu dem laut Colonel Beecham die Schüsse gefallen waren, waren ohnehin keine verwertbaren Spuren mehr zu finden.

»Vorsicht, ganz langsam!«, rief der Constable, ein kleiner übergewichtiger Mann, jetzt.

Wichtigtuerisch stolzierte er am Rande des Teichs auf und ab. Seiner Würde tat es allerdings Abbruch, dass er ein Tuch um Mund und Nase gebunden hatte. Auch der Bauer Combs und ein anderer kräftiger, braun gebrannter Mann, offensichtlich ebenfalls ein Landwirt, die eine Art Bahre unter die Wasserleiche geschoben hatten, hatten Mund und Nase mit Tüchern geschützt. Auf den Befehl von Combs hin setzten sich nun die beiden Ochsen gemächlich in Bewegung, und der Tote glitt ans Ufer.

Ein entsetztes Stöhnen und Würgen entrang sich vielen

Kehlen. Was teilweise an dem Gestank lag, der nun noch stärker wurde, aber auch an dem Zustand des Leichnams. Hopkins, der sich ganz nah am Ufer postiert hatte, betrachtete ihn mit professionellem Interesse. Eine dünne Fettschicht, wie sie für Wasserleichen charakteristisch war, überzog den Körper. Der Leichnam war mit Steinen beschwert. Doch die Fäulnisgase, die ihn schließlich trotzdem an die Oberfläche des Teichs getrieben hatten, hatten ihn aufgebläht und den karierten Anzug gesprengt, sodass er nur noch in Fetzen um die verweste Masse hing, die einmal ein menschlicher Körper gewesen war. Außerdem hatten der Fuchs und andere Tiere ihr Werk getan. Nur noch an einem Arm war eine Hand, der andere Arm endete unterhalb des Ellenbogens in einem abgenagten Knochen. Ein Rest dunkler Haare klebte auf der Hinterseite des Kopfes. Auch Hopkins mochte sich lieber nicht vorstellen, was wohl von dem Gesicht des Mannes übrig geblieben war – denn der Körpergröße und der Kleidung nach handelte es sich eindeutig um eine männliche Leiche.

Während die Ochsen die Bahre durch das niedergetrampelte Schilf zogen, schwappte ein Schwall stinkenden Wassers ans Ufer und etwas kullerte über den Waldboden direkt an Hopkins' Gummistiefeln vorbei. Rasch holte er ein Taschentuch aus seinem Tweed-Jackett und hob das Ding vorsichtig hoch. Zuerst dachte er, es wäre ein Knopf, doch dann sah er, dass es ein Ring war. Behutsam rieb er darüber. Ein großer schwarzer Stein in einer Messing- oder Bronzefassung wurde unter den Algen sichtbar. Der Ring war protzig und voluminös und musste an einer kräftigen Männerhand gesteckt haben.

Noch einmal ließ Hopkins seinen Blick über die Wasserleiche wandern. *Ich kenne diesen Ring*, schoss es ihm durch den Kopf. *Den Ring und den Mann, der ihn getragen hat.*

»Sir, ich muss Sie bitten, mir das Beweisstück zu überlassen!«

Constable Sanders hatte sich vor ihm aufgebaut. Geistesabwesend reichte Hopkins ihm den Ring. Am Rand der Menge entdeckte er nun Jeremy Ryder und Lord Hogarth, die sich einen Weg zwischen den Menschen hindurchbahnten, und ein Stück hinter ihnen Victoria in der Begleitung von Lady Hogarth. Die Nachricht vom Fund des Leichnams hatte sich also schon bis Ivy Manor verbreitet.

Im nächsten Moment hätte Hopkins sich fast vergessen und einen Fluch ausgestoßen. Wenn Mr. Ryder tatsächlich ein Polizeispitzel war – und sein Instinkt sagte ihm, dass der junge Mann nicht der war, der er zu sein vorgab –, dann würde er Scotland Yard, oder für wen auch immer er sonst arbeitete, umgehend von dem Leichenfund unterrichten. Hopkins glaubte nicht, dass Ryders Vorgesetzte viel Zeit benötigen würden, bis sie herausfanden, wer der Tote war.

»Entschuldigen Sie bitte vielmals. Verzeihung ...« Hopkins brachte sein Bedauern darüber zum Ausdruck, dass er sich etwas rücksichtslos durch die Menge schob. Als er Victoria und Lady Hogarth erreicht hatte, sagte er mit gedämpfter Stimme: »Miss Victoria, wir müssen so schnell wie möglich nach London zurückkehren. Lady Hogarth, könnten Sie uns vielleicht Ihren Wagen und den Chauffeur leihen?«

»Warum das denn?« Victoria blickte ihn erstaunt und immer noch etwas ärgerlich an.

»Ich erkläre es Ihnen später«, antwortete Hopkins rasch.

Als er sich zu dem Teich umdrehte, sah er, dass Lord Hogarth und Jeremy Ryder sich mit dem Constable unterhielten. Und ... täuschte er sich oder betrachtete Mr. Ryder nun tatsächlich den Ring? Ja, Eile war dringend geboten.

Victoria fand, dass Hopkins mindestens zehn Jahre jünger aussah, während er mit ihr und Constance durch den Wald eilte. Der Leichenfund und die damit verbundene Aufregung hatten die Situation entspannt. Ganz bestimmt würde keiner von ihnen ihre Auseinandersetzung vom Vorabend jemals wieder erwähnen.

»Hopkins, kennen Sie den Toten denn?«, fragte sie nun.

»Ja, ich bin mir sicher, dass es sich bei dem Toten um Thomas Marchmain handelt.« Er nickte. »Ein windiger Privatdetektiv. Häufig in Geschäfte am Rande der Legalität verwickelt. Gelegentlich hatten Ihr Vater und ich bei Ermittlungen mit ihm zu tun. Er ist, beziehungsweise war, genau der Typ von Ermittler, den ein Mann wie Sir Francis anheuern würde. Skrupellos und korrupt. Wahrscheinlich hatte Sir Francis etwas gegen Marchmain in der Hand, sodass er sicher sein konnte, dass er nichts von seinen Nachforschungen ausplaudern würde.«

»Selbstverständlich wird Barreth euch beide fahren. Aber warum, Hopkins, ist es Ihnen so wichtig, so schnell wie möglich nach London zurückzukehren?«

Constance war ganz außer Atem. Sie versuchte gerade, auf den Zauntritt eines Weidengatters zu klettern, das Hopkins und Victoria bereits überwunden hatten – der Weg quer über Felder und Wiesen war eine Abkürzung nach Ivy Manor. Die Kühe blickten desinteressiert zu ihnen herüber und ließen sich beim Grasen nicht stören.

»Weil der Constable seine vorgesetzten Dienststellen um Hilfe bitten wird, die sich wiederum an Scotland Yard wenden werden. Und dort kennt man Thomas Marchmain ebenfalls gut.« Hopkins reichte Constance seine Hand und half ihr ritterlich über den Zaun. »Bestimmt ist Marchmain als vermisst gemeldet. Sobald die Personenbeschreibung des Toten bei

Scotland Yard eintrifft, mit dem Hinweis, dass der Tote in der Nähe von Sir Francis' Landgut gefunden wurde, wird selbst Inspector Armitage die richtigen Schlüsse ziehen und Marchmains Büro und Wohnung durchsuchen. Dem möchte ich gern gemeinsam mit Miss Victoria zuvorkommen.«

Vielleicht hat ja Marchmain Sir Francis mit Informationen über den Wohnungsbrand versorgt, durchfuhr es Victoria. *Vielleicht hat er herausgefunden, wer die geheimnisvolle, verschleierte Frau war, und ich finde in seinen Unterlagen die Antworten auf all meine Fragen.* Sie hoffte es so sehr und war erleichtert, als jetzt jenseits eines Feldes die Dächer von Ivy Manor auftauchten. Sie konnte es kaum erwarten, endlich auf dem Weg nach London zu sein.

Marchmains Büro und Wohnung lagen, wie Hopkins wusste, in einem besonders heruntergekommenen Teil des ohnehin schon ärmlichen Stadtviertels Holborn. Etwa drei Stunden waren sie unterwegs gewesen, als Barreth den Daimler in die Port Pool Lane lenkte, eine enge Straße, an der schmale Backsteinhäuser standen.

»Wo soll ich anhalten, Sir?«, meldete sich der Chauffeur durch die Sprechanlage in der Trennscheibe.

»Vor der Nummer 46, in etwa fünfzig Metern«, antwortete Hopkins. Doch gleich darauf stieß er einen Fluch aus.

»Was ist denn?«, fragte Victoria alarmiert, die sich nicht daran erinnern konnte, Hopkins jemals fluchen gehört zu haben.

Stumm wies Hopkins auf die Häuserzeile. Nun sah auch Victoria die Brandruine neben einem Gemischtwarenladen.

»Marchmains Haus?«, fragte Victoria leise, obwohl sie die Antwort schon kannte.

»Genau.« Hopkins' Stimme klang grimmig. »Jemand ist uns zuvorgekommen.«

Barreth steuerte den Daimler an den Straßenrand. Niedergeschlagen stiegen Victoria und Hopkins aus und gingen zu der geschwärzten Fassade. Durch die Fensterhöhlen der Ruine konnten sie sehen, dass nichts vom Inneren erhalten geblieben war. Einzig der gemauerte Schornstein hatte dem Feuer getrotzt. Die Zwischenböden aus Holz waren den Flammen zum Opfer gefallen und mitsamt des ebenfalls verbrannten Inventars ins Erdgeschoss gestürzt. Nicht mehr als ein Haufen verkohltes Holz, das einen intensiven Brandgeruch absonderte, war davon übrig geblieben.

Victoria fühlte sich plötzlich in ihren Albtraum versetzt, und sie bekam keine Luft mehr. Panisch öffnete sie ihre Handtasche, holte die Papiertüte heraus und atmete hinein.

»Miss Victoria ...« Erschrocken stützte Hopkins sie.

»Was hat die junge Miss denn? Ist ihr schlecht?«

Eine Schar Kinder, die in der Straße gespielt hatten, waren auf den Daimler aufmerksam geworden und näher gekommen. Barreth, der an dem Wagen lehnte, behielt sie wachsam im Auge. Ein kleines Mädchen hatte sich von der Gruppe entfernt, sich vor Victoria aufgebaut und betrachtete sie neugierig.

Victorias Atem hatte sich wieder so weit beruhigt, dass sie die Tüte von ihrem Gesicht nehmen konnte. »Mir geht es schon wieder besser«, sagte sie und versuchte ein Lächeln. Das Mädchen war ärmlich gekleidet, aber sein mageres, von der frischen Luft gerötetes Gesicht war sauber. Es hatte runde haselnussbraune Augen. Victoria schätzte es auf sechs oder sieben Jahre. »Wie heißt du denn?«, fragte sie freundlich.

»Evie ...« Plötzlich wirkte es ein bisschen schüchtern.

»Weißt du, wann das Haus abgebrannt ist?«

Victoria erwartete bestenfalls eine vage Auskunft, doch zu ihrer Überraschung antwortete Evie wie aus der Pistole geschossen: »Am 28. Februar, mitten in der Nacht.«

»Woher weißt du das so genau?« Hopkins beugte sich vor.

»Weil es in der Nacht vor meinem Geburtstag war. Ich bin am 1. März sieben Jahre alt geworden.« Evie hüpfte nun auf einem Bein vor ihnen auf und ab. »Emma, ihr gehört der Laden«, sie nickte in Richtung des Gemischtwarengeschäfts, »schenkt mir manchmal ein Bonbon. Aber an meinem Geburtstag und auch noch die ganze Woche danach hatte sie geschlossen, weil auch ihr Dach gebrannt hat, und das Wasser vom Löschen ist bis in den Laden gelaufen und hat alles nass gemacht.« Erst jetzt registrierte Victoria, dass das Dach des Nachbarhauses mit Planen abgedeckt und das Schild über dem Schaufenster angesengt war.

Evie hüpfte nun weiter zu ihren Spielgefährten, die den Daimler dicht umringten. Barreth hatte sich der Kinder erbarmt und die Motorhaube geöffnet, sodass sie einen Blick hineinwerfen konnten. Hopkins und Victoria entfernten sich ein Stück von dem Wagen und den Kindern.

»Das Haus ist also einen Tag nach Sir Francis' Ermordung in Flammen aufgegangen«, sagte Hopkins nachdenklich. »Es steht wohl außer Frage, dass der Mörder es in Brand gesteckt hat, um belastende Unterlagen zu vernichten.«

»Das sehe ich auch so.«

Victoria schluckte. Wieder hatte der Mörder eine Spur beseitigt, die zu ihm hätte führen können. Sie durfte sich gar nicht vorstellen, dass in dem Brandschutt möglicherweise verkohlte Papiere lagen, mit denen sie das Rätsel um ihren Vater hätte lösen können. Was trieb den Mörder nur an? Welches Geheimnis versuchte er mit allen Mitteln zu verbergen? Allmählich bezweifelte sie, dass es Hopkins und ihr jemals gelingen würde, ihn aufzuspüren.

»Ich bin ehrlich gesagt etwas ratlos, wie wir weiter vorgehen sollen.« Hopkins' Seufzer war wie ein Echo auf Victorias Hilflosigkeit. »Ich denke, dass wir uns besser nicht auf der zuständigen Polizeiwache nach den Umständen des Brandes erkundigen sollten. Bestimmt würde Scotland Yard sofort davon erfahren.«

»Lassen Sie uns doch in den Laden gehen und fragen, ob die Inhaberin etwas Verdächtiges beobachtet hat«, schlug Victoria vor.

Doch dies war nicht der Fall. Emma Soames war Mitte zwanzig und so dünn, dass sie fast schon ausgezehrt wirkte. Auf eine zerstreute Weise war sie freundlich. In dem kleinen, etwas schmuddligen Laden wurden Grundnahrungsmittel sowie diverse Seifen, Waschmittel und Tabakwaren angeboten. Auf der Theke stand ein Glas mit bunten Bonbons, die Mrs. Soames wohl gelegentlich an Evie und die anderen Kinder aus der Nachbarschaft verschenkte. Sie wiegte einen weinenden Säugling in den Armen, ein vielleicht zwei Jahre alter Junge klammerte sich an ihren Rock.

»Nein, ich habe in der Brandnacht nichts Verdächtiges beobachtet«, antwortete sie auf Victorias und Hopkins' Frage mit großen Augen. Sie hatten behauptet, für eine Versicherung zu arbeiten und deshalb den Umständen des Brandes auf den Grund zu gehen, was Mrs. Soames glücklicherweise nicht anzweifelte. »Ich bin zu Tode erschrocken, als gegen zehn Uhr abends auf einmal Menschen auf der Straße ›Feuer!‹ schrien. Und noch viel mehr, als ich bemerkte, dass das Nachbarhaus brannte. Ich habe die Kinder gepackt und bin nach draußen gestürzt. Dann bin ich noch einmal ins Haus gerannt, um das Bargeld zu holen.«

»Das heißt, Sie waren allein zu Hause?«, vergewisserte sich Hopkins.

»Ja, Robert, mein Mann, arbeitet in einer Weberei und war für die Nachtschicht eingeteilt. Ich habe tausend Ängste ausgestanden, dass das Feuer auf unser Haus übergreifen würde. Tatsächlich hat das Dach Feuer gefangen, aber glücklicherweise ist das Schlimmste nicht eingetreten.« Die Erinnerung an die Brandnacht ließ sie ganz blass werden.

»Kannten Sie denn Mr. Marchmain?«, bohrte Victoria behutsam nach.

»Nicht gut, ich habe ihn nicht gemocht, er war immer so anzüglich, bis Robert ihm deshalb Bescheid gestoßen hat«, erzählte sie mit erschöpfter Stimme.

Nun begann auch noch der kleine Junge zu jammern und wollte ebenfalls auf ihren Arm.

»Hatten Sie Kontakt zu seinen Kunden?«, versuchte Victoria die beiden Kinder zu übertönen.

»Es sind alle möglichen Leute bei Mr. Marchmain ein und aus gegangen, und hin und wieder hat einer von seinen Klienten Zigaretten oder Kautabak bei mir gekauft. Aber an jemand Spezielles kann ich mich nicht erinnern.«

Das Geschrei des Säuglings wurde endgültig ohrenbetäubend und machte jede weitere Unterhaltung unmöglich.

Warum konnte Marchmain nicht eine alte, neugierige und gelangweilte Witwe zur Nachbarin haben, statt einer völlig erschöpften jungen Mutter, die kaum ihr eigenes Leben geregelt bekommt – geschweige denn, dass sie sich groß für ihre Umwelt interessieren könnte?, überlegte Victoria deprimiert, während Mrs. Soames den Säugling in ein Körbchen legte, das auf dem Boden stand, und Bonbons für sie in eine Tüte füllte. Victoria sah Hopkins' resignierter Miene an, dass ihm Ähnliches durch den Kopf ging.

»Evie!«, rief Victoria, als sie und Hopkins wieder auf der Straße waren. Die Kleine kam angerannt, und Victoria reichte ihr die Tüte mit den Bonbons. »Die sind für dich und deine Freunde.«

»Oh, danke!«

Evie schenkte ihr ein zahnlückiges strahlendes Lächeln, ehe sie wieder zu der Kinderschar hopste, die den Daimler immer noch bewunderte. Victoria und Hopkins folgten ihr. Barreth hatte eben die Tür des Fonds geöffnet, als Evie noch einmal zu ihnen kam.

»Schade, dass Ian nicht mehr hier ist«, sagte sie. »Er hätte das schöne Auto bestimmt fotografiert.«

»Ian ist also ein Fotograf?«, erkundigte sich Victoria, mit den Gedanken schon ganz woanders. Der Brandgeruch machte ihr wieder zu schaffen, sie wollte nur noch weg von der Ruine.

»Ja, aber er macht Bilder, die sich bewegen«, erwiderte Evie eifrig. »Er hat uns erzählt«, sie deutete auf ihre Spielkameraden, die nun die Bonbons entdeckt hatten und sich um sie drängten, »dass er unser Viertel und auch andere Stadtteile filmt. Er will sie do... dokemtieren ...« Sie sprach das Wort sehr langsam und nachdenklich aus.

»Du meinst, dokumentieren?«, half Victoria ihr.

Evie nickte.

»Ian ist nett«, rief ein größerer sommersprossiger Junge, »er hat uns einmal einen seiner Filme gezeigt. Mrs. Soames und ihre Kinder waren darauf zu sehen. Und das Pferd von Mr. Brown, dem Küfer, und auch sonst jede Menge Leute ...«

»Wann hat Ian denn hier in der Straße gefilmt?«, fragte Victoria mit plötzlich erwachtem Interesse.

»Kurz vor dem Brand«, der Junge zuckte mit den Schultern, »die Ruine hat er dann später auch noch aufgenommen.«

Victoria wechselte einen Blick mit Hopkins. »Wisst ihr vielleicht, wo Ian wohnt?«, fragte sie.

Ian hieß mit vollständigem Namen Ian Mason und lebte zur Miete in einer Atelierwohnung unter dem Dach im Stadtteil Marylebone. Er war Maler, aber auch begeisterter Fotograf und Filmer. Mit seinen Aufnahmen wollte er die Veränderungen dokumentieren, denen London durch den Abriss von Gebäuden und die Sanierung und Umgestaltung von Stadtvierteln unterworfen war.

Als Victoria und Hopkins ihn gleich nach ihrem Gespräch mit den Kindern aufgesucht hatten, hatte ihm eine spärlich bekleidete dunkelhaarige Schöne Modell gesessen – oder vielmehr Modell geruht. Lässig dahingestreckt hatte sie auf einem roten Samtdiwan gelegen. Victoria vermutete, dass sie seine Geliebte war, so vertraut, wie die beiden miteinander umgingen. Was sie wieder an Randolph hatte denken lassen.

Sie und Hopkins hatten sich auch Ian Mason gegenüber als Privatdetektive ausgegeben und behauptet, nach einer vermissten Frau zu suchen, die in der Port Pool Lane und Umgebung gesehen worden sei. Mason, ein enthusiastischer junger Mann, hatte ihre Geschichte nicht angezweifelt und war gern bereit gewesen, ihnen seine Filme aus Holborn zu kopieren.

Hopkins hatte einen Filmprojektor ausgeliehen. Nun baute er die Maschine auf dem Küchentisch auf und legte die erste Filmspule ein. Mrs. Dodgson saß bereits erwartungsvoll auf ihrem Stuhl.

»Ich wäre dann so weit«, verkündete Hopkins.

»Gut.« Victoria löschte die Petroleumlampe und nahm ebenfalls auf einem Stuhl Platz, während Hopkins langsam die Kurbel des Projektors zu drehen begann.

»Ich komme mir vor wie im Lichtspieltheater.« Mrs. Dodgson klatschte in die Hände.

Die ersten Bilder erschienen auf der weiß gestrichenen Wand über der Anrichte: Emma Soames, die mit etwas abgehackten Bewegungen ein Schild vor ihren Laden stellte, das für billige Seife warb, während ihr der kleine Junge von der Tür aus zusah. Ein Pferdefuhrwerk fuhr ruckartig die Straße entlang. Evie und ihre Freunde erschienen und schnitten vor der Kamera Grimassen. Passanten gingen die Straße entlang. Ein Fahrradfahrer tauchte auf, lehnte sein Rad an die Wand neben der Ladentür und verschwand in dem Geschäft. Dann war die erste Filmspule zu Ende.

Die zweite zeigte ein Pferdefuhrwerk voller Fässer, das vor einem Pub hielt. Ein Hansom Cab rollte die Straße entlang und hielt hinter dem Fuhrwerk. Der Mann, der ausstieg, blickte direkt in die Kamera und wandte dann schnell sein Gesicht ab, als wollte er nicht gefilmt werden.

Victoria setzte sich abrupt auf. »Hopkins«, sagte sie rasch, »bitte spulen Sie etwas zurück.«

»Wie Sie wünschen, Miss Victoria.« Der Mann wanderte schnell rückwärts zu dem Hansom Cab und setzte sich hinein.

»Bitte den Film anhalten und wieder vorwärtslaufen lassen.«

Victoria beugte sich vor und starrte auf die Bilder, die nun noch einmal auf der Wand erschienen. Der Mann stieg aus der Kutsche, blickte in die Kamera und wandte sein Gesicht ab, sodass nur noch sein ausdrucksvolles Profil zu sehen war. Ein Profil, das sie in der Nacht des Debütantinnenballs im Park des Buckingham Palace gesehen hatte.

»Haben Sie etwas entdeckt, Miss Victoria?« Hopkins blickte sie über den Projektor hinweg an. Auch Mrs. Dodgson hatte sich ihr zugewandt.

»Dieser Mann ist der Marquess of Blackenwell«, flüsterte Victoria.

»Sind Sie sich ganz sicher?«

»Ja.« Sie nickte.

»Es kann kein Zufall sein, dass der Marquess kurz vor dem Brand in Marchmains Straße auftauchte«, sagte Victoria wenig später. Hopkins entzündete die Petroleumlampe wieder, schaltete den Projektor aus und packte die empfindlichen Filmrollen sorgfältig in runde Blechbehälter. Dann setzte er sich zu Victoria und Mrs. Dodgson. »Bestimmt hat Marchmain Blackenwell in Sir Francis' Auftrag ausspioniert und irgendetwas entdeckt, womit er erpressbar war. Entweder hat der Marquess herausgefunden, dass Sir Francis Marchmain auf ihn angesetzt hat, oder Marchmain hat versucht, sein eigenes Spiel zu treiben und ihn ebenfalls erpresst.«

»Das wäre Marchmain zuzutrauen gewesen.« Hopkins wiegte zustimmend den Kopf.

»Aber hätte denn der Marquess Zeit gehabt, Sir Francis nach dem Ball zu ermorden?« Mrs. Dodgson blickte fragend von Hopkins zu Victoria. Eine Stickerei ruhte in ihrem Schoß. Nervös fingerte sie an einem Faden herum.

»Ja, er hätte Sir Francis ohne Weiteres zu dessen Haus am St. James Square folgen können.« Hopkins lehnte sich auf seinem Stuhl zurück. »Der Marquess war in seiner Jugend Soldat und wurde im Krimkrieg mehrfach wegen Tapferkeit ausgezeichnet. Ich traue ihm die nötige Kaltblütigkeit zu, Sir Francis vor den Augen des Kutschers und des Dieners zu erschießen. Ebenso kann er die anderen Morde geplant und durchgeführt haben.«

»Ach, wenn ich doch nach dem Ball nur belauscht hätte,

worüber sich Blackenwell und Sir Francis stritten. Dann hätten wir jetzt bestimmt einen Anhaltspunkt, weswegen der Marquess erpressbar war.« Victoria seufzte. »So aber tappen wir nach wie vor im Dunkeln, und anders als Scotland Yard können wir auch keines von Blackenwells Häusern durchsuchen.«

»Nun, eine Einladung zu einer Wochenendparty werden wir von dem Marquess ganz sicher nicht erhalten«, bemerkte Hopkins trocken.

Schweigen breitete sich am Tisch aus.

»Lassen Sie uns doch einmal überlegen, welche Möglichkeiten es sonst noch gäbe, sich in den Haushalt einzuschmuggeln«, schlug Victoria schließlich vor.

»Als Dienstbote vielleicht?« Mrs. Dodgson führte einen Stich mit lilafarbenem Garn aus.

»Im Prinzip ist das eine gute Idee, Mrs. Dodgson«, Hopkins nickte ihr gemessen zu. »Aber leider dürfte es eher unwahrscheinlich sein, dass ausgerechnet jetzt eine Stelle bei den Blackenwells zu besetzen wäre.«

»Vielleicht könnten wir ja eine Stelle schaffen«, sagte Victoria nachdenklich.

»Was meinen Sie damit, Miss Victoria? Wir können schlecht einen Dienstboten entführen. Wenn Sie mir diese direkte Bemerkung gestatten.«

»Natürlich nicht, Hopkins, aber Constance vermittelt gelegentlich junge Frauen aus dem East End als Dienstmädchen an wohlhabende Familien, damit sie eine Chance im Leben erhalten. Sie könnte bei den Blackenwells anfragen, ob sie bereit wären, ein Dienstmädchen für ein paar Wochen zur Probe anzustellen, und behaupten, den Lohn werde ihre Wohltätigkeitsorganisation für diese Zeit übernehmen«, erklärte Victoria eifrig. »Ich könnte mir schon vorstellen, dass die Blackenwells gern eine kostenlose Arbeitskraft einstellen würden.«

»Verstehe ich Sie richtig, Miss Victoria – wenn Ihr Plan aufgehen sollte, würden Sie als Dienstmädchen zu den Blackenwells gehen?«, erkundigte sich Hopkins.

»Ja, genau. Die nötigen Grundkenntnisse kann mir ja bestimmt Mrs. Dodgson beibringen.« Victoria war von ihrem Plan sehr überzeugt.

»Nun ja, wenn Sie wirklich meinen ...« Hopkins hüstelte und tauschte einen zweifelnden Blick mit Mrs. Dodgson.

»So ein Mist aber auch ...«

Victoria murmelte einen Fluch. Eine Porzellantasse war ihr aus den Händen geglitten und am Rand des Spülbeckens zerschellt. Ihr Plan war insofern aufgegangen, als Constance tatsächlich für sie eine unbezahlte Stelle als Spülmädchen auf dem Landsitz der Blackenwells in Cornwall hatte aushandeln können. Außerhalb der Saison, die die Aristokratie und die Oberschicht in London verbrachten, und die von Anfang Mai bis Anfang August dauerte, lebte die Familie meistens dort. Nur der Marquess kam häufiger in die Hauptstadt, um an Sitzungen des Oberhauses teilzunehmen. Am nächsten Morgen würde sie nach Cornwall aufbrechen. Allerdings ließen ihre Fähigkeiten, was das Spülen und Putzen betraf, immer noch sehr zu wünschen übrig, obwohl sich Mrs. Dodgson viel Mühe gegeben hatte, es ihr beizubringen.

Victoria warf die Scherben in den Müll und wandte sich wieder dem Rest des schmutzigen Geschirrs zu. Sie hatte ja gewusst, dass sie nicht viel Begabung für Hausarbeit hatte. Aber dass sie wirklich zwei linke Hände hatte und sich auch trotz viel Übung schwertat, hätte sie nun doch nicht vermutet.

Na ja, ich muss auf dem Landsitz ja nur ein paar Tage durchhalten, versuchte sie sich zu beruhigen. *So lange, bis ich etwas Belastendes gegen den Marquess gefunden habe. Danach können sie mich gern wieder entlassen.*

Randolph hatte sich immer noch nicht bei ihr gemeldet, obwohl nun schon fast eine Woche seit ihrer Begegnung auf Ivy Manor vergangen war. Victoria war versucht gewesen, ihm zu schreiben, hatte dies dann aber doch nicht getan. Sie wollte nicht den Eindruck erwecken, ihm nachzulaufen.

Und zu allem Überfluss war am Morgen ein Brief von Mr. Montgomery eingetroffen. Er hatte ihr mitgeteilt, dass das Gericht in knapp zwei Monaten über die Vormundschaft entscheiden würde. Der vorsitzende Richter war ein Clubmitglied ihres Großvaters. Obwohl Victoria davon ausgegangen war, dass ihr Großvater seine Verbindungen spielen lassen würde, hatte sie die Nachricht doch erschreckt.

Sie hatte eben den letzten Teller gespült und griff nach einem Leinenhandtuch, um das Geschirr abzutrocknen, als es an der Wohnungstür klingelte. Da Hopkins und Mrs. Dodgson nicht da waren, wischte sich Victoria die nassen Hände an ihrer Schürze ab und eilte in den Flur. Ein bisschen hoffte sie, dass ein Diener ihr eine Nachricht von Randolph überbringen würde, doch als sie die Tür öffnete, prallte sie zurück. Ihre Großtante stand vor ihr. Wie immer war sie tadellos gekleidet. Zu einem sandfarbenen Mantel mit modisch großem Kragen trug sie einen Hut in Schiffchenform, der mit zwei elegant gebogenen Federn geschmückt war.

»Oh, guten … guten Tag …«, stammelte Victoria überrascht.

»Wie siehst du denn aus?« Großtante Hermione musterte Victorias feuchte, blau-grau gestreifte Schürze kritisch. Victoria wurde bewusst, dass sich eine dicke Haarsträhne aus ihrer im Nacken zusammengesteckten Frisur gelöst hatte und ihr ins Gesicht hing. Außerdem war sie vom heißen Wasser erhitzt, ganz bestimmt glänzte ihre Haut. »Seid ihr, Hopkins und du, inzwischen so verarmt, dass du putzen musst?«, fügte ihre Großtante nun hinzu.

»Nein, ich helfe Mrs. Dodgson nur ein bisschen«, log Victoria.

»Tatsächlich?« Großtante Hermione gab sich keine Mühe, ihren Unglauben zu verbergen. »Könnte ich bitte hereinkommen? Ich würde mich ungern zwischen Tür und Angel mit dir unterhalten.«

Victoria führte Lady Glenmorag in die Bibliothek, wo sie in einem Sessel Platz nahm. Die helle Stelle auf der Tapete, wo das Bild des Cockerspaniels gehangen hatte, schien ihr glücklicherweise zu entgehen.

»Ein Gerichtstermin für die Entscheidung über deine Vormundschaft steht inzwischen fest«, sagte sie.

»Ich weiß«, Victoria nickte, »Mr. Montgomery hat mich darüber informiert.«

»Du könntest dir diesen ganzen Ärger immer noch ersparen, wenn du einwilligen würdest, bis zu deinem einundzwanzigsten Geburtstag bei deinem Großvater und mir zu leben. In diesem Fall nämlich würde dein Großvater seine Klage zurückziehen.«

»Darauf lege ich keinen Wert, auch mein Vater hätte dies nicht gewollt«, erklärte Victoria entschieden. »Haben Sie und Großvater vielleicht Angst vor dem öffentlichen Interesse, das die Klage nach sich ziehen wird?«, konnte sie sich nicht verkneifen zu fragen. Sie hoffte, dass ihre Großtante nicht bemerkte, wie viel Sorge ihr dieser Prozess in Wahrheit bereitete.

»Uns liegt einzig und allein dein Wohl am Herzen.« Großtante Hermione setzte – nicht sehr überzeugend – eine gekränkte Miene auf.

»Meinem Wohl wäre es sehr dienlich, wenn Sie mich in Frieden lassen würden.«

»Damit du dich weiter mit verrufenen Frauen im East End herumtreibst? Niemals!« Großtante Hermione stand auf. »Falls du es dir doch noch anders überlegen und bereit sein solltest, zu deinem Großvater und mir zu ziehen, dann lass es uns wissen.«

»Ganz bestimmt ändere ich meine Meinung nicht.« Victoria, die ebenfalls aufgestanden war, schüttelte den Kopf.

Ihre Großtante musterte sie wieder mit dem nachdenklichen Blick, bei dem Victoria immer unbehaglich zumute wurde. »Du warst mit dem Duke of Montague kürzlich zum Lunch im Ritz, habe ich sagen hören«, bemerkte sie dann.

»Ja, er hatte mich eingeladen. Und ich war anständig angezogen. Gegen die Gesellschaft eines Herzogs dürfte in diesem Fall doch eigentlich nichts einzuwenden sein, oder?«, erwiderte Victoria herausfordernd.

»Du weißt wahrscheinlich noch nicht, dass der Herzog Isabel und mich eingeladen hat, ihn auf seinem Familiensitz in Devon zu besuchen?«

»Wie schön für Sie und Isabel. Die Gesellschaft des Herzogs ist wirklich sehr angenehm.«

Victoria hoffte sehr, dass ihre Stimme gleichmütig klang, doch das Lächeln ihrer Großtante zeigte ihr, dass sie ihr nichts vormachen konnte.

»Isabel ist, im Gegensatz zu dir, meine Liebe, eine gute Partie und die passende Gattin für einen Mann, der es in der Politik zu Großem bringen will.« Nachdem Lady Glenmorag diesen Pfeil abgeschossen hatte, schritt sie würdevoll zur Tür.

Mit zu Fäusten geballten Händen blickte Victoria ihr nach. Nein, es konnte nicht sein, dass Randolph sich ausgerechnet für ihre Cousine interessierte! Bestimmt hatte Großtante Hermione gelogen, um sie zu verletzen.

FÜNFUNDZWANZIGSTES KAPITEL

Der Bahnhof von St. Austell war klein. Nur zwei Gleise verliefen zwischen Wiesen und Feldern, auf denen noch der Tau lag. Müde stieg Victoria aus dem Zug. Die ganze Nacht war sie unterwegs gewesen, seit Hopkins und Mrs. Dodgson sie am Bahnhof Waterloo am späten Abend zuvor verabschiedet hatten. Gelegentlich war sie eingenickt. Nach den vielen Stunden, die sie auf den harten Holzbänken verbracht hatte, konnte sie Hopkins' Abneigung gegen Dritte-Klasse-Abteile besser verstehen. Suchend blickte sie sich mit ihrem kleinen Koffer in der Hand um.

Ein drahtiger Mann, der die Uniform eines Kutschers trug, kam auf sie zu. »Cathy Towler?«, fragte er mit starkem kornischem Akzent.

»Ja, die bin ich.« Für ihre Nachforschungen auf dem Landsitz der Blackenwells hatte sie sich diesen Namen gegeben.

»Dann komm mal mit.« Gutmütig nahm ihr der Kutscher den Koffer ab. Er führte sie um das Bahnhofsgebäude herum und zu einem Fahrzeug, das auf Victoria wie eine kleinere Ausgabe der Londoner Pferdebahnen wirkte, eine große kastenförmige Kutsche, die von vier Pferden gezogen wurde. »Es waren viele Leute über ein verlängertes Wochenende auf Blackenwell Manor, die den Frühzug zurück nach London genommen haben«, erklärte der Kutscher, während er eine der Türen für Victoria öffnete.

Im Innern des Fahrzeugs befanden sich sechs Reihen mit blauem Samt bezogener Bänke. Auf der letzten saßen zwei junge Diener, die schliefen.

»Wie ist es denn so auf Blackenwell Manor?«, fragte Victoria, die sich auf ihre Rolle als Spülmädchen besann, schüchtern.

»Könnte schlechter sein«, brummte der Kutscher. Eine Antwort, die Victoria, wenn sie wirklich ein Spülmädchen gewesen wäre, nicht sehr beruhigend gefunden hätte.

Nachdem sie auf einer der Bänke Platz genommen hatte, drehte sie sich zu den Dienern um. Doch die beiden schliefen zu fest, als dass sie es gewagt hätte, sie zu wecken und in ein Gespräch zu verwickeln. Die Kutsche fuhr nun durch ein Dorf, dessen Häuser weiß gestrichen oder aus grauem Stein erbaut waren, und dann durch einen Hohlweg einen Hügel hinauf. Auf beiden Seiten wuchsen hohe Hecken. Oben auf dem Hügel konnte Victoria einen Blick auf eine Steilküste und das Meer erhaschen, das eine tief türkisblaue Farbe hatte, dann bog die Kutsche in das Landesinnere ab. Sie fuhren eine Weile durch Felder, auf denen sich die ersten Getreidehalme zeigten, und dann wieder einen von hohen Hecken gesäumten Weg entlang. Irgendwann fielen Victoria die Augen zu.

Sie kam erst wieder zu sich, als die Kutsche vor einem Stallgebäude hielt. Als sie verschlafen den Kopf wandte, sah sie gegenüber dem Wirtschaftshof ein weitläufiges Haus. Es war aus bräunlichem Stein im jakobinischen Stil erbaut und strahlte eine kühle Strenge aus, die sie unwillkürlich an Männer und Frauen in dunklen Gewändern mit großen gefältelten Spitzenkragen denken ließ. *Werde ich hier einen Hinweis darauf finden, dass der Marquess von Sir Francis erpresst wurde und ihn umgebracht hat?*, fragte sie sich beklommen.

»So, Cathy, da wären wir.« Der Kutscher half Victoria aus dem Wagen. »He, ihr beiden«, er winkte die Diener heran, »tragt den Koffer des Mädels und bringt es zu Mrs. Ainthorp.«

Die Diener – Victoria schätzte sie auf Anfang zwanzig – musterten sie neugierig, während sie auf das Haus zugingen.

»Deine erste Stelle?«, fragte schließlich der eine.

Er hatte ein rundes, sommersprossiges Gesicht und sprach wie der Kutscher mit einem starken kornischen Akzent. Der andere dagegen hätte Modell für eine Adonis-Statue stehen können, so gut sah er aus mit seinen dunklen Haaren, den großen Augen unter langen Wimpern und den ebenmäßigen Gesichtszügen, wie Victoria nun erst richtig wahrnahm.

»Ja«, antwortete sie wieder schüchtern, »das heißt, ich bin zur Probe hier. Eine Lady hat sich für mich eingesetzt, damit ich hier arbeiten darf.«

»Das wird Mrs. Ainthorp bestimmt nicht gnädiger stimmen«, warf der gut aussehende Diener mit einem schiefen Grinsen ein. »Sie ist nämlich ein ziemlicher Drache. Ich bin übrigens William, und dieser kornische Bauer hier«, er boxte den anderen Diener in die Seite, »ist John.«

Der Aussage über Mrs. Ainthorp konnte Victoria nur zustimmen. Die Haushälterin mochte auf die sechzig zugehen. In ihrem dunkelgrauen Kleid und dem schmalen, von grauen Haaren umrahmten Gesicht, aus dem eine gebogene Nase ragte, hatte sie Ähnlichkeit mit einem Habicht. Und wie ein Raubvogel seine Beute musterte sie Victoria durchdringend.

»Zeig mir einmal deine Hände«, bestimmte sie nun. Victoria besann sich darauf, dass sie ein Dienstmädchen war, und befolgte gehorsam den Befehl. Da sie während der letzten Tage unter Mrs. Dodgsons Aufsicht häufig gespült und geputzt hatte, war die Haut rissig. Doch Mrs. Ainthorp wendete die Hände, sodass nun die glatte, schwielenlose Innenfläche oben lag. »Harte Arbeit gewohnt bist du ja nicht«, beschied sie Victoria.

»Meine Familie und ich haben schon bessere Tage gesehen«, murmelte Victoria mit gesenktem Kopf. »Aber ich werde jede Arbeit verrichten, die Sie mir auftragen.«

»Das will ich doch hoffen.« Mrs. Ainthorp musterte sie wieder. »Du sprichst auch nicht gerade wie ein Dienstmädchen.« So, wie sie es sagte, klang es wie ein Vorwurf. Dabei hatte sich Victoria wirklich bemüht, mit dem Akzent des East Ends zu reden. »Wie auch immer ...« Mrs. Ainthorp erhob sich von dem Stuhl vor dem Kamin im Gesindespeiseraum. Der Schlüsselbund an ihrem Gürtel klirrte. »Zwei unserer Küchenmädchen sind vorgestern an einem heftigen Fieber erkrankt. Du wirst also wirklich gebraucht.« Was sich für Victoria so anhörte, als müsste sie dankbar sein, dass sie niemandem zur Last fiel. »Ich bringe dich jetzt in die Spülküche. Dort wirst du Agnes, das andere Spülmädchen, kennenlernen. Diese Treppe«, Mrs. Ainthorp drehte sich um und wies auf die Stufen am Ende des Raumes, »führt in die Gemächer der Herrschaft. Ohne meine spezielle Erlaubnis wirst du sie niemals betreten. Haben wir uns verstanden?«

»Ja, Mrs. Ainthorp«, sagte Victoria demütig. Schon jetzt verabscheute sie die Haushälterin aus tiefstem Herzen.

Mrs. Ainthorp scheuchte sie durch eine riesige ochsenblutrot gestrichene Küche, in der emsige Geschäftigkeit herrschte. Küchenmädchen brühten Tee auf, brieten Eier und Nieren und rösteten Brot am offenen Feuer. Es war wohl die Frühstückszeit der Besitzerfamilie. In der Mitte des Raumes war die Decke um einige Meter erhöht und rundum mit Fenstern versehen, was – so vermutete Victoria – für die Belüftung sorgen sollte.

Ihr blieb nicht viel Zeit, sich darüber Gedanken zu machen, denn nun hatten sie die Spülküche erreicht. Ein zierliches junges Mädchen, das noch kleiner war als Victoria, stand vor einem großen Spülbecken aus Holz und schrubbte Pfannen.

»Agnes!«

Als es Mrs. Ainthorps scharfe Stimme hörte, fuhr das Mädchen herum. Victoria erkannte nun, dass es nicht älter als vierzehn oder fünfzehn Jahre sein konnte. Eine blonde Haarsträhne fiel unter Agnes' Häubchen hervor. Sie war nicht wirklich hübsch, dazu war ihr schmales Gesicht zu knochig, aber ihre riesigen blauen Augen gaben ihr etwas Elfenhaftes. Victoria mochte sie auf Anhieb.

»Ja, Mrs. Ainthorp?« Verschreckt sah sie die Haushälterin an.

»Das ist Cathy.« Mrs. Ainthorp wies auf Victoria. »Sie wird dir beim Spülen und Putzen helfen. Du bringst sie jetzt zum Kofferspeicher, wo sie sich umziehen kann. Dort wird sie auch schlafen. Denn alle Betten im Dienstmädchentrakt sind belegt. Cathy«, Mrs. Ainthorp fasste Victoria scharf ins Auge, »danach will ich dich hier bei der Arbeit sehen.«

Victoria besann sich gerade noch rechtzeitig darauf gehorsam »Ja, Mrs. Ainthorp« zu sagen.

Agnes schenkte ihr ein scheues Lächeln, sobald ihnen die Haushälterin den Rücken zukehrte und zur Küche schritt. »Herzlich willkommen«, flüsterte sie mit schottischem Akzent. »Ich bin sehr froh, dass du hier bist. Allein ist die Arbeit, vor allem, wenn Gäste über das Wochenende hier sind, kaum zu schaffen.«

»Ich habe noch nie als Spülmädchen gearbeitet«, gab Victoria zu. »Ich fürchte, dass ich dir erst einmal keine große Hilfe sein werde.«

»Ach, ich werde dir schon alles beibringen, was du können musst«, erwiderte Agnes freundlich, während sie zusammen die Hintertreppe hinaufstiegen.

»Wie lange arbeitest du denn bereits hier?«, erkundigte sich Victoria.

»Seit etwa einem Jahr. Mrs. Ainthorp ist schon sehr streng. Aber wenn ich mal etwas freie Zeit habe, darf ich in den Garten hinausgehen. Ich mag Pflanzen, vor allem Blumen. Mr. Convan, der Obergärtner, ist nett und erlaubt mir gelegentlich sogar, eines der Gewächshäuser zu betreten. Wenn ich ein Junge wäre, würde ich versuchen, eine Anstellung als Gärtner zu bekommen.« Ein sehnsüchtiger Ton schwang in Agnes' Stimme mit.

Dass sie Pflanzen mag, passt zu ihrem elfenhaften Aussehen, ging Victoria durch den Kopf. »In Kew Gardens in London können Frauen seit ein paar Jahren eine Ausbildung zur Gärtnerin machen«, erklärte sie.

»Aber ganz bestimmt keine armen Bauerntöchter wie ich.« Agnes schüttelte den Kopf. Die nüchterne Sachlichkeit, mit der sie dies feststellte, versetzte Victoria einen Stich, und sie dachte wieder einmal daran, wie viele Privilegien sie doch genoss.

Sie waren nun im obersten Stockwerk angelangt und folgten einem Flur, dessen Dielen ein abgetretener roter Teppich bedeckte. Durch die Fenster konnte man den Eingangsbereich des Gebäudes und ein gotisches Torhaus sehen.

»Hier liegen die Zimmer der Dienstmädchen«, erläuterte Agnes und wies auf die Türen. »Es tut mir leid, dass du auf dem Kofferspeicher schlafen musst. Aber ich teile mein Zimmer schon mit einem der Küchenmädchen, und es würde kein weiteres Bett hineinpassen.«

»Ach, das macht mir nichts aus.«

In Wahrheit war Victoria sehr froh darüber, mit niemandem im Zimmer schlafen zu müssen, denn so konnte sie nachts unbemerkt ein und aus gehen. Am Ende des Flurs befand sich eine Tür, die Agnes nun öffnete.

»Ich warte solange hier draußen, bis du dich umgezogen hast«, sagte sie.

»Das ist nett von dir.« Victoria lächelte.

Auf dem Speicher türmten sich jede Menge Koffer der unterschiedlichsten Größe und Machart, außerdem Hutschachteln und Truhen. Das Dach wurde von dicken Holzbalken getragen, die Ziegel waren unverkleidet. In einer Ecke stand ein Metallbett, daneben ein Stuhl mit einer Kerze darauf. Rasch zog Victoria sich um – ihre Spülmädchenkluft bestand aus einem Kleid aus grobem schwarzem Stoff und einer grau gestreiften Schürze. Mit ihrem Taschenspiegel prüfte sie, ob ihr Häubchen richtig saß, und schnitt sich dann eine Grimasse.

Sehr angenehm wird meine Zeit auf Blackenwell Manor bestimmt nicht werden …

Drei Tage später dehnte Victoria ihren schmerzenden Rücken und gähnte. *Ich werde nie wieder einen Jelly essen,* dachte sie grimmig. Allmählich wurde es ihr schon schlecht, wenn sie die großen Kupferformen, in die der flüssige Gelee gegossen wurde, um darin fest zu werden und gestürzt werden zu können, nur sah. Die Sandburgen ähnelnden Formen mit ihren unzähligen kleinen Rundungen, Winkeln und Ecken mit Scheuersand zu reinigen war die Hölle. Nicht dass die sonstige Arbeit ein Zuckerschlecken gewesen wäre. Im Gegenteil, wenn ihr Agnes nicht immer wieder geholfen hätte, wäre sie wahrscheinlich, obwohl sie unentgeltlich arbeitete, schon längst entlassen worden.

Vier Teller und eine große Schüssel hatte sie, seit sie sich auf Blackenwell Manor aufhielt, schon zerbrochen. Mrs. Ainthorp hatte ihr versichert, dass sie das Geschirr würde bezahlen müssen, falls sie jemals angestellt werden sollte. Victoria dankte dem Himmel, dass es dazu niemals kommen würde, während sie ihren Lappen wieder in das Schüsselchen mit Scheuersand tauchte und sich dann erneut widerwillig der Kupferform widmete.

Dabei hatte sie noch überhaupt nichts entdeckt, wofür sich die ganze Plackerei gelohnt hätte. Mittlerweile wusste sie nur, wo sich welche Räume im Gebäude befanden. Durch vorsichtiges Nachfragen bei Agnes und anderen Dienstboten sowie durch ihre nächtlichen, heimlichen Erkundungsgänge hatte sie dies herausgefunden. Mehr als vier oder fünf Stunden Schlaf hatte sie in den letzten Nächten nicht bekommen, weshalb sie sich manchmal während des Tags wie eine Schlafwandlerin fühlte.

»Lass mich das machen«, sagte Agnes freundlich, die mit einem Stapel frischer Geschirrhandtücher in die Spülküche kam, und nahm Victoria den Lappen aus der Hand. »Trockne du lieber die restlichen Teller ab.« Auf dem langen Tisch neben der Spüle stand noch eine ganze Armada von Tellern in Holzgestellen. Victoria begann mit dem Abtrocknen, während Agnes schnell und geschickt die Kupferform säuberte.

Der Wind drückte die Kirschlorbeerhecke, die hier wie auf Sir Francis' Anwesen vor den Fenstern der Küchenräume wuchs, nieder, und ein Stück blauer Himmel wurde sichtbar. Victoria bedachte ihn mit einem sehnsüchtigen Blick.

»Das Wetter scheint schön zu sein«, sagte sie.

Es war ihr wie so vieles andere nicht klar gewesen, dass man, wenn man in der Küche eines großen Landsitzes schuftete, manchmal stundenlang keinen Himmel zu Gesicht bekam.

»Ja, ich war eben im Garten.« Agnes stellte die Kupferform auf einen Tisch und half Victoria nun beim Abtrocknen. »Mrs. Ainthorp hatte mir aufgetragen, Mr. Convan die Liste mit dem Gemüse zu bringen, das die Köchin morgen benötigt. Ein weiteres Küchenmädchen ist krank geworden, deshalb hat mir Mrs. Ainthorp diese Aufgabe übertragen«, fügte sie erläuternd hinzu. »Ich bin danach noch schnell in den Blumengarten gelaufen, obwohl ich das eigentlich nicht hätte tun dürfen. Die Tulpen fangen dort gerade zu blühen an. Ich musste sie einfach sehen. Mr. Convan zieht so schöne Sorten. Papageientulpen und rot-weiß geflammte – sogar ganz tief violette, die fast schwarz wirken.« Ihr schmales Gesicht wirkte wieder sehnsüchtig, wie immer, wenn sie von Pflanzen sprach. Victoria wollte Agnes gerade sagen, dass sie wirklich kein schlechtes Gewissen haben müsse, als diese fortfuhr: »Im Orchideengewächshaus habe ich Viscount Lawrence mit William gesehen. Sie standen ganz nah beieinander, und der Viscount berührte Williams Wange.« Agnes erzählte das so beiläufig, dass Victoria einen Moment benötigte, bis sie begriff, was sie gerade gesagt hatte.

»Meinst du damit … der Viscount liebkoste William?«, fragte sie. Viscount Lawrence war der älteste Sohn und Erbe des Marquess.

»Ja, irgendwie schon.« Agnes legte den nun trockenen Teller auf einen Stapel weiterer Teller. »Eigentlich, jetzt, da wir darüber reden, kommt mir das ein bisschen seltsam vor.«

William ist ein ausnehmend hübscher junger Mann, ging es Victoria durch den Kopf. Sie senkte die Stimme. »Hast du die anderen Dienstboten darüber reden hören, dass der Viscount vielleicht homosexuell ist?«

»Homosexuell, was ist das denn?« Agnes blickte sie aus ihren großen blauen Augen verwundert an.

»Äh ... das bedeutet, dass ein Mann einen anderen Mann liebt und mit ihm intim wird.«

Agnes' Augen wurden noch größer. »Was? Gibt es das denn?«

»Ja, aber erwähn den anderen Dienstboten und vor allem Mrs. Ainthorp und dem Butler gegenüber lieber nicht, dass wir darüber gesprochen haben.«

Wenn der Viscount tatsächlich homosexuell ist, dann hätte Sir Francis allerdings etwas in der Hand gehabt, womit er den Marquess hätte erpressen können, überlegte Victoria, während sie nachdenklich vor den Holzgestellen mit den Tellern stehen blieb. *Dem muss ich unbedingt nachgehen.*

»Cathy!« Agnes berührte ihren Arm und lächelte sie an. »Hast du die Glocke nicht gehört? Es ist Zeit für den Nachmittagstee.«

Als Spülmädchen standen Victoria und Agnes ganz unten in der Hierarchie der Bediensteten und entsprechend waren ihre Plätze am Ende der langen Tafel im Gesindespeiseraum. Es gab starken schwarzen Tee, der aus braunen Steinguttassen getrunken wurde, dicke Brotscheiben, Butter und Marmelade und einen Teekuchen, der nicht schlecht schmeckte, die Köchin konnte es aber nicht mit Hopkins' Koch- und Backkünsten aufnehmen. Mrs. Ainthorp und der Butler, Mr. Gravis, waren noch nicht anwesend, was ungewöhnlich war, denn sonst eröffneten sie die Mahlzeiten immer.

Erst jetzt, da Victoria saß, wurde ihr bewusst, wie müde sie eigentlich war. Sie trank den heißen Tee in kleinen Schlucken. Die Gespräche der anderen Bediensteten nahm sie nur wie aus ganz weiter Ferne wahr. Sie wusste, wo sich das Schlafzimmer des Viscounts befand. Es zu durchsuchen war jedoch schwierig bis unmöglich für sie, da sie den Wohntrakt der Familie nicht betreten durfte. Und nachts lag der Viscount ja höchstwahrscheinlich in seinem Bett. Vielleicht würde sie aber auch in den Räumen des Marquess einen Hinweis auf eine Erpressung finden. Falls sie nicht schon auf dem Weg dorthin vom Schlaf übermannt würde …

Das Scharren von Stühlen ließ Victoria aufschrecken. Mrs. Ainthorp und Mr. Gravis betraten den Raum, und alle Bediensteten erhoben sich, wie es Sitte war, von ihren Plätzen. Victoria besann sich gerade noch rechtzeitig darauf, dass ja auch sie aufstehen musste. Ach, wie sie das hasste!

Mr. Gravis, ein schlanker, agiler Mann Mitte sechzig, der mindestens so sehr auf seine Würde bedacht war wie Hopkins, wirkte aufgeregt, und auch Mrs. Ainthorps sonst blasse Wangen waren zart gerötet. Der Butler breitete die Arme aus.

»Ich habe die große Ehre und Freude Ihnen mitzuteilen, dass ich soeben erfuhr …«, die Stimme versagte ihm kurz, »… dass Seine Majestät, der König, das kommende Wochenende auf Blackenwell Manor verbringen wird. Uns bleiben nur zwei Tage Zeit für die Vorbereitungen, aber ich bin davon überzeugt, dass jeder von Ihnen alles in seiner Kraft Stehende tun wird, um König Edward restlos zufriedenzustellen und der Familie Blackenwell Ehre zu bereiten.«

»Mein Gott, der König kommt hierher …«

Agnes legte die Hand auf die Brust und strahlte Victoria an. Auch die anderen Bediensteten begannen, aufgeregt miteinander zu reden.

Das bedeutet noch mehr Arbeit, dachte Victoria niedergeschlagen, denn sie wusste, dass der König immer mit einer großen Entourage reiste. Doch im nächsten Moment begriff sie, dass ihr eigentliches Problem ein anderes war. Bestimmt hatte der König Sicherheitsleute mitgebracht, was es für sie noch schwieriger machen würde, nachts unbemerkt im Haus umherzuschleichen.

Solch ein Pech! Am liebsten hätte Victoria frustriert aufgeschrien.

SECHSUNDZWANZIGSTES KAPITEL

»Wie es Miss Victoria wohl ergehen mag?«, fragte Mrs. Dodgson am darauffolgenden Tag, als sie und Hopkins sich in der Wohnung am Green Park zum Tee an den Küchentisch setzten.

»Oh, sie ist eine sehr bemerkenswerte junge Dame. Ich bin davon überzeugt, dass sie ihre Aufgabe meistern wird.« Ein gewisser Stolz schwang in Hopkins' Stimme mit, als er Mrs. Dodgson Tee einschenkte.

Danach reichte er ihr die wie immer gebügelte Ausgabe der *Times*, denn er wusste, dass sie es liebte, die Gesellschaftsnachrichten zu lesen. Während sie sich in die Zeitung vertiefte, kostete er von seinem soeben gebackenen Schokoladenkuchen. In gewisser Weise ein Experiment, denn eigentlich war der Kuchen gar nicht richtig gebacken, sondern in einem Wasserbad gegart. Er hatte eine cremige Konsistenz und fand Hopkins' absolute Zustimmung. Er führte eben gerade eine weitere Gabel davon zum Mund, als Mrs. Dodgson die Zeitung sinken ließ und ihn entsetzt anstarrte.

»Oh, Mr. Hopkins«, stöhnte sie, »hier steht, dass der König wegen eines Brandes sein ursprünglich geplantes Wochenende auf Fowey Hall in Cornwall absagen musste und stattdessen nach Blackenwell Manor reist.«

»Um Himmels willen …« Hopkins stand auf und beugte sich mit ihr über die Seite. Rasch überflog er den Artikel. »Als

Gast wird auch der Duke of Montague erwartet«, las er vor. Noch zwei weitere Namen der Gästeliste sprangen ihm ins Auge, Lady Hermione Glenmorag und ihre Großnichte Lady Isabel Bredon, ehe er sah, dass zur Bewachung des Königs auch einige Scotland-Yard-Beamte abgestellt sein würden. Die Ermordung Sir Francis Sunderlands und die nach wie vor hinter der schrecklichen Tat vermuteten terroristischen Gründe machten diese besondere Sicherheitsmaßnahme erforderlich. »Hoffentlich befindet sich unter diesen Beamten nicht Inspector Armitage«, murmelte er.

»Mr. Hopkins, wir müssen Miss Victoria warnen.«

Mrs. Dodgson umklammerte angstvoll seinen Unterarm. Selbst Hopkins fühlte eine gewisse Panik in sich aufsteigen, auch wenn er sie natürlich niemals gezeigt hätte.

»Ich werde Lady Hogarth aufsuchen«, erklärte er, »vielleicht gibt es ja auf Blackenwell Manor einen Fernsprecher, und ich kann unter einem Vorwand mit Miss Victoria sprechen.«

Nach diesen Worten eilte er in den Flur, um seinen Mantel anzuziehen.

»Und, gibt es auf Blackenwell Manor einen Fernsprechapparat? Konnten Sie mit Miss Victoria reden?«, sprudelte Mrs. Dodgson erwartungsvoll hervor, als Hopkins zwei Stunden später zurückkehrte. Auf dem Tisch lag ihr Stickzeug. Doch sie war zu nervös gewesen, um daran zu arbeiten. Um sich zu beschäftigen, hatte sie, obwohl es eigentlich nicht nötig war, den Boden in der Küche und im Flur geputzt.

»Leider nein.« Hopkins seufzte und ließ sich auf einen Stuhl sinken. Er wirkte mitgenommen. »Nur der Blackenwell'sche Haushalt in London verfügt über diese moderne Apparatur.

Ich habe erwogen, den Nachtzug nach Cornwall zu nehmen. Aber auch damit käme ich zu spät.«

»Wir könnten ein Telegramm schicken – etwas in der Art, dass jemand aus Victorias Familie erkrankt ist und sie deshalb dringend nach London zurückkehren muss.« Mrs. Dodgsons Blick hellte sich auf.

»Lady Hogarth hat Miss Victoria der Familie Blackenwell gegenüber als Waise ausgegeben.« Hopkins schüttelte den Kopf. »Außerdem versenden Menschen aus dem East End normalerweise keine Telegramme. Das wäre viel zu kostspielig für sie. Nein, wenn Miss Victoria ein Telegramm erhielte, würde sie dies nur verdächtig machen. Ich fürchte, uns bleibt nichts anderes übrig, als zu hoffen, dass Miss Victoria die Gefahr, in der sie schwebt, rechtzeitig erkennt. Auch wenn ich es hasse, dass wir zur Untätigkeit verdammt sind.« Den letzten Satz hatte Hopkins mit einem für ihn ungewöhnlichen Nachdruck ausgesprochen. Nun seufzte er wieder tief.

»Miss Victorias Mutter war doch katholisch, nicht wahr?«

»Ja, warum fragen Sie?« Hopkins sah Mrs. Dodgson verwundert an.

»Ich halte ja eigentlich gar nichts von den Papisten und ihren abergläubischen Riten.« Die Haushälterin nagte unschlüssig an ihrer Unterlippe. »Aber ist es bei den Katholiken nicht Sitte, eine Kerze anzuzünden, wenn man jemandem helfen will?«

»Ja, ich glaube, sie pflegen in der Tat derlei seltsame Gebräuche.« Hopkins nickte.

»Nun, dann werde ich zur katholischen Kirche in Brompton fahren und eine Kerze für Miss Victoria anzünden. Wenn wir sonst schon nichts für sie tun können.« Energisch stand Mrs. Dodgson auf.

»Schaden wird es zumindest nicht.« Hopkins wiegte den Kopf. »Ich werde Sie begleiten, Mrs. Dodgson.«

In was bin ich hier nur hineingeraten?, dachte Victoria, während sie sich mit einem fettigen Topf abmühte, der, sosehr sie ihn auch scheuerte, einfach nicht sauber werden wollte. Der letzte Tag war ein einziger Albtraum gewesen. Nachdem Mr. Gravis die Nachricht, dass der König das Wochenende auf Blackenwell Manor verbringen würde, verkündet hatte, waren alle Bediensteten an die Arbeit gescheucht worden. Endlose Stunden lang hatte sie zusammen mit Agnes Gläser, die schon länger nicht mehr benutzt worden waren, gespült und poliert, bis auch nicht das kleinste Fleckchen darauf zu sehen war. Danach hatten sie den Hausmädchen helfen müssen, die Zimmer für die Gäste herzurichten. Erst gegen ein Uhr morgens hatte Mrs. Ainthorp sie entlassen.

Victoria hatte geplant, eine Stunde zu schlafen, ehe sie sich auf ihren nächtlichen Erkundungsgang begab. Doch sie war so erschöpft gewesen, dass sie den Wecker überhört hatte. Sie war erst wieder zu sich gekommen, als Agnes sie vier Stunden später wachgerüttelt hatte, damit sie das normale Tagwerk beginnen konnten.

Sklaven in der Antike haben sicher auch nicht härter geschuftet, dachte Victoria bitter, während sie den schweren Topf auf ein Abtropfbrett wuchtete.

»Wir haben keine Spülseife mehr.« Agnes, die ihr Pensum wie immer mit Leichtigkeit bewältigte, wandte sich Victoria zu. »Ich gehe schnell zu Mrs. Ainthorp und hole neue. Ach, bestimmt sind inzwischen schon die ersten Gäste eingetroffen. Ich kann es immer noch nicht glauben, dass ich heute Abend den König sehen werde.« Glücklich eilte sie davon. Wie die anderen Bediensteten war Agnes außer sich vor Freude über den bevorstehenden Besuch des Königs. Die Familie Blackenwell und alle Angestellten würden vor dem Gebäude Aufstellung nehmen, um Edward zu begrüßen.

Victoria hatte eben einen weiteren schmutzigen Topf in das heiße Wasser getaucht, als Mr. Gravis in der Spülküche erschien, ein Ort, den er nur sehr selten betrat. Suchend blickte er sich um.

»Wo ist denn Agnes?«, fragte er dann.

»Sie holt neues Spülmittel von Mrs. Ainthorp«, erwiderte Victoria und fügte dann hastig ein demütiges »Mr. Gravis« hinzu.

Der Butler musterte sie. »Lass dir von der Köchin eine frische Schürze geben und kremple deine Ärmel herunter. Lady Palmer, ein Gast, fühlt sich nicht wohl und hat um einen Tee gebeten. Da alle Hausmädchen anderweitig beschäftigt sind, wirst du ihn ihr bringen.«

»Gewiss, Mr. Gravis.« Victoria nickte gehorsam. *Na ja, auf diese Weise werde ich wenigstens einmal aus diesem feuchten, heißen Loch herauskommen,* überlegte sie bissig.

In der riesigen Küche herrschten geradezu tropische Temperaturen. Jede Feuerstelle war in Betrieb, und rings um den langen Tisch waren die Küchenmädchen emsig am Werk, das Essen für das große Dinner vorzubereiten. Victoria erhaschte einen Blick auf Schüsseln mit klein geschnittenem Gemüse, auf Fische, die ausgenommen, und Fleischstücke, die mariniert wurden. Die Köchin stand an einem der Herde, hantierte mit einem Braten in einer Pfanne und brüllte gleichzeitig ihren Helferinnen Befehle zu. Als sie Victoria mit Mr. Gravis sah, verließ sie kurz ihren Platz, drückte Victoria eine saubere, gestärkte Schürze in die Hand und wies auf ein Tablett, das auf einer Anrichte stand.

»Lady Palmers Zimmer befindet sich im rechten Seitenflügel, im zweiten Stock«, sagte sie barsch. »Lies die Türschilder, dann wirst du es schon finden.«

Victoria nahm das Tablett, auf dem eine Teekanne, eine

Tasse und ein Schälchen mit Zwieback standen, und ging zur Hintertreppe. Verglichen mit der Küche, war es dort kühl. Während sie die Stufen hinaufging, überlegte sie, dass es immerhin ein glücklicher Umstand war, dass der König und sein Personal im linken Seitenflügel untergebracht werden würden. Denn das Arbeitszimmer des Marquess und der Schlafraum des Viscounts befanden sich im Hauptgebäude. Sie hoffte, dass dort kein Sicherheitspersonal unterwegs sein würde.

An den Türen der Gästezimmer im zweiten Stock befanden sich – wie auch auf Ivy Manor – Silberrahmen, in denen Schildchen aus kostbarem Papier mit den Namen der Gäste steckten. Victoria kam an den Zimmern einer Lady Claire Morgan und einer Lady Arthur vorbei – Gott sei Dank, niemand, den sie kannte –, bis sie den Raum Lady Palmers erreichte. Auf ihr Klopfen hin öffnete ihr eine Zofe und nahm das Tablett entgegen. Die Tür hatte sich gerade geschlossen und Victoria wollte zur Hintertreppe zurückkehren, als eine andere Tür geöffnet wurde. Eine junge blonde Frau, die ein elegantes Teekleid aus altrosafarbener Seide und Spitze trug, und eine ältere Dame, die gleichermaßen vornehm gekleidet war, traten heraus.

Ich muss mich täuschen, durchfuhr es Victoria. *Es ist nicht möglich, dass Isabel und Großtante Hermione hier sind.* Die blonde Frau blickte flüchtig in ihre Richtung. Hastig senkte Victoria den Kopf und knickste. Es gab keinen Zweifel. Ihre Cousine und ihre Großtante befanden sich unter den Gästen.

Sie wartete mit klopfendem Herzen auf Isabels verwunderten Aufschrei. Doch diese wandte sich nun wieder ab und ging zusammen mit Lady Glenmorag in Richtung des großen Treppenhauses. Aufatmend begriff Victoria, dass sie als Dienstbote quasi unsichtbar war. Kurz entschlossen schlich sie den beiden Frauen nach. Sie hatte das Ende des Ganges gerade erreicht, als Isabel und ihre Großtante einen der beiden breiten Treppenflügel zur Halle hinunterschritten. Dort waren bereits andere Gäste versammelt. Lachen und Stimmengewirr schallten zu Victoria hinauf.

Ein großer blonder Mann löste sich aus der Menge und ging den beiden Frauen entgegen. Er trug einen grauen Nachmittagsanzug und sah doch aus, als würde er aus einem heroischeren Zeitalter stammen. Victorias Herz vollführte einen Sprung – Randolph. Gebannt verfolgte sie jeden seiner Schritte. Auf dem untersten Treppenabsatz traf er mit Isabel und Großtante Hermione zusammen. Er verbeugte sich vor Lady Glenmorag und küsste dann Isabels Hand. Diese sagte etwas zu ihm, lachte und berührte ihn kurz am Arm. Victoria war zu weit entfernt, um hören zu können, was gesprochen wurde, aber der Umgang zwischen ihrer Cousine und Randolph schien sehr vertraut zu sein.

Randolph ist nicht wegen Isabel hier, versuchte sie sich zu sagen. *Es ist Zufall, dass die beiden unter den Gästen sind. Außerdem hat Isabel schon während des Balls im Palast und im Hyde Park versucht, mit Randolph zu flirten.* Ihr wurde ganz übel, während ihr plötzlich Großtante Hermiones Worte durch den Kopf schossen: Isabel ist, im Gegensatz zu dir, meine Liebe, eine gute Partie.

»Na, nichts zu tun?«

Eine Männerstimme ließ Victoria zusammenzucken. Dicht vor ihr, so nah, dass er sie fast berührte, stand ein Mann. Victoria schätzte ihn auf Mitte zwanzig. Er sprach mit dem Akzent der Oberschicht und war durchaus attraktiv, aber etwas an seinem Lächeln gefiel ihr nicht.

»Ich finde das Treppenhaus so schön, Sir«, erwiderte sie und wies auf das barocke Deckengemälde der Halle und die mit Schnitzereien verzierten Treppengeländer. »Deshalb habe ich die Zeit vergessen. Wenn Sie mich bitte entschuldigen würden, Sir.« Sie knickste und wollte an ihm vorbei in Richtung des Dienstbotentreppenhauses gehen, doch der Mann verstellte ihr den Weg.

»Ja, ich kann mir vorstellen, dass dir diese Halle wie aus einem Märchen vorkommt«, sagte er. »Du bist sehr hübsch. Bist du neu hier?«

»Ja, Sir, ich arbeite erst seit ein paar Tagen auf Blackenwell Manor.«

»Und eine gute Figur hast du auch.«

Der Mann griff Victoria an die Brust. Zuerst war sie zu perplex, um zu reagieren. Doch dann hob sie reflexartig die Hand, um ihm eine Ohrfeige zu verpassen.

»Mr. Helmsley, wie schön, dass Sie unter den Gästen sind.«

Mrs. Ainthorps schneidende Stimme ließ ihn zurückweichen.

»Oh, Mrs. Ainthorp, es ist immer wieder eine Freude, Sie zu sehen. Ich hoffe, es geht Ihnen gut?« Er deutete eine ironische Verbeugung an, zwinkerte Victoria zu und lief dann die Treppe hinunter.

»Nimm dich vor Mr. Helmsley in Acht oder besser, geh ihm möglichst ganz aus dem Weg.« Mrs. Ainthorp blickte ihm verächtlich nach. »Er ist immer hinter den jungen Dienstmädchen her und wird dabei auch schon mal handgreiflich. Ich habe versucht, dies Lord und Lady Blackenwell zu vermitteln, aber in ihren Augen ist es unvorstellbar, dass ein Gentleman so etwas tut.« Für einen Moment wirkte die strenge Haushälterin müde, und Victoria empfand fast so etwas wie Sympathie für sie. Doch diese verflog im nächsten Augenblick wieder. »Was hast du auch hier herumzustehen und die Gäste zu begaffen, Cathy!«, schnauzte sie. »Los, mach dich wieder an die Arbeit.«

Als Victoria wieder in die Spülküche kam, stapelte sich dort das Teegeschirr. Agnes stand an dem Holzbecken, die Arme bis zu den Ellbogen im Seifenwasser.

»Ich komme mir vor wie Sisyphos«, murmelte Victoria bitter, während sie die Ärmel ihres Kleides wieder hochkrempelte und die saubere Schürze an einen Haken hängte. »Kaum ist der eine Abwasch erledigt, steht schon der nächste an.«

»Wer ist Sisyphos?«, fragte Agnes und strich eine feuchte Haarsträhne aus ihrem Gesicht.

»Der Held einer antiken Sage. Als Strafe für irgendein Vergehen – ich habe vergessen, was er verbrochen hatte – war er dazu verdammt, einen schweren Stein einen Berg hinaufzuwälzen. Kaum hatte er den Stein bis zum Gipfel gebracht, rollte er schon wieder hinab. Deshalb ist eine Sisyphos-Arbeit eine Arbeit, die nie endet.«

»Cathy, du bist nicht glücklich als Spülmädchen, nicht wahr?« Agnes' Stimme klang teilnahmsvoll.

»Nein, ich könnte, äh ... kann mir nicht vorstellen, das jahrelang zu tun.« Victoria seufzte. Eigentlich konnte sie sich nicht vorstellen, diese Arbeit länger als eine Woche durchzuhalten.

»Deine Hände sind ja ganz aufgerissen.« Agnes wischte ihre Hände an ihrer blau-grau gestreiften Schürze trocken. Dann nahm sie Victorias Arm. Sie führte sie zu einer Bank, zog sie neben sich und holte ein Döschen aus ihrer Schürzentasche. »Nimm von meiner Salbe«, sagte sie freundlich. »Sie hilft wirklich, wenn die Haut gereizt ist.«

»Das ist sehr nett von dir.« Victoria lächelte Agnes dankbar an. Tatsächlich war die Haut an ihren Händen ganz rot und schmerzte. Doch bereits sie mit der Salbe zu bestreichen, brachte ihr Linderung.

»Es hilft nichts, sich gegen das eigene Schicksal aufzulehnen«, sagte Agnes nun sanft. »Das macht alles nur noch schlimmer.«

»Willst du denn wirklich dein ganzes Leben als Dienstbote verbringen?«, erkundigte sich Victoria.

»Ich habe nun einmal keine andere Wahl. Außer, dass ich vielleicht einen Mann finde, der mich heiraten will.«

»Aber du möchtest doch gern in einem Garten arbeiten ...«

»Ich habe dir ja schon einmal gesagt, als Frau steht mir dieser Weg nicht offen.« Agnes schüttelte den Kopf. »Und was du von diesem Ort in London erzählt hast, wo Frauen eine Ausbildung zur Gärtnerin machen können ... Das könnte ich mir niemals leisten ...«

»Vielleicht bietet Kew Gardens ja ein Stipendium an.«

Für einen Moment wurde Agnes' Blick ganz sehnsüchtig. Aber dann schüttelte sie wieder den Kopf. »Träumen nachzuhängen tut nur weh«, sagte sie, und das Leuchten in ihren großen blauen Augen erlosch.

»Ach, Agnes«, erwiderte Victoria, »ich finde im Gegenteil, man sollte für seine Träume kämpfen.« Ehe die junge Frau ihr antworten konnte, kam ein Diener in die Spülküche gestürzt. »Eben traf die Nachricht ein, dass der König und seine Eskorte in Kürze das äußere Torhaus erreichen werden«, rief er. »Alle Bediensteten sollen sich zusammen mit der Familie und den Gästen vor dem Gebäude versammeln.«

Nicht dass Großtante Hermione, Isabel oder Randolph mich doch noch bemerken!, durchfuhr es Victoria. Sie suchte nach einer Ausrede, in der Spülküche bleiben zu können. Aber Agnes fasste sie schon aufgeregt an der Hand und zog sie in die Küche, wo die Bediensteten bereits unter den strengen Blicken von Mr. Gravis und Mrs. Ainthorp Aufstellung genommen hatten.

»Nun denn ...«

Mr. Gravis rückte nervös seine Krawatte zurecht, dann riss er die Tür zum Wirtschaftshof auf und die Dienstbotenbrigade setzte sich gemessenen Schrittes in Bewegung.

Auf der Vorderseite des Gebäudes brachten der Butler und Mrs. Ainthorp die Dienstboten links vom Portal in Stellung. Victoria achtete darauf, hinter den Rücken zweier großer Diener verborgen zu bleiben, während Agnes neben ihr zappelig von einem Fuß auf den anderen trat. Ein angenehm frischer Wind wehte, der den Union Jack auf dem Dach des Torhauses flattern ließ. Keine einzige Wolke war am sonnigen Himmel zu sehen.

Das ist wohl das, was man in Deutschland unter Kaiserwetter versteht, ging es Victoria durch den Kopf. Von einer Gouvernante, die sie in der Sprache ihrer Mutter unterrichtet hatte, kannte sie diesen Ausdruck. Nun öffneten sich die Flügel des Portals, und die Familie Blackenwell trat heraus. Victoria erkannte den Marquess und auch seinen ältesten Sohn, Viscount Lawrence – diesen von Zeitungsfotos. Er war Anfang zwanzig, blond und gut aussehend und sah seiner Mutter, einer kleinen Frau mit sanften Gesichtszügen, ähnlich. Neben ihrem großen breitschultrigen Mann, dem Marquess, der den grauhaarigen Kopf mit dem Adlerprofil stolz erhoben hatte, wirkte sie unscheinbar. Außerdem gab es noch eine Tochter, die wohl jünger war als ihr Bruder und die ausgeprägten Gesichtszüge des Vaters geerbt hatte.

Falls der Viscount homosexuell war – und Victoria war fest entschlossen, die Wahrheit herauszufinden –, konnte sie sich nicht vorstellen, dass er Sir Francis umgebracht und die anderen Morde begangen hatte. Seinem Vater traute sie dies jedoch durchaus zu. Victoria duckte sich unwillkürlich, als jetzt ihre Großtante, Isabel und Randolph auf den Vorplatz traten und zusammen mit den anderen Gästen rechts von den Blackenwells Aufstellung bezogen. Doch trotz ihrer Angst, entdeckt zu werden, spähte sie zu ihrer Cousine und Randolph. Bildete sie sich das nur ein, oder wechselten die beiden gerade einen sehr vertrauten Blick? Großtante Hermione wirkte dagegen seltsam ärgerlich. Victoria kannte die steile Falte auf ihrer Stirn nur zu gut.

O nein … Beinahe hätte Victoria entsetzt aufgeschrien. Sie hatte sich etwas aus ihrer Deckung hervorgewagt und wich nun hastig zurück. Trotzdem kam es ihr so vor, als ob der junge Mann, der sich jetzt unter den Gästen einreihte, genau in ihre Richtung blickte. Es konnte einfach nicht wahr sein, dass sich auch Jeremy Ryder auf Blackenwell Manor befand. Ob er und der Commissioner wussten, dass sie sich hier aufhielt? Aber nein, das war unmöglich. In diesem Fall hätte der Commissioner sie bestimmt schon längst festnehmen lassen.

Laute Hurra-Rufe brachten Victoria wieder in die Gegenwart zurück. Agnes drückte ihre Hand und stellte sich auf die Zehenspitzen. Ein Rolls-Royce mit der königlichen Standarte fuhr, gefolgt von einem weiteren Rolls-Royce und einer Reihe von Kutschen, durch das Torhaus. Während die Automobile langsam die Auffahrt entlangrollten, stürzten die Diener vor, um die Türen aufzureißen, als der königliche Wagen stoppte. Der König stieg aus. Er trug einen Mantel mit einem Pelzkragen, einen Homburg auf dem Kopf und hielt eine brennende Zigarre in der Hand. Sein breites, bärtiges Gesicht war gerötet – wie auch während des Balls im Palast. Mit jovialem Lächeln musterte er das Empfangskomitee.

Die Männer verbeugten sich, und die Frauen versanken in einen tiefen Knicks. Als Victoria aus der knicksenden Stellung wieder hochkam und den Kopf hob, sah sie Inspector Armitage und drei weitere Männer aus dem Automobil steigen, das hinter dem königlichen Wagen angehalten hatte. Benommen verfolgte Victoria, wie der Marquess und seine Gattin den König begrüßten und ihn ins Haus geleiteten.

Nein, dachte sie niedergeschlagen, *solange sich der Inspector auf Blackenwell Manor aufhält, kann ich es nicht wagen, nachts im Haus umherzuschleichen.* Im Gegenteil – sie konnte froh sein, wenn er sie nicht auch so entdeckte.

Bedrückt nahm Victoria zusammen mit Agnes die Arbeit in der Spülküche wieder auf. Stetig wurden schmutziges Geschirr, Töpfe und Pfannen gebracht, denn die Vorbereitungen für das zehngängige Dinner liefen auf Hochtouren. Victoria versuchte, nicht daran zu denken, was nach dem Dinner für Berge von Porzellan und Gläsern auf sie zukommen würden. Ach, dass ausgerechnet Inspector Armitage den König begleiten musste. Und Jeremy Ryder weilte auch noch auf dem Landgut! Es kam ihr vor, als hätte sich alles gegen sie verschworen.

Agnes ließ das schmutzige Wasser aus dem Spülbecken ab, und Victoria nahm eine saubere, schwere Tonschüssel von einem der Abtropfgestelle, um sie abzutrocknen. Im nächsten Moment glitt sie ihr aus den Händen und zersprang auf dem Steinboden.

»Verdammt!«, entfuhr es Victoria.

»Ich dulde kein Fluchen bei meinem Personal!«, ließ sich Mrs. Ainthorps scharfe Stimme vernehmen. Die Haushälterin hatte ausgerechnet in diesem Moment die Spülküche betreten und baute sich nun vor Victoria auf. »Du kannst für dieses Wochenende noch auf Blackenwell Manor bleiben und du wirst auch einen Lohn bekommen. Aber danach wirst du deine Sachen packen und gehen. Du bist das ungeschickteste Spülmädchen, mit dem ich je zu tun hatte. Außerdem sehe ich dir doch an, dass du dir eigentlich für diese Arbeit viel zu gut bist.«

»Aber Mrs. Ainthorp, Cathy strengt sich wirklich an«, kam

ihr Agnes zu Hilfe. »Sie benötigt nur ein bisschen Zeit, um sich einzugewöhnen.«

»Ich dulde keinen Widerspruch!«, herrschte Mrs. Ainthorp sie an. »Und du«, sie wandte sich wieder Victoria zu, »wirst in den Küchengarten gehen und Mr. Convan um zwanzig Gurken bitten. Dabei wirst du hoffentlich keinen Schaden anrichten.«

»Ja, Mrs. Ainthorp«, zwang sich Victoria demütig zu sagen, während sie innerlich vor Wut kochte.

Erst als sie die Spülküche schon verlassen hatte und auf dem Wirtschaftshof stand, wurde ihr klar, dass ihr nun – da sie nach dem Wochenende entlassen würde – nur noch zwei Nächte blieben, um ihre selbst gestellte Aufgabe zu erfüllen. Wenn nicht ihr Aufenthalt auf Blackenwell Manor völlig umsonst gewesen sein sollte, musste sie in den nächsten beiden Nächten versuchen, das Arbeitszimmer des Marquess und das Schlafzimmer des Viscounts zu durchsuchen.

Victoria fand Mr. Convan, den Obergärtner, in dem Orchideengewächshaus, wo er Rispen und einzelne Blüten der kostbaren Blumen abschnitt. Für den König mussten natürlich auch der Tischschmuck und die Blumendekorationen auf den Zimmern exquisit sein. Mr. Convan war ein gelassener, bärtiger Mann Anfang sechzig, und Victoria konnte verstehen, dass Agnes Vertrauen zu ihm gefasst hatte. Nachdem sie ihren Auftrag ausgeführt hatte, wollte sie wieder zum Haus zurückkehren. Doch aufgewühlt, wie sie war, verließ sie den ummauerten Bereich um die Gewächshäuser durch die falsche Tür und fand sich plötzlich vor einer uralten, sehr hohen Eibenhecke wieder, die wellenförmig beschnitten war. Victoria wollte gerade wieder umkehren, als sie hinter sich Frauenstimmen hörte. Möglicherweise führte die Hausherrin die weiblichen Gäste durch die Blumengewächshäuser, was immer ein beliebter

Wochenendzeitvertreib war. Da Victoria es auf gar keinen Fall riskieren wollte, ihrer Großtante und Isabel zu begegnen, hastete sie an der Hecke entlang, bis sie einen Durchgang erreichte. Dahinter lag der Park.

Vor Victoria befand sich ein kleiner See, dessen Ufer von großen Farnen und Riesenrhabarberstauden umgeben war. Von dem See aus erstreckte sich eine Wiese, auf der Rhododendronbüsche wuchsen, einen Hügel hinauf zum Haus. Und vor einem dieser Büsche – Victoria war so verblüfft, dass sie nicht weiterging – standen Großtante Hermione und Isabel und stritten. Sie waren zu weit entfernt, als dass Victoria sie hätte verstehen können, aber ihre Körpersprache war eindeutig. Ihre Großtante war in der Offensive, und Isabel verteidigte sich. Nun schlug sie sogar die Hände vors Gesicht und begann zu weinen.

Meine sonst so tadellose Cousine hat sich etwas zuschulden kommen lassen, begriff Victoria überrascht. Schritte aus der entgegengesetzten Richtung schreckten sie auf. Als sie den Kopf wandte, sah sie Jeremy um den See kommen. Hastig versteckte Victoria sich hinter den Farnen.

Ob er mich gesehen hat?, fragte sie sich voller Angst. Sie wagte kaum zu atmen, während sie zwischen den Pflanzen hindurchspähte. Doch nein, Jeremy setzte seinen Weg ruhig fort. Gleich darauf ging er so dicht an ihr vorbei, dass sie ihn hätte berühren können, wenn sie den Arm nach ihm ausgestreckt hätte.

Spät in der Nacht schlüpfte Victoria in eine Hose, einen Woll-Sweater und Schuhe mit Gummisohlen. Sie löschte die Kerze neben ihrem Bett und schlich zur Speichertür. Vorsichtig öffnete sie diese einen Spaltbreit, lugte in den Gang und horchte.

Als sie sich vergewissert hatte, dass alles ruhig war, huschte sie nach draußen und dann zur Hintertreppe. Sie hatte sich die Wege, die sie nehmen musste, genau eingeprägt. Flure und Treppenhäuser auf Blackenwell Manor waren verwinkelt und überdies dunkel, da die Gebäude noch nicht mit Elektrizität ausgestattet waren und auf den Hintertreppen wegen der Feuergefahr so spät in der Nacht kein Gaslicht mehr brannte. Wegen der Wachleute im Haus wagte sie es nicht, ihre Taschenlampe auf den Fluren zu benutzen.

Es war vier Uhr morgens. Erst gegen drei Uhr waren die letzten Gäste zu Bett gegangen, und so lange waren sie und Agnes in der Spülküche beschäftigt gewesen. Während der einen Stunde, die sie gewartet hatte, bis das Haus zur Ruhe gekommen war, war sie auf dem Kofferspeicher auf und ab gegangen. Todmüde, wie sie war, hatte sie gefürchtet, sofort einzuschlafen, sobald sie sich irgendwohin setzte. Zumindest hielt sie nun die Aufregung wach. Mehr als eine Stunde Zeit würde sie nicht haben, um das Arbeitszimmer des Marquess zu durchsuchen. Dann würde ihr Arbeitstag als Spülmädchen wieder beginnen.

Nachdem Victoria einen schmalen Korridor, an dem Vorratsräume lagen, durchquert und sich eine weitere Hintertreppe hinaufgetastet hatte, erreichte sie den breiten Gang, an dem das Arbeitszimmer des Marquess und die Bibliothek lagen. Sie hatte etwa die Hälfte des Weges zurückgelegt, als eine Tür geöffnet wurde und Licht aus dem Raum fiel. Panisch blickte Victoria sich um. Ganz in ihrer Nähe befand sich ein Fenster, vor dem lange Samtvorhänge hingen. Hastig schlüpfte sie dahinter. Das Gemurmel von Männerstimmen drang an ihr Ohr. Ein atemloses, ja zärtliches Flüstern. Vorsichtig spähte Victoria hinter dem Vorhang hervor, sodass sie auf den Gang sehen konnte. Sie erhaschte einen Blick auf den Viscount, der einen anderen Mann in Abendgarderobe – offenbar einen der Gäste – umarmte und küsste. Einen Moment später hatten sich die beiden Männer voneinander gelöst und gingen, als wäre nichts geschehen, ihrer Wege.

Also ist der Viscount tatsächlich homosexuell, begriff Victoria. Sie wartete noch einige Minuten. Dann verließ sie ihr Versteck und schlich zum Arbeitszimmer des Marquess.

SIEBENUNDZWANZIGSTES KAPITEL

Ich muss dem Commissioner melden, dass sich Victoria Bredon auf Blackenwell Manor aufhält, dachte Jeremy Ryder. *Eigentlich hätte ich dies schon vor Stunden tun müssen.* Er saß in einem Sessel in seinem Gästezimmer. Auf dem Nachttisch brannte eine Kerze. In der Fensterscheibe sah er das Spiegelbild seines Gesichts. Dahinter breitete sich der nächtliche Park aus. Er war dunkel, bis auf das Licht, das aus einigen Fenstern des Seitenflügels fiel, in dem Seine Majestät, der König, und dessen Bedienstete untergebracht waren.

Als Jeremy am Nachmittag Victoria unter den Bediensteten entdeckt hatte, hatte er noch geglaubt, einer Halluzination zu erliegen. Doch als er sie später im Park gesehen hatte, war ihm klar geworden, dass die junge Frau im schwarzen Dienstmädchenkleid mit dem Häubchen auf dem Kopf wirklich sie war und er sich nicht getäuscht hatte. Es hatte ihn all seine Selbstbeherrschung gekostet, an ihr vorbeizugehen und ihr vorzuspielen, sie nicht bemerkt zu haben.

Scotland Yard und die Geheimabteilung, für die er arbeitete, hatten ziemlich schnell herausgefunden, dass es sich bei dem Toten, der in der Nähe von Sir Francis' Landgut in einem Teich gefunden worden war, um den Privatdetektiv Thomas Marchmain handelte. Weitere Ermittlungen hatten zutage gebracht, dass Marchmain den Sohn und Erben des Marquess observiert hatte und dass der Viscount homosexuell war, weshalb der

Commissioner seine Kontakte hatte spielen lassen. Auf diese Weise war Jeremy als Hofberichterstatter nach Blackenwell Manor eingeladen worden. Noch nicht einmal Inspector Armitage wusste, wer er wirklich war. Unter einem Vorwand sollte Jeremy seinen Aufenthalt verlängern und nach Beweisen dafür suchen, dass der Marquess tatsächlich von Sir Francis erpresst worden war. Was Victoria ja schon nach dem Ball im Palast vermutet hatte und der Commissioner erst nicht hatte glauben wollen.

Jeremy hatte schon seine Pflicht verletzt, als er Sir Arthur gegenüber verschwiegen hatte, dass sich Victoria auf Ivy Manor aufgehalten hatte – und zwar just, als die Leiche Marchmains gefunden worden war. Wobei Jeremy davon ausging, dass sie dort Nachforschungen hatte anstellen wollen. *Du hast einen Eid abgelegt. Du darfst deine Gefühle nicht über deine Pflicht stellen,* sagte er sich.

Er beschloss, sich am Morgen in aller Frühe ins Dorf fahren zu lassen und endlich ein Telegramm an den Commissioner aufzugeben, auch wenn es ihm noch so sehr widerstrebte.

Während des Dinners hatte er beobachtet, dass der Duke of Montague mit Lady Isabel Bredon geflirtet hatte. Ob Victoria davon wusste? Er erinnerte sich noch gut daran, wie verliebt in Randolph Victoria während des Dinners auf Ivy Manor gewirkt hatte – und wie eifersüchtig er damals auf den Herzog gewesen war.

»Ich gehe kurz in den Park«, sagte Agnes zu Victoria. »Die Nacht ist so schön. Aber ich bin rechtzeitig wieder hier. Du musst nicht fürchten, dass ich dich mit der Arbeit allein lasse.«

»Daran hatte ich auch keine Zweifel.« Victoria gähnte und

rang sich trotz ihrer Müdigkeit ein Lächeln ab. Ein weiterer Tag voller endloser Plackerei lag hinter ihnen. Mittlerweile war das Dessert im Speisesaal serviert worden, und Mrs. Ainthorp und der Butler hatten dem Küchenpersonal eine Pause gegönnt. Agnes huschte aus der Tür. Während Victoria sich auf einen Stuhl sinken ließ, dachte sie wieder einmal, dass die junge Frau nach draußen in die Natur gehörte und nicht in eine düstere, feuchtwarme Spülküche.

In der vergangenen Nacht hatte Victoria den Schreibtisch des Marquess durchsucht, dabei aber nichts entdeckt, was auf eine Erpressung durch Sir Francis hingewiesen hätte. Es gab noch einen Schrank, in dem der Marquess Briefe und Unterlagen aufbewahrte, aber darauf hatte sie nur einen kurzen Blick werfen können, ehe das Haus erwacht war. Diesen Schrank wollte sie sich in der kommenden Nacht vornehmen. Möglicherweise bewahrte der Marquess belastende Unterlagen auch in einem Safe auf, und ihr Aufenthalt auf Blackenwell Manor war völlig umsonst. Victoria beschloss, nicht weiter über diese Option nachzugrübeln. Ebenso wenig, wie sie sich vorstellen wollte, dass Randolph und Isabel nebeneinander an der festlich gedeckten Tafel saßen und miteinander flirteten.

Nein, es kann nicht sein, dass Randolph mich so hintergeht, dachte Victoria. Für einen Moment befand sie sich wieder in ihrem Schlafzimmer auf Ivy Manor. Sie lag mit Randolph im Bett. Es gab nur sie und ihn, ihr wild klopfendes Herz und ihr Verlangen, sich ihm hinzugeben.

Victoria schreckte hoch. Sie stellte fest, dass ihr der Kopf auf die Brust gesunken und sie eingenickt war.

Am besten ist, ich gehe auch kurz in den Park hinaus, um wieder wach zu werden, beschloss sie. *Sonst schlafe ich gleich noch im Stehen am Spülbecken ein.*

Die Nacht war wirklich schön, wie Victoria gleich darauf feststellte, als sie auf den Wirtschaftshof hinaustrat. Ein fast voller Mond stand am sternenklaren Himmel und übergoss das Gebäude und den Park mit seinem silbrigen Licht. Überdies war es recht warm. Ohne ein bestimmtes Ziel ging sie weiter. Als sie die Wiese erreichte, die sich vom Haus zum See hinunter erstreckte, konnte sie den hell erleuchteten Speisesaal sehen. Nur noch die Damen hielten sich darin auf. Victoria erhaschte einen Blick auf Großtante Hermione, die mit einer anderen Dame plauderte. Isabel konnte sie nirgends entdecken.

Da auch in der Bibliothek Licht brannte, vermutete Victoria, dass sich der König und die Herren inzwischen dorthin zurückgezogen hatten, um zu rauchen. Nun bemerkte sie einen Mann, der auf der Terrasse auf und ab ging. Wahrscheinlich ein Polizist. Hastig zog sie sich in den Schatten eines der großen Rhododendronbüsche zurück. Es war wohl besser, wenn sie durch den Blumen- und Küchengarten zum Haus zurückkehrte. Sonst bemerkte sie der Polizist noch auf der vom Mond beschienene Wiese.

Victoria lief weiter zum See, wobei sie wieder darauf achtete, sich möglichst im Schatten zu halten. Übermüdet, wie sie war, erschienen ihr die mächtigen Farne und die riesigen Rhabarberstauden wie auch die uralte Eibenhecke im silbrigen Licht wie ein unheimlicher Märchenwald. Ein Stück vor ihr zeichnete sich der Durchgang in der Hecke klar umrissen ab. Sie hatte ihn fast erreicht, als sie Stimmen aus dieser Richtung hörte. Auf der Hut, blieb sie stehen und lauschte. Nicht dass sich dort ebenfalls Polizisten befanden!

»Oh, bitte, bitte, lassen Sie mich los«, jammerte nun eine Frau.

»Stell dich nicht so an! Im Grunde genommen macht es dir doch Spaß«, zischte der Mann.

»Nein, bitte …« Die Frau schluchzte auf.

Agnes …

Victoria stürzte los. Im Durchgang stolperte sie über einen Ast und fiel. Ohne nachzudenken, hob sie ihn auf.

»Halt still, du kleines Flittchen«, fauchte der Mann.

Es war Helmsley. Ein Klatschen ertönte wie von einer Ohrfeige. Dann noch einmal. Agnes weinte leise. Victoria hatte nun die andere Seite der Hecke erreicht. Im Mondenschein sah sie klar umrissen wie die Figuren in einem Schattenspiel Helmsley, der Agnes mit seinem Körper gegen die Hecke drückte. Mit der einen Hand hielt er ihr den Mund zu, während er sich mit der anderen an seiner Hose zu schaffen machte.

»Lassen Sie sie sofort los!«, rief Victoria und hieb ihm den Ast mit aller Kraft über den Rücken.

Er wirbelte zu ihr herum. Seine Finger berührten ihre Schulter. Sie versuchte ihm auszuweichen, doch er bekam ihren Arm zu fassen. Instinktiv vollführte Victoria eine Drehung. Helmsley geriet aus dem Gleichgewicht und stürzte zu Boden. Mit einem Wutschrei wollte er sich erheben, Victoria schlug noch einmal mit dem Ast nach ihm. Sie traf seinen Kopf, und er brach mit einem erstickten Laut zusammen.

»He, Arthur, wo treibst du dich denn herum?«, hörte sie nun einen Mann auf der anderen Seite der Hecke rufen. »Wir benötigen noch jemanden für eine Partie Bridge.«

»Agnes, wir müssen weg hier«, flüsterte Victoria panisch. Doch Agnes schluchzte nur und rührte sich nicht. Victoria fasste nach ihrer Hand und zog sie hinter sich her, den schmalen Weg zwischen der Mauer des Blumengartens und der Hecke entlang. Zu ihrer unendlichen Erleichterung war die Tür in der Mauer nicht abgeschlossen. Sie zerrte Agnes in den Garten mit den Gewächshäusern. Erst als sie den Küchengarten erreicht hatten, wagte Victoria, stehen zu bleiben und die junge Frau in den Arm zu nehmen. Das Mondlicht spiegelte sich auf den Glasscheiben der Frühbeete, ließ sie wirken wie mit Raureif überzogen. »Agnes, hat er dich ...?« Ihre Stimme brach.

»Nein, du bist mir gerade noch rechtzeitig zu Hilfe gekommen.« Agnes wurde von einem Weinkrampf geschüttelt und klammerte sich an Victoria. Während Victoria sie festhielt, überschlugen sich ihre Gedanken. Die Polizei und die Blackenwells würden Agnes niemals glauben, dass Helmsley versucht hatte, sie zu vergewaltigen, selbst wenn sie, Victoria, dies bezeugte ... Agnes würde ihre Stelle verlieren ... Und, o Gott ... Sie konnte ja ohnehin keine Aussage gegenüber der Polizei machen, denn dies würde sie höchstwahrscheinlich direkt in die Fänge von Inspector Armitage führen ... »Es geht mir schon wieder besser.« Agnes ließ sie los und wischte sich die Tränen vom Gesicht. »Ich muss eine andere Bluse anziehen, denn er ... der Mann ... er hat diese zerrissen. Kannst du mich solange Mrs. Ainthorp gegenüber decken?«

»Ja, natürlich.« Victoria nickte. Was war das nur für eine Welt, in der Männer wie Helmsley Frauen wie Agnes ungestraft Gewalt antun durften? Zornig und traurig zugleich eilte sie zusammen mit ihr zurück zum Haus.

Zu Victorias Erleichterung hielt sich niemand in der Spülküche auf. Erst jetzt, bei Licht, war wirklich zu erkennen, wie schlimm Agnes zugerichtet war. Ihre Wangen waren von Helmsleys Schlägen gerötet und geschwollen. Ihre Bluse war völlig zerrissen, und in ihrem Haar hingen Zweige und Nadeln von der Eibenhecke, in die er sie gedrückt hatte. Victoria strich ihr noch einmal beruhigend über den Rücken und begleitete sie bis zur Hintertreppe. Danach kehrte sie in die Spülküche zurück. Müde lehnte sie sich gegen das Holzbecken. An der Wanduhr konnte sie ablesen, dass noch nicht einmal eine halbe Stunde verstrichen war, seit sie in den Park gegangen war.

Noch immer empfand Victoria hilflosen Zorn. Wenn Agnes Helmsley beschuldigte, würde er einfach behaupten, dass sie sich ihm gern hingegeben und danach Panik bekommen hätte. Sie würde die Sünderin sein und bestraft werden.

Mit einem Ohr registrierte Victoria, dass in der angrenzenden Küche die Gespräche verstummten und hastiges Stühlerücken zu hören war. Wahrscheinlich hatten Mrs. Ainthorp oder Mr. Gravis den Raum betreten. Tatsächlich ertönte nun die Stimme des Butlers.

»Ich habe Ihnen leider eine bestürzende Mitteilung zu machen. Ein Gast wurde im Park überfallen und niedergeschlagen. Es steht zu befürchten, dass er einem Attentäter begegnete, der Seine Majestät, den König, als Opfer auserkoren hat. Scotland Yard wird das Haus durchsuchen. Sie alle werden sich im Gesindespeiseraum für Fragen bereithalten.«

Es ist doch nicht zu fassen, dass Helmsley die Dreistigkeit besitzt zu behaupten, er sei überfallen worden, dachte Victoria. Wenn sie nicht so zornig gewesen wäre, hätte sie gelacht. Erst im nächsten Moment begriff sie, was dies wirklich für sie bedeutete – bei der Befragung würde Inspector Armitage sie ganz bestimmt entdecken.

»Agnes, Cathy, kommt sofort her!«, hörte sie Mrs. Ainthorp ungeduldig rufen.

Schritte näherten sich der Spülküche. Victoria erwachte aus ihrer Erstarrung und rannte zur Tür, die zur Hintertreppe führte. Sie hatte sie kaum hinter sich zugezogen, als sie Mrs. Ainthorp, nun in der Spülküche, noch einmal ihre Namen rufen hörte. Ob sie vielleicht durch den Hintereingang nach draußen entkommen konnte? Doch nein, durch die Glasscheibe oben in der Tür sah sie die Silhouette eines Mannes. Der Eingang wurde bewacht.

Victoria wandte sich zur Treppe um und hetzte die Stufen hinauf. Sie hatte keinen Plan, wo sie sich verstecken wollte oder wie sie aus dem Gebäude entkommen konnte. Sie rannte einfach blindlings weiter. *So muss sich ein Fuchs fühlen, der vor einer Hundemeute flieht,* schoss es ihr durch den Sinn. *Großtante Hermione wird mich bei lebendigem Leib in Stücke reißen, wenn sie erfährt, dass ich mich als Spülmädchen hier eingeschmuggelt habe.*

Sie hatte fast den zweiten Stock erreicht, als sich von oben schwere Schritte näherten. Sie überlegte, wieder nach unten zu rennen. Doch auch von dort kam jetzt jemand die Stufen hinauf. Panisch hastete Victoria zum nächsten Treppenabsatz und riss die Tür dort auf. Verwirrt registrierte sie, dass sie sich auf dem Flur mit den Gästezimmern befand. Sie eilte ihn entlang, doch als sie den Kopf wandte, sah sie, dass sich die Klinke der Tür zur Hintertreppe bewegte. Auch aus der Richtung des großen Treppenhauses näherte sich jemand.

Ohne zu überlegen, öffnete sie die Tür eines der Gästezimmer, schlüpfte hinein und zog sie leise hinter sich zu. Eine kleine Lampe auf einer Kommode verbreitete ein schwaches Licht. Zuerst dachte Victoria, niemand würde sich in dem Zimmer aufhalten. Doch nun hörte sie vom Himmelbett her ein unterdrücktes Stöhnen. Zwei Körper bewegten sich rhythmisch unter den Decken. Victoria hatte eben begriffen, dass dort zwei Menschen miteinander intim waren, als sich die unten liegende Frau aufbäumte. Ihre Hände krallten sich in den nackten Rücken des Mannes, sie schrie auf. Langes blondes Haar fiel um ihr vor Ekstase verzerrtes Antlitz. Victoria erstarrte.

Isabel …

Auch der Mann keuchte nun lustvoll auf. Er war ebenfalls blond. Im Spiegel der Frisierkommode sah Victoria Randolphs Gesicht.

Victoria wich zurück. Ihr wurde übel. Sie fühlte den Türgriff in ihrer Hand, und ohne nachzudenken, stolperte sie in den Flur. Erst als sie wenige Meter von sich entfernt den Rücken eines Mannes sah, erinnerte sie sich wieder daran, dass ja die Polizei das Gebäude durchsuchte. Im nächsten Moment legte sich eine Hand auf ihren Mund, und sie wurde in ein Zimmer gezogen. Victoria versuchte, sich mit einem Jiu-Jitsu-Griff zu befreien. Immer noch völlig durcheinander bemerkte sie eine Schreibmaschine auf einem Schreibtisch. Auch die Ledertasche, die daneben auf dem Boden lag, kam ihr irgendwie bekannt vor.

»Mein Gott, geben Sie doch Ruhe! Ich will Ihnen doch helfen«, raunte Jeremy Ryder gereizt. »Wenn Sie mir versprechen, weder zu schreien noch auf mich loszugehen, lasse ich Sie los.«

Als Victoria benommen nickte, trat Jeremy Ryder zurück. »Seit wann wissen Sie …?«, brachte Victoria hervor.

»Dass Sie in Schwierigkeiten stecken?« Er lächelte grimmig. »Nun ja, seit klar war, dass Armitage und seine Leute das Haus durchsuchen würden. Ich machte mich auf den Weg zum Gesindespeiseraum, doch dort waren Sie nicht. Ich ging davon aus, dass Sie versuchen würden, über die Hintertreppe zu entkommen, und sah Sie im Nachbarzimmer verschwinden.«

»Nein, ich meinte, seit wann wissen Sie, dass ich hier bin?«

»Seit gestern Nachmittag. Ich dachte noch, ich hätte mich geirrt, als ich Sie unter den Bediensteten entdeckte. Doch dann am See im Park habe ich Sie erkannt.«

Victoria wollte Jeremy fragen, warum er sie nicht verraten hatte. Doch ein Klopfen an der Tür ließ sie beide zusammenzucken.

»Verstecken Sie sich irgendwo«, zischte Jeremy ihr zu. Victoria wich zurück. Der Kleiderschrank stand offen. Ihr fiel wieder ein, dass Jeremy auf Ivy Manor eine Pistole zwischen den Hemden aufbewahrt hatte. Nein, sie traute ihm nicht. Sie griff zwischen die Hemden, bekam das Lederetui mit der Waffe darin zu fassen, dann schlüpfte sie in den Schrank und zog die Tür hinter sich zu.

»Sir«, hörte sie Inspector Armitage sagen, »verzeihen Sie, dass ich Sie störe. Aber wir müssen uns vergewissern, dass sich niemand in den Gästezimmern versteckt hält.«

»Ich habe mich selbst schon genau umgesehen«, erwiderte der Journalist. »Schließlich möchte ich nicht von einem Attentäter überrascht und niedergeschlagen werden. Ich kann Ihnen versichern, dass sich außer mir niemand hier aufhält.«

»Wenn Sie das sagen, Sir, glaube ich Ihnen«, erklang wieder die Stimme des Inspectors.

Die Zimmertür schlug zu. Victoria schob das Etui mit der Waffe in ihre Schürzentasche und stieg aus dem Schrank. Jeremy stand an der Tür und lauschte. Eine Weile warteten sie angespannt und schweigend, während sich Victoria wieder fragte, was Jeremy Ryder eigentlich vorhatte. Schließlich öffnete er die Tür und spähte hinaus.

»Armitage hat den Flur verlassen«, flüsterte er. »Kommen Sie, ich bringe Sie weg von hier.«

»Und wie wollen Sie das bewerkstelligen? Darf ich Sie daran erinnern, dass das Gebäude bewacht wird?«

»Vertrauen Sie mir einfach.« Er grinste. »Fürs Erste klammern Sie sich einfach an mich und verbergen Ihren Kopf an meiner Brust.«

»Und warum sollte ich das tun?«, fragte Victoria misstrauisch.

»Damit ich behaupten kann, Sie seien ein völlig verschrecktes Dienstmädchen, das ich auf dem Gästeflur gefunden hätte und nun sicher in den Gesindespeiseraum bringen würde.«

»Gut, ich habe Ihren Plan verstanden«, gab Victoria nach.

Noch ein wenig zögerlich ging sie zu dem jungen Mann. Er legte seinen Arm um sie, und sie verbarg ihr Gesicht an seiner Brust. So durchquerten sie den Flur und liefen dann die Treppe zur Halle hinunter. Einmal begegneten sie einem von Armitages Leuten, wie Victoria feststellte, als sie unter ihrem Haar hervorlugte, doch er erkannte Jeremy Ryder als einen Gast und ließ sie ohne Weiteres passieren.

Die Obrigkeitshörigkeit der Polizei hat manchmal auch ihr Gutes, dachte Victoria bissig. Als sie die Halle erreicht hatten, hob sie vorsichtig den Kopf, nur um ihn gleich wieder an Jeremy Ryders Brust sinken zu lassen, denn durch das Fenster neben dem Portal sah sie einen Mann vor dem Gebäude auf und ab gehen.

»Da draußen ist jemand«, flüsterte sie.

»Das habe ich auch nicht anders erwartet. Stellen Sie sich neben die Eingangstür.«

»Was haben Sie vor?«

»Können Sie nicht einfach einmal tun, was man Ihnen sagt?« Jeremy Ryder stöhnte ungeduldig.

»Schon gut …« Victoria huschte neben die große Tür, während Jeremy Ryder einen der Flügel aufzog. »Ich habe vom oberen Stockwerk jemand in den Park rennen sehen«, keuchte er aufgeregt.

»Tatsächlich, Sir?«, antwortete der Polizist. »In welche Richtung?«

»Zum See hin …«

»Danke, Sir, ich werde den Inspector verständigen.« Der Polizist rannte ins Haus, ohne Victoria zu bemerken. Jeremy Ryder fasste sie an der Hand und zog sie nach draußen. Während sie zu den Wirtschaftsgebäuden liefen, hörte Victoria Trillerpfeifen schrillen.

Sie kam erst wieder richtig zu sich, als Jeremy Ryder das Tor einer Remise öffnete. In der Dunkelheit konnte sie die schattenhaften Umrisse einiger Kutschen und zwei große glänzende Automobile ausmachen. Undeutlich nahm sie wahr, dass Jeremy sich einem der Wagen näherte und eine Kurbel drehte. Ein Motor erwachte donnernd zum Leben.

»Setzen Sie sich in das Auto!«, befahl er. Victoria war so verblüfft, dass sie widerspruchslos gehorchte. Gleich darauf schwang sich Jeremy neben ihr auf den Fahrersitz und fuhr los.

Erst als sie das innere Torhaus passierten, registrierte Victoria die königliche Standarte auf der Motorhaube.

»Sie haben einen der Rolls-Royce des Königs gestohlen«, murmelte sie fassungslos.

»Andere Wagen gab es nicht, und dazu, eine Kutsche anzuschirren, blieb nun wirklich keine Zeit.« Jeremy warf ihr einen Blick von der Seite zu, während er das Automobil weiter die lange dunkle und von Bäumen bestandene Auffahrt entlanglenkte. »Außerdem habe ich den Rolls nicht gestohlen, sondern nur ausgeliehen.«

Sie fuhren eine schmale Küstenstraße entlang. Unter ihnen breitete sich das Meer aus, eine dunkel schimmernde Fläche mit einer hellen Bahn, wo sich der Mondschein spiegelte. Trotz des Motorengeräuschs war das Donnern der Brandung zu hören. Auf der anderen Seite erstreckten sich Felder. Die vom Wind gekrümmten Bäume wirkten in dem diffusen Licht auf Victoria wie Fabelwesen. Vor dem äußeren Torhaus hatte Jeremy ihr befohlen, sich auf den Sitz zu legen. Was sie erneut widerspruchslos getan hatte. Die königliche Standarte am Wagen hatte bewirkt, dass der Polizist, der an dem Tor Wache hielt, sie sofort passieren ließ.

Die Erlebnisse dieser Nacht, auch dass sie Randolph mit Isabel im Bett ertappt hatte, erschienen Victoria wie ein wirrer Traum. Die Erkenntnis, dass Randolph sie belogen und hintergangen hatte, würde sie bald furchtbar schmerzen. Aber noch war dies irreal und nicht wirklich zu ihr durchgedrungen. Jeremy Ryder hatte sie ebenfalls belogen. Sicher, er hatte ihr zur Flucht vor Inspector Armitage verholfen. Aber möglicherweise hatte er dies nur getan, um sie dem Commissioner oder einem anderen schlimmen Schicksal auszuliefern. Victoria konnte allmählich wieder klar denken. Und sie war nicht gewillt, Jeremy Ryder zu vertrauen, ehe sie nicht wusste, wer er in Wirklichkeit war.

Sie schob ihre Hand in die Schürzentasche und löste vorsichtig den Verschluss des Lederetuis. Dann zog sie die Waffe heraus und richtete die Mündung auf den jungen Mann.

»Ich möchte wissen, wer Sie sind und was für ein Spiel Sie treiben, Mr. Ryder«, sagte sie. Zu ihrer eigenen Verwunderung klang ihre Stimme ganz ruhig.

Jeremy Ryder zuckte zusammen, und der Rolls geriet ein wenig ins Schlingern. »Miss Bredon … Victoria, ich muss Sie darauf aufmerksam machen, dass die Pistole geladen ist«, erwiderte er, nachdem er den Wagen wieder unter Kontrolle gebracht hatte.

»Das weiß ich, und ich habe die Pistole entsichert. Versuchen Sie also nicht, sie mir zu entreißen. Halten Sie dort vorne an.« Victoria wies mit dem Kopf auf eine Ausbuchtung am Straßenrand.

»Wie Sie möchten …«

Jeremy Ryder steuerte den Wagen vorsichtig an die Stelle und schaltete den Motor aus. Als Victoria aus dem Seitenfenster blickte, sah sie direkt unter sich einen Steilfelsen, der zum Meer abfiel. Die Gischt bildete einen feinen silbrigen Nebel. Sie ignorierte das flaue Gefühl in ihrem Magen und hielt die Pistole weiter auf Jeremy gerichtet.

»Ich weiß, dass Sie kein Journalist sind, Mr. Ryder. Und ich bin davon überzeugt, dass Sie den Commissioner nicht wegen eines Freundes aufsuchten, der in Schwierigkeiten steckte. Also versuchen Sie nicht, mich wieder anzulügen. Und legen Sie bitte die Hände auf das Lenkrad.«

»Wenn Sie das unbedingt wollen …« Jeremy Ryder seufzte und gehorchte ihrem Befehl. »Ich bin Journalist und arbeite für den *Spectator.* Aber Sie haben recht, ich habe Sie belogen. Denn ich arbeite auch für eine geheime Abteilung von Scotland Yard.«

»Was ist das für eine Abteilung?«

»Ein Geheimdienst. Ich gehöre zu einem Team, dessen Aufgabe es ist, Spione, die in England tätig sind, zu enttarnen und zu beobachten. Sir Arthur hat diese Abteilung gegründet und leitet sie. Außer dem Innenminister weiß kaum jemand, dass sie existiert. Auch innerhalb von Scotland Yard kennt uns niemand. Deshalb konnte ich Ihnen auch nicht verraten, wer ich bin.«

Victoria benötigte einen Moment, um diese Neuigkeit wirklich zu verstehen. »Aber warum haben Sie mich dann über den Mord an Sir Francis und die anderen Morde ausgehorcht?«, fragte sie schließlich.

»Weil wir befürchteten, dass ein Spion Sir Francis tötete, um an die Informationen zu gelangen, die er über Mitglieder der Oberschicht und des Adels gesammelt hatte. Sehr viele Menschen wären auf diese Weise von ausländischen Mächten erpressbar gewesen. Mit schlimmen Folgen für die Sicherheit dieses Landes. Mittlerweile haben wir unsere Zweifel, dass ein Spion für die Morde verantwortlich ist. Aber anfangs sah es ganz danach aus. Deshalb streute Sir Arthur den Verdacht, dass politisch Radikale Sir Francis umgebracht hätten. Wir wollten den Täter in Sicherheit wiegen und ihn dazu bringen, unvorsichtig zu werden.«

»Also hatte ich von Anfang an recht damit, dass der Commissioner von dem wahren Täter ablenken wollte«, sagte Victoria langsam.

»Ja, allerdings.« Jeremy Ryder grinste. »Worüber der Gute nicht sehr erfreut war.« Gleich darauf wurde er wieder ernst. »Victoria, ich hoffe, Sie gestatten mir diese vertrauliche Anrede, es tut mir sehr leid, dass ich Sie hintergangen habe. Aber ich musste Sir Arthur einfach mitteilen, was Sie und Ihr Butler herausgefunden haben. Noch dazu, da Sie viel besser ermittelten als Inspector Armitage und seine Leute.« Sein Bedauern klang ehrlich.

»Haben Sie dem Commissioner eigentlich verraten, dass Hopkins und ich auf Ivy Manor waren?«

»Nein, das habe ich nicht. Obwohl ich es hätte tun müssen.« Jeremy Ryder seufzte wieder. »Und ich habe Sir Arthur bislang auch nicht darüber informiert, dass Sie sich undercover auf Blackenwell Manor eingeschmuggelt haben. Ich nehme an, Sie haben inzwischen herausgefunden, dass der Viscount homosexuell ist?«

»Ja.« Victoria nickte.

»Aber auch wenn Sie mich jetzt gleich erschießen werden – ich muss dem Commissioner mitteilen, dass ich Ihnen zur Flucht verholfen und mir ein Automobil des Königs ... nun ja ... ausgeliehen habe. Ich kann nicht länger für ihn arbeiten und ihn belügen beziehungsweise ihm wichtige Dinge vorenthalten.«

»Das verstehe ich«, erwiderte Victoria leise. »Wird Sir Arthur Sie entlassen?«

»Davon gehe ich aus.«

»Das tut mir sehr leid.«

»Ich weiß Ihr Mitgefühl wirklich zu schätzen.« Jeremy Ryder hob die Augenbrauen. »Aber ich wäre Ihnen sehr verbunden, wenn Sie nicht länger die Pistole auf mich gerichtet hielten. Dabei fühle ich mich nämlich wirklich sehr unwohl.«

»Oh, natürlich ...« Hastig sicherte Victoria die Pistole. Sie steckte sie wieder in das Lederetui und legte sie auf das Armaturenbrett.

»Vielen Dank ... Nur aus Interesse ... Woher wussten Sie eigentlich, dass ich eine Pistole habe?«

»Ich habe Ihr Zimmer auf Ivy Manor durchsucht.« Victoria schluckte, fügte dann jedoch mit fester Stimme hinzu: »Wofür ich mich jetzt nicht entschuldigen werde. Ich hatte schließlich Grund, Ihnen zu misstrauen.«

»Da muss ich Ihnen zustimmen.«

Jeremy Ryder lehnte sich auf dem Sitz zurück. Einen Augenblick schwiegen sie, hörten nur die Brandung in der Stille.

»Was werden Sie jetzt tun?«, fragte Victoria schließlich kleinlaut. Der junge Mann konsultierte seine Taschenuhr. »Ich werde Sie nach St. Austell fahren, wo Sie den Frühzug nach London nehmen können. Ich selbst werde nach Blackenwell Manor zurückkehren. Sonst vermutet Inspector Armitage noch, dass ich der gesuchte Attentäter bin. Den Rolls werde ich in der Nähe des Landsitzes abstellen, wo ihn die Polizei schnell finden wird.«

»Es gibt keinen Attentäter.«

Victoria erzählte, dass Helmsley versucht hatte, Agnes zu vergewaltigen, und dass sie ihn niedergeschlagen hatte.

»Sie sind wirklich die erstaunlichste junge Dame, die mir jemals begegnet ist. Ich bin froh, dass wir nun auf einer Seite stehen.«

Jeremy Ryder lächelte, worüber Victoria sehr erleichtert war. Für sie war jetzt alles zwischen ihnen im Reinen. Ihm zu misstrauen, hatte sie mehr belastet, als sie gedacht hatte. Und trotz der Enttäuschung über Randolph und des Ärgers, der sie vonseiten des Commissioners bestimmt erwartete, war sie in diesem Moment sehr froh, ja fast glücklich.

»Die Sache mit dem Attentäter kam mir übrigens gleich merkwürdig vor«, fuhr Jeremy Ryder nun fort und schüttelte den Kopf. »Weshalb hätte er jemanden im Park angreifen und so auf sich aufmerksam machen sollen? Was für ein Widerling dieser Helmsley ist! Meine Karriere beim Geheimdienst wird ja nun wahrscheinlich bald vorbei sein. Aber ich werde als Journalist ein Auge auf ihn haben. Vielleicht hat er sich ja etwas zuschulden kommen lassen, wofür er belangt werden kann.«

»Das würde ich ihm wirklich gönnen«, erwiderte Victoria aus tiefstem Herzen.

»Wie gesagt, ich werde mein Möglichstes tun. Und jetzt schlage ich vor, dass ich den Wagen wieder starte. Sonst verpassen Sie noch den Zug.«

Während Jeremy Ryder wieder die Kurbel betätigte und der Motor zum Leben erwachte, nahm Victoria wahr, dass der Himmel im Osten heller wurde. Ihre Müdigkeit war verflogen. Nach den letzten Nächten mit wenig Schlaf war sie nun überwach und fühlte sich wie in einem seltsamen Schwebezustand.

Die wenigen Meilen bis zur Bahnstation von St. Austell hingen sie beide ihren Gedanken nach. Doch die Stille zwischen ihnen war einvernehmlich. Bei einem verschlafenen Bahnbeamten kaufte Jeremy Ryder ein Ticket für Victoria. Auf dem Bahnsteig saßen ein älterer Mann in Mantel und Anzug, der vor sich hin döste, sowie einige Frauen, die Hühner in Käfigen und Körbe mit Gemüse bei sich hatten. Sie wollten wohl in die nächste Marktstadt reisen.

Kurz darauf fuhr der Zug ein. Victoria wollte den Frauen zu den Dritte-Klasse-Wagen folgen, doch Jeremy Ryder hielt sie zurück und öffnete ihr die Tür eines Zweite-Klasse-Abteils.

»Aber das kann ich nicht annehmen«, wehrte Victoria ab.

»Doch, Sie haben es sich verdient.« Er lächelte wieder, während er seine Anzugjacke auszog und sie ihr um die Schultern hängte. »Hier nehmen Sie, ich schätze, im Abteil wird es kalt sein. Und nun steigen Sie schon ein.«

»Werden Sie bei mir zu Hause vorbeikommen und mir sagen, wie Ihr Gespräch mit dem Commissioner verlaufen ist, Jeremy?«, fragte Victoria besorgt. »Ich möchte es vor allem um Ihretwegen gern wissen. Und danke für alles, was Sie für mich getan haben.«

»Ich werde kommen«, versprach er, während er ihr die Stufen hinaufhalf. »Und es war mir ein Vergnügen, Ihnen zur Flucht zu verhelfen. Sie wissen ja, dass ich Abenteuer liebe.« Er schlug die Tür hinter ihr zu und blieb am Bahnsteig stehen, bis der Zug sich in Bewegung setzte.

Victoria suchte sich einen Platz auf einer der gepolsterten Bänke und zog das Jackett eng um sich. Sie fand es tröstlich, den rauen Tweed-Stoff auf ihrer Haut zu spüren und den leichten Geruch nach Pfeifentabak einzuatmen, den es verströmte. Bald darauf wiegte sie das gleichmäßige Rattern des Zuges in den Schlaf.

ACHTUNDZWANZIGSTES KAPITEL

»Verstehe ich Sie wirklich richtig, Ryder – Sie haben mir verschwiegen, dass sich Miss Bredon und ihr Butler zum Zeitpunkt, als Marchmains Leiche gefunden wurde, wenige Meilen entfernt auf dem Landsitz der Familie Hogarth aufhielten? Zudem haben Sie es versäumt, mich darüber zu informieren, dass sich Miss Bredon als Spülmädchen auf den Landsitz der Blackenwells einschleuste, um dort wieder einmal ihre Nase in Dinge zu stecken, die sie nichts angingen?« Die Stimme des Commissioners klang drohend.

»Ja, Sir, genauso ist es.«

Jeremy hatte Sir Arthur am späten Abend, gleich nach seiner Rückkehr nach London, in dessen Zuhause aufgesucht. Der Commissioner trug informelle Abendkleidung, ein schwarzes Dinnerjacket und einen schwarzen Schlips. Dass er ihn um die Zigarre und den Port nach dem Dinner gebracht hatte, hatte seine Stimmung, vermutete Jeremy, nicht verbessert. Wobei es ihm wahrscheinlich aber auch nicht geholfen hätte, wenn ihn der Commissioner gut gelaunt empfangen hätte.

»Zudem haben Sie einen Wagen Seiner Majestät an sich gebracht, um Miss Bredon zur Flucht zu verhelfen, und Inspector Armitage glauben lassen, der angebliche Attentäter hätte das Automobil gestohlen.«

Jeremy beugte sich in seinem Sessel vor. »Mit Verlaub, Sir, aber diesen Schluss hat der Inspector selbst gezogen.«

Nachdem er Victoria zum Zug gebracht hatte, hatte er den königlichen Rolls-Royce, wie geplant, in der Nähe des Landgutes abgestellt. Armitage gegenüber hatte er behauptet, den Park auf der Suche nach dem Attentäter verlassen zu haben. Was dieser ihm auch geglaubt hatte.

»Bei jenem spurlos verschwundenen Spülmädchen, das Armitage für eine Komplizin des Attentäters hielt, handelte es sich vermutlich um Miss Bredon?«

»Ja, Sir, so ist es.« Jeremy nickte.

»Haben Sie auf Blackenwell Manor eigentlich irgendetwas Nützliches getan, außer für Chaos zu sorgen?«, fragte Sir Arthur sarkastisch.

»Ich hatte Gelegenheit, mit dem Butler und mit der Haushälterin zu sprechen, Sir. Miss Wilcox hat niemals für die Familie Blackenwell gearbeitet.« Der Commissioner schnaubte. »Ich verstehe es natürlich völlig, Sir, wenn Sie mich sofort aus dem Dienst entlassen«, erklärte Jeremy ruhig. Er stellte jedoch fest, dass er die Arbeit für die Geheimabteilung von Scotland Yard, die Aufregung und die Anspannung, die sie oft mit sich brachte, vermissen würde.

»Entlassen? Sie hätten es verdient, dass ich Sie hinter Gitter bringe.« Der Commissioner erhob sich, kam hinter seinem Schreibtisch hervor und ging in seinem Arbeitszimmer auf und ab. Jeremy erwartete geduldig sein Verdikt. Aber was für ein Urteil der Commissioner auch immer über ihn fällen würde – selbst wenn er ihn wegen Verletzung seines Diensteides zu einer Gefängnisstrafe verurteilte, bereute er es nicht, Victoria geholfen zu haben. Ja, sie war die bemerkenswerteste junge Frau, der er je begegnet war. Mutig, verletzlich und stark. Er musste ein Lächeln unterdrücken, als er daran dachte, wie sie in dem königlichen Wagen hoch über den Klippen die Pistole auf ihn gerichtet hatte, die grünen Augen zornig und voller Entschlossenheit, ihr Gesicht umrahmt von wild gelocktem rotem Haar. Wie schön sie in diesem Moment gewesen war! »Ryder«, Sir Arthur Stanhope war vor ihm stehen geblieben, »Sie werden weder im Gefängnis landen noch werde ich Sie entlassen.«

Jeremy benötigte ein wenig Zeit, um die Worte des Commissioners zu begreifen. »Sir, ich bin sehr dankbar für Ihre Großzügigkeit«, sagte er dann. »Aber darf ich fragen, was Sie dazu veranlasst hat?«

»Nun, zum einen haben Sie herausgefunden, dass Marchmain den Viscount wegen dessen homosexueller Kontakte beschattete und dass der Marquess sich in der Port Pool Lane aufhielt. Und zum anderen verfügen Sie als Journalist, durch Ihre Erziehung in Eton und durch Ihr Studium in Oxford über vielfältige nützliche Kontakte. Auch Ihre guten Deutschkenntnisse werden wahrscheinlich früher oder später für uns hilfreich sein.«

»Nehmen Sie es mir nicht übel, Sir.« Jeremy sah den Commissioner offen an. »Aber ich glaube, das sind nicht die eigentlichen Gründe, weshalb Sie sich entschlossen haben, mich weiter für Ihre geheime Abteilung arbeiten zu lassen.«

»Möglicherweise haben Sie mit Ihrer Vermutung recht, Ryder.« Der Commissioner betrachtete ihn einen Moment lang durchdringend. »Aber fürs Erste muss Ihnen das, was ich Ihnen sagte, genügen.«

Victoria stand wieder am Holzspülbecken, die Arme bis zu den Ellbogen im heißen Wasser, während ein schriller Klingelton durch den Raum hallte. Vor ihr türmte sich das schmutzige Geschirr. Kaum hatte sie einen Teller oder eine Pfanne sauber, wuchs der Spülberg weiter wie eine Hydra, die immer neue

Köpfe ausbildete, sobald einer abgeschlagen wurde. Sie schwitzte, und ihr Rücken schmerzte. Ein Teller glitt ihr aus den Händen und zerbrach klirrend auf dem Boden. Sofort baute sich Mrs. Ainthorp vor ihr auf und deutete anklagend auf die Scherben. Die Haushälterin verwandelte sich in Inspector Armitage, der sie höhnisch anlächelte. Ein Geschirrtuch wie eine Fessel in den Händen, kam er auf sie zu und sagte: »Na, endlich habe ich Sie gefunden, Fräuleinchen ...«

Victoria wachte auf und blinzelte. Sie blickte auf lindgrüne Samtvorhänge. In dem Spalt dazwischen konnte sie Baumkronen sehen. Gottlob – sie lag nicht im Kofferspeicher von Blackenwell Manor, sondern in ihrem Zimmer in der Wohnung am Green Park. Die Zeiger des kleinen Weckers auf ihrem Nachttisch standen auf zwölf. Wie war das möglich? Sie war gegen vier Uhr nachmittags nach Hause gekommen und hatte Hopkins und Mrs. Dodgson eine stark gekürzte Version ihrer Erlebnisse auf Blackenwell Manor erzählt. Todmüde, wie sie war, hatte sie sich danach hingelegt, um bis zum Abendessen zu schlafen. Hatte Hopkins sie etwa nicht geweckt, und sie hatte bis zum nächsten Mittag durchgeschlafen?

Ob Jeremy wohl inzwischen nach London zurückgekehrt ist und mit dem Commissioner gesprochen hat?, fragte Victoria sich schlaftrunken. Sie würde es sich nie verzeihen, wenn er wegen ihr in ernsthafte Schwierigkeiten geriete. Und da war noch etwas, das sie quälte, es hatte sich wie ein dumpfer Schmerz in ihre Träume geschlichen. Plötzlich erinnerte Victoria sich wieder an Isabels verzerrtes Gesicht, als sie sich im Zustand der Ekstase unter Randolph aufgebäumt hatte. Nein, sie wollte nicht an die beiden denken ...

Wieder ertönte das schrille Geräusch. Victoria begriff, dass es die Türklingel war. Hopkins war nicht da, sonst hätte er schon längst geöffnet. Sie stieg aus dem Bett, tappte in den Korridor und spähte durch den Spion. Vor der Wohnungstür stand Jeremy. Rasch öffnete sie ihm. Erst an seinem überraschten Blick erkannte sie, dass sie nur ein Nachthemd trug und ihr die Haare wirr ums Gesicht hingen. Hastig versuchte sie, den Ausschnitt mit ihren Händen zu bedecken.

»Miss ... äh ... Victoria«, er räusperte sich, »ich wollte Ihnen nur mitteilen, dass ich weiter für die Geheimabteilung von Scotland Yard arbeiten darf. Der Commissioner hat mich nicht entlassen. Er lässt es sogar auf sich beruhen, dass ich den königlichen Rolls ausgeliehen habe.« Er grinste schwach. »Ich kann mein Glück wirklich noch kaum fassen.«

»Ich freue mich so für Sie.« Victoria erwiderte sein Lächeln. Ihr fiel ein Stein vom Herzen. Doch gleich darauf wurde sie sich wieder bewusst, wie völlig unpassend – ihre Großtante hätte gewiss gesagt *unzüchtig* – sie gekleidet war. »Jeremy, möchten Sie vielleicht hereinkommen, während ich mich anziehe?«, fragte sie befangen.

»Sie sehen so aus, als ob Sie noch nicht gefrühstückt hätten.« Sein Lächeln vertiefte sich. Es war voller Wärme und Humor, und Victoria stellte wieder fest, wie sehr sie es mochte. »Was halten Sie davon, mit mir im Fox and Hunt frühstücken zu gehen? Dort gibt es wunderbares Rührei mit Schinken. Ich warte draußen auf Sie.«

Victorias Magen ließ ein sehr undamenhaftes Knurren hören. »Ich komme sehr gern mit«, sagte sie hastig, ehe sie in die Wohnung floh.

Als Victoria wenig später aus dem Haus trat, wartete Jeremy neben einem Hansom Cab am Straßenrand. Er half Victoria die Trittstufe hinauf, nannte dem Kutscher das Ziel und setzte sich dann neben sie.

»Hier habe ich übrigens Ihr Jackett.« Victoria reichte Jeremy die Tweed-Jacke. »Es hat mir gute Dienste geleistet. Ohne es hätte ich während der Nacht im Zug bestimmt ziemlich gefroren.« Sie fühlte sich wieder verlegen.

Jeremy nahm das Jackett entgegen. »Es ist ja gebügelt«, sagte er überrascht. »Und der kleine Brandfleck am Ärmel ist auch beseitigt.«

»Vermutlich hat sich Hopkins dessen angenommen.«

Der Himmel war bewölkt, aber trotzdem war es recht warm. Victoria kam es vor, als ob das Laub an den Bäumen im Park während der Tage, die sie in Cornwall verbracht hatte, viel dichter geworden wäre. Der Kutscher trieb sein Pferd an, und sie überholten einen mit Fässern beladenen Leiterwagen und einen Bäckerkarren.

»Inspector Armitage hält das so plötzlich verschwundene Spülmädchen übrigens für eine Gehilfin des Attentäters.« Jeremy warf ihr einen Blick von der Seite zu.

»Oh …«

»Und die Haushälterin, Mrs. Ainthorp, habe ich sagen hören, nun sei ihr klar, warum sich die junge Frau so ungeschickt angestellt habe.«

»Es tut mir leid, dass ich mich nicht von Agnes verabschieden konnte. Aber wahrscheinlich werde ich mir die Hölle immer als eine Spülküche vorstellen.« Victoria lachte, wurde aber gleich darauf wieder ernst. »Wir wissen jetzt also, dass der Viscount homosexuell ist und sein Vater ein Mordmotiv hatte, falls er von Sir Francis erpresst wurde – wovon ich nach wie vor fest überzeugt bin. Beweisen können wir dem Marquess jedoch leider gar nichts.«

»Trotzdem kommt Bewegung in die Ermittlung. Der

Commissioner will Blackenwell ganz offen mit der Homosexualität seines Sohnes konfrontieren und ihn darüber befragen lassen, wo er sich zur Tatzeit der Morde aufhielt.«

»Das hätte ich Sir Arthur gar nicht zugetraut«, sagte Victoria verblüfft. »Damit wird er sich einigen Ärger einhandeln. Der Marquess ist sehr einflussreich. Er wird sich so eine Behandlung nicht bieten lassen.«

»Letztlich fühlt sich der Commissioner, bei allem Klassenbewusstsein, doch dem Recht verpflichtet. Wenn es anders wäre, könnte ich auch nicht für ihn arbeiten«, erwiderte Jeremy. Sie hatten Piccadilly Circus hinter sich gelassen und fuhren an dem kleinen Park in der Mitte des Leicester Square und dem Alhambra Theatre mit seinen maurischen Kuppeln vorbei.

»Die Morde an Marchmain und Molly würden ins Bild passen, wenn der Marquess der Täter wäre«, fügte Jeremy nachdenklich hinzu. »Vorausgesetzt, dass Molly über die Homosexualität des Viscounts Bescheid wusste. Was ich durch ihre Kontakte zu Strichjungen für nicht unwahrscheinlich halte. Aber da Miss Wilcox niemals für die Familie Blackenwell gearbeitet hat, kann ich kein Motiv erkennen, warum der Marquess auch sie getötet haben sollte.«

»Sind Sie sich da ganz sicher?«

»Mrs. Ainthorp und Mr. Gravis verneinten dies.«

»Vielleicht gab es ja doch irgendeine Verbindung zwischen Miss Wilcox und den Blackenwells, von denen die beiden nichts wussten.« Victoria seufzte. »Ach, wenn doch nur endlich die Carmichaels und ihr Butler von ihrer Reise in den Süden zurückkehren würden. Möglicherweise können sie uns ja in dieser Frage weiterhelfen.«

»Ich werde mich weiter umhören. Homosexualität, die ja leider ein bürgerliches Todesurteil bedeutet, ist weiter unser stärkstes Mordmotiv. Wie auch immer ...« Jeremy sah Victoria an. »Bitte, seien Sie und Hopkins bei Ihren Ermittlungen vorsichtig. Der Mörder ist äußerst skrupellos. Ich bin davon überzeugt, dass er wieder töten wird, sobald er befürchtet, entdeckt zu werden. Sie wissen jetzt ja, dass wir auf einer Seite stehen. Informieren Sie mich über Ihre Schritte.«

»Ja, das werde ich tun.« Victoria nickte. Es herrschte der übliche dichte Verkehr, und das Hansom Cab kam nur langsam voran. An einer Hauswand hing ein großes Plakat von Geraldine Adair als Emilia, und Victoria musste an ihr Gespräch mit der Schauspielerin über ihren Vater denken. *Jeremy wäre bereit gewesen, für mich seine Karriere zu opfern*, ging ihr durch den Sinn. Sie gab sich einen Ruck und wandte sich ihm zu. »Jeremy, ich habe Ihnen bisher noch nicht den eigentlichen Grund genannt, warum ich den Mörder unbedingt finden will«, sagte sie.

»Nun, ich habe nie geglaubt, dass nur Armitages Unfähigkeit Sie antreibt.« Er hob die Augenbrauen.

Victoria erzählte ihm von Sir Francis' Behauptung, dass ihr ganzes Leben mit ihrem Vater eine Lüge gewesen sei und wie sie dann bei ihren Nachforschungen immer mehr Ungereimtheiten entdeckt hatte. »Ich habe ständig Albträume«, sagte sie bedrückt. »Ich befinde mich als Kind in der brennenden Wohnung oder mein Vater schimpft mich aus. Davon habe ich Ihnen einmal erzählt ...«

»Ihr Vater ertappte Sie dabei, wie Sie malten, und wurde deshalb sehr zornig, richtig?«

»Ja«, Victoria nickte. »Die Ungewissheit über meinen Vater vergiftet wirklich mein Leben.«

»Das kann ich verstehen.« Jeremy legte seine Hand auf ihre, während der Kutscher die Pferde zum Stehen brachte. Sie waren vor dem Fox and Hunt angelangt. »Aber jetzt lassen Sie uns erst einmal frühstücken und an anderes denken.«

Beinahe fröhlich kehrte Victoria nach Hause zurück. Sie und Jeremy hatten sich über alles Mögliche unterhalten, über Bücher und Ausstellungen, Malerei und Fotografie. Und die Ablenkung hatte ihr wirklich gutgetan. Nach dem gemeinsamen Frühstück hatte sie dann den *Morning Star* aufgesucht und von Mr. Parker den Auftrag erhalten zu fotografieren »was auch immer auf dem Wasser schwimmt« – so hatte er sich ausgedrückt. »Wir sind eine Nation von Seefahrern, Miss Bredon«, hatte er gesagt. »Und unsere Leser lieben es, daran erinnert zu werden. Also fotografieren Sie Kähne, Boote und Schiffe, meinetwegen sogar Tretboote oder Schwimmreifen. Denn wir Engländer können mit allem den Wellen trotzen.«

Victoria teilte Mr. Parkers nationalen Enthusiasmus zwar nicht, aber sie hielt sich gern am Wasser auf. Und dass der Auftrag so viel Raum zur Interpretation ließ, sagte ihr außerdem zu. Als sie die Küche betrat, polierte Hopkins wieder einmal das Silber, und Mrs. Dodgson stand am Spülbecken und schrubbte einen Topf. Die beiden tauschten einen Blick.

»Miss Victoria, ich bedauere es sehr, dass ich nicht hier war, um Ihnen das Frühstück zuzubereiten«, sagte Hopkins nun.

»Das macht nichts. Ich habe ein paar sehr angenehme Stunden mit Mr. Ryder verbracht«, erwiderte Victoria. Bildete sie sich das nur ein, oder hatte Hopkins' Stimme etwas angespannt geklungen?

»Sie müssen mir unbedingt ausführlich von Ihren Erfahrungen in der Spülküche erzählen«, warf Mrs. Dodgson nun ein.

Eigentlich eine verständliche Bitte – aber warum wienerte

sie den Topf, obwohl er längst sauber war? »Könnte ich bitte die Mittagszeitung haben?«, wandte sie sich an Hopkins.

»Die Mittagszeitung wurde heute nicht geliefert«, sagte Mrs. Dodgson eindeutig eine Spur zu hastig.

»Hopkins, Mrs. Dodgson, was ist hier los?« Victoria stemmte die Hände in die Hüften.

Hopkins seufzte. »Wir müssen es ihr sagen, Mrs. Dodgson.«

»Was sagen?« Victoria sah die beiden durchdringend an. Hopkins holte die Mittagsausgabe der *Times* hinter dem Silber hervor. »Es tut mir außerordentlich leid, Miss Victoria …«, in seiner Miene mischten sich Mitgefühl, Bedauern und Zorn, während er Victoria die Zeitung reichte, »… aber in der *Times* steht, dass sich der Duke of Montague und Ihre Cousine Isabel verlobt haben.«

Victoria starrte auf die aufgeschlagene Seite. Randolph, der Duke of Montague, und Lady Isabel Bredon geben sich die Ehre, ihre Verlobung bekannt zu geben, stand dort schwarz auf weiß.

»Ach, Miss Victoria, wie konnte der Herzog so etwas nur tun? Ausgerechnet Ihre Verwandte …«, jammerte Mrs. Dodgson und rang die Hände.

Das war mehr, als Victoria ertragen konnte.

»Es geht mir gut«, sagte sie knapp. »Aber ich möchte jetzt allein sein.«

Ihre Beine fühlten sich wie Watte an, als sie in ihr Zimmer ging. Sie schloss die Tür und lehnte sich dagegen. Verwundert bemerkte sie, dass sie immer noch die Zeitung in der Hand hielt. Erst jetzt, als sie die Anzeige noch einmal las, begriff sie wirklich, was dort stand.

Victoria wurde übel. Sie rannte ins Bad und übergab sich in die Toilettenschüssel. Und als hätte sich dadurch ein innerlicher Knoten gelöst, begann sie, während sie sich auf die Fliesen kauerte und den Kopf auf die Knie legte, hemmungslos zu weinen.

»Miss Bredon«, Mr. Jarvis winkte Victoria aus seiner Portiersloge aufgeregt zu, als sie die Halle betrat, »diese Dame hat wieder nach Ihnen gefragt. Da sie sich nicht abweisen ließ, habe ich ihr erlaubt, im Souterraingarten vor dem Haus auf Sie zu warten. Mr. Hopkins ist ja nicht zu Hause.«

»Ja, ich weiß.«

Victoria nickte. Hopkins war nach Covent Garden zum Einkaufen gefahren, während sie das sonnige Wetter und das kontrastreiche Licht dazu genutzt hatte, im Hafen zu fotografieren. Sie vermutete, dass es sich bei jener »Dame« um Caitlyn handelte, denn Mr. Jarvis hatte das Wort wieder mit einem gewissen Zweifel ausgesprochen. Mr. Jarvis zog nun einen Umschlag aus den Fächern hinter seinem Tresen und reichte ihn ihr.

»Und dieser Brief wurde vorhin für Sie abgegeben«, sagte er.

Einen Moment lang hoffte Victoria, obwohl sie sich dafür verachtete, dass Randolph ihr den Brief geschrieben hatte. Dass er ihr darin erklärte, seine Verlobung mit Isabel sei ein großer Fehler gewesen, er liebe doch sie und wolle mit ihr zusammen sein. Doch auf dem Kuvert aus Bütten stand Constance' Name. Victoria steckte es in ihre Handtasche. In den vergangenen vier Tagen hatte sie viel fotografiert und Randolph dabei fast vergessen, nun holten ihre Gefühle sie wieder ein. Tränen schossen ihr in die Augen. Sie wischte sie rasch fort und wandte das Gesicht ab, denn der Portier sollte nicht sehen, wie schlecht es ihr ging. *Wobei es am schlimmsten ist*, dachte

Victoria deprimiert, während sie dem weiß gekalkten Kellergang folgte, *dass Hopkins und Mrs. Dodgson mich behandeln wie eine Rekonvaleszente und auf Zehenspitzen durch die Wohnung schleichen.*

Eine grün gestrichene Tür führte in den kleinen Souterraingarten, den nach oben, zur Straße hin, ein schmiedeeisernes Gitter abschirmte. Caitlyn saß auf einer Holzbank zwischen Blumentöpfen voller Hortensien, Rhododendren und Clematis, die voller Knospen waren, und hielt ihr Gesicht in die Sonne. Sie verzog ihren leuchtend rot geschminkten Mund zu einem Lächeln, als sie Victoria bemerkte.

»Caitlyn, gibt es Neuigkeiten zu dem Mord an Molly? Hast du etwas über den Besitzer der Manschettenknöpfe herausfinden können?«, fragte Victoria aufgeregt, während sie sich zu ihr setzte.

»Nee, leider nicht.« Caitlyn schüttelte den Kopf. »Ich bin wegen 'ner anderen Sache hier. Ein paar von uns Suffragetten planen was. Damit mein ich Huren wie mich und Arbeiterinnen, nicht die gebildeten, wohlhabenden Weiber. Am Samstag findet das Derby in Epsom statt. Auch der König wird dort sein. Wir wolln Flugblätter verteilen, und ich wollt dich fragen, ob du mit dabei bist. Die reichen Frauen haben zu viel Schiss. Denn bestimmt wird jede Menge Polente dort sein.«

Victoria wollte Caitlyn gerade antworten, dass ihre Großtante und ihr Großvater völlig außer sich geraten würden, wenn sie erführen, dass sie in Anwesenheit des Königs Flugblätter für das Frauenwahlrecht verteilte und dass sie deshalb nicht an der Aktion teilnehmen könne, doch dann musste sie an Orla denken, die von einem Sadisten wie Sir Francis missbraucht worden war, und an Agnes, die fast vergewaltigt worden wäre, ohne dass der Täter irgendeine Strafe zu befürchten hatte. Die Gesetze in diesem Land mussten sich dringend ändern. Und das würden sie nicht, solange nur Männer wählen durften. *Außerdem*, überlegte Victoria, *versuchen meine Verwandten ja ohnehin schon, die Vormundschaft über mich zugesprochen zu bekommen. Was soll mir also noch Schlimmeres zustoßen?*

»Ja, ich komme mit«, wandte sie sich an Caitlyn.

»Auf dich is' wirklich Verlass.« Caitlyn tätschelte ihren Arm.

»Ist Mollys Bordell eigentlich noch geschlossen?«, erkundigte sich Victoria.

»Ja, denn es is' wohl überhaupt nich' klar, wem das Haus eigentlich gehört. Die Mädels sind teilweise in anderen Absteigen untergekommen«, kam Caitlyn einer weiteren Frage Victorias zuvor. »Manche ham sich auch 'n Zimmer genommen. Orla wohnt bei mir. Wenn du oder deine Freundin, die Lady, mal von 'ner Stelle als Dienstmädchen hört, dann wär's nett, wenn ihr euch für Orla einsetzen würdet. Das Leben in unserem Gewerbe is' nix für sie. Auch wenn sich nich' so 'n Widerling wie Sir Francis an ihr ausgetobt hätte.«

»Ich werde mich umhören, und auch Constance Bescheid geben«, versprach Victoria. Verglichen mit dem Leben einer Prostituierten im East End war das eines Dienstmädchens wahrscheinlich das reine Paradies. Trotzdem bedauerte sie es, dass armen Frauen so wenige Berufe offenstanden.

»Is' 'n hübsches Fleckchen hier.« Caitlyn ließ ihren Blick über die Pflanzen in den Blumenkübeln schweifen. »Aber ich geh dann mal besser. Hab schon genug Aufsehen erregt.« Sie sah zu dem Gitter hoch, wo ein würdevoll, ganz in Schwarz gekleideter Mann stand, der mit schreckgeweiteten Augen und fasziniert zugleich in ihren Ausschnitt starrte. Caitlyn zwinkerte ihm zu, woraufhin er eilig die Flucht ergriff.

Während Victoria Caitlyn durch den Keller begleitete,

besprachen sie, wo sie sich am kommenden Samstag treffen wollten, um nach Epsom zu fahren. Nachdem sie sich am Portal verabschiedet hatten, ging Victoria in ihre Wohnung hoch. Erst auf der Treppe erinnerte sie sich wieder an Constance' Brief und holte ihn aus ihrer Handtasche. Constance fragte sie, ob sie nicht Lust habe, sich mit ihr im Savoy zum Tee zu treffen.

Am liebsten hätte Victoria sich in ihrem Zimmer oder in der Dunkelkammer verkrochen. Aber sie wusste, wie hartnäckig Constance sein konnte. Bestimmt hatte sie von Randolphs Verlobung mit Isabel erfahren und wollte sie aufmuntern. Wenn sie eine Ausrede erfand und ablehnte, würde Constance sie zu Hause aufsuchen. Deshalb machte Victoria sich widerstrebend auf den Weg zum Savoy.

Gemalte, stilisierte Pflanzen in Pastelltönen schmückten die Wände des Tea Rooms. Die Einrichtung war im Empirestil gehalten. Zierliche mintgrüne Sofas und Sessel standen um goldverzierte Tische. In Gold gehalten waren auch die Kapitelle der Säulen und die Deckenumrandung. Constance saß vor einem der großen Fenster. Duftige Vorhänge hielten die geschäftige Welt draußen von den Besuchern fern. Im Savoy herrschten Luxus und eine opulente Beschaulichkeit.

»Wie schön, dich zu sehen.« Constance lächelte Victoria voller Zuneigung an. Sie trug ein wunderschönes Nachmittagskleid aus orangeroter Seide und Spitze, das sehr gut zu ihren dunklen Haaren und Augen passte, und Victoria kam sich in ihrem Rock und der Bluse wieder einmal sehr schäbig und langweilig vor. »Ich war so schockiert, als ich von Randolphs Verlobung mit deiner Cousine erfuhr. Das hätte ich ihm niemals zugetraut. Hast du denn etwas geahnt?«, fragte sie sanft.

»Meine Großtante hat eine Andeutung gemacht, dass sich Randolph für Isabel interessiere, kurz bevor ich nach Blackenwell Manor fuhr. Dort sah ich die beiden dann zusammen. Sie gingen sehr vertraut miteinander um.« Dass sie Randolph und Isabel in mehr als vertraulicher Pose erlebt hatte, würde sie Constance vielleicht irgendwann erzählen, aber nicht jetzt. Ein Kellner erschien und schenkte den Tee in hauchdünne Porzellantassen. Die Kuchen, Törtchen und in Streifen geschnittenen Sandwiches, die er dazu servierte, waren sicher ebenso köstlich wie die im Ritz, aber Victoria hatte keinen Appetit. Sie nippte nur an ihrem Tee. »Ich schäme mich so, dass ich mich in Randolph verliebt habe«, brach es aus ihr heraus. »Ich hätte wissen müssen, dass er sich nicht ernsthaft für mich interessiert. Dabei komme ich mir meist so klug und erwachsen vor.« Sie war nun doch froh, sich ihren Kummer von der Seele reden zu können.

»Warum solltest du dich dafür schämen, dass du dich in ihn verliebt hast?« Constance streichelte ihre Hand. »Randolph sieht blendend aus. Er ist klug und gebildet. Von seinem Reichtum und seiner herausragenden gesellschaftlichen Stellung einmal ganz zu schweigen.«

»Trotzdem ...«

»Mit seiner Einladung zum Reiten, in die National Gallery und zum Lunch hat er dir Hoffnungen gemacht. Und du darfst nicht vergessen, dass ihr euch in Italien kennengelernt habt, in einer Umgebung, die wie geschaffen für eine romantische Liebesgeschichte ist.«

»Ja, und ich habe mir so sehr gewünscht, diese Liebesgeschichte hier in London fortsetzen zu können.« Victoria seufzte.

Constance setzte ihre Teetasse plötzlich mit einem harten Klirren auf der Untertasse ab und erstarrte. Als Victoria ihrem

Blick folgte, sah sie Randolph in Begleitung einer älteren, eleganten Dame – wahrscheinlich einer Verwandten – in den Tea Room kommen. Victorias Magen verkrampfte sich. Gott sei Dank waren Großtante Hermione und Isabel nicht bei ihm. Denn das hätte sie nicht ertragen.

Als hätte er gespürt, dass Victoria ihn ansah, wandte Randolph jetzt den Kopf und blickte in ihre Richtung. Seine Augen weiteten sich kurz, als er sie erkannte. *Wird er mich ignorieren, oder wird er so mutig sein, an unseren Tisch zu kommen?*, dachte Victoria. Sie wusste nicht, was sie mehr fürchtete oder sich mehr ersehnte. Randolph sagte etwas zu seiner Begleiterin, dann durchquerte er tatsächlich den Saal und trat an ihren Tisch, wo er sich verneigte.

»Victoria, dürfte ich vielleicht kurz allein mit Ihnen sprechen?«, fragte er dann.

Victoria konnte nicht anders, als Constance, die ihre Reaktion abwartete, stumm zuzunicken. Sie war wütend auf Randolph, gleichzeitig fühlte sie sich wehrlos. Sie brachte es nicht über sich, ihn wegzuschicken, ohne zu erfahren, was er ihr zu sagen hatte. Wieder zog er sie in seinen Bann.

Constance stand auf. »Ich warte in der Halle auf dich«, sagte sie und berührte Victoria aufmunternd an der Schulter. Randolph nahm in ihrem Sessel Platz.

»Ich wollte Ihnen schreiben, dass ich mich mit Ihrer Cousine verlobt habe«, sagte er. »Aber ich kam über ein Dutzend Entwürfe nicht hinaus. Und Sie zu Hause aufzusuchen, habe ich nicht gewagt, denn ich war davon überzeugt, dass Sie mich nicht empfangen würden.«

Victoria wünschte sich, dass er die Wahrheit sagte. »Dann waren all Ihre Gefühle für mich nicht nur gespielt?«

»Nein«, er schüttelte den Kopf und sah sie offen an, »ich war und bin in Sie verliebt.«

»Aber warum haben Sie sich dann für Isabel entschieden?« Victoria hasste sich für die Verzweiflung, die in ihrer Stimme mitklang. »Als wir im Hyde Park ausritten, sagten Sie mir, dass Sie meine unkonventionelle Art mögen.«

»Das stimmt auch. Ich finde sie anregend und charmant.« Randolph seufzte. »Aber unkonventionell zu sein, ist leider nicht gerade förderlich für das gesellschaftliche Leben oder gar eine Karriere. Es passt zu Ausnahmesituationen und besonderen Momenten wie auf einer Reise oder einem Wochenende auf einem Landsitz von Freunden, aber nicht zum Alltag ...

Doch wenn Sie sich entschließen könnten, meine Geliebte zu werden, Victoria, würde ich mich sehr glücklich schätzen.«

Victoria blickte Randolph wortlos an.

»Es tut mir leid, Victoria«, sagte er nun leise, als hätte er begriffen, wie beleidigend sein Vorschlag gewesen war, »ich wollte Sie nicht kränken.«

Victoria wurde flammend rot und sprang auf. Während sie zur Halle lief, war sie sich nur zu bewusst, dass ihr viele Blicke folgten. Nicht wenige Gäste wussten wahrscheinlich von ihrem Flirt mit Randolph und waren nun über seine Verlobung im Bilde. Sie bedachten sie mit Mitleid und Häme. Aber viel schlimmer war, dass Victoria fast bereit gewesen wäre, ihren Stolz und ihre Selbstachtung aufzugeben und das Angebot, seine Geliebte zu werden, angenommen hätte.

NEUNUNDZWANZIGSTES KAPITEL

Früh am Samstagmorgen traf Victoria sich mit Caitlyn und den anderen Suffragetten, die mit ihr die Flugblätter auf die Besucher des Epsom Derby niederregnen lassen wollten, in den Räumen der Women's Social and Political Union. Hier füllten sie ihre Taschen mit den frisch gedruckten Seiten. Danach nahmen sie die U-Bahn zum Bahnhof Victoria Station.

Während der vergangenen Tage hatte Victoria sich wieder in die Arbeit gestürzt, um sich von Randolph abzulenken. Einmal hatte sie Jeremy in der Redaktion des *Spectator* besucht. Er war mit seinen Recherchen im Homosexuellenmilieu des East End noch nicht weitergekommen, Scotland Yard trat damit, die Alibis des Marquess zu überprüfen, noch auf der Stelle. Auch dies hatte nicht dazu beigetragen, Victorias Stimmung zu verbessern. Jede Nacht hatte sie wieder von der brennenden Wohnung geträumt und war mit Atembeschwerden aufgewacht. Deshalb war sie froh über die Ablenkung, die die Flugblattaktion mit sich brachte.

Insgesamt waren sie zehn Suffragetten. Victorias Mitstreiterinnen waren, wie Caitlyn ihr bereits mitgeteilt hatte, Prostituierte und Arbeiterinnen. Frauen, denen man ansah, dass sie ein hartes Leben führten. Obwohl sie sich für das Derby herausgeputzt hatten, war ihre Kleidung ärmlich. Sie sprachen Cockney oder wie Caitlyn mit einem breiten irischen Akzent. Während der Zugfahrt in dem vollen Dritte-Klasse-Abteil redeten sie nicht über die Aktion, denn die Gefahr, dass jemand sie belauschte und an die Polizei verriet, war viel zu groß. Dennoch waren alle, bis auf Victoria und eine andere Frau, aufgekratzt und aufgeregt.

Während Victoria am Fenster saß und die hügelige, frühlingshaft grüne Landschaft Surreys an ihr vorbeizog, blickte sie hin und wieder zu dieser Frau. Marjorie – ihren Nachnamen kannte Victoria nicht – war eine junge Arbeiterin. Sie war groß und dünn und wirkte sehr empfindsam. Sie beteiligte sich kaum an den Gesprächen. Die meiste Zeit starrte sie geistesabwesend vor sich hin, gelegentlich knetete sie nervös ihre Hände.

»Ist irgendetwas mit Marjorie? Sie ist so still«, wandte sich Victoria leise an Caitlyn, die neben ihr saß.

»Ach, die redet immer wenig.« Caitlyn zuckte mit den Schultern.

Vielleicht hat sie Probleme wie ich, dachte Victoria. Ihr selbst war ja auch nicht danach zumute, sich an der Unterhaltung der anderen zu beteiligen, die gerade darüber spekulierten, welches Pferd wohl das Rennen gewinnen würde. Einige hatten bereits bei den Buchmachern in der City ein paar Pennys gesetzt. Ihr Vater hatte gern Pferderennen besucht, und gelegentlich hatte sie ihn begleitet. Er war mit einigen Besitzern von Rennpferden befreundet gewesen, und deshalb hatte sie sogar beim Wiegen der Pferde vor dem Start zusehen dürfen. Das hatte Victoria als Kind sehr geliebt.

Es herrschte gutes Wetter für ein Rennen, es war sonnig, aber ein frischer Wind wehte. Licht und Schatten wechselten sich in rascher Folge auf den Feldern und Wiesen ab, je nachdem ob gerade eine Wolke die Sonne verdeckte oder nicht. Einer der Ordner war ein Cousin von einer der Mitstreiterinnen, einer dunkelhaarigen Arbeiterin namens Heather. Er gehörte der kommunistischen Partei an und wollte die Frauen unter das Dach des Rennbahngebäudes schmuggeln. Wenn alles so lief wie geplant, würden sie, während die Flugblätter auf die Besucher hinunterschwebten, aus dem Gebäude entkommen und sich unter die Menge mischen, bevor die Polizei Räume und Gänge absuchte.

In Epsom verließen fast alle Passagiere den Zug. Auf dem Bahnsteig herrschte dichtes Gedränge, und Victoria wurde, während sie die Sperre passierten, wo ein Kontrolleur die Hinfahrkarten einsammelte, gegen Marjorie gedrückt.

»Entschuldige.« Victoria lächelte sie an, als sie ihr Gleichgewicht wiederfand.

Marjorie reagierte nicht. Victoria ging hinter ihr an dem Kontrolleur vorbei.

Auch außerhalb des Bahnhofs drängten sich die Menschen. Wie immer am Renntag war Jahrmarkt. Während sie sich zusammen mit den anderen Frauen einen Weg zwischen den Buden, den Karussells, den Imbiss- und Süßwarenständen hindurchbahnte, sog Victoria die bunte Atmosphäre in sich auf. Sie wünschte sich, sie hätte eine Kamera dabei und Zeit zum Fotografieren.

Bald hatten sie das Renngelände erreicht. Nachdem sie am Eingang ihre Eintrittskarten vorgezeigt hatten, gingen sie zu dem vereinbarten Treffpunkt – einer Holzbude mit der verschnörkelten Aufschrift Twickenham, wo Wasser und Säfte verkauft wurden. Heathers Cousin, ein hagerer Mann Ende dreißig, erwartete sie dort schon. Ohne viel Zeit zu verlieren, führte er sie über das Gelände. An der Rennbahn hatte sich bereits eine große Besuchermenge versammelt. Victoria erhaschte einen Blick auf die Vorderseite des Rennbahngebäudes, wo die Reichen, der Adel und der König ihre Logen hatten und wo sich auch der Haupteingang befand. Elegant gekleidete Damen und Männer in dunklen Anzügen oder in Uniformen strebten dorthin.

Kurz darauf erreichten sie den Nebeneingang. Heathers Cousin führte sie eine schmale Treppe hinauf bis zu einem riesigen Dachboden, wo Stühle und Tische gelagert wurden. Nachdem er einige Worte mit seiner Cousine gewechselt hatte, verschwand er wieder. Caitlyn, die völlig gelassen wirkte, schlenderte zu einer der Dachluken, öffnete sie und ließ ihre mit den Flugblättern gefüllte Tasche von der Schulter gleiten.

»Na, das is' doch auch 'n Logenplatz«, sagte sie mit einem Grinsen. Victoria trat neben sie. Tatsächlich bot sich ihnen von hier aus ein erstklassiger Blick über die Rennbahn.

»Der Wind wird unsere Flugblätter gut verteilen«, rief eine andere Frau lachend.

Die Suffragetten drängten sich jetzt um Caitlyn und Victoria. Suchend blickte Victoria sich um. Sie vermisste Marjorie. Das letzte Mal hatte sie sie am Saftstand gesehen.

»Weiß jemand, wo Marjorie ist?«, fragte sie.

»Vielleicht musste sie aufs Klo«, mutmaßte eine ältere Frau.

»Die Toiletten im Rennbahngebäude sollte sie nicht benutzen«, wandte Heather ein. »Einfach gekleidet, wie sie ist, würde sie dort sofort auffallen.«

»Vielleicht ist ihr schlecht geworden, als wir noch draußen waren.«

»Marjorie ist manchmal seltsam. Aber sie wird uns bestimmt nicht verpfeifen, falls du das befürchtest.«

Victoria gab sich mit den Antworten zufrieden, doch kurz darauf merkte sie, dass sie innerlich unruhig war. Marjorie hatte so nervös und geistesabwesend gewirkt. Irgendetwas stimmte nicht mit ihr. Plante sie eine Dummheit? Oder wollte sie sich gar etwas antun?

Sie wagte nicht, gegenüber den anderen Frauen ihre Befürchtung auszusprechen, da diese sie gewiss ausgelacht hätten. Alle Suffragetten standen jetzt vor den geöffneten Dachluken. Das Reden und Lachen der Menschen an der Rennbahn war zu hören, ab und zu wurde es übertönt vom Wiehern eines Pferdes.

Schließlich hielt Victoria es nicht mehr aus. Sie verließ den Dachboden und eilte die Treppe hinunter. Fieberhaft überlegte sie. Marjorie war bestimmt nicht im Gebäude. Dort würde sie sofort auffallen und hinausgeworfen werden. Ein Gefühl sagte ihr, dass sie draußen war, unter den Besuchern des Rennens – unter den wichtigen Besuchern des Rennens.

Der Wiegeplatz, dachte Victoria, *da tummeln sich jetzt, vor dem Rennen, die Menschen. Die Besitzer der Rennpferde sehen sich ihre Tiere noch einmal an und wechseln ein paar Worte mit dem Jockey.* Sie hatte nun das Ende der Treppe erreicht. In die Seitentür klemmte sie ein Taschentuch, damit sie nicht zuschnappte und sie später auf den Dachboden zurückkehren konnte. Rasch vergewisserte sie sich, dass das Tuch nur bei genauem Hinsehen zu erkennen war. Dann eilte sie um das Rennbahngebäude und in Richtung der Stallungen, wo auch der Wiegeplatz lag.

Dort hatte sich, wie vermutet, eine größere Menschengruppe versammelt. Der Wind spielte mit den Federn und den Blumendekorationen auf den Hüten der Damen und blähte ihre Mäntel. Der König stand bei ein paar Männern und plauderte mit ihnen. Ein schwarzer Hengst wurde von der Waage weggeführt. Ein wunderschöner schokoladenbrauner Wallach war als nächstes Pferd an der Reihe.

Victoria konnte Marjorie nirgends entdecken. Erleichtert folgerte sie, dass sie mit ihrer Befürchtung doch falschgelegen hatte. Nun ging der König zur Waage – offenbar war der Wallach sein Rennpferd. Victoria wollte gerade auf den Speicher zurückkehren, da nahm sie aus den Augenwinkeln eine Bewegung ganz in ihrer Nähe wahr. Marjorie ... Ihr Gesicht war sehr bleich. In der Hand hielt sie eine Pistole, die sie auf König Edward richtete.

Marjorie, nein!, wollte Victoria schreien, doch vor Aufregung kam ihr kein Wort über die Lippen. Sie rannte auf die junge Frau zu und hatte sie fast erreicht, als sich ein Schuss aus der Pistole löste. Menschen schrien auf.

»Das Wahlrecht für Frauen!«, rief Marjorie.

Noch einmal feuerte sie die Pistole ab. Der König fiel zu Boden. Blut sickerte zwischen Gras und Steine. Marjorie blieb regungslos stehen, die rauchende Pistole in der Hand.

»Marjorie!« Schluchzend schüttelte Victoria die Mitstreiterin. »Was hast du getan?«

Dann wurden sie und die junge Frau auch schon von Männern gepackt und zu Boden geworfen. Victoria rutschte die Tasche von der Schulter, die öffnete sich, die Flugblätter fielen heraus und wurden vom Wind erfasst und durch die Luft gewirbelt. *Das ist das Ende*, dachte sie noch, dann spürte sie, dass man ihr Handfesseln anlegte.

Victoria lag auf ihrer Pritsche und starrte in die Dunkelheit. In einer benachbarten Zelle weinte eine Frau. Es war ein hoffnungsloses Weinen wie das Jammern eines verwundeten Tieres, und es setzte Victoria viel mehr zu, als wenn die Frau getobt und an die Wände geschlagen hätte.

Noch immer konnte sie nicht wirklich begreifen, was geschehen war. Sie hoffte nur, dass der König nicht schwer verwundet oder gar tot war. Nachdem sie und Marjorie überwältigt worden waren, hatte man sie in unterschiedliche Räume des Rennbahngebäudes gesperrt. Victoria wurde von einem Scotland Yard Inspector verhört. Zuerst war sie dankbar gewesen, dass es nicht Armitage gewesen war. Doch ihre Erleichterung hatte sich schnell verflüchtigt. Der große knochige Mann hatte ihr überhaupt nicht geglaubt, dass sie von dem Anschlag nichts gewusst hatte. Im Gegenteil hatte er behauptet, nicht Marjorie, sondern sie habe den zweiten Schuss abgefeuert. Schließlich war sie in einer vergitterten Kutsche ins Londoner Holloway-Gefängnis gebracht worden.

Als die Kutsche am Rennbahngebäude vorbeigefahren war, hatte Victoria noch eine Reihe weiterer Gefängniskutschen gesehen und hinter einem vergitterten Fenster Caitlyn erblickt. Die anderen Suffragetten waren also auch festgenommen worden. Doch als Victoria später fotografiert und ihr die Fingerabdrücke abgenommen worden waren und ihr eine mürrische Wärterin die Gefängniskluft, ein Kleid aus einem rauen schwarzen Stoff, auf den graue Winkel gedruckt waren, ausgehändigt hatte, hatte sie keine der Frauen gesehen. Victoria vermutete, dass sie in andere Gefängnisse gebracht worden waren.

Immerhin ist es gut, dass Randolph sich schon gegen mich entschieden hat, dachte sie bitter, während sie auf das graue Viereck oben an der Wand starrte, wo sich der Umriss des Fensters abzeichnete. *Eine Frau, die beschuldigt wird, ein Attentat auf den König ausgeübt zu haben, hätte er niemals geheiratet.*

Ein metallisches Klappern an der Tür zeigte ihr, dass eine Wärterin bei ihrem nächtlichen Rundgang das Schiebefenster geöffnet hatte und in die Zelle blickte. Immer wieder hatte Victoria gefordert, Mr. Montgomery sprechen zu dürfen. Doch sowohl der Inspector, der sie verhört hatte, als auch das Gefängnispersonal hatten ihren Appell ignoriert.

Hopkins und Mrs. Dodgson haben keine Ahnung, wo ich bin, überlegte Victoria besorgt. Am Morgen hatte sie den beiden gegenüber behauptet, zum Fotografieren aufs Land zu fahren. Ihr Großvater und ihre Großtante waren sicher längst darüber informiert worden, dass sie inhaftiert war. Doch ihre Verwandten würden ganz bestimmt ebenfalls glauben, dass sie an dem Attentat auf den König beteiligt war, und keinen Finger rühren, um sie freizubekommen. Schließlich hatte sie die schlimmstmögliche Schande über die Familie gebracht. Für immer würde der Name der Familie St. Aldwyn dadurch befleckt sein. Victoria hoffte inständig, dass Jeremy mittlerweile erfahren hatte, dass sie gefangen genommen worden war, und sich für sie einsetzte.

Das Weinen in der Nachbarzelle hatte für einige Minuten aufgehört, doch nun begann es wieder. *Was, wenn Großvater und Großtante Hermione verhindern, dass mein Name im Zusammenhang mit dem Attentat an die Öffentlichkeit gelangt?*, durchfuhr es Victoria. *Wenn sie mich für immer, ohne dass es einen Prozess gibt, in diesem Gefängnis verschwinden lassen?*

Victoria bekam keine Luft mehr. Keuchend rannte sie zur Zellentür und trommelte dagegen. Halb ohnmächtig hörte sie Schritte draußen auf dem Gefängnisgang. Ein Schlüssel drehte sich im Schloss. Die Tür ging auf, und eine vierschrötige Wärterin kam in die Zelle.

»He, was soll der Krach, gib gefälligst Ruhe, sonst wirst du Ärger mit mir kriegen«, herrschte sie sie an.

Victoria bekam kein Wort mehr über die Lippen. Sie rang nach Atem, dann brach sie zusammen und ihr wurde schwarz vor Augen.

Als Victoria zu sich kam, war es draußen hell. Sie blickte wieder auf ein vergittertes Fenster, doch es war plötzlich größer geworden. Dann erkannte sie, dass die Wand weiß und nicht grau gestrichen war. Sie lag in einem Metallbett und trug ein Nachthemd aus grobem Leinen. Kurz darauf öffnete sich die Zimmertür. Eine Wärterin, deren Oberlippe ein schwarzer Schnurrbart verunzierte, kam herein und stellte ein Metalltablett auf dem Nachttisch neben Victoria ab.

»Ist das hier die Krankenstation?«, fragte Victoria.

»Was denken Sie denn? Das Ritz etwa?«, knurrte die Frau.

Victoria fühlte sich sehr schwach. Schon bei der Vorstellung, sich in einem geschlossenen Raum zu befinden, legte sich ihr wieder ein Druck auf die Brust.

»Bitte, ich bekomme keine Luft«, rief sie. »Ich brauche eine Tüte, in die ich atmen kann.«

Die Wärterin verschwand ohne eine Antwort. Victoria hörte, wie draußen ein Riegel vorgeschoben wurde. Sie zwang sich, ruhig und gleichmäßig zu atmen, und nach einer Weile legte sich die Beklemmung so weit, dass sie das Tablett in Augenschein nehmen konnte. Darauf befanden sich ein Becher Tee, eine Scheibe Brot und eine Art Haferbrei, der ziemlich unappetitlich aussah. Da sie ohnehin keinen Hunger hatte, nippte sie am Tee. Er war dünn und schmeckte nach nichts. Wehmütig dachte Victoria an das köstliche Frühstück, das Hopkins immer zubereitete.

Nach einer Weile kam die Wärterin wieder und beschied Victoria im Befehlston aufzustehen. Sie reichte ihr einen sackartigen Morgenmantel und ein paar Stoffpantoffeln, die viel zu groß waren. Dann führte sie Victoria einen fensterlosen Korridor entlang, der von Gaslampen spärlich erhellt war. In den unförmigen Pantoffeln hatte Victoria Mühe, nicht zu stolpern.

Schließlich öffnete die Wärterin eine Tür und schob sie in einen kleinen Raum. Victoria hätte vor Erleichterung beinahe zu weinen begonnen, als sie hinter dem am Boden festgeschraubten Metalltisch Mr. Montgomery sitzen sah, der sich nun bei ihrem Eintritt höflich erhob.

»Miss Bredon, es tut mir außerordentlich leid, Sie in dieser misslichen Lage vorzufinden«, sagte er. »Ich hoffe, Sie haben sich von Ihrem bedauerlichen Anfall erholt?«

»Ja, das habe ich.« Victoria nickte rasch, ehe sie fragte: »Wie geht es dem König?« Es schien ihr sehr lange zu dauern, bis Mr. Montgomery antwortete.

»Es geht ihm gut. Durch den Sturz hat er sich nur eine leichte Kopfverletzung zugezogen. Der Schuss wurde aus einer Platzpatronenpistole abgefeuert.«

»Dem Himmel sei Dank.« Victoria fühlte sich ganz schwach vor Erleichterung.

»Es bleibt trotzdem eine sehr böse Angelegenheit.« Mr. Montgomery seufzte. »Der Souverän dieses Landes wurde von Miss Winters angegriffen und hat sich dabei verletzt. Die konservative Presse schäumt und fordert ein hartes Durchgreifen gegenüber den Suffragetten.«

Victoria bemerkte, dass ihre unpassende Kleidung den Anwalt verlegen machte, und wenn die Situation nicht so ernst gewesen wäre, hätte sie sich wahrscheinlich darüber amüsiert.

»Die anderen Frauen und ich wussten nichts von Marjories verrücktem Plan«, erklärte sie. »Während wir auf dem Speicher auf eine günstige Gelegenheit warteten, unsere Flugblätter durch die Luken zu werfen, überkam mich plötzlich ein ganz mulmiges Gefühl. Marjorie hatte sich so seltsam verhalten. Ich habe sie gesucht, und als ich sie fand, hatte sie diese Pistole in der Hand. Dass ich das Schlimmste verhindern wollte, hat der Inspector mir nicht geglaubt.«

»Ich glaube Ihnen, Miss Victoria«, erwiderte Mr. Montgomery ernst. »Und auch wenn ich es nicht täte, würde ich alles tun, um Sie freizubekommen. Mr. Ryder hat mich übrigens über Ihre Inhaftierung informiert.« Eine Welle der Dankbarkeit durchflutete Victoria. Auf Jeremy konnte sie sich wirklich verlassen. »Ich musste allerdings mit äußerst harten Bandagen kämpfen, um von meinem Recht, als Ihr Anwalt und Vormund mit Ihnen sprechen zu dürfen, Gebrauch machen zu können.« Mr. Montgomery räusperte sich, sein besorgter Blick alarmierte Victoria.

»Was ist los, Mr. Montgomery?«, fragte sie beklommen.

»Zum einen wird es das Vormundschaftsgericht, fürchte ich, nicht gerade gnädig stimmen, dass Sie mit den Suffragetten in Aktion getreten sind. Auch wenn wir beweisen können, dass Sie nichts von dem Attentat wussten. Und zum anderen ...«, er räusperte sich wieder, »... beabsichtigen Ihr Großvater und Ihre Großtante, Sie für geisteskrank erklären und in eine Irrenanstalt einweisen zu lassen.«

»Bitte, Mr. Montgomery, sagen Sie ... sagen Sie mir, dass Sie scherzen«, stammelte Victoria.

»Leider ist dies nur zu wahr.« Er sah sie unglücklich an. »Zumindest konnte ich erreichen, dass Sie vorerst in Haft bleiben können.«

Zum ersten Mal seit ihrer Einlieferung ins Holloway-Gefängnis kam Victoria dieser Ort nicht mehr ganz so furchtbar vor. Es gab noch eine viel schrecklichere Alternative.

»Ryder, was fällt Ihnen ein!«

Zornig sprang der Commissioner von seinem Sessel auf. Jeremy hatte den entsetzten Butler ignoriert, der ihm mitgeteilt hatte, dass Sir Arthur niemanden empfange, und war in dessen Wohnzimmer gestürmt.

»Ich muss mit Ihnen sprechen, Sir«, antwortete Jeremy knapp.

»Mein Lieber, dann lasse ich euch wohl besser allein.« Die Gattin des Commissioners, eine kleine, verhuscht wirkende Frau Ende vierzig, raffte hastig ihr Stickzeug zusammen und eilte aus dem Raum.

Sir Arthur faltete die Zeitung zusammen, die er gelesen hatte, und warf sie ärgerlich auf einen Beistelltisch vor dem Kamin. »Es ist gut, Aldgate, Sie können gehen«, wandte er sich an den Butler. »Ich vermute, Ihr melodramatischer Auftritt hängt mit Miss Bredon zusammen«, fuhr er dann Jeremy an.

»Miss Bredon war nicht an dem scheinbaren Attentat auf den König beteiligt«, erklärte Jeremy.

»Inspector Meyers und Zeugen sind da anderer Meinung.«

»Miss Bredon hat ihrem Anwalt versichert, dass sie damit nichts zu tun hatte, und sie würde nicht lügen«, erklärte Jeremy mit fester Stimme. »Außerdem habe ich in meiner Rolle als Journalist mit einem Scotland-Yard-Beamten gesprochen. Ich werde Ihnen jetzt nicht verraten, mit welchem«, kam er der scharfen Frage des Commissioners zuvor, »ich gebe meine Quellen nicht preis. Von ihm erfuhr ich, dass Miss Marjorie Winters zu Protokoll gegeben hat, niemanden in ihren Plan eingeweiht zu haben. Zudem habe ich Interviews mit Zeugen geführt, die in der Nähe des Königs an der Rennbahnwaage standen. Die meisten von ihnen sind davon überzeugt, dass Miss Bredon Miss Winters davon abhalten wollte, auf den König zu schießen.« Herausfordernd blickte er den Commissioner an. »Ich gehe doch davon aus, dass die Schreckschusspistole inzwischen auf Miss Bredons Fingerabdrücke und ihre Hände auf Schmauchspuren untersucht wurden?«

»Ja, das wurden sie.« Sir Arthur Stanhope nickte.

»Und es wurden weder Fingerabdrücke noch Schmauchspuren gefunden, nicht wahr?« Der Commissioner schwieg, was Jeremy Antwort genug war.

»Setzen Sie sich, Ryder.« Gereizt deutete Sir Arthur nun auf den Sessel, der neben seinem vor dem Kamin stand. Jeremy folgte der Aufforderung, sich zu setzen. Er hatte von einem seiner Informanten bei Scotland Yard – die ihn ja als Journalisten und nicht als Kollegen kannten – von Victorias Verhaftung erfahren. Er hatte dem Himmel gedankt, dass kein wirkliches Attentat auf Edward verübt worden war. Aber auch so war die Situation ernst genug, und er fürchtete, dass es alles andere als leicht werden würde, sie freizubekommen. Eine Einschätzung, die ihm Mr. Montgomery bekümmert bestätigt hatte.

Ach, warum muss sich Victoria nur immer in Schwierigkeiten bringen? Jeremy war ärgerlich auf Victoria, gleichzeitig dachte er voll Zärtlichkeit an sie.

»Der Innenminister will, dass mit aller Strenge gegen die Suffragetten vorgegangen wird«, brach der Commissioner schließlich das Schweigen.

»Aber Miss Bredon und die anderen Frauen haben nichts Unrechtes getan, außer unberechtigt in das Rennbahngebäude einzudringen«, protestierte Jeremy.

»Ich kann nichts für Miss Bredon tun.«

»Sie können nicht, oder Sie wollen nicht, Sir?«

»Ryder«, der Commissioner schlug mit der flachen Hand aufgebracht auf die Sessellehne, »ich verbitte mir Ihren Ton.«

»Nach dem, was mir Mr. Montgomery erzählte, vermute ich, dass der Duke of St. Aldwyn die Gelegenheit als günstig erachtet, sich seiner unbotmäßigen Enkelin zu entledigen. Er will sie für immer in einer Irrenanstalt verschwinden lassen und hat deshalb beim Innenminister interveniert.« Jeremy beugte sich vor und blickte Sir Arthur sehr ernst an. »Wenn Sie mir nicht helfen, Miss Bredon freizubekommen, werde ich öffentlich machen, dass entlastende Beweise gegen sie zurückgehalten werden.«

»Das wagen Sie nicht, Ryder«, knurrte der Commissioner, »damit können Sie Ihre Karriere in England, auch als Journalist, vergessen.«

»Oh, ich würde noch ganz andere Dinge öffentlich machen.« Jeremy winkte ab. »Zum Bespiel, dass jahrelang ein hoher Beamter des Innenministeriums mit Billigung Scotland Yards als Erpresser tätig war.«

»Keine Zeitung in England würde das drucken.« Sir Arthur schnaubte verächtlich.

»Da haben Sie recht.« Jeremy nickte gelassen. »Die amerikanischen Blätter würden sich jedoch mit Wonne darauf stürzen. Ich sehe schon die Schlagzeilen vor mir.« Er machte eine weit ausholende Handbewegung. »›Englische Regierung lässt Beweise unterdrücken – Enkelin eines Duke unter Vorspiegelung falscher Tatsachen in Irrenanstalt eingewiesen‹ und ›Englische Regierung deckte Erpresser in den eigenen Reihen‹. Dem Bild Englands in der Welt dürfte dies beträchtlichen Schaden zufügen.« Der Commissioner erwiderte nichts, er starrte reglos in das Kaminfeuer. Jeremy ließ seinen Blick durch das Wohnzimmer schweifen. Es spiegelte den üblichen Geschmack der Oberschicht. In einer Ecke standen Kübel mit mächtigen Farnen. Die Wandbespannung aus Seide hatte einen dunklen Violettton. Auf einer Vitrine stand die Büste Wellingtons, der zusammen mit dem deutschen Generalfeldmarschall Blücher Napoleon bei Waterloo besiegt hatte – eine ähnlich patriotische Reminiszenz wie das Gemälde von der Seeschlacht bei Trafalgar im Arbeitszimmer. »Sir«, sagte Jeremy leise, aber eindringlich, »dieses Land wurde nicht durch Lügen und Intrigen groß. Ich glaube, dass Sie Sir Francis ebenso verachtet haben wie ich und ihn nur sehr ungern gewähren ließen. Und dass Ihnen Recht und Gesetz wirklich am Herzen liegen.«

»Verschwinden Sie, Ryder ...« Der Commissioner bedachte ihn mit einem finsteren Blick.

»Sir, Miss Bredon ...«, ließ Jeremy nicht locker.

»Ich werde sehen, was ich für sie tun kann. Und jetzt gehen Sie mir endlich aus den Augen.«

Dass Sir Arthur ihn, obwohl er so aufgebracht war, immer noch nicht entlassen hatte, wertete Jeremy als ein positives Zeichen.

DREISSIGSTES KAPITEL

»Autsch ...«

Victoria murmelte einen Fluch. Schon wieder hatte sie sich einen Finger blutig gestochen. Sie besaß wirklich ebenso wenig Talent für Hand- wie für Hausarbeiten. Am Vorabend war sie aus der Krankenstation entlassen worden. Am Morgen hatte eine Wärterin ihre Zellentür aufgeschlossen, und sie hatte sich in eine lange Reihe weiblicher Gefangener einreihen müssen. Zusammen mit etwa zweihundert Frauen hatte sie das Frühstück in einem riesigen kahlen Saal eingenommen – es war genauso ungenießbar wie das auf der Krankenstation gewesen. Danach war sie einer Gruppe von Inhaftierten zugeteilt worden, die Säcke aus grobem Leinenstoff nähten.

Innerhalb von einer Stunde hatte Victoria gerade einmal drei Säcke fertiggestellt, und sechs waren die Vorgabe. Eine brummige Wärterin hatte ihr eröffnet, dass sie, wenn sie das Soll nicht erfülle, nicht am täglichen Hofgang teilnehmen dürfe. Nach zwei Tagen, ohne an der frischen Luft gewesen zu sein, sehnte Victoria sich danach, ein Stück freien Himmel zu sehen. Bei einer Überschreitung des Solls winkten Vergünstigungen wie größere Essensportionen. Aber abgesehen davon, dass alle Mahlzeiten bestimmt so ungenießbar waren wie das Frühstück, und sie darauf gut verzichten konnte, war daran ohnehin nicht zu denken.

Victoria widmete sich wieder dem Sack. Im Essenssaal hatte

sie nach ihren Mitstreiterinnen Ausschau gehalten. Zu ihrem Bedauern hatte sie keine der Frauen gesehen, was ihre Vermutung bestätigte, dass sie auf andere Gefängnisse verteilt worden waren. Die Vorstellung, jahrelang eingesperrt zu sein, war schon entsetzlich genug, doch bei dem Gedanken daran, dass es ihrer Familie tatsächlich gelingen könnte, sie in eine Irrenanstalt einweisen zu lassen, überkam Victoria die schiere Panik.

Grübel nicht darüber nach, sagte sie sich. *Konzentrier dich stattdessen auf die Nähwerkstatt und betrachte sie so, als ob du sie fotografieren wolltest.* Die Wände des Raumes waren unverputzt, der Boden aus gestampftem Lehm. Eine Reihe vergitterter Fenster befand sich im Mauerwerk oben unter dem Ziegeldach. In zwei Ecken standen kleine gusseiserne Öfen, die an diesem Apriltag nicht beheizt wurden. Victoria vermutete, dass sie kaum Wärme verbreiteten. Wahrscheinlich war es in der Näherei im Winter bitterkalt und im Sommer sehr heiß.

Etwa vierzig Frauen saßen an den langen, grob gezimmerten Holztischen, die eine U-Form bildeten. Alle trugen Gefängniskleidung. Die Gesichter vieler waren abgestumpft und verhärmt. Schräg gegenüber von Victoria saß eine kleine Frau von vielleicht vierzig Jahren, die mit ihrem muskulösen Körper und dem vorspringenden Unterkiefer Ähnlichkeiten mit einer Bulldogge hatte. Victoria hatte beim Frühstück beobachtet, dass sie einer anderen Gefangenen das Essen weggenommen hatte. Die Wärterinnen hatten das entweder nicht bemerkt oder sie gewähren lassen. Wobei das Gefängnispersonal, mit dem Victoria bislang zu tun gehabt hatte, ebenso abgestumpft wirkte wie die Gefangenen.

Der Sack war endlich fertig, und sie hoffte, dass die Spuren ihrer blutigen Finger auf dem Stoff nicht auffallen würden. Sie griff nach einem weiteren Stück Leinen und begann wieder mit der Arbeit. Victoria hatte zwei Nähte beendet, als die Tür der Näherei aufflog. Eine Wärterin kam hereingestürzt und wandte sich an die beiden Frauen, die um die Tische patrouillierten.

»In der Wäscherei hat es einen Unfall gegeben«, rief sie. »Eine Gefangene ist mit dem Arm in eine Mangel geraten. Wir brauchen Hilfe.« Victoria wurde schon bei dem Gedanken daran übel. Die beiden Aufseherinnen aus der Näherei eilten mit der anderen Wärterin davon. Die Tür flog zu, und man hörte, dass der Riegel vorgeschoben wurde. Die Gefangenen begannen, gedämpft miteinander zu sprechen.

»Das ist schon der dritte Unfall in der Wäscherei«, hörte Victoria eine Frau sagen.

»Ja, gottlob, dass wir dort nicht arbeiten müssen«, antwortete eine andere.

Die Unterhaltungen brachen plötzlich ab, und als Victoria verwundert aufblickte, sah sie die Frau mit dem Bulldoggengesicht vor sich stehen.

»Du hast doch bestimmt nichts dagegen, dass ich mir deine Säcke nehme, oder?«, sagte sie mit einem herausfordernden Grinsen.

»Doch, das habe ich«, erwiderte Victoria ruhig.

»Ach, wirklich? Das wird mich aber ganz bestimmt nicht umstimmen.«

Die Gefangene blickte in die Runde. Einige der Frauen lachten. Andere wandten den Blick ab. Victorias Gegnerin nahm sich die Säcke.

»Leg sie wieder hin.«

Victoria stand auf. Sie brauchte ihr Soll, um an die frische Luft zu kommen.

»Oh, du machst mir aber wirklich Angst«, höhnte die

Gefangene, während sich ihre Augen verengten. In ihrer zur Faust geballten Rechten blitzte eine Nadel auf. »Soll ich dir vielleicht dein hübsches Gesichtchen zerkratzen, Püppchen?«, fauchte sie. Victoria trat einen Schritt zurück, als würde sie sich fürchten und hätte ihr Ansinnen geändert. Sie hatte Angst, aber sie war auch wütend, und sie war entschlossen, dem Streit nicht aus dem Weg zu gehen. »Na, biste zur Vernunft gekommen?« Ihre Gegnerin lachte zufrieden auf. »Und damit das klar ist – du wirst mir von jetzt an immer von deinen Säcken abgeben.« Mit hoch erhobenem Kopf wollte sie an Victoria vorbeigehen. Doch Victoria stellte ihr ein Bein, sodass sie zu Boden stürzte. »Du verdammtes Miststück!«

Mit einem Wutschrei sprang sie auf und wollte auf Victoria losgehen, doch Victoria wich ihr geschickt aus und wieder fiel ihre Kontrahentin zu Boden. Plötzlich tauchte eine Frau neben Victoria auf, die ihr schon am Morgen aufgefallen war, weil sie an die zwei Meter groß war und mit ihren breiten Schultern und riesigen Händen den Körperbau eines Mannes hatte.

Mit dieser Frau, begriff Victoria entsetzt, *werde ich es nicht aufnehmen können.* Doch zu ihrer Überraschung packte die Riesin ihre Gegnerin am Kragen, zog sie auf die Füße und schüttelte sie wie eine Katze eine Ratte.

»Verzieh dich wieder an deinen Platz, Moira«, sagte sie mit tiefer, heiserer Stimme, »und lass die Kleine in Ruhe. Sonst kriegst du es ernsthaft mit mir zu tun.«

»Schon gut, Wallis, ich will keinen Ärger«, japste Moira.

»Gut, dass wir das geklärt haben.« Wallis' zynisches Grinsen wirkte dadurch, dass ihr ein paar Zähne fehlten, noch bedrohlicher.

Jetzt, da die Gefahr vorbei war, wurden Victorias Beine ganz weich, und sie ließ sich auf den Stuhl sinken. Sie griff wieder nach dem Sack, an dem sie gerade arbeitete, doch ihre Hände zitterten so sehr, dass sie kaum die Nadel halten konnte.

»Hier, ich glaub, die kannst du brauchen.« Wallis legte einige fertige Säcke auf Victorias niedrigen Stapel. »Wir sehn uns.« Sie zwinkerte ihr zu und suchte ihren Platz auf.

Kaum eine Minute später öffnete sich die Tür, und die beiden Wärterinnen kehrten zurück.

»Schön, Ladys, dass hier alles ruhig geblieben ist«, sagte eine von ihnen.

Dank Wallis' Säcken hatte Victoria ihr Soll erfüllt und durfte am Ausgang im Hof teilnehmen. Sie stellte fest, dass ihre Mitgefangenen sie nun mit Respekt behandelten. Am Abend, vor der Essensausgabe im Speisesaal, traten ein paar Frauen beiseite, um sie in der Schlange vorzulassen. Victoria wollte das eigentlich nicht annehmen, aber Wallis, die sich hinter sie gestellt hatte, legte ihr die Hand auf die Schulter und schob sie vorwärts.

»Du darfst hier drinnen nicht zu nett sein«, zischte sie ihr zu. »Das wird dir als Schwäche ausgelegt.«

Auch am Tisch rückten die Mitgefangenen zur Seite und hielten Abstand zu Victoria und Wallis, die sich neben sie setzte. Sich während der Mahlzeiten zu unterhalten war verboten. Das Klappern des Blechbestecks und -geschirrs sorgte jedoch für eine gewisse Geräuschkulisse, und die Wärterinnen, die die Aufsicht führten, hielten sich am anderen Ende des Saals auf.

»Danke, dass du mir geholfen hast«, flüsterte Victoria Wallis zu, während sie einen Löffel Kohlsuppe zum Mund führte.

»Ich kann Moira nicht ausstehen, und du warst mutig.« Wallis grinste. »Außerdem hab ich dich mal mit Caitlyn im East End gesehen.« Eine Wärterin blickte nun doch in ihre Richtung, und Victoria und Wallis widmeten sich rasch wieder dem Essen. »Was hat ein feines Fräulein wie du im East End zu suchen?«, murmelte Wallis, nachdem sie sich davon überzeugt hatte, dass die Aufmerksamkeit der Wärterin nicht mehr auf sie gerichtet war.

»Ich versuche, den Mord an Molly aufzuklären«, gab Victoria ebenso leise zurück. Mehr wollte sie nicht erzählen.

Wallis warf ihr einen überraschten Blick zu. Sie stellte keine weiteren Fragen, was wohl ebenfalls der Situation geschuldet war, sondern murmelte nur nachdenklich »Molly ...« und sah auf einmal ganz betrübt aus.

»Du hast sie gekannt?«

»Als wir jung waren, waren wir befreundet. Bevor Molly ihren edlen Laden aufmachte und so richtig zu Geld kam.« Wallis tunkte ein Stück Brot, das voller Spelzen war, in die Suppe und schob es sich dann in den Mund. Sie kaute, schluckte und flüsterte dann weiter: »Später hatten wir nicht mehr viel miteinander zu tun. Aber wenn ich mal 'ne Flasche Gin oder 'n paar Pennys brauchte, konnte ich zu ihr kommen. Es hat mich wirklich mitgenommen, als ich erfuhr, dass ihr jemand die Kehle durchgeschnitten hat, und ich wünsch ihrem Mörder, dass er am Galgen baumeln wird.«

»Molly war höchstwahrscheinlich in Erpressungen verwickelt. Weißt du etwas darüber?«

»Nee ...« Wallis aß von der Suppe und rülpste. Dann murmelte sie: »Ich weiß nur, dass Molly mal 'ner feinen Dame 'n Kind besorgt hat.«

»Wie meinst du das?«, fragte Victoria verblüfft.

»Das ist schon über zwanzig Jahre her, und ich hab ewig

nicht mehr dran gedacht. Erst nach dem Mord fiel's mir wieder ein.« Wallis beugte sich wieder über ihren Blechteller und gab Victoria einen unauffälligen Wink, das Gleiche zu tun. Victoria bemerkte, dass zwei Wärterinnen langsam an den Tischen entlanggingen. Voller Ungeduld wartete sie, bis sie sich so weit entfernt hatten, dass sie ein Flüstern nicht mehr hören konnten. »Eine von Mollys Nutten bekam ein Kind, und das nahm 'ne feine Dame mit«, zischelte Wallis nun.

»Die Dame nahm den Säugling an Kindes statt an?«

»Das weiß ich nicht ...«

Victoria starrte Wallis an und wollte ihr viele weitere Fragen stellen. Doch nun hatte sie endgültig die Aufmerksamkeit einer Wärterin erregt, die vorne im Saal stand und die Gefangenen beobachtete. Sie kam auf Victoria und Wallis zugerannt.

»He, ihr beiden, haltet sofort den Mund, sonst wandert ihr umgehend zurück in eure Zellen«, brüllte sie, postierte sich hinter ihnen und unterband so jede Möglichkeit, die Unterhaltung fortzusetzen.

Die ungeklärten Fragen brannten Victoria die ganze Nacht auf der Seele. Sie hoffte, während des Frühstücks am nächsten Morgen endlich Antworten von Wallis zu erhalten. Doch immer hielt sich eine Wärterin in ihrer Nähe auf und verhinderte, dass sie miteinander sprechen konnten. In der Nähwerkstatt waren die Plätze fest zugewiesen. Deshalb gab es auch hier für Victoria keine Möglichkeit, sich mit Wallis auszutauschen. Sie fieberte dem Mittagessen entgegen.

Am späten Vormittag erschien eine Wärterin in der Nähwerkstatt und forderte Victoria barsch auf, mit ihr zu kommen. Victoria hoffte, dass Mr. Montgomery sie zu sprechen wünschte und gute Nachrichten brachte, doch zu ihrer Verwunderung wartete Großtante Hermione in einem kleinen Raum mit vergitterten Fenstern auf sie. Sie beschied die Wärterin, dass sie gehen könne, woraufhin die stämmige Frau sofort verschwand.

»Es ist mir neu, dass Sie mein Anwalt sind«, sagte Victoria sarkastisch. »Denn sonst dürfte ich ja eigentlich nicht mit Ihnen allein sein.«

»Oh, ich habe die Erlaubnis der Gefängnisdirektorin.« Großtante Hermione winkte ab, während sie Victoria musterte. »Die Gefängniskluft ist nicht gerade sehr kleidsam«, bemerkte sie dann. »Aber vielleicht entspricht diese Kleidung ja dem Ideal der Suffragetten.« Sie selbst trug ein elegantes hellgraues Kostüm, dazu eine weiße Seidenbluse mit gefälteltem Vorderteil. »Du musst wirklich wahnsinnig sein. Eine andere Erklärung gibt es nicht dafür, dass du dich an einem Attentat auf unseren Souverän beteiligt hast.«

»Es war kein richtiges Attentat, und ich habe mich nicht daran beteiligt!«, protestierte Victoria. »Ich wollte das Attentat verhindern.«

Doch ihre Großtante ignorierte ihre Worte. Sie sprach weiter, als hätte Victoria überhaupt nichts gesagt. »Deshalb werde ich dich jetzt auch in die private Irrenanstalt St. Bernards begleiten. Ich hoffe, dass deinem wirren Geist dort geholfen werden kann.«

»N… nein, das … das können Sie nicht tun!«, stammelte Victoria.

»Draußen stehen zwei Wärterinnen und ein Pfleger der Anstalt bereit«, erwiderte ihre Großtante kühl. »Entweder du bist bereit, deine Würde zu wahren und ohne Widerstand mitzukommen, oder sie werden dich mit Gewalt zur Kutsche bringen.«

»Nein …« Panik überkam Victoria.

Ehe sie es verhindern konnte, hatte ihre Großtante die Tür geöffnet. Ein großer kahlköpfiger Mann mit den Schultern und den Armen eines Ringers und zwei kräftige Wärterinnen kamen herein.

»Schaffen Sie meine Großnichte zur Kutsche«, befahl Großtante Hermione kalt.

Victoria wich an die Wand zurück. Sie wusste, dass sie gegen diese drei Gegner keine Chance hatte.

»Nun kommen Sie schon, Miss«, brummte der Pfleger. »Machen Sie doch keinen Ärger.«

Victoria versuchte, ihm auszuweichen. Doch er hatte ihre Reaktion vorhergesehen. Er packte ihre Arme, drehte sie auf den Rücken und schleifte sie zur Tür.

»Nein, lassen Sie mich los!« Verzweifelt trat Victoria nach ihm. Er schien ihre Tritte überhaupt nicht wahrzunehmen. Nun packten die beiden Wärterinnen Victorias Beine. Halb trugen, halb zerrten sie und der Pfleger sie den Gefängniskorridor entlang bis zu einer schweren, metallverstärkten Tür und von dort in einen Hof, wo eine Kutsche wartete.

»Nein!« Noch einmal bäumte sich Victoria panisch auf. Wieder vergebens.

Sie hatten die Kutsche schon fast erreicht, als Victoria eilige Schritte hörte. Dann ertönte Mr. Montgomerys Stimme: »Lassen Sie mein Mündel sofort los! Auf richterlichen Befehl ist Miss Bredon unverzüglich aus dem Holloway-Gefängnis zu entlassen.« Victorias Peiniger blieben stehen, hielten sie aber immer noch fest. Ihr gelang es, den Kopf zu drehen. Mr. Montgomery befand sich in Begleitung einer großen schwarz gewandeten Dame, die strenge Gesichtszüge hatte. Die Gefängnisdirektorin, vermutete Victoria benommen. Der Anwalt hielt ein Schriftstück in der Hand, das er Lady Glenmorag präsentierte. »Miss Bredon ist in allen Punkten von dem Verdacht, an einem Attentat auf den König beteiligt gewesen zu sein, entlastet. Deshalb entfällt auch jegliche Vermutung auf eine mögliche Geisteskrankheit Miss Bredons. Falls Sie, Lady Glenmorag, und Ihr Bruder, der Duke, diesbezüglich noch Zweifel haben sollten, wird Miss Bredon gern bereit sein, sich von anerkannten Ärzten untersuchen zu lassen.«

Der Pfleger und die beiden Wärterinnen ließen Victoria endlich los. Tränen der Erleichterung stiegen ihr in die Augen. Nur die Gegenwart ihrer Großtante, vor der sie keine Schwäche zeigen wollte, verhinderte, dass sie zu weinen begann.

»Miss Victoria, ich habe niemals geglaubt, dass Sie an einem Attentat auf den König beteiligt waren.«

Als Victoria eine Stunde später nach Hause zurückkehrte, stürzte Mrs. Dodgson auf sie zu, fiel ihr um den Hals und drückte sie an sich. Auch Hopkins wirkte so, als wollte er Victoria umarmen, beschränkte sich dann jedoch darauf, sich zu verbeugen.

»Miss Victoria, wie schön, dass Sie wieder bei uns sind!«, erklärte er würdevoll.

»Ach, ich kann Ihnen gar nicht sagen, wie froh ich bin, wieder hier zu sein.«

Victoria befreite sich aus Mrs. Dodgsons Umarmung und lächelte sie und Hopkins an. *Ja, die beiden sind meine Familie,* dachte sie wieder einmal. Noch nie zuvor war ihr die Wohnung am Green Park so schön erschienen wie nach den Tagen im Gefängnis.

»Ich habe den Boiler im Bad angestellt«, bemerkte Hopkins nun. »Ich bin davon ausgegangen, dass Ihnen nach einem heißen Bad zumute sein würde.«

»Wunderbar, vielen Dank!«

Obwohl Victoria bei der Entlassung wieder ihre eigene Kleidung ausgehändigt bekommen hatte, hatte sie das Gefühl, dass der muffige Gefängnisgeruch immer noch an ihr hing, und sie wollte ihn so schnell wie möglich loswerden. Nachdem sie ausgiebig den seltenen Luxus eines heißen Bades genossen und frische Kleidung angezogen hatte, wartete in der Küche ein mit feinem Porzellan und Silber gedeckter Teetisch auf sie. Hopkins hatte es sich nicht nehmen lassen, allerlei Köstlichkeiten zuzubereiten. Im Gefängnis hatte Victoria nur wenig gegessen, und sie fiel hungrig über die Leckereien her, während sie Mrs. Dodgson und Hopkins von ihren Erlebnissen berichtete.

Gegen Abend verabschiedete sich Mrs. Dodgson. Sie war eben in den Korridor gegangen, als es an der Wohnungstür klingelte. Gleich darauf hörte Victoria Jeremys Stimme. Sie eilte in den Flur und strahlte ihn an.

»Jeremy, wie schön, dass Sie gekommen sind!«, sagte sie voller Wärme.

Mrs. Dodgson betrachtete Jeremy mit unverhohlener Neugier, und auch Hopkins, der Victoria gefolgt war, wirkte hinter seiner höflichen Maske mehr als interessiert.

»Mr. Ryder, ich fand es sehr ritterlich, dass Sie Miss Victoria auf Blackenwell Manor zur Flucht verholfen haben«, bemerkte Mrs. Dodgson nun.

Victoria hatte Mrs. Dodgson nicht gestanden, dass Jeremy dazu den Rolls-Royce des Königs entwendet hatte, und befürchtete unangenehme Fragen.

»Hopkins, Mr. Ryder und ich würden uns gern in der Bibliothek unterhalten«, erklärte sie hastig an den Butler gewandt, ehe Jeremy Einzelheiten der Flucht verraten oder Mrs. Dodgson noch von Romantik sprechen konnte. »Wenn

Sie uns bitte Portwein und Sherry bringen könnten? Und schließen Sie sich uns dann doch bitte an, wir werden uns sicher über die Mordfälle austauschen.«

»Wie Sie wünschen, Miss Victoria.« Hopkins schritt zur Küche, während sich Mrs. Dodgson sichtlich bedauernd, dass sie ihre Neugier nicht mehr befriedigen konnte, endgültig verabschiedete.

»Ein schöner Raum.« Jeremy ließ seinen Blick über die Wände voller Bücherregale gleiten.

»Ja, das finde ich auch«, erwiderte Victoria, während sie eine Petroleumlampe anzündete. Sie stellte die Lampe auf den Kaminsims und ließ sich dann auf dem Ledersofa nieder, während sich Jeremy in einen Sessel setzte.

»Ach, Jeremy«, begann sie befangen. »Mr. Montgomery hat mir gesagt, wie sehr Sie sich für mich eingesetzt haben. Ohne Sie wäre ich bestimmt nicht freigekommen. Schon wieder haben Sie mir aus der Patsche geholfen.«

»Tja, ich schätze, das wird mir allmählich zur Gewohnheit.« Das Victoria mittlerweile so vertraute Lächeln zuckte um seinen Mund. »Aber eigentlich haben Sie Ihre Freilassung dem Commissioner zu verdanken. Der hat sich beim Innenminister für Sie stark gemacht.«

»Das kann ich mir kaum vorstellen.« Victoria waren die beiden Begegnungen mit dem strengen, unzugänglichen Mann noch sehr präsent.

»Im Grunde genommen geht es Sir Arthur wirklich um Gerechtigkeit, auch wenn ihm dabei sicher des Öfteren seine konservative Weltsicht im Wege steht. Sonst hätte er mich auch schon längst entlassen.«

»Caitlyn und die anderen Suffragetten – abgesehen von

Marjorie natürlich – kamen doch hoffentlich inzwischen auch frei?«

»Leider nein ...« Jeremy schüttelte den Kopf.

»Aber ich bin davon überzeugt, dass sie ebenfalls nichts von dem scheinbaren Attentat wussten«, protestierte Victoria empört. »Das war allein Marjories Sache.«

»Ich glaube Ihnen ja. Und ich bin geneigt anzunehmen, der Commissioner ebenfalls. Aber Ihre Mitstreiterinnen widersetzten sich der Festnahme vehement. Deshalb ist der Innenminister entschlossen, ein Exempel zu statuieren.«

»Sie hatten doch überhaupt keine Ahnung, dass sie wegen des Attentats festgenommen werden sollten«, wandte Victoria heftig ein. »Bestimmt dachten sie, als die Polizei den Dachboden stürmte, sie würden wegen der Flugblätter verhaftet.«

»Für mich stellt das ebenfalls einen Unterschied dar. Für den Innenminister allerdings nicht.« Jeremy hob die Hände. »Bevor ich Ihnen begegnet bin, hätte ich nicht gedacht, dass ich jemals Anhängerinnen von Mrs. Pankhurst unterstützen würde. Aber ich werde mich dafür einsetzen, dass die Frauen gute Pflichtverteidiger bekommen, das verspreche ich Ihnen.«

»Das ist, um Mrs. Dodgson zu zitieren, sehr ritterlich von Ihnen.« Victoria lächelte ihn dankbar an.

»War es sehr schlimm im Gefängnis?«, fragte Jeremy besorgt.

»Obwohl ich ja nur zwei Tage eingesperrt war, kommt es mir viel länger vor. Ich fand es furchtbar, den Entscheidungen anderer ausgeliefert zu sein und über nichts mehr selbst bestimmen zu können.« Victoria schauderte. »Aber ich habe im Gefängnis etwas sehr Seltsames erfahren.« Sie berichtete Jeremy von Wallis' Behauptung, die ermordete Bordellbesitzerin habe vor über zwanzig Jahren einer feinen Dame zu einem Kind verholfen.

»Dazu sollte Wallis auf jeden Fall eingehend befragt werden.« Jeremy nickte. »Ich werde versuchen, über Sir Arthur die Erlaubnis zu erwirken, mit ihr sprechen zu dürfen.«

»Könnte ich bei dieser Befragung dabei sein? Nicht dass ich großen Wert darauf legen würde, ins Gefängnis zurückzukehren …« Victoria schauderte wieder. »Aber ich glaube nicht, dass Wallis ohne Weiteres bereit sein wird, offen mit Ihnen zu reden.«

»Der Commissioner wird darüber bestimmt nicht begeistert sein.« Jeremy grinste. »Aber ich werde mein Möglichstes tun. Meine Nachforschungen bei Juwelieren die Manschettenknöpfe betreffend, die höchstwahrscheinlich Mollys Mörder getragen hat, blieben leider erfolglos.«

»Wie schade …« Während des Frühstücks im Fox and Hunt hatte Victoria ihm eine Zeichnung angefertigt.

Hopkins betrat nun, ein Tablett mit Gläsern und einer Portwein- sowie einer Sherryflasche in den Händen, die Bibliothek. Victoria hatte den Eindruck, dass er sich ungewöhnlich viel Zeit gelassen hatte. Ob er sie absichtlich so lange mit Jeremy allein gelassen hatte? Hopkins erkundigte sich nach Jeremys und Victorias Wünschen. Er schenkte Jeremy einen trockenen Sherry und Victoria einen Portwein ein und sich schließlich ebenfalls einen Sherry, ehe er sich mit sehr geradem Rücken auf dem Sofa neben Victoria niederließ.

»Dürfte ich fragen, Sir«, wandte er sich an Jeremy, »ob inzwischen die Alibis des Marquess of Blackenwell überprüft wurden und, wenn ja, welches Ergebnis diese Überprüfung gezeitigt hat?«

»Ja, wir haben die Alibis überprüft, und zwar sehr gründlich.« Jeremy nickte. »Der Marquess scheidet als Täter aus, denn er besitzt für alle vier Morde ein Alibi. Und zwar wirklich wasserdichte. Wenige Stunden vor dem Ball im Buckingham

Palace, als Miss Wilcox ermordet wurde, dinierte er zusammen mit seiner Gattin pikanterweise ausgerechnet beim Innenminister – der, nebenbei bemerkt, alles andere als erfreut darüber war, dass der Marquess als Mordverdächtiger behandelt wurde. Zum Zeitpunkt, als Sir Francis getötet wurde, fuhr der Marquess gerade mit seiner Gattin nach Hause und wurde dabei von mehreren Zeugen gesehen. Die Nacht, in der Molly umgebracht wurde, verbrachte er mit seiner Geliebten, deren Namen ich Ihnen natürlich nicht nennen kann.« Jeremy grinste. »Und in dem Zeitraum, in dem Marchmain Opfer eines Mordes wurde, weilte der Marquess in Paris. Falls Blackenwell keinen Auftragsmörder beauftragt hat – was ich für sehr unwahrscheinlich halte –, scheidet er definitiv als Täter aus.«

»Und sein Sohn, der Viscount?«, hakte Victoria nach. »Ich traue ihm diese kaltblütigen Morde eigentlich nicht zu. Aber falls Sir Francis ihn wegen seiner Homosexualität erpresst hat, hätte er ein starkes Motiv gehabt.«

»Als Sir Francis erschossen wurde, hielt er sich noch im Palast auf.« Jeremy schüttelte den Kopf. »Und für den Morgen, an dem Molly umgebracht wurde, besitzt er ebenfalls ein Alibi. Er nahm an einer wilden Party in Soho teil. Das habe ich bei meinen Recherchen herausgefunden. Einige Lustknaben waren nämlich ebenfalls geladen, und es wurde jede Menge Opium konsumiert. Sonst war ich leider in diesem Milieu nicht sehr erfolgreich. Einige Adlige verkehren dort, die durchaus von Sir Francis' erpresst worden sein könnten. Aber auch sie haben Alibis und kommen deshalb als Täter nicht infrage.«

»Dann ist Wallis' Bemerkung zurzeit die einzige Spur, die wir haben«, sagte Victoria nachdenklich.

»Nun, wir wissen immer noch nicht, wo Miss Wilcox tätig

war, bevor sie die Zofe von Lady Carmichael wurde«, wandte Hopkins ein. »Möglicherweise helfen uns auch Informationen über ihre früheren Dienstverhältnisse weiter.«

»Allmählich habe ich den Eindruck, die Carmichaels sind irgendwo im Süden verschollen und kommen niemals mehr nach England zurück.«

Victoria seufzte. Ihre gelöste Stimmung schwand. Sie fühlte sich bedrückt und zweifelte wieder daran, ob es ihnen jemals gelingen würde, die Morde aufzuklären und das Rätsel um ihren Vater zu lösen.

»Ich muss mich leider verabschieden, denn ich habe noch einen Termin«, sagte Jeremy in ihre Gedanken. Victoria nahm wahr, dass er sie forschend ansah. Verwirrt stellte sie fest, dass sie es mochte, wenn sein Blick auf ihr ruhte. *Unsere Flucht war wirklich romantisch*, schoss es ihr gleich darauf durch den Kopf. Energisch schob sie den Gedanken beiseite. »Sobald ich weiß, ob Sie mich zu dem Gespräch mit Wallis begleiten dürfen, lasse ich es Sie wissen.«

»Danke, Jeremy, das ist sehr freundlich von Ihnen«, erwiderte Victoria, plötzlich wieder verlegen.

»Victoria, Sie haben auf einmal so traurig gewirkt«, sagte Jeremy, als sie ihn zur Wohnungstür begleitete.

»Ich musste daran denken, dass Miss Wilcox vielleicht die Pflegerin der Kranken war, die mit mir und meinem Vater in der Wohnung am Holland Square lebte«, gab Victoria zu. »Und dass möglicherweise in jenem Brand die Ursache für all die Morde zu suchen ist.«

»Das kann ich mir nun wirklich nicht vorstellen«, erklärte Jeremy so entschieden, dass Victoria sich wieder ein bisschen besser fühlte. »In einer Galerie in der Sackville Street wird zurzeit ein Gemälde einer Amelie Bredon ausgestellt«, fuhr er zu ihrer Überraschung fort. »Sie erzählten mir ja einmal, dass Ihre Mutter Malerin war. Könnte denn das Bild von ihr stammen?«

»Ganz bestimmt tut es das«, erwiderte Victoria aufgeregt. »Es gibt meines Wissens keine Malerin gleichen Namens. Ach, ich habe so wenige ihrer Bilder gesehen. Mein Vater hat sie mir ja – aus Gründen, die ich immer noch nicht verstehe – vorenthalten.« Impulsiv fügte sie hinzu: »Hätten Sie Lust, mich einmal zu der Galerie zu begleiten?«

»Es wäre mir eine Freude«, erwiderte Jeremy lächelnd. Victoria sah ihm nach, wie er durch das von Gaslicht erhellte Treppenhaus nach unten ging. Die hohen Wandspiegel reflektierten seine Gestalt in dem Tweed-Anzug. Sein Hut verbarg größtenteils sein Haar. Trotzdem war zu erkennen, dass es wie immer verstrubbelt war.

Ja, Jeremy ist ein Freund, den ich nicht mehr in meinem Leben missen möchte, überlegte Victoria versonnen, während sie langsam die Tür schloss und zu ihrem Zimmer ging. Vielleicht bedeutete er ihr auch längst mehr. Aber darüber wollte sie im Moment eigentlich nicht nachdenken. Sie war immer noch viel zu verletzt Randolphs wegen, um sich schon wieder ernsthaft zu verlieben. Ganz abgesehen davon, dass sie nicht wusste, wie viel Jeremy eigentlich für sie empfand. Gewiss, er mochte sie, und sie konnte sich wirklich auf ihn verlassen, das hatte er oft genug bewiesen. Aber das hieß ja nicht, dass er sie auch liebte.

Ja, es war am besten und am sichersten, wenn sie Freunde blieben.

EINUNDDREISSIGSTES KAPITEL

Am nächsten Morgen erhielt Victoria die Nachricht von Jeremy, dass er die Erlaubnis erhalten habe, mit Wallis zu sprechen und dass Victoria ihn begleiten dürfe. Er schlug als Treffpunkt eine Teestube in der Holloway Road vor. Victoria kam vor ihm dort an. Die Teestube war einfach eingerichtet – Holzstühle standen an schlichten Tischen, serviert wurde in dickwandigem Steingutgeschirr statt in Porzellan. Sie wurde von Arbeitern, Handwerkern und dem Personal aus den kleinen Läden des Viertels besucht. Der Tee war stark und schmeckte gut. Victoria saß an einem Fenstertisch mit Blick auf die Straße. Es war wohl Markttag. Die Stände, in denen Geschirr, gebrauchte Kleidung und Gemüse verkauft wurden, gefielen ihr. Nachdem sie die Tasse geleert hatte, holte sie einen Block Papier und einen Bleistift aus ihrer Handtasche und begann, die Szene zu skizzieren. In der letzten Zeit zeichnete sie recht häufig, und obwohl sie immer ziemlich kritisch mit sich war, stellte sie doch fest, dass sie Fortschritte machte.

Während sie sich immer wieder vergewisserte, dass die Proportionen und Details ihrer Zeichnung stimmten, wanderten ihre Gedanken zu dem ausgestellten Gemälde ihrer Mutter. Nein, sie konnte es wirklich nicht verstehen, warum ihr Vater ihr die Bilder ihrer Mutter vorenthalten hatte. Dadurch hatte sie einen wichtigen Aspekt ihrer Persönlichkeit nie kennenlernen dürfen. Victoria empfand Zorn auf ihren Vater, während sie ihn gleichzeitig, wie so oft, schmerzlich vermisste.

Hastig schlug sie den Skizzenblock zu, denn Jeremy kam nun in die Teestube. Es war ihr immer noch unangenehm, wenn andere Menschen ihre Zeichnungen sahen.

»Bitte entschuldigen Sie, dass ich mich verspätet habe«, sagte Jeremy. »Aber es gab Probleme mit der U-Bahn auf der Northern Line. Sollen wir gleich aufbrechen?«

»Ja, gern«, stimmte Victoria zu und bezahlte ihren Tee.

»War es schwer für Sie, vom Commissioner die Erlaubnis zu dem Gespräch mit Wallis zu bekommen?«, fragte sie draußen auf der Straße. Sie fühlte sich Jeremy gegenüber schon wieder befangen, doch zu ihrer Erleichterung schien er dies nicht zu bemerken.

»Sir Arthur war nicht gerade begeistert darüber, als ich vorschlug, dass Sie mich begleiten sollten. Aber das Argument, dass Wallis Ihnen, einer früheren Mitgefangenen, sicher schneller vertrauen würde als mir, überzeugte ihn schließlich.«

»Weshalb wurde Wallis eigentlich festgenommen?«, wollte Victoria neugierig wissen. »Ich hatte keine Gelegenheit, sie danach zu fragen.«

»Sie ist ähnlich kämpferisch veranlagt wie Ihre Mitstreiterinnen bei den Suffragetten.« Jeremy lachte. »Sie schlug einen Freier nieder, als der sich weigerte, sie zu bezahlen.«

»Das war ziemlich dumm von dem Mann«, erwiderte Victoria lächelnd. »Wenn Sie Wallis gesehen haben, werden Sie mir bestimmt recht geben.«

Bis zum Holloway-Gefängnis war es nicht weit. Das Backsteingebäude stammte aus der Mitte des 19. Jahrhunderts und war ein Paradebeispiel überladener viktorianischer Architektur. Mit seinen Zinnen, Giebeln und Erkern wirkte es wie eine Burg. Als sich das Gefängnistor hinter ihnen schloss, überkam Victoria ein Anflug von Panik. Jeremy schien das zu spüren. Er lächelte sie aufmunternd an.

»Ich bringe Sie hier wieder heraus. Das verspreche ich Ihnen«, flüsterte er ihr zu.

Einige der Wärterinnen, die sie begleiteten und ihnen die Türen auf den Gefängniskorridoren aufschlossen, erkannte Victoria wieder. Doch die Frauen behandelten sie ihrerseits wie eine fremde Person, wofür Victoria ihnen dankbar war. Schließlich wurden sie und Jeremy in einen kleinen Raum in einem der oberen Stockwerke geführt. Wallis saß dort schon an einem zerschrammten Holztisch. In der Enge wirkte sie besonders groß und massig. Während Victoria und Jeremy sich ihr gegenübersetzten, stellten sich zwei Wärterinnen neben die Tür, denn dies war ja kein vertrauliches Gespräch zwischen einem Anwalt und seinem Klienten.

Das Fenster war vergittert. Dahinter konnte Victoria eine hohe, mit Stacheldraht bewehrte Mauer sehen. In dem engen Raum überkamen sie wieder Atembeschwerden. Jeremy berührte beruhigend ihren Arm.

Wallis hatte Victoria und Jeremy seit ihrem Eintreten abweisend gemustert. Doch nun beugte sie sich vor, starrte sie an, und ein Wiedererkennen flackerte in ihren dunklen Augen auf.

»Du bist doch das feine Fräulein, das sich mit Moira angelegt hat«, zischte sie. »Bisste etwa ein Spitzel, oder warum ham sie dich sonst so schnell entlassen?«

Die beiden Wärterinnen traten alarmiert einen Schritt auf Wallis zu, aber Victoria gab ihnen ein Zeichen, nicht einzugreifen.

»Ich wurde beschuldigt, an einem Attentat auf den König beteiligt gewesen zu sein«, erklärte sie. »Aber dann stellte sich meine Unschuld heraus. Deshalb wurde ich entlassen. Ich sagte dir ja, dass ich versuche, den Mord an Molly aufzuklären, was mit einem Geheimnis meiner Familie zusammenhängt. Mr. Ryder«, sie wies auf Jeremy, »hilft mir dabei.«

»Ist er etwa ein Polyp?« Wallis betrachtete Jeremy verächtlich.

»Ja, ich arbeite für Scotland Yard«, erwiderte Jeremy gelassen. »Uns geht es wirklich nur darum, den Mord an Molly aufzuklären. Wir wollen Ihnen nichts Böses.«

Wallis ließ sich wieder gegen die Stuhllehne zurücksinken, wofür Victoria dankbar war. So aufgebracht hatte sie wirklich sehr bedrohlich gewirkt.

»Du hast mir anvertraut, dass Molly vor mehr als zwanzig Jahren einer feinen Dame zu einem Kind verholfen hat«, sagte Victoria. »Möglicherweise hat das gar nichts mit dem Mord zu tun, aber vielleicht liegt darin auch ein Motiv, warum Molly getötet wurde. Jedenfalls würden wir gern mehr darüber erfahren, um uns ein klares Bild machen zu können.«

»Ich hab dir ja gesagt, dass ich Mollys Mörder gern am Galgen baumeln wüsste.« Wallis blickte Victoria an. »Aber trotzdem könnte was für mich rausspringen, wenn ich den Polypen helfe.«

»Ich werde mich dafür einsetzen, dass Ihre Haftzeit von zurzeit noch drei Monaten um mindestens vier Wochen verkürzt wird«, erklärte Jeremy.

»Gut.« Wallis entblößte ihr lückenhaftes Gebiss, als sie zufrieden grinste. »Das mit dem Kind ging mir gestern noch im Kopf rum. Es war im Winter, aber an das genaue Jahr erinner ich mich nicht mehr. Muss, wie gesagt, so zwanzig, fünfundzwanzig Jahre her sein. Molly besaß damals noch nicht ihr edles Bordell, sie hatte nur drei oder vier Huren, die für sie arbeiteten. Und sie hatte damals schon einen Blick für die besonders hübschen.«

»Du sagtest, dass du mit Molly befreundet warst ...«, warf Victoria ein.

»Ich kam ihr mal zu Hilfe, als ein Kerl sie auf der Straße ausrauben wollte. Seitdem besuchte ich sie immer mal wieder in dem kleinen Haus, das sie auf der Cannon Street gemietet hatte. Wir tranken was zusammen und unterhielten uns. Bei einem von diesen Besuchen bekam ich mit, dass Debra, 'ne bildhübsche russische Jüdin und eine von Mollys Huren, schwanger war.«

»Eine russische Jüdin, die Debra hieß?«, fragte Victoria erstaunt.

»Molly nannte sie so. Wahrscheinlich war ihr richtiger Name anders.« Wallis strich ihr strähniges Haar aus dem Gesicht. »Was für 'n Pech, sagte ich zu Molly. Männer gehn ja nich' gern zu 'ner Hure, der man ansieht, dass sie schwanger is'. Das erinnert sie zu sehr an ihre eigenen Kinder, und manchen ist auch schlicht der dicke Bauch unheimlich. Aber Molly grinste ganz zufrieden und meinte, das käm schon in Ordnung. Ich dachte natürlich, dass sie Debra zwingen würde, das Kind wegmachen zu lassen. Aber als ich ein paar Wochen später wieder zu Molly kam, hörte ich 'n Neugeborenes wimmern, und Molly war ganz aufgelöst, denn Debra war bei der Geburt verblutet. Aber irgendwie war sie auch aufgekratzt. Das hat mich gewundert. Und als ich aus Neugier zwei, drei Tage danach mal wieder bei ihr vorbeigeschaut hab, hatte sie 'ne feine Dame zu Besuch und noch 'ne andere Frau, die wie 'ne Dienerin wirkte. Molly war's gar nicht recht, dass ich die beiden gesehen hab. Sie hat mich in ein Nebenzimmer gescheucht. Aber als die zwei Frauen dann weg waren und ich Molly gefragt hab, was das denn jetzt zu bedeuten hatte, hat sie gesagt, die feine Dame könnte keine Kinder bekommen, und deshalb hätte sie Debras Säugling mitgenommen.«

Victoria benötigte einige Momente, um Wallis' Worte zu verarbeiten. »Du meinst, die Dame hatte vor, den Säugling als ihr eigenes Kind auszugeben?«, fragte sie dann.

»Das glaub ich.« Wallis nickte.

»War es ein Junge oder ein Mädchen?«

»Keine Ahnung.« Wallis schüttelte ihr massiges Haupt. »Molly hat die ganze Angelegenheit nie wieder erwähnt, und ich hatte sie ja auch völlig vergessen. Aber als ich noch mal so drüber nachgedacht hab, wurde mir klar, dass sie kurz darauf ihr Bordell vergrößert hat.«

»Sie meinen, jene mysteriöse Unbekannte bezahlte ihr Schweigegeld?«, mischte sich Jeremy ein.

»Is' doch gut möglich, oder? Also es wär ja schon 'n ziemlicher Skandal, wenn sich herausstellen würde, dass das Kind 'ner feinen Familie eigentlich der Balg von 'ner Hure is', oder?«

»Das wäre es in der Tat.« Jeremy sprach aus, was auch Victoria dachte.

»Wallis, kannst du die Dame oder ihre Dienerin beschreiben?«, fragte sie.

Wallis kaute an ihrer Unterlippe. »Das ist jetzt über zwanzig Jahre her, und ich hab die beiden nur kurz gesehen. Aber eins weiß ich ganz genau«, sie krauste nachdenklich die Stirn, »die Dame war rotblond, da erinnere ich mich wieder dran. Ich hatte noch nie so schönes Haar gesehn. Im Lampenlicht hat es wie Feuer gewirkt.«

In Miss Wilcox' Zimmer haben Hopkins und ich eine Brosche gefunden, die aus rotblondem Haar geflochten war, durchfuhr es Victoria.

»Was mir auch wieder eingefallen is' ...«, sprach Wallis weiter, »... 'n paar Tage bevor Molly umgebracht wurde, hab ich wieder 'ne feine Dame bei ihr gesehn.«

»Wie meinen Sie das?«, hakte Jeremy nach.

»Molly und ich waren ja nicht mehr sehr eng, aber ich konnt immer noch was zu trinken von ihr kriegen. An dem Abend war mir nach 'ner Flasche Gin zumute, aber ich hatte kein Geld. Deshalb bin ich zu ihrem Bordell gegangen. Ich hatte gerade den Hof betreten, als mir aus dem Haus 'ne Dame entgegenkam. Sie zog hastig 'ne Kapuze über den Kopf, als sie mich sah, und raffte ihren Mantel zusammen. Aber ich konnt trotzdem erkennen, dass sie feine Klamotten trug.«

»War das dieselbe Dame, die Debras Säugling mit sich nahm?«

Wallis bedachte Jeremy mit einem ungeduldigen Blick. »Ich hab doch schon 'n paarmal gesagt, das is' lange her. Die Dame, die ich kurz vor Mollys Tod aus dem Bordell kommen sah, war nicht rotblond, sie hatte silbernes Haar.«

»Die Dame war also schon älter?«, ließ Jeremy nicht locker.

»Ja, sie war trotzdem noch sehr proper.« Wallis nickte.

Das wäre auch etwas, das man salopp über Großtante Hermione sagen könnte, schoss es Victoria voller Entsetzen durch den Kopf. Nur zu gut erinnerte sie sich wieder daran, dass sie Lady Glenmorag wenige Tage nach Mollys Tod in einer Mietkutsche in der Nähe des Bordells gesehen hatte.

Der St. Mary Magdalene Garden war ein kleiner öffentlicher Park in der Nähe der Holloway Road. Noch im Gefängnis hatte Jeremy Victoria den Ort vorgeschlagen, um dort ungestört miteinander zu sprechen. Nun gingen sie an der kleinen neugotischen Kirche vorbei, die dem Gelände seinen Namen gegeben hatte und die dort stand, weil hier früher einmal ein Friedhof gewesen war. Einige alte verwitterte Grabsteine in der Nähe der Kirche erinnerten noch daran.

Sie suchten sich eine Bank in einem Seitenweg unter alten Lindenbäumen. »Tja, diese Wallis ist wirklich beeindruckend«, brach Jeremy das Schweigen. Auf dem Weg zu dem Park hatte jeder seinen Gedanken nachgehangen. »Sie hatten recht, es war dumm von dem Freier zu glauben, er könnte sie ungestraft um ihr Geld prellen.« Er lächelte ein wenig, wurde aber gleich darauf ernst. »Wallis' Erinnerungsvermögen mag ja, was die Jahreszahlen betrifft, durch ihren Alkoholkonsum in Mitleidenschaft gezogen worden sein. Aber sie hat ganz richtig erkannt, dass es einen Skandal ohnegleichen bedeuten würde, wenn sich herausstellen sollte, dass der Spross einer angesehenen Familie eigentlich das Kind einer Prostituierten ist.«

»Ja, es wäre ein Motiv, mindestens ebenso stark wie die Angst, als Homosexueller gebrandmarkt und verfemt zu werden.« Victoria nickte. »Hopkins und ich haben in Miss Wilcox' Zimmer eine Brosche gefunden, die aus rotblondem Haar geflochten war. Ich halte es für sehr wahrscheinlich, dass sie die Dienerin jener feinen Dame war. Hopkins hat auf Blickling Hall ja herausgefunden, dass Miss Wilcox Frauen sehr zugetan war. Vielleicht war sie in ihre Herrin verliebt und hat ihr deshalb geholfen, einen fremden Säugling als ihr eigenes Kind auszugeben. All die Jahre hat sie darüber Stillschweigen bewahrt.«

»Als Molly Sir Francis davon erzählt hat, muss er den Eindruck gehabt haben, auf eine wahre Goldader gestoßen zu sein.« Jeremy schüttelte angewidert den Kopf. »Er hatte ein Opfer gefunden, dessen ganze Existenz er auf einen Schlag vernichten konnte.«

Victoria starrte in die Schatten zwischen den alten Bäumen. Sie glaubte wieder, Sir Francis' höhnisch lächelndes Gesicht vor sich zu sehen.

»Ich kann gut verstehen, dass der Mörder Sir Francis so sehr hasste und sich so sehr von ihm in die Enge getrieben fühlte, dass er ihn umbrachte«, gab sie leise zu und blickte Jeremy an. »Und auch wenn es sich schrecklich anhört, was ich jetzt sage: Ich kann dem Täter den Mord an Sir Francis nicht wirklich verübeln. Er war ein hinterhältiger, gemeiner Mensch, der sich an der Schwäche anderer ergötzt hat. Überhaupt kein Verständnis habe ich allerdings für all die anderen Morde.«

»Der Täter musste mögliche Mitwisser beseitigen.« Jeremy seufzte. »Wallis hatte Glück, dass er ganz offensichtlich keine Ahnung hat, dass sie auch von der Geschichte wusste. Sonst wäre sie bestimmt ebenfalls nicht mehr am Leben. Wir suchen also nach einem Mann von Rang und Namen, der vor zwanzig, fünfundzwanzig Jahren geboren wurde und sehr viel zu verlieren hätte, wenn seine wahre Herkunft bekannt würde ...«

»Bei Debras Kind könnte es sich auch um ein Mädchen gehandelt haben«, wandte Victoria ein.

»Meine liebe Victoria ...« Jeremy hob die Augenbrauen und bedachte sie mit einem Blick, in dem sich – so kam es ihr einen Moment lang vor – Spott und Zärtlichkeit mischten und der ihr Herz rascher klopfen ließ. »Durch die Bekanntschaft mit Ihnen hat sich mein Bild von Frauen sehr verändert. Ich habe das weibliche Geschlecht auch vorher nicht für hilflos gehalten, aber seit ich Sie kenne, weiß ich, dass Frauen mit Waffen umgehen können, und ich traue ihnen durchaus kaltblütige Morde zu. Eine Frau, wenn sie nicht gerade die Statur von Wallis hat, hätte Miss Wilcox' Leichnam allerdings nicht in die Themse werfen können. Und es wäre einer Frau auch nicht gelungen, Marchmains mit Gewichten beschwerte Leiche in den Teich in der Nähe von Sir Francis' Anwesen zu befördern. Deshalb bin ich davon überzeugt, dass wir es mit einem Mann zu tun haben.«

»Ein Mann könnte aber seine Ehefrau oder seine Geliebte vor einem Skandal schützen wollen«, erwiderte Victoria, während sie sich sagte, dass sie sich das mit der Zärtlichkeit in Jeremys Blick sicher nur eingebildet hatte.

»Gut, das wäre auch eine Möglichkeit«, gab Jeremy zu. »Ich werde den Commissioner umgehend über unser Gespräch mit Wallis informieren. Er kann einige Polizisten abstellen, die das zentrale Geburtsregister für England und Wales im Somerset House nach Männern und Frauen durchforsten, die zur fraglichen Zeit geboren wurden und eine hohe gesellschaftliche Position innehaben. Ich werde mich meinerseits mit den Kollegen vom Gesellschaftsteil unterhalten. In der Regel sind sie über Klatsch und Tratsch, auch solchem, der schon lange zurückliegt, gut informiert. Vielleicht können sie mir Hinweise liefern, wer als Täter in Betracht käme.«

»Hopkins ist da sicher auch eine gute Quelle. Ach, Jeremy«, Victoria seufzte, »da ist noch etwas. Wallis erwähnte doch eine vornehme ältere Dame, die sie kurz vor dem Mord aus Mollys Bordell kommen sah ...«

»Ja, ich erinnere mich.« Jeremy nickte.

»Ich fürchte, dass es sich bei dieser Dame um meine Großtante Hermione handelt«, sagte Victoria bedrückt.

»Sie glauben jetzt aber nicht im Ernst, dass Ihre Großtante in vier Morde verwickelt ist.« Jeremy starrte sie verblüfft an.

»Na ja, mich hätte sie auch in eine Irrenanstalt einweisen lassen, um die Familienehre zu schützen«, erklärte Victoria bitter. »Kurz nach dem Mord an Molly habe ich sie jedenfalls ganz in der Nähe des Bordells in einer Mietkutsche gesehen. Meine Großtante würde eine solche Kutsche niemals freiwillig benutzen. Für sie ist das in etwa gleichbedeutend damit, auf einem Mistkarren zu fahren, wenn Sie verstehen, was ich meine. Und im East End hält sie sich sonst meines Wissens auch nie auf. Es muss also einen wirklich triftigen Grund dafür gegeben haben, weshalb sie kurz nach dem Mord dort war.«

»Wollen Sie denn darauf hinaus, dass Ihre Großtante jene geheimnisvolle rotblonde Dame war?« Jeremy wirkte nicht überzeugt.

»Nein, Großtante Hermione war früher blond. Und wenn Miss Wilcox ihre Zofe gewesen wäre, hätte Hopkins das gewusst. Er kennt die Familie meines Vaters schon lange.« Victoria seufzte erneut. »Aber irgendetwas hat meine Großtante zu verbergen, was mit Molly zusammenhängt. Davon bin ich fest überzeugt. Ach, Jeremy, meine Familie ist wirklich schrecklich. Ich darf mir gar nicht vorstellen, dass es ihr gelingen könnte, die Vormundschaft über mich zugesprochen zu bekommen.«

»Ich bin fest davon überzeugt, dass Mr. Montgomery das verhindern kann.« Jeremy lächelte sie aufmunternd an. »Was halten Sie davon, dass ich Sie, nachdem ich den Commissioner unterrichtet habe, abhole und zur Galerie in der Sackville Street begleite, damit Sie auf andere Gedanken kommen?«

»Wollten Sie nicht auch mit Ihren Kollegen vom Gesellschaftsfach sprechen?«

»Die treffe ich ohnehin erst nach sechs im Fox and Hunt an. Und nein, Sie kommen besser nicht mit«, kam Jeremy einer Frage Victorias zuvor. »Sie sind so sehr Gentlemen, dass sie anrüchige Geschichten bestimmt nicht in Gegenwart einer jungen Dame erzählen werden.«

Victoria verdrehte die Augen, doch dann gab sie nach. »Ja, ich würde gern mit Ihnen die Galerie besuchen«, sagte sie.

»Apropos anrüchige Geschichten … Ich habe tatsächlich

etwas Belastendes über Helmsley herausgefunden. Er wurde dabei ertappt, wie er beim Kartenspiel betrog. Bisher kursierte diese Geschichte nur im kleinen Kreis. Aber ich werde sie öffentlich machen.«

»Dadurch wird Helmsley gesellschaftlich ruiniert. Ach, das gönne ich ihm aus tiefstem Herzen«, sagte Victoria inbrünstig, während sie weitergingen. »Dann wird er nicht mehr in Herrenhäuser eingeladen und kann keine Dienstmädchen mehr belästigen oder gar vergewaltigen. Wobei es völlig widersinnig ist, dass ein Mann aus der Oberschicht seine Ehre verliert, wenn er beim Kartenspiel betrügt, aber nicht, wenn er wehrlosen Dienstmädchen nachstellt.«

»In diesem Punkt stimme ich Ihrer frauenrechtlerischen Argumentation voll und ganz zu.« Jeremy lächelte sie an.

Victoria war versucht, ihren Arm unter seinen zu schieben. Doch dann erinnerte sie sich daran, wie sie dies bei Randolph auf der Treppe zur National Gallery getan hatte. Sie errötete unwillkürlich und beschloss, es lieber zu lassen.

Als Victoria nach Hause zurückkehrte, hielt sich Hopkins weder in der Küche noch in der Bibliothek auf. Sie dachte schon, er wäre nicht da, doch dann hörte sie ihn in seinem Zimmer am Ende des Korridors rumoren. Victoria klopfte an und trat auf sein »Herein« hin ein. In diesem Raum war sie nur ganz selten einmal gewesen, eigentlich nur dann, wenn Hopkins krank war. Er war spartanisch eingerichtet. Auf einer Kommode stand eine gerahmte Fotografie seines Sohnes. Ein gut aussehender junger Mann, der seinem Vater wie aus dem Gesicht geschnitten war und einen offenen, intelligenten Blick hatte. Einige Bücher, die sich mit Kriminalfällen befassten, befanden sich auf einem Wandbord neben einem Lehnsessel.

Erstaunt bemerkte Victoria einen aufgeklappten Koffer auf dem Tischchen, das am Ende des Bettes stand. Hopkins war dabei, ein Hemd akkurat zu falten.

»Hopkins, haben Sie vor zu verreisen?«, fragte sie.

»Allerdings, Miss Victoria.« Hopkins konnte eine gewisse Aufregung nicht verbergen. »Vor ungefähr einer Stunde traf ein Telegramm von Mrs. Collins von Blickling Hall ein. Lord und Lady Carmichael und ihr Butler sind von ihrer Reise in den Süden zurückgekehrt. Ich dachte, ich nehme den Abendzug nach Cornwall. Dann könnte ich schon morgen Vormittag mit dem Butler sprechen.«

»Das ist eine gute Idee. Es ist jetzt noch wichtiger geworden, dass wir endlich herausfinden, wo Miss Wilcox vor den Carmichaels als Zofe gearbeitet hat.« Victoria berichtete Hopkins, was Wallis Jeremy und ihr erzählt hatte.

»Ein junger Mann oder eine junge Frau von Rang und Namen, vor zwanzig, fünfundzwanzig Jahren geboren … Nun, mir fallen da einige auf Anhieb ein.« Hopkins verstaute noch je ein Ersatzpaar Schuhe und Socken in dem penibel gepackten Koffer und klappte ihn dann zu. »Ich werde den Debrett's mitnehmen. Ich habe ja einige Stunden Zeit, ihn während der Zugfahrt zu studieren.« In dem Nachschlagewerk waren alle bedeutenden Persönlichkeiten des Empire verzeichnet.

»Kaufen Sie sich ein Ticket zweiter Klasse«, schlug Victoria vor. »So viel müsste unsere Haushaltskasse eigentlich im Moment hergeben.«

»Die dritte Klasse tut es auch«, erwiderte Hopkins heroisch. »Außerdem ist es ja vielleicht von Vorteil, wenn ich während der Nacht wegen der harten Sitze nicht einschlafe und mich stattdessen der Lektüre widme. Mir ist übrigens nicht wohl bei der Vorstellung, dass Sie heute Nacht allein in der

Wohnung sind, Miss Victoria. Was würden Sie davon halten, die Nacht bei Ihrer Freundin, Lady Hogarth, zu verbringen? Sie war übrigens vorhin hier und hat nach Ihnen gefragt.«

»Ja, das werde ich tun.« Victoria nickte. Die Nacht, als Hopkins das letzte Mal nach Cornwall gereist war und sie geglaubt hatte, jemand sei in die Wohnung eingedrungen, war ihr noch sehr präsent. Sie legte keinen Wert darauf, noch einmal eine solche Angst auszustehen. »Hopkins, haben Sie irgendeine Idee, warum Großtante Hermione Kontakt zu Molly gehabt haben könnte?«, fügte sie hinzu. »Könnte sie vielleicht der Dame, die Debras Kind als ihr eigenes annahm, irgendwie nahegestanden und geholfen haben?«

»Nein, das halte ich für undenkbar.« Hopkins ließ die Schlösser seines Koffers zuschnappen. »In Lady Glenmoragş Augen wäre dies gleichbedeutend damit, dem Teufel höchstpersönlich Einlass in die englische Aristokratie zu gewähren. Aber ich stimme Ihnen zu, Miss Victoria, irgendetwas hat Ihre Großtante zu verbergen.«

Hopkins hatte die Wohnung seit etwa einer halben Stunde in Richtung Bahnhof Waterloo verlassen, und Victoria packte gerade einige Dinge für die Nacht in eine Reisetasche, als es klingelte. Es war Jeremy.

»Die Carmichaels und ihr Butler sind endlich nach Hause gekommen, und Hopkins nimmt den nächsten Zug nach Cornwall«, erklärte Victoria aufgeregt. Jeremy musterte fragend die Tasche. »Deshalb werde ich die Nacht bei Constance verbringen.«

»Das halte ich für eine sehr vernünftige Entscheidung.« Jeremy nahm ihr das Gepäck und die Kameratasche ab, während sie die Treppe hinuntergingen.

»Wie hat denn der Commissioner darauf reagiert, dass die Morde sehr wahrscheinlich damit zusammenhängen, dass Molly das Kind einer Prostituierten an eine Dame von Rang und Namen vermittelte?«

»Dass der Mörder eine sehr bedeutende gesellschaftliche Stellung innehaben dürfte, war eigentlich schon lange ziemlich klar. Trotzdem war Sir Arthur nicht gerade erfreut darüber zu erfahren, dass der Täter mit großer Wahrscheinlichkeit im Debrett's zu finden sein wird. Vermutlich hat er insgeheim immer noch auf einen anderen Täter gehofft.« Jeremy lächelte schief. »Aber er hat einige Beamte abgestellt, die das Geburtsregister im Somerset House durchforsten werden.«

Sie durchquerten die Halle unter Mr. Jarvis' neugierigem Blick und traten auf die Straße hinaus. Es war immer noch sonnig, aber ein starker Wind wehte, der die Kronen der Bäume im Green Park peitschte und Blütenblätter wie Schneeflocken durch die Luft wirbelte. Einem Kind, das mit seiner Nanny auf einer der Wiesen spazieren ging, riss eine Böe den Strohhut vom Kopf, und es rannte ihm lachend hinterher.

»Ach, Jeremy«, sagte Victoria, »ich hoffe so sehr, dass der Mörder endlich gefunden wird und dass sich auf diese Weise klärt, warum mich mein Vater belogen hat und wer die geheimnisvolle Frau in unserer Wohnung am Holland Park war. Aber vielleicht bin ich ja auch einem Trugbild hinterhergejagt, und die Morde und das Rätsel um meinen Vater haben überhaupt nichts miteinander zu tun.« Sie senkte den Kopf.

»Ich würde Ihnen jetzt gern versichern, dass sich das Rätsel auf jeden Fall lösen wird, aber das kann ich nicht.« Jeremy war auf dem Gehweg stehen geblieben und legte ihr seine Hand auf den Arm. Dass die Passanten um sie herumgehen mussten, ignorierte er. »Ich hoffe jedoch sehr, dass Sie die Wahrheit herausfinden werden. Und ich werde alles tun, um Ihnen dabei zu helfen. So, und jetzt lassen Sie uns weitergehen, ehe der Wind uns noch wegweht.« Er nieste und klopfte seinen weißgrün gesprenkelten Hut ab, während sich neue Blütenblätter in seinen Haaren verfingen.

»Entschuldigen Sie, aber Sie sehen sehr komisch aus.« Victoria musste lachen.

»Das fasse ich jetzt nicht als Kompliment auf.« Jeremy verzog das Gesicht.

Ohne darüber nachzudenken, hakte Victoria sich bei ihm ein. Es fühlte sich gut und richtig für sie an.

ZWEIUNDDREISSIGSTES KAPITEL

Die Galerie, in der das Gemälde von Victorias Mutter ausgestellt war, lag ganz in der Nähe der Royal Academy of Arts. Die Räume waren groß und hell, die hohen Stuckdecken farbig bemalt und vergoldet. Die Ausstellung stand unter dem Thema »Landschaften und Gärten«. Ein Angestellter im schwarzen Anzug erklärte ihnen, wo sie das Bild von Amelie Bredon finden würden. Während sie durch die Räume gingen, an elegant gekleideten Besuchern vorbei, die die Kunstwerke intensiv studierten oder einfach nur umherflanierten und miteinander plauderten, war Victoria plötzlich sehr aufgeregt. Sie fürchtete sich ein wenig davor, das Bild ihrer Mutter zu sehen, und war froh, dass Jeremy bei ihr war.

Das Gemälde hing in einem der hinteren Räume, und zu Victorias Erleichterung hielt sich dort außer ihr und Jeremy niemand auf. Sie trat nah an das Bild heran. Es war nicht sehr groß und das Sujet ganz alltäglich, eine sommerliche Landschaft mit Feldern und Wiesen und einem Weg, der an einer Hecke und Bäumen entlangführte. Wolken spiegelten sich auf einem Fluss in der Ferne, das Spiel von Licht und Schatten und die Farben waren so intensiv, dass es Victoria den Atem raubte. Sie glaubte, ihre Mutter am Rand des Weges im Schatten an einer Staffelei stehen und den Pinsel über die Leinwand führen zu sehen.

Sie muss glücklich gewesen sein, als sie dieses Bild malte, begriff sie. Lange stand sie einfach nur da, ganz versunken in den Anblick der Landschaft, und wie vielleicht ihre Mutter, als sie das Bild malte, nahm sie den Getreidestaub, der über dem Feld lag, wahr und die Feuchtigkeit des Erdreichs unter der Hecke. Schließlich wandte sie sich zu Jeremy um, der sich ein wenig im Hintergrund gehalten hatte.

»Ich werde noch oft hierherkommen«, sagte sie leise. »Aber jetzt möchte ich gern gehen.« Schweigend verließen sie die Galerie. Victoria war noch so sehr von dem Bild ihrer Mutter gefangen, dass sie kaum eines der anderen Gemälde richtig ansah. Nur eines ganz in der Nähe des Ausgangs fiel ihr auf. Es zeigte einen Garten mit beschnittenen Hecken, der sie unwillkürlich an den Park erinnerte, der zu Sir Francis' Landhaus gehörte.

Draußen wehte immer noch ein starker Wind, er bauschte Victorias Mantel auf.

»Geht es Ihnen gut?« Jeremy betrachtete sie besorgt.

»Ja, vielen Dank, dass Sie mich darauf aufmerksam gemacht haben, dass das Bild meiner Mutter hier ausgestellt ist.« Victoria lächelte ihn an. »Ich glaube, jetzt kann ich Geraldine Adair verstehen. Sie war eine Geliebte meines Vaters, und sie meinte, vielleicht hätte er es nicht ertragen, die Gemälde meiner Mutter um sich zu haben, da darin noch mehr von ihrer Persönlichkeit zu spüren sei als in einer Fotografie.« Ohne sich dessen richtig bewusst zu sein, hatte sie sich wieder bei Jeremy eingehakt.

»Das finde ich jetzt, da ich das Bild gesehen habe, auch nachvollziehbar.« Jeremy nickte. »Ihre Mutter muss Ihnen sehr ähnlich gewesen sein.«

»Wie meinen Sie das?«, fragte Victoria verblüfft.

Er zuckte mit den Schultern. »Die Frau, die das Bild gemalt hat, muss ein sehr lebendiger und empfindsamer Mensch gewesen sein. Stark, entschieden, aber auch verletzlich …«

»Oh …«, murmelte Victoria. Um ihre Verlegenheit zu überspielen, sagte sie: »Ist Ihnen das Gemälde am Ausgang auch aufgefallen? Ich musste dabei an Sir Francis' Park denken. Diese beschnittenen Hecken und verwinkelten Wege und diese seltsame Eibe, in die eine Laube geschnitten war, haben, finde ich, zu seinem heimlichtuerischen, verlogenen Charakter gepasst.«

Jeremy blickte sie überrascht an, und Victoria wollte gerade fragen, was ihm durch den Kopf ging, doch in diesem Moment hielt hupend ein Automobil neben ihnen. Eine Hecktür wurde geöffnet, und Constance stieg heraus.

»Victoria, das ist ja eine Überraschung«, sagte sie. »Ich war vorhin bei dir zu Hause, habe aber nur Hopkins angetroffen …«

»Ich weiß, er hat es mir erzählt. Ich wollte später zu dir nach Hampstead kommen und bei dir übernachten.« Victoria umarmte die Freundin.

»Da trifft es sich ja gut, dass Louis nach Ivy Manor gefahren ist, um sich dort mit einem Architekten zu besprechen, der den Umbau leiten soll.« Constance lachte. »Hopkins' Andeutungen habe ich entnommen, dass du mir sehr viel zu erzählen hast. Mr. Ryder«, sie wandte sich Jeremy zu, »Sie haben doch sicher nichts dagegen, wenn ich Victoria auf der Stelle entführe? Sie kann mich beim Aussuchen eines Geschenks für Louis beraten.«

»Natürlich nicht.« Jeremy verbeugte sich, nicht ohne Victoria zuzuraunen: »Sobald ich etwas Neues erfahren habe, lasse ich es Sie wissen.«

Er wartete, bis die beiden Frauen in den Daimler gestiegen waren, dann schlug er die Türen hinter ihnen zu. Während der Wagen losfuhr, blickte Victoria sich noch einmal zu Jeremy um. Er hatte immer noch, so erschien es ihr, einen nachdenklichen Gesichtsausdruck. Plötzlich wünschte sie sich, zu ihm zu laufen, ihn zu umarmen und zu fragen, was ihm gerade durch den Sinn ging.

Auch wenn ich es nicht wahrhaben wollte – er bedeutet mir viel mehr als ein Freund, gestand Victoria sich endlich ein.

Kurz darauf hielt der Daimler vor einem Juweliergeschäft in der Bond Street. »Ich möchte Louis etwas schenken als Dank dafür, dass der Umbau von Ivy Manor bald beginnen wird«, erklärte Constance, während sie und Victoria den Wagen verließen und auf den Eingang zwischen den großen Schaufenstern zugingen. »Er hat, was Geschenke betrifft, leider einen sehr konservativen Geschmack. Deshalb dachte ich, er wird sich über ein Paar Manschettenknöpfe freuen.« Sie verdrehte amüsiert die Augen. »Und nachdem ich meine Einkäufe erledigt habe, musst du endgültig ausführlich erzählen. Dass du seit unserer letzten Begegnung beschuldigt wurdest, an einem Attentat auf den König beteiligt gewesen zu sein und im Gefängnis warst, übertrifft wirklich meine kühnsten Vorstellungen. Und dass du und Mr. Ryder so vertraut miteinander seid, ist ja auch eine neue Entwicklung.«

Victoria murmelte eine ausweichende Antwort, während ihnen ein livrierter Türsteher unter einem im Wind knatternden Banner die Eingangstür öffnete.

Das Innere des Geschäfts war elegant und modern gestaltet. Runde rote Ledersessel standen auf einem glänzenden, schwarz-weiß gekachelten Marmorboden. In den großen Glasvitrinen lagen nur wenige, aber exquisite Schmuckstücke. Ein älterer distinguierter Angestellter geleitete Victoria und Constance, die offenbar eine gute Kundin war, in ein Nebenzimmer, das ähnlich ausgestattet war wie der Laden. Während er ihr eine Auswahl wertvoller Manschettenknöpfe präsentierte, musste Victoria an das auffallende Paar denken, das höchstwahrscheinlich Mollys Mörder getragen hatte, und dass Jeremys Nachforschungen bei den Juwelieren in der Stadt leider vergeblich gewesen waren.

Schließlich entschied sich Constance für ein Paar, das ganz schlicht und trotzdem extravagant war und das auch Victoria gut gefiel – glänzend polierte Kreise aus Silber auf Halbmonden aus gehämmertem Gold.

Der Verkäufer versicherte Constance, dass sie eine vorzügliche Wahl getroffen habe, und eilte davon, um die Manschettenknöpfe als Geschenk verpacken zu lassen. Constance lehnte sich in dem roten Ledersessel zurück und musterte Victoria einen Augenblick.

»Also, meine Liebe, wie steht es zwischen dir und Mr. Ryder?«, fragte sie dann.

»Ich … ich glaube, ich habe mich in ihn verliebt.« Victoria seufzte. »Aber ich bin noch nicht über Randolph hinweg. Außerdem weiß ich nicht, ob Jeremy auch etwas für mich empfindet.«

»Victoria«, Constance schüttelte den Kopf, »du musst wirklich völlig blind sein, um daran noch zu zweifeln.«

Das Fox and Hunt war schon recht voll, als Jeremy dort ankam. Von seinen Kollegen aus dem Gesellschaftsfach entdeckte er nur einen. Archibald Waugh saß an der Theke und leerte eben sein Bierglas. Er war ein Mann um die sechzig, dem sein lockiges graues Haar, die runden Wangen und der kleine Mund mit den nach unten gezogenen Winkeln das Aussehen einer in die Jahre gekommenen, traurigen Barockputte verliehen. Aber Archibald war schon lange im Geschäft und stets gut informiert über Klatsch und Tratsch.

Jeremy quetschte sich auf den Hocker neben ihn, der glücklicherweise frei war. »Ein Lagerbier für mich und eins für Archibald«, bedeutete er dem Wirt.

»Danke, Jeremy.« Archibald musterte ihn. »Ich hab gehört, dass du in letzter Zeit öfter mit Victoria Bredon, der Enkelin des Duke of St. Aldwyn, gesehen wurdest. Hübsches Ding, wenn auch ziemlich eigensinnig. Stimmt es, dass ihr Großvater versucht, das Sorgerecht für sie zu bekommen?«

Archibald war wirklich gut informiert. Jeremy kam zu dem Schluss, dass er von dem Kollegen wahrscheinlich nur eine Auskunft im Tausch gegen eine andere bekommen würde. Und Victoria würde es ihm sicher nicht übel nehmen, wenn er das Gerücht bestätigte.

»Ja, das stimmt«, gab er deshalb zu. »Miss Bredon und ihre Familie stehen sich nicht besonders nah.«

Der Wirt schob die zwei Bier über den Tresen, und Jeremy prostete Archibald zu. »Sag mal, mir ist kürzlich ein Gerede zu Ohren gekommen, dass es in einer bedeutenden Familie des Adels oder der Oberschicht ein Kuckuckskind geben soll«, tastete er sich dann vor. »Ich weiß nichts Genaues, nur dass das Kind, um das es geht, zwanzig, fünfundzwanzig Jahre alt sein soll. Hast du davon damals etwas mitbekommen?«

Archibald wischte sich den Schaum vom Mund. »Na ja, ich könnte dir auf Anhieb etliche Lords und Ladys nennen, deren offizielle Väter nicht die Erzeuger waren. Vor allem im sogenannten Kensington Kreis um den damaligen Prince of Wales herrschte ein munteres ›Bäumchen, wechsle dich‹. Das ist ein offenes Geheimnis.« Die Tür des Pubs ging auf. Ein heftiger Windstoß fuhr in die Mäntel und Jacken, die an den Garderobenhaken hingen, und brachte die Gläser im Regal hinter dem Tresen zum Klirren. Regen klatschte gegen die Scheiben. »Mein Gott, was für ein Wetter.« Archibald verzog den Mund.

»Nein, es muss sich um etwas Heikleres handeln.« Jeremy beugte sich zu dem Kollegen und senkte vertraulich die Stimme. »Kein Kind, das die Frucht einer Affäre ist, sondern ein fremdes Kind, das als Spross der Familie ausgegeben wurde.«

»Und das aus einer völlig anderen Gesellschaftsschicht stammte?«

»Ja, wahrscheinlich aus einer sehr niederen …«

»Das wäre ein schöner Skandal …« Archibald spitzte die Lippen und stieß einen Pfiff aus. »Ich werde darüber nachdenken, ob mir noch was einfällt.«

»Danke …« Jeremy trank einen weiteren Schluck Bier.

»Lady Isabel, die Cousine von Victoria Bredon, soll ja ein ziemlicher Feger sein.« Archibald zwinkerte ihm zu.

»Tatsächlich? Ich kann dazu nichts sagen. Ich bin ihr nur einmal länger bei einer Wochenendparty begegnet.«

»Ja, ich schätze, es ist gut, dass sie bald unter die Haube kommt, ehe ein Unglück geschieht.« Archibald grinste und nahm einen großen Schluck von seinem Bier. »Und mit dem Duke of Montague hat sie ja einen Glücksgriff getan …«

Das, dachte Jeremy melancholisch, *sieht Victoria wahrscheinlich ähnlich.* Kein Wunder, dass sie sich in Randolph verliebt hatte. Nein, mit dem attraktiven, charmanten und reichen Herzog konnte er nun wirklich nicht konkurrieren.

Gleich darauf verabschiedete sich Archibald Waugh. Jeremy entdeckte an einem Tisch hinten im Raum zwei weitere Kollegen vom Gesellschaftsfach. Aber auch sie konnten ihm nicht weiterhelfen. Als er den Pub schließlich verließ, war es dunkel. Der Regen hatte kurz aufgehört, aber das Pflaster schimmerte feucht im Licht der Gaslampen. Der Wind ließ die Lampen erzittern und blies einen abgebrochenen Ast vor Jeremys Füße.

Jeremy blieb stehen. Er musste wieder an das denken, was Victoria über Sir Francis' Park gesagt hatte. Dabei war ihm eine Erinnerung durch den Kopf geschossen, die er aber nicht richtig zu fassen bekommen hatte. Es hing mit der Eibe zusammen, deren Äste so beschnitten waren, dass sie eine Art Laube bildeten. Geistesabwesend blickte er dem Zweig nach, den der Wind nun weiterwehte. Ihm war es bei seinem Besuch im Park auch merkwürdig erschienen, dass Sir Francis diesen Ort häufig aufgesucht haben sollte, denn als Gartenliebhaber konnte er sich Sunderland nun wirklich nicht vorstellen.

Ein hohles Geräusch erklang, als der Ast nun gegen einen Briefkasten prallte. Plötzlich fiel es Jeremy wie Schuppen von den Augen. Seine Schritte auf dem Holzboden unter der Eibe hatten ein ähnliches Geräusch hinterlassen – so, als ob sich darunter ein Raum befände. Könnte das der Ort sein, an dem Sir Francis seine Aufzeichnungen aufbewahrte? Sie waren schließlich nie gefunden worden, obgleich sowohl sein Haus am St. James Square als auch sein Büro in Whitehall und sein Landsitz gründlich durchsucht worden waren.

Louis hält sich auf Ivy Manor auf, überlegte Jeremy, *ich könnte in die Cotswolds fahren, bei ihm übernachten und mir morgen dann die Eibe ansehen. Gegen Mittag müsste ich wieder in London sein.*

Er klappte den Kragen seines Jacketts hoch, um sich gegen den Wind zu schützen, und ging in Richtung The Strand, denn dort gab es eine Garage, die Automobile vermietete.

Hopkins hatte seinen Entschluss, in der dritten Klasse nach Cornwall zu reisen, doch bereut. Wegen des Sturms war ein Baum auf die Schienen gestürzt, und die Fahrt hatte sich deshalb um zwei Stunden verzögert. Übermüdet kam er gegen zehn Uhr morgens am Bahnhof von Salcombe an. Mit dem Debrett's war er auch nicht wirklich weitergekommen.

»Mr. Hopkins?«, sprach ihn ein Mann in der Uniform eines Kutschers an.

»Der bin ich.«

»Perkins von Blickling Hall. Mrs. Collins hat mich geschickt und mir aufgetragen, auf Sie zu warten.«

Hopkins' Stimmung besserte sich sofort, als er den Namen der Haushälterin hörte. In der Kutsche döste er vor sich hin und fühlte sich deshalb ein wenig ausgeruht, als sie das Herrenhaus erreichten. Als die Kutsche über den Wirtschaftshof rollte, kam Mrs. Collins nach draußen, um ihn zu begrüßen.

»Ich bedaure meine Verspätung außerordentlich«, erklärte Hopkins förmlich, während er wieder daran dachte, was für eine gut aussehende Frau Mrs. Collins doch war.

»Ja, der Sturm ... Hier im Park hat er auch ziemlich gewütet.« Mrs. Collins lächelte und deutete auf einige Bäume, die über den Dächern der Wirtschaftsgebäude zu sehen waren. Trotz der Entfernung war zu erkennen, dass Äste aus den Kronen gebrochen waren. »Aber kommen Sie doch herein, Mr. Hopkins. Sie müssen nach der langen Fahrt hungrig sein. Ich lasse Ihnen sofort ein Frühstück zubereiten. Mit Mr. Baker können Sie sich ja unterhalten, während Sie essen.«

Hopkins hielt dies zwar nicht für ganz korrekt, aber sein Hunger überwog seine Bedenken. Mr. Baker entpuppte sich als ein breitschultriger, muskulöser Mann, dem, obwohl er eher die Statur eines Boxers als die eines Butlers hatte, eine gewisse Würde zu eigen war – wie Hopkins wohlwollend konstatierte. Sein Gesicht war noch vom Aufenthalt in den südlichen Gefilden gebräunt. Er und Hopkins tauschten im Speisesaal der Bediensteten einige Höflichkeiten aus, während ein Küchenmädchen Hopkins mit Tee, Toast und Rührei versorgte.

»Mrs. Collins hat mir erzählt, dass Sie Fragen zu Miss Wilcox haben«, sagte Mr. Baker nun und blickte von Hopkins zu der Haushälterin. Hopkins hatte Mrs. Collins gebeten, bei dem Gespräch dabei zu sein.

»Ich muss mich entschuldigen, dass ich Ihnen bei meinem letzten Besuch nicht die ganze Wahrheit gesagt habe.« Hopkins stellte seine Teetasse ab und sah Mrs. Collins an. »Miss Wilcox und drei weitere Menschen wurden ermordet. Wahrscheinlich hängen diese Morde mit einem Geheimnis zusammen, das Miss Wilcox aus einem früheren Dienstverhältnis kannte. Deshalb ist es so überaus wichtig für mich zu erfahren, wo sie vor ihrer Tätigkeit als Zofe für die verstorbene Lady Carmichael beschäftigt war.«

»Um Himmels willen, wie furchtbar.« Mrs. Collins hob entsetzt die Hand zum Mund. Auch Mr. Baker wirkte erschüttert, fasste sich aber recht schnell. »Miss Wilcox diente in äußerst respektablen Häusern«, erklärte er, »dies war, neben ihren vorzüglichen Zeugnissen, auch ein Grund, weshalb sie hier eingestellt wurde. Ich kann nicht glauben, dass ein Geschehen während dieser Dienstverhältnisse zu so furchtbaren Taten führte.«

»Würden Sie mir trotzdem bitte Miss Wilcox' Dienstherren nennen?«, beharrte Hopkins.

»Nun, wenn Sie darauf bestehen … Sie arbeitete als Zofe für Lady Joyce Martingale – die Martingales sind ja, wie Sie sicher wissen, eine alte adlige Familie aus Northumberland. Und davor lange für die Duchess of Montague.«

Hopkins erstarrte. »Sind Sie ganz sicher?«, fragte er langsam.

»Ja«, Mr. Baker nickte. »Miss Wilcox sprach sehr selten über ihre früheren Herrinnen. Aber die wenigen Male, die sie die Herzogin erwähnte, hatte ich den Eindruck, dass sie ihr sehr zugetan war.«

Victoria genoss den Abend mit Constance. Nach einem vorzüglichen Dinner saßen sie vor dem Kamin und plauderten. Während der ganzen Nacht tobte der Sturm um das Haus. Die Bäume im Garten ächzten unter den Böen. Da Hampstead auf einem Hügel lag, bot es dem Wind besonders viel Angriffsfläche. Victoria schlief unruhig. Sie träumte von dem Brand, und auch der Albtraum, in dem ihr Vater ihr zornig das Malen verbot, suchte sie wieder heim.

Am nächsten Morgen wollte Constance zu einem Treffen ihres Wohltätigkeitsvereins ins East End. Da Victoria beabsichtigte, im Hafen zu fotografieren, fuhren sie zusammen mit dem Daimler in die Stadt. Der Sturm hatte sich gelegt, und der Himmel war blau und wolkenlos, doch überall auf den Straßen lagen zerbrochene Dachziegel und Äste.

Auch im Hafen hatte der Sturm gewütet. Er hatte Ladekräne umgeworfen und einige kleine Schiffe gegen den Kai geschmettert. Bei anderen hatte er Maste umgeknickt. Victoria bahnte sich ihren Weg durch die Arbeiter und Matrosen, die damit begonnen hatten, die schlimmsten Schäden zu beseitigen, und suchte sich Orte, von denen aus sie fotografieren konnte, ohne die Männer zu behindern.

Die Verwüstungen hier waren zwar sicher nicht das, was sich Mr. Parker unter dem »Sinnbild einer seefahrenden Nation« vorstellte. Aber für Victoria besaßen sie einen ganz eigenen melancholischen Reiz, und sie machte mehrere Aufnahmen von den demolierten Schiffen. Sie hatten schließlich zumindest einen dokumentarischen Wert.

Victoria war versucht, ihren Skizzenblock hervorzuholen und zu zeichnen, aber dann fiel ihr ein, dass Caitlyn ganz in der Nähe wohnte. Vielleicht hatte ja Orla, die nach Mollys Ermordung bei ihr untergekommen war, eine Nachricht von ihr erhalten. Victoria beschloss, sie aufzusuchen.

Caitlyns Wohnung lag in einem vierstöckigen Backsteinhaus im obersten Stock. Das Treppenhaus war fensterlos und dunkel. Falls es hier einmal eine Gasbeleuchtung gegeben haben sollte, funktionierte sie längst nicht mehr. Vorsichtig tastete sich Victoria die knarrenden Holzstufen hoch. Hinter einer Tür schrie ein Säugling. Es stank nach Kohl, Exkrementen und gammligem Fleisch, und sie wollte lieber nicht wissen, was das Weiche gewesen war, in das sie eben getreten war. Sie war froh, als sie endlich den letzten Treppenabsatz erreichte. Eine Luke im Dach verbreitete spärliches Licht.

»Orla?«, rief Victoria und klopfte an die Tür. Gleich darauf öffnete ihr die junge Frau.

»Ach, Victoria, du bist es«, sagte sie mit schüchternem Lächeln. »Ich wollte dich sowieso aufsuchen.«

»Hast du eine Nachricht von Caitlyn erhalten?« Victoria folgte Orla in das angrenzende Zimmer. Es war klein und die Decke schräg, aber im Gegensatz zum Treppenhaus war es überraschend sauber. Es gab einen Ofen, einen einfachen Holztisch, auf dem eine Näharbeit lag, und zwei Stühle. Eine Tür führte, vermutete Victoria, in das Schlafzimmer, in dem Caitlyn ihre Freier empfing. Orla trug ein hochgeschlossenes Kleid aus grobem Stoff und hatte keine Schminke aufgelegt. Sie wirkte sehr hübsch und zart und zerbrechlich wie immer, und Victoria war erleichtert, dass sie sich ihr Geld nicht länger als Prostituierte verdienen wollte. Sehr lange hätte sie dieses Leben bestimmt nicht mehr durchgehalten. Insofern zumindest hatte Mollys gewaltsamer Tod doch etwas Gutes gehabt.

»Kommst du zurecht, jetzt, da Caitlyn im Gefängnis ist, oder brauchst du Geld?«, erkundigte sie sich verlegen.

»Caitlyn hat mir ein paar Münzen dagelassen, und ich verdien ein bisschen was durch Näharbeiten für eine jüdische

Schneiderei«, erwiderte Orla. »Das Nähen macht mir wirklich Freude.«

Victoria erinnerte sich daran, dass sie Constance hatte bitten wollen, sich nach einer Stelle für Orla umzuhören. Vielleicht würde Orla als Näherin in einem Modesalon aber glücklicher sein als in einer Stellung als Dienstmädchen.

»Diesen Brief hab ich von Caitlyn bekommen.« Orla reichte ihr ein zerknittertes Blatt Papier. »Es ist gut, dass mir Caitlyn nach Mollys Tod das Lesen beigebracht hat. Deshalb konnt ich den Brief selbst lesen, auch wenn ich lange dafür gebraucht hab.« Der Stolz, mit dem sie dies sagte, rührte Victoria.

In krakeligen Buchstaben hatte Caitlyn geschrieben, dass es ihr gut gehe und dass ihr Verteidiger nicht auf den Kopf gefallen wirke. Was in ihren Worten bestimmt ein Kompliment bedeutete. Also war es Jeremy tatsächlich gelungen, einen guten Pflichtverteidiger für sie zu bekommen. Ein warmes Gefühl der Dankbarkeit durchströmte Victoria, und sie lächelte unwillkürlich.

»Du hattest Caitlyn doch Zeichnungen von den Manschettenknöpfen gegeben, die wahrscheinlich Mollys Mörder getragen hat«, hörte sie Orla sagen.

»Ja, was ist damit?« Victoria schreckte auf.

»Monica, eine von uns – also von Mollys Mädchen – ist sich sicher, dass sie sie vor ein paar Tagen gesehen hat«, erklärte Orla. »Deshalb wollte ich auch zu dir kommen.«

»Kannst du mich zu Monica bringen?« War es möglich, dass es jetzt, nach all den Wochen, in denen sie mit der Suche nach dem Mörder nicht weitergekommen waren, auf einmal eine zweite, vielversprechende Spur gab? Victoria starrte Orla an. Sie wagte noch nicht so recht, ihren Worten zu glauben.

»Monica arbeitet jetzt in 'nem anderen Bordell. Ich bring sie besser her. Hier könnt ihr ungestört miteinander reden.«

»Gut, dann warte ich hier.« Victoria nickte zögernd.

Nachdem Orla gegangen war, lief Victoria unruhig in dem Raum auf und ab. Durch das Fenster konnte sie einen Blick auf den Hafen erhaschen, wo ein umgestürzter Lastkran mithilfe von Seilwinden wieder aufgestellt wurde. In einem Regal entdeckte sie eine zerfledderte Lesefibel, einen Band englischer Geschichte und Shakespeares *Was ihr wollt*. Caitlyn hatte sich wirklich angestrengt, sich zu bilden. Victoria setzte sich an den Tisch und versuchte, die Shakespeare-Komödie zu lesen, aber sie konnte sich einfach nicht konzentrieren. Mittlerweile bereute sie es, Orla nicht begleitet zu haben. Warum dauerte es nur so lange, bis sie zurückkam?

Ihrem Gefühl nach waren zwei Stunden vergangen, als Victoria endlich Schritte auf den Stufen und Frauenstimmen hörte. Aufgeregt stürzte sie zur Tür. Die Frau, die hinter Orla auf den Treppenabsatz trat, war Anfang zwanzig. Sie hatte schwarzes Haar, eine sehr helle Haut und blaue Augen. Dies – zusammen mit ihrem rot geschminkten Mund – ließ Victoria unwillkürlich an Schneewittchen denken. Wie Orla war sie auffallend hübsch und bestätigte Wallis' Einschätzung, dass Molly ein Händchen für sehr schöne Prostituierte gehabt hatte.

»Tut mir leid, ich hatte 'nen frühen Freier, deshalb hat's was gedauert, bis ich kommen konnte.« Monica ließ sich auf einen der Stühle fallen.

»Oh …«

Victoria spürte, dass sie errötete. Zu ihrer Überraschung holte die junge Frau eine zusammengefaltete Zeitungsseite aus ihrer Manteltasche.

»Vor ein paar Tagen hab ich mir 'ne Pastete gekauft«, sagte sie, »und als ich sie aus der Zeitung, in die sie eingeschlagen war, ausgewickelt hab, hab ich das Bild hier gesehen.«

Monica strich die Zeitungsseite glatt und legte sie auf den Tisch. Sie war fettig und zerknittert, und es dauerte einen Moment, bis Victoria zwischen den Textspalten die Fotografie sah, auf der Randolph und Isabel abgebildet waren. Beide trugen Abendgarderobe und lächelten verliebt in die Kamera. *Der Duke of Montague und seine strahlend schöne Verlobte, Lady Isabel Bredon, bringen den Wohltätigkeitsball im Cleredon House durch ihre Anwesenheit zum Funkeln*, lautete die Bildunterschrift. Victorias Magen verkrampfte sich.

»Ich kann nich' lesen, und ich wusst auch nich' die Namen der beiden, aber auf dem Bild hab ich sie wiedererkannt. Die kannte ich schon länger.« Monica deutete auf Isabel. »Sie war 'n paarmal mit 'nem Kerl in Mollys Bordell – nich' mit dem auf dem Bild, mit 'nem anderen – und hatte mich für 'nen Dreier gebucht. Wir ham Opium geraucht, und sie mocht's gern wild. Ich nehm an, das mit dem Dreier war ihre Idee und nich' die von dem Kerl, weil der ziemlich verkrampft war, bis er das Opium intus hatte.« Monica zuckte mit den Schultern und grinste. »Na ja, es war klar, dass die Blonde 'ne feine Dame is', und Molly witterte 'n Geschäft und ließ mich mit den beiden die rubinrote Kammer benutzen. Sie hat uns fotografiert, während wir's miteinander getrieben haben.«

Victoria kam es so vor, als ob ihr Verstand nur sehr langsam arbeitete. Hatte Molly Isabel erpresst, und war Großtante Hermione deshalb in dem Bordell gewesen? War dies auch der Grund, warum sie sich mit Isabel auf Blackenwell Manor gestritten hatte?

»Vor 'ner guten Woche kam die Blonde mit dem Mann«, Monica deutete auf Randolph, »in das Bordell, in dem ich jetzt anschaff. Anders als der Kerl, mit dem sie's früher getrieben hat, hatte der richtig Spaß an der Sache. Wir warn jetzt auch zu viert und nich' nur zu dritt. Sie ham nämlich noch 'ne andere

Hure außer mir gebucht. Wir ham auch wieder Opium geraucht. Und als sie fertig warn, ich lieg noch aufm Bett und hatte die Augen halb zu, seh ich, wie der Mann nach seinen Manschettenknöpfen greift. Die Dinger kamen mir irgendwie bekannt vor. Aber ich war noch ganz benebelt vom Opium. Erst als ich das Bild in der Zeitung gesehn hab, wurd mir klar, dass das die Manschettenknöpfe von der Zeichnung warn, die Caitlyn herumgezeigt hat.«

Victoria schluckte. Ihr Mund war ganz trocken, und ihr wurde schlecht. »Du bist dir dessen ganz sicher?«, flüsterte sie.

»Völlig.« Monica nickte energisch.

Es kann nicht sein, dass Randolph der Mörder ist … Victoria hatte das Gefühl, dass sich ihr eine eiserne Klammer um die Brust legte und ihr die Luft abschnürte. *Monica muss sich täuschen. Oder vielleicht gibt es die Manschettenknöpfe ja in einer zweiten Anfertigung.*

VIERUNDDREISSIGSTES KAPITEL

Nach einer abenteuerlichen Fahrt voller Umwege – wegen des Sturms waren etliche Straßen gesperrt – war Jeremy gegen zehn Uhr abends auf Ivy Manor angekommen. Louis war noch wach und freute sich, ihn zu sehen. Wie Victoria und Constance verbrachten die beiden Männer einige angenehme Stunden vor dem Kamin.

Früh am nächsten Morgen machten sie sich auf den Weg zu Sir Francis' Landsitz. Jeremy verzichtete darauf, den örtlichen Constable um Hilfe zu bitten. Da er schon einmal die Durchsuchung des Anwesens geleitet hatte, vertraute er darauf, dass die Gärtner ihn wiedererkennen würden. Außerdem hatte er mit Lord Louis Hogarth ohnehin eine Respektsperson an seiner Seite.

Auch im Park des Landsitzes hatte der Sturm gewütet. Auf der Auffahrt zum Haus trafen sie einige Gärtner, die die Schäden begutachteten. Jeremy erklärte ihnen, dass er sich gern noch einmal die Eibenlaube ansehen würde.

»Tja, die Eibe, Sir …« Der Obergärtner, ein knorriger Mann Anfang sechzig, schob seine Kappe zurück und kratzte sich am Kopf. »Ich muss Ihnen leider sagen, das wird schwierig werden. Eine alte Buche ist auf den Baum gestürzt.«

Louis schickte einen der Gärtner nach Ivy Manor mit dem Auftrag, dort Hilfe zu holen, während er, Jeremy und der Obergärtner, ein Mr. Bechum, zu der Eibe gingen. Sie stand noch, aber die Krone der Buche versperrte den Eingang zu der Laube.

Jeremy und Louis packten mit an. Sie sägten zusammen mit den Gärtnern Äste weg, und schließlich, am frühen Nachmittag, gelang es, die Buche mithilfe eines Pferdegespanns so weit zur Seite zu ziehen, dass der Eingang der Laube frei war. Jeremy untersuchte die Bodenbretter auf allen vieren, während Louis ihm mit einer Lampe leuchtete. Nach einer Weile ertastete er eine Fuge, die etwas breiter war als die anderen, und kurz darauf entdeckte er ein Astloch. Als er seine Finger hineinschob, ließ sich ein großes Stück des Bodens hochklappen.

»Sieht so aus, als hätten wir eine Falltür gefunden.«

Jeremy grinste Louis erschöpft, aber zufrieden an. Eine Leiter führte nach unten. Louis stieg, mit der Lampe in der Hand, hinab. Jeremy folgte ihm.

»Liebe Güte ...«, murmelte Louis. Auch Jeremy blickte sich um. Sie befanden sich in einem runden, gemauerten Raum von etwa drei Metern Durchmesser. An den Wänden hingen Regale. Darauf standen Metallkassetten, die mit Namen versehen waren. An einer Stelle stand ein steinerner Tisch. Darüber war das verblasste Bild eines Kreuzes zu erkennen.

»Zur Zeit Königin Elizabeth' gehörte das Anwesen einer katholischen Familie«, sagte Louis. »Wahrscheinlich haben sie diesen Raum als Kapelle benutzt.«

»Gut möglich.«

Jeremy nickte, während er die Namen auf den Kassetten überflog. Wie er nicht anders erwartet hatte, waren viele bekannte darunter. Er hatte eben den Namen »Bredon« auf einer schmalen Metallkiste entdeckt, als er Louis sagen hörte: »Mein Gott, Randolph scheint auch von Sir Francis erpresst worden zu sein.«

Jeremy wandte sich zu ihm um. »Weißt du, wie alt der Herzog ist?«, fragte er mit angehaltenem Atem.

»Im Dezember haben wir in seinem Club seinen fünfundzwanzigsten Geburtstag gefeiert. Warum willst du das wissen?«, erwiderte Louis erstaunt.

Einzelne Puzzleteile formten sich in Jeremys Kopf zu einem vollständigen Bild. Dann begriff er erschrocken: *Victoria ist in Gefahr.*

»Es tut mir leid, Sir.« Der Postbeamte in dem Dorf bei Blickling Hall sah Hopkins bedauernd an. »Aber ich kann Ihr Telegramm nicht durchgeben. Die Telegrafenleitungen nach London sind durch den Sturm zerstört. Wahrscheinlich werden sie frühestens heute Abend notdürftig wieder repariert sein.«

»Wissen Sie, wo es den nächsten Telefonapparat gibt?« Fragend blickte Hopkins Mr. Baker an, der ihn in der Kutsche begleitet hatte.

»Ich glaube, in Sutton House. Das liegt etwa zwanzig Meilen entfernt, in der Nähe von Fowey«, erklärte Mr. Baker.

»Auch viele Telefonleitungen wurden von dem Sturm in Mitleidenschaft gezogen«, wandte der Postbeamte ein.

»Ich muss versuchen, von dort Miss Victoria und die Londoner Polizei zu erreichen«, erklärte Hopkins bestimmt. »Und falls die Telefonleitungen ebenfalls zerstört sind, bleibt mir noch die Möglichkeit, von Fowey aus einen Zug nach London zu nehmen.«

Er rang um Zuversicht, doch er fühlte sich so hilflos wie selten zuvor in seinem Leben. Er war wie vor den Kopf gestoßen. Randolph musste der Mörder sein!

Randolph kann nicht der Mörder sein ...

Victoria war nach Hause zurückgekehrt. Der Wind hatte wieder aufgefrischt, von Westen her zogen Wolken heran. Obwohl im Küchenherd noch ein Feuer brannte, fror sie. *Es muss ein zweites Paar identischer Manschettenknöpfe geben. Oder vielleicht war die Zeichnung, die ich nach Brendas Angaben angefertigt habe, fehlerhaft und Moncia hat deshalb Randolphs Manschettenknöpfe mit denen des Mörders verwechselt.* Ja, einer der beiden Gründe musste zutreffen. Alles andere war undenkbar.

Erleichtert, diese Erklärung gefunden zu haben, ging Victoria in die Dunkelkammer, um den Film mit den Bildern der Verwüstungen im Hafen aus ihrer Kamera zu nehmen. Sie hatte eben die Rotlichtlampe eingeschaltet und den Verschluss der Kamera geöffnet, als sie mit dem Arm gegen ein Regal stieß. Etliche Pappmappen, die Aufnahmen enthielten, fielen herunter. Victoria murmelte einen Fluch. Wie konnte sie nur so ungeschickt sein! Sie bückte sich, um die Fotografien aufzuheben. Zwischen Bildern, die sie für den *Morning Star* geschossen hatte, waren auch die mit den blutigen Fingerabdrücken, die sie und Hopkins in Mollys Schlafzimmer angefertigt hatten.

Einen Moment blieb Victoria nachdenklich auf dem Boden hocken. Randolphs Karten und Briefe hatte sie, nachdem sie von seiner Verlobung mit Isabel erfahren hatte, weggeworfen. Aber sie besaß noch das kleine Gemälde mit dem Aquädukt von Perugia, das er ihr einige Wochen zuvor geschenkt hatte. Sie hatte es von der Wand genommen, es aber nicht übers Herz gebracht, es ebenfalls wegzuwerfen, und es deshalb in einen schwer zugänglichen Winkel ihres Kleiderschranks verbannt.

Ich könnte die Fingerabdrücke sichtbar machen und sie mit

denen auf den Fotografien vergleichen. Dann hätte ich Gewissheit, dass Randolph nicht der Mörder ist, überlegte sie.

Victoria sammelte die Fotografien ein. Danach holte sie Hopkins' Grafitpulver, seinen weichen, dicken Pinsel und sein Vergrößerungsglas aus der Bibliothek und brachte alles in die Küche. Das Aquarell, das hinter ihren Schuhen an der Wand ihres Kleiderschranks lehnte, nahm sie mit einem Tuch, um die Abdrücke darauf nicht zu verwischen, heraus. Es anzusehen setzte ihr mehr zu, als sie vermutet hatte. Zornig drängte Victoria die Erinnerungen an die Tage zurück, die sie mit Randolph in Rom und in Perugia erlebt hatte, und brachte auch das Bild in die Küche.

Dort war es mittlerweile so dämmrig geworden, dass sie die Petroleumlampe anzünden musste. Wie Nebel legte sich das Grafitpulver auf das Aquädukt und die Landschaft im Hintergrund und machte die Fingerabdrücke sichtbar. Ein heftiger Windstoß fuhr in die Bäume im Park und pfiff durch die Ritzen der Fenster. Wie aus weiter Ferne hörte Victoria die Kronen rauschen, während sie konzentriert durch das Vergrößerungsglas blickte. Einige kleinere Abdrücke stammten gewiss von ihrer Hand, ein größerer dagegen schien der Daumenabdruck eines Mannes zu sein.

Victoria verglich ihn mit den Abdrücken auf den Fotografien. Er stimmte nicht mit ihnen überein. Sie richtete das Vergrößerungsglas auf einen weiteren Abdruck auf dem Gemälde – auch hier gab es keine Übereinstimmung. In einer Ecke des Bildes entdeckte sie noch einen Daumenabdruck. Er war anders als die Abdrücke, die sie eben betrachtet hatte. Die Papillarlinien, die feinen Rillen in der Haut, bildeten ein Muster aus Wirbeln, und auf der linken Seite befand sich eine kleine Kerbe, die wie die Narbe einer Verletzung aussah.

Die Abdrücke aus Mollys Schlafzimmer haben ein Muster

aus Wirbeln, durchfuhr es Victoria. Und hatte sie nicht auch auf der Fotografie eine kleine Kerbe gesehen? Angespannt nahm sie das Lichtbild in die Hand. Das Muster der Wirbel stimmte mit dem auf dem Gemälde überein, die Kerbe befand sich an genau derselben Stelle wie bei dem mit Grafit bestäubten Abdruck. Victoria weigerte sich zu begreifen, was sie sah.

»Du hast es also schließlich herausgefunden ...« Victoria erstarrte. War das Randolph, der da sprach? Sie hoffte, dass sie sich nur eingebildet hatte, seine Stimme zu hören. Doch als sie sich langsam umdrehte, sah sie ihn in der Küchentür stehen. Er hielt ein Messer in der Hand und musterte sie beinahe amüsiert. »Setz dich!«, befahl er. »Ich weiß, dass du Jiu-Jitsu beherrschst, ich bin vorgewarnt. Wenn du versuchst, zu schreien oder mich anzugreifen, schneide ich dir gleich die Kehle durch.«

Wie Molly ...

Gehorsam ließ Victoria sich auf einen Stuhl sinken. Sie hörte wieder die Bäume im Park rauschen und das Hufeklappern und Räderrollen einer Kutsche auf der Straße. Mr. Jarvis hielt sich unten in der Halle auf. In den anderen Wohnungen befanden sich Menschen. Aber das alles war unendlich weit entfernt.

»Ich sah dich mit Monica aus einem Haus am Hafen kommen«, sagte Randolph nun. »Ich erinnerte mich an die Nacht, in der ich mich mit ihr und Isabel und einer anderen Hure vergnügt hatte. Da konnte ich so einige Schlüsse ziehen. Ich hielt es für besser, dir zu folgen.«

»Seit wann weißt du, dass ich ...?« Nur mühsam kamen die Worte über Victorias Lippen.

»Seit ich dich und Hopkins in Mollys Bordell einbrechen sah. Es war recht unterhaltsam, deine und Hopkins' und auch Ryders Bemühungen zu beobachten.«

»Wir haben inzwischen herausgefunden, dass der Mörder vor ungefähr zwanzig Jahren geboren wurde und das Kind einer Prostituierten ist. Der Commissioner ist informiert. Beamte untersuchen die Akten. Es ist nur noch eine Frage der Zeit, bis du entdeckt wirst.«

»Das glaube ich nicht.« Randolph lachte. Überheblichkeit leuchtete in seinen Augen auf.

Ich werde hier, in dieser Wohnung, in der ich mich immer beschützt und geborgen gefühlt habe, sterben. Victoria wurde von einer kalten Klarheit erfasst. Aber sie wollte leben und lieben und fotografieren und malen und die Jahre auskosten, die eigentlich noch vor ihr lagen und um die Randolph sie bringen würde. Sie war noch so jung. Sie würde noch nicht einmal volljährig werden. Verzweiflung und Wut stiegen in ihr auf. Sie musste eine Möglichkeit finden, ihm zu entkommen. Aber ihr Kopf war leer.

»Wie lange hat dich Sir Francis erpresst?«, hörte sie sich fragen.

»Vor einem knappen Jahr, nach einer Veranstaltung der konservativen Partei, kam er in das Hinterzimmer, in dem ich mich mit einigen Abgeordneten unterhielt, und bat um ein Gespräch unter vier Augen. Er wusste von meinen Ambitionen und hätte sich keinen besseren Ort für meine Demütigung aussuchen können.« Randolph lehnte sich gegen die Anrichte. Das Messer in seiner Hand reflektierte das Lampenlicht wie sonst Hopkins' blank poliertes Silber. »Als er mir lächelnd eröffnete, dass meine Mutter nicht die Duchess of Montague, sondern eine Prostituierte gewesen sei, lachte ich ihn aus und wollte ihn hinauswerfen. Aber dann sagte er, wieder mit diesem verächtlichen Grinsen, dass es doch höchst passend gewesen sei, dass die Herzogin einige Monate, nachdem ihr Gatte bei einem Jagdunfall starb, einen Sohn und

Erben gebar. Und dies, obwohl die Ehe zuvor drei Jahre lang kinderlos geblieben war. Schließlich hätte sie ohne diesen Erben auf jeglichen Reichtum verzichten, die herzoglichen Besitzungen aufgeben und von einer bescheidenen Rente leben müssen.« Randolph fuhr sich mit der Hand über die Stirn. Im Küchenherd zerbarst knackend ein Holzscheit. Ein Geräusch, das Victoria in der Stille laut wie ein Pistolenschuss erschien. »Dann fragte mich Sir Francis, ob mir eigentlich nie aufgefallen sei, dass ich meinen Eltern überhaupt nicht ähnlich sehe, und präsentierte mir eine Fotografie dieser Hure. Es war, als ob ich in mein weibliches Spiegelbild blicken würde.« Wieder schwieg Randolph einige Sekunden, ehe er weitersprach. »Ich begriff plötzlich einiges. Meine Mutter hat mich nie geliebt. Dass adlige Frauen ein distanziertes Verhältnis zu ihren Kindern haben, ist ja nichts Ungewöhnliches. Aber meine Mutter, meine *angebliche* Mutter, war mir gegenüber immer völlig unnahbar. Für sie war ich ein Ding, ein Mittel zum Zweck. Das habe ich schon als ganz kleines Kind gespürt. Ich habe es nicht im Geringsten bedauert, als sie starb. Ich war damals fünfzehn Jahre alt.«

Gegen ihren Willen empfand Victoria einen Anflug von Mitleid mit Randolph. »Warum hast du nicht versucht, den Skandal durchzustehen?«, fragte sie traurig. »Du siehst gut aus, du bist klug und hast Charme. Mit deinen Talenten hättest du dir ein eigenes Leben aufbauen können, ohne Reichtum und Titel.«

»Hier in England? Das glaubst du ja wohl selbst nicht.« Randolph lachte bitter auf.

»Du hättest in ein anderes Land gehen können.«

Randolph schüttelte den Kopf. »Der Titel und der Reichtum standen mir zu. Wenn Sir Francis nicht herumgeschnüffelt und die Wahrheit über meine Herkunft herausgefunden hätte, hätte ich bis zum Ende meiner Tage glücklich und zufrieden auf meinen Besitzungen gelebt. Ich hätte deine Cousine Isabel geheiratet und einen Erben gezeugt, und vielleicht wäre es mir sogar gelungen, Premierminister zu werden. So viele Kinder in adligen Kreisen sind Kuckuckskinder. Jeder weiß es, und niemand schert sich darum. Mich aber hätte man mit Hohn und Spott überhäuft.«

»Wie hast du Molly und Miss Wilcox und Marchmain gefunden?«, fragte Victoria.

»Ich hatte Hilfe, einen Mann ...«

»Du hast ihn ebenfalls getötet ...?«, flüsterte Victoria.

Randolphs Schweigen war ihr Antwort genug. *Er ist wahnsinnig,* schoss es ihr durch den Kopf. Sie verkrampfte sich, als er zu ihr an den Tisch trat. Sein Blick fiel auf das mit Grafitpuder bestäubte Gemälde. Beinahe liebevoll berührte er es.

»Ich habe mich in Italien wirklich in dich verliebt«, sagte er, »und ich habe es sehr bedauert, dass wir uns nie nähergekommen sind.«

Victoria empfand nur noch Ekel.

Er betrachtete sie zärtlich, und seine Stimme klang sanft, als er sagte: »Es wird einen Unfall in deiner Dunkelkammer geben. Die Filme und die Chemikalien werden in Brand geraten. Es wird schnell gehen, das verspreche ich dir.«

Er will mich bei lebendigem Leib verbrennen lassen, begriff Victoria. Eisiges Entsetzen erfasste sie, während ihr gleichzeitig eine Idee durch den Kopf schoss. Sie fasste sich an die Brust, keuchte und gab vor, nach Atem zu ringen.

»Bitte ...«, jammerte sie, ehe sie sich mit dem Oberkörper, als wäre sie halb bewusstlos, auf die Tischplatte sinken ließ.

»Komm mit!«, sagte Randolph, wieder in diesem grauenvoll sanften Tonfall. Als er sich vorbeugte, um sie hochzuziehen, sprang Victoria auf. Überrascht, wie er war, gelang es ihr,

Randolph mit einer Hebelbewegung aus dem Gleichgewicht zu bringen. Er stürzte gegen den Tisch, das Messer glitt ihm aus der Hand und fiel zu Boden. Victoria hob es auf, wollte zur Tür rennen, doch in diesem Moment hatte Randolph sich schon wieder aufgerichtet und versperrte ihr den Weg.

»Du verdammte Hexe!« Seine Augen waren schmal vor Wut.

Victoria hielt das Messer fest umklammert. Und dann sah sie voller Panik, dass die Petroleumlampe umgestürzt war. Brennendes Öl floss über die Tischplatte und tropfte auf den Boden.

Randolph bemerkte ihre Angst. Sein schönes Gesicht verzog sich zu einer höhnisch lächelnden Maske. »Bevor ich Marchmains Büro in Brand steckte, habe ich dort ein bisschen herumgestöbert«, sagte er. »Als ich einen Ordner mit dem Namen Bernard Bredon entdeckte, konnte ich nicht widerstehen hineinzusehen.« Ohne Victoria aus den Augen zu lassen, ging er zum Küchenherd, öffnete das Feuerloch und holte mit einem Schürhaken brennendes Holz und Kohlen heraus, die er auf die Fliesen warf. Der Rauch vermischte sich mit dem des brennenden Öls. Sekunden später fing der Küchenschrank Feuer.

Victoria wich gegen die Wand zurück. Der Rauch drang in ihre Lungen, schnürte ihr die Brust zu. Tränen rannen ihr über die Wangen, während sie verzweifelt versuchte, Luft zu bekommen.

»Deine Mutter starb nicht an einem Fieber, wie dein Vater dich glauben ließ. Sie bekam die Masern«, hörte sie Randolph sagen, »und wurde geisteskrank. Dein Vater konnte sich nicht überwinden, sie in ein Sanatorium zu geben, und ließ sie mit einer Pflegerin in der Wohnung am Holland Park leben. Deine Mutter entfachte den Brand versehentlich. Sie war es auch, die dich aus der Wohnung rettete.«

Die Beine gaben unter Victoria nach, sie sackte an der Wand zusammen. Sie wollte schreien, wollte Randolph ins Gesicht brüllen, dass er log. Dass ihr Vater niemals so etwas getan hätte. Doch es kam nur ein Wimmern über ihre Lippen. Das Messer glitt ihr aus der Hand. Sie war einer Ohnmacht nah, als Randolph sie an den Haaren packte und über den Boden schleifte.

Der entsetzliche Schmerz, als ihre linke Hand in eines der Flammennester geriet, ließ sie gellend aufschreien und sich noch einmal aufbäumen. Sie trat nach Randolph, traf sein Bein.

»Du mieses kleines Miststück!« Mit hassverzerrtem Gesicht schlug er sie ins Gesicht, und der neue Schmerz schien ihr den Verstand zu rauben. Victoria spürte, dass er sie hochhob und sich über die Schulter warf.

Ich werde sterben, ich werde in meiner eigenen Dunkelkammer sterben. Victoria empfand keine Wut mehr, sondern nur noch eine tiefe Traurigkeit.

Nach einer halsbrecherischen Fahrt, bei der er das Letzte aus dem gemieteten Automobil herausgeholt hatte, kam Jeremy am Abend in London an. Er hoffte inständig, dass die Telefonleitungen intakt waren und dass es Louis gelungen war, die Polizei zu benachrichtigen. Und er betete, dass Victoria in Sicherheit war.

Doch als er auf die Wohnung am Green Park zuraste, konnte er zu seinem Entsetzen keine Polizisten vor dem Gebäude entdecken. Jeremy parkte auf dem Gehweg und stürmte in die Halle, wo ihn Mr. Jarvis konsterniert anstarrte.

»Verständigen Sie die Polizei!«, rief Jeremy ihm zu, während er die Treppe hinaufrannte.

»Sir, ich muss doch sehr bitten …«

»Tun Sie, was ich Ihnen gesagt habe ... Möglicherweise hält sich ein Mörder in Miss Bredons Wohnung auf.«

Jeremy schien es endlos zu dauern, bis er endlich den dritten Stock erreicht hatte. In der Wohnung war alles ruhig. Er wollte klingeln, als er plötzlich den Rauch wahrnahm, der unter der Tür hervordrang.

Nein, es durfte nicht sein, dass er zu spät gekommen war ... Verzweifelt warf sich Jeremy gegen die Tür. Er liebte Victoria, er begehrte sie. Ohne sie erschien ihm sein Leben öde und leer. Es konnte nicht sein, dass er sie niemals wiedersehen, niemals mehr ihre Stimme und ihr Lachen hören sollte.

Plötzlich hörte er Victoria gellend schreien. Noch einmal rammte er seine Schulter mit aller Kraft gegen die Tür. Endlich sprang sie auf.

Wie aus großer Ferne nahm sie wahr, dass die Wohnungstür aufflog. Eine vertraute Stimme brüllte: »Lass Victoria los, Montague.« Es war Jeremys Stimme ... Verschwommen sah Victoria, dass Jeremy eine Waffe in der Hand hielt.

Randolph ließ Victoria fallen und stürzte sich mit einem Wutschrei auf Jeremy. Ein Schuss peitschte durch den Flur. Dann hatte Randolph Jeremy erreicht und ihm einen Hieb gegen das Kinn versetzt, der ihn taumeln ließ. Licht und Schatten von den Flammen zuckten durch den Flur. Sie nahmen Randolph alles Menschliche, ließen ihn wirken wie einen Dämon. Er packte Jeremys Hand mit der Waffe, während die beiden Männer miteinander rangen.

Victoria versuchte, auf sie zuzukriechen, aber sie hatte keine Kraft mehr. Randolph stieß einen triumphierenden Schrei aus, als es ihm gelang, Jeremy die Pistole zu entreißen, doch ehe er sie auf ihn richten konnte, hatte Jeremy ihm einen Fausthieb in den Magen versetzt, der ihn röchelnd zusammenbrechen ließ.

»Victoria …« Jetzt war Jeremy bei ihr und hob sie hoch.

Victorias Kopf sank an seine Brust. Sie spürte den rauen Stoff seines Jacketts an ihrer Wange, was sie als sehr beruhigend und tröstlich empfand. Schemenhaft nahm sie wahr, dass Jeremy sie die Treppe hinuntertrug. In der Halle sah sie Mr. Jarvis, der sie verstört anblickte und etwas sagte, das sie nicht verstand.

Dann waren sie draußen auf der Straße, und Victoria atmete erleichtert die frische Luft ein. In der Ferne hörte sie die Sirene eines Löschwagens und das Schrillen von Trillerpfeifen. Plötzlich ließen das Bersten von Glas und ein markerschütternder Schrei sie hochblicken. Randolph stand auf dem Fensterbrett und breitete die Arme weit aus. Vor dem Abendhimmel wirkten sie wie die Schwingen eines Todesengels. Im nächsten Moment stürzte er dem Erdboden entgegen. Das dumpfe Geräusch, als sein Körper auf dem Pflaster aufprallte, ließ Victoria endgültig ohnmächtig werden.

Victorias linke Hand schmerzte, als würde sie immer noch von den Flammen versengt. Sie hörte Pferdehufe, die über Pflastersteine klapperten, und fühlte ein Schwanken, als säße sie in einer fahrenden Kutsche. Es duftete leicht nach Pfeifentabak. Jeremys Jackett … Als sie die Augen öffnete, sah Victoria sein Gesicht über sich. Ihr Kopf lag in seinem Schoß.

»Tut Ihre … tut deine Hand sehr weh?«, fragte er.

»Höllisch …« Sie versuchte zu lächeln, was ihr aber misslang.

»Ich bringe dich zu einem Arzt, mit dem ich befreundet bin, und danach nach Hampstead, zu Constance und Louis.«

»Woher wusstest du, dass Randolph …?« Victoria hörte wieder den gellenden Schrei und das Splittern des Fensterglases und begann zu zittern.

»Ich habe heute Nachmittag Sir Francis' Geheimversteck entdeckt. Es befindet sich auf seinem Landgut, unter der beschnittenen Eibe. Als ich dort eine Kassette mit Randolphs Namen entdeckte, fügte sich alles zusammen.«

Victoria sah leuchtende Straßenlaternen an den Fenstern der Kutsche vorbeiziehen und Hausfassaden mit hohen, alten Bäumen davor. Trotz oder vielleicht gerade wegen der Schmerzen in ihrer Hand war ihr Geist ganz klar. Sie drehte ihren Kopf noch ein bisschen weiter, sodass sie Jeremy in die Augen blicken konnte.

»Jeremy, ich liebe dich«, flüsterte sie, »aber ich kann nicht mit dir zusammen sein. Ich habe mich in einen mehrfachen Mörder verliebt und«, sie schluckte, aber sie musste es ihm gestehen, »wenn Hopkins nicht interveniert hätte, wäre noch mehr passiert. Außerdem habe ich von Randolph erfahren – er hatte die Unterlagen in Marchmains Büro entdeckt –, dass mich mein Vater über den Todeszeitpunkt meiner Mutter belogen hat. Sie lebte als Geisteskranke mit uns in der Wohnung am Holland Park. *Sie* war die mysteriöse, tief verschleierte Frau. *Sie* war es, die den Brand verursachte, und *sie* rettete mich. Ich fühle mich so beschmutzt von Randolph und betrogen von meinem Vater … Ich kann mir selbst nicht mehr trauen … Und … Ach, Jeremy, bitte verzeih, dass ich dich mit meinen Gefühlen behellige. Vielleicht empfindest du ja auch überhaupt nichts für mich.« Victoria brach verlegen ab.

»Natürlich, für eine Frau, die mir völlig gleichgültig ist, hätte ich selbstverständlich Kopf und Kragen riskiert und wäre mit halsbrecherischem Tempo zurück nach London gerast, um sie zu retten. Und ich hätte mich auch ganz bestimmt für eine Frau, die mir nichts bedeutet, in eine brennende Wohnung gestürzt und mit einem mehrfachen Mörder gerungen.« Jeremy lächelte, und für einen Moment vergaß Victoria ihre schmerzende Hand, so selig war sie.

»Ich bin so dumm …«, murmelte sie.

»Manchmal ja …«

»Würdest du mir etwas Zeit geben …?«

»So viel du benötigst …«, sagte er zärtlich.

Erschöpft und glücklich schloss Victoria die Augen, und als Jeremy nach ihrer unverletzten Hand griff und sie streichelte, verschränkte sie ihre Finger mit seinen.

»Auch wenn ich dich um etwas Zeit gebeten habe, wäre es schön, wenn du mich küssen würdest«, flüsterte sie. »Sonst kann ich das alles gar nicht fassen …«

»Glaub mir, ich liebe dich …«

Jeremys Lippen berührten ihren Mund. Sein Kuss war sanft und leidenschaftlich zugleich, vertraut und doch aufregend und ließ Victoria ihre schmerzende Hand endgültig vergessen.

»Es ist sehr freundlich, Sir, dass Sie mich zu Hause aufsuchen«, wandte sich Jeremy an den Commissioner.

Sir Arthur wirkte in seinem wie immer unordentlichen Wohnzimmer etwas deplatziert, aber irgendwie auch weniger streng und reserviert als sonst, ja fast menschlich.

»Sie haben mit Miss Bredon gesprochen, Ryder?« Der Commissioner ließ sich auf einem Sessel nieder, den Jeremy vorsorglich freigeräumt hatte.

»Ja, das habe ich, Sir.«

Victoria erholte sich bei Constance und Louis in Hampstead. Sie hatte dort in einem der Gästezimmer im Bett gesessen, den Rücken von Kissen gestützt. Noch war sie sehr blass und ein bisschen benommen gewesen von dem Opium, das sie zur Schmerzlinderung nehmen musste, aber Jeremy hatte sie dennoch wunderschön und hinreißend gefunden.

»Wie geht es Miss Bredon?«

»Ganz gut, abgesehen von den Schmerzen in ihrer verbrannten Hand. Wie Sie sich sicher vorstellen können, war sie nicht einverstanden mit dem Plan der Regierung, zu vertuschen, dass der Duke of Montague der Sohn einer Prostituierten und ein mehrfacher Mörder war.«

Der Commissioner schnaubte, was sich wie eine Mischung aus einem Seufzer und einem Knurren anhörte.

»Miss Bredon ist aber bereit, sich auf einen Handel einzulassen ...«

»Und der wäre?«

»Der Herzog wird offiziell zum Mörder von Sir Francis erklärt. Man könnte zum Beispiel verlauten lassen, dass Sir Francis ihn wegen Betrugs beim Kartenspiel erpresste. Durch einen solchen Betrug hätte er ja seine Ehre verloren.«

»Und was verlangt Miss Bredon als Gegenleistung dafür, dass die anderen Morde Montagues und die Umstände seiner Geburt nicht bekannt werden?«

»Sie möchte, dass Miss Caitlyn und die anderen Frauen, die nicht an dem Attentat auf den König beteiligt waren, aus der Haft entlassen werden. Außerdem soll den Prostituierten unter den Frauen eine Geldsumme zugesprochen werden, die ihnen, sofern sie es wünschen, zu einem bürgerlichen Leben verhilft. Und das Spülmädchen auf Blackenwell Manor – Agnes ist ihr Name – soll ein Stipendium für Kew Gardens erhalten, damit es dort eine Ausbildung zur Gärtnerin beginnen kann.«

»Von dem Stipendium dürfte die Regierung noch am leichtesten zu überzeugen sein«, bemerkte der Commissioner trocken. Er hielt einen Moment inne, dann fragte er: »Werden Sie Miss Bredon heiraten, Ryder? Und sagen Sie jetzt nicht, dass mich Ihre Gefühle nichts angehen.«

Jeremys Blick wanderte durch den Raum. Seine Liebe zu Victoria war ein Abenteuer. Mit Höhen und Tiefen, schönen und schmerzlichen Momenten, aber sie war genau das Abenteuer, nach dem er sich immer gesehnt hatte.

»Ja, ich werde Miss Bredon heiraten, Sir«, sagte er, »wenn sie es denn möchte.«

EPILOG

Victoria schritt durch das schmiedeeiserne Tor des Highgate Cemetery. Dann folgte sie einem Weg, der zwischen Bäumen an Grabmalen – steinernen Engeln, Kreuzen und Nachbildungen von Urnen – sowie kleinen Mausoleen entlangführte. Die Gräber hatten keine Einfassungen, sondern befanden sich in den Wiesen, im hohen Gras. Victoria hatte es immer tröstlich gefunden, dass sie so ein Teil der Natur waren. Es hatte geregnet, und der Weg und das Gras waren noch feucht, aber nun kam die Sonne zwischen den Wolken hervor.

In ihrer Handtasche lag der Brief ihres Vaters, den sie eigentlich erst hatte erhalten sollen, sobald sie volljährig war. Mr. Montgomery hatte ihn ihr vorzeitig ausgehändigt, da er der Meinung war, dass sie nach all den schrecklichen Erlebnissen der vergangenen Wochen die Reife hatte, ihn zu lesen. »Ihr Vater, Miss Victoria«, hatte er bekümmert gesagt, »hätte mir gewiss zugestimmt.«

Ihr Großvater hatte seine Vormundschaftsklage zurückgezogen. Ein dezenter Hinweis seitens Mr. Montgomery, dass er über Isabels Aktivitäten im East End informiert sei, hatte ausgereicht. Zudem musste ihre Familie ohnehin den Schock verwinden, dass Isabel mit einem Mörder verlobt gewesen war. Die Regierung war auf Victorias und Jeremys Handel eingegangen und hatte publik gemacht, dass Randolph Sir Francis umgebracht hatte. Auch Victorias andere Forderungen waren erfüllt worden. Sie empfand keinen Hass Randolph gegenüber, nur Abscheu und Entsetzen über seine Taten, und sie war erleichtert, dass er bei dem Sprung aus dem Fenster ums Leben gekommen war.

Sie verließ den Weg und ging durch das hohe Gras einen kleinen Hang hinauf. Auf dem Grab ihres Vaters stand ein schlichter Sandstein, nur sein Name sowie sein Geburts- und Todesjahr waren dort eingraviert. Victoria setzte sich auf eine Bank in der Nähe. Knapp zwei Wochen waren jetzt vergangen, seit Randolph sie überfallen hatte. Mehrere Tage hatte sie im Bett verbringen müssen, und sie fühlte sich immer noch schnell erschöpft. Sie holte den Brief aus ihrer Handtasche und betrachtete einen Moment ihren Namen, der in der geschwungenen, weit ausholenden Schrift ihres Vaters geschrieben war, bevor sie das Kuvert aufriss und zu lesen begann.

Meine geliebte Tochter Victoria,

wenn du diesen Brief liest, wirst du erwachsen sein. Ehe du nicht volljährig bist, möchte ich dir nicht die Wahrheit zumuten – ich habe dich über den Tod deiner Mutter belogen. Sie starb nicht an dem Fieber, wie ich dich habe glauben lassen, sondern erst vier Jahre später an den Folgen von Masern.

Deine Mutter war die große Liebe meines Lebens, meine Freude und mein Halt. Wir Bredons sind eine Familie, deren Mitglieder mit vielen Talenten gesegnet sind. Wir haben die Neigung, das Leben bis zum letzten Tropfen auszukosten. Die andere, dunkle Seite davon ist unsere Anlage zur Schwermut und zur Sucht. Ich persönlich war eigentlich ein lebensfroher Mensch, doch dann wieder überkam mich die Melancholie und ein verhängnisvoller Drang zum Alkohol- und zum Opiumkonsum. Ich schreibe dies in der Vergangenheitsform, da ich wahrscheinlich nur noch wenige Tage leben werde.

Die Liebe deiner Mutter rettete mich vor meiner dunklen Seite. Deine Mutter liebte das Leben, ohne es rauschhaft genießen zu müssen wie wir Bredons. Sie sah überall Wunder – in der Natur, in ganz einfachen Dingen wie einem Gegenstand oder einem Lichtstrahl, der durch ein Fenster fiel –, und sie hielt sie in ihren Gemälden fest. Ich kannte bislang nur die Wunder der Wissenschaft und die düstere Faszination des Todes. Deine Geburt war das größte Wunder von allen, und wenn es dich nicht gegeben hätte, wäre ich wahrscheinlich nach ihrem Tod vollends der Sucht verfallen.

Im Spätsommer 1891 fuhren wir in die Schweiz in die Ferien, wo ihr beide, du und deine Mutter, an den Masern erkranktet. Ihr befandet euch wieder auf dem Weg der Besserung, als deine Mutter unbedingt zu einem Spaziergang aufbrechen wollte, um die Berge zu malen. Ich war dagegen, aber sie sehnte sich so sehr nach der Natur. Und sie wollte endlich wieder malen, was für sie so wichtig wie atmen war. Wider besseres Wissen gab ich schließlich nach – mein großes Versagen als Arzt. Deine Mutter erlitt einen Rückfall und in der Folge eine Hirnhautentzündung. Einige Tage rang sie mit dem Tod. Sie überlebte, aber um den Preis der Geisteskrankheit.

Ich hätte sie in ein privates Sanatorium geben müssen, wo sie all die Betreuung erhalten hätte, die ihrem Zustand angemessen war, ich vermochte es allerdings nicht, mich von ihr zu trennen. Stattdessen brachte ich sie mit einer Pflegerin in einem separaten Teil unserer Wohnung am Holland Park unter, versteckt vor dir und den Dienstboten. Der Welt und dir gegenüber behauptete ich, sie sei tot, und in gewisser Weise war sie dies ja auch. Am deutlichsten zeigte es sich immer für mich, wenn sie malte. Sie tat dies oft stundenlang und völlig selbstvergessen. Aber alles, was dabei noch herauskam, waren Kritzeleien wie die eines Kindes. Ich ertrug es nicht mehr, ihre

Gemälde anzusehen, in denen so viel von ihrem wahren Wesen lebte. Ich ließ sie abhängen und einlagern. Mit dem Erreichen deiner Volljährigkeit werden sie dir übergeben werden.

Ich weiß, dass ich mich an dir nicht nur darin versündigt habe, dass ich dich belogen habe. Ich erkannte, dass du es liebtest zu malen, und verbot es dir, da du mich dabei so sehr an deine Mutter erinnertest.

Dann kam der Tag, an dem unglückseligerweise deine Kinderfrau und die Pflegerin deiner Mutter die Wohnung am Holland Park zufällig fast zur selben Zeit verließen und deine Mutter versehentlich den Brand verursachte. Und auch, wenn ihr Geist dich während des Brandes sicher nicht erkannte, so bin ich doch davon überzeugt, dass ihre Seele dies tat und dass ihr das die Kraft und den Mut gab, dich zu retten. Ich begriff, dass ich durch meine Selbstsucht beinahe deinen und ihren Tod verschuldet hätte. Aus Scham belog ich dich, was die Ursache des Brandes angeht, und behauptete, ich hätte dich gerettet. Ebenfalls aus Scham hielt ich meine Lügen all die Jahre über aufrecht. Es gibt keine Rechtfertigung für mein Handeln. Ich kann dich nur um Verzeihung bitten.

Als deine Mutter zwei Jahre nach dem Brand in einem Sanatorium an einer Grippe starb, war ich bei ihr. Du kannst dich sicher kaum mehr an sie erinnern, aber sie hat dich sehr geliebt.

Du siehst nicht nur deiner Mutter sehr ähnlich. Du hast all ihre guten Eigenschaften geerbt, und ich bin sicher, dass sie dich gut durchs Leben geleiten werden. Dich aufwachsen zu sehen war meine große Freude und mein großes Glück, auch wenn ich dich nicht verdiente.

In tiefer Liebe
dein Vater

Nachdem Victoria den Brief gelesen hatte, blieb sie eine Weile still auf der Bank sitzen. Ein leichter Regenschauer ging nieder, während gleichzeitig die Sonne schien. Nun, da sie den Brief ihres Vaters gelesen hatte, konnte sie ihn besser verstehen. Und es berührte sie, wie sehr er all die Jahre unter seiner Lüge gelitten hatte. Nein, er war nicht der Held, als den sie ihn so lange gesehen hatte, der strahlende, charismatische Wissenschaftler. Er war ein Mensch mit Fehlern, Schwächen und Abgründen, mit hellen und mit dunklen Seiten.

Victoria ging zum Grabstein ihres Vaters. Sie zerriss den Brief in kleine Fetzen und sah zu, wie der Wind sie über die feuchte Wiese wehte. Gräser und Blumen glitzerten im Sonnenlicht, und die Papierstückchen wirkten wie Blütenblätter. Sie hatte ihrem Vater noch nicht ganz verziehen, aber sie fühlte sich ihm wieder nah, und sie wusste, dass sie ihn liebte. Sir Francis' giftige Anschuldigungen besaßen keine Macht mehr über sie.

Victoria fand Hopkins im Speisezimmer von Constance' und Louis' Heim. Die beiden hatten ihnen angeboten, bei ihnen zu leben, bis die Wohnung am Green Park renoviert war. Die Versicherungssumme für den Brand würde wahrscheinlich nur das Nötigste abdecken. Aber darüber wollte sich Victoria, nach all dem, was sie durchgemacht hatte, nicht grämen.

Hopkins trug weiße Handschuhe und korrigierte den genauen Abstand zwischen Porzellantellern, Kristallgläsern und dem Silberbesteck mit einem Lineal. Kerzenleuchter und ein großes Bukett aus Orchideenblüten zierten die Tischmitte.

»Hopkins, würden Sie mir bitte erklären, was Sie hier tun?«, fragte Victoria überrascht. »Den Tisch zu decken ist doch die Aufgabe von Lord und Lady Hogarth' Butler. Oder haben Sie etwa vor, mich zu verlassen und Jenkins' Stelle zu übernehmen?«

»Sie scherzen, Miss Victoria.« Hopkins drehte sich zu ihr um. Er wirkte aufgeregt. »Ich erlaube mir, heute Abend ein kleines Fest zu geben, denn ich habe einen Vertrag unterschrieben – Mrs. Ellinghams Rezepte werden als Buch erscheinen. Sehr gut honoriert, wenn ich so sagen darf. So gut, dass wir davon die Wohnung vollständig renovieren lassen können. Und, nach Rücksprache mit Lady Hogarth, erlaube ich mir, Ihnen etwas zu schenken.« Er wies auf eine große, in Seidenpapier eingeschlagene flache Schachtel, die auf einem Stuhl lag.

Neugierig packte Victoria sie aus und öffnete sie. Darin lag das Abendkleid, in das sie sich auf der Modenschau bei Harrods verliebt hatte.

»Oh, Hopkins, vielen Dank …« Victoria strahlte ihn an. »Ich werde das Kleid gleich heute Abend tragen.«

Hopkins konzentrierte sich auf ein Kristallglas, das er zurechtrückte. »Mr. Ryder wird ebenfalls unter den Gästen sein. Ich habe vorausgesetzt, dass dies Ihre Zustimmung findet.«

Ein tiefes Glücksgefühl breitete sich in Victoria aus. Sie hatte Jeremy seit ein paar Tagen nicht gesehen. Erst jetzt wurde ihr richtig bewusst, wie sehr sie ihn vermisste.

»Ich freue mich sehr darauf, Mr. Ryder zu sehen«, sagte sie lächelnd.

NACHWORT

Das Schöne am Schreiben eines historischen Romans ist, dass es einem Schriftsteller bzw. einer Schriftstellerin Freiheiten lässt – im Gegensatz etwa zum Schreiben eines Sachbuchs oder eines journalistischen Textes. So habe ich mir die Freiheit genommen, von der tatsächlichen historischen Realität abzuweichen, wo ich dies wegen der Dramaturgie und der Spannung oder auch wegen der Ausgestaltung eines Settings für ratsam hielt.

Im Frühjahr 2006 hielt ich mich in Bristol auf. Im Stadtteil Clifton stieß ich an einem Haus auf eine Gedenkplakette der Suffragette Annie Kenney. Neugierig geworden, suchte ich die nahe Bibliothek auf und erfuhr, dass in Bristol die Suffragettenbewegung sehr aktiv gewesen war. Victorias Engagement für die Frauenrechte hat hier ihren ideellen Ursprung.

Die Versammlung der Suffragetten in der Caxton Hall am 13. Februar 1907 ist historisch, ebenso der anschließende Marsch der Frauenrechtlerinnen zum Parlament. Berittene Polizisten versuchten die Demonstration aufzulösen und gingen dabei sehr massiv, um nicht zu sagen brutal, vor. Anlass für die Kundgebung und überhaupt für die Radikalisierung der Women's Social and Political Union (WSPU) unter der Führung von Emmeline Pankhurst war das gebrochene Wahlversprechen der liberalen Partei. Anders als in ihrem Wahlkampf zugesichert, setzten sich die Liberalen, nachdem sie 1906 unter der Führung von Henry Campbell-Bannerman in einem Erdrutschsieg an die Macht gekommen waren, nicht für das Frauenwahlrecht ein.

Emmeline Pankhurst muss eine sehr charismatische, aber auch sehr dominante Persönlichkeit gewesen sein, die außer ihren Töchtern Christabel, Sylvia und Adela keine anderen Frauen in der Leitung der WSPU duldete. Die Mitglieder der WSPU kamen überwiegend aus dem bürgerlichen Milieu. Annie Kenney war die einzige Frau mit einem Arbeiterhintergrund, die zu einer bedeutenden Persönlichkeit in der WSPU wurde. Sie war mit Christabel Pankhurst befreundet. 1905 und 1906 versuchte sie, Winston Churchill – damals prominenter Parlamentsabgeordneter der Liberalen – in Manchester dazu zu bewegen, ein Statement zum Frauenwahlrecht abzugeben. Beide Male wurde sie gewaltsam aus dem Saal entfernt. Mit einer Hundepeitsche schlug allerdings die Suffragette Theresa Garnett Winston Churchill im November 1909 in Bristol. Lila, Weiß und Grün wurden – etwas später als in meinem Buch dargestellt – zu den Farben der Suffragetten.

Das Epsom Derby, ein berühmtes Pferderennen, findet im Juni oder Juli und nicht im Frühling statt. 1913 versuchte die Suffragette Emily Wilding Davison, während des Rennens einen Schal mit den Farben der Suffragetten am Zaumzeug von Anmer, dem Pferd von König George V., zu befestigen. Sie geriet dabei unter das stürzende Tier und starb einige Tage später.

Von 1907 bis zum Ersten Weltkrieg – als Emmeline Pankhurst beschloss, militante Aktionen einzustellen, um das Land im Krieg zu unterstützen – wurden die Aktionen der Suffragetten immer radikaler. Während der Arson-Campaign 1912/13 schickten Suffragetten Brandsätze an Premierminister Herbert Henry Asquith und Schatzkanzler Lloyd George. Im

Jahr 1914 verübten Suffragetten Brandanschläge auf Kunstwerke und auf Gebäude wie das Britannia Pier in Great Yarmouth in Norfolk. Dass Sir Arthur Stanhope – mein Scotland Yard Commissioner – die Suffragetten verdächtigt, Sir Francis Sunderland umgebracht zu haben, hat diesen Hintergrund. Beide Männer sind jedoch fiktive Figuren. Einen Commissioner im Rang eines Baronets gab es Anfang des 20. Jahrhunderts bei Scotland Yard nicht. Die Commissioner wurden damals in der Regel erst nach Ablauf ihrer Dienstzeit mit dem Titel »Sir« in den persönlichen Adelsstand erhoben.

Infolge des Cleveland Street Scandals 1889, in den homosexuelle Männer aus der Oberschicht verwickelt waren, betrieb die englische Regierung Vertuschung. Davon ist die Vertuschung um den Mord an Sir Francis inspiriert.

Historisch belegt ist, dass italienische und russische Anarchisten Ende des 19. bzw. Anfang des 20. Jahrhunderts in Großbritannien Zuflucht suchten. Ebenfalls nicht fiktiv sind die Bombenanschläge der Irischen Republikanischen Bruderschaft in den 1880er- und 1890er-Jahren, die zur Sprache kommen, als der Commissioner Victoria im Beisein ihrer Großtante und ihres Großvaters verhört.

Debütantinnenbälle fanden während der London Season im Mai und Juni statt. Eine Reise des Königspaares durch die Staaten des Commonwealth im Mai und Juni 1907 – die mir als Begründung fürs Verlegen des Balls in den Februar dient – hat es nicht gegeben. In der Regel wurde eine Debütantin von einer älteren Verwandten präsentiert. Davon habe ich aus dramaturgischen Gründen Abstand genommen. Die Debütantinnen betraten den Palast durch einen Seiteneingang. Dass Victoria mit ihren Verwandten durch das große Treppenhaus zum Empfang schreitet, ist meine Erfindung. Auch bei der Beschreibung der Palasträume habe ich mir Freiheiten genommen.

Jeremy Ryder arbeitet in *Die rubinrote Kammer* für einen Vorläufer des britischen Inlandsgeheimdienstes MI5, der allerdings erst 1909 und nicht schon 1907 gegründet wurde.

Victorias Vater Dr. Bernard Bredon ist von dem berühmten Gerichtsmediziner Bernard Spilsbury inspiriert. Spilsbury sorgte unter anderem 1910 in dem Fall Dr. Crippen für Aufsehen, indem er anhand einer Blinddarmnarbe nachweisen konnte, dass es sich bei der zerstückelten Frauenleiche, die im Keller des Arztes gefunden wurde, um dessen ermordete Ehefrau Cora handelte.

Das Stück *Emilia* und die Schauspielerin Geraldine Adair sind meine Erfindung. Die Turner-Ausstellung, die Victoria und Randolph in der National Gallery besuchen, habe ich dort stattfinden lassen – 1907 gab es keine derartige Ausstellung.

Eine Zeitung *Morning Star* existierte im Jahr 1907 nicht. Mein *Morning Star* hat nichts mit der gleichnamigen Zeitung gemeinsam, die dann in den 1930er-Jahren gegründet wurde.

Eine Anmerkung möchte ich – des Leseverständnisses wegen – zur britischen Adelsverfassung machen. Sie ist anders als die kontinentaleuropäische. In Großbritannien – oder in England, wie man zu der Zeit gesagt hätte, als mein Roman spielt – erbt immer nur der älteste Sohn den Titel und die Würde eines Peers, also das Recht, einen Sitz im Oberhaus einzunehmen. Als jüngerer Sohn des Herzogs von Marlborough war zum Beispiel Randolph Churchill – der Vater Winston Churchills – Lord Randolph Churchill. Aber vor dem Gesetz galt er als bürgerlich und konnte deshalb als Abgeordneter für das englische Parlament kandidieren. Umgekehrt werden ein Marquess und Earl ebenfalls mit »Lord« angesprochen, aber vor dem Gesetz sind sie Peers und können nicht für das Unterhaus kandidieren. Denn streng genommen ist »Lord« in diesem Fall kein eigenständiger Titel, sondern wird in der direkten Anrede für einen Marquess und einen Earl benutzt, während »Lord« bei den jüngeren Söhnen eines Herzogs quasi ein Ehrentitel ist.

In der britischen Geschichte – vor allem im 19. Jahrhundert – kam es immer wieder einmal vor, dass Peers, also Mitglieder des Oberhauses, Premierminister wurden. Sie wurden vom Parlament ernannt und nicht direkt vom Volk gewählt.

Das 19. Jahrhundert war in Großbritannien eine Zeit großen technischen Fortschritts. Öffentliche Gasbeleuchtung in Teilen von London gab es seit 1812. Die erste U-Bahn fuhr 1863. Im Jahr 1891 wurde das Elektrizitätswerk von Deptford in Betrieb genommen, das das Zentrum von London mit Strom versorgte. Schon 1844 verfügte Stowe, der Landsitz des Herzogs von Buckingham, über neun Toiletten mit Wasserspülung, ein Duschbad und vier Badezimmer mit fließendem heißem und kaltem Wasser. 1907 gab es bereits elektrisch betriebene Heißwasserboiler, wie in Victorias und Hopkins' Badezimmer beschrieben. Aber dies war natürlich kein allgemeiner Standard, sondern Luxus und den Häusern der Reichen vorbehalten.

Der Herd, auf dem Hopkins kocht, ist ein gusseiserner Herd, der mit Gas und Holz betrieben werden konnte. Die Herde zu Beginn des 20. Jahrhunderts hatten oft die Ausmaße von Küchenschränken und waren mit Fächern zum Warmhalten der Speisen und einem kleinen Warmwassertank ausgestattet.

Ende des 19. bzw. Anfang des 20. Jahrhunderts gab es eine Vielzahl von Fotoapparaten und auch eine große Zahl von Amateurfotografen. Es gab Kameramodelle, die sowohl mit Filmmaterial als auch mit bis zu einem Dutzend Glasplatten bestückt werden konnten. Diese Glasplatten konnten mithilfe eines kleinen Schalters oder auch per Knopfdruck im Inneren der Kamera weitertransportiert werden. Entwicklungslabore in Drogerien waren in den Städten gang und gäbe. Bis in die 1920er-Jahre war elektrisches Licht noch nicht sehr verbreitet. Fotos bei Gaslicht zu entwickeln und zu vergrößern, war ein sehr kompliziertes Verfahren. Deshalb habe ich Victorias und Hopkins' Wohnung mit Elektrizität ausgestattet, auch wenn sie diese sonst aus Kostengründen kaum benutzen.

Die Kolumne, die Hopkins unter dem Pseudonym Mrs. Ellingham für den *Morning Star* verfasst, ist inspiriert von Isabella Beetons *Book of Household Management* – einem Kochbuch und Haushaltsführungsbestseller des 19. Jahrhunderts, der bis in die 1950er-Jahre regelmäßig neu aufgelegt wurde. Hopkins selbst hat seine Vorgänger wiederum unter den Butlern der britischen Literatur, unter anderem in Bunter, dem Butler Lord Peter Wimseys, dem adligen Detektiv aus der Feder Dorothy L. Sayers.

Gegen Ende des 19. Jahrhunderts nahm die industrielle Fertigung von Lebensmitteln, die Hopkins beklagt, rasanten Aufschwung. Auch Obst- und Gemüseplantagen wurden nun in großem Stil betrieben. Wir kennen mittlerweile die Schattenseiten dieser Entwicklung. Aber im 19. Jahrhundert wurde dies als ein Segen empfunden, um die ständig wachsende Bevölkerung mit Nahrung versorgen zu können. Und für Hausfrauen und Köchinnen war es sicher eine Erleichterung, endlich auf industriell gefertigte Brühen und Fleischfonds zurückgreifen zu können und diese nicht mehr mühevoll zubereiten zu müssen.

Menschliche Arbeitskraft war zu der Zeit, als *Die rubinrote Kammer* spielt, billig. Dienstboten in herrschaftlichen Haushalten hatten nicht selten einen Arbeitstag von sechzehn Stunden. Das Dinner wurde in der britischen Oberschicht in der Regel sehr spät eingenommen, gegen acht oder neun Uhr abends. Große Bälle dauerten bis zum Morgen. Deshalb wurde meist gegen fünf oder sechs Uhr für die Gäste ein aufwendiges Frühstück serviert. Was für die Dienstboten ohne Weiteres bedeuten konnte, dass sie vierzig Stunden ohne Bettruhe arbeiteten.

In Großbritannien dürfen heute nur Erwachsene einen Pub betreten. Gesetzlich festgelegt wurde dies 1923 im Liquor Act. 1907 gab es diese Bestimmung noch nicht.

Die großen Landgüter verfügten im 19. Jahrhundert – ja, in der Regel bis zum Zweiten Weltkrieg – über ausgedehnte Küchengärten und Gewächshäuser, die die Besitzungen das ganze Jahr über mit frischem Obst und Gemüse sowie Blumen versorgten. Ein wunderschönes Beispiel eines solchen wieder zum Leben erweckten Nutzgartens und Parks sind die Lost Gardens of Heligan bei St. Austell in Cornwall. Bei meinem Besuch im Oktober 2014 wuchsen dort Melonen in den Gewächshäusern. Auch der in meinem Roman beschriebene Riesenrhabarber wächst dort – wie überhaupt in vielen cornischen Parks und Gärten. Er kann über zwei Meter hoch werden und ist nicht mit dem Speiserhabarber zu verwechseln.

Seit 1896 konnten Frauen in Kew Gardens in London eine Ausbildung zur Gärtnerin machen – wie es Victoria dem Spülmädchen Agnes gegenüber erwähnt.

Blackenwell Manor ist vom Landgut Llanhydrock in Cornwall inspiriert und Blickling Hall vom Landgut Antony, das ebenfalls in Cornwall gelegen ist. Die Eibe auf Sir Francis' Landgut, in die eine Laube geschnitten ist, hat ihr Vorbild in einer riesigen Eibe im Park von Antony.

Bei den Zugfahrzeiten von London nach Cornwall habe ich mir Freiheiten herausgenommen, ebenso bei der Beschreibung von Londoner Straßen und Gebäuden wie dem des *Spectator*, des Foyers im Vauxhall Theatre oder auch des Tea

Rooms im Savoy sowie der Geschäftsräume bei Harrods. Im Jahr 1907 gab es in London nur das Holloway-Gefängnis. Was das Wetter betrifft, habe ich die Temperaturen vom Frühjahr 1907 dem Plot angepasst. Der heftige Sturm am Ende des Romans ist meine Erfindung.

Noch ein letztes Wort zu den Suffragetten: Wenn ich zu der Zeit gelebt hätte, in der *Die rubinrote Kammer* spielt, hätte ich Emmeline Pankhurst wahrscheinlich – wie dies auch Jeremy Ryder tut – als Persönlichkeit schwierig empfunden und manche Aktionen der Suffragetten als sehr fragwürdig. Aber die Beschäftigung mit ihrem Kampf für das Wahlrecht der Frauen hat mir wieder klargemacht, dass das allgemeine Wahlrecht ein hohes demokratisches Gut und keine Selbstverständlichkeit ist.

Pauline Peters

DANK AN …

… meinen Partner Hartmut Löschcke für Anregungen, konstruktive Kritik und Geduld in schwierigen Schreibphasen sowie unsere Reisen nach London, Wales und Cornwall – Eindrücke davon sind in *Die rubinrote Kammer* eingeflossen.

… meine Freundin und Kollegin Mila Lippke für unser intensives Gespräch über das Buch im Frühjahr 2007, das Victoria und Wallis zusammenbrachte, und für viele anregende Gespräche über britische Literatur und Filme.

… meine Lektorin Melanie Blank-Schröder für ihre Begeisterung und ihre inhaltlichen Anregungen das Projekt betreffend.

… meine Textredakteurin Margit von Cossart für ihr sorgfältiges Redigieren sowie ihre Nachfragen und Anmerkungen, die *Die rubinrote Kammer* zu einem besseren Buch gemacht haben.

… meinen Agenten Bastian Schlück für die langjährige gute Zusammenarbeit.

… meine Freundinnen und Kolleginnen Brigitte Glaser und Ulrike Rudolph für kreative Tage in Unkel.

… die Seminarleiter der Sommeruniversität am Christchurch College in Oxford: Philip Healy *Late-Victorian and Edwardian Detective Stories* (2008), Nicolas Doggett *English Country Houses* (2009) und Richard Bisgrove *Paradise in an English Garden* (2012) sowie den Seminarteilnehmerinnen und -teilnehmern für die inspirierende Zeit.

Sie lebt in einer dunklen Zeit. Zwischen Verzweiflung und Hoffnung. Das Schicksal führt sie von Europa nach Neuseeland.

Sarah Lark
EINE HOFFNUNG AM
ENDE DER WELT
Roman
416 Seiten
ISBN 978-3-7857-2543-6

In den Wirren der 1940er Jahre verschlägt es die junge Helena mit ihrer Schwester Luzyna nach Persien. Als sie Aufnahme in Neuseeland erhalten sollen, keimt Hoffnung in Helena auf. Doch nur *eine* der jungen Frauen wird für die Verschickung ausgewählt. Zur gleichen Zeit bricht James McKenzie aus Neuseeland auf. Gegen den Willen seiner Eltern will der wagemutige Flieger in Europa für die Ideale der Freiheit kämpfen. Das Schicksal führt James' und Helenas Wege zusammen ...

Zwei junge Menschen meistern ihr Schicksal und finden das Glück der Liebe vor einem dramatischen Kapitel der Weltgeschichte.

Bastei Lübbe